Ein Darkover-Roman

»Weit entfernt in der Galaxis
und ungefähr 4000 Jahre in der Zukunft
gibt es einen Planeten
mit einer großen roten Sonne
und vier Monden.
Willst Du nicht mitkommen
und ihn mit mir erforschen?«

Marion Zimmer Bradley

Von der Autorin sind außerdem erschienen:

Excalibur – Das Schwert von Avalon
Jenseits von Avalon

Eine Komplettübersicht
aller Darkover-Romane finden Sie
am Ende dieses Buches!

Über die Autorin:

Marion Zimmer Bradley, 1930 in den USA geboren, publizierte anfangs vor allem in Zeitschriften und Anthologien. Der Durchbruch gelang ihr 1962 mit *The Planet Savers – Retter des Planeten.* Mit dieser Geschichte war der Grundstein für die Romane um den Planeten *Darkover* gelegt, die innerhalb weniger Jahre zu einem der beliebtesten Fantasy-Zyklen einer riesigen Fangemeinde avancieren sollten. Seit 1962 hat Marion Zimmer Bradley über zwanzig *Darkover*-Romane und unzählige Kurzgeschichten geschrieben sowie eine Reihe Anthologien herausgegeben. 1983 wurde Marion Zimmer Bradley mit ihrem Roman *Die Nebel von Avalon* schließlich weltberühmt. Sie starb im September 1999 in ihrer Heimatstadt Berkeley, Kalifornien.

Marion Zimmer Bradley

Gildenhaus Thendara

Roman

Aus dem Amerikanischen von
Rosemarie Hundertmarck

Knaur

Die amerikanische Originalausgabe erschien 1983 unter dem Titel
»Thendara House« bei DAW Books, New York.

Der Verlag dankt Olaf Keith für die Unterstützung
bei der Vorbereitung dieses Buches.

Vollständige Taschenbuchausgabe Oktober 2000
Droemersche Verlagsanstalt Th. Knaur Nachf., München

Umschlaggestaltung: Agentur Zero, München
Umschlagabbildung: Richard Hescox
via Agentur Schlück, Garbsen
Satz: Ventura Publisher im Verlag
Druck und Bindung: Clausen & Bosse, Leck
Printed in Germany
ISBN 3-426-60967-3

2 4 5 3 1

Der Eid der Freien Amazonen

Von diesem Tag an entsage ich dem Recht zu heiraten, außer als Freipartnerin. Kein Mann soll mich *di catenas* binden, und ich werde in keines Mannes Haushalt als *barragana* leben.

Ich schwöre, dass ich bereit bin, mich mit Gewalt zu verteidigen, wenn man mich mit Gewalt angreift.

Ich schwöre, dass ich von diesem Tag an nie mehr den Namen eines Mannes führen will, sei er Vater, Vormund, Liebhaber oder Gatte, sondern einzig und allein als die Tochter meiner Mutter bekannt sein werde.

Ich schwöre, dass ich mich von diesem Tag an einem Mann nur hingebe, wenn ich den Zeitpunkt bestimmen kann und es mein eigener freier Wille ist.

Ich schwöre, dass ich ein Kind nur dann gebären will, wenn es mein Wunsch ist, das Kind von diesem Mann und zu diesem Zeitpunkt zu empfangen. Weder die Familie noch der Clan des Mannes, weder Fragen der Erbfolge noch sein Stolz oder sein Wunsch nach Nachkommenschaft sollen dabei Einfluss auf mich haben.

Von diesem Tag an enden für mich alle Verpflichtungen, die ich gegenüber Familie, Clan, Haushalt, Regent oder Lehnsherr hatte. Achtung schulde ich wie jeder freie Bürger nur den Gesetzen des Landes, dem Königtum, der Krone und den Göttern.

Ich werde an keinen Mann Rechtsansprüche stellen, dass er mich beschütze, mich ernähre oder mir helfe. Eine Treuepflicht habe ich nur gegenüber meiner Eidesmutter, meinen Schwestern in der Gilde und meinem Arbeitgeber, solange ich bei ihm beschäftigt bin.

Und weiter schwöre ich, dass jedes einzelne Mitglied der Gilde freier Amazonen für mich sein soll wie meine Mutter, meine Schwester oder meine Tochter, geboren aus einem Blut mit mir. Ich schwöre, dass ich von diesem Augenblick an den Gesetzen der Gilde Freier Amazonen und jedem rechtmäßigen Befehl meiner Eidesmutter, der Gildenmutter und meiner gewählten Anführerin gehorchen werde. Und wenn ich ein Geheimnis der Gilde verrate oder meinen Eid breche, dann werde ich mich der Strafe unterwerfen, die die Gildenmütter über mich verhängen, und wenn ich das nicht tue, dann möge sich die Hand jeder Frau gegen mich erheben, sie sollen mich erschlagen dürfen wie ein Tier und meinen Körper unbeerdigt der Verwesung und meine Seele der Gnade der Göttin überlassen.

I
Sich widersprechende Eide

1

Magdalen Lorne

Es fiel leichter Schnee, aber nach Osten zu sah die blutige Sonne Darkovers – von den Terranern Cottman IV genannt – wie ein großes, blutdurchschossenes Auge durch eine Wolkenlücke.

Fröstelnd ging Magdalen Lorne die Straße zum Terranischen HQ hinunter. Sie trug darkovanische Kleidung, deshalb zeigte sie den Raumsoldaten am Tor ihren Ausweis. Einer von ihnen kannte sie jedoch vom Sehen.

»Ist schon gut, Miss Lorne. Aber Sie müssen zu dem neuen Gebäude hinübergehen.«

»Dann sind die Räume für den Nachrichtendienst endlich fertig?«

Der Uniformierte nickte.

»So ist es. Die neue Leiterin ist vor ein paar Tagen von Alpha Centauri gekommen – haben Sie sie schon kennen gelernt?«

Für Magda waren das echte Neuigkeiten. Darkover war ein geschlossener Planet der Klasse B, und das bedeutete, dass Terraner – zumindest offiziell – auf bestimmte vertraglich festgelegte Zonen und Handelsstädte beschränkt waren. Einen Nachrichtendienst gab es eigentlich gar nicht, abgesehen von einem kleinen Büro in der Abteilung Archiv und Kommunikation, das vom Personal des Koordinators verwaltet wurde.

Es ist auch Zeit, dass hier endlich eine Dienststelle eröffnet wird. Eine Abteilung für Fremd-Anthropologie könnte ebenso wenig schaden. Dann überlegte Magda, was es für ihren eigenen ziemlich irregulären Status bedeuten mochte. Sie war auf Darkover geboren, in Caer Donn. Dort hatten die Terraner ihren ersten Raumhafen errichtet, bevor sie das neue Imperiumshauptquartier hier nach Thendara verlegten. Magda war unter Darkovanern aufgewachsen. Damals galt die Vorschrift noch nicht, dass Raumhafengebäude mit erdnormalem Licht beleuchtet werden mussten – eine Vorschrift, die die rote Sonne Darkovers und das grimmig kalte Klima ignorierte. Es war eine vernünftige Politik im Hinblick auf Personal, das auf normalen Imperiumsplaneten selten länger als ein Jahr Dienst tat und sich nicht zu akklimatisieren brauchte. Aber die Bedingungen auf Darkover waren, um das Mindeste zu sagen, für einen Imperiumsplaneten nicht normal.

Magdas Eltern waren Linguisten gewesen und hatten einen Großteil ihres Lebens in Caer Donn verbracht. Ihre Tochter war eher Darkovanerin als Terranerin, eine der nur drei oder vier Personen, die die Sprache wie Eingeborene beherrschten und im Stande waren, in Verkleidung Sitten und Gebräuche zu erforschen. Magda hatte Darkover nur einmal verlassen, als sie drei Jahre zur Ausbildung an der Akademie des Nachrichtendienstes auf Alpha verbrachte. Es ergab sich von selbst, dass sie danach eine Stellung in der Abteilung Kommunikation annahm. Aber was für ihre Vorgesetzten nichts als eine passende Verkleidung gewesen war, in der sie auf dem Planeten ihrer Geburt als Undercover-Agentin arbeiten konnte, wurde für Magda zu ihrem eigentlichen Ich.

Und diesem darkovanischen Ich Margali muss ich jetzt treu bleiben, nicht der Terranerin Magda. Ich bin auch nicht einfach Margali, sondern Margali n'ha Ysabet, Entsagende von den Comhi'Letzii, die von den Terranern die Freien Amazonen genannt werden. Das ist es, was ich jetzt bin und was ich hinfort sein muss, men dia pre'zhiuro ... Erschauernd flüsterte Magda die ersten Worte des Eides der Entsagenden vor sich hin. Es würde nicht leicht sein. Aber sie würde tun, was sie geschworen hatte. Für einen Terraner war ein unter Gewaltandrohung erzwungener Eid nicht bindend. *Mich als Darkovanerin bindet der Eid nun einmal. Schon der Gedanke daran, ihn zu brechen, wäre unehrenhaft.*

Magda riss ihre Gedanken von diesem Endlosband in ihrem Gehirn los. *Neue Räume für den Nachrichtendienst,* hatte der Mann gesagt, *und eine neue Leiterin.* Wahrscheinlich, dachte Magda mit resigniertem Schulterzucken, eine Frau, die über ihre Aufgabe beträchtlich weniger wusste als sie selbst. Magda und ihr ehemaliger Mann Peter Haldane waren beide hier geboren, waren zweisprachig aufgewachsen, kannten und akzeptierten die darkovanischen Sitten als ihre eigenen. Doch das war nicht die Art, wie das Imperium an eine Sache heranging.

Das Büro des Nachrichtendienstes war hoch über dem Raumhafen in einem Wolkenkratzer untergebracht worden, der noch vor Neuigkeit glänzte. In dem erdnormalen Licht, zu hell für Magdas Augen, sah sie eine Frau stehen, eine Frau, die sie kannte oder doch einmal sehr gut gekannt hatte.

Cholayna Ares war größer als Magda und braunhäutig. Sie hatte weißes Haar, und Magda hatte nie herausgebracht, ob es vorzeitig ergraut oder von Natur aus immer silberweiß gewesen war, denn ihr Gesicht wirkte ungewöhnlich jung, damals wie heute. Sie lächelte und streckte in einer herzlichen Geste die Hand aus, und Magda ergriff die Hand ihrer alten Lehrerin.

»Es ist kaum zu glauben, dass du deinen Posten an der Akademie aufgegeben hast«, sagte Magda. »Bestimmt doch nicht, um hierher zu kommen ...«

»Oh, aufgegeben habe ich ihn eigentlich nicht«, lachte Cholayna Ares. »Es gab den üblichen bürokratischen Hickhack – jede Gruppe versuchte, mich auf ihre Seite zu ziehen, und deshalb wünschte ich beiden die Pest an den Hals und stellte einen Antrag auf Versetzung. So landete ich – hier. Es ist kein begehrter Posten, deshalb gab es keine Konkurrenz. Ich erinnerte mich, dass du von hier stammtest und dass du diese Welt liebtest. Nicht viele Leute bekommen die Chance, den Nachrichtendienst auf einem Planeten der Klasse B aus dem Nichts aufzubauen. Und mit dir und Peter Haldane – habe ich nicht einmal gehört, du hättest ihn geheiratet?«

»Die Ehe ist letztes Jahr in die Brüche gegangen«, antwortete Magda. »Das Übliche.« Sie wehrte die teilnahmsvolle Neugier, die aus den Augen ihrer früheren Lehrerin sprach, mit einem harten Schulterzucken ab. »Das einzige Problem, das daraus entstand, ist, dass man uns nicht länger gemeinsam zum Feldeinsatz hinausgeschickt hat.«

»Wenn es hier gar keinen Nachrichtendienst gab, was habt ihr dann im Feldeinsatz gemacht?«

»Wir gehörten zur Abteilung Kommunikation«, berichtete Magda, »und betrieben Sprachforschung. Einmal ließ man mich auf dem Marktplatz Witze und Redensarten sammeln, nur um mit der Entwicklung der Sprache beziehungsweise des Slangs Schritt zu halten, damit Leute, die tatsächlich ins Feld mussten, keine dummen Fehler machen würden.«

»Und du bist an meinem ersten Tag in der neuen Stellung hergekommen, um mich zu begrüßen und willkommen zu heißen?«, fragte Cholayna. »Setz dich – erzähl mir alles über diesen Planeten. Es ist lieb von dir, Magda. Ich habe immer gesagt, dass du im Nachrichtendienst Karriere machen würdest.«

Magda senkte den Blick. »Ich bin nicht deinetwegen hierher gekommen – wusste gar nicht, dass du hier warst.« Sie sagte sich, dass ihr nichts übrig blieb, als mit der Wahrheit herauszurücken. »Ich bin gekommen, um zu kündigen.«

Cholaynas dunkle Augen verrieten, wie bestürzt sie war.

»Magda! Du und ich, wir beide wissen doch, wie es im Zivildienst zugeht: Natürlich hätte man dir diesen Posten anbieten sollen, aber ich dachte immer, wir seien Freundinnen und du wärest bereit, zumindest für eine Weile zu bleiben!«

Das war nicht Magdas Grund, nur war das natürlich der Eindruck, den Cholayna gewinnen musste. Magda wünschte, die neue Leiterin sei eine völlige Fremde gewesen oder doch jemand, den sie nicht mochte, nicht eine Frau, die sie immer gern gehabt und respektiert hatte.

»O nein, Cholayna! Ich gebe dir mein Wort, es hat nichts mit dir zu tun! Ich wusste nicht einmal, dass du hier warst, ich war bis gestern Abend im Feld ...« In ihrem Eifer, Cholayna von der Wahrheit zu überzeugen, begann sie zu stottern. Cholayna runzelte die Stirn und winkte ihr, sich zu setzen.

»Du solltest mir vielleicht besser alles von Anfang an erzählen, Magda.«

Magda nahm Platz. Ihr war unbehaglich zu Mute. »Du warst heute Morgen nicht bei der Besprechung. Du weißt es noch nicht. Während ich draußen im Feld war – habe ich den Eid einer Entsagenden geleistet.« Auf den verständnislosen Blick ihrer Kollegin hin erläuterte sie: »In den Akten werden sie die Freien Amazonen genannt; sie lieben den Namen nicht. Ich bin verpflichtet, ein halbes Jahr zur Ausbildung im Gildenhaus von Thendara zu verbringen, und danach – danach bin ich mir nicht sicher, was ich tun werde, glaube jedoch nicht, dass es Arbeit für den Nachrichtendienst sein wird.«

»Aber, Magda, das ist doch eine wundervolle Gelegenheit!«, rief Cholayna aus. »Ich denke nicht im Traum daran, deine Kündigung anzunehmen! Wenn du möchtest, versetze ich dich für dies halbe Jahr in inaktiven Status, aber denke einmal an das wissenschaftliche Material, das du hieraus gewinnen kannst! Deine Arbeit wird bereits als beispielhaft betrachtet – das habe ich von dem Legaten gehört«, setzte sie hinzu. »Wahrscheinlich weißt du mehr über darkovanische Bräuche als sonst irgendwer, der hier arbeitet. Mir wurde auch berichtet, die Medizinische Abteilung habe zugestimmt, eine Gruppe Freier Amazonen auszubilden ...« Sie sah Magda leicht zusammenzucken und verbesserte sich: »Wie hast du sie genannt? Entsagende? Klingt wie ein Nonnenorden, welchen Dingen entsagen sie denn? Das scheint mir ein seltsamer Ort für dich zu sein.«

Magda lächelte über den Vergleich. »Ich könnte dir den Eid zitieren. Hauptsächlich entsagen sie – wir – im Ausgleich für gewisse Freiheiten dem Schutz, den die Gesellschaft den Frauen bietet.« Sogar in ihren eigenen Ohren klang das jämmerlich unzulänglich, aber wie sollte sie es erklären? »Ich tue es jedoch nicht, um eine Dissertation zu schreiben, weißt du, oder dem Terranischen Nachrichtendienst Informationen zu liefern. Aus dem Grund möchte ich kündigen.«

»Und aus dem gleichen Grund weigere ich mich, deine Kündigung anzunehmen«, sagte Cholayna.

»Glaubst du, ich werde meine Freundinnen im Gildenhaus bespitzeln? Niemals!«

»Ich bedauere, dass du es auf diese Weise ansiehst, Magda. Ich sehe es nicht so. Je mehr wir über die verschiedenen Gruppen eines Planeten wissen, desto leichter ist es für uns – und ebenso für den Planeten, auf dem wir uns befinden, weil es weniger Möglichkeiten für Missverständnisse und Ärger zwischen dem Imperium und den Einheimischen gibt ...«

»Ja, ja, das habe ich alles auf der Akademie des Nachrichtendienstes gelernt«, erklärte Magda ungeduldig. »Das ist die offizielle Politik, nicht wahr?«

»So würde ich es nicht ausdrücken.« In Cholaynas Stimme klang etwas wie sorgfältig unter Kontrolle gehaltener Ärger mit.

»Aber ich, und ich begreife allmählich, wie es missbraucht werden kann.« Jetzt geriet auch Magda in Harnisch. »Wenn du meine Kündigung nicht genehmigen willst, Cholayna, muss ich eben ohne deine Genehmigung gehen. Darkover ist meine Heimat. Und wenn ich mein Bürgerrecht im Imperium dafür aufgeben muss, eine Entsagende zu werden, dann …«

»Nun mal langsam, Magda, bitte!« Cholayna hob die Hand und unterbrach den wütenden Wortstrom. »Und setz dich wieder, ja?« Magda merkte jetzt erst, dass sie aufgesprungen war. Langsam ließ sie sich auf ihren Stuhl niedersinken. Cholayna ging zu der Bestellautomatik an der Wand des Büros, wählte zwei Tassen Kaffee und kam, die heißen Tassen auf der Handfläche balancierend, zu Magda zurück. Sie nahm neben ihr Platz.

»Magda, vergiss einmal eine Minute lang, dass ich deine Vorgesetzte bin. Ich habe immer gedacht, wir seien Freundinnen. Ich kann nicht glauben, dass du weglaufen willst, ohne mir eine Erklärung zu geben.«

Ich habe sie auch für meine Freundin gehalten, dachte Magda und nahm einen Schluck Kaffee. *Aber jetzt weiß ich, dass ich in Wirklichkeit nie Freundinnen gehabt habe; ich habe nicht einmal gewusst, was Freundschaft ist. Ich habe mich immer so sehr darum bemüht, beruflich akzeptiert zu werden, dass ich nie darauf geachtet habe, was andere Frauen taten oder unterließen. Bis ich Jaelle begegnete und erfuhr, was es bedeutet, eine Freundin zu haben, für die ich kämpfen und, wenn es sein muss, sterben würde. Cholayna ist auch gar nicht meine Freundin, sie ist meine Vorgesetzte und benutzt unsere Freundschaft dazu, mich zu zwingen, dass ich tue, was sie will. Vielleicht bildet sie sich ein, eben das sei Freundschaft, das ist die terranische Denkungsweise. Ich bin einfach keine Terranerin mehr. Vielleicht bin ich nie eine gewesen.*

»Warum erzählst du mir die ganze Geschichte nicht, Magda?« Cholaynas freundlicher Blick verwirrte Magda von neuem. *Vielleicht sieht sie sich tatsächlich als meine Freundin.*

Sie fing ganz am Anfang an und berichtete Cholayna, wie

Peter Haldane, ihr Freund und Partner und eine Zeit lang ihr Mann, von Räubern entführt worden war, die ihn irrtümlich für Kyril Ardais, den Sohn der Lady Rohana Ardais, hielten. Magda, die sich fürchtete, als Frau allein zu reisen, hatte sich von Lady Rohana überreden lassen, sich als Freie Amazone zu verkleiden. Die Täuschung wurde offenbar, als sie einer Gruppe echter Entsagender, angeführt von Jaelle n'ha Melora, begegnete.

»Die Strafe für einen Mann, der sie in Frauenkleidung infiltrierte, wäre der Tod oder die Kastrierung gewesen«, erläuterte Magda. »Bei einer Frau besteht die Strafe nur darin, dass die Lüge zur Wahrheit gemacht werden muss; sie darf die Freiheit, die der Eid ihr gewährt, nicht genießen, ohne vorher auf den Schutz verzichtet zu haben, den das Gesetz speziell den Frauen bietet.«

»Ein erzwungener Eid ...«, begann Cholayna. Magda schüttelte den Kopf.

»Nein. Mir wurde freie Wahl gelassen. Sie boten mir an, mich in ein Gildenhaus zu bringen, wo eine der Mütter entscheiden würde, ob man mich in Anbetracht der besonderen Umstände nicht einfach laufen lassen solle, wenn ich verspräche, alles Erlebte geheim zu halten.« Sie seufzte und fragte sich müde, ob es das wert gewesen sei. »Dadurch hätte ich zu viel Zeit verloren. Peter sollte zu Mittwinter getötet werden, wenn das Lösegeld bis dahin nicht gebracht war. Freiwillig entschied ich mich für den Eid, aber ich leistete ihn mit einer ganzen Menge von Vorbehalten. Ich empfand genauso wie du jetzt. Nur hat sich meine Einstellung zwischen damals und heute – geändert.«

Ihr war klar, dass das lächerlich klang. Doch als sie weitersprach, verriet sie nur wenig von den grausamen inneren Kämpfen, als sie halbwegs entschlossen gewesen war, zu fliehen und ihren Eid zu brechen, selbst wenn sie dazu Jaelle hätte töten oder sich von den Räubern hätte abschlachten lassen müssen, und wie sie sich an der Seite Jaelles kämpfend wiedergefunden und ihr das Leben gerettet hatte ...

Cholayna lauschte der Geschichte. Sie stand nur einmal auf, um die Kaffeetassen neu zu füllen. Schließlich sagte sie: »In gewissem Ausmaß kann ich verstehen, warum du dich verpflichtet fühlst.«

»Es ist nicht nur das«, erwiderte Magda. »Der Eid ist für mich sehr real geworden. Ich fühle mich in meinem Herzen als Entsagende – ich glaube, ich wäre längst eine geworden, wenn ich gewusst hätte, dass es sie gibt. Jetzt ...« Wie sollte sie es erklären? Sie trank den Rest kalten Kaffees aus und schloss hilflos: »Es ist etwas, das ich tun *muss*.«

Cholayna nickte. »Das sehe ich ein. Ich weiß nicht, ob es einen Präzedenzfall gibt. Von Männern, die auf einigen Imperiumsplaneten ›über die Mauer gegangen‹ sind und sich den Eingeborenen angeschlossen haben, weiß ich, doch ich glaube nicht, dass ich das jemals von einer Frau gehört habe.«

»Ich gehe nicht eigentlich ›über die Mauer‹«, protestierte Magda. »In dem Fall säße ich nicht hier in deinem Büro und reichte nicht offiziell meine Kündigung ein.«

»Die ich nicht akzeptieren werde«, gab Cholayna zurück. »Nein, hör mir zu – ich habe dir auch zugehört, nicht wahr? Es gibt hier keinen Präzedenzfall; ich glaube, eine vereidigte Angestellte des Zivildienstes hat gar keine Möglichkeit, auf ihr Bürgerrecht im Imperium zu verzichten. Du hast deine Wahl getroffen, als du den Entschluss fasstest, drei Jahre lang die Akademie des Nachrichtendienstes zu besuchen ...«

»Ich habe genug gearbeitet, um dem Imperium die Kosten zurückzuzahlen ...«

Cholayna brachte sie mit einer Geste zum Schweigen. »Das stellt niemand in Frage, Magda. Ich bin gern bereit, dich in den inaktiven Status zu versetzen, wenn du deine sechs Monate – dies halbe Jahr – haben musst. Wie lang ist übrigens ein darkovanisches Jahr? Aber mir ist hier etwas auf den Schreibtisch geflattert, das eine Ergänzung zu dem, was du mir erzählt hast, darstellt.«

Sie griff nach einem Ordner mit Ausdrucken. »Zufällig habe ich hier eine Nachricht des Rates«, sagte sie. Magda warf einen Blick darauf. Vor diesem Rat war Lord Hastur gezwungen worden, den Eid einer Terranerin als gültig anzuerkennen, und gleichzeitig hatten die Gildenmütter verlangt, die Terraner sollten der Entsagenden Jaelle n'ha Melora den Posten im Hauptquartier geben, den Magda innegehabt hatte, und dazu noch ein dutzend Freie Amazonen einstellen. »Ja, ja, schon gut, ein Dutzend Entsagende«, berichtigte Cholayna sich schnell. »Sie sollen in unserer Medizinischen Abteilung zu medizinisch-technischen Assistentinnen und möglicherweise noch in anderen Wissenschaften und Berufszweigen ausgebildet werden. Wenn Jaelle bei uns arbeitet, solange du im Gildenhaus bist, solltest du dich meiner Meinung nach in diesem halben Jahr besonders dafür qualifizieren, Richtlinien für die Beschäftigung darkovanischen Personals, besonders weiblichen, festzusetzen. Wir sind bereit, dich solange zu beurlauben. Unter Darkovanerinnen lebend, kannst du herausfinden, welche Frauen mit dem Kulturschock fertig würden, wenn sie in den Dienst des Imperiums träten, du kannst uns sagen, wie wir sie behandeln müssen, um die bestmögliche Kommunikation zwischen Terranern und Darkovanern zu erreichen. Du bist der einzige Mensch, der dazu geeignet ist, wenn du tatsächlich in einem Gildenhaus lebst.«

»Also hast du das alles schon gewusst, Cholayna! Warum hast du mich dazu gebracht, es dir zu erzählen?«

»Ich wusste nur, was du gesagt und was die Gildenmütter über dich gesagt hatten«, erwiderte Cholayna. »Ich wusste nichts von deinen Gefühlen in dieser Sache. Wenn die Studentin, die ich gekannt habe, die richtige Art von Mädchen war, heißt das noch lange nicht, dass die Frau, die eine ausgebildete Agentin geworden ist, zu der Art gehört, der wir trauen dürfen.«

Cholayna fuhr fort, und irgendwie besänftigten ihre Worte Magdas Zorn: »Verstehst du das nicht? Es ist für deine Entsagenden ebenso gut wie für das Imperium, wenn sie hierher kommen und die schlimmsten Folgen des Kulturschocks gedämpft werden. Außerdem ist es von Vorteil, zu wissen, bei welchen Terranern wir uns darauf verlassen können, dass sie die Darkovanerinnen anständig behandeln. Du weißt es – und ich war mir darüber im Klaren, noch bevor ich zehn Tage hier war –, dass Russ Montray sich, sobald hier eine Botschaft errichtet wird, zum Legaten ebenso wenig eignet wie ich mich zur Pilotin eines Sternenschiffes! Ihm gefällt der Planet nicht, und er hat kein Verständnis für seine Bewohner. Du hast es, das erkenne ich an der Art, wie du von ihnen sprichst.«

Versucht sie, mir zu schmeicheln, damit sie mich dahin kriegt, wohin sie mich haben will? Natürlich wusste Magda, dass Montray weitaus weniger geeignet war als sie selbst. Aber auf einem Planeten wie Darkover mit seinen streng vorgeschriebenen traditionellen Rollen für Männer und Frauen würde Magda, das war ihr klar, niemals die Stellung eines Legaten oder einen vergleichbaren Posten erreichen, weil die Darkovaner eine Frau in einer solchen Position niemals anerkennen würden. Cholayna war nur deshalb zur Leiterin des Nachrichtendienstes ernannt worden, weil sie lediglich mit ihren Feldagenten, aber nicht mit Darkovanern in direkten Kontakt kommen würde.

»Magda, so wie du mich ansiehst, macht dir doch irgendetwas an dieser Sache Sorgen ...«

»Ich möchte nicht den Anschein erwecken, dass ich meine Schwestern im Gildenhaus ausspioniere ...«

»Es würde mir nie einfallen, das von dir zu verlangen«, versicherte Cholayna. »Du sollst nur für Terraner, die mit darkovanischen Frauen, besonders mit den Entsagenden, die für das Imperium arbeiten werden, in engen Kontakt kommen, bestimmte Verhaltensregeln ausarbeiten. Das ist zu unserm Vorteil, gewiss – aber ich könnte mir vorstellen, dass deine ... deine Gildenschwestern noch mehr Nutzen davon hätten.«

Das ließ sich unmöglich leugnen. Tatsächlich würde Magda Darkover genau den Dienst erweisen, den die Gildenmütter sich wünschten, wie sie bei jener Ratssitzung gesagt hatten. Sie erinnerte sich an die Worte Mutter Laurias:

»*Deshalb sind wir heute hierher gekommen, um euch solche Dienste anzubieten, die geeignet zur Entwicklung einer sinnvollen Kommunikation zwischen unseren Welten sind: als Kartenzeichnerinnen, Führerinnen, Dolmetscherinnen und Fachkräfte in anderen Bereichen, wo die Terraner Darkovanerinnen einzusetzen wünschen. Wohl wissend, dass ihr vom Imperium uns viel zu lehren habt, verlangen wir im Ausgleich dafür, dass eine Gruppe unserer jungen Frauen als Lehrlinge in euren Gesundheitsdienst und andere wissenschaftliche Abteilungen aufgenommen wird.*«

Und das war ein wirklicher Durchbruch gewesen. Vor diesem Tag hatten die Männer des Imperiums die Kultur Darkovers nur nach den Frauen einschätzen können, die sie in den Raumhafenbars und auf dem Marktplatz kennen lernten. Als sie Mutter Lauria dies sagen hörte, erkannte Magda, dass sie eine der Ersten sein würde, die kamen und gingen und Brücken zwischen ihrer neuen und der alten Welt bauten. Sie senkte den Kopf und kapitulierte. Noch immer war sie eine Agentin des Nachrichtendienstes, ganz gleich, wie sie es bedauern mochte.

»Was deine Kündigung angeht – vergiss sie. So etwas kannst du nicht machen, ohne sehr viel länger darüber nachgedacht zu haben. Lass die Türen offen. In beiden Richtungen.« Cholayna streichelte Magdas Hand. Es war eine so unerwartete Geste, und irgendwie vertrieb sie Magdas Feindseligkeit.

»Wir müssen wissen, wie wir diese Entsagenden behandeln sollen, wenn sie bei den Terranern arbeiten. Was sind ihre Kriterien für gutes Benehmen? Was mag sie unter Umständen beleidigen oder aus der Fassung bringen? Und während du im Gildenhaus bist, könntest du die endgültige Entscheidung treffen, welche Frauen sich als Lehrlinge für die Medizinische Abteilung qualifizieren, aufgeschlossene Frauen, flexibel gegenüber sich ändernden Bräuchen ...«

Magda fragte geduldig: »Glaubst du wirklich, dass die meisten von ihnen unwissende Wilde sind, Cholayna? Darf ich dich daran erinnern, dass Darkover, wenn auch eine geschlossene Welt der B-Klasse, eine sehr komplexe und entwickelte Kultur besitzt ...«

»Auf einem Niveau, das noch keine Raumfahrt und keine Industrie kennt«, stellte Cholayna trocken fest. »Ich zweifele nicht daran, dass sie große Dichter und eine beachtliche musikalische Tradition oder sonst etwas haben, was euch Kommunikationsleute dazu veranlasst, von einer hoch entwickelten Kultur zu sprechen. Die Malgamins von Beta Hydri haben ebenfalls eine hoch entwickelte Kultur, aber sie schließt rituellen Kannibalismus und Menschenopfer ein. Wenn wir diesen Leuten unsere eigene fortschrittliche Technologie geben wollen, müssen wir eine gewisse Vorstellung davon haben, was sie damit anfangen werden. Ich nehme an, du bist mit den Theorien von Malthus vertraut und weißt, was mit einer Kultur passiert, wenn man – zum Beispiel – anfängt, das Leben von Kindern zu retten oder wenn die Bevölkerung aus religiösen oder anderen Gründen nicht auf gleicher Höhe gehalten werden kann? Denke an die Kaninchen in Australien – oder bringt man in der Anthropologie dieses klassische Beispiel nicht mehr?«

Magda hatte nur noch eine ganz undeutliche Erinnerung an das klassische Beispiel, wusste aber, um was es bei der Theorie ging. Schränkte man die Verluste durch Raubtiere ein oder erhöhte man die Überlebensrate von Neugeborenen, stieg die Bevölkerung in einer Exponentialkurve, und die Folge war Chaos. Die Terraner waren oft kritisiert worden, dass sie Eingeborenen aus genau diesem Grund medizinisches Wissen vorenthielten. Magda kannte die Richtlinien und die dahinter stehende harte Notwendigkeit.

»Wenn du erst einmal Zeit gehabt hast, das alles zu überdenken, wirst du erkennen, warum du mit uns zusammenarbeiten musst, auch um der Sache deiner Schwestern in deinem ...« – sie zögerte und suchte nach dem Wort – »... Gildenhaus zu dienen.« Cholayna stand auf. Sie erklärte knapp:

»Viel Glück, Magda. Solange du detachiert bist, wirst du zwei Gehaltserhöhungen bekommen, weißt du.« Die Geste ordnete Magda wieder in den Dienst ein. Ihr schoss die Frage durch den Kopf, ob sie salutieren solle.

Und mir ist nicht gelungen, durchzusetzen, weswegen ich gekommen bin. Ich habe nicht gekündigt. Ich habe es so verzweifelt nötig, das eine oder das andere zu sein, nicht auf diese Weise zwischen zwei Welten hin- und hergerissen zu werden. Mein wirkliches Ich, mein wahres Ich ist darkovanisch. Trotzdem bin ich zu sehr Terranerin, um eine echte Darkovanerin zu sein ...

Sie hatte nie wirklich irgendwohin gehört. Vielleicht würde sie im Gildenhaus herausfinden, wo ihr Platz war – aber nur, wenn die Terraner sie in Ruhe ließen.

Sie verließ das Büro des Nachrichtendienstes und überlegte kurz, ob sie ihr altes Quartier aufsuchen und ein paar Besitztümer, an denen ihr Herz hing, holen sollte. Nein. Im Gildenhaus nutzten sie ihr nichts und würden sie nur als Terranerin kennzeichnen. Noch einmal zögerte sie. Sie dachte an Peter und Jaelle, die heute Vormittag eine Ehe als Freipartner schließen würden – die einzige Ehe, die für eine Entsagende legal war. Jaelle hätte sie bei der Trauung bestimmt gern dabei, und Peter auch, als Zeichen dafür, dass sie ihm nicht grollte, weil er jetzt Jaelle liebte und begehrte.

Ich will Peter nicht mehr. Ich bin nicht eifersüchtig auf Jaelle. Wie sie Cholayna Ares erzählt hatte, war die Ehe zerbrochen, noch bevor sie Jaelle kennen gelernt hatte. Und doch hatte sie irgendwie das Gefühl, das Glück der Jungvermählten nicht mit ansehen zu können.

So eilte sie zum Tor und ging hindurch. Draußen nahm sie ihre Identitätsplakette für das Terranische HQ ab und warf sie im Vorübergehen in einen Mülleimer.

Setzt hatte sie die Brücken hinter sich verbrannt; ohne besondere Vorkehrungen konnte sie das HQ nicht wieder betreten, denn sie war keine Angestellte mehr. Auf diesem geschlossenen Planeten gab es keinen freien Verkehr zwischen terranischem und darkovanischem Territorium. Was sie getan hatte, band sie unwiderruflich an das Gildenhaus und an Darkover.

Schnell schritt sie durch die Straßen, bis sie das feste Gebäude sah, fensterlos und blind zur Straße hin, mit einem kleinen Schild an der Tür:

THENDARA-HAUS
GILDE DER ENTSAGENDEN

Sie läutete die kleine, verborgene Schelle und hörte irgendwo, von ganz weit drinnen, eine Glocke anschlagen.

2

Jaelle n'ha Melora

Jaelle träumte …

Sie ritt unter einem seltsamen, unheimlichen Himmel dahin, der wie vergossenes Blut auf dem Sand des Trockenlandes war … Fremde Gesichter umgaben sie, Frauen ohne Ketten, ungebunden, die Art von Frauen, über die ihr Vater immer spottete, zu denen ihre Mutter aber einmal gehört hatte … Ihre Hände waren gefesselt, aber mit Bändern, die zerrissen, so dass sie nicht wusste, wohin sie gehen sollte, und irgendwo schrie ihre Mutter, und Schmerz raste durch ihr Gehirn …

Nein. Es war ein Rasseln, ein irgendwie *metallisches* Geräusch, und ein gleißendes gelbes Licht schnitt durch ihre Augenlider. Dann kam ihr zu Bewusstsein, dass Peters Lippen ihre Schulter berührten, während er sich über sie beugte und den schmetternden Ton abstellte. Jetzt erinnerte sie sich; es war ein Signal, eine Weckglocke, wie sie sie bei ihrem einzigen Besuch im Gästehaus des Klosters von Nevarsin gehört hatte. Aber ein so hartes und mechanisches Geräusch konnte nicht mit den lieblich klingenden Klosterglocken verglichen werden. Der Kopf tat ihr weh. Ihr fiel die Feier im Erholungszentrum des Terranischen HQ ein, bei der sie Peters Freunde kennen gelernt hatte. In der Hoffnung, dadurch ihre Scheu vor all diesen Fremden zu verlieren, hatte sie von dem ungewohnten starken Alkohol mehr getrunken, als es ihre Absicht gewesen war. Jetzt war der ganze Abend nur noch ein Wirrwarr von Namen, die sie nicht aussprechen konnte, und von Gesichtern, mit denen sich für sie keine Namen verbanden.

»Beeile dich lieber, Schatz«, drängte Peter. »Du willst doch nicht an deinem ersten Arbeitstag zu spät kommen, und ich kann es mir nicht leisten – ich habe schon eine schwarze Marke in meiner Personalakte.«

Peter hatte die Brause angestellt gelassen. Jaelles Rücken schmerzte von dem ungewohnten Bett; sie war sich nicht sicher, ob es zu hart oder zu weich war, auf jeden Fall hatte es sich nicht richtig angefühlt. *Sei nicht albern!*, schalt sie sich selbst. Sie hatte schon an allen möglichen fremden Orten geschlafen. Bestimmt würde eine eiskalte Dusche sie richtig aufwecken und erfrischen. Zu ihrer Überraschung war das Wasser jedoch warm und machte eher matt als munter, und ihr wollte nicht einfallen, wie man es kälter stellte. Immerhin war sie jetzt wach und konnte sich anziehen.

Von irgendwoher hatte Peter eine HQ-Uniform für sie besorgt. Jaelle kämpfte sich hinein in die Strumpfhosen, in denen sie sich so unbehaglich fühlte, als seien ihre Beine nackt, in die albernen dünnen, nicht einmal bis zum Knöchel reichenden Schuhe und die kurze schwarze, blau paspelierte Jacke. Peters Jacke sah ebenso aus, nur dass sie rot paspeliert war. Er hatte ihr erklärt, was die verschiedenen Farben bedeuteten, aber sie hatte es vergessen. Die Jacke war so eng, dass sie sie nicht über den Kopf ziehen konnte, und sie grübelte eine ganze Zeit darüber nach, warum man den langen Verschluss im Rücken angebracht hatte, wo es ihr Schwierigkeiten machte, ihn zu erreichen, statt vorn, wie es vernünftig gewesen wäre. Überhaupt, wer wünschte sich ein so enges Kleidungsstück? Weiter geschnitten und mit den Säumen, die sich zusammendrücken ließen, vorn, wäre es ungemein praktisch für eine Frau gewesen, die ein Kind nährte. So, wie es war, stellte es eine Verschwendung von Material dar – ein paar Zentimeter loser sitzend, und es hätte sich über den Kopf ziehen lassen und überhaupt keinen Verschluss gebraucht. Es fühlte sich rau an ihrer Haut an, denn eine Unterjacke hatte sie nicht bekommen, aber wenigstens besaß das Ding einen warmen gestrickten Kragen und anliegende Ärmel. Stirnrunzelnd musterte Jaelle sich im Spiegel. Peter, bereits angekleidet, trat hinter sie, fasste sie bei den Schultern, bewunderte ihr Spiegelbild und presste sie dann eng an sich.

»Du siehst hinreißend in Uniform aus«, sagte er. »Sobald sie dich zu sehen bekommen, werden mich alle Männer im HQ um dich beneiden.«

Jaelle wand sich innerlich; ihre Ausbildung hatte darauf gezielt, genau das zu vermeiden. Der Stoff schmiegte sich unschicklich eng um die Kurven ihrer Brüste und ihrer schmalen Taille. Sie machte sich Sorgen, aber als Peter sie zu sich herumdrehte und an sich zog und sie ihr Gesicht an seiner Schulter verbarg, schien in seinen Armen die ganze Anspannung aus ihr hinauszufließen. Sie seufzte und murmelte: »Ich wünschte, du müsstest nicht gehen ...«

»Mmmmmm, das wünschte ich auch.« Er liebkoste sie, grub seine Lippen in ihren bloßen Hals – hob dann abrupt den Blick und starrte das Chronometer an der Wand an.

»Autsch! Sieh mal, wie spät es ist! Ich sagte ja schon, ich wage es nicht, an diesem ersten Tag, den ich wieder zurück bin, zu spät zu kommen.« Er wandte sich zur Tür. Jaelle wurde es trotz der warmen Dusche eiskalt, als er sagte: »Tut mir Leid, Liebling, ich bin spät dran, aber du findest doch den Weg, nicht wahr? Wir sehen uns heute Abend.« Die Tür schloss sich, und Jaelle stand allein da. Immer noch erregt von seiner Berührung und seinem Kuss, stellte sie fest, dass er nicht einmal auf die Beantwortung seiner Frage gewartet hatte. Jaelle war sich überhaupt nicht sicher, ob sie durch das erschreckende Labyrinth des Hauptquartiers in das Büro hinunterfinden würde, wo sie sich heute Morgen melden sollte.

Blind starrte sie auf das Chronometer und versuchte, die terranische Zeit in die vertrauten Stunden des Tages zu übersetzen. Wenn sie richtig rechnete, war es noch nicht einmal drei Stunden nach Sonnenaufgang. Ihr fiel eine Neckerei Magdas ein: *Ich glaube nicht, dass es dir in der Terranischen Zone besonders gefallen wird. Dort wird manchmal sogar nach der Uhr geliebt.*

Doch auch sie hatte heute Morgen Pflichten. Sie konnte nicht hier stehen bleiben und verlegen ihr Spiegelbild angaffen. Andererseits vermochte sie sich nicht vorzustellen, dass sie in diesem unanständig engen Gewand zwischen fremden Männern – Terranern! – herumlief. Nicht einmal eine Prostituierte würde so angezogen ausgehen! Mit zitternden Händen löste sie den Verschluss der Jacke und zog ihre normalen Kleider an. Die Uniform war außerdem für das Spätfrühlingswetter draußen nicht warm genug. Innerhalb des Gebäudes, das zu fast erstickender Wärme aufgeheizt war, mochte sie genügen, aber Jaelle musste nach draußen gehen. Sie nahm sich die kleine Karte des HQ vor, die Peter ihr dagelassen hatte, und bemühte sich, Sinn in den unvertrauten Markierungen zu finden.

Im morgendlichen Nieselregen erschauernd, suchte sie sich den Weg bis zum Hauptgebäude und zeigte dort den vorläufigen Pass, den Peter ihr gegeben hatte. Der Sicherheitsmann sagte: »Mrs. Haldane? Sie hätten bei diesem Wetter durch den unterirdischen Tunnel gehen sollen.« Jaelle sah sich um und stellte fest, dass sich tatsächlich kein Mensch auf den verwickelten Gehwegen und Rampen befand.

Es gelang ihr, die Hinweisschilder zu enträtseln. Peter hatte ihr einen Schnellkurs im Lesen der häufigsten Zeichen verpasst, und sie hatte ein bisschen Terra-Standard gelernt, das sich von *Casta* gar nicht so sehr unterschied – irgendjemand hatte ihr einmal erzählt, dass beides einer gemeinsamen Sprachfamilie angehört habe, bevor Darkover besiedelt worden war, und dass *Casta* der gebräuchlichsten terranischen Sprache ähnlich sei. Es widerstrebte ihr, jemanden von den

Männern und Frauen, die in den Kaninchengehegen der Gebäude umherliefen, nach dem Weg zu fragen. Sie sahen in ihren Strumpfhosen, den Jacken in verschiedenen Farben und den ausgeschnittenen, dünnen Sandalen alle gleich aus. Jaelle fuhr zwei- oder dreimal im Aufzug hinauf und hinunter, bis sie herausgefunden hatte, wie er funktionierte. Es war gar nicht kompliziert, wenn es nur zu verstehen gewesen wäre, warum die Leute sich die Mühe machten. War eine Lähmung der Beine eine rassisch bedingte Krankheit bei den Terranern, so dass sie keine Treppen benutzen konnten? Sicher waren Aufzüge sinnvoll, wenn ein Gebäude zwanzig oder dreißig Stockwerke besaß, aber warum wurde es so hoch gebaut? Die Terraner hatten mit ihrem Raumhafengelände doch Platz genug erhalten, um vernünftig zu bauen!

Zumindest stimmte mit Peters Beinen alles, dachte sie lächelnd. Vielleicht waren die Terraner einfach gewohnheitsmäßig faul.

Vor dem Eingang zu der Abteilung, die Peter auf der Karte markiert hatte – es gab dort außerdem ein Schild, auf dem, wie sie erkannte, das terranische Wort für KOMMUNIKATION stand –, stellte sich Jaelle einem dort Wache haltenden Mann vor. Sie sagte: »Mein Name ist Jaelle n'ha Melora«, und hielt ihm ihren Pass hin.

»Treten Sie bitte vor den Bildschirm und stecken Sie den Pass in den Schlitz«, antwortete er gleichgültig. Jaelle steckte den Pass in den Schlitz, und der Glasschirm begann, mit einem merkwürdigen Piepen zu flackern.

»Was ist los?«, fragte der Mann.

Hilflos stand Jaelle vor dem blinkenden, piependen Schirm.

»Ich weiß es nicht ...«, begann sie. »Mein Pass ist wieder herausgekommen ...« Bestürzt zog sie ihn aus dem Schlitz.

Der Mann betrachtete den Pass und den Bildschirm. Stirnrunzelnd meinte er: »Sie tragen keine Uniform, und die Kamera erkennt Sie nach dem Bild nicht – verstehen Sie? Und der Name, den Sie nannten, stimmt nicht mit dem Namen auf dem Pass überein, Miss.« Jaelle nahm das letzte Wort für eine höfliche Anrede, ähnlich *Damisela.* Sollte sie ihn verbessern? Er zeigte geduldig auf den Namen, der im Pass stand. »Sie müssen den Namen in der Form wiederholen, wie er hier angegeben ist. Verstehen Sie? *Haldane, Mrs. Peter.* Versuchen Sie, es so zu sagen.«

Sie wollte protestieren, ihr Name sei Jaelle, einer Entsagenden sei es aufgrund ihres Eides verboten, den Namen eines Mannes zu tragen, aber sofort überlegte sie es sich anders. Den Wachposten ging es nichts an, und wie sollte sie es überhaupt einem Terraner erklären? Gehorsam wiederholte sie »Haldane, Mrs. Peter« vor dem Schirm, und die Tür glitt zurück und ließ sie ein. Sie erinnerte sich, dass einige von Peters Freunden – nicht die besten Freunde – sie gestern Abend Mrs. Haldane genannt hatten und sie sie hatte korrigieren müssen. Aber war das nicht auch Magdas Name?

Sie trat in einen großen, hellen Raum mit dem allgegenwärtigen gelben Licht. Entlang der Wand standen seltsame, ihr unbekannte Maschinen. Eine junge Frau erhob sich hinter einem schmalen Tisch, um sie zu begrüßen.

»Ich bin Bethany Kane«, sagte sie. »Du musst Jaelle sein.« Ihr Cahuenga, die Sprache der Handelsstadt, war so schlecht, dass Jaelle kaum ihren eigenen Namen verstand. Bethany führte sie an einen Tisch mit Glaspaneelen und merkwürdigen Ausrüstungsgegenständen. »Du kannst deine Sachen hier lassen. Dann gehen wir gleich nach oben; ich soll dich zur Verwaltung und zur Medizinischen Abteilung bringen.«

Man merkte nur zu deutlich, dass es eine vorher auswendig gelernte Ansprache war. Jaelle hatte offensichtlich keine »Sachen«, die sie hätte dalassen können, und die junge Frau machte den Eindruck, als hätte sie gern mehr gesagt, könne aber nicht. Einem Impuls folgend, erwiderte Jaelle auf *Casta*: »Magda erzählte mir von ihrer Freundin Bethany – bist du das?«

Bethany war eine kleine Frau mit mittelbraunem Haar und braunen Augen – wie *Tieraugen,* dachte Jaelle –, und sie sah in der alle Kurven nachzeichnenden terranischen Uniform verführerisch aus. Wie konnte sich die Frau in einem Büro, wo Männer und Frauen gemeinsam arbeiteten, so zur Schau stellen! Wären nur Frauen zugegen gewesen, hätte es vielleicht nicht so – Jaelle suchte nach dem Wort – so absichtlich provozierend gewirkt. Aber diese Frauen gingen ganz ungezwungen mit den Männern um, und niemand schien ihre Aufmachung zu bemerken. Während sie an einer ganzen Reihe von Türen mit den jeweiligen Wachposten entlanggingen, nahm sich Jaelle vor, später darüber nachzudenken. Ihr war, als führe Bethany, die ihren Pass an sich genommen hatte, sie unter Zuhilfenahme von Tunnels und Aufzügen durch Meilen und Meilen von Korridoren. Bis sie ihr Ziel erreicht hatten, taten Jaelle die an fest verschnürte Stiefel gewöhnten Füße in den Sandalen weh. Sie verwarf ihre Theorie, Terraner seien faul. Wenn sie so viel herumrasen mussten, brauchten sie ihre Aufzüge und Rolltreppen vielleicht wirklich.

Die nächsten Stunden waren die verwirrendsten ihres Lebens. An einer Stelle blitzten Lichter und blendeten ihre Augen, und gleich darauf rutschte aus einem Schlitz ein beschichtetes Kärtchen mit einem Bild, auf dem Jaelle sich erst gar nicht erkannte. Es zeigte eine kleine, ernst blickende rothaarige Frau mit etwas ängstlichen Augen. Bethany sah, wie sie beim Betrachten des Bildes das Gesicht verzog, und lachte.

»Oh, so sehen wir alle auf Passfotos aus, als wären wir fürs Verbrecheralbum aufgenommen worden. Das muss an der Beleuchtung und an der Pose liegen. Du müsstest mal meins sehen!« Jaelle erwartete, jetzt werde sie es ihr zeigen, aber das tat sie nicht. Also war es wohl eine bildliche Redensart gewesen, eine soziale Geste. Dann befragte sie ein älterer Herr, rund und gutmütig, der das Darkovanische ausgezeichnet beherrschte, sie lang und breit über ihren Geburtsort (»Shainsa? Wo genau liegt denn das?«, wollte er wissen und brachte Jaelle tatsächlich dazu, den Weg zwischen den Trockenstädten und Thendara zu skizzieren), ihr Alter und ihr Geburtsdatum. Er bat sie mehrmals, ihren Namen zu nennen, und fand dafür eine genaue Umschreibung. Das, so meinte er, werde anderen helfen, ihn korrekt auszusprechen. Jaelle fragte sich, warum er es den anderen nicht einfach sagte oder einen dieser überall herumstehenden Stimmaufzeichner benutzte – es hatte sie sehr erschreckt, als aus einem von ihnen plötzlich ihre eigene Stimme gekommen war. Doch sie hatte gewusst, dass es hier viele ihr fremde Dinge geben würde. Einmal redete er sie mit »Mrs. Haldane« an, und als sie ihn korrigierte, lächelte er milde und meinte: »Das ist Landesbrauch, mein liebes Mädchen.« Er benutzte den Ausdruck, der bei einem Darkovaner von beleidigender Intimität gewesen wäre, auf so väterliche Art, dass er Jaelles Sympathie gewann, statt bei ihr Anstoß zu erregen. »Vergessen Sie nicht, junge Frau, Sie befinden sich jetzt unter terranischen Barbaren, und Sie müssen uns unsere Stammesbräuche zugestehen. Es ist einfacher für die Akten. Sie teilen sich die Wohnung mit Haldane, nicht wahr? Na, da haben Sie es.«

»Ja, aber ich bin eine Entsagende, und bei uns ist es nicht Brauch, den Namen des Mannes zu tragen ...«

»Wie ich sagte, es ist unser Brauch«, antwortete der Mann. »Gibt es bei Ihnen ein Sprichwort des Sinnes: ›Wenn du in Rom bist, verhalte dich wie ein Römer‹?«

»Wer waren die Römer?«

»Gott weiß es; ich weiß es nicht. Irgendein altes territoriales

Volk, könnte ich mir vorstellen. Es ließe sich übersetzen: ›Wenn du unter Barbaren lebst, folge ihren Bräuchen, so gut du kannst.‹«

Jaelle dachte darüber nach und spürte, dass sich ihr Gesicht zum Lächeln verzog. »Ja, wir sagen: ›Wenn du in Temora bist, iss Fisch.‹«

»Wie ich mich entsinne, liegt Temora am Meer«, überlegte er. Dann begann er, mit bemerkenswert flinken Fingern auf der seltsamen Tastatur zu tippen – Jaelle hoffte, man werde von ihr nicht verlangen, eine Maschine zu benutzen, die eine solche Geschicklichkeit erforderte –, und lautlose Lichter flossen über eine Glasplatte vor ihm. Ein Piepton war zu hören, und der Mann hob seinen Blick von den Signallampen.

»Das habe ich vergessen. Beth, sind Sie so nett und besorgen mir ihre Abdrücke?«

»Finger oder Retina oder beide?«

»Beide, denke ich.«

Bethany brachte Jaelle zu einer anderen Maschine und führte ihre Hand an eine flache Glasplatte, die Lichter aufflammen ließ. Dann musste Jaelle das Gesicht in eine Öffnung stecken, die eine Stütze für das Kinn hatte. Sie zuckte erschrocken zurück, als die Lichter ihren Augen wehtaten. Beth redete ihr zu: »Nein, halte den Kopf still und die Augen offen. Wir nehmen Retinaabdrücke der eindeutigen Identifikation wegen. Fingerabdrücke können manchmal gefälscht werden, Retinamuster nie.«

Es waren zwei weitere Versuche erforderlich, bis Jaelle die unwillkürliche Reaktion, zurückzuzucken und die Augen zuzukneifen, unterdrücken konnte. Schließlich steckte man ihr ein Kärtchen an die Jacke, auf dem in einer Ecke ihr Bild und ansonsten die merkwürdigen Krakel zu sehen waren, die, wie man ihr sagte, kodierte Abdrücke darstellten.

Bethany meinte: »Du musst die Uniform einfach tragen,

weißt du. Du hast heute schon zweimal bei den Monitoren den Alarm für unbefugtes Eindringen ausgelöst – sie sind darauf programmiert, Leute ohne Uniform zu melden. In den Jackenkragen ist ein Kode eingelassen.« Sie führte Jaelles Finger an eine raue Stelle im Stoff. Jaelle hatte gedacht, der Kragen sei zerrissen und repariert worden, aber offenbar musste das wohl so sein.

»Glücklicherweise hat uns der Mann, der am Haupteingang deinen Pass gesehen hat, gewarnt, du trügest heute keine Uniform. Aber willst du sie bitte morgen wie ein braves Mädchen anziehen? Das macht alles so viel einfacher.«

Einfacher, ja! Alle sehen gleich aus wie lauter bemalte Spielzeugsoldaten aus einer Schachtel!

»Ich weiß, Sie arbeiten unter Lorne«, ergriff der Mann wieder das Wort. »Aber sie konnte auf ihren Dienstgrad pochen, wenn sie darkovanische Kleidung trug.« Lorne war natürlich der Name, den Magda im HQ benutzte. Der Rest war Jaelle unverständlich, ausgenommen die Anweisung, dass sie – aus irgendeinem seltsamen Grund, vielleicht eines abergläubischen Rituals wegen – die Uniform zu tragen hatte, damit sie innerhalb des Gebäudes keinen Alarm auslöste. Wahrscheinlich war es nicht wert, lange darüber zu diskutieren.

»Heute, an Ihrem ersten Tag, ist es nicht so schlimm«, setzte der Mann hinzu, »aber morgen kommen Sie in Uniform, ja? Und tragen Sie jederzeit das Abzeichen. Es identifiziert Ihre Abteilung und Ihr Gesicht.«

Jaelle fragte: »Warum muss ich die Aufzeichnung meines Gesichts tragen, wo ich doch mein Gesicht selbst mit mir führe?«

»Damit wir sehen, ob Ihr Abzeichen Ihrem Gesicht entspricht, und keine unbefugte Person in Sicherheitsgebiete gelangt«, antwortete der Mann, und Jaelle verzichtete auf die Frage, aus welchem Grund jemand den Wunsch haben sollte, einen Ort aufzusuchen, wo er nichts zu tun hatte. Es war schließlich nicht so, als gäbe es hier drinnen irgendetwas Interessantes zu sehen.

»Bringen Sie sie zur Medizinischen hinauf, Beth, wir sind fertig mit ihr«, sagte der Mann. »Viel Glück, Mrs. Haldane – Jaelle, meine ich. Wo wird sie arbeiten, Beth? Ins Büro des Chefs kann man sie nicht gut stecken, er neigt dazu ...« – der Mann zögerte – »... unhöfliche Bemerkungen über die Herkunft mancher Leute zu machen.«

Jaelle fragte sich, ob der Mann sie für taub oder schwachsinnig hielt. Sie hatte Montray kennen gelernt, und niemand mit einem Anflug von telepathischen Fähigkeiten konnte daran zweifeln, dass er Darkover und die Darkovaner nicht mochte. Immerhin hatte der Mann hier ihre Gefühle schonen wollen, und das war die erste Höflichkeit, die ihr von einem Terraner widerfuhr. Sie waren oft freundlich, selten höflich. Jedenfalls nicht in der Art, die sie als Höflichkeit verstand; anscheinend hatten sie andere Vorstellungen davon. Erst als sie wieder draußen im Flur waren, fiel Jaelle auf, dass sie zwar eine große Menge Fragen über sich selbst beantwortet hatte, doch niemand auf den Einfall gekommen war, ihn ihr vorzustellen. Seinen Namen hatte sie bis zum Schluss nicht erfahren.

»Nächste Station ist die Medizinische«, bemerkte Bethany. Jaelle kannte das terranische Wort mittlerweile nach den langen Debatten, ob es Entsagenden erlaubt werden könne, sich zu medizinisch-technischen Assistentinnen ausbilden zu lassen. Sie protestierte: »Ich bin nicht krank!«

»Vorschrift«, sagte Bethany. Diese Antwort hatte Jaelle an dem Tag schon so oft erhalten, dass sie darin, obwohl sie die eigentliche Bedeutung noch nicht herausgefunden hatte, eine rituelle Entgegnung sah, die die Diskussion abschneiden sollte. Nun, ihr war gesagt worden, es sei unhöflich, nach den religiösen Ritualen anderer zu fragen, und die Terraner mussten ein paar sehr seltsame haben.

Diesmal ging es höher hinauf als zuvor. Jaelle erhaschte zufällig einen Blick aus einem Fenster und schüttelte sich unwillkürlich. Sie mussten so hoch sein wie auf dem Scaravel-Pass. Schwindelig klammerte sie sich an das Treppengeländer. Sollte damit ihr Mut geprüft werden? Nun, eine Frau, die sich von Schneestürmen in den Hellers und Banshees auf den Gebirgspässen nicht hatte unterkriegen lassen, würde nicht wegen bloßer Höhe jammern. Merkwürdig, Bethany schien sie nichts auszumachen.

In diesem Stockwerk wurde eine andere Uniform getragen, und da Jaelle sich vorgenommen hatte, diesmal bei jedem merkwürdigen Ritual mitzumachen, widersetzte sie sich nicht, als man ihr ihre Amazonenkleidung aus Wolle und Leder auszog und sie in einen weißen Kittel aus Papier steckte. Die Leute, die hier arbeiteten, trugen alle das gleiche Abzeichen an ihren Jacken, einen Stab, um den sich so etwas wie eine Schlange ringelte. Ob das Arbeitsabzeichen bei den Terranern die Embleme von Clan und Familie ersetzt hatte? Jaelle saß auf Bänken herum und wartete, dass eigentümliche Prozeduren an ihr vorgenommen wurden. Maschinen tasteten an ihr herum und stachen sie mit Nadeln in den Finger. Davor zuckte sie zurück, und Bethany erklärte: »Sie wollen sich dein Blut unter einem ...« – Jaelle verstand das Wort nicht – »... ansehen.« Sie setzte erläuternd hinzu: »Ein spezielles Glas, mit dem man die Zellen in deinem Blut sehen – sich vergewissern kann, dass es gesundes Blut ist.« Sie schoben ihr ein Glasplättchen in den Mund, wickelten sie von der Brust bis zu den Knien in ein schweres, metallbeschichtetes Tuch und ließen sie mit der Maschine allein. Die Maschine begann zu summen, und Jaelle erschrak und riss den Kopf zurück. Die junge Technikerin, ein Mädchen etwa in Jaelles Alter mit hellem, lockigem Haar, machte eine ärgerliche Bemerkung, und wieder erklärte Bethany hastig, es solle nur ein Bild von Jaelles Zähnen gemacht werden, um festzustellen, ob sie Löcher oder beschädigte Wurzeln hätten.

»Sie hätten mich fragen können«, gab Jaelle gereizt zurück. Aber beim nächsten Versuch hielt sie den Atem an und rührte sich nicht. Die Technikerin betrachtete die Platte mit den abgebildeten Zähnen und sagte zu Bethany, so etwas habe sie noch nie gesehen.

»Sie sagt, deine Zähne seien perfekt«, übersetzte Bethany, und Jaelle, die sich irgendwie gekränkt fühlte, meinte, das hätte sie ihnen gleich sagen können.

Dann kamen sie in einen Raum voller Maschinen. Der Mann, der sich um diese Maschinen kümmerte, sprach besser Darkovanisch als alle anderen, den Mann ausgenommen, der sie in dem Zimmer, wo sie fotografiert worden war, so lange befragt hatte. Er forderte Jaelle auf: »Treten Sie hinter die Vorhänge dort und legen Sie alle Ihre Kleider ab. Ziehen Sie sich bis auf die Haut aus. Dann kommen Sie an jenem Ende heraus und gehen sofort da hinunter, an dem aufgemalten weißen Streifen entlang. Verstanden?«

Jaelle sah ihn entsetzt an. Ein gutes Drittel der Techniker an den Maschinen waren Männer!

»Ich kann nicht.« In panischer Angst umklammerte sie Bethanys Arm. »Meint er wirklich, ich soll vollständig nackt durch all diese Maschinen gehen?«

»Die Maschinen tun dir nichts«, antwortete Bethany. »Das sind die neuen computerisierten Aufnahmegeräte, keine Röntgenstrahlen, nichts, was dir oder deinen Genen schaden könnte. Ich gehe als Erste und zeige es dir, ja?« Sie steckte den Kopf hinaus, sagte etwas auf Terranisch zu den Technikern und übersetzte für Jaelle: »Ich habe ihnen gesagt, ich würde als Erste gehen, um dir zu zeigen, dass es nicht wehtut.«

Sie zog sich aus, und Jaelle sah ihr interessiert zu. *So also wird man mit dem Verschluss im Rücken fertig? Reißen die Strumpfhosen wirklich so leicht, dass sie so Acht gibt, nicht mit den Fingernägeln hineinzugeraten?*

»Programmieren Sie den Metalldetektor auf die Füllungen in meinen Zähnen, Roy. Das letzte Mal hat er mich angepiept, und man hat mich den halben Vormittag hin- und zurückmarschieren lassen.«

»Füllungen in den Zähnen, geht in Ordnung.« Der Mann nahm irgendeine Einstellung an der Maschine vor. »Das ist noch gar nichts. Wir hatten neulich Lucy von der Kommunikation hier oben und vergaßen, in den Unterlagen nachzusehen und die Metallnadel in ihrer Hüfte zu programmieren. Da war vielleicht etwas los! Sind Sie so weit, Beth?« Während Bethany splitternackt an den aneinander gereihten Maschinen entlangging, stellte Jaelle fest, dass die Männer sie ignorierten, als sei sie ebenfalls ein Mann oder eine angezogene Frau. Dann kam Bethany zurück und wollte sie aus der Umkleidekabine schieben, aber Jaelle zögerte immer noch.

»Ich sage dir doch, die Maschinen tun dir nicht weh. Das ist nichts als Licht!«

»Aber – das sind Männer ...«

»Das sind Mediziner«, erklärte Bethany. »Du bist für sie nichts weiter als eine Ansammlung von Knochen und Organen. Eine Colles-Fraktur würde sie mehr interessieren als deine Brüste, und wenn sie die herrlichsten des Universums wären. Nun geh schon – du lässt sie warten!«

Jaelle verstand das nicht so ganz. Sie nahm an, Bethany wolle ihr klarmachen, diese Männer – Mediziner? – seien wie Mönche oder Heiler-Priester und an nichts als ihrer Arbeit interessiert. Sie nahm allen Mut zusammen und trat aus der Kabine. Zu ihrer Erleichterung hob niemand, ob männlich oder weiblich, den Blick; alle blieben über die Maschinen gebeugt.

Eine der Frauen fragte in fehlerhaftem Darkovanisch: »Haben Sie irgendwelches Metall an sich? Zähne, Ausrüstungsgegenstände, sonst etwas?«

Jaelle spreizte die leeren Hände. »Wo sollte ich das wohl gelassen haben?«, fragte sie, und die Frau lächelte. »Richtig. Gehen Sie dahin – diese Seite – umdrehen. Stehen bleiben. Heben Sie einen Arm. Den anderen.« Jaelle fühlte sich wie ein zahmes Chervine, das Kunststücke vorführt. »Wieder umdrehen – den Arm senken – sehen Sie wohl? Es tut nicht weh ...«

Jaelle zog sich wieder an und fragte Bethany: »Was haben diese Maschinen denn *gemacht?*«

»Bilder von deinem Inneren, das sagte ich doch. Es verrät ihnen, dass du gesund bist.«

»Und wie *ich* gesagt habe, hätten sie mich danach nur zu fragen brauchen.« Abgesehen von einer oder zwei in der Schlacht erhaltenen Wunden – während ihrer ersten Jahre in der Gilde hatte sie an Kindras Seite als Söldnerin gekämpft – und einem Bruch des Handgelenks, den sie sich mit sechzehn bei einem Sturz vom Pferd zugezogen hatte, war sie immer vollkommen gesund gewesen.

Dann drückte man sie auf eine Konturenliege und klebte ihr Plättchen an den Kopf. Sie musste eingeschlafen sein, und als sie erwachte, hatte sie tobende Kopfschmerzen, nicht unähnlich jenen, die sie im Alter von fünfzehn Jahren ausgestanden hatte, nachdem Lady Alida sie gezwungen hatte, in ein Matrix-Juwel zu sehen.

»Sie ist sehr resistent«, hörte sie einen Mann sagen, und ein anderer antwortete: »Das ist normal für die eingeborene Bevölkerung. Nicht an eine technologische Umgebung gewöhnt. Beth sagt, sie habe vor den Fluoroskopie-Maschinen zurückgescheut. He – halt den Mund, sie ist schon wach. Können Sie uns verstehen, Miss?«

»Ja, tadellos – oh, jetzt weiß ich es, das ist eine Maschine, die Sprachen lehrt.« Das war gar nichts; die *Comyn* hätten das mit nichts als einer Matrix und einem gut ausgebildeten Telepathen tun können.

»Kopfweh?« Ohne auf ihre Antwort zu warten, reichte der Mediziner ihr einen kleinen Pappbecher, auf dessen Boden sich etwa ein Löffel voll einer hellgrünen Flüssigkeit befand. »Trinken Sie das.«

Sie trank. Der Mann nahm ihr den Becher ab, zerdrückte ihn in der Hand und warf ihn in einen Abfallsammler. Fasziniert sah Jaelle zu, wie er sich in blassen Schleim verwandelte und im Abfluss verschwand. Eben noch war es ein Becher gewesen, gleich darauf wurde er übergangslos zu einem bisschen Schleim, absichtlich weggeworfen und zerstört. Und doch war er nicht alt oder abgenutzt gewesen, ihre Hand hatte das Gefühl von etwas Glattem, Neuem bewahrt, von etwas *Wirklichem.* Sie spürte das Ding noch, aber es selbst war verschwunden. *Warum?* Ein paar Minuten später, als sie ihre eigenen Sachen wieder anzog, sagte Bethany ihr, sie solle ihren Papierkittel in einen Abfallsammler der gleichen Art werfen. Es verwirrte sie, dass Dinge sich auflösten und wegflossen und nicht mehr existierten. Der Mann, der die Sprachenmaschine bediente – sie hatte gehört, dass man sie einen D-Alpha-Kortikator nannte, was sie nicht klüger machte – reichte ihr ein Päckchen.

»Hier sind Ihre Sprachlektionen in Standard für den Rest der Woche«, sagte er. »Bitten Sie Ihren Mann, Ihnen zu zeigen, wie Sie den Schlaflerner benutzen sollen. Dann können Sie allein weitermachen.«

Schon wieder eine Maschine! Auch dieser Mann war ihr nicht vorgestellt worden, aber inzwischen hatte sie sich an Unhöflichkeit gewöhnt und wunderte sich gar nicht mehr, als Bethany sie drängte, sich zu beeilen, da sie sonst zu spät zum

Lunch kämen. Sie hatte sich den ganzen Vormittag beeilt, aber die Terraner waren immer in Eile, angetrieben von den Uhren, die sie überall sah, und vermutlich gab es gute Gründe, die Mahlzeiten zu bestimmten Zeiten zu servieren. Vielleicht wollte man die Köche nicht warten lassen. Allerdings waren keine Köche sichtbar, nur Maschinen, und es verwirrte sie, dass sie Knöpfe drücken musste, um Essen zu bekommen, doch sie tat, was Bethany tat. Das Essen war ihr sowieso fremd, dicke Breie und heiße Getränke und milde, texturierte Massen. Die Gabel in ein eigentümlich rotes Zeug steckend, erkundigte Jaelle sich, was es sei, und Bethany zuckte die Schultern.

»Die Ration des Tages; irgendein synthetisches Karbo-Protein, nehme ich an. Was es auch sein mag, es ist angeblich gut für einen.« Dessen ungeachtet aß sie ihre Portion mit Appetit auf, und Jaelle versuchte, wenigstens etwas hinunterzuwürgen.

»Das Essen in der Haupt-Cafeteria ist besser«, erzählte Bethany, »dafür geht es hier schnell. Ich weiß, das war ein langweiliger Vormittag, aber so ist es immer bei einem neuen Job.«

Langweilig? Jaelle dachte an ihre letzte Aufgabe: Mit ihrer Partnerin Rafaella hatte sie eine Handelskarawane nach Dalereuth organisiert. Einen Tag hatten sie für Gespräche mit ihrem Auftraggeber gebraucht. Sie mussten herausfinden, was für Männer und wie viele Tiere er hatte, die Packtiere inspizieren und die Lasten berechnen, die Sattelmacher besuchen und geeignetes Geschirr herstellen lassen. Jaelle hatte die Männer nach ihren Vorlieben beim Essen befragt, hatte Vorräte eingekauft und ihre Auslieferung arrangiert. Monoton vielleicht und harte Arbeit, aber gewiss nicht langweilig!

Die Speisen waren ihr zu ungewohnt, als dass sie viel davon hätte verzehren können, und wäre sie nicht heißhungrig gewesen, nachdem sie heute Morgen ohne Frühstück weggegangen war, hätte sie überhaupt nichts hinunterbekommen. Alles hatte zu wenig Biss, es war zu süß oder zu salzig, und einmal geriet ihr ein Geschmack von so feuriger Bitterkeit auf die Zunge, dass sie spucken musste. Wenigstens versuchte Bethany, freundlich zu sein.

Im Geist alle Ereignisse noch einmal durchgehend, stellte Jaelle fest, dass sie immer noch zornig über die Zumutung war, nackt zwischen zwei Reihen von Maschinen hindurchzugehen. Keiner der Männer war beleidigend gewesen, sie hatten keine Notiz davon genommen, dass sie eine Frau war. Aber sie hätten Notiz davon nehmen sollen – nicht etwa, indem sie sie unverschämt ansahen, sondern indem sie anerkannten, dass es ihr peinlich war, sich vor fremden Männern zur Schau stellen zu müssen. Vielleicht hätte man ausschließlich Frauen damit beauftragen können, die Maschinen zu bedienen, nur um zu zeigen, dass man Verständnis für ihre natürlichen Gefühle hatte. Jaelle verabscheute den Gedanken, dass man sie als ein Nichts betrachtete, als eine weitere Maschine, die zufällig lebte und atmete, eine Maschine, die niemand beachtet hätte, wäre da nicht die Tatsache gewesen, dass sie die vorgeschriebene Uniform nicht trug! *Eine Ansammlung von Knochen und Organen,* hatte Bethany gesagt. Jaelle fühlte sich entpersönlicht, als hätten diese Leute sie, als sie sie wie eine Maschine behandelten, zur Maschine gemacht.

»Zwinge dich nicht, das Zeug zu essen, wenn es dir nicht schmeckt.« Bethany hatte Jaelles Kampf mit den Speisen bemerkt. »Früher oder später wirst du herausfinden, was du magst und was nicht, und in deiner Wohnung kannst du Eingeborenenessen – oh, Verzeihung, ich meine natürlich gekochtes Essen – bekommen, Dinge, an die du gewöhnt bist. Manche Leute ziehen eben synthetische Nahrungsmittel vor – die Alphas, zum Beispiel, weigern sich aus religiösen Gründen, irgendetwas zu essen, das einmal lebendig gewesen ist, weshalb wir für sie eine vollständige synthetische Diät zusammenstellen müssen, und es ist einfacher und billiger, damit das gesamte Personal hier oben zu versorgen. Es schmeckt gar nicht so schlecht, wenn man sich daran gewöhnt hat«, plapperte sie weiter. Jaelle versuchte, sich eine Welt auszumalen, auf der alle Menschen dieses Zeug aßen, nicht weil es bequem oder billig war, sondern weil sie religiöse Skrupel hatten, etwas hinunterzuschlucken, das einmal mit Leben erfüllt gewesen war. Im Grunde zeugte das von einer sehr hoch entwickelten Ethik. Aber sie hatte im Augenblick andere Probleme.

Mittlerweile immun gegen Schocks geworden, warf Jaelle ihren halb geleerten Teller in einen der überall herumstehenden Abfallbehälter und beobachtete, wie der Schleim abfloss. Kein großer Verlust, dachte sie. Wieder in einem der oberen Stockwerke angelangt, überkam sie in einem der großen, fensterlosen Büroräume das Unbehagen einer beginnenden Klaustrophobie. Es störte sie, nicht zu wissen, ob sie sich im vierten oder im vierundzwanzigsten Stock befand. Sie sagte sich, dass sie nicht erwarten dürfe, bei den Terranern werde ihr alles vertraut sein, und wenigstens sei es eine neue Erfahrung. Aber das Hintergrundgeräusch, das die Maschinen erzeugten, hörte nicht auf, an ihren Nerven zu zerren. Bethany wies ihr einen Schreibtisch an.

»Das ist Lornes Platz. Auch wenn sie da ist, benutzt sie ihn nicht oft; sie arbeitet meistens oben in Montrays Büro. Als ich erfuhr, dass du zu uns kommen würdest, ließ ich den Schreibtisch für dich einrichten. Es würde dir nicht gefallen, unter Montray zu arbeiten, er ist ein ...« Jaelle verstand den Ausdruck nicht, der ihn mit einem ihr unbekannten Tier verglich, wohl aber den herabsetzenden Ton. Ihr fiel ein, was sie über ihn in der Medizinischen Abteilung gehört hatte ... Montray war der Mann, dem niemand zutraute, er werde Darkovaner mit normaler Höflichkeit behandeln. Wie, fragte sich Jaelle, war er nur auf diesen hohen Posten gelangt, wenn seine charakterlichen Mängel so extrem waren, dass die Angehörigen seines eigenen Stabes nichts dabei fanden, Bemerkungen darüber auszutauschen? Sie nahm sich vor, Peter zu fragen, denn sie wusste nicht, wie sie die Frage für Bethanys Ohren formulieren sollte, ohne dabei alle möglichen Beleidigungen gegen Terraner im Allgemeinen anklingen zu lassen.

Bethany erklärte ihr im Tempo eines Schnellfeuergewehrs, wie der Stimmschreiber, das Kehlkopfmikrofon und die Löschtaste zu benutzen seien und wie die Wörter auf dem Bildschirm vor ihr entstanden. »Du brauchst sie nicht laut auszusprechen, nur zu subvokalisieren.« Sie drückte eine Taste. »Pass auf – so.«

Auf dem Schirm erschien in blassen Leuchtbuchstaben: »Pass auf – so.« Jaelle schluckte und sprach es langsam nach.

»Wäre es nicht einfacher, wenn ich es der Person, die es wissen soll, sagen würde?«

Bethany zuckte die Schultern. »So könnte man es auch machen, aber wir brauchen die Aufzeichnung für das Archiv – dann kann es sich der nächste und auch der übernächste Einsatzleiter noch nach Jahren in deinen eigenen Worten anhören.«

»Warum sollte es irgendwen in, sagen wir, fünfzig Jahren interessieren, wenn wir nicht mehr da sind und Rumal di Scarp tot ist?«

»Nun, es kommt ins Archiv.« *Wieder dieses Wort!* »Schon nächste Woche wird deine Erinnerung die Ereignisse verzerrt haben ... Man hätte dich, und ebenso Magda, sofort befragen müssen, nachdem es geschehen war, wenn ich auch einsehe, dass es sich nicht machen ließ ... ihr alle wart den ganzen Winter in Ardais eingeschneit, nicht wahr? Jedenfalls müssen wir alles so klar wie möglich aufzeichnen. Dann haben andere Abteilungsleiter oder sogar Leute auf anderen Imperiumsplaneten Zugang zu der Information, auch in hundert Jahren noch. Die ganze Geschichte kommt in den Dauerspeicher.«

Das brachte doch kein Mensch fertig, dachte Jaelle, mit einer so eiskalten, für die Ewigkeit bestimmten Objektivität zu berichten! Sorgfältig ihre Worte setzend und bemüht, sich ihre Bestürzung nicht anmerken zu lassen, sagte sie: »Aber die Wahrheit, die ich über die Geschehnisse auf Sain Scarp jetzt sage, ist nicht die Wahrheit, die ich damals gesagt hätte, und nicht die Wahrheit, die fünfzig Jahre von heute gelten wird. Ich werde mir in fünfzig Jahren das alles ins Gedächtnis zurückrufen müssen, um zu erkennen, was dann die Wahrheit sein wird, denn die einzige Wahrheit wird die sein, an die wir uns erinnern, nicht ich allein, sondern auch Margali – Magda – und Peter und sogar Lady Rohana und Rumal di Scarp.«

Bethany schüttelte den Kopf. Offensichtlich verstand sie nicht, was Jaelle ihr klarzumachen versuchte. »Ich fürchte, das ist zu kompliziert für mich. Erzähle einfach alles, an was du dich erinnerst, und über diese ultimate Wahrheit werden wir uns ein anderes Mal den Kopf zerbrechen – in Ordnung?«

»Aber *wem* erzähle ich es?«

»Spielt das eine Rolle? Erzähle es, als habe dich irgendwer gefragt, was da draußen geschehen sei. Füge jedes kleine Detail ein, an das du dich erinnerst – jemand anders wird den Text redigieren und streichen, was wirklich irrelevant ist.«

»Wie soll ich denn wissen, was ich sagen soll, wenn ich nicht weiß, wem ich es sage?« Jaelle war von neuem verwirrt. »Ich meine, wenn du mich bätest, es dir zu erzählen, würde ich es auf die eine Weise tun, und wenn, sagen wir, der *Comyn*-Rat mich dazu aufforderte, würde ich es auf eine andere

Weise tun …« Bethany seufzte, und Jaelle spürte, wie frustriert sie war.

»Ich glaube, mein *Casta* ist nicht so gut, wie ich dachte«, sagte Bethany. »Für mich hörte sich das eben an, als würdest du uns und deinen eigenen Leuten zwei verschiedene Geschichten erzählen wollen. Das hast du aber gar nicht gemeint, nicht wahr?« Auf Jaelles heftiges Kopfschütteln hin nickte sie. »Das hatte ich auch nicht angenommen. Du machst auf mich einen ehrlichen Eindruck, und Magda hat so nett von dir gesprochen; du kannst nicht so doppelzüngig sein. Ich will dir was sagen. Sprich in den Schreiber, als berichtetest du einer der Ältesten von eurer Gilde – wie nennt ihr sie?«

»Gildenmütter?«

»Das meine ich. Willst du es versuchen?«

Sie steckte das Kehlkopfmikrofon mit seinem schwarzen, schlangenähnlichen Anhängsel an das Kragenband von Jaelles Jacke. »Das ist ein weiterer guter Grund, Uniform zu tragen. Die Standarduniform für deinen Sektor hat im Kragenband eine Tasche für das Schreibermikrofon, und du kannst es einfach hineinschieben, statt mühsam mit einem Clip herumzuhantieren.« Sie zeigte es an ihrer eigenen Uniformjacke. Jaelle grauste es etwas davor, an eine Maschine angeschlossen zu werden, aber sie sagte sich, wahrscheinlich werde sie sich daran gewöhnen. Es war nicht gefährlich, und sie war nicht die Barbarin, für die man sie zu halten schien. An ihr lag es jetzt, nicht wie ein Fisch auf einem Baum in Panik zu geraten!

»Du brauchst nur leise hineinzusprechen, eigentlich nur zu subvokalisieren. Ich werde mich nicht neben dich stellen, das würde dich nur nervös machen, aber ich bin gleich da drüben an meinem Schreibtisch, falls du mich für irgendetwas brauchst.« Damit ging Bethany.

Jaelle saß still da und versuchte zu entscheiden, was sie als

Erstes tun sollte. Sie sagte halblaut: »Mir ist immer noch nicht klar, wie ich mit diesem Ding umgehen muss ...« und hörte das leise Summen und Rattern. Leuchtbuchstaben schwammen über den Schirm, und sie sah in den ihr noch nicht recht vertrauten Buchstaben der Standardsprache ihre Worte auf *Casta*: »Mir ist immer noch nicht klar ...«

Bekümmert drückte sie die Löschtaste. Die Buchstaben lösten sich in Lichtblitze auf, wie ihr Pappbecher und ihr Essensteller ins Nichts verschwunden waren. *Ist hier gar nichts dauerhaft?* fragte sie sich. Aber Bethany hatte davon gesprochen, dass ihr Bericht für alle Zeiten zugänglich sein würde. Das war ein ernüchternder Gedanke.

Langsam sagte Jaelle: »Ich weiß nicht, wo ich anfangen soll ...«

Die Maschine summte wieder los, und die Worte leuchteten auf. Diesmal beunruhigte es sie nicht mehr. Wie oft hatte sie mit genau diesen Worten begonnen, Kindra oder einer der Gildenmütter über eine mit oder ohne Erfolg abgeschlossene Mission zu erzählen! Als sitze sie in dem großen Versammlungsraum des Gildenhauses von Thendara, wo die Gildenmütter und ihre Schwestern darauf warteten, dass sie berichtete, was sie getan hatte, begann sie auf gesammelte, formelle Art:

»An einem Abend etwa zehn Tage vor Mittwinter reiste ich nordwärts zum Nevarsin-Kloster. Bei mir war eine Gruppe von *Comhi'Letzii,* die mich, Jaelle n'ha Melora, zur Anführerin gewählt hatten. Gwennis n'ha Liriel, Sherna n'ha Lia und Devra n'ha Rayna sollten unsere drei Schwestern ablösen, die in Nevarsin Aufzeichnungen kopierten. Dazu kam Camilla n'ha Kyria, meine Eidesschwester, als Eskorte und Kämpferin. Vor einem schweren Sturm suchten wir Zuflucht in einer Reiseunterkunft, die eine halbe Tagesreise nördlich vom Andalune-Pass liegt. Wir fanden dort eine Gruppe fremder Männer vor, etwa zwölf an der Zahl, aber im Vertrauen auf die traditionelle Neutralität der Reiseunterkünfte grüßten wir sie höflich und lagerten am anderen Ende des Gebäudes. Kurz nach Dunkelwerden trat eine allein reisende Frau ein. Sie trug die Tracht einer Entsagenden, stellte sich als Mitglied des Temora-Gildenhauses vor und wurde an unserm Feuer willkommen geheißen. Wie ich später erfuhr, war diese Frau Magdalen Lorne ...« Sie kämpfte mit Magdas terranischem Namen und war sich ganz sicher, dass das, was auf dem Bildschirm erschien, nicht nach Magdas Namen in terranischen Buchstaben aussah. Sie musste ihn so falsch ausgesprochen haben, dass die Maschine ihn nicht verstanden hatte und auf eine phonetische Umschreibung ausgewichen war. Jaelle schlug auf die Löschtaste, biss sich auf die Unterlippe, rief Bethany und fragte nach der richtigen Schreibweise.

Zu ihrer großen Erleichterung fand Bethany gar nichts dabei und gab ihr nicht das Gefühl, eine schrecklich dumme Frage gestellt zu haben. Sachlich buchstabierte sie den Namen und kehrte an ihren eigenen Schreibtisch zurück. Jaelle fuhr fort:

»Wir wussten nicht, dass sie Terranerin und eine Agentin des Nachrichtendienstes war. Wir nahmen sie einfach in unseren Kreis auf und teilten unser Essen mit ihr, wie es üblich ist, wenn Entsagende sich unterwegs begegnen. Während wir alle schliefen, ereignete sich ein Zwischenfall ...«

Jetzt kamen ihr die Worte wie von selbst. Jaelle erzählte, wie einer der Räuber den gesetzlichen Frieden der Reiseunterkunft gebrochen und Magda angegriffen hatte. Die Frauen wiesen die Räuber aus dem Haus. Magda wurde verhört und als Eindringling entlarvt. Wie das Gesetz es vorschrieb, war sie aufgefordert worden, den Eid abzulegen. Am nächsten Tag hatte Jaelle das Amt der Anführerin an Camilla n'ha Kyria abgetreten, damit sie ihre neue Eidestochter ins Gildenhaus von

Neskaya bringen konnte. Kaum waren die anderen fort, fielen zwei zurückgekehrte Räuber über sie und Magda her. Im Kampf mit ihnen wurde Jaelle schwer verwundet. Magda, selbst blutend, hatte Jaelle das Leben gerettet, und obwohl sie hätte fortreiten und sich ihrer eigenen Aufgabe widmen können, blieb sie, um die lebensgefährlich verletzte Jaelle zu pflegen. Später hatte Jaelle Magdas wahre Identität entdeckt und war mit ihr gezogen, um Peter Haldane, der von Rumal di Scarp gefangen gehalten wurde, auszulösen.

Nun umriss Jaelle kurz die Begegnung mit einem Banshee-Vogel im Scaravel-Pass, die Übergabe des Lösegeldes und, so gut es ihr möglich war, die anschließende Reise – denn ihre Erinnerung daran war vom Wundfieber verwischt, und genau wusste sie nur noch, dass Peter sie vor sich auf den Sattel genommen hatte, als sie nicht mehr fähig gewesen war, allein zu reiten.

Sie sagte wenig über ihren Aufenthalt auf Burg Ardais, außer dass Lady Rohana sie mit großer Herzlichkeit behandelt und Dom Gabriel ihnen gern die traditionelle Gastfreundschaft erwiesen habe, obwohl er die Entsagenden nicht billige. Sie erwähnte ganz kurz, Rohana sei ihre Verwandte und früher ihr Vormund gewesen, und noch kürzer, sie und Peter Haldane seien übereingekommen, bei ihrer Rückkehr nach Thendara zu heiraten, was sie auch getan hätten. Wenn man darüber mehr wissen wollte, sollte man sie fragen. Wie konnte sie ahnen, was man wissen wollte, und was ging es die Terraner überhaupt an? Sie war bereit, darüber auszusagen, welche Rolle sie bei der Auslösung Peters gespielt hatte – vermutlich würde er darüber von seinem eigenen Standpunkt aus ebenfalls berichten –, aber damit war Schluss. Den Gildenmüttern hätte sie gern anvertraut, wie es gewesen war, als sie Peter näher kennen lernte und sich in ihrer Krankheit an ihn klammerte, als das Zusammengehörigkeitsgefühl zwischen ihnen wuchs und sie nach dem Mittwinterfest zum ersten Mal sein Bett teilte. Sie dachte jedoch nicht daran, das alles einer gesichtslosen Maschine mitzuteilen, damit es Terraner erfuhren, die keinen von ihnen kannten.

Innerhalb des fensterlosen Raums verlor sie das Gefühl für die Zeit. Erst als sie aufblickte und sah, dass die anderen ihre Schreibtische und Geräte abschlossen, erinnerte ihr Magen sie eindringlich an den eiligen und ungenießbaren Lunch.

Sie trat aus dem Gebäude auf die HQ-Plaza. Die Sonne war bereits untergegangen, und es nieselte. In der Haupt-Cafeteria, die wenigstens geräumig und mit Fenstern versehen war, empfand sie weniger von der Platzangst als in dem ummauerten Büro mit seinen vielen Schreibtischen. Aber alle Anwesenden sahen sich in ihren Uniformen so ähnlich, dass sie Peter nicht bemerkte, bis er ihre Schulter berührte.

»Jaelle! Warum trägst du keine Uniform?« Bevor sie antworten konnte, fuhr er fort: »Ich hörte, irgendwer habe bei sämtlichen Monitoren auf der Station Alarm ausgelöst, aber ich hätte mir nicht im Traum einfallen lassen, dass du es warst!«

Sie wunderte sich über den Zorn in seiner Stimme, sie wollte anfangen, es ihm zu erklären, doch er hörte nicht zu.

»Stellen wir uns zum Dinner an – um diese Tageszeit ist es immer voll.«

Das Essen sah besser aus und schmeckte besser als die synthetischen Speisen, die es in dem anderen Gebäude zum Lunch gegeben hatte. Manches davon war Jaelle beinahe vertraut, gebratenes Fleisch und darkovanische Getreide- und Gemüsesorten. Erleichtert stellte sie fest, dass Peter und sie fast die gleiche Auswahl getroffen hatten. Natürlich, auch er war in der Nähe von Caer Donn aufgewachsen und an darkovanische Nahrung gewöhnt. In jeder Beziehung, auf die es für sie ankam, war er Darkovaner, obwohl seine Schutzfärbung hier unter den anderen Terranern ausgezeichnet war. Es war ein beunruhigender Gedanke: Welches war der wirkliche Peter?

Er erklärte ihr, warum sie ihr Identitätsabzeichen in den Schlitz stecken musste, bevor sie ihr Essen bekam. »Als Angestellten steht uns eine bestimmte Zahl von Mahlzeiten zu; Extras werden uns vom Gehalt abgezogen. Suchen wir uns eine ruhige Ecke, ja?«

Es gab keine wirklich ruhigen Ecken in der Cafeteria, jedenfalls nicht so, wie Jaelle das Wort verstand. Aber sie fanden einen Tisch für zwei Personen und setzten sich gemeinsam hin. Rings um sie waren Gelächter, sich unterhaltende Angestellte, die meisten in Uniform oder in den weißen Kitteln mit dem Emblem des Medizinischen Dienstes. Eine Mannschaft sah nach Straßenarbeitern aus; sie waren noch dabei, sich Schnee von den schweren Parkas zu bürsten, die sie über den Uniformen trugen. Ganz so unterschiedlich von einem Abendessen im Gildenhaus war es nicht einmal, dachte Jaelle. Für einen Augenblick überfiel sie heftiges Heimweh. Sie dachte an Magda, die ihre erste Mahlzeit dort zu sich nahm. Dann sah sie zu Peter hinüber und lächelte. Nein, sie war hier bei Peter, und das war der Ort, wo sie zu sein wünschte.

Aber er sah immer noch erzürnt aus. »Verdammt noch mal, du musst die Uniform tragen, solange du dich im Gebäude aufhältst, Jaelle!«

Steif erwiderte sie: »Mir ist erklärt worden, dass es ein Problem für die Maschinen bedeutet. Ich will es ... versuchen.«

»Wo liegt die Schwierigkeit, Jaelle?«

Ob sie es ihm begreiflich machen konnte? »Die Uniform ist ... unschicklich. Ich sehe darin ... zu sehr nach Frau aus.«

Tat er absichtlich so, als sei er schwer von Begriff? Er lächelte ihr vielsagend zu und meinte: »Das ist das Gute daran, nicht? Warum willst du denn nicht wie eine Frau aussehen?«

»Das meine ich doch nicht«, begann sie ärgerlich und brach ab. »Warum ist es für dich von Wichtigkeit, Piedro? Es ist mein Problem, und ich muss es auf meine eigene Art lösen. Wenn du möchtest, will ich erklären, dass du nichts dafür kannst – du habest mich aufgefordert, die Uniform zu tragen, aber ich hätte mich geweigert.«

»Das kannst du nicht machen!«, entsetzte er sich. »Ich arbeite jetzt unter Montray, und ich werde mit ihm genug Ärger bekommen, ohne dass er denken muss ...« Den Rest verschluckte er, aber Jaelle war es zu ihrer eigenen Überraschung, als habe er das, was ihm durch den Kopf ging, laut ausgesprochen: *»... ich würde nicht mit meiner eigenen Frau fertig.«*

Das machte sie wütend. Zwischen zusammengebissenen Zähnen stieß sie hervor: »Warum glaubst du, es könne Rückwirkungen auf dich haben?«

»Verdammt noch mal, Frau!«, entfuhr es ihm. »Du trägst meinen Namen! Alles, was du tust, hat Rückwirkungen auf mich, ganz gleich, ob es in deiner Absicht liegt oder nicht! Du bist bestimmt intelligent genug, um das zu begreifen!«

Sie starrte ihn konsterniert an. Begreifen würde sie das niemals! Am liebsten wäre sie aufgestanden und hinausgegangen, noch lieber hätte sie ihn angeschrien. Aber sie sah ihn nur an. Ihre Hände zitterten. Bevor sie irgendeine Bewegung machen konnte, erklang eine Stimme hinter ihr: »Peter! Ich habe nach dir gesucht. Und das muss Jaelle sein.«

Eine hoch gewachsene, braunhäutige Frau mit silberweißem Haar zog einen Stuhl an ihren Tisch. »Darf ich mich euch anschließen? Ich habe heute Morgen mit Magda gesprochen.«

Peters Gesichtsausdruck veränderte sich mit solcher Geschwindigkeit, dass Jaelle dem Zeugnis ihrer Sinne misstraute. »Cholayna? Ich hörte schon davon, dass du hier seist.

Jaelle, das ist Cholayna Ares. Sie war Leiterin der Akademie des Nachrichtendienstes, als Magda und ich dort studierten.«

Die Frau hatte ein Tablett mit den synthetischen Speisen mitgebracht, die Jaelle beim Lunch verschmäht hatte, aber sie ignorierte das Fleisch und das dampfende Gemüse auf den Tellern der beiden anderen. »Darf ich mich zu euch setzen? Oder störe ich bei einer privaten Diskussion?«

»Bitte, nehmen Sie Platz«, sagte Jaelle. Nichts wünschte sie sich weniger, als mit Peter, wenn er in dieser Stimmung war, allein zu sein. Cholayna stellte ihr Tablett auf den Tisch und glitt auf den Stuhl.

»Wie schön, jemanden zu sehen, der für dies Klima zweckmäßig angezogen ist. Man hat mir erzählt, dass Magda versuchte, ein Beispiel zu geben, indem sie für das Wetter hier geeignete Kleidung trug, aber diese Schafsköpfe in der Abteilung konnten an nichts anderes denken als an ihre elenden Maschinen. Wer ist hier übrigens der Boss? Der alte Russ Montray?« Sie gab ein verächtliches Geräusch von sich. »Ich wollte, jemand in der Zentrale würde einige Intelligenz zeigen und ihn auf eine Raumstation zurückversetzen. Den Anforderungen dort könnte er durchaus gewachsen sein. Dumm ist er eigentlich nicht, wisst ihr, er hat nur keine Geduld mit fremden Planeten und andersartigen Sitten. Ich hatte gedacht, die wichtigste Aufgabe eines Koordinators auf einem geschlossenen Planeten sei das Bemühen, die Eingeborenen und ihre Kultur zu verstehen, damit man, wenn der Zeitpunkt zur Ernennung eines Legaten gekommen ist, weiß, welchen Typ man auswählen muss. Aber Montray scheint bereits so viele Fehler gemacht zu haben, dass es ein Jahrhundert oder mehr erfordern wird, die von ihm erzeugten Probleme auszuräumen. Das war mir klar, noch ehe ich drei Tage auf meinem Posten gesessen hatte. Wer hat ihn hergeschickt? Und was hat sich derjenige nur dabei gedacht?«

»Ich vermute politische Drahtzieherei«, sagte Peter, »aber nicht in der Art, dass er den Posten haben wollte und jemand mit den richtigen Beziehungen ihn ihm besorgt hat, sondern dass irgendwer ihn los sein wollte und ihn die Treppe hinaufgeschubst hat – und hier ist er gelandet. Man mag gedacht haben, auf Darkover sei er so isoliert, dass er keinen Schaden anrichten könne. Typisches bürokratisches Denken – schickt ihn weg, damit er woanders Ärger macht.«

»Eine ganz besondere Dummheit«, bestätigte Cholayna mit einem Nicken. »Dieser Planet mag kein großes Handelspotenzial besitzen, aber wegen seiner Lage ist er ein wichtiger Transitpunkt. In etwa zwanzig Jahren wird hier einer der bedeutendsten Knotenpunkte der Galaxis entstanden sein. Wenn dieser Montray, wie es scheint, ständig Querelen mit den Eingeborenen heraufbeschworen hat, kann es Jahrhunderte dauern, den Schaden zu reparieren. Ich hoffe, ich habe einen Anfang gemacht, indem ich Magda detachiert habe. Wir müssen lernen, was wir bei der Behandlung der Darkovaner bisher falsch gemacht haben und wie wir es besser machen können. Auch Sie, Jaelle, werde ich um Informationen zu diesem Punkt bitten. Was dich angeht, Peter, so weißt du, dass du eigentlich mir unterstellt sein solltest, nicht Montray. Ich hoffe, er wird keine Statusfrage daraus machen und dich in seinem Büro behalten.«

Peter murmelte etwas, das Jaelle als eine höfliche nichts sagende Bemerkung erkannte, aber wieder einmal trug ihr erratisch auftretendes *Laran* ihr seine Gedanken zu, als habe er sie laut ausgesprochen.

Es ist ungerecht, verdammt noch mal! Ich habe fünf Jahre für den Aufbau gebraucht, und jetzt, wo eine Dienststelle des Nachrichtendienstes auf Darkover eingerichtet wird, hätte man mir die Leitung übertragen müssen. Stattdessen schneit so eine verdammte Frau herein und übernimmt. Es war schon scheußlich genug, neben Magda die zweite Geige zu spielen ...

Hier verlor Jaelle den Kontakt, aber sie hatte genug gehört, um Peter ängstlich und bestürzt anzusehen. Sie fand Cholayna sympathisch und wollte gern mit ihr zusammenarbeiten, obwohl die Frau diese merkwürdige Hautfarbe und dazu Augen hatte, die in ihrer Dunkelheit unergründlich waren. Aber wenn Peter so empfand, was sollte sie dann tun?

3

Magda

Die Tür des Gildenhauses von Thendara fiel hinter ihr ins Schloss. Eine seltsame, verzweifelte Eingebung ließ Magda denken: *Ich darf nicht zurückblicken. Was ich auch gewesen sein mag, ich muss es für immer hinter mir lassen und die Augen allein nach vorn richten ...*

Sie stand in einer großen Halle, die mit dunklem Holz getäfelt war. Vorhänge erweckten den Eindruck von Raum und Luft und Licht. Das stupsnasige junge Mädchen, das ihr die Tür geöffnet hatte, führte sie durch die Halle und sagte: »Die Gildenmutter Lauria erwartet dich.« Sie musterte Magda neugierig, schob sie jedoch nur durch eine andere Tür, wo die Gildenmutter Lauria n'ha Andrea, Vorsitzende der unabhängigen Gilde der Handwerkerinnen Thendaras und eine der mächtigsten Frauen der Stadt, sie erwartete. Lauria war eine große, kräftige Frau. Ihr graues Haar war rings um den Kopf kurz geschoren. In einem Ohr trug sie einen Ohrring mit einem eingravierten Zeichen und einem roten Stein. Sie erhob sich und streckte Magda die Hand entgegen.

»Willkommen, mein Kind. Man wird dir gesagt haben, dass hier für das nächste halbe Jahr, bis zwei Monde nach dem Mittsommertag, dein einziges Heim sein wird. Während dieser Zeit wirst du in unseren Sitten unterwiesen werden. In Haus und Garten darfst du dich frei bewegen, aber du darfst nicht über die Ummauerung hinaus und nicht auf die Straße gehen, ausgenommen beim Mittsommerfest, wenn alle Vorschriften aufgehoben sind, oder auf den direkten Befehl deiner Eidesmutter oder einer der Gildenmütter hin.« Sie lächelte Magda an. »Du hast uns bewiesen, dass du bereit bist, unsern Eid zu ehren, auch wenn du ihn unfreiwillig abgelegt hast. Jetzt wirst du mir versprechen, dich nach dieser Regel zu richten, nicht wahr? Du bist eine erwachsene Frau, kein Kind.«

»Ich werde gehorchen«, antwortete Magda, aber sie hielt es für eine trostlose Aussicht, ein halbes Jahr lang, den ganzen langen, bitteren darkovanischen Winter hindurch, eidlich verpflichtet zu sein, nicht nach draußen zu gehen. Nun, sie hatte es so gewollt; warum sollte sie sich beklagen, weil sie bekam, was sie gewollt hatte?

»Das gilt natürlich nur in den Grenzen des gesunden Menschenverstandes«, fuhr Mutter Lauria fort. »Sollte das Haus in Brand geraten oder irgendeine andere Katastrophe eintreten, was die Götter verhüten mögen, handele nach eigenem Ermessen. Du bist nicht verpflichtet, dein eigenes Denken dem Gehorsam aufzuopfern. Aber draußen würdest du täglich mit Frauen zusammentreffen, deren Verhalten nicht zu imitieren du lernen musst. Verstehst du das?«

»Ich glaube schon.« Man pflegte es *Deprogrammierung* zu nennen. Auf Darkover wurde von den Frauen ein so bestimmtes Rollenverhalten verlangt, dass es einer Gehirnwäsche gleichkam und ein Wunder zu nennen war, wenn eine es fertig brachte, zu rebellieren und sich den Entsagenden anzuschließen. Magda erinnerte sich an Jaelles Ausspruch: »Jede Entsagende hat ihre eigene Geschichte, und jede Geschichte ist eine Tragödie.« In einer so traditionellen Gesellschaft wie auf Darkover bedurfte es des Mutes der Verzweiflung, um sich loszureißen.

Ich habe gegen meine Heimatwelt und dann auch noch gegen meine Wahlheimatwelt rebelliert ... Sie verbannte diesen Gedanken als Selbstmitleid und konzentrierte ihre Aufmerksamkeit auf die ältere Frau, die sie zu einem Sessel winkte.

»Du bist sicher hungrig und müde? Aber du möchtest nicht gleich jetzt allen anderen im Speisesaal beim Abendbrot begegnen, stimmt's? Das habe ich mir gedacht …« Mutter Lauria berührte ein Glöckchen. Das stupsnasige Mädchen, das Magda eingelassen hatte, erschien im Eingang.

»Bringe mir und unserer neuen Schwester etwas zu essen aus dem Speisesaal«, sagte Mutter Lauria. Das kleine Mädchen ging wieder; sie konnte nicht älter als dreizehn sein. Mutter Lauria wies auf einen Sessel neben dem Kamin, in dem zu dieser Jahreszeit kein Feuer brannte. »Setz dich. Wir wollen uns eine Weile unterhalten; es gilt Entscheidungen zu treffen.«

An der hinteren Wand des Büros lehnte eine große Holztür mit Kupferbeschlägen. Es war daran wie mit einer Axt herumgehackt worden, und sie war teilweise verbrannt. Magda betrachtete das mitgenommene Relikt, und Mutter Lauria folgte ihrem Blick.

»Diese Tür befindet sich seit mehr als hundert Jahren hier«, berichtete sie. »Die Frau eines reichen Kaufmanns in Thendara floh zu uns, weil ihr Mann sie auf eine Weise, die man nicht wiederholen kann, misshandelt und schließlich von ihr verlangt hatte, auf dem Dachboden zu schlafen und ihn und seine neue Konkubine zu bedienen. Die Frau leistete bei uns den Eid, aber ihr Mann warb eine Armee von Söldnern an, und so waren wir gezwungen zu kämpfen. Er schwor, er werde dies Haus mit uns darin dem Erdboden gleichmachen. Rima – das war ihr Name – erbot sich, zu ihm zurückzukehren. Sie sagte, sie wolle nicht Ursache unseres Todes sein. Aber wir kämpften nicht für sie allein, sondern auch um das Recht, unabhängig von Männern zu leben. Die Schlacht dauerte drei Tage lang – die Spuren davon siehst du dort.«

Magda erschauerte. Die zerhackte, verbrannte Tür sah aus, als sei an einer Stelle eine Axt bis halbwegs zur Mitte vorgedrungen. »Und es gelang euch, sie zurückzuschlagen?«

»Wäre es uns nicht gelungen, würde keine von uns beiden

jetzt hier stehen«, antwortete Lauria. »Die Götter mögen geben, dass wir uns eines Tages unserer Freiheit als eines Rechts erfreuen dürfen, das wir nicht mit dem Schwert zu verteidigen brauchen. Aber bis dieser Tag kommt, sind wir bereit dazu. Jetzt erzähle mir ein bisschen über dich. Dein Name ist ...« sie stolperte darüber. »Mak-ta-lin Lor-ran?« Sie verzog das Gesicht. »Wäre es dir recht, wenn wir den Namen Margali benutzen, mit dem Jaelle dich anredet?«

»Das ist wirklich mein Name«, erklärte Magda, »der Name, den mein Vater und meine Mutter mir gaben. Ich bin in Caer Donn geboren und außer in der Terranischen Zone hat mich nie jemand Magda genannt.«

»Also Margali. Wie ich höre, sprichst du die Sprache der Hellers und beherrschst *Casta* fließend. Kannst du *Cahuenga* ebenso gut?«

»Ich kann die Sprache sprechen«, antwortete Magda auf *Cahuenga*, »aber meine Aussprache ist nicht gut.«

»Sie ist nicht schlechter als die aller Neuankömmlinge in der Stadt. Jaelle hat mir erzählt, dass du lesen und schreiben kannst – heißt das, nur in Standard oder auch in *Casta?*«

»Ich kann *Casta* lesen und schreiben«, sagte Magda. »Denn mein Vater war Sprachwissenschaftler und ist Verfasser eines ...« Sie zögerte und suchte nach einer darkovanischen Möglichkeit, ein Wörterbuch zu erklären. »Eine Zusammenstellung eurer Sprache für Fremde und Ausländer. Und meine Mutter war Musiklehrerin und schrieb viele Volkslieder und Musikstücke der Hellers auf.«

Mutter Lauria schob Magda eine Feder und ein Stück Papier zu. »Schreib dies einmal ab.« Magda betrachtete die Schriftrolle und begann, die oberste Zeile zu kopieren. Dabei stellte sie fest, dass es ein Gedicht war, das ihre Mutter vertont hatte. Magda war an darkovanische Federn nicht gewöhnt. Sie waren nicht so glatt wie die, die sie für ihre eigene Arbeit benutzte. Als sie fertig war, nahm Mutter Lauria das Papier in die Hand.

»Eine unbeholfene und kindliche Handschrift«, stellte sie streng fest. »Nun, wenigstens bist du keine Analphabetin. Viele der Frauen, die zu uns kommen, können nichts weiter als ihren Namen schreiben. Du hast keine Begabung zur Schreiberin, aber ich habe schon Schlimmeres gesehen.«

Magda errötete bei diesem harten Urteil. Sie fühlte sich verletzt und gekränkt; in ihrem ganzen Leben hatte man sie noch nicht beschuldigt, unbeholfen zu sein.

»Dann wollen wir einmal sehen, was wir mit dir anfangen können. Eine Schreiberin bist du nicht. Kannst du nähen? Sticken?«

»Nein, nicht einmal ein bisschen.« Magda dachte an ihren Versuch, während ihres Aufenthalts auf Ardais ihre Reisekleidung zusammenzuflicken.

»Kannst du kochen?«

»Nur was man so unterwegs am Lagerfeuer kocht.«

»Kannst du weben oder färben?«

»Davon habe ich keine Ahnung.«

»Verstehst du etwas von Pflanzen und vom Gärtnern?«

»Noch weniger, fürchte ich.«

»Kannst du reiten?«

»O ja, gewiss!« Magda war froh, dass Mutter Lauria bei etwas angelangt war, das sie tatsächlich konnte.

»Kannst du dein Pferd selbst satteln, für sein Sattelzeug sorgen, dich um sein Futter und seine Pflege kümmern? Gut. Ich fürchte, wir werden dich zur Stallarbeit einteilen müssen«, sagte Mutter Lauria. »Macht es dir etwas aus?«

»Nein, natürlich nicht«, antwortete Magda. Doch von neuem musste sie Unwissenheit eingestehen, als die Frau sie fragte, ob sie etwas von den Krankheiten der Pferde und anderer Tiere, von Metall- und Schmiedearbeiten, von der Milchwirtschaft, dem Käsemachen, der Viehzucht und der Schuhmacherei verstehe. Jedes Mal musste Magda mit Nein antworten. Ein bisschen wie Anerkennung stahl sich in Mutter Laurias Blick, als Magda sagte, sie sei sowohl im bewaffneten als auch im unbewaffneten Kampf ausgebildet. Trotzdem meinte sie nachdenklich: »Du hast eine Menge zu lernen.« Magda hatte das Gefühl, für Mutter Lauria sei es eine ebensolche Erleichterung wie für sie, als das hellhaarige, stupsnasige Mädchen mit einem Tablett und Krügen zurückkehrte.

»Ah, da ist unser Abendessen. Stell es hier ab, Doria.«

Das Mädchen deckte das Tablett auf. Es enthielt eine Schüssel mit irgendeinem gebackenen Korn, dazu eine Gemüsesoße, Becher mit etwas, das wie Buttermilch schmeckte, und Obstscheiben, eingelegt in Honig oder Sirup. Mutter Lauria winkte Magda, sich zu bedienen, und aß eine Weile schweigend. Schließlich faltete sie ihre Serviette zusammen und fragte: »Wie alt bist du?«

Magda nahm an, sie meinte nach darkovanischer Rechnung, und nannte ihr Alter. Erst später ging ihr auf, dass Mutter Lauria hatte feststellen wollen, ob sie fähig sei, das relativ kurze terranische Jahr in das viel längere darkovanische umzurechnen.

»Du bist verheiratet gewesen, Margali? Hast du ein Kind?«

Stumm schüttelte Magda den Kopf. Es war einer der Hauptgründe für die Spannungen zwischen ihr und Peter gewesen, dass sie ihm den Sohn, den er sich wünschte, nicht geboren hatte.

»Ist diese Ehe offiziell aufgelöst worden, wie ihr Terraner es, wenn ich recht unterrichtet bin, im gegenseitigen Einverständnis veranlassen könnt?«

Es überraschte Magda, dass Mutter Lauria all dies wusste. »Sie ist aufgelöst. Eine terranische Ehe ist nicht ganz das Gleiche wie eine Freipartnerehe, kommt ihr aber näher als eine darkovanische Ehe *di catenas*. Wir sind vor mehr als einem Jahr übereingekommen, uns zu trennen.«

»Das ist ein Glück. Hättest du ein Kind unter fünfzehn, würden wir von dir verlangen, Vorkehrungen für seine Unterbringung zu treffen. Wir erlauben Frauen erst dann, hier Zuflucht zu suchen, wenn sie draußen keine unerfüllten Verpflichtungen zurücklassen. Wie ich annehme, hast du auch keine alten Eltern, die von dir abhängen?«

»Nein. Meine Mutter und mein Vater sind seit vielen Jahren tot.«

»Hast du jetzt einen anderen Liebhaber?«

Wieder antwortete Magda mit einem Kopfschütteln.

»Wird es dich hart ankommen, ohne einen Liebhaber zu leben? Vermutlich hast du dich, da du schon einige Zeit von deinem Mann getrennt bist, daran gewöhnt, allein zu schlafen, aber wird es dir schwer fallen? Oder liebst du vielleicht Frauen?« Sie benutzte den sehr höflichen Ausdruck, und Magda war nicht beleidigt – ihr war klar, dass jede nur aus Frauen bestehende Gesellschaft einen bestimmten Prozentsatz von solchen anziehen musste, die lieber sterben oder auf alles verzichten als heiraten würden. Es störte sie, dass die Befragung dermaßen persönlich wurde, aber sie hatte sich geschworen, alles so ehrlich wie möglich zu beantworten. »Ich glaube nicht, dass ich es unerträglich schmerzhaft finden werde«, sagte sie, und erst, als sie es ausgesprochen hatte, wurde ihr bewusst, wie sarkastisch es klang. Mutter Lauria lächelte. »Das will ich nicht hoffen, aber besonders während des Hausjahres kann das zum Problem werden, wie jede Frau, die kein Kind mehr ist, sich sagen kann. Lass mich nachdenken – was muss ich dich noch fragen? Ja: Hast du gelernt, die Empfängnis eines unerwünschten Kindes zu verhüten?«

Jetzt war Magda wirklich schockiert. Natürlich lernte das jeder Terraner, ob männlich oder weiblich, in der Pubertätszeit, aber sie war in Caer Donn aufgewachsen und hatte die darkovanische Einstellung übernommen, die so etwas nur bei Prostituierten für schicklich hielt. Sie sagte »Ja« und fragte sich, was die ältere Frau jetzt von ihr denken mochte, wo sie sich zu einem derartigen Wissen bekannt hatte.

Mutter Lauria nickte ruhig. »Gut. Dafür haben wir den Frauen in den Türmen zu danken. Frauen, die mit den Matrizes arbeiten, dürfen es nicht riskieren, ihren Dienst durch eine ungewollte Schwangerschaft zu unterbrechen, aber man kann auch nicht von ihnen verlangen, dass sie – manchmal für viele Jahre – im Zölibat leben. Es besteht von alters her, seit der Gründung unserer Gilde, ein Band zwischen den Frauen des Neskaya-Turms und den Entsagenden. Du weißt vielleicht, dass wir in der Zeit Varzils des Guten durch den Zusammenschluss zweier Frauenhäuser entstanden – dem Orden der Priesterinnen Avarras, Heilerinnen, die in der Anwendung von *Laran* ausgebildet waren, und der Schwesternschaft vom Schwert – das war in der Zeit der Hundert Königreiche und der Hastur-Kriege ein Zusammenschluss von Soldatinnen und Söldnerinnen. Später einmal sollst du diese Geschichte zu lesen bekommen. Die Priesterinnen Avarras lehrten uns vieles, was auch von Frauen vollbracht werden kann, die kein *Laran* besitzen, obwohl es mit *Laran* leichter geht. Bei den Entsagenden gilt es als Verbrechen, ein Kind zu gebären, das nicht von der Mutter und dem Vater gewünscht wird und auf das kein glückliches Heim wartet. Deshalb instruieren wir alle unsere Frauen.« Sie hatte Erbarmen mit Magdas Unbehagen und sagte: »Oh, meine Liebe, ich weiß, das ist dir unangenehm. Die eine wird rot, die andere ist moralisch entrüstet, und wieder eine andere weigert sich glattweg und schwört, lieber möchte sie nie wieder etwas mit einem Mann zu tun haben. Aber es ist unser Gesetz. Alle Frauen, auch solche, die noch nie bei einem Mann gelegen und nicht die Absicht haben, es jemals zu tun, müssen diese Dinge lernen. Vielleicht brauchen sie sie nie, doch ist das kein Grund, unwissend zu bleiben. Bei unsern Hausveranstaltungen spricht zweimal in zehn Tagen eine unserer Hebammen zu den jüngeren Frauen. Bist du gesund und kräftig? Kannst du eine gute Tagesarbeit leisten, ohne zu ermüden?«

»Ich habe nie viel manuelle Arbeit verrichtet.« Magda begrüßte den Themenwechsel mit Erleichterung. »Aber wenn ich auf Reisen war, konnte ich den ganzen Tag im Sattel verbringen, wenn es sein musste.«

»Gut. Viele Frauen, die ihr Leben im Haus verbringen und nur Frauenarbeit tun, fangen aus Mangel an körperlicher Übung an zu kränkeln, und wir haben hier nicht so viel Sonnenschein, dass wir es uns leisten können, darauf zu verzichten. Vielleicht wirst du lachen, wenn du erwachsene Frauen siehst, die wie Kinder spielen und seilspringen, aber Bewegung ist nicht nur für kleine Mädchen gut. Ich hoffe, du bist nicht zu prüde, um zu schwimmen, wenn das Wetter es erlaubt?«

»Nein, ich schwimme gern.« Magda hätte nur gern gewusst, wann das Wetter es auf dem gefrorenen Darkover erlaubte!

»Ist deine monatliche Periode regelmäßig? Macht sie dir viel zu schaffen?«

»Nur in der Zeit, als ich Darkover verlassen hatte.« Magda hatte auf der Akademie viel Last mit ihrer Periode gehabt, als sie sich an die andere Schwerkraft, an den anderen Rhythmus von Tag und Nacht, Sommer und Winter hatte anpassen müssen. Die ganze Zeit auf Alpha war sie ständiger Gast der Medizinischen Abteilung gewesen, hatte Hormonspritzen bekommen und war verschiedenen Behandlungen unterzogen worden. Aber bei ihrer Rückkehr nach Darkover hatte sie ihre übliche gute Gesundheit wiedergefunden. Das erklärte sie und setzte hinzu: »Bevor ich auf diese Mission geschickt wurde

– die nach Ardais –, bekam ich von terranischen Ärzten eine Behandlung, die die Ovulation und die Menstruation unterdrückt. Das macht man bei Frauen vor einem Feldeinsatz immer so. Auf Burg Ardais fragte mich Jaelle danach – sie glaubte, ich sei schwanger.«

»Diese Behandlung wäre für uns von unschätzbarem Wert«, sagte Mutter Lauria. »Ich hoffe, deine Terraner werden sie uns lehren. Wenn Frauen zusammen mit Männern arbeiten müssen oder lange Zeit bei schlechtem Wetter miteinander reisen, wäre das eine große Annehmlichkeit. Einige Frauen hier waren verzweifelt genug, um die Operation in Erwägung zu ziehen, die Frauen in Neutren verwandelt und sehr gefährlich ist. Zwar haben wir ein paar Drogen, die für ein halbes Jahr oder länger unfruchtbar machen, aber sie sind zu stark und zu drastisch. Ich empfehle keiner Frau, sie zu nehmen. Aber Frauen, die große Probleme mit ihrer Periode haben, oder Frauen, die kein Talent für den Zölibat besitzen, während sie allzu leicht schwanger werden – nun, wir Ältesten können ihnen nicht verbieten, diesen Ausweg zu beschreiten. Jetzt gilt es, eine sehr wichtige Entscheidung zu treffen, und zwar von dir, Margali.«

Magda blickte auf ihren leeren Teller nieder. »Ich werde tun, was ich kann.«

»Du hast das junge Mädchen gesehen, das unser Essen hereinbrachte? Ihr Name ist Doria, und sie ist fünfzehn; zu Mittsommer will sie den Eid ablegen. Sie hat seit ihrer Geburt bei uns gelebt, aber es ist uns verboten, dem Gesetz nach noch nicht volljährige Mädchen in unseren Sitten zu unterweisen. So werdet ihr beide, du und sie, jetzt zusammen ausgebildet werden. Du bist nicht von unserer Welt, Margali. Sicher, du bist hier geboren, aber dein Volk unterscheidet sich so sehr von unserem, dass manches für dich seltsam und schwer zu ertragen sein wird. Ich weiß so wenig über die Terraner, dass ich nicht einmal erraten kann, um was es sich dabei handeln könnte. Jaelle kam im Alter von zwölf Jahren aus den Trockenstädten zu uns, und sie hatte viele Schwierigkeiten. Und vor ein paar Jahren hatten wir eine Frau hier, die aus den Regenwäldern weit hinter den Hellers stammte. Ihren Mut hatte sie bewiesen, indem sie sich uns anschloss, und sie brachte viel guten Willen mit, aber der Schock über so viele neue und fremdartige Dinge machte sie buchstäblich krank. Dabei waren es zum größten Teil Kleinigkeiten, die für uns zum täglichen Leben gehören – wir waren gar nicht auf den Gedanken gekommen, sie könne Probleme damit haben. Wir möchten nicht, dass du auf diese Weise leidest, Margali. Um es zu vermeiden, können wir zwei verschiedene Wege einschlagen.«

Die alte Frau sah Magda scharf an.

»Wir können allen deinen Schwestern hier sagen, dass du als Terranerin geboren bist, und dann werden wir alle daran denken, dass wir dir in Kleinigkeiten helfen müssen, und werden in deinem Fall Zugeständnisse machen. Wie bei jeder Entscheidung würde auch diese ihren Preis haben. Von Anfang an wäre eine Barriere zwischen dir und deinen Schwestern, und vielleicht würden sie dich nie als eine von uns akzeptieren. Die Alternative ist, dass wir ihnen nur erzählen, du seiest in Caer Donn geboren, und du musst dann sehen, wie du mit allem, was dir fremd ist, so gut wie möglich fertig wirst. Was wäre dir am liebsten, Margali?«

Mir ist nie bewusst geworden, welch ein Snob ich war, dachte Magda. Sie hatte den Darkovanerinnen nicht zugetraut, dass sie begriffen, was ein Kulturschock ist, und hier erklärte Mutter Lauria das Phänomen ihr, als sei sie nicht sonderlich intelligent. »Ich werde tun, was Ihr mir befehlt, meine Dame.«

Sie hatte das sehr förmliche *Casta*-Wort *Domna* benutzt, und Mutter Lauria blickte nicht sehr erfreut drein.

»Zunächst einmal bin ich nicht *meine Dame*«, erklärte sie. »Wir befreien uns doch nicht von der Titel-Tyrannei der Männer, nur um unter uns eine neue aufzurichten! Nenne mich Lauria oder Mutter, wenn du meinst, dass ich es verdiene, und du es gern möchtest. Erweise mir so viel Achtung, wie du sie deiner eigenen Mutter erwiesen hättest, nachdem du über ihre Befehlsgewalt hinausgewachsen warst. Und ich kann dir in dieser Angelegenheit nichts befehlen; dein Leben ist es, das von deiner Entscheidung bestimmt wird. Ich kann dir nicht einmal einen vernünftigen Rat geben, dazu weiß ich zu wenig von deinem Volk und seinen Sitten. Natürlich werden eines Tages alle hier erfahren müssen, dass du Terranerin bist. Glaubst du, das Gefühl der Fremdheit überwinden zu können? Du brauchst nicht mit diesem Handicap zu leben, wenn du nicht willst, aber andererseits würden die Schwestern dann vielleicht mehr Rücksicht nehmen ...«

Magda war sich nicht sicher. Jaelle hatte gewusst, dass sie Terranerin war, und das hatte gewiss geholfen, einige Schwierigkeiten, die zwischen ihnen aufgetaucht waren, zu glätten. Und doch, obwohl Jaelle und sie sich lieben gelernt hatten, war ein Gefühl der Fremdheit zwischen ihnen gewesen. Zögernd meinte sie: »Ich werde ... werde mich deinem Rat beugen, Lauria, aber ich glaube, anfangs ... wäre ich lieber eine von euch. Vermutlich ist allen Frauen, die hierher kommen, eine Menge fremd.«

Lauria nickte. »Ich glaube, du hast dich richtig entschieden. Mag sein, dass der andere Weg leichter gewesen wäre, aber gerade dadurch wärest du unter Umständen für immer die Fremde geblieben. Und ich setze voraus, dass du in Wahrheit eine von uns werden möchtest – dass du uns nicht nur für einen Bericht an deine Terraner studierst.« Sie lächelte dabei, aber ihre Stimme hob sich fast wie zu einer Frage, als ob Mutter Lauria Zweifel in Magdas Aufrichtigkeit setze.

Nun, Magda musste ihr den Beweis eben liefern.

Mutter Lauria warf einen Blick auf eine alte Uhr mit Zeigern, einem inneren Mechanismus und einem schwingenden Pendel und erhob sich.

»Ich habe eine Verabredung in der Stadt.« Magda erinnerte sich, dass diese Frau Präsidentin in der Handwerkerinnen-Gilde war. »Da du im Augenblick keine enge Freundin im Hause hast, habe ich dir ein Einzelzimmer anweisen lassen. Wenn du später eine Freundin findest und einen Raum mit ihr teilen willst, kannst du immer noch umziehen.« Dafür war Magda dankbar. Bis zu diesem Augenblick war ihr der Gedanke nicht gekommen, man könne sie in ein Zimmer zu zwei oder drei anderen Frauen stopfen, die sich untereinander fast ihr ganzes Leben lang kannten.

Mutter Lauria berührte das Glöckchen. »Du hast doch keine Angst, allein zu schlafen? Das habe ich mir gedacht, aber es kommen Frauen zu uns, die noch nie im Leben allein gewesen sind. Solange sie klein waren, hatten sie Ammen und Kinderfrauen um sich, später Zofen und Gesellschafterinnen. Da hat es sogar schon Schreikrämpfe gegeben, wenn sich so eine Frau allein im Dunkeln fand.« Sie berührte leicht Magdas Haar. »Wir sehen uns heute Abend beim Essen. Mut, Margali, lebe einen Tag nach dem anderen und denke daran, nichts ist so schlimm oder so gut, wie man es sich vorstellt. Jetzt wird dich Doria im Haus herumführen.«

Mutter Lauria ging, und Magda fragte sich: *Sehe ich tatsächlich so verängstigt aus?*

Nur ein paar Minuten später trat die kleine Doria wieder ein.

»Mutter sagt, ich soll dir das Haus zeigen. Tragen wir zuerst das Geschirr in die Küche zurück.«

Die Küche war leer bis auf eine kleine dunkelhaarige Frau, die vor sich hin döste und darauf wartete, dass der Brotteig in zwei großen Schüsseln aufging. Schläfrig hob sie den Blick, als Doria ihr Magda vorstellte.

»Margali, das ist Irmelin. Sie ist in diesem halben Jahr unsere Haushälterin. Wir wechseln uns dabei ab, ihr in der Küche zu helfen, aber wir sind hier im Haus so viele, dass keine öfter als einmal in zehn Tagen Küchendienst hat. Irmelin, das ist unsere neue Schwester Margali n'ha – wie war das, Margali?«

»Ysabet«, sagte Magda.

»Ich habe dich gestern Abend gesehen«, sagte Irmelin. »Du kamst mit Jaelle – bist du ihre Liebhaberin?«

Auch Mutter Lauria hatte sie das gefragt. Magda ermahnte sich, dass sie nicht ärgerlich werden dürfe – sie befand sich jetzt in einer anderen Welt –, und schüttelte den Kopf. »Nein – ich bin ihre Eidestochter, mehr nicht.«

»Wirklich?« Irmelin war offenbar skeptisch, doch sie sah nur auf ihren Brotteig. »Es wird noch eine Stunde dauern, bis man den Teig kneten kann – soll ich dir helfen, sie durchs Haus zu führen?«

»Mutter Lauria hat es mir aufgetragen – du kannst in der Küche und im Warmen bleiben«, lachte Doria. »Wir alle wissen, warum du dich für den Posten der Haushälterin gemeldet hast – du sitzt gern am Feuer wie eine Katze.« Irmelin kicherte nur, und Doria setzte hinzu: »Brauchst du für das Abendessen irgendetwas aus dem Gewächshaus, frisches Gemüse oder so? Margali hat vorerst noch keine Pflichten, sie kann mir helfen, es zu holen.«

»Du könntest fragen, ob die Melonen reif sind«, antwortete Irmelin. »Ich glaube, wir alle haben gekochtes Obst satt und hätten gern einmal frisches.« Irmelin gähnte und warf von neuem einen schläfrigen Blick auf den Brotteig. Doria fächelte sich heftig mit ihrer Schürze und zog Magda nach draußen.

»Puh, ich hasse die Küche an den Backtagen, da ist es zu

heiß zum Atmen! Aber Irmelin backt gutes Brot – es ist erstaunlich, wie viele Frauen kein essbares Brot fertig bringen. Erinnere mich daran, dass ich dir irgendwann einmal von der Zeit erzähle, als Jaelle an der Reihe war, den Haushalt zu führen, und Gwennis und Rafaella ihr drohten, sie würden sie beim nächsten Schneesturm nackt aussetzen, wenn sie das Brotbacken nicht von jemand anders besorgen ließe ...« Doria plauderte weiter und fächelte sich immer noch. Es war bestimmt nicht zu heiß in dem zugigen Korridor zwischen der Küche und dem langen Speisesaal, wo Magda gestern Abend gesessen hatte, eine Fremde, die sich hinter Jaelle versteckte. Und jetzt war das hier ihr Zuhause, zumindest für das nächste halbe Jahr. An den Tischen hatten nach Magdas Schätzung vierzig bis fünfzig Frauen Platz. An einem Ende warteten Stapel von Tellern und Schüsseln, mit Handtüchern zugedeckt, auf den Abend. Hinter dem Speisesaal lag das Gewächshaus – ein fester Bestandteil der meisten Häuser in Thendara – mit seinen Sonnenkollektoren. Eine Frau in einer langen Kittelschürze kniete auf dem Boden und klopfte Erde um die Wurzeln einer Pflanze fest, die Magda nicht kannte. Es war eine große Frau mit lockigem, beinahe krausem strohfarbenem Haar. Ihre Hände waren von der Erde beschmutzt.

»Rezi, das ist Margali n'ha Ysabet, Jaelles Eidestochter. Irmelin lässt fragen, ob für heute Abend irgendwelches frisches Obst da ist.«

»Nicht für heute und nicht für morgen Abend«, antwortete Rezi, »aber dann vielleicht. Ich habe ein paar Beeren für Byrna ...«

»Warum soll Byrna sie bekommen, wenn nicht genug für uns alle da sind?«, fragte Doria. Rezi lachte vor sich hin. Ihre Aussprache war grob und ländlich; sie wirkte wie eine der Bäuerinnen, die Magda in den Kilghardbergen bei der Arbeit auf dem Feld und im Stall gesehen hatte.

»Marisela hat es angeordnet. Wenn du schwanger bis, wirst auch du die ersten Beeren bekommen«, zog Rezi sie auf.

Doria kicherte. »Ich werde mit gekochtem Obst auskommen!«

Durch das Gewächshaus kamen sie in einen Stall, in dem ein halbes Dutzend Pferde stand. Mehrere Boxen waren unbesetzt. Der saubere, weiß getünchte Stall dahinter roch angenehm nach Heu und enthielt ein halbes Dutzend Milchtiere. In einer kleinen Milchkammer, so erzählte Doria, wurde ihr ganzer Bedarf an Butter und Käse erzeugt. Blitzblanke Holzformen hingen an der Wand, aber auch dieser Raum war menschenleer. Ein Wintergarten, in dem Stroh eingegrabenes Wurzelgemüse schützte, war eiskalt und ungemütlich. Magda zitterte.

Überrascht fragte Doria: »Frierst du?« Sie selbst hatte sich nicht einmal die Mühe gemacht, ihren Schal um die Schultern zusammenzuziehen. »Ich dachte, du wärst aus Caer Donn? Mir kommt es überhaupt nicht kalt vor. Aber gehen wir nach drinnen.« Sie ging durch einen Saal, den sie die Waffenkammer nannte, voraus. Zwar hingen Waffen an den Wänden, aber Magda hatte eher den Eindruck einer Turnhalle, denn auf dem Fußboden lagen Matten, und ein in sauberen Druckbuchstaben gemaltes Schild bat auf *Casta: Stelle deine Schuhe ordentlich auf die Seite; es könnte jemand darüber fallen.* In einem kleinen Umkleideraum hingen Handtücher und Kleidungsstücke zum Wechseln an Haken. Das erinnerte Magda an das Erholungszentrum im Haus für unverheiratete Frauen des HQ. Aber dahinter lag ein größerer Raum, der zu Magdas Erstaunen voller Dampf war, und in dem Dampf versteckte sich ein Becken mit offensichtlich heißem Wasser. Sie hatte davon gehört, viele Privathäuser in Thendara seien über heißen Quellen erbaut, aber es war das erste Mal, dass sie so etwas sah. Auf einem weiteren Schild stand zu lesen: *Bitte sei höflich gegen andere Frauen; wasch dir die Füße, bevor du ins Becken steigst.*

»Das gibt es erst seit vier oder fünf Jahren«, sagte Doria. »Eine unserer reichen Wohltäterinnen ließ es einbauen; vorher hatten wir nur die Wannen auf den Schlafzimmerfluren. Nach dem Unterricht im unbewaffneten Kampf tut es gut, die blauen Flecken einzuweichen. Rafi und Camilla sind wunderbare Lehrerinnen, aber hart gegen jeden, den sie im Verdacht der Drückebergerei haben. Ich trainiere seit meinem achten Lebensjahr, aber Rafi ist meine Eidesmutter und meine Pflegemutter und unterrichtet mich nicht gern. Komm mit nach oben«, forderte sie Magda auf, und sie gingen über einen weiteren Korridor zur Treppe. »Hier an diesem Absatz liegt das Kinderzimmer. Zurzeit ist niemand darin außer Felicias kleinem Jungen, und er wird uns im nächsten Mond verlassen; im Gildenhaus darf kein männliches Kind über fünf leben. Bald bekommt jedoch Byrna ein Baby.« Damit öffnete sie die Tür des Zimmers. Ein kleiner Junge spielte auf einem Teppich vor dem Feuer mit Holzpferdchen, und eine junge Frau saß nähend in einem Armsessel.

»Wie geht es dir heute, Byrna? Das ist Margali n'ha Ysabet, sie ist neu ...«

»Ich habe sie gestern Abend beim Essen gesehen«, antwortete Byrna. Magda fragte sich, ob sie von jeder Frau im Haus bemerkt worden war. Byrna stand auf und ging unruhig im Zimmer hin und her. »Ich habe es langsam satt, aber es zieht sich hin, und Marisela sagt, es würde mindestens noch zehn Tage, wenn nicht einen ganzen Mond, dauern. Wo ist Jaelle? Ich konnte gestern Abend kaum eine Minute mit ihr reden.«

Wieder machte Magda die Feststellung, dass ihre Freundin sehr beliebt war. »Sie arbeitet in der Terranischen Handelsstadt.«

Byrna verzog das Gesicht. »Bei den *Terranan?* Ich dachte, das sei gegen die Gesetze der Gilde!« Der Ton ihrer Stimme ließ Magda erkennen, dass sie klug daran getan hatte, ihre Identität zu verheimlichen. Ihr war im Prinzip bekannt, dass es ein Vorurteil gegen Terraner gab, aber sie war noch nie unmittelbar damit konfrontiert worden. »Welches ist dein Haus, Schwester?«, erkundigte sich Byrna, und Magda erwiderte: »Ich nehme an, das hier – ich bin für ein halbes Jahr zur Ausbildung gekommen ...«

»Dann hoffe ich, du wirst hier glücklich sein«, sagte Byrna. »Ich werde mithelfen, es dir behaglich zu machen, sobald das hier –« sie klopfte sich auf den vorstehenden Bauch »– vorbei ist.«

Doria neckte sie: »Vielleicht wirst du in der *nächsten* Mittsommernacht allein schlafen.«

»Da hast du verdammt Recht«, erklärte Byrna, und Magda verstaute diese Bemerkung im Geist zu dem, was Mutter Lauria über antikonzeptionelle Drogen gesagt hatte. »Wo wird Margali schlafen, Doria? In deinem Zimmer?«

Doria kicherte. »Wir sind ja schon fünf. Mutter Lauria hat gesagt, sie soll Shernas Zimmer bekommen, solange Sherna in Nevarsin ist.« Sie führte Magda den Flur hinunter und öffnete die Tür eines Zimmers mit einem halben Dutzend Betten. »Mutter Millea hat uns erlaubt, alle zusammen zu wohnen. Wir mussten nur versprechen, leise zu sein, damit die anderen schlafen können. Wir haben viel Spaß. Hier ist das Bad ...« – sie zeigte Magda einen Raum mit Wannen und Becken – »... und hier ist das Nähzimmer, wenn jemand etwas ausgebessert haben muss und es nicht selbst tun kann. Und das ist Shernas Zimmer – jetzt deins. Sie und Gwennis haben es sich zwei Jahre lang geteilt, dann zog Gwennis zu ihrer Freundin.« Sie benutzte das Wort in der Form, die auch *Liebhaberin* bedeutete. Nun, so etwas galt hier für normal; Irmelin hatte sie ganz beiläufig gefragt, ob sie Jaelles Liebhaberin sei, und dann eine Bemerkung über den Brotteig gemacht.

Doria wies auf ein Bündel auf dem Bett. »Mutter Lauria hat mit den Näherinnen dafür gesorgt, dass du ein paar übrige Sachen bekommst – Nachthemden, Unterjacken und Arbeitszeug, wenn du im Garten oder Stall zu tun hast. Ich glaube, das meiste davon gehört Byrna. Sie ist jetzt so dick, dass sie es nicht mehr tragen kann, aber bis ihr Baby da ist und sie es wieder braucht, wirst du mit dem Nähen deiner eigenen Ausstattung fertig sein.«

Magda betrachtete die Kleider auf dem Bett. Wirklich, sie hatten sich viel Mühe gegeben, um ihr ein herzliches Willkommen zu bereiten. Es waren sogar ein Kamm, eine Haarbürste und wollene Socken sowie ein warmes, flauschiges Ding dabei, das Magda für einen Bademantel hielt; es war mit Pelz gefüttert und sah luxuriös aus. Das Zimmer war mit einem schmalen Bett, einer kleinen geschnitzten Holztruhe und einer niedrigen Bank mit einem Stiefelknecht einfach möbliert.

Doria sah sie an. »Du weißt, dass du und ich zusammen ausgebildet werden sollen? Aber du bist so viel älter als ich – wie bist du zu den Amazonen gekommen?«

Magda erzählte ihr so viel von der Wahrheit, wie sie konnte. »Der Räuber Rumal di Scarp hielt einen Verwandten von mir gefangen und forderte Lösegeld für ihn. Außer mir gab es niemanden, der es ihm bringen konnte, deshalb reiste ich allein und trug Amazonenkleidung, um mich unterwegs zu schützen. Als ich unterwegs Jaelles Gruppe begegnete, wurde ich entdeckt und gezwungen, den Eid zu leisten.«

Doria machte große Augen. »Aber ich habe gehört – warst du das? Das ist wie ein Roman! Nur hieß es, Jaelles Eidestochter sei nach Neskaya geschickt worden. Camilla erzählte es uns, nachdem sie Sherna und Devra nach Nevarsin und Maruca und Viviana nach Hause gebracht hatte. Sicher hat Irmelin angenommen, du seist nach Thendara gekommen, um mit Jaelle zusammen zu sein, und deshalb glaubte sie, du seist ihre Liebhaberin! Aber Jaelle arbeitet jetzt in der Terranischen Zone, nicht wahr?«

Magda kam zu dem Schluss, sie habe genug Fragen beantwortet. »Wie bist du so jung zu den Amazonen gekommen, Doria?«

»Ich bin hier aufgewachsen«, antwortete das Mädchen. »Rafaellas Schwester ist meine Mutter – du kennst doch Rafaella, Jaelles Partnerin?«

»Ich bin ihr noch nicht begegnet, aber Jaelle hat mir von ihr erzählt.«

»Rafaella ist eine Verwandte von Jaelles Pflegemutter Kindra. Rafi hat drei Kinder geboren, aber alle waren Jungen. Das dritte Mal waren sie und ihre Schwester zur gleichen Zeit schwanger – und der Vater von Rafis Kind war mein Vater, verstehst du? Meine Mutter wünschte sich einen Sohn, und als Rafi wieder einen Jungen bekam, tauschten sie die Kinder aus. Rafaellas Baby wurde als der Sohn meiner Mutter und meines Vaters – was er natürlich ist – aufgezogen, und Rafaella nahm mich zu sich, als ich noch keine drei Tage alt war, nährte mich und zog mich hier im Gildenhaus auf. Ich bin in Wirklichkeit Doria n'ha Graciela, aber ich nenne mich Doria n'ha Rafaella, weil Rafi die einzige Mutter ist, die ich je kennen gelernt habe.«

Im Geist machte sich Magda wie eine Wilde Notizen. Sie wusste, dass Schwestern häufig den Liebhaber oder sogar den Gatten miteinander teilten und dass es Brauch war, Kinder Pflegeeltern zu überlassen. Trotzdem kam ihr dieses Arrangement bizarr vor.

»Und jetzt stehe ich hier und schwatze, statt dir zu sagen, was du wissen musst. In manchen Jahren putzen wir unsere

Zimmer selbst, aber in diesem Jahr haben wir bei der Hausversammlung beschlossen, dass zwei Frauen aus unserm Flur jeden Tag ausfegen und alle zehn Tage wischen. Du musst deine Stiefel und Sandalen in der Truhe aufbewahren, weil es den Putzfrauen die Arbeit erschwert, wenn sie darum herumfegen müssen. Alles, was auf dem Fußboden liegt, nehmen sie mit und werfen es in ein großes Fass in der Eingangshalle, und dann muss man es sich heraussuchen. Spielst du Harfe oder *Rryl* oder Laute? Zu schade; Rafi wünschte sich eine weitere Musikerin hier im Haus. Byrna singt gut, aber jetzt ist sie die ganze Zeit kurzatmig. Als ich heranwuchs und sich herausstellte, dass ich kein Ohr für Musik habe, fürchtete ich, Rafi werde mich verstoßen. Sie hat ...« Im unteren Teil des Hauses begann eine Glocke zu läuten, und Doria unterbrach sich.

»O gnädige Göttin!«

»Was ist das, Doria? Doch nicht schon die Essensglocke?«

»Nein«, flüsterte Doria. »Diese Glocke wird nur geläutet, wenn eine Frau bei uns Zuflucht sucht. Manchmal hören wir sie keine zweimal im Jahr, und jetzt haben wir an ein und demselben Tag zwei Neuankömmlinge? Komm, wir müssen sofort nach unten gehen!«

Sie zog Magda hastig auf die Treppe zu, und sie eilten die Stufen hinunter. Magda spürte dieses merkwürdige leichte Prickeln, das sie als Vorahnung kennen gelernt hatte: *Das ist etwas für mich sehr Wichtiges* ... Doch sie schob es als Nervosität aufgrund von Dorias Aufregung und dem vielen Neuen, das ihr begegnete, beiseite. In der Eingangshalle standen Irmelin und Mutter Lauria und zwischen ihnen eine schwächlich wirkende Frau, die in schwere Schals und Röcke eingebündelt war. Sie schwankte und hielt sich am Geländer fest, als werde sie gleich in Ohnmacht fallen.

Mutter Lauria hielt schnelle Umschau unter den Frauen, die sich in der Halle versammelten. Viele von ihnen hatte Magda gestern beim Essen gesehen, aber sie kannte ihre Namen nicht. Dann wandte sie sich der halb bewusstlosen Fremden zu. »Was suchst du hier?« Für Magda hatten die Worte die Macht eines Rituals. »Bist du gekommen, um hier Zuflucht zu finden?«

Die Frau flüsterte schwach: »Ja.«

»Willst du nur ein Obdach, meine Schwester? Oder ist es dein Wille, den Eid einer Entsagenden abzulegen?«

»Den Eid ...«, hauchte die Frau. Sie schwankte, und Mutter Lauria bedeutete ihr, sich hinzusetzen.

»Du bist krank; du brauchst im Augenblick keine Fragen zu beantworten, meine Schwester.« Mutter Lauria richtete den Blick auf Magda und Doria, die am Fuß der Treppe standen.

»Ihr beiden seid neu bei uns; ihr drei werdet in der Ausbildung zusammen sein, sollte diese Frau den Eid ablegen. Deshalb wähle ich euch als ihre Eidesschwestern und dazu ...« Sie sah sich um. Offensichtlich suchte sie nach jemandem. Schließlich winkte sie.

»Camilla n'ha Kyria«, sagte sie, und Magda erkannte mit einem Gefühl der Unausweichlichkeit die große, dünne *emmasca,* die Zeugin ihres eigenen Eides gewesen war. »Camilla, ihr drei bringt sie weg, schneidet ihr das Haar und bereitet sie darauf vor, den Eid zu leisten, sofern sie dazu fähig ist.«

Camilla kam und legte einen Arm um die taumelnde Fremde. »Komm, stütze dich auf mich.« Sie benutzte die unpersönliche Form, aber ihre Stimme klang freundlich. Plötzlich entdeckte sie Magda, und ihr Gesicht leuchtete auf. »Margali! Eidesschwester, bist du das? Ich dachte, du seiest nach Neskaya gegangen! Du musst mir alles darüber erzählen, aber später, denn zuerst müssen wir dieser Frau helfen. Schiebe deinen Arm unter ihre Arme ... so ... sie kann nicht gehen ...«

Magda umfasste die offensichtlich beinahe zusammenbrechende Frau, aber diese zuckte vor der Berührung zurück und schrie mit schwacher Stimme auf. Camilla führte sie in ein Kämmerchen neben Mutter Laurias Büro und drückte sie in einen weichen Sessel.

»Bist du misshandelt worden?«, fragte sie, nahm ihr den Schal ab und gab einen Laut des Entsetzens von sich.

Das Kleid der Frau – von teurem Zuschnitt, aus erstklassig gefärbtem Wollstoff und mit Pelz besetzt – hing in Fetzen und war blutdurchtränkt. Das Tuch hatte sich in schwarze Klumpen verwandelt, durch die immer noch rotes Blut sickerte.

Camilla flüsterte: »Avarra schütze uns! Wer hat dir das angetan?« Doch sie wartete nicht auf eine Antwort. »Doria, lauf in die Küche, hole Wein und heißes Wasser und frische Handtücher! Dann sieh nach, ob Marisela im Haus ist oder ob sie irgendwo in der Stadt einem Kind auf die Welt hilft. Margali, komm her, hilf mir, ihr das auszuziehen!«

Gemeinsam zogen sie ihr die zerfetzten Sachen aus. Jacke, Kleid, Unterwäsche, alles war elegant und mit Kupferfäden bestickt. In ihrem hellen Haar trug die Frau eine teure Schmetterlingsspange aus Kupferfiligran. Magda leistete Hilfestellung und reichte Camilla, was sie brauchte. Camilla entblößte die Frau bis zur Taille und wusch die schrecklichen Schnittwunden. Was konnte sie nur verursacht haben? Die Frau ließ sich alles gefallen, ohne zu schreien, aber es musste ihr furchtbar wehtun. Als sie fertig waren, zog Camilla ihr ein leichtes Hemd über, band die Zugschnüre am Hals lose zusammen und hüllte sie dann in einen warmen Hausmantel. Doria kam beunruhigt zurück und meldete, Marisela sei nicht im Haus.

»Dann suche Mutter Millea«, befahl Camilla, »und Domna Fiona. Sie ist Richterin am Stadtgericht, und wir müssen eine beschworene Zeugenaussage über den Zustand dieser Frau aufnehmen, damit wir das Recht bekommen, sie zu schützen.

Es geht ihr zu schlecht, als dass sie den Eid ablegen könnte. Wir wollen sie ins Bett stecken und pflegen ...«

Die Frau richtete sich mühsam auf. »Nein«, stieß sie hervor, »ich will den Eid ablegen – ich will von Rechts wegen hier sein, nicht aus Mildtätigkeit aufgenommen werden ...«

Magda flüsterte wie im Selbstgespräch vor sich hin: »Was ist ihr nur zugestoßen? Was kann solche Wunden hervorgerufen haben ...?«

Camillas Gesicht war wie aus Stein. »Sie ist wie ein Tier geschlagen worden«, erklärte die *emmasca.* »Ich trage ganz ähnliche Narben. Kind –« sie beugte sich über die im Sessel liegende Frau »– ich weiß, was es bedeutet, misshandelt zu werden. Margali – du findest eine Schere in der Tischschublade.« Und als Magda sie ihr in die Hand drückte, fragte Camilla: »Wie ist dein Name?«

»Keitha ...« Die Antwort kam wie ein Hauch.

»Keitha, das Gesetz verlangt, dass du deine Absicht zeigst, indem du eine einzelne Haarsträhne selbst abschneidest. Wenn du dazu die Kraft hast, will ich den Rest für dich besorgen.«

»Gib mir – die Schere.« Sie sprach entschlossen, aber sie war so schwach, dass ihre Hand die Schere kaum halten konnte. Ihr Haar war in zwei Zöpfe eingeflochten. Sie fasste einen davon und mühte sich mit der Schere ab, doch es gelang ihr nicht, den Zopf durchzuschneiden. Sie wies auf die Flechten. »Bitte ...«

Camilla löste den Zopf auf. Keitha fuhr mit der Schere hinein und säbelte zwei Hand voll Haar ab. »Da!«, rief sie wild, und die Tränen stürzten ihr aus den Augen. »Und jetzt – nehmt mir den Eid ab ...«

Camilla hielt ihr einen Becher Wein an die Lippen. »Sobald du dazu stark genug bist, Schwester.«

»Nein! *Jetzt* ...«, drängte Keitha. Die Schere entglitt ihrer

Hand und fiel zu Boden, und Keitha verlor in Camillas Armen das Bewusstsein.

Mutter Lauria sagte leise: »Bringt sie nach oben.« Camillas geflüsterten Befehlen folgend, half Magda, die ohnmächtige Frau die Treppe hinauf und in ein leeres Zimmer zu tragen.

4

Schwarzer Schlamm und noch dunklere Schatten sickerten aus dem Wasserloch, aber hinter den Felsen ging die rote Sonne auf. Jaelle wusste, was auf der anderen Seite des Feuers vor sich ging. Sie war zwölf Jahre alt, und in Shainsa war ein Mädchen von zwölf alt genug, um Ketten angelegt zu bekommen, alt genug, um in den Geburtsräumen zur Hand zu gehen. Aber diese Frauen mit den kettenlosen Händen, diese Amazonen hatten sie weggeschickt, als sei sie ein Kind. Jenseits des Feuers in dem stärker werdenden Morgenlicht war die Stimme ihrer Mutter zu hören. Jaelle fühlte den Schmerz wie Messer den eigenen Körper durchdringen. Je höher die Sonne stieg, desto niedriger kreisten die Aasvögel, und jetzt war das Licht wie auf dem Sand vergossenes Blut. Die Qual ihrer Mutter erfasste ihren Körper und ihren Geist ...

Jaelle! Jaelle, es ist das alles wert, du bist frei, du bist frei ... Aber ihre Hände waren von Ketten gefesselt, und sie kämpfte schreiend dagegen an ...

»Still, Liebes, still ...« Geduldig löste Peter ihre um sich schlagenden Hände aus den Betttüchern und nahm Jaelle in seine Arme. »Es ist nur ein Alptraum, es ist alles gut ...«

Nur schon wieder ein Alptraum. Schon wieder. Gott im Himmel, sie hat ihn jede Nacht. Kann ich denn gar nichts für sie tun?

Jaelle entwand sich ihm, ohne recht zu wissen, warum. Sie wusste nur, dass sie ihm im Augenblick nicht so nahe sein wollte. Beunruhigt suchte sie in seinem Gesicht nach der Feindseligkeit, die sie in seiner sanften Stimme nicht finden konnte.

»Kyril ...« murmelte sie. »Nein. Eine Sekunde lang glaubte ich, du seist mein Cousin Kyril ...«

Peter lachte leise. »Davon würde vermutlich jeder Alpträume bekommen. Hier, zähle meine Finger. Nur fünf.« Er drückte seine Hand an ihre, und sie lächelte schwach über diesen alten Scherz zwischen ihnen. Er sah ihrem Cousin Kyril Ardais so ähnlich, nur dass Kyril von Lady Rohana, seiner Mutter, die sechsfingrigen Hände geerbt hatte.

Kyrils Hände, die in jenem ganzen Sommer an ihr herumtatschten, bis sie, schluchzend vor Zorn und Demütigung, ihr Amazonen-Training gegen ihn anwandte, das es fast unmöglich machte, eine ausgebildete Entsagende zu vergewaltigen. Eine Entsagende, so hieß es, kann getötet, aber niemals vergewaltigt werden.

Um Rohanas willen hatte sie ihn nicht verletzen wollen ...

»Schatz, bist du in Ordnung?«, fragte Peter. »Soll ich einen Arzt holen? Du hast diese Alpträume jede Nacht seit ... wie lange ist das schon? Zehn Tage, elf?«

Jaelle versuchte, sich auf das, was Peter sagte, zu konzentrieren. Die Wörter schienen ein seltsames Echo zu erzeugen, das ihre Handflächen schmerzen ließ und in ihren Kopfhöhlen widerhallte. Die Wände verschwammen in wirren Lichtern, das Zimmer dehnte sich aus und schrumpfte zusammen und dehnte sich wieder aus, so dass die Decke in schwindelnder Höhe über ihr hing. Die Augen taten ihr weh. Eine Welle der Übelkeit überschwemmte sie, sie sprang auf und rannte ins Bad. Das Erbrechen vertrieb die letzten Reste des Traums. Sie konnte sich jetzt nicht einmal mehr daran erinnern, was sie geträumt hatte, nur dass in ihrem Mund ein merkwürdiger Geschmack nach Blut war. Sie nahm einen Schluck von dem scheußlichen Leitungswasser und versuchte vergeblich, ihn wegzuspülen. Peter trat an die Erfrischungskonsole, wählte ein kaltes Getränk für sie und hielt es ihr besorgt an die Lippen.

»Morgen bringe ich dich auf jeden Fall zu einem Arzt, Liebes.« Das Getränk sprudelte und stach sie in die Lippen, aber als sie das Glas wegstellte, schüttelte Peter den Kopf.

»Trink das aus, es wird deinen Magen beruhigen. Besser?« Er überprüfte den Kopfhörer auf dem Kissen; irgendwie hatte sie ihn im Traum abgerissen. »An dem Sprachlehrgang, den man dir gegeben hat, muss etwas nicht stimmen, oder der D-Alpha läuft asynchron – das kann den Gleichgewichtssinn durcheinander bringen«, überlegte er, den Kopfhörer in der Hand. »Oder vielleicht hat das Programm etwas in deinem Unterbewusstsein aufgestört. Bring das Gerät morgen in die Medizinische und bitte, es nach dem EEG, das man dort von dir hat, zu justieren.« Peter kam zu Bewusstsein, dass er ebenso gut in der Sprache einer anderen Galaxis hätte reden können. Jaelle wusste nicht, wovon er sprach, und es interessierte sie auch nicht. Er hielt die Muschel an sein Ohr und zuckte die Schultern. »Für mich hört es sich ganz normal an, aber ich bin kein Experte. Komm wieder ins Bett, Süße.«

»O nein!«, antwortete Jaelle, ohne nachzudenken. »Ich werde nicht noch einmal unter diesem verdammten Ding schlafen!«

»Aber, Liebste, es ist doch nur eine Maschine«, redete Peter ihr zu, »und selbst wenn sie nicht richtig justiert ist, kann sie dir keinen wirklichen Schaden tun. – Baby, sei nicht so unvernünftig«, setzte er, den Arm um ihre Schultern, hinzu. »Du bist doch keine unwissende Eingeborene aus – oh, den Trockenstädten, dass du vor einem Stück Maschinerie das große Zittern bekommst, nicht wahr?« Er zog sie auf das Kissen nieder. »Keiner von uns käme ohne die Schlaflernbänder zurecht.«

Sie legten sich wieder hin, aber Jaelle schreckte andauernd aus kurzem Schlummer hoch. Sie bemühte sich, die leisen Worte des Schlaflerners bewusst zu hören, um nicht erneut im Morast der Alpträume zu versinken. Sie kamen jetzt ständig; vielleicht stimmte tatsächlich etwas mit der Maschine nicht.

Aber dann fiel ihr ein, dass sie angefangen hatten, bevor sie die Bänder für die Maschine, die Piedro einen D-Alpha-Kortikator nannte, mit nach Hause gebracht hatte. Sie hätte der Maschine gern die ganze Schuld zugeschoben, nur fürchtete sie, dass das nicht ging.

Kurze Zeit, bevor der Wecker schrillte, erwachte Peter, stellte das Läutwerk ab, damit es sie nicht unterbrechen konnte, und begann, sie sanft zu liebkosen. Noch halb im Schlaf, gab sie sich dieser Wonne hin, die der Mittelpunkt ihres Lebens und Seins geworden war. Sie stieg auf mit ihm, schwebte mit ihm über die Welt, frei von den Fesseln der Schwerkraft. Von seinen Armen festgehalten, teilte sie seine Lust, und seine Leidenschaft band sie an ihn. Sie war ihm noch nie so nahe gewesen; sie wollte ihm noch näher sein und langte blindlings hinaus, das letzte Unbekannte suchend, das sie tatsächlich zu einem Geist und einem Fleisch verschmelzen würde ...

Mein Fleisch. Meine Frau. Mein Sohn, Unsterblichkeit ... mein, mein, mein ...

Es waren keine Worte. Es war nicht allein Gefühl. Es lag tiefer als das, eingebettet ins Fundament seines maskulinen Ichs. Jaelle hatte es nicht gelernt, in der Sprache der Türme über die Schichten des bewussten und des unterbewussten Geistes, über maskuline und feminine Polarität zu sprechen. Aber ihre Nerven, denen eine solche Wahrnehmung lange versagt geblieben war, nahmen es direkt auf. Sie erkannte, dass das, was geschah, Dinge in ihrem Körper und Geist zum Leben erweckte, die ganz und gar nichts mit Sex zu tun hatten und sogar im Widerspruch zu dem Geschehen standen. Und ein isoliertes, unbeschäftigtes Bruchstück ihres Selbst rebellierte mit den Worten des Amazonen-Eides: *Ich schwöre, dass ich mich von diesem Tag an einem Mann nur hingebe, wenn ich den Zeitpunkt bestimmen kann und es mein eigener freier Wille ist ... Ich werde niemals mein Brot als Objekt der Lust ei-*

nes Mannes verdienen ... Wenn ich ein Kind gebäre, sollen weder die Familie noch der Clan des Mannes, weder Fragen der Erbfolge noch sein Stolz oder sein Wunsch nach Nachkommenschaft dabei Einfluss auf mich haben.

Sein Stolz ... sein Stolz ... sein Stolz ...

Und in demselben Augenblick, als sie bereit war, sich seinen Armen zu entwinden, sich loszureißen von dem, was für sie das Köstlichste in der Welt gewesen war, sagte etwas innerhalb ihres Körpers, das nicht ihrem bewussten Willen unterworfen war: *Nein, nicht jetzt, es wird nichts passieren ...*

Sie machte keine Bewegung, um sich von ihm zu lösen; sie lag einfach still, ohne zu reagieren, aber zu gut erzogen, um einen Mann zu erregen und dann unbefriedigt zu lassen. Verschwunden war, was sie vereint hatte. Er hielt sie immer noch, streichelte sie, während sein Verlangen ebenso wie ihres langsam verebbte. Verblüfft und bestürzt sah er sie an. Der Kummer in seinen Augen tat ihr weh.

»Oh, Piedro, es tut mir so Leid!«, rief sie in dem Augenblick, als er sie losließ und »Jaelle, es tut mir Leid ...« murmelte.

Sie holte tief Atem und barg ihren Kopf an seiner nackten Schulter. »Es war nicht deine Schuld. Wahrscheinlich war es einfach nicht – nicht die richtige Zeit.«

»Und dir war nach all diesen Alpträumen gar nicht gut.« Großmütig suchte er für sie nach den Entschuldigungen, die sie selbst nicht vorbringen konnte; sie merkte es, und von neuem durchzuckte sie der Schmerz. Er stand auf und ging, zwei sich selbst erhitzende Behälter zu holen. »Sieh mal, was ich hier habe! Ich kenne einen Mann vom Küchenstab. Kaffee – genau das, was du zu dieser Stunde brauchst.« Er löste für sie den Verschluss und reichte ihr den dampfenden Becher. Jedenfalls war das Getränk heiß, und auf den Geschmack schien es nicht so anzukommen. Während sie trank, küsste er sie auf den Nacken.

»Du bist so schön. Ich liebe dein Haar in dieser Länge. Schneide es nie wieder ab, ja?«

Lächelnd klopfte sie seine kratzige, noch nicht rasierte Wange. »Wie kämst du dir vor, wenn ich dich bitten würde, einen Bart zu tragen?«

»Bloß nicht!«, antwortete er entsetzt. »Das würdest du doch nicht von mir verlangen, nicht wahr?«

Jaelle lachte leise. »Ich wollte damit nur sagen, dass ich es nie verlangen würde, Liebster, es ist dein Gesicht. Und es ist *mein* Haar.«

»Ach, zum Teufel!« Mit störrischem Gesicht drehte er sich von ihr weg. »Habe ich überhaupt keine Rechte, Frau?«

»Rechte? An *meinem* Haar?« Es berührte denselben bloßliegenden Nerv wie sein Stolz, den sie in einem Augenblick tieferer Wahrnehmung erkannt hatte. Jaelle presste die Lippen zusammen und schob den Kaffeebecher von sich. Betont sah sie zur Wanduhr hin und fragte: »Möchtest du zuerst duschen?«

Er rollte sich aus dem Bett und ging ins Bad. Jaelle hielt sich den Kopf und versuchte, ihre Augen auf den Kaffeebehälter und die Dampfwölkchen, die noch davon aufstiegen, zu fokussieren.

Ihr war, als pulsiere das Zimmer, werde kleiner und größer, jetzt höher, jetzt so niedrig, als wolle es sie zerquetschen. *Irgendetwas stimmt nicht mit mir,* dachte sie. Peter kam aus dem Bad zurück und sah, wie sie sich krümmte in ihrem Kampf, der Übelkeit Herr zu werden.

»Schatz, bist du in Ordnung?« Und dann, mit einem Lächeln besorgten Vergnügens: »Jaelle, könnte es sein – bist du schwanger?«

Nein. Das kam wie eine Botschaft aus dem Inneren ihres Körpers. Sie fauchte: »Natürlich nicht!«, und begann, sich anzuziehen. Aber er ließ sie nicht in Ruhe und meinte: »Du kannst gar nicht sicher sein. Solltest du nicht lieber auf jeden Fall die Medizinische Abteilung aufsuchen?« Und Jaelle dachte: *Wieso bin ich sicher?*

Ich weigere mich, heute krank zu sein. Ich werde einfach nicht nachgeben.

Laut sagte sie: »Ich muss einen Bericht fertig machen.« Sie zwang sich, sich zu bewegen, und das Schwindelgefühl ließ nach. Die Welt wurde wieder fest. Inzwischen hatte sich Jaelle an die terranische Uniform gewöhnt, die Strumpfhosen, die erstaunlich warm für ein so dünnes Material waren, und die auf Figur gearbeitete Jacke. Peter, nach Seife und dem frischen Uniformtuch riechend, kam, umarmte sie, murmelte etwas Beruhigendes und stürzte davon.

So war er in Ardais nicht, schoss es ihr durch den Kopf. Doch darüber wollte sie zu einer Zeit nachdenken, wo es weniger beunruhigend war.

Jaelle war mit dem Bericht über ihre Reise nach Ardais längst fertig und arbeitete jetzt in Magdas altem Büro in der Abteilung »Kommunikation« an der Vervollständigung eines Standardlexikons – so nannte Bethany es – mit darkovanischen Redensarten. Sie hielt das für sinnlos, aber wenigstens brauchte sie sich nicht mit diesen verdammten Schlaflernbändern abzuquälen, obwohl sie sich denken konnte, dass die Aufzeichnungen letzten Endes auf ein solches Band übertragen werden würden.

Ob wohl der Schlaflerner – wie nannte Peter ihn?, der D-Alpha-Kortikator – an meinen Alpträumen schuld ist? Sogar Peter hielt das für möglich. Ich werde das Ding nie wieder benutzen – wenn es sein muss, schlafe ich lieber auf dem Fußboden!

Aber sie arbeitete gewissenhaft weiter, brachte veraltete Ausdrücke und den Slang, der in ihrer Kindheit populär gewesen war, auf den neuesten Stand und rief sich volkstümliche und vulgäre Bezeichnungen ins Gedächtnis zurück, die häufiger angewendet wurden als die extrem höflichen. Sie wusste, dass Magdas Vater dieses Lexikon vor Jahren in Caer Donn zusammengestellt hatte. Niemals hätte jemand vor einem Gelehrten, der noch dazu ein Außenweltler war, eine ordinäre Sprache geführt. Aber sie kannte Wendungen, bei denen sie errötet wäre, wenn sie sie in einen für Männer bestimmten Sprachlehrgang hätte einfügen müssen. Außerdem kam es ihr ein bisschen zweifelhaft vor, ob diese besonderen Ausdrücke überhaupt von Frauen benutzt wurden, die in den Gildenhäusern ausgenommen.

Tatsache ist, dachte sie und wunderte sich, warum es sie deprimierte, *ich weiß eigentlich gar nicht, wie normale Frauen sprechen, abgesehen von Lady Rohana. Ich bin so jung als Kindras Pflegetochter ins Gildenhaus gekommen!*

Nun, sie würde tun, was sie konnte und so gut sie es konnte, und mehr durfte man vernünftigerweise nicht von ihr erwarten. Sie war sich nicht voll bewusst, dass ihr das alles gegen den Strich ging – die ungewohnte Uniform, die Kragentasche, in die man das Kehlkopfmikrofon schob, so dass sie praktisch an diese Maschinen angeschlossen war, die Strumpfhosen, in denen sich ihre Beine nackt anfühlten. Nacktheit hätte sie innerhalb des Gildenhauses zwischen ihren Schwestern gar nicht gestört, aber in einem Büro, durch das hin und wieder Männer gingen – zugegeben, nicht sehr oft –, fühlte sie sich fremden Blicken ausgesetzt und versuchte sich einzureden, ihr Schreibtisch und die Konsolen gäben ihr Deckung. Einmal kam ein Mann, um mysteriöse Dinge an Bethanys Terminal vorzunehmen, Drähte und merkwürdige Platten und andere Dinge herauszuziehen. Es war niemand, den sie kannte, ein anonymer Techniker, und er dachte:

Das also ist Haldanes darkovanische Squaw. Der Glückspilz! Was für Beine ...

Jaelle hob den Kopf und maß den Mann mit einem vernichtenden Blick. Erst dann machte sie sich klar, dass er kein Wort laut gesprochen hatte. Mit brennendem Gesicht senkte sie die Augen und tat, als sei er gar nicht da. Ihr ganzes Leben lang war sie von diesem intermittierenden *Laran* geplagt worden, das unkontrollierbar kam und verschwand, sich ihr aufdrängte, wenn sie gar nicht wissen wollte, was im Kopf eines anderen vor sich ging, und sie ebenso oft im Stich ließ, wenn es für sie von ungeheurer Wichtigkeit gewesen wäre. Gerade jetzt meldete sich ein unwillkommener Gedanke, aber es war ihr eigener:

Habe ich heute Morgen tatsächlich in Peters Geist gelesen? Sieht er mich tatsächlich so?

Nein. Ich war krank, ich hatte Halluzinationen. Ich habe ihm versprochen, zum Arzt zu gehen, da sollte ich mich gleich anmelden. Als der Techniker gegangen war, erkundigte sie sich bei Bethany:

»Was muss ich tun, um mich bei einem Arzt in der Medizinischen Abteilung anzumelden?«

»Geh einfach in der Mittagspause oder nach der Arbeit hinauf«, antwortete Bethany ihr. »Irgendwer wird sich schon Zeit für dich nehmen. Was ist los? Krank?«

»Ich bin mir nicht sicher«, gestand Jaelle. »Vielleicht liegt es an dem – dem Kortikator. Peter meinte, er könne Alpträume erzeugen.«

Bethany nickte ohne Interesse. »Das ist möglich, wenn er nicht richtig justiert ist. Behellige die Medizinische nicht damit. Bring das Gerät zur Psychologischen, dort werden sie es nachstellen. Aber wenn die Kopfschmerzen und die Alpträume bleiben, solltest du wahrscheinlich doch zu einem Arzt gehen. Oder wenn du schwanger bist oder so etwas.«

»O nein«, protestierte Jaelle prompt und fragte sich von neuem: *Woher weiß ich das, warum bin ich mir so sicher?* Am

Ende war es doch am vernünftigsten, einen Arzt zu Rate zu ziehen. Sie wollte in der Mittagspause hingehen – Hunger hatte sie nicht, und auf das Essen, das sie zur Lunchzeit in der Cafeteria bekommen konnte, verzichtete sie gern.

Doch kurz vor dem Zeitpunkt, zu dem sie ihre Büros immer verließen, um essen zu gehen, drangen komische piepsende Laute aus ihrer Schreibtischkonsole. Jaelle starrte sie an. Hatte sie etwas zerbrochen? Würde sie den Techniker zurückrufen müssen, der sie so unverschämt gemustert hatte?

»Bethany ...«

»Melde dich doch, Jaelle ...« Bethany sah, dass Jaelle nicht verstand, und sagte: »Mein Fehler, ich habe vergessen, es dir zu zeigen. Drücke den Knopf da – das runde weiße Ding, das gerade blinkt.«

Verwundert, warum man es einen Knopf nannte – es würde bestimmt schwierig sein, es an einen Mantel oder eine Jacke zu nähen – berührte Jaelle vorsichtig das pulsierende Licht.

»Mrs. Haldane?«, fragte eine förmliche Stimme, die sie nicht gleich wieder erkannte. »Cholayna Ares hier, Nachrichtendienst. Würden Sie bitte in mein Büro heraufkommen? Wenn es Ihnen recht ist, könnten wir zusammen essen; ich hätte gern mit Ihnen gesprochen.«

Jaelle wusste bereits genug über terranische Sprachmuster, um die höfliche Bitte als Befehl zu erkennen, den nicht zu befolgen undenkbar war. Sie saß auf Magdas Platz – die Frau, die sie gestern Abend in Peters Gesellschaft kennen gelernt hatte, war Magdas Vorgesetzte und deshalb auch ihre. Sich bemühend, ihre Worte nach den terranischen Vorstellungen von Höflichkeit zu wählen, antwortete sie: »Ich würde mich freuen, und ich komme sofort.«

»Danke«, erklang Cholaynas Stimme, und das Licht ging aus.

Bethany hob die Augenbrauen.

»Was mag die nur wollen? Ich möchte zu gern wissen, wie sie der Hauptzentrale diesen Posten abgeluchst hat. Nachrichtendienst, um Himmels willen, wenn sie nirgendwo auf diesem Planeten ins Feld gehen kann! Natürlich hat sie nichts weiter zu tun, als wie eine Spinne im Netz in ihrem Büro zu sitzen und alle Welt herumzukommandieren, aber ein Angehöriger des Nachrichtendienstes sollte fähig sein, mit einer bestimmten Szenerie zu verschmelzen! Na, vielleicht hat die Hauptzentrale vergessen, was für ein komischer Planet das hier ist, und ich wette, Cholayna hatte keine Ahnung, als sie den Antrag auf Versetzung nach Darkover stellte ...«

»Ich glaube, das verstehe ich nicht ganz.« Jaelle fragte sich, ob sie beleidigt reagieren sollte. »Warum ist es ein komischer Planet?«

»Er gehört zu dem halben Dutzend Imperiumsplaneten, die von einer völlig homogenen Gruppe besiedelt wurden, Kolonisten aus ein und demselben ethnischen Gebiet«, erläuterte Bethany. »Und obwohl es unter der ursprünglichen Schiffsbesatzung ein paar Schwarze oder Orientalen oder sonst etwas gegeben haben mag, waren deren äußere Merkmale durch genetische Programme und Inzucht schon tausend Jahre, bevor das Imperium euch wieder entdeckte, verloren gegangen. Ein Planet mit einer hundertprozentig weißen Bevölkerung ist seltener als ein Huhn mit Zähnen!«

Darüber dachte Jaelle eine Weile nach. Ja, Cholaynas dunkelbraune Haut und leuchtend braune Augen waren ihr aufgefallen, aber sie hatte geglaubt, die Frau habe vielleicht nichtmenschliches Blut in sich. In den Bergen wurden Geschichten erzählt, es habe hin und wieder Kreuzungen mit Waldläufern und sogar mit Katzenwesen gegeben, obwohl sich die *kyrri* und die *cralmacs* natürlich nicht mit Menschen paarten.

Das erzählte sie Bethany und setzte hinzu: »Aber im Zeitalter des Chaos wurden oft künstlich Mischlinge zwischen Menschen und *cralmacs* erzeugt. Ich habe einfach angenommen, sie sei nur zum Teil menschlich.«

»Lass das Cholayna nicht hören«, warnte Bethany und verzog entsetzt das Gesicht. »Im Imperium ist es die schmutzigste – nicht die zweitschmutzigste, sondern die schmutzigste – Beleidigung, jemanden einen Halbmenschen zu nennen ..., glaub mir.«

Das schockierte wiederum Jaelle – welch ein abscheuliches Vorurteil! Sie wollte es Bethany erklären, aber dann erinnerte sie sich, dass es sogar hier unter unwissenden Leuten gewisse Vorurteile gegen Nichtmenschen gab und dass sich über Bräuche und Tabus nicht streiten ließ. *Versuche nicht, Fisch in den Trockenstädten zu kaufen.* So blieb sie friedlich und fragte sich nur, warum man mit der hochgepriesenen medizinischen Wissenschaft des Imperiums diese Technik nicht entdeckt oder wieder entdeckt beziehungsweise keinen Gebrauch davon gemacht habe.

Sie sagte: »Ich sollte besser zum Nachrichtendienst hinaufgehen. Nein, danke, ich finde den Weg allein.«

Cholayna machte es Jaelle in einem weichen Sessel bequem und bestellte an ihrer Konsole, die eine größere Auswahl zu bieten hatte als die Lunch-Cafeteria, Essen für zwei Personen.

»Ich habe noch kaum eine Chance gehabt, mit Darkovanern zu sprechen«, erklärte sie offen, »und ich weiß, dass ich auf diesem Planeten keine Feldarbeit tun kann. Deshalb bin ich von meinen Agenten abhängig. Ich bin hier, um eine Abteilung des Nachrichtendienstes aufzuziehen, nicht, um als Agentin zu arbeiten. Dabei verlasse ich mich auf Sie und jeden anderen, der den Planeten kennt und hier aufgewachsen ist. Ich wollte Magda Lorne nicht verlieren, aber es blieb mir keine andere Wahl. Doch sicher kann ich Ihnen, Mrs. Haldane, ebenso vertrauen, wie ich Magda vertraut hätte. Ich hoffe, wir werden Freundinnen.«

Jaelle fuhr mit der Gabel in ihr Essen, bevor sie antwortete. Sie hatte noch nie eine Frau kennen gelernt, die weder das Eigentum eines Mannes noch eine Entsagende war. Endlich sagte sie: »Wenn Sie meine Freundin sein möchten, können Sie damit anfangen, dass Sie mich nicht *Mrs. Haldane* nennen. Peter und ich sind nicht *di catenas* verheiratet, und der Eid der Entsagenden verbietet mir, den Namen eines Mannes zu führen – wenn es mir auch nicht gelingen will, die Verwaltung davon zu überzeugen.«

»Ich werde sehen, ob sich da etwas machen lässt«, versprach Cholayna, und Jaelle bemerkte, dass die lebhaften braunen Augen der Frau die Information in sich aufnahmen. »Wie soll ich Sie denn anreden?«

»Ich bin Jaelle n'ha Melora. Falls wir wirklich Freundinnen werden sollten: Meine Schwestern im Gildenhaus nennen mich *Shaya*.«

»Dann also Jaelle, für den Augenblick«, sagte Cholayna. Jaelle gefiel es, dass sie den intimen Namen nicht übereilt anwandte. »Ich war Magdas Freundin ebenso wie ihre Lehrerin, glaube ich. Und Sie können hier eine Menge für uns tun. Sie wissen doch, dass wir zugestimmt haben, in der Medizinischen Abteilung eine Gruppe von jungen Frauen auszubilden; vielleicht können Sie Ihnen das Leben unter uns erleichtern. Sie sind schließlich die Erste.«

Jaelle lächelte. »Das bin ich natürlich nicht. Zwei meiner Gildenschwestern haben auf dem Raumhafen gearbeitet, als er noch im Bau war.«

Überrascht meinte Cholayna: »In den Unterlagen des Personalbüros findet sich keine Spur von darkovanischen Frauen, die ...«

Jaelle lachte. »Sie waren beide *emmasca* – zu Neutren gemacht. Wahrscheinlich hat man sie für Männer gehalten, und natürlich haben sie männliche Namen angegeben. Sie wollten gern sehen, was ihr Terraner von den Sternen für Leute seid.« Sie verkniff es sich, hinzuzufügen, dass die Berichte der beiden Frauen im Gildenhaus Thema vieler Witze geworden waren, einige davon recht ordinär.

Cholayna lachte leise. »Ich hätte mir denken können, dass ihr uns studiertet, während wir euch studierten. Aber ich werde Sie nicht fragen, was ihr von uns gedacht habt. Dazu kennen wir einander noch nicht gut genug.«

Jaelle war angenehm überrascht. Zum ersten Mal begegnete sie einem Mitglied des Imperiums, das nicht voreilige Schlussfolgerungen über die darkovanische Kultur zog. Vielleicht lernte sie in Cholayna endlich eine wirklich gebildete Terranerin kennen. Magda rechnete sie nicht mit, denn die war mehr Darkovanerin als Terranerin.

»Haben Sie auch bestimmt genug zu essen gehabt? Noch etwas Kaffee? Wirklich nicht?«, fragte Cholayna. Sie schob, als Jaelle ablehnte, das Geschirr in den Abfallsammler und nahm eine Kassette von ihrem Schreibtisch. Jaelle erkannte ihre eigene Handschrift auf dem Etikett. Es war ihr Bericht über die Auslösung Peters und ihren Winter auf Ardais. Daneben lag eine zweite Kassette, die offensichtlich von Peter beschriftet worden war. »Ich entnehme hieraus«, sagte Cholayna, »dass Sie in den Trockenstädten geboren wurden und dort lebten, bis Sie fast zwölf Jahre alt waren.«

Hatte der Lunch, den sie gegessen hatte, etwas Giftiges enthalten? Jaelles Magen hob sich und erinnerte sie daran, dass es ihre Absicht gewesen war, zum Arzt zu gehen. Sie erklärte kurz: »Ich habe Shainsa im Alter von zwölf Jahren verlassen und bin niemals dorthin zurückgekehrt. Über die Trockenstädte weiß ich sehr wenig. Ich habe sogar den Dialekt von Shainsa verlernt und spreche ihn wie eine Fremde.«

Lange Zeit sah Cholayna sie schweigend an. Dann sagte sie: »Zwölf Jahre sind lange genug. Mit zwölf ist ein Kind geformt –in sozialer und sexueller Hinsicht. Die Persönlichkeitsbildung ist abgeschlossen, und es lässt sich später nur schwer etwas daran ändern. Sie sind vielmehr ein Produkt der Trockenstädte als zum Beispiel ein Produkt des Gildenhauses der Entsagenden.«

Jaelle hielt den Atem an. Sie wusste nicht, ob das sie überflutende Gefühl Wut, Bestürzung oder einfach Ungläubigkeit war. Unwillkürlich sprang sie auf, jeder Muskel war angespannt.

»Wie können Sie es wagen?«, schleuderte sie Cholayna entgegen. »Sie haben kein Recht, so etwas zu behaupten!«

Cholayna blinzelte, wich vor dem anbrandenden Zorn jedoch nicht zurück. »Jaelle, meine Liebe, ich habe natürlich nicht von Ihnen persönlich gesprochen. Ich habe nur eins der bestfundierten Fakten aus der menschlichen Psychologie zitiert. Wenn Sie sich dadurch angegriffen fühlen, tut es mir Leid. Ob es uns gefällt oder nicht, es ist Tatsache. Die Eindrücke, die unser Geist als erste aufnimmt, haften am besten. Warum beunruhigt Sie die Vorstellung so sehr, Sie könnten im Grunde ein Produkt der Trockenstädter-Kultur sein? Vergessen Sie nicht, ich weiß sehr wenig darüber, und in den Aufzeichnungen des HQ ist nur wenig darüber zu finden. Also bin ich darauf angewiesen, dass Sie es mir erzählen. Was habe ich gesagt, das Sie so zornig machte?«

Jaelle holte tief Luft und entdeckte, dass ihr Kiefer vom Zusammenbeißen der Zähne schmerzte. Schließlich sagte sie: »Auch ich wollte Sie nicht – persönlich angreifen. Ich ...« Und wieder musste sie abbrechen und schlucken und die Zähne voneinander lösen. Wenn sie einen Dolch getragen hätte, dann hätte sie ihn gezogen und vielleicht benutzt, ohne nachzudenken. *Warum bin ich auf diese Weise explodiert?*

Langsam verebbte ihre Wut und ließ nichts als Bestürzung zurück.

»Sie müssen sich irren, zumindest in diesem Fall. Als Produkt der Trockenstädte wäre ich – ein Stück Vieh, wie es die Frauen dort sind, in Ketten, Eigentum irgendeines Mannes. Eine kettenlose Frau ist ein Skandal – sie muss ein Mal tragen, dass sie einem Mann gehört. Ich habe den Eid der Entsagenden geleistet, sobald ich alt genug dazu war, und ich habe vergessen ... Alles, was ich getan habe, seit ich die Trockenstädter verließ, sollte ...«

Sie verstummte und endete in Gedanken: »... *sollte mir selbst beweisen, dass ich für keinen Mann jemals Ketten tragen würde ... Kindra sagte einmal zu mir, die meisten Frauen und auch die meisten Männer hielten sich für frei und beschwerten sich selbst mit unsichtbaren Ketten ...*

Cholayna fuhr sich geistesabwesend mit der Hand über ihr silberweißes Haar. »Wenn Sie mit allem, was Sie getan haben, seit Sie die Trockenstädter verließen, beweisen wollten, dass Sie keine von ihnen sind, haben sie Sie geformt, ob Sie nun nach ihren Prinzipien leben oder nicht. Hätten sie keinen Einfluss auf Sie gehabt, dann wären Sie Ihren Weg gegangen, ohne sich zu fragen, ob er der Weg der Trockenstädter oder das Gegenteil sei – stimmt's?«

»Mag sein«, murmelte Jaelle. Sie atmete immer noch bewusst, zwang sich, ihre Muskeln zu lockern, ihre Fäuste zu öffnen.

Cholayna nickte leicht. »Auch über die Entsagenden weiß ich wenig. Sie sprachen von dem Eid, Magda ebenfalls, aber ich kenne ihn nicht. Ist er ein Geheimnis, oder dürfen Sie mir sagen, was eine Entsagende, eine Freie Amazone, schwört?«

Jaelle antwortete müde: »Der Eid ist kein Geheimnis. Ich zitiere ihn Ihnen gern.« Sie begann: »Von diesem Tag an entsage ich ...«

»Warten Sie!« Cholayna hob die Hand. »Darf ich ein Aufzeichnungsgerät fürs Archiv anstellen?«

Da war das Wort wieder! Aber hatte es Sinn, Einwände zu erheben? Vielleicht war das die einzige Möglichkeit, einem Außenseiter verständlich zu machen, was die Gilde war. »Gewiss«, sagte sie und wartete.

»Von diesem Tag an entsage ich dem Recht zu heiraten, außer als Freipartnerin. Kein Mann soll mich *di catenas* binden, und ich werde in keines Mannes Haushalt als *barragana* leben«, trug sie dann den Eid von Anfang bis Ende vor. Wie konnte Cholayna glauben, dass sie, wenn sie wirklich ein Produkt der Trockenstadtkultur wäre, ohne Hoffnung auf eine Änderung der Persönlichkeit, der Sexualität oder des Willens, sich freiwillig für diesen Eid entschieden hätte? Das war einfach lächerlich!

Cholayna hörte still zu. Ein- oder zweimal nickte sie zu den Bestimmungen.

»Das ist mir natürlich nicht fremd«, sagte sie, »denn im Imperium und besonders auf dem Alpha-Planeten, wo ich aufgewachsen bin, wird vorausgesetzt, dass Frauen diese Rechte und Pflichten besitzen. Allerdings ...« – sie lächelte schwach – »... gestehen wir auch dem Vater eines Kindes gewisse Rechte und Pflichten zu. Wenn Sie möchten, können wir einmal ausführlich darüber diskutieren. Ich verstehe jetzt auch, warum die Freien Amazonen – verzeihen Sie, die Entsagenden – die ersten Darkovanerinnen sind, die von den Terranern lernen wollen. Ich hätte zwei Bitten an Sie. Die erste ist, dass Sie Magda im Gildenhaus besuchen und mit ihr über die Auswahl geeigneter Frauen zur medizinischen Ausbildung – oder was sonst geeignet erscheint – sprechen.«

»Es wird mir ein Vergnügen sein«, antwortete Jaelle förmlich. Ihre Gedanken lieferten dazu jedoch den Kontrapunkt: *Wenn sie meint, ich würde mithelfen, Frauen als Spioninnen für den Nachrichtendienst anzuwerben, hat sie sich geschnitten.*

»Jaelle, welche Aufgabe hatten Sie bei den Entsagenden? Was für Arbeiten verrichten Sie?«

»Jede ehrliche Arbeit«, erklärte Jaelle. »Bei uns gibt es Bäckerinnen, Käsemacherinnen, Hebammen – o ja, wir bilden vor allem im Gildenhaus von Arilinn Hebammen aus –, Gewürzkrämerinnen, Zuckerbäckerinnen, Söldnerinnen ...« Sie brach abrupt ab, denn auf einmal erkannte sie, wohin die Befragung führte.

»Nein, wir sind nicht alle Soldatinnen, Cholayna, auch keine Söldnerinnen oder Schwertfrauen. Wenn ich mir meinen Haferbrei mit dem Schwert hätte verdienen müssen, wäre ich längst verhungert. Außenseiter denken immer an die *sichtbareren* Freien Amazonen, diejenigen, die sich als Söldnerinnen verdingen. Vor langer Zeit, im Zeitalter des Chaos, hat es einmal eine Schwesternschaft vom Schwert gegeben, doch mit der Gründung der Gilde, der *Comhi'Letzii,* wurde sie aufgelöst. Diese Schwesternschaft bestand tatsächlich aus Söldnerinnen und Soldatinnen. Sie fragten, was ich getan habe? Ich bin Reiseorganisatorin. Wir stellen Eskorten für allein reisende Damen, wenigstens fing es so an, da wir nicht nur als Führerinnen und Leibwächterinnen, sondern auch als Anstandsdamen wirken konnten. Später wandten sich auch Männer an uns. Wir gaben ihnen Auskunft, wie viele Packtiere sie mieten mussten, welches Futter zu kaufen war und wie viel davon sie für die Reise brauchen würden. Wir arbeiten auch als Führerinnen durch die unwegsamsten Landesteile und Gebirgspässe.« Sie lächelte ein wenig und vergaß ihren Zorn. »Heute heißt es, dass eine Amazonen-Führerin Gebiete betritt, in die den Fuß zu setzen kein Mann aus den Hellers wagen würde.«

»Das wäre für uns von unschätzbarem Wert«, stellte Cholayna ruhig fest. »Vermessung und Erkundung brauchen immer Führer und Leute, die ihnen sagen können, wie sie sich für das Wetter und das Terrain ausrüsten sollen. Aus Mangel an diesem Wissen sind schon Leben verloren gegangen. Wenn die Entsagenden sich bereit erklären, für uns zu arbeiten, werden wir ihnen aufrichtig dankbar sein.« Sie schwieg eine Weile. »Meine zweite Bitte ist, dass Sie mit einem unserer Agenten über Ihre Erinnerungen an die Trockenstädte sprechen, sie mögen noch so alltäglich sein. Ich verlange nicht von Ihnen, dass Sie Ihre eigenen Leute bespitzeln«, fügte sie vorsichtigerweise hinzu, »Sie sollen nur helfen, Missverständnisse zu vermeiden. Sagen Sie uns, was wir nach der Meinung der Darkovaner über ihre Welt wissen sollten, Formen der Höflichkeit, Richtlinien, um nicht aus Unwissenheit beleidigend zu werden ...«

»Ja, natürlich«, sagte Jaelle. Sie verstand selbst nicht mehr, warum sie bei dem bloßen Gedanken, über die Trockenstädte zu reden, so wütend geworden war. Sie war mit Erlaubnis ihrer Gildenmütter eine Angestellte des Imperiums geworden, und als solche hatte sie jedem gesetzmäßigen Befehl ihres Arbeitgebers zu gehorchen.

»Wir haben da zum Beispiel einen Agenten – sein Name ist Raymon Kadarin –, der bereit ist, in die Trockenstädte zu reisen und uns von da Informationen zurückzuschicken. Ich möchte, dass Sie ihn kennen lernen und mir Ihre Meinung sagen, ob er sich in den Trockenstädten zeigen kann, ohne sofort als Spion entlarvt zu werden. Was wir von den Domänen wissen ...« Auf ihrem Schreibtisch begann ein Licht zu flackern und hörte nicht wieder auf.

»Ich habe den Leuten gesagt, sie sollen uns nicht stören.« Cholayna runzelte leicht die Stirn. »Ich werde zusehen, sie wieder loszuwerden, und dann machen wir weiter, Jaelle. – Ja?«, fragte sie knapp, auf den blinkenden Knopf drückend.

»Der Chef ist auf dem Kriegspfad«, meldete die körperlose

Stimme. »Er sucht überall nach dieser Darkovanerin – Sie wissen schon, Haldanes Mädchen. Schließlich sagte Beth, sie sei in Ihrem Büro, und er machte eine Szene. Würden Sie sie zack-zack herunterschicken und ihn beruhigen?«

Jaelle biss die Zähne zusammen vor Zorn. Sie war nicht *Haldanes Mädchen,* sie war überhaupt kein *Mädchen,* sie war eine Frau und befand sich in ihrer Eigenschaft als Angestellte des Imperiums hier. Wenn man sie zu sprechen wünschte, sollte man die Höflichkeit aufbringen, unter ihrem Namen nach ihr zu fragen! Sie wollte diese Gedanken heraussprudeln, bemerkte jedoch Cholaynas Stirnrunzeln und spürte, dass die Frau fast ebenso wütend war.

»Jaelle n'ha Melora ist in meinem Büro, und ich habe meine Konferenz noch nicht beendet«, erklärte Cholayna kalt. »Wenn Montray sie sprechen möchte, kann er sie bitten, in sein Büro zu kommen, sobald ich fertig bin.«

Jaelle hatte Montray im Rat gesehen, und er hatte ihr nicht gefallen. Sie wusste, dass auch Magda wenig Achtung für den Mann empfand, der ihr unmittelbarer Vorgesetzter gewesen war, und dass er über Darkover wesentlich weniger wusste als Magda oder das halbe Dutzend Agenten, das für ihn arbeitete. Peter hatte ebenfalls etwas in dem Sinne gesagt: *Sicher, der Mann ist Berufsdiplomat und kein Agent des Nachrichtendienstes, aber trotzdem sollte er etwas über die Welt, auf der er stationiert ist, wissen!*

Cholayna drückte den Knopf, und er wurde dunkel. »Das wird ihn für eine Weile zurückhalten, aber ich kann nicht garantieren, dass er nicht auf der Stelle nach Ihnen schicken lässt. Ich habe mein Bestes getan.« Sie lächelte Jaelle verschwörerisch zu, und Jaelle wurde sich bewusst, dass sie diese Frau gern hatte. *Wenigstens eine Freundin habe ich hier.*

»In welcher Form möchten Sie das, was Sie über die Trockenstädte wissen, berichten?«, erkundigte sich Cholayna.

»Sie können es auf Band aufnehmen lassen, oder Sie können direkt mit dem Agenten reden ...«

Am liebsten würde ich weder das eine noch das andere tun, dachte Jaelle. Sie hasste es, auf Band zu sprechen, aber sie hatte es nicht gelernt, den Männern hier im Hauptquartier Bericht zu erstatten. Der Gedanke, mit einem fremden terranischen Agenten, mit irgendeinem terranischen Mann ohne zumindest den stillschweigenden Schutz von Peters Anwesenheit zu sprechen, ängstigte sie. Gleichzeitig quälten sie die Worte des Amazonen-Eides: *Ich werde an keinen Mann Rechtsansprüche stellen, dass er mich beschütze ... Was ist nur aus mir geworden,* dachte sie zusammenhanglos, *seit ich als Piedros Freipartnerin hergekommen bin?*

Cholayna sah sie immer noch erwartungsvoll an, und Jaelle wurde sich bewusst, dass sie ihr noch nicht geantwortet hatte. Sie stammelte: »Ich würde ... ich würde gern ein bisschen darüber nachdenken, bevor ich einen Entschluss fasse.«

Was ich wirklich möchte, dachte sie, *ist, dass ich nur mit den Frauen umzugehen brauchte. Ich benehme mich ganz unbefangen hier bei Cholayna und sogar bei Bethany. Ich fühle mich vollkommen sicher, wenn ich zu den darkovanischen Männern spreche, auch wenn es solche sind, die die Freien Amazonen und alles, was mit ihnen zusammenhängt, verabscheuen. Da weiß ich, wie ich ihren Argwohn entkräften kann, wenn ich als vollwertige Kraft mit ihnen zusammenarbeite.* Sie glaubte nicht, dass sie es lernen würde, das mit terranischen Männern zu tun, und sie hatte eigentlich auch gar keine Lust, es zu versuchen.

Und dann schämte sie sich vor sich selbst. Sie war eine erwachsene Frau, eine Entsagende, sie hätte überhaupt nicht auf den Gedanken kommen dürfen, sich hinter Cholayna oder gar hinter Piedro zu verstecken. Beinahe aggressiv erklärte sie: »Ich will mit dem Agenten reden«, und starrte den Fußboden an. Es setzte sie in Verlegenheit, dass Cholayna sie voller Mitgefühl betrachtete.

Ich bin jetzt ein großes Mädchen, man braucht mich nicht zu beschützen oder zu bemuttern ... redete sie sich zu, doch leider fühlte sie sich gar nicht so.

Wieder blinkte das Licht auf Cholaynas Schreibtisch. Gereizt stach sie mit einem lackierten Fingernagel nach dem Knopf. »Was ist denn jetzt schon wieder?«

»Mr. Montray möchte Sie sprechen«, antwortete die Stimme. Cholayna hob eine Augenbraue.

»Der Berg kann nicht zu den Vögeln fliegen, deshalb muss jeder der Vögel zu dem Berg fliegen«, sagte sie. »Das ist ein altes Sprichwort auf meinem Planeten, Jaelle. Ich fürchte, ich muss ihn hereinlassen. Sie können gehen, wenn Ihnen das lieber ist.«

Jaelle schüttelte den Kopf. »Irgendwann muss ich ihn ja doch kennen lernen.« Sie machte sich auf den ergrauenden, missbilligenden Montray gefasst, aber der Mann, der eintrat, war ihr fremd und mindestens zwanzig Jahre jünger als der Koordinator, an den sie sich von der Ratssitzung her erinnerte.

»Sie haben meinen Vater erwartet?«, fragte er auf Cholaynas überraschten Blick hin. »Ich bin Wade Montray, und Vater schickt mich, damit ich mir das Mädchen einmal daraufhin ansehe, ob sie uns irgendwie von Nutzen sein kann ...« Er brach ab, sah sich zu Jaelle um und grinste entschuldigend.

»Ich wusste nicht, dass Sie noch hier sind; es war nicht meine Absicht, unhöflich zu sein. Ich habe Sie bei der Ratssitzung gesehen, aber wir sind uns nicht offiziell vorgestellt worden.«

Jetzt fiel es ihr wieder ein. Er beherrschte wenigstens die Sprache und hatte einige der taktloseren und gefährlicheren Bemerkungen seines Vaters unterbrochen. »Ja, ich erinnere mich an Sie, Mr. Montray ...«

»Wade«, sagte er. »Aber ich weiß, das ist für Darkovaner

schwer auszusprechen. Für gewöhnlich werde ich Monty genannt, Miss ...« Wieder hielt er inne. »Verzeihung, ich kenne die höfliche Anrede für eine Entsagende nicht ...«

»Ich bin Jaelle n'ha Melora. Wenn Sie nicht bereit sind, meinen Namen zu benutzen, können Sie *mestra* sagen. Aber wenn wir zusammenarbeiten werden und ich Sie Monty nennen soll, ist es am besten, Sie nennen mich Jaelle.«

Er nickte und wiederholte den Namen sorgfältig. »Darf ich Jaelle hinunter ins Büro des Alten bringen, Cholayna? Oder brauchen Sie sie hier oben noch? Falls ja, werde ich versuchen, die Wogen ein wenig zu glätten.« Er zögerte. »Sehen Sie, er meint es im Grunde ja nicht böse. Es ist nur – nun, bisher hat er alles geleitet, den Nachrichtendienst, die Kommunikation, die linguistische Abteilung. Und mit einem Mal weiß er nicht, wo seine Autorität endet und Ihre beginnt. Deshalb ist er ein bisschen gereizt.«

Cholayna nickte. Ihr Gesicht war ernst geworden. »Ich sehe ein, dass es hart für ihn ist. Theoretisch unterstehe ich natürlich keinem planetaren Koordinator, sondern allein der Hauptzentrale. Ich will versuchen, ihm nicht auf die Füße zu treten, es sei denn, er stellt sich mir zu oft in den Weg – ich meine, in den Weg des Nachrichtendienstes. Jaelle, scheuen Sie sich nicht, mich jederzeit um Hilfe zu bitten. Und sagen Sie Peter, er möchte irgendwann im Laufe des morgigen Tages bei mir hereinschauen, ja?« Cholayna wandte ihre Aufmerksamkeit wieder den auf ihrer Konsole flackernden Lichtern zu, und Jaelle ging mit dem jungen Montray zur Tür. *Monty,* prägte sie sich ein, um ihn von seinem Vater zu unterscheiden.

»Sie sprechen die Sprache ausgezeichnet«, sagte sie im Flur zu ihm. »Wie ...«

Er grinste sie entwaffnend an.

»Wie kommt es, dass ich die Sprache so gut spreche, wenn Vater immer noch einen Dolmetscher braucht? Ich kam her, als ich noch keine zehn Jahre alt war, und ich bin immer gut in Sprachen gewesen. Mein alter Herr hoffte von Jahr zu Jahr, im nächsten Jahr auf einen Planeten versetzt zu werden, der ihm besser gefallen würde, und deshalb machte er sich nie die Mühe, die Sprache zu lernen. Mit vierzehn schickte man mich von Darkover fort, damit ich eine richtige Imperiumsausbildung erhielt, aber mir gefiel es hier, und ich konnte es gar nicht erwarten, wieder zurückzukommen. Verzeihung, ich wollte Sie nicht mit meinen persönlichen Problemen langweilen. Wir können diesen Aufzug nehmen.«

Das Übelkeit erregende Hinabsausen ängstigte sie jetzt nicht mehr so sehr. Ihre Knie zitterten fast gar nicht, als sie aus dem Aufzug trat. In Montrays Büro saß der dicke, kahl werdende Funktionär an einem Fenster und sah auf den Raumhafen hinaus.

»Ich habe Sie gebeten, zu mir herunterzukommen, Mrs. Haldane«, sagte er auf *Casta* mit einer so jämmerlichen und stockenden Aussprache, dass Jaelle es für sinnlos hielt, ihn wegen ihres Namens zu berichtigen, »weil ich einen besonderen Auftrag für Sie habe. Das hier ist mein Kollege Alessandro Li.« Ein großer Mann, der neben dem Schreibtisch stand, drehte sich um und verbeugte sich vor Jaelle.

»Er ist von der Hauptzentrale als Sonderbeauftragter des Senats mit diplomatischem Status hierher geschickt worden, um zu untersuchen, ob Cottman IV weiter eine geschlossene Welt bleiben oder neu eingestuft werden soll, und um Empfehlungen über eine hier zu errichtende Gesandtschaft zu geben. Sandro, dies ist die erste eingeborene Darkovanerin im Nachrichtendienst. Sie ist mit Peter Haldane verheiratet ...«

»Ich kenne Peter Haldanes Vergangenheit im Nachrichtendienst«, unterbrach der Mann. »Spezialist für Fremd-Anthropologie, ausgezeichneter Feldagent.« Sein *Casta* war besser als Montrays, obwohl nicht perfekt. Noch einmal verbeugte er sich vor Jaelle. »Es ist mir ein Vergnügen, Euch kennen zu lernen, *domna!*«

Jaelle versagte es sich für den Augenblick, ihn zu korrigieren. Alessandro Li war ein großer Mann mit eckigem Kinn und stahlgrauen Augen unter vorstehenden Brauen. Sein ganzes Gesicht war beschattet von buschigem schwarzem Haar und wirkte – in Jaelles Augen – lächerlich durch einen geckenhaft gestutzten Schnurrbart.

»Glauben Sie, Sie können ihn so ausstaffieren, dass er inkognito in den Hellers und den Kilghardbergen reisen kann, Mrs. Haldane?«, fragte Montray.

Das Erste, was ihr in den Sinn kam, war der absurde Gedanke: *Nicht mit diesem Schnurrbart!,* aber sie schluckte die Bemerkung hinunter. Schließlich war der Mann eben erst angekommen, und von ihren Reisen im Gebirge und in den Domänen wusste sie, dass die kleinen Dinge, die Kleidung und die Kulturmuster und die Körpersprache, so gewaltig variieren, dass man darin keine bestimmte Bedeutung voraussetzen darf. Sie bemerkte jedoch ein amüsiertes Schimmern in Montys Augen und erkannte, dass sein erster Gedanke der gleiche gewesen war wie ihrer. Also musterte sie Alessandro Li eine Weile schweigend. Endlich sagte sie: »Er könnte in den Hellers rund um das MacAran-Land durchkommen. Manche Leute dort sind so dunkel und – knochig. Er müsste das Haar länger tragen und sich entweder glatt rasieren oder einen volleren Bart wachsen lassen. Und natürlich müsste er entsprechend gekleidet sein. Aber es ist unmöglich, dass er sich als Einheimischer ausgibt, solange er nicht mehr Übung in der Sprache hat.«

»In dem Punkt würde mir nichts auffallen«, meinte der ältere Montray mit unerwarteter Bescheidenheit. »Sprachen sind nicht meine Stärke. Deshalb fehlt mir Magda so; sie war meine beste Dolmetscherin. Natürlich war es Verschwendung, sie als

Dolmetscherin einzusetzen, sie war die beste Undercover-Agentin, die wir je hatten. Aber Sie meinen, letzten Endes könnte er es schaffen?«

Alessandro Li versuchte, ihren Blick einzufangen. Jaelle errötete und schlug die Augen nieder. Er konnte nicht wissen – noch nicht wissen –, dass das nach darkovanischen Begriffen unhöflich war. Monty griff jedoch ein.

»Um damit anzufangen, Sandro, hier in den Domänen versucht ein Mann nicht, mit einer fremden Frau Augenkontakt herzustellen, es sei denn, er hält sie für eine Prostituierte, die ihn sich anlachen möchte. Wäre Jaelles Ehemann anwesend, könnte er Sie dafür, wie Sie sie angesehen haben, zum Zweikampf herausfordern. Nennen Sie das Ihre erste Lektion in interkultureller Höflichkeit hier auf Darkover.«

»Ach ja«, sagte der Mann und wandte den Blick ab. »Es war nicht meine Absicht, Sie zu beleidigen, Miss – entschuldigen Sie – *mestra,* ist das richtig?«

»So habe ich es auch nicht aufgefasst«, antwortete Jaelle ebenso prompt. »Aber das gehört zu den Dingen, die ich meine. Piedro könnte ihm natürlich mehr helfen als ich. Und leicht wird es nicht sein. Es wäre einfacher, ihn vorzubereiten.« Damit wies sie auf Monty, der lachend sagte: »Ich würde liebend gern im Feld arbeiten. Was aber die Frage betrifft, Sandro hinauszuschicken – nun, ich finde, vernünftiger wäre es, die eigentliche Feldarbeit von unsern ausgebildeten Leuten tun zu lassen, denjenigen, die niemals als Terraner entdeckt werden, weil sie in allem, worauf es ankommt, Darkovaner sind: Haldane, Lorne – Cargill, Kadarin, sogar ich selbst. Dann würden wir Sandro Bericht erstatten, und er könnte danach seine endgültige Entscheidung treffen.«

Russell Montray stützte sein Kinn auf die Hände und dachte darüber eine Weile nach. Schließlich sagte er: »Dabei gibt es nur ein Problem. Haldane, Lorne, Kadarin – diejenigen, die einwandfrei als Darkovaner durchkommen, sind praktisch Darkovaner. Ja, sie sind vereidigte Zivildienstangestellte, und ich stelle ihre Loyalität nicht in Frage. Aber es ist nur natürlich, dass bei ihnen an erster Stelle kommt, was das Beste für Darkover wäre, und das ist nicht unbedingt das Beste für uns. Nichts für ungut, Jaelle …« – er sprach ihren Namen falsch aus, aber wenigstens nannte er sie nicht *Mrs. Haldane,* und sie merkte, dass er sich bemühte, freundlich zu sein – »… aber Haldane hat eine Darkovanerin geheiratet, und jetzt hat Magda sich verpflichtet, ein halbes Jahr in dieser Frauenkommune der Freien Amazonen, oder was es ist, zu verbringen. Und wir wollen nicht, dass die Entscheidungen von solchen getroffen werden, die sich den Eingeborenen angeschlossen haben. Die Untersuchung muss von einem objektiven Beobachter überwacht werden, nicht von jemandem, der alles einseitig vom darkovanischen Standpunkt aus sieht. Versteht ihr das?«

Jaelle sah aus dem großen Fenster auf den Raumhafen hinaus. Eins der Schiffe stand dort. Die Leute vom Bodenpersonal krochen darüber hin und versorgten das raumgeborene Ungeheuer. Es war hergekommen, nicht weil es nach Cottman IV, Darkover, wollte, sondern weil Darkover ein bequemer Transitpunkt auf dem Weg nach irgendwo anders war. Die schnelle Erwiderung, die ihr auf der Zunge lag, Sandro Li wiederum werde alles einseitig vom Standpunkt des Imperiums aus sehen, würde in Russell Montrays Ohren sinnlos sein.

Aus dieser Höhe sah die Servicemannschaft um das Schiff so klein aus wie eine Schar Skorpionameisen. Kein Wunder, dass für den älteren Montray der darkovanische Standpunkt etwas Fernliegendes, Irrelevantes war. Er kannte keine Darkovaner persönlich, er wollte auch keine kennen lernen, sie waren für ihn etwas anderes als Menschen, für immer von Menschen getrennt. Wie hatte Bethany gesagt? In der Sprache des Imperiums war es die schmutzigste Beleidigung, jemanden einen Halbmenschen zu nennen.

»Ich teile Sie Sandro Li zu. Sie sollen mit ihm zusammenarbeiten und sind für ihn persönlich verantwortlich«, sagte Montray. »Es ist Ihre Aufgabe, ihm Sprachkenntnisse zu vermitteln und ihn für den Feldeinsatz vorzubereiten. Ich werde Sie zur Verantwortung ziehen, wenn ihm irgendetwas zustößt.«

Er hatte die Worte *persönlich verantwortlich* benutzt, was eine Sache der Ehre und des Stolzes daraus machte, ihn bis zum Tod zu verteidigen. Automatisch suchte Jaelles Hand nach dem Dolch, der nicht an ihrem Gürtel hing. Sie hielt auf halbem Weg inne und kam sich dumm vor. Mit leiser Stimme erklärte sie: »Bei meiner Ehre, ich werde die Verantwortung für ihn übernehmen.«

Aber Monty hatte die Geste gesehen. Er sagte: »Wir bitten Sie nicht, als seine Leibwächterin zu fungieren, Jaelle. Sie sind nicht als Messerkämpferin angestellt worden. Mein Vater meint, Sie sollen ihn begleiten, wenn er die Basis verlässt, dafür sorgen, dass er nicht in vermeidbare Schwierigkeiten gerät, ihm beibringen, wie er sich in der Handelsstadt benehmen muss, um keinen Ärger zu bekommen, Verstanden?«

Sie nickte. »Zunächst einmal«, sagte sie, »müssen Sie einen darkovanischen Namen bekommen. Alessandro klingt ähnlich wie ein Name, der in den Kilghardbergen üblich ist, aber niemand würde einen Mann *Sandro* nennen. Das hört sich beinahe an wie Zandru. Und Zandru ist der Herr der Wahl zwischen Gut und Böse und der Herr der Neun Höllen.«

»Das Äquivalent des Teufels«, warf Monty ein, und Alessandro Li hob seine buschigen Augenbrauen. »Wie würde ein Kind namens Alessandro denn dann gerufen werden?«

»Wahrscheinlich – Aleki«, schlug Jaelle vor, und er sagte es ihr holprig nach. »Ist das richtig?«

Sie nickte. »Und er sollte …«, sie zögerte, aber sie musste es ihnen sagen, denn diese *Terranan* sahen den Unterschied nicht. »Monty, bringen Sie ihn zu einem Barbier, aber einem darkovanischen. Als Erstes muss er diesen Schnurrbart loswerden. Piedro kann helfen, passende Kleider für ihn auszusuchen.«

Alessandro Li – *Aleki,* erinnerte sie sich – berührte den Anstoß erregenden Schnurrbart – ein bisschen bedauernd, dachte Jaelle. »So beginnt meine Umwandlung in einen Darkovaner«, sagte er schließlich mit einem Schulterzucken. »Gehört alles mit zum Dienst. Wo finde ich einen Barbier, Monty?«

Die Veränderung war bemerkenswert. Jaelle hätte nicht geglaubt, dass es so viel ausmachen würde. Sein Gesicht war durch die Entfernung des Schnurrbarts, der sein hervorstechendstes Merkmal gewesen war, ein völlig anderes geworden. Der Barbier hatte auch die Augenbrauen gestutzt. Jaelle war neugierig auf den Mann, der eine solche Umwandlung bewirkt hatte – was dachte er sich wohl? Und sie selbst – trug sie die Verantwortung dafür, dass dieser Mann in den Stand gesetzt wurde, ihre Leute auszuspionieren?

Wer sind meine Leute? Und warum? Ich habe nirgendwo in den Domänen eine Heimat, ebenso wenig, wie die Trockenstädte in meiner Kinderzeit meine Heimat waren. Ich habe nie irgendwo hingehört, außer ins Gildenhaus zu meinen Schwestern, und das habe ich mir verscherzt … Sie brach ab, entsetzt über sich selbst. Sie hatte sich gar nichts verscherzt. Es war ihr Recht, mit einem Freipartner zusammenzuleben und eine gesetzmäßige Arbeit anzunehmen. Sie baute eine Brücke zwischen zwei Welten, wie es ihre Freundin und Schwester Magda tat, wie ihr geliebter Piedro es zu tun versuchte. Warum mussten die Interessen von Terranern und Darkovanern im

Konflikt miteinander stehen? Konnten sie nicht auf etwas hinarbeiten, das für beide das Beste war?

Aleki sah sie an und wartete auf ihre Anerkennung. Er trug die Kleidung aus Pelz und Leder, die jeder vernünftige Mann bei einer Reise in den Venza-Bergen um Thendara anziehen würde, und die terranischen Sandalen waren durch dicke Stiefel ersetzt worden.

»Niemand würde Euch für einen Terraner halten«, stellte Jaelle fest.

Und in dem Augenblick, wo sie mit einem allem Anschein nach darkovanischen Mann sprach, wurde sie sich wieder der unschicklich alle Körperformen betonenden terranischen Uniform bewusst. Das war der Unterschied: Er fand nichts dabei, ein Darkovaner hätte Anstoß daran genommen. Um ihre Verwirrung zu bemänteln, setzte sie schnell hinzu: »Sie riechen nicht richtig. Piedro – Peter wird sie in dem Punkt besser beraten können als ich.«

»Haldane? Ich brenne darauf, ihn kennen zu lernen«, sagte Aleki. »Ich weiß von seiner Arbeit; er ist als erster Terraner an die Küste, nach Temora und Dalereuth gereist – oder war das Magda?«

»Sie waren zu der Zeit verheiratet«, antwortete Jaelle. »Ich glaube, sie haben sich die Arbeit und den Ruhm geteilt. Und wenn Sie Piedro kennen lernen möchten, nichts ist einfacher. Wollen Sie sich uns zum Essen anschließen?«

»Mit Vergnügen! Hätten Sie etwas dagegen, wenn auch Monty mitkäme?«

»Durchaus nicht.« Im Grunde war Jaelle erleichtert. Montys Anwesenheit machte die ganze Sache zu einer Angelegenheit des Nachrichtendienstes.

Peter wartete auf sie innerhalb des Eingangs der Haupt-Cafeteria. Er erkannte Monty sofort, und die beiden Männer schüttelten sich die Hände. Monty stellte Alessandro Li vor und nannte auch den darkovanischen Namen *Aleki,* den er bekommen hatte.

»Ich freue mich, Haldane. Ich kenne Ihre Arbeit. Und ich hatte gehofft, auch Magda kennen zu lernen«, sagte Aleki.

»Nun, das kann arrangiert werden, sie ist immer noch in Thendara«, antwortete Peter. »Dürfen Männer Besuch im Gildenhaus machen, Jaelle?«

»Natürlich, obwohl sie nicht weiter eingelassen werden als ins Fremdenzimmer.« Jaelle bemerkte, dass Aleki diese Information verdaute.

»Ich suche uns einen Tisch, wo wir reden können.« Aleki ging zur einen Seite, Peter, Monty und Jaelle zur anderen, um an den Konsolen ihr Essen zu wählen.

Hinter ihnen sagte jemand leise, aber deutlich zu verstehen: »Das ist Haldanes Mädchen; er hat sie sich aus Thendara mitgebracht. Sie ist umwerfend, besonders jetzt, wo er sie in zivilisierte Kleider gesteckt hat. Hinten in den Bergen, heißt es, tragen die Leute noch Tierhäute. Was für Beine! Glücklicher Mann – ich habe alle möglichen Geschichten über darkovanische Ehen gehört ...«

»Ich habe gehört, Schwestern teilen sich ein und denselben Mann«, erklang eine andere Stimme. »Ob die da wohl Schwestern hat? Oder vielleicht ist Haldane ...«

Bei der ersten Silbe war Peter zusammengefahren und verstummt. Jetzt, wo die Sprecher zu obszönen Spekulationen übergingen, drehte er sich um und packte den Mann an der Hemdbrust.

»Wahre deine schmutzige Zunge, du Bastard!«, knurrte er. Aber Jaelle, der das Adrenalin ins Blut schoss, schob Peter zornig beiseite.

»Das ist *mein* Kampf!« Sie gab Peter noch einen kräftigen Stoß, so dass er taumelte und halb in Montys Arme fiel. Ihre Hände versteiften sich zu Waffen. Sie schlug dem Mann über die Kehle, und er fiel wie von einem Hammer getroffen. Ein treffsicher gezielter Tritt schickte den ersten Sprecher zu Boden, wo er stöhnend und die Arme um sich schlingend liegen blieb. Jaelles Mund zitterte, sie atmete mit kleinen Schluchzlauten. So drehte sie sich wieder zu Peter um.

Dann tauchten zwei schwarz uniformierte Raumsoldaten auf und zerrten sie auseinander. Jaelle wollte angreifen, aber der Mann schob sie nur, beinahe respektvoll, mit dem Arm weg. Peter legte ihr seinen Arm um die Schultern. Grollend machte sie sich los. Die Worte des Eides ... *mich mit Gewalt zu verteidigen, wenn man mich mit Gewalt angreift ... an keinen Mann Rechtsansprüche stellen, dass er mich beschütze ...* klopften wie Hämmerchen in ihrem Kopf.

Der Raumsoldat sagte milde: »Störung des Friedens in einem öffentlichen Lokal – soll ich jedem von euch eine Vorladung geben? Könnt ihr euch nicht in der Turnhalle ausarbeiten? Die Cafeteria ist nicht der richtige Ort für Kriegskünste.«

Peter fauchte: »Der dreckige Bastard hat sich den Mund über meine Frau zerrissen!«

»Harte Worte brechen keine Knochen«, gab der Raumsoldat zurück. »Außerdem sieht es aus, als könne die Dame für sich selbst sorgen.« Sein Blick ruhte einen Augenblick auf Jaelle, und sie konnte seine Gedanken beinahe *hören*. Aber er sagte nur: »Ich kenne die darkovanischen Bräuche nicht, Madam, und ich will sie auch gar nicht kennen lernen. Unsere Bräuche verbieten Schlägereien in Speiselokalen. Sie sind eine Fremde, deshalb werde ich Sie diesmal nicht vorladen, aber so etwas gibt es nicht wieder, ist das klar? Haldane, Sie sollten Ihrer Lady beibringen, sich in der Öffentlichkeit zu benehmen.« Er wandte sich ab. Sein Partner sammelte den Mann auf, den Jaelle zu Boden geschlagen hatte. Jetzt schüttelte er den Kopf und betastete kläglich seine Kehle. Der andere stöhnte immer noch; er fasste den ihm angebotenen Arm des Raumsoldaten und bat: »Können Sie mir zur Medizinischen hinaufhelfen?« Wieder ächzte er und schwankte davon. Der erste Mann, der mit der verletzten Kehle, schluckte und kam zu Jaelle. Sie versteifte sich, aber er würgte nur heiser hervor: »Geschieht mir recht, mir und meinem großen Mund. Das muss ich Ihnen lassen, Lady, Sie kämpfen wie ein Mann.« Dann ging er zu seinem eigenen Tisch.

Aleki winkte ihnen von einem Tisch für vier Personen in einer Ecke zu. Peter nickte und stellte sich wieder in der Schlange an. Jaelle bebte jetzt, wo die Krise vorüber war. Wahllos drückte sie ein paar Tasten für ihr Essen und ging an ihren Tisch. Aber als sie eine Gabel zum Mund führte, konnte sie nicht schlucken.

»Ich habe davon gehört, die Entsagenden seien Kämpferinnen«, sagte Aleki ruhig. »Sind Sie auch mit dem Schwert ausgebildet?«

Jaelles Stimme hörte sich in ihren eigenen Ohren dünn und zitterig an. »Ich kann mit einem Messer umgehen. Ich ...« Die Kehle schnürte sich ihr zu; sie berührte die verheilte Wunde auf ihrer Wange. Sie war immer noch außer sich vor Zorn.

Tierhäute! Und dabei gehörten die luxuriösen Marl-Pelze aus den Hellers zu den höchstbezahlten Handelsartikeln, und das geschmeidige gegerbte und gefärbte Leder aus den Kilghardbergen brachte beinahe sein Gewicht in Kupfer ein!

Monty sagte: »Einen solchen Kampfstil habe ich in der Akademie des Nachrichtendienstes gesehen. Dort werden Frauen ebenso wie Männer in der Selbstverteidigung ausgebildet. Aber ich hätte nicht erwartet, dergleichen auf Darkover zu finden ...«

»Die meisten Frauen lernen auch nur, sich an den nächsten Mann um Schutz zu wenden!« Jaelle hörte den verächtlichen Unterton erst, als sie es ausgesprochen hatte und Peters verletzten Gesichtsausdruck sah. Er sagte, seinen Platz einnehmend: »Sie hatten mich beleidigt, nicht dich, Jaelle. Ist dir gar nicht in den Sinn gekommen, dass sich ihre Bemerkungen gegen mich richteten?«

»Es ging um meine Person«, erklärte sie steif.

»Du hast es nur noch schlimmer gemacht.« Um sein Kinn entstand die verdrossene Linie, die sie fürchtete. »Hast du gehört, was diese Männer sagen! Ich soll *meiner Lady beibringen, sich in der Öffentlichkeit zu benehmen!* Das ist es, was du lernen musst, Jaelle – dich in der Öffentlichkeit zu benehmen. Es kümmert mich nicht, was du tust oder sagst, solange wir allein sind, aber in der Öffentlichkeit fällt es auf mich zurück, wenn du dich aufführst, als kämest du soeben aus irgendeinem wilden Dorf in den Hellers!«

»Es fällt auf dich zurück ...« Sie brach ab. Peters Ausführungen hörten sich für sie gerade so an wie die Dom Gabriels, wenn er von den Freien Amazonen sprach, als beleidige es die Männer ihrer Familie, wenn Frauen lernten, sich selbst zu verteidigen, statt sich auf ihr Mannsvolk zu verlassen.

Er ist als Darkovaner erzogen worden, dachte sie. *Ich hatte geglaubt, er als Terraner würde Verständnis haben. Terranische Frauen sind unabhängiger ...* Mit einem leichten Gefühl der Übelkeit erinnerte sie sich an das, was Cholayna heute gesagt hatte: Die Persönlichkeit war im Alter von zwölf geformt und konnte danach nicht mehr wesentlich geändert werden.

War sie so schnell zum Kampf bereit gewesen – obwohl tatsächlich Peter beleidigt worden war –, weil sie den Gedanken nicht ertrug, in ihr wohne eine Trockenstädterin, die sich wünschte, der rechtmäßige Besitz eines Mannes zu sein und als Symbol dafür Ketten zu tragen? Hatte sie mit ihren Fäusten zugeschlagen, um diese Stimme, nicht das obszöne Geschwätz der beiden Männer, zum Schweigen zu bringen? War Peter im Grunde ein Mann aus den Hellers und glaubte, seine

Frau müsse sich in jeder Beziehung um Schutz und Fürsorge an ihn wenden? Würde einer von ihnen die Eindrücke ihrer Kindheit jemals abschütteln können?

Natürlich können wir das, sagte sie ärgerlich zu sich selbst. *Andernfalls könnte niemals eine Frau eine Entsagende werden, und die Entsagenden sind alle Frauen, die auf ihr Geburtsrecht verzichtet und die Ketten gesprengt haben, die ihnen in ihrer Kindheit durch ihre Erziehung angelegt wurden. Auch ich werde sie sprengen ...*

Mehrere von Peters Freunden, die den Zusammenstoß beobachtet hatten, kamen demonstrativ herüber und sagten etwas Freundliches. Offensichtlich waren die Männer, die die hässlichen Bemerkungen gemacht hatten, allgemein unbeliebt, und obwohl nicht viele Leute gehört hatten, wegen welcher Bemerkungen es zum Streit gekommen war, missbilligten sie diese Art von Unhöflichkeit doch aus Prinzip. Sie blieben trinkend und essend und redend in der Cafeteria hocken, bis das Ganze die Merkmale einer improvisierten Party zeigte und das Küchenpersonal sie schließlich alle hinauswerfen musste.

Draußen lehnte Jaelle alle Einladungen ab, in den Privatquartieren weiterzufeiern. Sie war todmüde. Sie hatte heute einen Arzt aufsuchen wollen, aber sie hatte es nicht getan. Peter war immer noch wortkarg und mürrisch, und sie fürchtete seine vorwurfsvollen Blicke, sobald sie allein sein würden. Hatte sie seinen Stolz wirklich so verletzt?

Und wenn es so war, durfte es ihr – als einer Amazone – darauf ankommen?

In ihrer Wohnung wandte sie sich ihm sofort zu, »Es tut mir Leid ...« sagte sie, aber er sprach bereits. »Jaelle, ich wollte nicht so unfreundlich ...« Und als sie sich hörten, lachten sie und fielen sich in die Arme.

»Du bist wundervoll«, flüsterte er. »Ich liebe dich so sehr!

Ich weiß, wie schwer das für dich ist ...« Wieder empfand sie seine Liebe als Zuflucht, als einen Fels, an den sie sich an diesem seltsamen und fremden Ort klammern konnte.

Doch in dieser Nacht, nachdem sie sich bis zur Erschöpfung geliebt hatten und sie in seinen Armen eingeschlafen war, wachte sie schreiend aus einem Traum auf, in dem Jalak von dem Großen Haus in Shainsa, ihr halb vergessener Vater, mit Ketten für ihre Hände kam und sagte, sie sei längst über das Alter hinaus, wo man sie ihr hätte anlegen müssen. Und als sie Peter anflehte, ihr zu helfen, trat er zurück und hielt sie fest, während ihr die Armbänder liebevoll über die Handgelenke gestreift wurden.

5

Magda saß beim Abendessen im Speisesaal des Gildenhauses von Thendara und ließ im Geist ihren vierten vollen Tag als Entsagende an sich vorüberziehen. Am ersten Tag war ihr aufgetragen worden, bei Keitha zu bleiben, die als Folge der Schläge, die sie erhalten hatte, krank war und fieberte. Am nächsten Tag hatte sie Irmelin in der Küche helfen müssen. Sie hatte sich beim Ausfegen und beim Putzen des Gemüses zum Abendessen unglaublich ungeschickt angestellt. Irmelin hatte zwar etwas über feine Damen gebrummt, die sich niemals die Hände schmutzig machten, doch sonst war sie freundlich gewesen und hatte ihr gutmütig gezeigt, wie man mit so unhandlichen Werkzeugen wie Besen und Schrubber umging und Gemüse schnitt, ohne sich selbst zu verletzen. Magda ertappte sich dabei, dass es ihr gar nicht passte, bei Tisch zu bedienen und hinterher das Geschirr zu spülen. Warum hatte noch nie jemand die einfachsten arbeitssparenden Geräte erfunden, um Frauen diese erniedrigenden Aufgaben abzunehmen?

Der heutige Tag war anstrengender gewesen: Man hatte sie zur Arbeit in den Stall geschickt. Es machte ihr nichts aus, den Tieren Futter und Wasser zu geben oder die Pferde zu bewegen, denn auf der großen Koppel schien die Sonne hell, und die Luft war frisch und klar. Aber die schweren Mistschaufeln waren schlimmer als Schrubber und Besen in der Küche, und von dem Geruch wurde ihr schlecht. Deshalb, sagte sie wütend zu sich selbst, hat es auf Terra eine industrielle Revolution gegeben. Irgendwem muss es bis obenhin gestanden haben, Ställe auszumisten!

Ihre Kollegin bei dieser Arbeit war Rafaella, die Partnerin Jaelles in ihrem Reiseberatungsgeschäft. Magda hatte gehofft, sie freundlich zu finden. Aber Rafaella hatte ihr wenig zu sagen gehabt. Am Ende des Tages war Magda todmüde. Sie hatte nie zuvor manuelle Arbeit getan und war froh, sich Staub und Schmutz abwaschen zu können. Doch obwohl sie sich die Haare wusch, fürchtete sie, immer noch nach Stall zu riechen. Der Geruch der Seife war nach den parfümierten Kosmetika der Terranischen Zone auch nicht der feinste. Magda hielt sich lange in dem heißen Becken auf und versuchte, sich die Müdigkeit abzuspülen, bis eine Gruppe sehr junger Mädchen, darunter Doria, hereinkam und eine Menge fröhlichen Lärm veranstaltete. Sie rannten nackt umher, kletterten in die Wannen hinein und wieder hinaus und zankten sich im Spaß um die Seife. Der Krach vertrieb Magda aus dem Baderaum, und erst später gestand sie sich ein, dass sie neidisch auf das Vergnügen gewesen war, den die Mädchen miteinander hatten.

So hungrig sie nach der Arbeit im Stall war, bekam sie das Essen jetzt doch kaum hinunter. Es war eine Art Fleisch, oder wahrscheinlicher Innereien, mit grob gemahlenem Mehl gekocht. Dazu gab es eine stark gewürzte Soße. Das Brot war dunkel, grob und ungesäuert. Das gekochte Obst in Honig hätte kalt ganz gut geschmeckt. Leider wurde es warm serviert. Magda war an darkovanische Speisen gewöhnt und mochte die meisten, aber durch einen unglücklichen Zufall war ihr alles neu, was heute auf den Tisch kam, und es schmeckte ihr nichts davon. Sie knabberte an einem Butterbrot, schob das Fleisch auf ihrem Teller herum und sehnte sich wütend und hoffnungslos nach einer guten Tasse Kaffee. Auf der Akademie hatte sie sich darin üben müssen, alle Arten von fremdartiger Nahrung ohne Protest oder sichtbaren Abscheu zu sich zu nehmen, und für gewöhnlich gelang ihr das auch, aber heute Abend fühlte sie sich erschöpft und im Stich gelassen. Konnte sie das wirklich ein halbes Jahr aushalten, zwischen diesen fremden Frauen und unter diesen ungemütlichen Bedingungen?

Sie hatte den Platz neben Doria bekommen. Ihr gegenüber saß Camilla, die ältere *emmasca*, die Zeugin ihres Eides gewesen war, und neben dieser Keitha, die Neue. Keitha sah heute besser aus und hatte etwas Farbe in den Wangen. Ihr glänzendes Haar, das für die Eidesleistung kunstlos abgehackt worden war, hatte man inzwischen ordentlich geschnitten. Ihre Amazonenkleidung war schäbig und abgetragen; wahrscheinlich stammte sie aus der gleichen Flickenkiste wie Magdas eigene. Keitha wirkte scheu und verloren und aß wenig.

Camillas hageres Gesicht trug den Ausdruck freundlicher Besorgtheit.

»Aber du isst ja gar nichts, Margali – magst du das Kaldaunen-Stew nicht?«

»Oh, das ist es?« Magda schob sich noch eine Gabel voll in den Mund und wünschte, sie hätte es nicht getan. »Es ist sehr gut«, log sie. »Aber ich habe heute Abend keinen großen Hunger.« Sie nahm sich eine weitere Scheibe Brot und strich Butter darauf. Das Brot ließ sich wenigstens herunterbekommen, und mit dem warmen gekochten Obst schmeckte es nicht allzu schlecht.

Mutter Lauria klopfte Schweigen gebietend an ihr Glas. »Heute Abend ist Schulungssitzung. Die Teilnahme ist Pflicht für alle neuen Schwestern und alle, die noch keine drei Jahre vereidigt sind. Willkommen ist natürlich jede. Die Schwesternschaft trifft sich heute Abend im Musikzimmer, deshalb findet die Schulungssitzung im Waffensaal statt.«

Ein hörbares Stöhnen war die Antwort. »Vergesst nur nicht, zusätzliche Schals mitzubringen«, knurrte jemand. »Da unten ist es eiskalt!«

»Wir legen die Matten zum Daraufsetzen aus«, versprach Rafaella. »Und ein bisschen Kälte wird euch nicht schaden. Sie hält euch munter, so dass ihr nicht einschlafen werdet, wie es andernfalls nach einem reichlichen Abendessen geschehen könnte.«

Beim Verlassen des Speisesaals erkundigte Magda sich im Flüsterton bei Doria: »Was ist die Schwesternschaft?«

»Das ist eine Geheimgesellschaft«, antwortete Doria ebenso leise. »Sie verbindet die Gildenhäuser miteinander, das ist alles, was ich wirklich darüber weiß, und die meisten Frauen, die dazugehören, sind Heilerinnen oder Hebammen. Auch Marisela ist Mitglied. Sie sind darauf vereidigt, nichts zu verraten, und das tun sie auch nicht.«

Auf dem Weg die Treppe hinunter in den Waffensaal kam Camilla und schob ihren Arm unter den Magdas. »Ich hatte angenommen, Jaelle habe dich nach Neskaya gebracht. Wie kommst du hierher? Wie ich hörte, hat Jaelle eine oder zwei Nächte hier geschlafen, aber ich hatte keine Gelegenheit, mit ihr zu sprechen. Allerdings habe ich die Narbe auf ihrer Wange gesehen. Was ist passiert?«

»Sie und ich wurden von Räubern angegriffen«, antwortete Magda. »Wir haben den Winter auf Burg Ardais verbracht; Jaelle war zu krank zum Reisen. Dann sind wir hierher nach Thendara gekommen ...«

»Nun, es ist nicht verwunderlich, dass sie ihre Eidestochter in ihrem eigenen Haus haben möchte«, meinte Camilla. Sie zog Magda hinter sich her in den Waffensaal, wo Frauen die Matten zu einem engen Kreis zusammentrugen. Camilla warf Magda eine Decke zu.

»Dir ist trotz deines Schals kalt, das sehe ich. Wickele dich hierin ein«, sagte sie.

Mutter Lauria ergriff das Wort: »Meine Schwestern, ihr alle habt die Neuen unter uns bereits gesehen. Es ist viele Jahre her, dass wir gleich drei auf einmal zur Ausbildung hier hatten. Ihr alle kennt Doria; Rafaella hat getan, was jede von uns eines Tages zu tun hofft: Sie hat eine erwachsene Tochter auf den Eid vorbereitet. Jetzt sollt ihr auch Margali n'ha Ysabet kennen lernen, die letzten Winter den Eid vor Jaelle n'ha Melora ablegte, und Keitha n'ha Casilda, die es hier im Haus vor vier Tagen vor Camilla n'ha Kyria tat. Camilla, du bist Eidesmutter der einen und Eidesschwester einer anderen von diesen dreien; willst du heute Abend die erste Fragerunde leiten?«

»Gern«, sagte Camilla. »Doria, du hast den Eid noch nicht abgelegt, obwohl du dein ganzes Leben unter uns verbracht hast. Warum willst du eine Entsagende werden?«

Doria lächelte und erklärte selbstsicher. »Weil ich unter euch aufgewachsen bin und das hier mein Zuhause ist. Auch wird sich meine Pflegemutter darüber freuen.«

Rafaella fiel schnell ein: »Das ist kein guter Grund, Doria. Habe ich jemals als Bedingung für meine Liebe von dir verlangt, du sollst eine Amazone werden?«

Doria blinzelte verwirrt, antwortete jedoch: »Nein, aber ich wusste, es war dein Wunsch ...«

»Was war *dein* Grund?«, drängte Camilla. »Deiner, nicht Rafis.«

»Weil – also wirklich, weil – ich mein ganzes Leben hier verbracht habe und gern eine von euch sein möchte, nicht nur ein Pflegekind, sondern eine wirkliche Amazone ...«

Irmelin fragte: »Hattest du Angst, wenn du den Eid nicht ablegtest, hättest du keinen Ort, an den du gehen könntest?«

»Das ist nicht fair!«, rief Doria mit bebender Stimme. Trotzdem bestand Irmelin auf einer Antwort. »Sag es mir. Wenn wir uns weigerten, dir den Eid abzunehmen, was würdest du dann tun?«

»Das brächtet ihr doch nicht fertig, oder?«, protestierte Doria. »Ich habe schon immer hier gelebt, ich habe immer damit gerechnet, dass ich den Eid ablegen würde, sobald ich fünfzehn geworden sei ...« Sie blickte entsetzt und verängstigt drein.

»Du sollst uns sagen«, bohrte Irmelin weiter, »was du dann tun würdest. Wohin würdest du gehen?«

»Wahrscheinlich – ich weiß nicht – zurück zu meiner Geburtsmutter, glaube ich, wenn sie mich haben will – ich weiß es nicht, ich weiß es nicht, ich *weiß* es nicht!«, schrie Doria und brach in Tränen aus. Camilla zuckte die Schultern und nahm sich Keitha aufs Korn.

»Du. Warum bist du hergekommen, Keitha?«

»Weil mein Mann mich geschlagen und schlecht behandelt hat und ich das nicht länger ertrug – und ich hatte gehört, hier könne eine Frau Zuflucht finden ...«

»Wie lange bist du verheiratet gewesen?« Magda erkannte die Sprecherin als die hochschwangere Byrna.

»Sieben Jahre.«

»Und hatte dein Mann dich zuvor schon geschlagen?«

»J-ja«, stammelte Keitha.

Byrna verzog das Gesicht. »Wenn du das zuvor ertragen hattest, warum entschlossest du dich plötzlich, es nicht länger hinzunehmen? Warum hast du, statt wegzulaufen, nicht versucht, dein Leben so einzurichten, dass du seine Misshandlungen nicht mehr zu fürchten brauchtest?«

»Ich ... ich habe es versucht ...«

»Und als deine weiblichen Listen sein Herz nicht erweichen konnten, bist du davongerannt, weil du als Ehefrau versagt hattest?«, fragte eine Frau, deren Namen Magda nicht kannte. »Glaubst du, wir seien ein Zufluchtsort für jede Frau, die mit ihrem Mann nicht fertig wird?«

Keitha hob den Kopf. Ihre grauen Augen flammten. »Ihr *habt* mich aufgenommen! Warum habt ihr mich das alles nicht gefragt, *bevor ich den Eid ablegte?*«

Ein seltsames Gemurmel lief um den Kreis, und Magda erkannte es zu ihrer Überraschung als Billigung. Camilla nickte, als habe Keitha einen Punkt für sich gebucht, und fragte sie: »In welcher Form hattet ihr die Ehe geschlossen? Als Freipartner oder *di catenas*?«

»Wir waren *di catenas* verheiratet«, gestand Keitha. Magda erinnerte sich: Das war die bindendste Art der Heirat, bei der die *catenas* oder Ehe-Armbänder beiden Parteien um die Arme gelegt wurden. Eine solche Ehe war zivilrechtlich schwer aufzulösen.

»Dann wart ihr durch einen Eid aneinander gebunden«, stellte Camilla fest. »Was hältst du von dem Sprichwort, nach dem eine, die den ersten Eid gebrochen hat, auch den zweiten brechen wird?«

Keitha starrte Camilla rebellisch an. Ihre Lider waren gerötet, und aus einem Augenwinkel rann eine Träne, aber sie erklärte deutlich: »Ich halte es für Unsinn. Für dein Sprichwort biete ich dir ein anderes. Bricht einer den Eid, ist der andere nicht länger daran gebunden. Mein Mann schwor mir, als wir durch die *catenas* miteinander verbunden wurden, für mich zu sorgen und mich zu ehren, und doch habe ich von ihm nichts anderes erfahren als schlechte Behandlung und böse Reden und in letzter Zeit Schläge, dass ich um mein Leben fürchtete. Er hat seinen Eid viele Male gebrochen, bis ich mir sagte, dass er mich dadurch von meinem Eid entbunden hatte.« Sie schluckte schwer und wischte sich die Augen mit dem Handrücken, sah die Frauen jedoch herausfordernd an. Endlich nickte Camilla.

»Das erkenne ich an. Margali, sag uns, warum du eine Amazone werden wolltest.«

Magda war plötzlich dankbar dafür, dass sie als dritte befragt wurde. Natürlich war der Sinn der Prozedur, die Neuen in die Defensive zu drängen, damit sie sich über ihre Motive klar wurden. Sie sagte mit fester Stimme: »Ursprünglich wollte ich gar keine Amazone werden. Ich wurde gezwungen, den Eid abzulegen, weil man mich entdeckte, als ich in Amazonentracht die Rolle einer Entsagenden spielte.«

»Und warum bist du in Amazonentracht herumgelaufen?«, fragte Rafaella.

Magda sagte: »Ich wusste, dass kein Mann eine Freie Amazone belästigt. Ich wollte kein Ärgernis erregen und mich keinen Beleidigungen aussetzen, wenn ich allein reiste.«

»Dann sag uns doch«, forderte Rafaella sie auf, »ob du es für richtig hieltest, ohne eigene Leistung Vorteil aus einer Immunität zu ziehen, die sich andere Frauen mit ihren Messern und durch Jahre der Entsagung verdient haben?«

Obwohl Magda sich innerlich unter der Feindseligkeit in ihrer Stimme wand, antwortete sie ganz ruhig.

»Ich wusste zu wenig von eurem Leben, um mir Gedanken darüber zu machen, ob es richtig oder falsch war. Lady Rohana schlug mir vor, als Freie Amazone zu reisen, aber für das, was geschah, trage ich selbst die Verantwortung.«

»Und warum hast du später deinen Eid gehalten?«, fragte eine Magda unbekannte Frau. »Da du ihn unter falschen Voraussetzungen ablegtest, hättest du die Gildenmütter doch darum bitten können, von ihm befreit zu werden.«

Magda warf einen Blick zu Mutter Lauria hinüber, die, in einen schweren Schal und einen Mantel gewickelt, unbewegt auf der anderen Seite des Kreises saß. Sicher würde sie doch etwas sagen? Aber sie sah Magda nicht an. Magda holte Atem. Sie versuchte, ihre Antwort so zu formulieren, dass sie ihre Meinung ausdrückte, ohne zu enthüllen, was vorerst geheim bleiben musste. Wenn sie es sich auch nicht erklären konnte, sie hatte das Gefühl, auf diese Weise ihren beiden Welten am besten zu dienen und eine Brücke zwischen Terranern und Darkovanern zu bauen. Irgendwie musste sie sich von den Fesseln der Vorurteile befreien, die Frauen auf Darkover daran hinderten, etwas von Bedeutung auszurichten. Sie sagte: »Ich hielt es für falsch, einen Eid, den ich geschworen hatte, zu brechen. Und da ich keine anderweitigen Verpflichtungen hatte ...«

Das stimmte nicht ganz. Sie hatte sich dem Zivildienst eidlich verpflichtet. Aber auf diese Weise konnte sie als terranische Agentin Besseres leisten und außerdem der Welt dienen, die sie zu ihrer Welt erwählt hatte.

»Verpflichtungen!« Sofort stürzte sich eine der Frauen darauf. »Glaubst du, hier sei einfach ein Ort für faule Frauen, die nichts weiter zu tun haben? Wie kommst du auf den Gedanken, du habest uns als Entgelt für den Schutz des Gildenhauses und deiner Schwestern irgendetwas zu geben?«

»Ich bin mir nicht sicher.« Magda kämpfte darum, ruhig zu bleiben. »Aber vielleicht könnt ihr mir helfen, herauszufinden, was ich zu geben habe.«

Camilla sagte: »Das ist eine gute Antwort.« Doch ihre Stimme ging beinahe unter in Rafaellas scharfer Frage:

»Glaubst du, wir hätten nichts Besseres zu tun, als unwissende Frauen zu lehren, was sie sich vom Leben wünschen?«

Magda spürte Zorn in sich aufwallen und war froh darüber. Wenn sie wütend genug war, würde sie vielleicht nicht weinen. »Ja, das glaube ich, denn dann würdet ihr es tun, statt hier zu sitzen und uns zu ärgern!«

Ringsherum brachen alle in Gelächter und anerkennende Rufe aus. *Ich hatte Recht,* dachte Magda, *sie wollen uns provozieren, vermutlich deshalb, weil darkovanische Frauen dazu erzogen werden, unterwürfig zu sein. Wir sollen* denken, *wir sollen unsere Motive in Frage stellen, sie verteidigen. Das Einzige, was sie nicht wollen, ist, dass wir demütig hinnehmen, was uns befohlen wird.*

Mutter Lauria sagte: »Keitha hat Schmuck mitgebracht und

wollte ihn dem Haus schenken. Weißt du, warum er zurückgewiesen wurde, Keitha?«

»Nein, das weiß ich nicht«, antwortete die hellhaarige Frau. Sie rückte unruhig hin und her. Magda fragte sich, ob die schrecklichen Wunden auf ihrem Rücken noch offen seien. »Ich könnte es verstehen, wenn mir der Schmuck von meinem Mann geschenkt worden wäre. Aber er war Teil meiner Mitgift, und ich habe ihn von meiner Mutter bekommen. Warum steht es mir nicht frei, ihn euch zu geben? Soll ich ihn meinem Mann überlassen? Und ich habe ...« – ihre Stimme schwankte, obwohl sie sich mühte, ihr Festigkeit zu geben – »... keine Tochter ... mehr, der ich ihn vererben könnte.«

Mutter Lauria erwiderte: »Erstens, weil keine Frau sich einen Platz hier kaufen kann. Ich bin überzeugt, dass du daran nicht gedacht hast, aber wenn wir Geschenke annehmen, könnte eines Tages ein Unterschied gemacht werden zwischen den wenigen Frauen, die zahlen können, und den vielen, die nichts mitbringen. Früh in unserer Geschichte baten wir die Frauen, eine Mitgift mitzubringen, wenn sie dazu im Stande seien, und wir wurden beschuldigt, reiche Frauen ihrer Mitgift wegen an uns zu locken. Außerdem ist keine von uns vollkommen; wenn wir solche Geschenke zuließen, könnten wir uns verführen lassen, aus Habgier solche Frauen aufzunehmen, die untauglich für das Leben sind. Deshalb ist unsere erste Regel: Keine Frau darf irgendetwas mitbringen, wenn sie hier eintritt, ausgenommen die Kleider, die sie trägt, das Geschick ihrer Hände und die Ausstattung ihres Geistes und ihrer Seele.«

Lächelnd setzte sie hinzu: »Das und ein noch kostbareres Geschenk, ihr unbekanntes Ich, jenen Teil von sich selbst, den zu benutzen sie nie gelernt hat ...«

Sie sprach weiter, doch Magda hörte nicht mehr zu. Ihr war, als habe eine Stimme in ihrem Kopf geflüstert:

Schwestern, reichen wir uns die Hände, und treten wir gemeinsam vor die Göttin ...

Plötzlich tauchte vor Magdas Augen eine Vision auf, so deutlich, als seien die Frauen, die auf den Matten des Waffensaals im Kreis saßen, verschwunden. Die Vision hatte die Gestalt einer Frau, war jedoch größer als Menschenmaß. Gekleidet war sie in die grauen und sternenbesetzten Gewänder der Nacht, Edelsteine funkelten in ihrem dunklen Haar, und ihr Gesicht schien mit göttlichem Mitgefühl liebevoll auf Magda niederzublicken. *Meine Töchter, was sucht ihr ...*

Verwirrt fragte Magda sich: Ist das ein neuer Test, den sie für uns arrangiert haben? Aber von der anderen Seite des Kreises her hörte sie immer noch Mutter Lauria zu Byrna sprechen: »Wir entschuldigen dich, wenn du müde bist, Kind«, und Byrna verlagerte voller Unbehagen ihr Gewicht und antwortete: »Ach nein, bitte – für mich ist das die einzige Gelegenheit, mit euch allen zusammen zu sein!«

Magda konnte die schimmernde Gestalt immer noch schwach sehen – aber sah sie sie nur im Geist, oder war sie real und stand innerhalb des Kreises vor ihr? Sie blinzelte, und die Erscheinung war verschwunden. War sie überhaupt da gewesen? Magda fragte sich, ob sie den Verstand verliere. Als Nächstes, dachte sie ironisch, höre ich noch Stimmen, die mir sagen, ich sei der neue Messias der Frauen!

Offenbar war Rafaella aufgefordert worden, die nächste Fragerunde zu leiten. Magda erschrak. Rafaella war pausenlos unfreundlich zu ihr gewesen. Sie hörte nur noch die Hälfte der letzten Frage: »... euch lehren, Frauen und unabhängig statt nichts als der Besitz eines Mannes zu sein?«

Keitha tastete sich vor: »Vielleicht indem wir wie die Kadetten in der Burggarde darin unterwiesen werden, Waffen zu tragen, uns selbst zu schützen? Auf die Weise erzieht man Jungen zu Männern ...«

Ihr ängstlicher Blick verriet, dass sie auf eine scharfe Ablehnung gefasst war. Rafaella entgegnete jedoch nur milde: »Aber wir wollen, dass ihr Frauen seid, Keitha, keine Männer. Warum sollten wir euch dann ausbilden, wie Jungen ausgebildet werden?«

»Weil – weil Männer selbstsicherer sind. Frauen sind unterwürfig, weil sie all das nicht gelernt haben ...«

»Nein«, sagte Rafaella. »Obwohl alle Amazonen lernen müssen, sich selbst zu verteidigen, wenn sie angegriffen werden, gibt es Frauen unter uns, die nie ein Schwert in der Hand gehalten haben – Marisela zum Beispiel. Doria, was meinst du?«

Doria schlug vor: »Vielleicht – indem wir einen Beruf erlernen und uns den Lebensunterhalt selbst verdienen, damit wir nicht davon abhängig sind, dass ein Mann uns mit Nahrung und Kleidung versorgt?«

»Dazu brauchst du keine Amazone zu sein«, widersprach eine Frau, die, wie Magda gehört hatte, Constanza genannt wurde. »Ich verkaufe Käse auf dem Markt, wenn wir mehr herstellen, als wir essen können, und dort sehe ich viele Frauen, die sich den Lebensunterhalt selbst verdienen. Sie arbeiten als Zofen oder Dienerinnen oder waschen oder machen Lederarbeiten. Manche tun es, weil sie einen Tunichtgut oder einen Trunkenbold zum Mann haben und allein kleine Kinder durchbringen müssen, und ich kenne eine Frau, die Holzschüsseln schnitzt, weil ihr Mann auf einem Ritt im Gebirge ein Bein verloren hat. Und doch ordnet sie sich ihm, der in seinem Rollstuhl hinten in ihrer Bude sitzt, in allem unter. Das allein ist nicht die Antwort.«

Rafaella fragte: »Margali, was meinst du?«

Magda zögerte. Sie war überzeugt, dass sie sagen konnte, was sie wollte, es würde nicht als richtige Antwort anerkannt werden. Dieser Teil der Schulungssitzung diente dazu, die

Neuen zu verunsichern, ihre früh erworbenen, dummen Vorurteile zu zerstören. Sie sah im Kreis herum, als könne sie eine Antwort auf einem der Gesichter geschrieben finden. Zwei Mädchen hatten eine Decke um sich beide gewickelt und hielten sich an den Händen. Vor Magdas Augen wandte sich die eine der anderen zu, und sie tauschten einen langen Kuss. Noch nie hatte sie gesehen, dass Frauen sich in der Öffentlichkeit ihre Liebe bewiesen, und es schockierte sie.

Rafaella wartete immer noch auf ihre Antwort. »Ich weiß es nicht«, gestand Magda. »Vielleicht wirst du es uns sagen.«

»Wir fragen nicht danach, was ihr *wisst,* sondern was ihr *meint*«, erklärte Rafaella bissig.

So gedrängt, versuchte Magda, ihre unklaren Gedanken in Worte zu fassen.

»Vielleicht – indem ihr uns abgewöhnt, uns wie Frauen zu kleiden, wie Frauen zu sprechen – denn das alles beeinflusst die Art, wie wir denken. Die Worte, die wir benutzen, die Art, wie wir gehen und reden und uns anziehen ...« – sie wusste nicht recht, wie sie es ausdrücken sollte – »... weil wir dazu erzogen worden sind, uns auf eine bestimmte Art zu benehmen, und ihr uns eine andere – bessere – Art lehren wollt ...«

War sie auf dem falschen Weg? Sie erinnerte sich an Jaelles Schwäche für schöne Kleider und ihre Sprache, die, wenn sie mit Dom Gabriel oder Lady Rohana gesprochen hatte, ebenso sittsam gewesen war wie die der Lady.

»In einer Beziehung hast du vollkommen Recht«, sagte Camilla, »und in anderer Beziehung vollkommen Unrecht. Ja, ihr alle werdet lernen, euch selbst zu schützen, auch mit Gewalt, wenn es mit vernünftigen Argumenten oder gutem Zureden nicht möglich ist, aber das allein macht euch nicht den Männern gleich. Der Tag wird kommen, wo Kleinigkeiten nicht mehr mit dem Schwert, sondern mit dem gesunden Menschenverstand entschieden werden. Im Augenblick akzeptieren wir die Welt, wie die Männer sie gemacht haben, weil keine andere zur Hand ist. Aber unser Ziel ist nicht, Frauen so aggressiv wie Männer zu machen, sondern zu überleben – nur zu überleben –, bis eine bessere Zeit anbricht. Ja, ihr alle werdet lernen, euch den Lebensunterhalt selbst zu verdienen, aber man ist noch längst nicht frei von Abhängigkeit, wenn man finanziell von einem Ehemann unabhängig ist. Auch eine reiche Frau, die einen armen Mann heiratet, so dass sie von ihrer Großmut leben, hält sich, dem Brauch folgend, für verpflichtet, ihm zu dienen und zu gehorchen. Ja, ihr werdet lernen, dass ihr Frauenkleidung tragen könnt, wenn ihr es wollt, nicht, weil ihr es müsst, und zu reden, wie es euch gefällt, nicht Worte und Gedanken aus Angst, man könne euch für unmanierlich oder unweiblich halten, in Fesseln zu schlagen. Aber nichts davon ist das Wichtigste. Mutter Lauria, willst du ihnen sagen, was das Wichtigste ist, das sie lernen werden?«

Mutter Lauria beugte sich ein bisschen vor, um ihren Worten Nachdruck zu verleihen.

»Nichts, was ihr lernen werdet, ist von der geringsten Bedeutung, außer dem einen: Ihr werdet lernen, auf neue Art von euch und von anderen Frauen zu denken.«

Der Unterschied liegt in der Art, wie ihr über euch und über andere Frauen denkt ... Die Gildenmutter hat Recht, dachte Magda nüchtern. So, wie sie erzogen worden war, hielt sie es für selbstverständlich, dass sie sich den Lebensunterhalt selbst verdiente, die Akademie des Nachrichtendienstes auf Alpha besucht und dort gelernt hatte, sich im bewaffneten und im unbewaffneten Kampf zu verteidigen. Und in der Terranischen Zone gab es keine besonderen Beschränkungen, was Kleidung oder Sprache betraf.

Und doch bin ich ebenso eine Sklavin des Brauchs und der Konvention wie ein Dorfmädchen aus den Kilghardbergen ... War es Lady Rohana, die einmal sagte, manche Frauen hielten sich für frei und beschwerten sich doch mit unsichtbaren Ketten?

Auch Männer leiden unter den Ketten des Brauchs und der Konvention. Vielleicht ist die Frau, die es am nötigsten hat, befreit zu werden, die in jedem Mann versteckte Frau ... Magda wusste nicht, woher der Gedanke gekommen war. Es war nicht ihr eigener. Ihr war, als habe ihn jemand hier im Raum laut ausgesprochen. Und doch sprach niemand außer Mutter Lauria. Aber was sie sagte, rauschte an Magda vorüber. Magda blinzelte und erwartete, wieder die Gestalt der Frau in Grau und Silber zu sehen, das göttliche Mitgefühl in ihren Augen ... Nein, da war keine Spur von ihr, vor ihren Augen war nichts als Gräue, in der fremde Gesichter schwammen, Männer und Frauen, und vor ihr schimmerte in der grauen Öde ein hoher weißer Turm ...

Eine Stimme – ob die eines Mannes oder einer Frau, konnte Magda nicht unterscheiden – rief: »Hier ist ein Eindringling, jemand hat sich hierher verirrt, vielleicht in einem Traum! Schließt eure Barrieren!«

Und plötzlich war die Gräue verschwunden, und Camilla fuhr sie an: »Margali, bist du hier mitten unter uns eingeschlafen? Ich habe dir eine Frage gestellt!«

Magda hatte völlig die Orientierung verloren. Sie sagte: »Ich bitte um Entschuldigung, meine Gedanken sind – abgeirrt.« *Genau so war es gewesen,* dachte sie, *aber wohin waren sie abgeirrt?* »Es tut mir Leid, ich habe nicht gehört, was du mich gefragt hast, Eidesschwester.«

»Was hältst du für den wichtigsten Unterschied zwischen Männern und Frauen?«

Magda wusste nicht, ob Keitha oder Doria die Frage schon beantwortet hatten; sie hatte keine Ahnung, wie lange ihr Geist in dem grauen Ödland dahingetrieben war. Die Gesichter, die sie dort gesehen hatte, das Bild der Frau, die eine Gedankenform der Göttin Avarra sein musste, füllten immer noch ihr Gehirn.

Sich bemühend, die zerstreuten Gedanken zu sammeln, sagte sie: »Ich glaube, nur der weibliche Körper macht den Unterschied aus.« Das war die aufgeklärte terranische Antwort, und Magda war überzeugt, dass es die richtige war. Der einzige Unterschied war der physische. »Frauen sind der Schwangerschaft und der Menstruation unterworfen, sie sind im Allgemeinen etwas kleiner und leichter, sie leiden nicht so sehr unter Kälte, ihr ...« Sie hielt inne, weil sie bezweifelte, dass die anderen es verstehen würden, wenn sie sagte, der Schwerpunkt ihrer Körper liege tiefer. »Ihre Körper sind anders, und das ist der Hauptunterschied.«

»Blödsinn«, sagte Camilla barsch. Sie wies auf ihren dürren, geschlechtslosen Körper, dessen Arme muskelbepackt wie bei einem Mann waren. Camilla war eine *emmasca*, eine Frau, die durch eine Operation zum Neutrum gemacht worden war. »Und was bin ich dann, ein Banshee?«

Vor dem zornigen Blick in den Augen der Älteren sagte Magda bescheiden: »Ich weiß es nicht. Ich dachte – mir ist gesagt worden –, ein Neutrum, eine *emmasca*, habe sich dazu machen lassen, weil sie sich weigerte, an sich selbst als eine Frau zu denken.«

Camilla fasste Magdas Hand und drückte sie leicht. Ihre Stimme war immer noch streng und ermahnend, aber sie lächelte Magda heimlich zu, als sie sagte: »Nun, das ist wahr; bei mir fing es so an, dass ich mich weigerte, mich als Frau zu akzeptieren. Weiblichkeit war mir so abscheulich, so hassenswert gemacht worden, dass ich mich lieber verstümmeln lassen als eine Frau sein wollte. Eines Tages wirst du vielleicht erfahren, warum. Es ist jetzt nicht wichtig. Wichtig ist, dass ich hier, im Gildenhaus gelernt habe, von mir als einer Frau zu denken und stolz darauf zu sein – mich an meiner Weiblichkeit zu freuen, obwohl in diesem meinem *Emmasca*-Körper wenig an Weiblichem übrig geblieben ist.«

Sie hielt immer noch Magdas Hand. Verlegen entzog Magda sie ihr.

Camilla wandte sich Doria zu und fragte: »Was hältst *du* für den Unterschied zwischen Mann und Frau?«

Doria, fest entschlossen, sich nicht wieder ins Bockshorn jagen zu lassen, erklärte herausfordernd: »Ich sage, es gibt überhaupt keinen Unterschied.«

Diese Antwort rief einen Sturm an Geschrei und Gelächter hervor, dazu ein paar obszöne Bemerkungen, von denen so ungefähr die höflichste lautete: »Wann hast du dein erstes Kind gezeugt, Doria?«

»Gerade eben habt ihr behauptet, der körperliche Unterschied sei unwichtig«, protestierte Doria. »Camilla hat Margali in Stücke gerissen, weil Margali behauptete, der Unterschied sei körperlicher Natur, und wenn das nicht so ist ...«

»Weder ich noch Camilla haben gesagt, der körperliche Unterschied sei unwichtig«, fiel Mutter Lauria ein, »und es müsste jemand schon viel dümmer sein als du, um zu glauben, dass es keinen Unterschied gibt. Er ist da, und er ist nicht unbedeutend. Keitha, hast du eine Idee?«

Keitha sagte langsam: »Der Unterschied könnte ja darin liegen, wie sie denken. Wie sie – und wir – zu denken gelehrt werden. Männer denken von Frauen als Eigentum, und Frauen denken ...« Sie runzelte die Stirn und stieß hervor, als habe sie gerade etwas entdeckt: »Ich weiß nicht, was Frauen denken. Ich weiß nicht einmal, was ich denke.«

Mutter Lauria lächelte. »Du bist der Lösung sehr nahe gekommen. Vielleicht ist der wichtigste Unterschied zwischen Männern und Frauen die Art, wie die Gesellschaft über sie denkt, die unterschiedlichen Dinge, die von ihnen erwartet werden. Aber eine umfassende Antwort gibt es nicht. Du und

Margali und auch Doria, ihr habt jeder einen Teil der Wahrheit vorgetragen.« Steif stellte sie sich auf die Füße. »Ich glaube, für heute Abend ist es genug. Und die Glocke in der Halle hat schon verkündet, dass die Schwesternschaft fertig ist. Ich habe den Mädchen in der Küche gesagt, sie sollen uns Kekse und etwas zu trinken bringen. Aber dafür wollen wir ins Musikzimmer gehen – es wird hier tatsächlich ein bisschen frisch.«

Ein bisschen frisch – Magda sah darin ein Meisterstück an Untertreibung. Ihre Finger waren blau gefroren, und die Kälte des Steinbodens war trotz der dicken Matte durch ihre Beine und Hinterbacken gekrochen. Die Decke fest um sich schlingend, erhob sie sich und ging den anderen nach.

Sie hatte Hunger nach dem Abendessen, das sie nicht hinunterbekommen hatte. Die Kekse waren knusprig und lecker und mit Nüssen und getrockneten Früchten verziert. Magda aß mehrere und trank einen großen Krug von dem heißen gewürzten Apfelwein leer, der für die Frauen gebracht worden war, die keinen Wein mochten. Ihr Kopf war noch voll von der Diskussion. Natürlich war das eine ganz einfache Therapie, die die Menschen zwang zu denken, zu protestieren, alte gedankliche Gewohnheiten aufzubrechen. Doch sie hoffte sehr, nicht alle Sitzungen würden so sein. Sie fühlte sich außerordentlich unbehaglich; ihre Gedanken kreisten immer noch um die gestellten Fragen und die vielen Antworten, die sie hervorgerufen hatten. Warum hatte sie sich entschlossen, eine Amazone zu werden? Was ist der Unterschied zwischen Männern und Frauen? Wieder und wieder formulierte sie im Geist Antworten neu, die sie hatte geben können, und das, vermutete sie, war der Grund für die Diskussion. Sie hörte eine der Frauen zu einer anderen sagen: »Es ist eine intelligente Gruppe«, worauf die zweite skeptisch zurückgab: »Da bin ich mir nicht so sicher.«

»Oh, sie werden lernen«, meinte die Erste. »Das haben wir alle getan.«

Magda ging zu Doria, deren Augen immer noch rot waren. Das Mädchen fragte »Ich habe mich lächerlich gemacht, nicht wahr?«

»Das war ja ihre Absicht«, antwortete Magda leichthin. »Kopf hoch, deine Antworten waren nicht dümmer als die meinen.«

»Aber ich bin hier aufgewachsen, ich hätte es besser wissen müssen.« Doria drohte von neuem in Tränen auszubrechen. Eins der jüngeren Mädchen – Magda erkannte sie als eine von Dorias Zimmergefährtinnen – kam, nahm Doria in die Arme, sprach tröstend auf sie ein und führte sie weg. Magda hob den Blick und sah, dass Keitha sie mit etwas ironischem Lächeln betrachtete.

»Feuerprobe«, murmelte Keitha. »Glaubst du, wir haben sie überlebt, Mitopfer?«

Magda lachte. »Das glaube ich schon, denn es war ja ihr einziges Ziel, uns in die Verteidigung zu drängen. Wahrscheinlich wird es schlimmer werden, bevor es besser wird.«

»Ob alle Sitzungen so verlaufen?«, fragte Keitha laut, und eine Frau, die heute Abend nicht dabei gewesen war – sie war Magda als Marisela, die Hebamme und Heilerin des Hauses, vorgestellt worden – trat näher und lächelte ihnen beiden zu. »Nein, natürlich nicht«, sagte sie. »Die nächste Sitzung werde ich leiten. Dann weihe ich euch in alle weiblichen Mysterien ein, denn einige von euch mögen Mütter gehabt haben, die zu scheu waren, darüber mit ihren Töchtern zu sprechen.«

»Wenigstens darin werde ich nicht so vollkommen unwissend sein«, erwiderte Keitha. »Ich habe auf dem Gut meines Mannes den Wöchnerinnen beigestanden, und es hieß, ich hätte einiges Geschick zur Hebamme.«

»Oh, wirklich?«, fragte Marisela interessiert. Sie war eine

hübsche Frau und trug nicht die Stiefel und Hosen einer Amazone, sondern normale Frauenkleidung, einen karierten Rock und einen Schal über einer weitärmligen Jacke mit Leibchen. »Dann wird nicht mehr die Rede davon sein, dich in einem Beruf auszubilden. Vielleicht schickt man dich ins Gildenhaus von Arilinn, sobald dein halbes Jahr vorüber ist, damit du die Hebammenkunst und einige der besonderen Fähigkeiten lernst, die die Frauen in den Türmen an uns weitergegeben haben. Wenn du auch nur eine Spur von *Laran* haben solltest, wäre das sehr nützlich. Was ist mit dir, Margali? Hast du irgendwelche Kenntnisse als Heilerin oder Hebamme?«

»Keine«, gestand Magda. »Ich kann auf Reisen eine Aderpresse anlegen und eine Schnitt- oder Kratzwunde verbinden, sonst aber nichts.« Marisela zog Keitha mit sich fort, und die beiden setzten sich hin, um miteinander zu reden. Magda jedoch dachte über das Wort *Laran* nach, das Marisela benutzt hatte. Es war der darkovanische Ausdruck für umfassende Telepathie, Clairvoyance und alle psychischen Künste. Rohana hatte Magda während des auf Ardais verbrachten Winters getestet und ihr erzählt, auch sie sei auf diesem Gebiet ein wenig begabt.

Hatte sie auf diese Weise die merkwürdigen Visionen empfangen? Hatte sie sich mit dem *Laran,* das sie nicht wirklich verstand und nicht kontrollieren konnte, ohne Absicht in das Treffen der Schwesternschaft eingeschlichen? Für einen Augenblick hatte sie den Eindruck, sie sehe den grauen Mantel Avarras um die schlanken Schultern Mariselas liegen ... Sie zwang ihre Gedanken in die Wirklichkeit des Musikzimmers zurück und sah sich die Instrumente an. Einige waren ihr vertraut; ihre Mutter, deren Leben dem Studium darkovanischer Volksmusik gewidmet gewesen war, hatte mehrere davon gespielt. Magda erkannte ein paar *rryls*, sowohl kleine, die man in der Hand hielt, als auch eine große, die man stehend spielte;

sie waren in etwa mit Harfen zu vergleichen. Andere Instrumente hätte sie als Lauten, Hackbretter und Gitarren klassifiziert. Es waren keine Zungen- oder Blechinstrumente zu sehen. Einige waren so fremdartig, dass sie sich nicht vorstellen konnte, wie sie gespielt wurden.

»Spielst du ein Instrument, Margali?«, fragte Rafaella beinahe freundlich.

»Leider nein, ich habe die musikalische Begabung meiner Mutter nicht geerbt. Ich höre gern zu, aber ich habe kein Talent.«

Das Paar, das sich im Waffensaal unter seiner Decke umarmt hatte, saß jetzt aneinander geschmiegt in einer Ecke. Das größere Mädchen lehnte sich an die Schulter seiner Freundin, und die Hand der anderen berührte gerade eben ihre Brust. Magda wandte verlegen die Augen ab. Das taten sie vor allen Leuten? Nun ja, es war schließlich ihr Zuhause, und sie waren jung, nicht älter als sechzehn. Von jungen Leuten ausgetauschte harmlose Liebkosungen – wenn es sich dabei um einen Jungen und ein Mädchen anstatt um zwei Mädchen gehandelt hätte – würden in der Terranischen Zone keine einzige Augenbraue veranlasst haben, sich zu heben. Plötzlich fühlte Magda sich sehr einsam und wünschte, sie wäre dort.

Ob es Jaelle ebenso ging? *Alles, was mir hier so fremd vorkommt,* dachte Magda, *ist ihr lieb und vertraut.*

»Hast du Heimweh, Margali?«, fragte Camilla hinter ihr und legte einen Arm um Magdas Taille.

»Vielleicht ein bisschen«, gab Magda zu.

»Sei nicht böse auf mich, weil ich so grob mit dir gesprochen habe, Eidesschwester. Es gehört mit zur Ausbildung, um euch zum Denken zu veranlassen.« Sie folgte Magdas Blick zu den Mädchen, die sich in der Ecke umarmten.

»Der Göttin sei dafür gedankt! Janetta war so schwermütig, seit Gwennis abreiste, dass ich schon fürchtete, sie werde sich aus dem Fenster stürzen. Jetzt scheint sie sich getröstet zu haben.«

Magda wusste nicht, was sie sagen sollte. Glücklicherweise fasste Doria sie am Ellenbogen, bevor sie hätte antworten müssen.

»Komm und hilf mir, die Becher in die Küche zurückzutragen, Margali, und die übrigen Kekse wegzustellen. Irmelin schmollt, weil wir sie nicht alle aufgegessen haben – möchtest du noch einen?«

Magda lachte und nahm sich einen der knusprigen Kekse. Sie half Doria und Keitha, die Teller und Becher einzusammeln, wischte die Krumen vom Tisch und warf sie ins Feuer. Rafaella ließ die Hände über die große *rryl* gleiten, und Byrna rief. »Sing für uns, Rafi! Wir haben lange Zeit keine Musik mehr gehabt!«

»Nicht heute Abend«, lehnte Rafaella ab. »Ich bin heiser, nachdem ich all diese Kekse gegessen habe. Ein anderes Mal gern, und außerdem ist es schon spät, und ich muss morgen arbeiten.« Sie deckte die Harfe zu und verließ den Raum. Doria und Magda brachten den Rest der Becher in die Küche. Dann stiegen sie die Treppe hinauf. Vor ihnen gingen Janetta und ihre Freundin, sich immer noch umschlungen haltend. Sie waren so versunken, dass sie auf den Stufen stolperten und sich aneinander festhalten mussten. Byrna, die hinter Magda kam, seufzte und sah ihnen nach, wie sie, die Arme der einen um die Schultern der anderen gelegt, in ihrem Zimmer verschwanden.

»Hei-ho, da sind zwei, die heute Nacht nicht allein schlafen werden«, sagte sie, als sich die Tür hinter ihnen schloss. »Beinahe beneide ich sie.« Mit einem weiteren tiefen Seufzer faltete sie die Hände über ihrem Bauch. »Wie dumm bin ich gewesen – was täte ich jetzt mit einem Liebhaber, wenn ich einen hätte? Ich habe das so satt ...«

In einem ungeschickten Versuch, sie zu trösten, umarmte Magda sie. »Aber du bist nicht wirklich allein, du hast dein Baby ...«

»Ich bin nur so *müde,* ich möchte, dass es *vorbei* ist.« Byrnas Stimme brach in einem Schluchzen. »Ich schaffe es nicht mehr viel länger, das da herumzuschleppen ...«

»Nun, nun, nicht weinen – es wird nicht mehr lange dauern.« Magda klopfte ihr sacht die Schulter. Sie begleitete die schluchzende Frau in ihr Zimmer, zog ihr die Schuhe aus – Byrna war schon so dick in der Taille, dass sie ihre Füße nicht mehr erreichte – half ihr in ihr Nachthemd und steckte sie ins Bett. Sie küsste sie auf die Stirn, wusste aber nicht, was sie sagen sollte. Schließlich meinte sie: »Es kann nicht gut für dein Kind sein, wenn du so weinst. Denke daran, wie gut du dich fühlen wirst, wenn alles vorbei ist.« Sie blickte hoch und sah Marisela auf der Türschwelle stehen.

»Wie geht es dir, Byrna? Noch keine Anzeichen?«, erkundigte sie sich. Magda kam sich überflüssig vor und ging. Einige der Frauen standen noch im Flur zusammen. Sie sagten sich gute Nacht und suchten ihre Zimmer auf. Nur Camilla blieb zurück.

»Fühlst du dich einsam, Eidesschwester?«, fragte sie mit freundlicher, leiser Stimme. »Möchtest du heute Nacht mein Bett teilen?«

Magda stand ganz steif vor Schreck da. Zuerst konnte sie gar nicht glauben, was sie da gehört hatte. Es kostete sie Überwindung, sich nicht von Camillas Hand loszureißen. Dann ermahnte sie sich, sie befinde sich an einem fremden Ort, und ihre Pflicht sei es, die Sitten der anderen zu akzeptieren, nicht umgekehrt. Camilla hatte sie bestimmt nicht beleidigen wollen. Magda versuchte, mit einem Lachen darüber hinwegzugehen.

»Nein, ich danke dir, ich glaube nicht.« *Mir sind schon ver-*

rückte Anträge gemacht worden, aber der hier … Camillas Berührung war nicht unangenehm, aber Magda wünschte, sie könne sich davon befreien, ohne die andere Frau zu betrüben oder unfreundlich zu wirken.

Camilla flüsterte: »Nein? Ich bin zu Hause noch nicht willkommen geheißen worden, Eidesschwester …« Ihre Fingerspitzen berührten Magda nur leicht, doch Magda war sich dessen sehr bewusst, und es setzte sie in Verlegenheit. Sie merkte, dass sich einige der Frauen, die sich noch im Flur befanden, nach ihnen umsahen, aber sie fürchtete nichts so sehr, wie Camilla zu kränken, die nach ihren eigenen Moralbegriffen nichts Anstößiges getan hatte. Sanft machte sie sich von ihr los und murmelte kaum hörbar: »Ich bin keine Liebhaberin von Frauen, Camilla. Aber ich danke dir, und ich freue mich, deine Freundin zu sein.«

Die andere Frau lachte gutmütig. »Ist das alles?« Lächelnd gab sie Magda frei. »Ich dachte, du könnest dich einsam fühlen, das ist alles, und wir sind Eidesschwestern, und jetzt, wo Jaelle fern von uns ist, hast du hier im Haus niemanden, der dir nahe steht.« Sie beugte sich vor und gab Magda einen behutsamen Kuss. »Wir sind alle einsam und unglücklich, wenn wir herkommen, so froh wir sein mögen, nicht mehr da zu sein, wo wir vorher waren. Es geht vorüber, *breda.*« Sie benutzte die intime Form, die dem Wort die Bedeutung *Liebling* oder *Geliebte* gab, und das war Magda peinlicher als der Kuss. »Gute Nacht, schlaf gut, mein Liebes.«

Allein in ihrem eigenen Bett, dachte Magda über den Abend nach. Ihr Verstand sagte ihr, dass das Stellen von Fragen, die nicht beantwortet worden waren und nicht beantwortet werden konnten, das absichtliche Erregen von Emotionen, über die man sich vorher nie ganz klar geworden war, seinen Zoll forderte. Es gelang ihr nicht einzuschlafen. Immer wieder ging sie die Fragen und die vielen Antworten durch.

Dorias Tränen, die beiden sich umarmenden jungen Mädchen, Byrnas Ausbruch, Camillas Kuss auf ihren Lippen – alles vereinigte sich zu einem fieberartigen Wirbel. Was tat sie hier unter all diesen Frauen? Sie war eine freie Frau, eine Terranerin, eine ausgebildete Agentin, sie brauchte sich nicht mit diesen Fragen herumzuschlagen, die für die von der barbarischen Gesellschaft Darkovers versklavten Frauen so wichtig waren.

Unsichtbare Ketten ... flüsterte eine Stimme in ihren Gedanken. Wo war Jaelle jetzt? Sie lag in der Terranischen Zone in Peters Armen. Mutter Lauria hatte sie gefragt, ob es sie hart ankommen würde, ohne Liebhaber zu leben. Nein, *das* war es nicht, was sie wollte ...

Und dann entstand ganz plötzlich wieder das Bild der Göttin Avarra vor ihren Augen, das Gesicht voller Mitgefühl, die Hände ausgestreckt, als wolle sie die Magdas ergreifen. Durch all die unbeantworteten Fragen und den Aufruhr in ihrem Herzen empfand Magda mit einem Mal einen tiefen Frieden.

Sie schlief ein, immer noch grübelnd: Was ist der Unterschied zwischen Mann und Frau? Was macht eine *Comhi'Letzii* aus? Im Traum erkannte sie die Antwort, aber als sie aufwachte, hatte sie sie wieder vergessen.

6

»Ja, Sie würden in den Trockenstädten bestimmt als Eingeborener durchgehen«, sagte Jaelle, nachdem sie das Gesicht des großen, dünnen Mannes vor ihr studiert hatte, seine Adlernase, die hohe Stirn, den Busch silber-goldenen Haares darüber. »Helles Haar kommt in den Domänen nicht häufig vor, aber die meisten Trockenstädter haben helles Haar und blasse Haut. Ihr Hauptproblem wären die – die Verflechtungen der familiären Beziehungen und die daraus entstandenen Bräuche. Sie müssten eine sehr gute Geschichte in Bereitschaft haben, um das zu decken, was Sie tun. Sicherer wäre es, Sie würden sich als Mann aus den Domänen, als Händler ausgeben.«

Der Mann Kadarin nickte nachdenklich. Jaelle hatte festgestellt, dass er die Sprache fehlerlos beherrschte. Sie konnte nicht erraten, woher er stammte. »Vielleicht sollten Sie mit mir reisen und mich über die Sitten informiert halten ...?«, schlug er vor.

Jaelle schüttelte den Kopf. Niemals, dachte sie, niemals. »Ich müsste dann Ketten tragen und so tun, als sei ich Ihr Eigentum. Das verbietet mir der Amazonen-Eid. Sicher gibt es doch Männer im Nachrichtendienst des Imperiums ...« – der Sarkasmus in ihrer Stimme wurde ihr erst bewusst, als sie ihn hörte – »oder sogar Frauen, die dazu fähig sind.«

»Ich werde schon zurechtkommen«, gab er zurück, »ich wünschte nur, Sie würden mir mehr erzählen. Cholayna Ares sagte, Sie hätten dort gelebt, bis sie zwölf waren ...«

»Hinter den Mauern des Großen Hauses von Shainsa«, erinnerte Jaelle ihn, »bei Tag und Nacht unter der Aufsicht von Wächterinnen. Nur zweimal war ich anlässlich eines Festes draußen. Und alles, was ich wusste, ist durch euren verdammten D-Alpha-Kortikator oder wie ihr ihn nennt irgendwie in mir gelöscht worden!«

Unter leichter Hypnose waren in ihr Erinnerungen aufgestiegen, von denen sie gar nicht gewusst hatte, dass sie sie besaß. Ihr Spiel mit Jalaks anderen Töchtern, bei dem sie sich Bänder um die Arme geschlungen und getan hatten, als seien sie alt genug, um wie Frauen Ketten zu tragen. Der Anblick eines ertappten Eindringlings im Frauenquartier, das Fleisch seines Rückens zu Fetzen geschlagen, über einem Nest von Skorpionameisen festgebunden – und seine Schreie; Jaelle konnte nicht älter als drei gewesen sein, als ihre Kinderfrau sie das unabsichtlich hatte sehen lassen, und bis zu der Sitzung mit dem Kortikator hatte sie es völlig vergessen gehabt. Jalak, der beim Essen in der Großen Halle lustlos seine Favoriten tätschelte. Ihre Mutter, in goldenen Ketten, hielt sie auf dem Schoß. Einmal war Jaelle bestraft worden, weil sie mit einem der Jungen des Hauses versucht hatte, einen Blick durch die Mauern nach draußen zu erhaschen ...

Sie schob das alles beiseite und verschloss ihren Geist davor. Das war vorbei, vorbei, außer in ihren Alpträumen!

Und der Tod ihrer Mutter auf dem Sand der Wüste, in den ihr Lebensblut versickerte ...

»Ich kann Ihnen nicht mehr erzählen«, erklärte sie knapp. »Ziehen Sie sich wie ein Händler an, der zum ersten Mal die Trockenstädte besucht, sprechen Sie friedlich und verletzen Sie keines Mannes *kihar,* dann werden Sie heil davonkommen. Einem Ausländer verzeihen sie unter Umständen, was er aus Unwissenheit tut, während sie einen von ihnen schon für den Versuch umbringen würden.«

Kadarin zuckte die Schultern. »Es sieht aus, als hätte ich keine andere Wahl. Ich danke Euch, *domna.* Und darf ich Euch zu allen bisherigen Fragen noch eine einzige weitere, eine persönliche stellen?«

»Fragen können Sie natürlich«, meinte Jaelle. »Ich kann nur nicht versprechen, dass ich antworten werde.«

»Was tut eine Dame von den *Comyn* mit allen Kennzeichen ihrer Kaste unter den Entsagenden?«

Das Wort *Comyn* fiel in die Stille des Raums. So harmlos es sein mochte, für Jaelle hingen schmerzliche Erinnerungen daran. Sie sagte: »Ich bin nicht von den *Comyn*«, und ließ es dabei bewenden.

»Dann also *nedestro* von einem der großen Häuser?«, forschte er. Sie presste die Lippen aufeinander und schüttelte den Kopf. Um nichts in der Welt hatte sie ihm anvertraut, dass ihre Mutter Melora Aillard gewesen war, in vollem Ausmaß begabt mit dem *Laran* ihres Hauses, im Turm ausgebildet, in die Trockenstädte entführt, an Jalak von Shainsa verheiratet ... gerettet von Freien Amazonen, nur um bei der Geburt von Jalaks Sohn in der Wüste vor Carthon zu sterben. Doch unter dem Blick von Kadarins stahlgrauen Augen fragte sie sich, ob er vielleicht genug *Laran* besaß, um es in ihren Gedanken zu lesen.

Laran! Die Terraner besaßen an ihrem verdammten Kortikator, der alle vergessenen Alpträume im Gehirn aufstören konnte, etwas Gefährlicheres als *Laran!* Sie hatten ihr gesagt, sie hätten auch eine starke psychische Sonde, aber sie hatte strikt abgelehnt, sich damit behandeln zu lassen. Sie hatte es nicht einmal zugelassen, dass sich eine ordnungsgemäß ausgebildete *Leronis* mit ihrem Geist zu schaffen machte. Warum sollte sie sich dann einer primitiven Maschine dieser *Terranan* unterwerfen?

Erleichtert sah Jaelle, dass der Mann Kadarin aufstand und sich mit einer höflichen Verbeugung von ihr verabschiedete. Woher war er gekommen, fragte sie sich, welcher Rasse entstammte er? Er glich keinem Menschen, den sie jemals zuvor gesehen hatte.

Doch darüber durfte sie jetzt nicht nachdenken, denn sie musste den Rest des Vormittags Alessandro Li widmen – Aleki, prägte sie sich seinen darkovanischen Namen ein – und ihn in der Geschichte der Domänen sowie den elementaren Formen höflicher Anreden unterrichten.

Sie hatten schon an mehreren Tagen in einem der kleineren Büros des neuen Nachrichtendienstgebäudes gearbeitet, manchmal in Anwesenheit des jüngeren Montray – Monty –, manchmal allein.

Jaelle hatte nichts dagegen einzuwenden; Aleki benahm sich vollkommen unpersönlich. Er schien sie überhaupt nicht als Frau, nur als Kollegin zu betrachten. Jaelle, die anfangs nervös und argwöhnisch gewesen war, empfand jetzt beinahe freundschaftlich ihm gegenüber.

Alekis erste Aufgabe war gewesen, alles über die darkovanische Gesellschaft zu lesen, was von Feldagenten zusammengetragen worden war. Das meiste war von Magda Lorne oder Peter Haldane signiert, eine Tatsache, die das Material für Jaelle besonders interessant machte. Was hatten sie nicht alles über ihre Welt entdeckt! Heute traf sie Aleki dabei an, wie er den Bericht durchsah, den sie selbst über ihre Reise in die Hellers verfasst hatte, und ihn mit Magdas und Peters Ausführungen verglich. Bei ihrem Eintritt schob er alles beiseite und begrüßte sie.

»Ich muss Ihnen unbedingt noch einige Fragen stellen«, sagte er. »Doch bevor wir beginnen – haben Sie Durst? Darf ich Ihnen etwas bestellen? Es mag eine lange Sitzung werden, ich habe eine Menge zu sagen. Kaffee? Obstsaft?«

Jaelle entschied sich für Obstsaft und setzte sich Aleki am Tisch gegenüber. Er machte sich an der Konsole zu schaffen, wählte für sich selbst ein heißes Getränk und trug den dampfenden Becher zum Tisch.

»Alle drei mir hier vorliegenden Berichte und auch einige

andere erwähnen Ihr Überwintern auf Burg Ardais – spreche ich das richtig aus?«

»Ar-dais«, korrigierte sie ihn freundlich, und er wiederholte den Namen.

»Wie kommt es, dass Sie, eine von den Freien Amazonen – nach allem, was ich gelesen habe, nehmen sie in der Gesellschaft keine hohe Stellung ein – zusammen mit Haldane und Lorne anstandslos als Gast auf Burg Ardais aufgenommen wurden? Wird die Gastfreundschaft hier auf Darkover so großzügig ausgeübt?«

Dieser Mann ist sehr intelligent, ich darf ihn nicht unterschätzen. »Lord Ardais würde in der Tat jedem Heimatlosen Obdach geben«, antwortete sie, »aber ich wurde dort als Verwandte begrüßt. Lady Rohana ist – ist eine Verwandte meiner Mutter.«

»Und Sie sind dann mit den *Comyn* verwandt ... denn die Ardais gehören doch zu den *Comyn*? Ich verstehe nicht ganz, wie es kommt, dass die *Comyn* sämtliche Domänen beherrschen«, sagte er. Jaelle empfand seine Neugier als spürbare Präsenz und verfluchte das unerwünschte *Laran*, das sich ihr zuweilen aufdrängte, ohne dass sie es kontrollieren konnte.

»Nirgendwo in diesen Aufzeichnungen«, fuhr Aleki fort, »wird erklärt, warum die darkovanische Gesellschaft eine so feudale Struktur annahm oder warum die *›Comyn‹* genannte Hierarchie zur Macht kam. Natürlich ist das, was wir von der darkovanischen Geschichte wissen, weit davon entfernt, vollständig zu sein ...«

»Die wenigsten von uns wissen mehr«, erklärte Jaelle vorsichtig. »Berichte über den Ursprung der darkovanischen Gesellschaft, die vorhanden gewesen sein mögen, gingen in dem Abschnitt, den wir das Zeitalter des Chaos nennen, verloren. Zu jener Zeit ...« Sie hielt inne. Nach dem Willen der Hasturs durfte kein Darkovaner zu den *Terranan* von der hohen Zeit der Türme und von der alten Matrix-Technologie sprechen, die ihre Welt fast zerstört hätte.

»Die frühesten noch vorhandenen Berichte gehen auf die Zeit vor etwa fünf- bis siebenhundert Jahren zurück, als all dies Land ...« – sie berührte die auf dem Tisch liegende Karte, die er kopiert hatte – »... in hundert oder mehr kleine Königreiche zersplittert war.«

»Ich kann mir kaum vorstellen, dass dies Stückchen Land auch noch in hundert Königreiche aufgeteilt war«, bemerkte Aleki, und Jaelle nickte.

»Viele der Königreiche waren winzig, wissen Sie. Man pflegte von den geringeren Königen zu sagen, sie könnten sich auf einen Hügel stellen und ihr ganzes Gebiet überblicken, falls nicht in diesem Jahr ein Harzbaum so gewachsen sei, dass er die Hälfte davon verdecke«, erklärte sie ihm. »Es gibt ein Kinderspiel mit dem Namen ›König des Berges‹ – wird es auf Ihrer Welt auch gespielt? Ein Kind klettert auf einen erhöhten Standort, und die anderen versuchen, es hinunterzuschubsen. Wem es gelingt, der ist König – bis er wiederum von einem anderen Kind verdrängt wird. Die kleineren Königreiche müssen ungefähr so ausgesehen haben. Ich weiß nur die Namen von einigen wenigen – Carcosa, Asturias, Hammerfell. Zur Zeit, als der Vertrag unterzeichnet wurde ... Sie wissen doch sicher von dem Vertrag?«, unterbrach sie sich.

»Ist das nicht das Gesetz der Domänen, dass keine Waffe benutzt werden darf, die ihren Träger nicht innerhalb von Armesreichweite in Lebensgefahr bringt?«

»Das ist richtig. Es reduzierte Kriege auf ein Minimum, und, wie ich sagte, zu der Zeit, als der Vertrag unterschrieben wurde, gab es eine Reihe von Kriegen, die Hastur-Kriege genannt. Langsam eroberten die Hasturs eins nach dem anderen alle diese Länder. Dann teilten sie sie wieder in das auf, was wir die Sieben Domänen nennen, von denen jede durch eins der

Großen Häuser der Hastur-Sippe, den Comyn, regiert wird. Die Domäne von Hastur regiert über die Hastur-Länder im Osten, die Domäne Elhalyn über Hali und die westlichen Berge, die Altons herrschen über Armida und Mariposa, und so weiter und so weiter ...«

»Die Domänen sind auf der Karte eingezeichnet«, sagte Aleki. »Was ich wissen möchte, ist, wie sie zur Macht kamen und warum das gewöhnliche Volk ihnen so widerstandslos gehorcht. Wenn Sie eine Verwandte von Lady Rohana sind, wie Sie sagen, dann gehören Sie zweifellos zu den *Comyn* und müssen etwas über ihre Geschichte und ihre Macht wissen.«

»Ich weiß nicht mehr als jeder andere«, wich Jaelle aus, »und in all diesen Ländern gibt es nur wenige, die nicht ein paar Tropfen *Comyn*-Blut haben. Sogar ich habe es, und ich bin, wie Sie betonten, nicht mehr als eine einfache Entsagende.«

Allmählich gewann Jaelle den Eindruck, dies sei eine Art Test, ähnlich den Schulungssitzungen, bevor sie den Eid geleistet hatte. Wieder wurden alle ihre versteckten Konflikte und Loyalitäten zum Vorschein gebracht und erforscht. Aleki bohrte weiter:

»Ich verstehe immer noch nicht, warum das gewöhnliche Volk so ohne jeden Widerspruch dem Willen der Hasturs folgt.«

»Gehorcht ihr im Imperium euren Herrschern und Regenten nicht?«

»Aber unsere Regenten werden aus unserer Mitte gewählt«, antwortete Aleki. »Obwohl wir uns immer noch ›Imperium‹ nennen, sind wir ein Imperium ohne Imperator oder Kaiser, und die Struktur ist die einer Konföderation – kennen Sie diese Ausdrücke? Wir haben Darkover die Vollmitgliedschaft mit autonomer Regierung und gewählten Vertretern in unserm Senat angeboten. Fast alle Planeten, die wir besetzen, sind überglücklich, wenn sie Mitglieder eines sternenumspannenden Imperiums werden können, statt isolierte, auf eine einzige Welt beschränkte Barbaren bleiben zu müssen. Trotzdem hat sich Darkover dem Imperium nicht angeschlossen, und wir wissen nicht, warum. Wir wissen nicht, ob es in Wahrheit der Wille des darkovanischen Volkes ist oder nur der Wille der Hasturs und der *Comyn.*«

Zum ersten Mal hatte Jaelle das Gefühl, dass er vollkommen ehrlich und außerdem verwirrt war. Nach einer Weile fragte sie ihn: »Hat man Darkover die Wahl gelassen? Oder seid ihr einfach hergekommen, habt euch festgesetzt und uns dann die Mitgliedschaft in eurem Imperium angeboten?«

»Darkover – Cottman IV – *ist* eine Kolonie des Imperiums«, antwortete Alessandro Li ruhig. »Ihr seid vor vielen Jahren von Terra aus kolonisiert worden. Als wir hierher kamen, wussten wir das. Ihr hattet eure geschichtlichen Aufzeichnungen verloren, vielleicht in dem Zeitalter des Chaos, von dem Sie sprachen. Die *Comyn* haben sich dafür entschieden, diese Tatsache dem Volk nicht bekanntzugeben, damit es keinen Anspruch auf sein Erbe erheben kann. Normalerweise freuen sich die Bewohner isolierter Planeten, am Reichtum einer galaxisweiten Zivilisation teilzuhaben.«

Es war eine Versuchung, die Argumente zu wiederholen, die sie gegen das Imperium und gegen die *Terranan* gehört hatte, aber wie konnte sie für die *Comyn* sprechen? Und wenn sie es tat, mochte Aleki sie nach mehr Einzelheiten quälen, als sie sich im Stande fühlte, ihm zu geben. Sie sagte sich, dass er ihr diese lange Erklärung gegeben hatte, um sie auszuhorchen, um sie zu unbedachten Äußerungen zu verleiten. Vorsichtig trat sie den Rückzug an.

»Ich persönlich sehe keinen Grund dafür, Darkover zu einer weiteren Welt des Imperiums zu machen«, sagte sie. »Aber ich bin keine Vertraute Hasturs. Die Hasturs haben sich mit der

Materie wahrscheinlich viel eingehender befasst als ich, und was mich betrifft, so bin ich es zufrieden, wenn sie darüber entscheiden.«

»Würden Sie nicht lieber bei der Entscheidung mitreden«, erkundigte er sich neugierig, »statt gedankenlos dem Willen einer regierenden Kaste zu gehorchen?«

»Ich gehorche nicht *gedankenlos* dem Willen irgendeines Mannes, sei er Hastur, Ehemann oder Gott«, schleuderte sie ihm entgegen. »Aber die *Comyn* haben dieses Thema studiert, und ich habe keine Gelegenheit gehabt, alle Seiten der Angelegenheit so wie sie kennen zu lernen. Piedro hat mir euer System der repräsentativen Demokratie erklärt ... und mir kommt das wie ein Verfahren vor, Entscheidungen in die Hände von denjenigen zu legen, die ungeeignet sind, sie zu treffen. Hört ihr lieber auf die Stimmen von tausend – oder einer Million – Dummköpfen, statt auf die Stimme eines einzigen klugen Mannes, der in diesen Dingen gut ausgebildet ist?«

»Ich gehe nicht automatisch davon aus, dass tausend – oder eine Million – gewöhnlicher Leute Dummköpfe sind oder dass einer, der für die herrschende Klasse spricht, unbedingt klug ist«, erwiderte er rasch. »Und wenn diese tausend – oder eine Million – Leute Dummköpfe sind, ist es dann nicht Sache des Klugen, sie zu belehren, statt sie weiter in Unwissenheit zu lassen?«

»Sie machen da eine Voraussetzung, die ich nicht akzeptiere«, sagte Jaelle, »nämlich, dass die Belehrung eines Dummkopfes ihn klug macht. Wir haben ein Sprichwort: Du kannst einen Esel hundert Jahre lang unterrichten, er wird dabei nur lernen, lauter zu schreien.«

»Aber Sie sind kein Esel. Warum nehmen Sie an, Ihre Landsleute seien unfähig, ebenso wie Sie zu lernen?«

»Ich bin nicht unwissend«, erklärte Jaelle, »aber ich kann nicht so weit sehen wie die *Comyn*. Ich besitze kein *Laran*, und selbst wenn ich so viel an Wissen in mich aufnähme, wie es mir nur möglich ist, könnte ich weder die Gedanken und Herzen der Menschen lesen noch Vergangenheit und Zukunft sehen, wie sie es vermögen. Das ist es, was ihnen die Macht gibt zu herrschen, und die Weisheit, die die Kopfblinden anerkennen müssen.«

»*Laran*«, fiel er schnell ein, »was ist *Laran?*« Einen Augenblick zu spät erkannte Jaelle, dass er sie nur aus diesem Grund in die Debatte verwickelt hatte – sie sollte reden, ohne nachzudenken. Jetzt verfluchte sie ihren Stolz, der sie verleitet hatte, die Krallen ihres Witzes an diesem *Terranan zu* schärfen.

»›*Laran?*‹«, wiederholte sie verständnislos, als erinnere sie sich kaum noch an das, was sie gesagt hatte. Aber er hatte natürlich eins dieser auf ewig zu verdammenden Aufzeichnungsgeräte eingeschaltet gehabt, und das hatte ihre Worte festgehalten, so dass er sie sich immer wieder und wieder anhören und sie analysieren und in Erfahrung bringen konnte, was sie ausgeplaudert hatte.

»*Laran.* Ich weiß natürlich, was das Wort bedeutet – psychische Kraft, die die meisten Terraner für Aberglauben halten. Und Ihr Volk glaubt, die Hasturs besäßen sie?«

Jaelle zögerte eine Sekunde zu lange, bevor sie antwortete. Sie hätte sofort sagen sollen, ja, die einfachen, unwissenden Leute glauben an die Kräfte der *Comyn.* Jetzt war es Alessandro Li, der sich höflich zurückzog.

»Ich glaube, wir haben für einen Tag genug getan, Jaelle. Wir möchten doch heute Abend nicht zu spät zum Empfang des Koordinators kommen.«

»Bestimmt nicht, da Sie der Ehrengast sind«, antwortete sie und verfluchte sich von neuem, als er sie verblüfft ansah. Noch schlimmer, ihr fiel ein, dass niemand es ihr erzählt und auch Piedro es nicht gewusst hatte.

»Woher wissen Sie das? Sind Sie selbst psychisch begabt?«,

fragte er. Sie wehrte ab: »O nein, wenn ein – ein wichtiger Gast wie Sie erwartet wird, braucht man kein *Laran,* um zu erraten, dass der Koordinator ihn beim Empfang ehren wird.« Sie stand schnell auf. »Ich fürchte, meine Gedanken sind ein bisschen abgewandert.«

»Hoffentlich habe ich Sie nicht ermüdet. Ich fürchte, ich bin ein sehr anstrengender Vorgesetzter«, meinte er entschuldigend. »Aber für heute wollen wir abbrechen. Gehen Sie nur und machen Sie sich für den Empfang schön. Ich freue mich darauf, Ihren Mann besser kennen zu lernen. Natürlich kenne ich seine Arbeit nach den Aufzeichnungen. Er muss eine Ausnahmeerscheinung sein, dass er eine so kompetente Frau für sich gewonnen hat.«

Jaelle befahl sich, über das Kompliment nicht zu erröten, und widerstand dem Impuls, an dem unschicklich kurzen Rock zu zupfen. Jahre der Ausbildung im Gildenhaus hätten sie gegen derlei immun machen müssen. Sie stand auf und erinnerte sich an die eindringliche Mahnung der Gildenmütter: *Deine Körpersprache sagt mehr aus als deine Worte. Benimmst du dich wie eine Frau und ein Opfer, wirst du auch so behandelt werden. Versuche, wie ein Mann zu stehen und zu gehen, wenn du mit Männern zusammenarbeitest.* So sachlich wie möglich sagte sie: »Ich bin sicher, Piedro wird sich geehrt fühlen«, und ging.

Sie sollte Piedro warnen, dieser Mann war scharf, er war im Stande, kleine Hinweise auf unheimliche Art zusammenzufügen. Es mochte ihm gelingen, Piedro dazu zu verführen, dass er zu viel redete. Wie konnte sie es ihrem Mann verübeln, wenn sie das Gleiche getan hatte? Aber sie hatte den Fehler begangen, Alessandro Li zu unterschätzen. Piedro dagegen würde vorgewarnt sein.

Wie viel weiß Piedro? Göttin! Ich wünschte, ich könnte mit Magda reden, dachte Jaelle.

Sie blieb an einem der hohen, auf den Raumhafen hinausgehenden Fenster stehen und warf einen Blick auf das große, blutdurchschossene Auge der untergehenden Sonne. Vielleicht blieb ihr genug Zeit, um durch die Straßen von Thendara zum Gildenhaus zu gehen und ihre Eidestochter zu besuchen ... aber nein. Sie musste zu diesem verdammten Empfang, und Piedro hatte sie heute Morgen noch gewarnt, von dem eingeladenen Personal werde erwartet, dass es in großer Gala erscheine. Er hatte vorgeschlagen, sie solle die Personalservice-Abteilung aufsuchen und sich das Haar machen lassen.

Schulterzuckend entschied sich Jaelle, genau das zu tun. Sie war sowieso neugierig darauf; es war ein Ritual, dem sich alle Frauen hier im HQ in kurzen Abständen unterzogen. Auch wusste sie, Peter würde sich freuen, wenn sie sich bemühte, für ihn schön zu sein. Und in den letzten paar Tagen hatte sie so intensiv in Alekis Büro gearbeitet, dass sie Peter nur gesehen hatte, wenn er schon schlief oder kurz vor dem Einschlafen war.

Der Personalservice war in dem gleichen Stockwerk wie die Cafeteria untergebracht und ganz in Rosé gehalten, eine Farbe, die Jaelle, unter einer roten Sonne aufgewachsen, angenehm und beruhigend fand. Sie hatte begonnen, an diese Zeit unter den Terranern als ein Abenteuer zu denken, etwas, das sie mit Stolz jungen Entsagenden erzählen würde, wenn sie einmal alt und ans Haus gefesselt war.

Sie steckte ihre Identitätskarte in die erste Maschine, und es leuchtete ein Zeichen auf. NEHMEN SIE PLATZ UND ENTSPANNEN SIE SICH, SIE WERDEN GLEICH BEDIENT. Sie las das Nachbild der Wörter – Zeichenlesen war eine Übung im Schnelllesen. Für Jaelle war die Schrift immer schon verschwunden, bevor sie ihre Augen darauf eingestellt hatte. Sie nahm einen der bequem konturierten rosenfarbenen Sessel, wartete und dachte über die letzten Tage nach. Termine, Termine, Termine! Alessandro Li war sich schrecklich der Zeit bewusst, noch mehr als die durchschnittlichen Terraner, die schon in unglaublichem Ausmaß von der Uhr abhängig waren. Jaelle hatte Klatsch von den Frauen in der Kommunikation gehört. Bethany sagte, unter normalen Umständen hätte ein Funktionär im Rang von Alessandro Li nichts getan, sich nicht einmal ein Büro, um darin zu arbeiten, besorgt, bis der offizielle Empfang stattgefunden hätte. Er aber hatte sofort mit der Arbeit begonnen, und Jaelle hatte während der meisten Zeit bei ihm sein müssen. Sie fühlte sich ausgewrungen, als habe er jeden Tropfen ihres Wissens buchstäblich aus ihr herausgedrückt und -gequetscht. Und das war erst der Anfang. Es war so viel an Spannungen in den erwachenden Erinnerungen – denn sie hatte ihm und Kadarin Dinge erzählt, von denen sie nicht gewusst hatte, dass sie in ihrem Gehirn vorhanden waren. Abends in ihrer Wohnung lag sie lange wach, zu müde zum Schlafen. Der Kopf tat ihr weh, ihre Gedanken rasten, und wenn ihr die Augen endlich zufielen, war es auch schon wieder Zeit zum Aufstehen. Termine! Termine! Sie lebte von der Gnade eines Ziffernblatts, Zeit zum Arbeiten, Zeit zum Essen, Zeit zum Lieben!

Zu Hause hatte sie jemand zu Hilfe gerufen, wann immer sie etwas nicht allein tun konnte. Im Gildenhaus war keine die Dienerin einer anderen, aber die Frauen leisteten sich gegenseitig diese schwesterlichen Dienste. Es war nie schwer, eine Schwester zu finden, die einem half, das Kleid zu verschnüren, das Haar aufzudrehen oder zu schneiden, die mit Kosmetika oder Kleidern aushalf. Hier wurde anscheinend alles von Maschinen getan. Ein neues Zeichen leuchtete auf. SIE KÖNNEN JETZT EINTRETEN. Jaelle nahm allen Mut zusammen, wollte den rosenfarbenen Raum betreten und blieb wie angewurzelt auf der Türschwelle stehen.

Gestelle, die nach allen Seiten zu kippen waren, Sessel, die zu kippen und zu drehen waren, Klammern, um den Kopf festzuhalten, Gurte, um das Opfer zu fesseln ... Ihr wurde dunkel vor den Augen, und sie musste sich an der Tür festhalten. Einen Augenblick lang war sie wieder ein Kind, zurück in den Wahnsinnsjahren vor dem Beginn ihres wirklichen Lebens, ein Kind, das heimlich an die Tür eines verborgenen Raums gekrochen war, um einen Blick hineinzuwerfen, ohne zu ahnen, dass es ihres Vaters Folterkammer war ...

Mutter! Mutter! Jaelle wollte schreiend weglaufen wie damals und ihren Kopf im Schoß ihrer Mutter verstecken ...

Dann war es plötzlich nichts anderes mehr als ein weiterer terranischer Raum, angefüllt mit Maschinen, deren metallene Finger taten, was Fleisch und Blut besser gemacht hätten. Jetzt war Jaelle sogar fähig, Robotmaschinen zum Schneiden und Locken der Haare, zum Auftragen von Cremes und Versprühen von Parfums zu erkennen. Der Raum wirkte kühl und beruhigend, aber Jaelle konnte sich nicht zwingen einzutreten. Schließlich gelang es ihr, ihre Füße loszureißen, die im Boden festgewurzelt zu sein schienen. Sie floh den Korridor hinunter, durch die Cafeteria, hinaus aus den schweren Türen und quer über das harte Pflaster, ohne an den unterirdischen Tunnel zu denken. Sie bemerkte die terranischen Augen nicht, die sich auf ihre fliehende Gestalt richteten, sie anstarrten. Keuchend warf sie sich auf ihr Bett und vergrub ihr Gesicht im Kissen. Welch ein Glück, dass Piedro nicht hier war und eine Erklärung für ihr seltsames Benehmen verlangte! Hatte sie ihm schon wieder Schande gemacht? Sie wusste es nicht, und es kümmerte sie auch nicht mehr.

Ihr kam es wie Augenblicke später vor – hatte sie ein paar Minuten, eine Stunde geschlafen? –, als leise die Türglocke erklang. Ein Besucher zu dieser Stunde? Oder hatte Peter wieder einmal seine Schlüsselkarte vergessen? Schlüssel und verschlossene Türen gehörten für Jaelle zu Matrix-Laboratorien, Verliesen und – Folterkammern!

Darauf gefasst, Peter zu begrüßen, erstaunte es sie, dass Bethany Kane vor der Tür stand.

»Jaelle, Schätzchen – geht es dir gut? Ich sah dich über den Hof rennen, als sei der Teufel hinter dir her! Hör zu, macht dieser Bonze vom Senat dir das Leben sauer? Dazu hat er kein Recht! Ich habe bei ihm vorbeigeschaut, aber seine Sekretärin sagte, du seist schon gegangen, um dir das Haar machen zu lassen – kann ich nicht hereinkommen? Auf diesem Flur schlafen Leute, und ich möchte sie nicht aufwecken.« Jaelle bedeutete ihr einzutreten. Plötzlich bemerkte Bethany, wie aufgelöst Jaelle aussah.

»Was ist los? Gehst du nicht zu dem Empfang? Ich wollte mir auch das Haar machen lassen, ich dachte, wir könnten zusammen gehen ...«

Bethany trat an Jaelles Frisiertisch und fuhr sich mit den Fingern durchs Haar. »Ich sehe schrecklich aus, und Montray erwartet, dass jeder vom Stab so elegant erscheint, wie es ihm nur möglich ist. Hast du ein paar Lockenwickler übrig? Oder willst du in den Schönheitssalon hinuntergehen ...?«

Sie sah Jaelle erwartungsvoll an, und Jaelle erklärte hölzern: »Ich war dort. Aber ich ... ich habe mich dann entschlossen, nicht hineinzugehen.«

»Schätzchen, hat sich irgendwer da unten flegelhaft gegen dich benommen? Wenn ja, solltest du ihn melden. Sie sind dazu da, die Leute zu bedienen, und sollte jemand eine ungezogene Bemerkung gemacht haben ...«

»O nein.« Jaelle lächelte schwach. »Ich habe keinen einzigen Menschen zu sehen bekommen – ich dachte, alles würde von Maschinen gemacht.«

Bethany lachte. »Das meiste schon, aber ein paar Menschen sind doch da, um aufzupassen, dass die Maschinen tun, was sie sollen. Du hast dein Haar in letzter Zeit wachsen lassen, nicht wahr? Wie willst du es heute Abend tragen?«

Jaelle zuckte die Schultern. »Es ist nicht lang genug, um eingeflochten zu werden. Und was könnte ich sonst damit anfangen?«

Bethany sah sie entgeistert an. »Du willst doch nicht etwa so gehen? Schätzchen, Peter würde tot umfallen! Komm, setz dich, ich will sehen, was ich tun kann. Was ist das? Du hast ja die Kosmetikkonsole in deinem Ankleidezimmer noch gar nicht in Gebrauch genommen! Zeig mir, welches Kleid du anziehen wirst, dann lasse ich mir etwas einfallen.«

In den nächsten zwanzig Minuten zeigte Bethany ihr verschiedene Einrichtungen im Bad und am Frisiertisch, von deren Existenz Jaelle gar nichts gewusst hatte. Sie wurde eingecremt und raffiniert geschminkt, und ihr Haar wurde in elegante rötlich-goldene Locken gelegt. Für eine kleine Weile hatte sie das Gefühl, Bethany sei eine ihrer Gildenschwestern und sie bereite sich auf das Mittsommerfest in den Straßen von Thendara vor. Es war bestimmt angenehmer, als es in dem fremdartigen, Furcht einflößenden Raum voller Maschinerie gewesen wäre, und zum Schluss betrachtete sie sich mit einem gewissen Vergnügen im Spiegel. Die neue Jaelle, die ihr daraus entgegensah, wäre von ihren Gildenschwestern kaum wieder erkannt worden. Bethanys geschickte Finger hatten ihr Haar in einem weichen Halo arrangiert, ihre hohen Wangenknochen und das Grün ihrer Augen betont, die Sommersprossen abgemildert und etwas mit ihren Augen angestellt, dass sie tief und geheimnisvoll wirkten.

»Du siehst wundervoll aus«, sagte Bethany. »Du wirst der Star des Empfangs sein! Ich wusste gar nicht, dass du eine Schönheit bist, Jaelle.«

Irgendwie empfand sie das als Untreue gegenüber dem Gildenhaus. Da putzte sie sich für eine Gruppe von *Terranan* heraus? Nun, redete sie sich zu, es gehörte zu ihren Aufgaben, heute Abend gut auszusehen – das hatte sogar Bethany gesagt. Impulsiv umarmte sie sie.

»Ich danke dir, Beth«, sagte sie, und Bethany quietschte. »Sieh mal auf die Uhr! Ich muss gehen und mich auch umziehen, sonst komme ich zu spät! Na, und Peter wird auch gleich nach Hause kommen ...«

Bethany war kaum fort, als er kam – atemlos.

»Süße, du siehst großartig aus – du hast etwas mit deinem Haar gemacht, nicht wahr? Ich wollte nur schnell meine Abendgarderobe holen. Ich muss mich dort umziehen. Weißt du, was man mich die letzten drei Tage hat tun lassen?«

»Nein, das weiß ich nicht«, antwortete Jaelle. »Du hast mich so selten gesehen und mir gar nichts erzählt.«

»Schimpfe nicht, Liebes, ich bin wirklich in Eile. Ich musste im Staub der alten Archivräume herumkriechen und Platz für einen neuen Modell-Kortikator-Programmierer schaffen. Es war alles vollgestopft mit alten Aktenkästen und *Büchern,* um Gottes willen. Ich wusste gar nicht, dass wir immer noch welche hatten, und sieh dir den Staub an!« Er hielt ihr seine schmutzigen Hände hin. »Die ganze Woche habe ich kein Tageslicht gesehen. Ich sollte Gefahrenzulage bekommen bei all den Keimen da drinnen. Aber wie dem auch sei, Montray braucht mich in zehn Minuten in seinem Büro.« Er hing sich den Anzug über den Arm. »Wo sind meine Abendschuhe?«

»Im Schrank, nehme ich an.« Es freute Jaelle, dass Peter die Mühe, die sie sich mit ihrem Aussehen gegeben hatte, anerkannte, aber andererseits schien er es für selbstverständlich anzusehen.

»Ja, um Himmels willen, hole sie mir! Ich bin spät dran, und dabei muss ich noch etwas gegen diesen verdammten Bart unternehmen ...« Er verschwand im Bad, und Jaelle nahm kochend vor Wut seine Schuhe aus dem Schrank. Sie hatte in ihrem Leben schon viele Arbeiten verrichtet, aber die eines Kammerdieners war ihr neu, und sie sah nicht ein, warum sie das tun musste. Wenn Peter einen brauchte, warum stellte er dann keinen an? Drinnen im Bad brüllte Peter einen ordinären Fluch. Etwas Metallenes krachte gegen die Wand, und Peter stürmte schimpfend heraus.

»Jaelle! Ich höre immerzu, wie großartig du im Büro bist. Du ergänzt die Vorräte in den Schreibtischen, du hast all die kleinen Arbeiten übernommen, die Mag früher erledigt hat, und jetzt stelle ich fest, dass du mir keinen neuen Bartentferner besorgt hast! Höllenfeuer, Mädchen, meinst du, ich kann zum Empfang des Koordinators gehen, wenn ich aussehe wie ein Raumhafen-Tramp?« Er rieb seine Stoppeln. »Jetzt muss ich irgendwie die Zeit herausschinden, die ich für den Friseur brauche! Los, gib mir die Schuhe!« Er entriss sie ihr. »Komm zu dem Empfang nicht zu spät, hast du verstanden?« Fort war er, ohne ein Wort, ohne einen Kuss, ohne sie richtig angesehen zu haben.

Zitternd sank Jaelle in einen Sessel. Der Schmerz in ihrem Inneren war so schrecklich, dass sie kaum atmen konnte. Das Krachen der Tür, die hinter ihm zuknallte, hatte etwas in ihr zerbrochen, die Persönlichkeit, die sie hier geschaffen hatte, ihr Spiegelbild in Piedros Augen. Sie biss die Zähne aufeinander. Die sanfte Schönheit, von Bethany ihr aufs Gesicht gemalt, verwandelte sich in die kalte, zähe Amazone, die von Kindra ausgebildet worden war.

Die Versuchung war groß, überhaupt nicht zu dem Empfang zu gehen. Aber das gehörte zu ihrer Aufgabe ... *Treuepflicht gegenüber meinem Arbeitgeber* ... Und Magda hätte sich, wäre sie an ihrer Stelle gewesen, ganz bestimmt schön gemacht, schon des Ehrengastes wegen, dessen Assistentin sie war.

Die Cafeteria-Etage war zu einem Gala-Bankettsaal umgeräumt worden und füllte sich bereits mit glänzenden Uniformen und Kostümen von einem Dutzend verschiedener Welten. An der Bar am einen Ende wurden Getränke ausgeschenkt. Sie sahen köstlich aus, bunt und kühl. Kellner trugen Tabletts mit Häppchen herum. Die Tische der Caféteria waren in Hufeisenform zusammengestellt, mit Leinendecken drapiert und mit Blumen geschmückt worden. Mit echten Blumen. Jaelle hatte es Lady Rohana zu danken, dass sie sich bei einem Bankett zu benehmen wusste. Ein Mann, den sie aus der Abteilung Kommunikation flüchtig kannte, bot ihr ein Getränk von der Bar an, sie nahm es und gab ein paar nichts sagende Redensarten von sich, ohne sich selbst zu hören. Sie hielt Ausschau nach Peter, aber er war noch nicht aufgetaucht. Sicher befand er sich in den Klauen der merkwürdigen Maschinen des Schönheitssalons, die sein Haar und seinen Bart bearbeiteten. Jaelle wand sich bei der Vorstellung.

»Jaelle?« Wade Montray verbeugte sich vor ihr. »Sie sehen heute Abend sehr schön aus.« Sie nahm das Kompliment als das, was es war – ein soziales Geräusch, nichts Persönliches. »Sandro Li sucht nach Ihnen. Sehen Sie – da drüben am Quertisch steht er, neben dem Koordinator.«

Jaelle bahnte sich einen Weg zu ihm, Grüße nur flüchtig erwidernd. Menschenmengen hatten sie früher nie gestört, und bestimmt waren hier nicht so viele Leute wie beim Mittsommerfest in Thendara. Aber aus irgendeinem Grund fühlte sie sich verloren. Zu viele Leute schienen ihr nachzusehen: *Das ist das darkovanische Mädchen, das Haldane geheiratet hat, so eine Art von darkovanischem Adel ... Nein, ich habe gehört, sie sei eine Freie Amazone, eine Soldatin, eine Kämpferin, seht euch die Messernarbe auf ihrer Wange an ...*

Aleki verbeugte sich vor ihr. Seine formelle Kleidung – dunkelrot mit goldenen Litzen und Orden auf der Brust – war ihr fremd; sie vermutete, dass sie Ausdruck seines Rangs im Imperium war. Dem salopp gekleideten Mann, den sie aus dem Büro kannte, sah er überhaupt nicht ähnlich.

»Ich habe Ihnen zwar gesagt, Sie sollten sich für heute Abend schön machen, aber ich hätte nicht gedacht, dass Sie uns alle blenden würden«, sagte er und lächelte sie an. Einen Augenblick lang sah es so aus, als wolle er sie fassen, sie packen ... nein, er lächelte höflich, er hatte sie nicht berührt. Warum war sie sich so intensiv, so schmerzhaft bewusst, dass er sie begehrte, dass er lange Zeit keine Frau mehr gehabt hatte und sie haben wollte? Die Amazone in Jaelle begehrte auf, doch er hatte nichts gesagt, er benahm sich vollkommen korrekt, warum stand ihr Geist ihm gerade jetzt so weit offen? Ihr war, als sei der Saal voll von tönender Stille.

Seine Stimme schien von weit weg zu kommen. Jaelle fürchtete, von den wenigen Schlucken ihres Drinks werde ihr schlecht und sie müsse sich zu ihrer Schande vor allen Leuten übergeben. Sich mühsam zusammennehmend, sagte sie so ruhig sie konnte: »Ich habe Sie nicht verstanden, Sir. Es ist hier drinnen ein bisschen laut.«

Er hielt fröhlich Umschau. »Wir sind heute Abend tatsächlich eine laute Bande, wie? Ich hatte Sie gefragt, ob Sie Peter Haldane für mich aufspüren könnten.«

Jaelle hatte noch keine Möglichkeit gehabt, Peter vor diesem Mann zu warnen, der unbedingt über Darkover herausfinden wollte, was er, wenn es nach ihr ging, nie erfahren würde. Ihre Augen suchten die Menge nach Peters vertrauter Gestalt ab, und sie machte sich darauf gefasst, sich durch den Sturm von mentalen Stimmen in dem überfüllten Saal zu kämpfen.

Wie schaffen es Comyn *wie Lady Rohana, die* Laran *in vollem Ausmaß besitzen, sich unter viele Menschen zu begeben?* Zum ersten Mal in ihrem Leben wünschte sie, die Ausbildung erhalten zu haben, die man routinemäßig allen Telepathen der

Comyn zukommen ließ, damit sie ihr *Laran* kontrollieren lernten ... Sie hatte immer gemeint, ihr bisschen *Laran* sei eine Ausbildung nicht wert! Sie bewegte sich durch die Menge, darauf bedacht, ihr Gesicht ausdruckslos zu halten. Um nichts in der Welt wollte sie in Panik um sich starren wie ein Pilzfarmer, der sein erstes Fest in der Stadt erlebte!

Sie wusste, Peter würde Grau tragen, das Stahlgrau, das ihm mit seinen roten Haaren und graugrünen Augen so gut stand. Endlich entdeckte sie einen roten Kopf. Sie drängte sich an seine Seite und berührte seinen Arm.

»Alessandro Li möchte dich sprechen«, sagte sie förmlich.

»Dann wollen wir ihn nicht warten lassen.« Peter nahm ihren Arm.

»Ich kann allein gehen«, wehrte sie ihn steif ab.

»Schätzchen, bist du immer noch böse auf mich? Lass uns nicht streiten, nicht hier auf der Party!«

Jaelle holte tief Atem. »Piedro, hör mir zu, bitte. Li ist sehr neugierig, was die *Comyn* angeht; er ist entschlossen, herauszufinden, was hinter ihnen steckt. Drei Tage lang hat er mich mit seinen Fragen verfolgt. Unterschätze ihn nicht. Ich habe es getan. Und ich weiß nicht, was er will, aber ich bin mir gar nicht sicher, dass es gut für Darkover ist. Vielleicht habe ich ihm bereits zu viel verraten. Sei vorsichtig mit dem, was du ihm sagst.«

Peter verzog das Gesicht. »Ich kann es mir nicht leisten, einen Imperiumsbonzen an der Nase herumzuführen. Ich muss mich hilfsbereit zeigen. Montray – ich meine den Koordinator, nicht Monty, Monty ist ein anständiger Bursche – der alte Montray hat mir gerade eben gedroht, mich von Darkover wegzuschicken.«

»Peter!« Ihr Streit mit ihm war vergessen, so entsetzte sie der Gedanke, sie könne ihn verlieren. »Was? Warum?«

»Man hat einen Planeten gefunden, der Darkover in etwa

ähnlich ist – feudale Gesellschaftsordnung, wenig Technologie, all das –, und er sagt, mit meinen hier gemachten Erfahrungen könnte ich dort von Nutzen sein. Ich persönlich glaube, er hat Angst, wenn ich bleibe, bekomme ich seinen Posten. Ich weiß zweimal, zehnmal so viel über Darkover wie er, und er zittert davor, dass das irgendwann jemand merkt. Und wenn ich Sandro Li überzeugen kann, dass ich *hier* gebraucht werde, um dieses Geheimnis zu enthüllen – verstehst du?« Er drehte sich zu ihr um und fasste ihr Handgelenk. »Jaelle, ich kämpfe ebenso um mein Leben, wie du es getan hast, als du mit Mag zusammen dem Banshee auf dem Pass begegnetest. Willst du mir nicht Rückendeckung geben? Ich möchte auf Darkover bleiben – mit dir. Hilf mir, stelle dich nicht gegen mich, Geliebte!«

Zu beiden Seiten von ihnen glitten Menschen vorbei. In dieser Menge, so voll von Stimmen, hörte sie nicht gut. Stimmen drangen brutal in ihren Geist ein, und sie konnte nicht klar denken. Sie schluckte schwer und sagte: »Komm schon. Nur – nur sei vorsichtig mit dem, was du sagst, sogar mit dem, was du andeutest, sonst bekommt er es aus mir heraus.«

Li begrüßte Peter mit großer Herzlichkeit, und als die Gäste begannen, sich in Richtung der Banketttafeln weiterzuschieben, bestand er darauf, dass Peter und Jaelle die Plätze neben ihm am Quertisch bekamen.

Jaelle entnahm dem unterschwelligen telepathischen Geplapper, dass die Terraner hier auf dem Raumhafen von Thendara Alessandro Li ungefähr ebenso ansahen, wie es das gewöhnliche Volk von Thendara mit dem Erben von Hastur getan hätte. Er war hier, um über sie zu urteilen, er hatte Befehlsgewalt über sie. Peter bot im Gespräch mit Li den ganzen Charme auf, der ihm zur Verfügung stand, und machte es dem Prüfer des Imperiums überdeutlich, dass er über Darkover mehr wusste als jeder andere hier arbeitende Mensch. Jaelle merkte, dass Aleki beeindruckt war. Jetzt erfuhr sie auch – weder Montray noch Peter hatten sich die Mühe gemacht, es ihr mitzuteilen –, dass von Lis Bericht nicht nur der zukünftige Status Darkovers im Imperium, sondern auch die Zukunft der terranischen Niederlassung abhing. Li hatte die Macht, den vollständigen Rückzug des Imperiums zu veranlassen, ausgenommen ein paar Funktionäre für den Betrieb des Raumhafens, oder den Stab des Hauptquartiers aufzustocken, bis er eine komplette Kolonialverwaltung darstellte. Er konnte die Welt dem Handel öffnen oder sie vollständig schließen.

Das Schicksal Darkovers in Relation zum Imperium liegt in den Händen dieses Mannes. Nicht einmal die Hasturs können dabei mitreden. Das ist zu viel Verantwortung für mich! Es ist für jeden Menschen zu viel Verantwortung!

Zu einem Zeitpunkt des Essens, als der Hauptgang beendet war und man sich bei Süßigkeiten und winzigen Gläschen mit köstlichen, unterschiedlich duftenden und gefärbten Likören Zeit ließ, sagte Aleki: »In Ihren Berichten erwähnen Sie häufig die Arbeit von Miss Lorne. Warum ist sie nicht hier? Macht sie Urlaub auf einem anderen Planeten? Ich sah ihren Namen auf der Dienstliste unter *inaktiv*.«

Cholayna Ares, groß und elegant in einer tief ausgeschnittenen feuerroten Robe, die ihre glatte dunkle Haut und ihr silberweißes Haar betonte, sah zu ihnen herüber. »Ich habe sie freigestellt. Sie ist hier in Thendara, Sandro, im Gildenhaus der Entsagenden.«

»Ich muss sie unbedingt kennen lernen«, sagte Li. »Ob ich sie wohl bitten kann, zu einem Gespräch herzukommen?«

»Das bezweifele ich«, fiel Jaelle ein. »Sie macht ihr Hausjahr bei den Amazonen, und in dieser Zeit ist ihr nicht gestattet, das Gildenhaus zu verlassen ...«

»Das ist ja barbarisch!«, rief Li. »Eine Bürgerin des Imperiums gefangen zu halten ...«

»Sie wird nicht gefangen gehalten«, stellte Jaelle ruhig fest. »Sie ist freiwillig dort.«

Peter beugte sich vor. Jaelle hatte den Verdacht, er habe ein bisschen zu viel getrunken. Er behauptete: »Alles, was Magda Ihnen sagen könnte, kann ich Ihnen auch sagen, Sandro. Die meisten Orte auf Darkover, die sie besuchte, hat sie nur erreicht, weil sie sich unter meinem Schutz befand. Sie können sich nicht vorstellen, wie viele Türen hier einer Frau verschlossen sind. Magda ist eine ausgezeichnete Agentin; wenn sie als Mann geboren wäre, hätte sie inzwischen den Posten des Koordinators! Aber die Darkovaner würden keine Frau in diesem Amt akzeptieren. Und jetzt ist sie über die Mauer gegangen, hat sich den Eingeborenen angeschlossen. Ich kann die meisten von Magdas Berichten für Sie ergänzen.«

»Tatsächlich?«, fragte Li mit angespanntem Gesicht.

»Ich kann es, und ich will es.« Peter fasste nach einem frischen Glas.

»Ich werde Sie beim Wort nehmen.« Sandro Li drehte sich um und hörte dem Sprecher am Kopf der Tafel zu.

Eine Stunde später standen sich Peter und Jaelle in dem kleinen Schlafzimmer, das sie teilten, gegenüber. Es war offensichtlich, dass er zu viel getrunken hatte. Sein Gesicht war gerötet und er sprach unzusammenhängend, aber er war nicht so betrunken, dass man ihn für das, was er getan hatte, nicht verantwortlich machen konnte.

»Peter, begreifst du denn nicht? Der Mann ist darauf aus, Darkover zu zerstören – das Darkover, das wir kennen –, um es in eine weitere terranische Kolonie zu verwandeln! Und du hilfst ihm dabei!«

»Du übertreibst. Und was spielt das überhaupt für eine Rolle? Er will hier nur überprüfen, ob das HQ seine Arbeit tut. Ich bin verpflichtet, ihm zu helfen; das bist du auch, und Magda ist es auch. Wenn wir keine Männer wie ihn hätten, gäbe es kein Imperium.«

»Wäre das ein solches Unglück?«

Er fasste sie bei den Schultern und drehte sie zu sich herum. Sie ließ es geschehen, nicht sicher, warum sie ihm nicht vor die Schienbeine trat.

»Es gibt keinen Grund, warum Darkover nicht akzeptieren sollte, was am Imperium gut ist, während es beibehält, was an seinem eigenen Lebensstil gut ist. Es ist nichts Böses, Unwissenheit und Armut zu hassen. Sieh mal, *chiya,* ich bin hier auf Darkover geboren, es ist auch meine Heimatwelt, die ich liebe – ich möchte hier bleiben, Teil dieser Welt sein.« Er beugte sich vor, um sie zu küssen, und vergrub sein Gesicht in ihrem duftenden Haar. »Um das Recht, hier zu bleiben, habe ich gekämpft und kämpfe ich immer noch, wie je ein Mann um sein Land, sein Heim, seine Frau gekämpft hat. Ich tue es mit Worten statt mit dem Schwert, das ist alles. Aber ich *bin* Darkovaner. Weißt du, was Cholayna gesagt hat, als sie von unserer Heirat hörte?«

Jaelle wusste es. Es hatte sich beinahe schmerzhaft in ihr Herz eingegraben. Cholayna hatte gesagt: *Ihr beide mit eurem roten Haar, was werdet ihr für schöne Kinder haben.*

»Ich möchte einen Sohn«, flüsterte er, »ich wünsche ihn mir so sehr, wie sich irgendein Mann aus den Hellers einen Sohn wünschen würde. Einen Sohn, der hier, auf Darkover, auf unserer Welt leben wird ... Jaelle, Jaelle ...«

Er hob sie hoch und trug sie zum Bett. Sie erlaubte es, genoss sogar seine Berührung. Er legte sie hin, riss ihr das grüne Nichts von einem Kleid ab, warf es achtlos auf den Fußboden. Als er sie in die Arme nahm, stand sein Geist ihr wieder völlig offen. Sie spürte in ihm wie eine niemals heilende Wunde Magdas Weigerung, ihm ein Kind zu schenken. Sein Körper besaß den ihren, aber sie besaß seinen Geist, er war ihr auf Gnade und Barmherzigkeit ausgeliefert ...

... und plötzlich sah sie ihn, wie Magda ihn gesehen hatte. Er glaubte wirklich, er könne sie als Kammerdiener, als Waffenbruder, als Zuchtstute behandeln und es einzig und allein mit der *Glut seiner Leidenschaft gut machen ...* Der in ihr aufbrodelnde Zorn schnitt den Gedanken ab. Sie wand sich zur Seite, ein Knie, eine Schulter, beide Arme fuhren in die Höhe, und er rollte hilflos weg, schockiert und verwundbar. Jaelle sprang auf, nahm eine defensive Haltung ein, und er lag wie betäubt da und starrte sie ungläubig an.

»Süße – was ist los?«

»Das nächste Mal *fragst* du mich, ob mir nach Liebe zu Mute ist!« Es tat ihr gut, die Verwirrung und Fassungslosigkeit auf seinem Gesicht zu sehen. »Vielleicht willige ich das nächste Mal sogar ein, dir ein Kind zu gebären. Aber fragen musst du. Du kannst mich nicht einfach – nehmen!« Dann ertrug sie seinen Anblick nicht mehr. Er glaubte, er brauche sie nur zu liebkosen, und schon habe er sie seinem Willen unterworfen!

Er saß auf der Bettkante, betrunken und jämmerlich. »Jaelle, was habe ich denn getan? Sag es mir doch!«

Sie wusste es nicht. Was war ihrer Liebe widerfahren? Jetzt wollte sie ihm nur noch wehtun, ihn treffen, über seine Verwundbarkeit lachen!

Leise und mit hartem Gesicht sagte sie: »Sieh mich niemals – *niemals* – als selbstverständlich an, *Terranan!*« Sie knallte die Tür des Badezimmers hinter sich zu, drehte den Wasserhahn voll auf, stellte sich unter die Brause und weinte und weinte, bis sie sich so leer und hilflos fühlte, wie sie Peter zurückgelassen hatte. Als sie herauskam, war er eingeschlafen. Eine leere Flasche lag neben ihm; er roch nach dem billigen darkovanischen Wein des Raumhafens.

Jaelle warf die Flasche in den Müllschlucker, nahm ihren Mantel aus dem Schrank und legte sich auf dem Fußboden zum Schlafen nieder.

Sie erwachte spät. Er war gegangen, und sie hatte es nicht einmal gehört. Darüber war sie froh.

7

Magda schlief. Von sehr weit weg rief jemand ihren Namen.

»Margali – Margali!«

Es war dunkel im Zimmer; draußen fiel dichter Schnee. Camilla, eingehüllt in einen dicken, pelzgefütterten Hausmantel, stand neben ihrem Bett. Magda setzte sich auf und fragte: »Was ist? Ich habe keinen Küchendienst, Camilla.« Es gab keine bestimmte Stunde, zu der man aufstehen musste. Aber die Frauen, die in der Stadt arbeiteten, bekamen frühmorgens eine warme Mahlzeit, und wer Küchendienst hatte, wurde geweckt, um sie zu kochen und zu servieren. Wer dieses Frühstück verschlief, musste sich aus der Speisekammer kaltes Brot holen oder bis zum Abendessen hungern.

»Es tut mir Leid, dich zu dieser Stunde zu wecken, *breda*, aber bei Byrna haben die Wehen eingesetzt, und man sollte sie nicht allein lassen. Willst du mitkommen und ihr eine Weile Gesellschaft leisten?«

Magda stieg aus dem Bett und zog ihr dickes Nachthemd fest um sich. Ihre Füße krümmten sich, als sie den Steinboden berührten. »Wo ist die Hebamme?«

»So geht es immer – Babys kommen in Klumpen! Marisela hat die letzten zehn Tage im Haus geschlafen, und ausgerechnet heute Abend wurde sie ans andere Ende der Stadt gerufen. Aber es ist Byrnas erstes Kind, und es eilt nicht sehr. Du hast Zeit, dir das Gesicht zu waschen und dich anzuziehen!«

Magda ging den Flur hinunter in das Gemeinschaftsbad, spritzte sich kaltes Wasser ins Gesicht und zuckte zusammen. Nie würde sie sich daran gewöhnen, und wenn sie hundert Jahre hier bliebe. Anscheinend war noch keinem Menschen der Gedanke gekommen, irgendwer könne am Morgen ein warmes Bad nehmen wollen. Deshalb gab es am Morgen kein heißes Wasser – so einfach war das. Natürlich war es vernünftig, dass Frauen, die schwere körperliche Arbeit verrichteten, sich den Schmutz des Tages am Abend abwuschen. Magda erinnerte sich an ihre zehn Tage im Stall und wie willkommen ihr ein heißes Bad dann gewesen war. Aber das war einer dieser kulturellen Unterschiede, die wirklich wehtaten.

Gemeinsam mit Camilla ging sie den Korridor entlang. »Wie spät ist es?«, fragte Magda.

»Kurz nach Mitternacht. Wir haben sie nach oben gebracht, da kann sie so viel Lärm machen, wie sie will, und braucht keine Angst zu haben, dass sie jemanden aufweckt, der seinen Schlaf braucht. Rafaella ist jetzt bei ihr, aber Rafi muss bei Sonnenaufgang reiten und deshalb noch ein bisschen schlafen.«

Im vierten Stock war in einem Zimmer Feuer angezündet, und vor dem Feuer ging Byrna, dicke Schals über dem Hemd, auf und ab. Sie wandte sich ihnen zu und sagte: »Danke, dass du bei mir bleiben willst, Margali – es tut mir Leid, dass du aufstehen musstest ...«

»Das macht nichts.« Magda ergriff ungeschickt ihre Hände. »Wie fühlst du dich?«

»Es schmerzt nicht so sehr, wie ich dachte, jedenfalls jetzt noch nicht«, antwortete Byrna. »Es ist wie ein schlimmer Anfall von Krämpfen, und es kommt und geht. Zwischendurch geht es mir gut.«

»Und es wird auch nicht so wehtun, wenn du daran denkst, was Marisela dir gesagt hat, und hineinatmest.« Rafaella kam und legte einen Arm um Byrnas Taille. »Ich habe vier Kinder geboren, ich weiß Bescheid.« Sie drückte Byrna und wandte sich dann an Magda. »Weißt du, was du in diesem frühen Stadium zu tun hast?«

Magda schüttelte den Kopf. Rafaella brachte es immer fertig, dass sie sich dumm und unfähig vorkam. »Ich habe noch nie einer Frau bei einer Geburt beigestanden.«

Rafaella hob die Augenbrauen. »In deinem Alter? Wo, in Avarras Namen, bist du aufgewachsen? Nun, alles, was du in diesem Stadium tun kannst, ist, sie bei guter Laune zu halten und sie daran zu erinnern, dass sie sich entspannt, wenn sie anfängt, sich zu verkrampfen. Sie soll sich in das, was in ihrem Inneren vorgeht, nicht einmischen. Lass sie so viel Wasser trinken, wie sie möchte, oder auch Tee.« Sie wies auf einen Kessel, der an einem langen Haken über dem Feuer hing. »Und wenn sie sich schwach fühlt, tust du einen Löffel Honig hinein. Reg dich nicht auf, wenn sie sich übergibt, das ist bei manchen Frauen so. Von Wichtigkeit ist nur, dass du bei ihr bist und ihr Mut zusprichst.«

Magda stammelte: »Und wenn ... wenn das Baby kommt, bevor die Hebamme hier ist?«

Rafaella wunderte sich. »Na und? Wenn es von selbst kommt, ist es das Beste, was passieren kann. Manchmal ist es so, keine Schmerzen, keine Aufregung. Du wickelst es dann in irgendetwas ein, das zur Hand ist. Schneide die Nabelschnur nicht durch. Lege das Kind nur auf ihren Bauch und schreie nach jemandem, der weiß, was zu tun ist. Das weiß jede der Gildenmütter.« Ungeduldig setzte sie hinzu: »Es ist nichts dabei, ein Baby zu versorgen, das von selbst kommt. Nur wenn sie nicht von selbst kommen, braucht man Hilfe! Camilla wird von Zeit zu Zeit hereinsehen. Wenn Byrna drücken will, sag Camilla, sie soll schnell jemanden holen, aber ich glaube, das wird noch Stunden dauern. Und um Himmels willen, beruhige dich, du wirst Byrna ängstigen, wenn du so nervös bist! Wäre sonst jemand da, würde ich sie nicht ausgerechnet dir überlassen. Doch wer konnte ahnen, dass du in deinem Alter so unwissend bist?« Rafaella trat noch einmal zu Byrna und umarmte sie, sagte: »Sorge dafür, dass es eine hübsche kleine

Amazone für das Haus wird, ja?«, und ging mit Camilla. Magda blieb allein bei Byrna zurück. Sie sahen sich ziemlich hilflos an, dann flüsterte Byrna: »Oh – es geht wieder los«, fasste Magda um die Taille, lehnte sich schwer an sie und keuchte leise. Als es vorbei war, holte sie tief Atem. »Das hat nun doch wehgetan!«

»Vielleicht bedeutet das«, meinte Magda, »dass es nicht so lange dauern wird, wie du denkst.«

»Ich möchte mich eine Weile ausruhen.« Byrna ließ sich auf die Matratze fallen, die auf den Fußboden gelegt worden war, bedeckt mit sauberen, aber zerfetzten Laken. Sie seufzte.

»Meine Eidesmutter hatte mir versprochen, bei der Geburt hier zu sein, aber ich habe gehört, in den Kilghardbergen sind Überschwemmungen, und da konnte sie nicht reisen.« Sie blinzelte die Tränen aus den Augen. »Ich bin so einsam hier, es sind keine Eidesschwestern im Haus – alle sind freundlich zu mir, aber es ist nicht dasselbe, als wenn meine Eidesschwestern hier wären.«

Die Zeuginnen deines Eides sind deine Familie ... Magda dachte daran, wie schnell ein enges Band zwischen ihr und Jaelle entstanden war und dass Camilla sie mit ungewöhnlicher Freundlichkeit behandelt hatte.

»Byrna, wir alle sind deine Schwestern, verbunden durch den Eid – jede Einzelne von uns hier.«

»Ich weiß, ich weiß.« Doch schon wieder kamen Byrna die Tränen, und sie ballte die Hände zu Fäusten. Sie schloss die Augen, verlagerte das Gewicht und schlief ein. Magda erhob sich, schürte das Feuer und schlich sich auf Zehenspitzen zurück.

Nach langer Zeit wachte Byrna auf und wand sich unruhig. »Auch wenn ich so atme, wie Marisela es mir gesagt hat, tut es weh. Es tut schrecklich weh, und Marisela hat mir versprochen, es würde nicht wehtun ...«

Magda durchforschte ihr Gedächtnis nach Einzelheiten, die sie gelesen hatte. »Atme ganz gleichmäßig, stelle dir vor, du schwebtest dahin«, sagte sie, und Byrna war wieder für eine Weile still. Dann hievte sie sich müde hoch und wanderte, auf Magda gestützt, hin und her. »Sie haben gesagt, es ginge schneller, wenn ich auf den Füßen bliebe.«

Camilla kam herein, eine Wiege tragend. »Wie geht es dir, Byrna? Sieh mal, hier ist eine Wiege für dein Kleines. Ich habe sie im Vorratsraum gefunden, dazu eine Decke, die ich vor fünfzehn Jahren für Rafaellas letztes Baby selbst gestickt habe. Doria hat darunter geschlafen. Und jetzt ist sie selbst eine richtige Amazone!«

»Sie sieht aus wie neu.« Zärtlich strich Byrna über das wollige Gewebe, und Camilla lachte. »Kein Baby braucht sie lange Zeit. Wie fühlst du dich?«

»Scheußlich«, antwortete Byrna, »und es scheint sehr lange zu dauern.«

Camilla tastete ihren Körper ab. »Es geht recht gut voran, und vielleicht dauert es nicht so lange, wie wir denken. Versuche noch etwas zu gehen, wenn du kannst.«

Sie verschwand wieder, und die Zeit schleppte sich hin. Byrna ging und Magda stützte sie und hielt sie, wenn die Wehen kamen. Später legte sie sich nieder, um ein bisschen zu ruhen oder zu schlafen. Sie stöhnte. Nach drei oder vier Stunden stahl sich graues Licht ins Fenster.

»Sieh mal«, sagte Magda, »es ist Morgen. Die Sonne wird gleich aufgehen.« Byrna antwortete nicht, und Magda dachte, sie sei wieder eingeschlafen, aber dann hörte sie sie leise wimmern. »Was ist los? Ist es sehr schlimm? Leg dich zurück und entspanne dich, Byrna ...«

»Leg dich zurück, Byrna, mach kein Theater, Byrna, entspanne dich, Byrna«, machte die Frau sie wütend nach und setzte sich auf der Matratze hoch. »Weiß ich das nicht alles? In

Wirklichkeit kümmert es dich einen Dreck!«, schleuderte sie Magda entgegen und begann zu weinen. »Niemand ist da, der Anteil an mir nimmt, und mir ist so elend ...« Schluchzend krümmte sie sich zusammen und schlang die Arme um sich, und Magda war ziemlich verzweifelt. Mit dem Gefühl, die Vorschriften zu verletzen – bestimmt wäre so etwas in der Medizinischen Abteilung des Terranischen HQ niemals erlaubt worden –, setzte sie sich an den Rand der Matratze neben Byrna und legte ihr vorsichtig die Hand auf die Schulter. »Das ist nicht wahr, Byrna. Es tut mir wirklich Leid, dass deine Eidesmutter nicht bei dir ist, aber ich will versuchen, dir zu helfen, so gut ich kann. Und es wird schneller vorbei sein, als du denkst.«

Byrna warf ihre Arme um Magda und brach in qualvolles, leidenschaftliches Weinen aus. Magda streichelte sie hilflos.

»Ist es so schlimm? Nicht weinen, es heißt, je schlimmer es ist, desto schneller geht es vorbei.« Das war eins der wenigen Dinge, an die sie sich aus der Hebammenvorlesung vor ein paar Tagen erinnerte. »Wenn es dir jetzt so schlecht geht, ist das das Schlimmste, und es wird dir bald besser gehen, wenn die Geburt beginnt. Aber bitte, leg dich wieder hin – versuche, dich zu entspannen ...«

»Es sind nicht die Schmerzen«, stieß Byrna hervor. »Das könnte ich aushalten, das ist es nicht ...« Stöhnend klammerte sie sich an Magda. Magda hielt sie fest und ließ es zu, dass Byrna ihre Hand umklammerte, als wolle sie ihr die Knochen brechen. Sie konnte die Krämpfe, die Byrnas Körper schüttelten, *fühlen*, und es erinnerte sie an den Augenblick unter der Matrix, als Lady Alida tief in die Zellstruktur der Wunde auf Jaelles Gesicht eingedrungen war und Magda daran teilgenommen hatte. *Laran. Muss ich alles, was sie spürt, mitempfinden?*

Aber die Wehe endete, und Magda fragte sich, ob sie es sich

nur eingebildet habe. Sie überredete Byrna, sich wieder aufs Kissen zu legen, wusch ihr den Schweiß vom Gesicht und flößte ihr ein bisschen Tee mit Honig ein. Die Tränen strömten Byrna immer noch über die Wangen, und um sie abzulenken, fragte Magda: »Möchtest du einen Jungen oder ein Mädchen?«

»Ein Mädchen natürlich – ich war dabei, als Felicia ihren Sohn abgeben musste, weil kein Junge, der älter ist als fünf, in einem Haus der Entsagenden leben darf. Sie sagte, bald werde sie eine Fremde für ihn sein. Sie hätte das Haus und ihre Schwestern verlassen und eine Kinderfrau mieten können, die für ihn sorgte, wenn sie zur Arbeit war, aber sie hätte dann auch die Gefahren auf sich nehmen müssen, die einer allein in der Stadt wohnenden Frau drohen, und das alles wollte sie nicht. Ich glaube, wenn ich einen Sohn bekomme, werde ich ihn sofort abgeben, bevor es mir das Herz zerreißt, ihn gehen zu lassen. Felicia wollte einen Sohn, sie sagte, sie habe keine Lust, fünfzehn Jahre lang angebunden zu sein, weil sie ein Mädchen großziehen müsse, aber jetzt, wo Rael fort ist, trauert sie wie ein Chervine, das sein Kalb verloren hat. Ich werde nicht so dumm sein, ich werde mich sofort von ihm trennen.«

»Wer ist der Vater deines Kindes, Byrna? Oder möchtest du lieber nicht darüber sprechen?«

»Sein Name ist Errol, und er ist ein Cousin von mir. Seine Frau hat keinen Sohn, und sie sagte, sie würde gern ein Kind von mir in Pflege nehmen ...« Und dann begann Byrna heftiger zu weinen als zuvor. Beunruhigt fragte Magda: »*Breda*, was ist denn?«

»Ich halte es nicht aus, ich halte es nicht aus«, weinte Byrna.

»Die Schmerzen? Schwester, soll ich Camilla holen oder eine der Gildenmütter? Keitha hat auch Kinder gehabt, sie weiß sicher ...«

»Nein, nein, es sind nicht die Schmerzen ...« Byrna schluchzte, bis ihr ganzer Körper bebte. »Es ist ... es ist so, dass ich ... meinen Eid gebrochen habe ...«

»Byrna, nicht – das ist nicht der richtige Zeitpunkt ...«

»Es ist wahr, es ist wahr! Darum wollte ich meine Eidesmutter hier haben, um ihre Verzeihung zu erlangen ...« Ihr Körper begann von neuem zu zucken, und Magda war sicher, dass das schreckliche Weinen es schlimmer machte.

»Der Eid ...«, würgte Byrna hervor, sich krümmend und windend. »Ich habe es geschworen ... *dass ich ein Kind nur dann gebären will, wenn es mein Wunsch ist, das Kind zu diesem Zeitpunkt zu empfangen* ... Ich bin unterrichtet worden, ich weiß, dass es Möglichkeiten gibt, die Empfängnis eines Kindes, das ich nicht will, zu verhindern – aber es war Mittsommer, und ich – ich wollte Errol erfreuen, deshalb lag ich bei ihm, obwohl ich *raiva,* reif für die Empfängnis war und nicht ... nicht geschützt ... aber ich war einsam, und er wollte mich, ... wir sind viele Jahre lang ein Liebespaar gewesen, und es hat eine Zeit gegeben, als wir von Heirat sprachen. Doch damals ... damals wollte ich unabhängig sein und nach meinem eigenen Willen tun. So wählte ich das Gildenhaus und ging nach Dalereuth, und als ich nach Thendara zurückkehrte, war er verheiratet und unglücklich. Und es kam mir – oh, ich weiß gar nicht, wie ich es dir erklären soll – irgendwie so *richtig* vor mit der Musik und dem Tanz und einer sternenhellen Nacht mit allen Monden über uns, und doch wusste ich, dass es falsch war, mich in Gefahr zu begeben, in diese Gefahr zu begeben – und so habe ich meinen Eid gebrochen ...«

Magda war sich über dies besondere moralische Problem nicht im Klaren. Sie erinnerte sich, wie sie selbst beim Mittwinterfest auf Ardais nahe daran gewesen war, sich Peter hinzugeben, nur weil die alte Gewohnheit der Liebe noch so stark war, und er hatte sie so sehr gewollt. Aber dank der terranischen Medizin hätte sie es tun können, ohne ein Risiko dieser Art einzugehen. *Sie* war gegen eine Empfängnis wirksam geschützt gewesen ... Dann dachte sie an das, was Mutter Lauria an ihrem ersten Tag im Haus gesagt hatte: Diese Behandlung wäre für die Entsagenden von unschätzbarem Wert. Es war eine Sünde, dass sie keine geeigneten antikonzeptionellen Hilfsmittel besaßen. So liefen Frauen Gefahr, ein ungewünschtes Kind zu bekommen ... und unter dieser Art von Schuldgefühlen zu leiden.

Sie hielt Byrna, bis das Schluchzen ein bisschen nachließ, und sagte freundlich: »Zur Reue ist es zu spät, *breda*. Geschehen ist geschehen. Jetzt musst du an dein Kind denken.« Was für eine dumme Bemerkung, dachte sie, während sie diese Phrasen aussprach. An was sonst hatte Byrna in all diesen Monaten gedacht?

Gehorsam legte Byrna sich hin, und dann trat ein erstaunter Ausdruck in ihr Gesicht. Sie begann, auf eine ganz neue Art zu atmen, sog die Luft in tiefen Zügen ein und stieß sie mit einem harten Stöhnen wieder aus. Magda ermahnte sie, sich zu entspannen, aber Byrna hörte sie nicht. »Es geschieht etwas – es tut jetzt nicht mehr so weh ...«

O Gott, dachte Magda, die Geburt beginnt. Ich will schnell jemanden rufen, der weiß, was zu tun ist ...

Byrna ächzte: »Ich muss – etwas *festhalten* ...« fasste nach Magdas Händen und zog daran. Ihr Gesicht rötete sich von der Anstrengung. Magda versuchte, der aufsteigenden Panik Herr zu werden.

»O-o-o«, stöhnte Byrna, nicht vor Schmerz, sondern vor Anstrengung. Magda konnte sie beinahe in ihrem eigenen Körper spüren, und es war eine merkwürdig zufrieden stellende Empfindung – zum Teufel, was geschah da mit ihr? Oder besser, was geschah mit Byrna?

Byrna umklammerte ihre Hände und stieß einen langgezogenen, heiseren Schrei aus. »Es kommt!«, schrie sie, »ich *fühle* es, es kommt, es kommt *jetzt* ...« Wieder rang sie nach Luft und überließ sich dem unausweichlichen Geschehen. Magda versuchte, ihr ihre Hände zu entwinden.

»Lass mich gehen, damit ich Hilfe holen kann, Byrna ...«

»Nein, nein, verlass mich nicht ...« Diese geröchelten Worte gingen in einen langen Schrei über. Magda war es nicht möglich, sich zu befreien. Vielleicht hörte jemand Byrna, aber sie konnte sich nicht losmachen, ohne ihr wehzutun.

O Camilla, warum kommst du nicht zurück ...

Die Tür flog auf, und Keitha stand im Zimmer. Sie erklärte knapp: »Ich habe sie gehört, und ich habe genug Kindern auf die Welt geholfen, um zu wissen, was ein solcher Schrei bedeutet. Komm, lass mich ...« Sie zog Schal und Hemd zurück. »Stelle dich hinter sie, Margali, richte sie auf – ja, so ist es richtig.« Magda gehorchte benommen, ohne zu wissen, was vor sich ging. Byrna saß halb aufrecht, die Beine gespreizt, und Magda hielt sie um die Taille gefasst. Byrna wölbte den Körper, streckte sich, heulte laut auf, als Keitha ihre Knie in die Höhe zog. Keitha sagte schnell: »Keine Zeit, irgendwen zu rufen, keine Zeit zu warten – ich komme schon zurecht.«

Wieder stöhnte und schrie Byrna, und ihr Körper zuckte von der Mühsal. Sie redete vor sich hin, aber Magda konnte die Worte nicht verstehen. Keitha kniete vor ihr, und aus dem Augenwinkel sah Magda etwas, das blutig, glatt und nass war. Byrnas raues Ächzen und gellendes Schreien war dazu angetan, einem das Blut in den Adern gerinnen zu lassen. Keitha murmelte etwas Beruhigendes, hob den zappelnden Körper des Kindes behutsam hoch und hielt es mit dem Kopf nach unten. Ein schwaches, maunzendes Jammern war zu hören. Dann brüllte das Neugeborene seine Entrüstung darüber hinaus, dass es sein warmes Nest hatte verlassen müssen. Es war ein Junge. Magda sah die an das Körperchen gefalteten winzigen Genitalien. Byrna ließ sich gegen sie sinken und streckte die Arme aus.

»Lass mich ihn halten«, flüsterte sie. »O Keitha, gib ihn mir.«

Keitha lächelte. »Er ist schön.« Sie legte das nackte Kind auf Byrnas Bauch. Es zappelte auf ihre Brust zu, und Byrna half ihm vorsichtig. Plötzlich war Magda zum Weinen zu Mute, sie wusste nicht recht, warum.

Ich wollte kein Kind, dachte sie, ebenso wenig wie Byrna eins wollte. Und doch ist sie jetzt glücklich mit ihm. Er ist so schön! Sie betrachtete das Kind entzückt. Ich hätte Peters Kind haben können, und ich wäre dann ebenso glücklich gewesen. Sie schluchzte auf.

»Margali«, sagte Keitha, »geh und ruf Mutter Millea. Ich würde selbst gehen, aber ich kann mit der Nachgeburt fertig werden, und du nicht.«

Magda hatte die Tür noch nicht erreicht, als Camilla eintrat. Mit ihr kam, vermummt in Mantel und Kapuze, Marisela, die sie ansah und sich lachend aus ihren Hüllen schälte.

»Also hast du mich um das Geburtsgeschenk betrogen, Keitha? Macht nichts, ich habe heute Nacht Zwillingen auf die Welt geholfen, beides Steißgeburten. Ich fürchtete, die Mutter werde sich zu Tode bluten, aber sie ist wohlauf, die Kinder auch, und es sind beides Söhne. Der Vater ...« – sie verzog das Gesicht – »... drängte mir das doppelte Honorar auf. Deshalb bin ich froh, dass der schwere Teil hier schon vorbei ist.« Schnell trat sie an das Becken neben dem Feuer und wusch sich die Hände. Dann sagte sie: »Lasst mal sehen. Das hast du gut gemacht, Keitha. Sie ist nicht gerissen, obwohl es so schnell kam? Nun, sehr groß ist er nicht. Hier, kleiner Mann.« Sie nahm das Baby und untersuchte es mit ihren erfahrenen Händen, drehte es um, überprüfte die Nabelschnur, die knubbeligen kleinen Zehen und Finger, steckte ihm einen Finger in den Mund, um festzustellen, ob er daran saugte, inspizierte rasch Nase, Ohren und den rosigen Specknacken. »Was bist du für ein feiner kleiner Bursche, jeder Finger und jeder Zeh ist da, wo er sein soll.« Sie legte ihn wieder an Byrnas Brust. »Wie fühlst du dich, Byrna?«

»Müde«, antwortete die Frau selig, »und schläfrig. Und hungrig. Ist er nicht *schön,* Marisela?«

»Das ist er«, bestätigte Marisela. Sie war eine kleine, tüchtig wirkende Frau. Ihr Haar war wie das einer Amazone geschnitten, doch sie trug weibliche Kleidung. »Ich werde eine von deinen Freundinnen nach unten schicken, dass sie dir warme Milch mit Honig holt. Du blutest nicht sehr, aber ich will auf jeden Fall etwas hineintun, und dann wirst du eine Weile schlafen. Und wenn du aufwachst, sollst du so viel zum Frühstück bekommen, wie du essen kannst!« Sie sah Magda an. »Du bist die Neue, nicht wahr? Ich habe deinen Namen vergessen ...«

»Margali n'ha Ysabet«, sagte Magda.

»Es tut mir Leid; ich verbringe so viel Zeit außer Haus, dass ich mich manchmal nicht an euch alle erinnere. Aber ich erinnere mich an dich, Keitha.« Sie berührte Keithas Kopf mit dem kurz geschnittenen goldenen Haar. »Habe ich dich nicht von deiner Tochter entbunden? Sie muss inzwischen ein großes Mädchen geworden sein.«

Keithas Gesicht verzog sich wie zum Weinen. Mit bebender Stimme antwortete sie: »Sie ... sie ist kurz vor Mittwinter am Fieber gestorben ...«

»O Göttin, tut mir das Leid!«, rief Marisela aus.

»Ich habe meinen Mann angefleht, nach dir zu schicken, die du so viel vom Heilen verstehst, aber er wollte nicht – wollte keine Entsagende unter sein Dach lassen ...«

»Das bedauere ich, nur wäre ich vielleicht ebenso hilflos gewesen wie andere«, sagte Marisela freundlich. »Ich bin geschickt, allein gegen manche Fieberkrankheiten gibt es kein Mittel. Aber jetzt bist du hier, Keitha, und wir müssen uns demnächst einmal unterhalten. Im Augenblick bin ich dir dankbar, dass du deine Sache bei Byrnas Baby so gut gemacht hast. Ich muss das hier beenden«, setzte sie hinzu. Sie hielt die tropfenden Hände ein gutes Stück von sich ab, genau wie Magda es bei den Ärzten im Terranischen HQ gesehen hatte, und beugte sich über Byrna, um die Nachgeburt zu kontrollieren. »Camilla, willst du Byrnas kleinen Mann wickeln?«

Magda fiel auf, wie zärtlich Camillas lange, schwielige Finger mit dem Kind umgingen. Sie drückte es kurz an ihre flache Brust und murmelte ihm etwas zu. Wie konnte ein Neutrum, eine Frau ohne weibliche Hormone – und außerdem musste sie mindestens fünfzig sein – so mütterlich wirken? Wie dachte überhaupt ein Neutrum, eine *emmasca,* von sich selbst, von Kindern? Magda vermochte es sich nicht vorzustellen. Sie hatte immer geglaubt, mütterliche Gefühle seien eine Sache der Hormone, mehr nicht.

»Margali«, bat Marisela, »geh in die Küche hinunter, und mach Milch warm, tu Honig hinein, und bringe sie her, damit Byrna ihre Medizin darin nehmen kann, bevor sie schläft.«

Magda stieg müde die Treppe hinunter. Jetzt musste sie das zugedeckte Feuer anschüren und Milch wärmen! Doch zu ihrer unaussprechlichen Erleichterung war Irmelin schon auf und machte sich ruhig an dem großen Herd zu schaffen. Rafaella, zum Reiten angezogen, saß am Tisch und aß heißen Brei.

»Byrnas Kind ist also angekommen? Und jetzt möchte Marisela heiße Milch mit Honig für sie haben«, stellte Irmelin freundlich fest. »Du setzt dich zu Rafi und trinkst Tee; ich habe mir welchen aufgebrüht, als ich herunterkam. Er steht dort. Was ist es denn, ein Junge oder ein Mädchen?«

»Ein Junge.« Dankbar trank Magda den heißen Tee, während Irmelin die Milch aufsetzte.

Rafaella schlug fluchend mit der Faust auf den Tisch. »Höllenfeuer! Das arme Kerlchen, sie wird auf ihn verzichten müssen – Zandrus Höllen, wie gut ich mich daran erinnere! Es müsste eine bessere – Höllenfeuer!« Sie rannte hinaus. Ihre Schüssel war umgekippt, Milch und flüssiger Brei ergossen sich über den Tisch. Magda sah ihr nach und fragte sich, was eigentlich los sei.

Irmelin seufzte, kam und wischte wortlos die Milch auf. Dann sagte sie kurz: »Trink deinen Tee, Margali, und bring das hier zu Byrna hoch.« Ihre Augen blickten ins Leere, ihre Lippen waren fest zusammengepresst. Magda nahm noch einen Schluck von dem süßen, milchigen Tee und sehnte sich schmerzlich nach einer Tasse starken schwarzen Kaffees. Sie hatte Kopfschmerzen und fühlte sich erschöpft. Doch sie musste die Milch nach oben bringen.

Das Baby lag, eingehüllt in Decke und Schlafrock, in Byrnas Armen. Byrna war gewaschen, ihr Haar war gekämmt und geflochten. Sie hielt die Augen geschlossen und sah friedlich aus.

»Lass mich ihn in die Wiege legen, solange du deine Milch trinkst, *breda.*« Camilla hielt ihr den Becher an die Lippen. Byrna drückte das Kind an sich. »Nein, ich möchte ihn bei mir behalten, bitte, bitte ...«

Marisela schickte Camilla, Magda und Keitha zum Frühstück. Sie werde ein paar Stunden bei Byrna bleiben, sagte sie, und aufpassen, ob sie zu bluten beginne. Auf der Treppe seufzte Camilla.

»Das arme kleine Ding«, sagte sie. »Ich hoffe, Ferrika wird rechtzeitig hier eintreffen, um sie zu trösten, wenn sie ihr Kind hergeben muss – ich mache mir Sorgen um sie.« Sie legte einen Arm um Magda. »Du bist auch müde – hattest du vorher noch nie bei einer Geburt geholfen?«

»Nein«, gestand Magda. »Du?«

»O ja – ich hätte es schon fertig gebracht, wenn Keitha nicht dagewesen wäre. Rafaellas zweiter Sohn wurde auch so geboren. Sie dachte noch gar nicht daran, denn sie hatte die Zeit nicht richtig berechnet und wusste nicht, dass sie schon in den kritischen vierzig Tagen war.« Camilla lachte. »Wir ritten zusammen in der Umgebung des Neskaya-Gildenhauses; wir waren auf Feuerwache gewesen. Rafaella hatte kaum noch Zeit, die Hose auszuziehen. Das Kind wurde mir in die Hände geboren, als ich mich bückte, um nachzusehen, ob tatsächlich die Wehen eingesetzt hatten. Wir wickelten es in meine Jacke, und sie ritt neben mir nach Hause.« Die lange *emmasca* kicherte vor sich hin. »Die Trockenstädterinnen sollen bis zum Tag der Geburt reiten, aber das übertraf alles, was ich je gehört habe!«

Der Geruch nach kochendem Frühstück stieg die Treppe hinauf, aber Camilla schlug nicht die Richtung zum Speisesaal ein. Stattdessen öffnete sie die Haustür. Dunkel und leer lag die Straße da. Es fiel immer noch dichter Schnee, doch das Licht war stärker geworden. Magda fühlte sich verloren in der Welt dicker Schneeflocken, verloren, sehr fremd an diesem seltsamen Ort. Sie hatte das Gefühl, wenn sie sich jetzt durch irgendeinen Zufall im Spiegel sähe, würde sie sich nicht erkennen. Camilla hörte ihren Seufzer und verstärkte den Druck ihres Arms um Magdas Schultern.

»Ich kann mir vorstellen, dass du es müde bist, dich aufs Haus beschränken zu müssen, aber so dunkel und trostlos die Tage jetzt auch sind, es wäre schlimmer, mitten im Sommer eingesperrt zu sein. Die Zeit wird vorbei sein, ehe du denkst. Da ist Blut an deiner Jacke und an deinem Handgelenk.« Sie hob Magdas Hand hoch. »Wir haben in den Bergen, wo ich aufgewachsen bin, ein altes Sprichwort: Wenn vor dem Frühstück Blut auf dich fällt, wirst du vor dem Abend bluten. Ist deine Periode fällig?«

Magda verstand sie nicht gleich, denn Camilla hatte den *Cahuenga*-Dialekt gesprochen. Sie wiederholte die Frage auf *Casta*, und Magda schüttelte den Kopf.

»O nein, noch lange nicht.« Die Schneeflocken, die von der Straße hochwirbelten, fühlten sich kalt auf ihren Wangen an. Camilla musterte sie beunruhigt.

»Aber du bist schon länger als vierzig Tage hier, und du hast sie nicht gehabt – *breda*, bist du schwanger?«

Verdammt noch mal, wurde sie von aller Welt derartig genau beobachtet? Erbittert antwortete Magda: »Hölle, nein!«

»Wie kannst du so sicher sein ...« Camillas Gesichtsausdruck veränderte sich. »Margali! Hast du einen Fruchtbarkeitszerstörer genommen?«

Wieder dauerte es einen Augenblick, bis Magda sie verstand. Dann sagte sie sich, dass das Mittel wahrscheinlich in etwa ein Gegenstück zu der terranischen medizinischen Behandlung war, die die Menstruation und die weiblichen Funktionen unterdrückte. Sie nickte; das sparte lange Erklärungen.

»Weißt du nicht, dass diese Drogen dich *umbringen* können, Kind? Warum tut ihr Mädchen so etwas?« Camilla brach ab und schüttelte wehmütig den Kopf. »Gerade ich habe kein Recht, dir Vorhaltungen zu machen, da ich bin, was ich bin ... und dieser Gefahr für immer entronnen. Es ist so lange, so lange her, dass ich mich kaum noch erinnere, wie es ist, von solchen Sehnsüchten und Begierden getrieben zu werden. Aber manchmal – wenn ich an Byrnas Gesicht denke, als sie ihr Kind ansah – mache ich mir Gedanken.« Der tiefe Seufzer erschütterte ihren ganzen Körper, doch ihre Lippen waren fest zusammengepresst, und sie sah gleichmütig hinaus in den fallenden Schnee. Magda hatte sich schon oft gefragt, was eine Frau veranlassen könne, sich hier auf Darkover der illegalen und oft tödlichen Operation, die sie zum Neutrum machte, zu unterziehen. Nicht einmal für die terranische Medizin wäre so etwas einfach gewesen, und trotzdem hatte sie auf ihren Reisen mehr als eine *emmasca* gesehen. Sie sprach ihre Frage nicht aus, aber Camilla versteifte sich und blickte weg von ihr, und Magda hatte das Gefühl, sie habe ihre Gedanken gelesen.

Endlich sagte Camilla: »Nur Kindra, meine Eidesmutter, weiß alles. Ich spreche nicht oft darüber, wie du dir wohl denken kannst, aber du bist meine Schwester und sollst die Wahrheit erfahren. Ich ...« Von neuem hielt sie inne, und Magda protestierte: »Ich habe es nicht verlangt – du brauchst mir gar nichts zu erzählen, Camilla ...«

Sie liest tatsächlich meine Gedanken! Wie? In blitzartiger Erkenntnis fiel Magda ihr Erlebnis auf Ardais ein. Lady Rohana und die *Leronis* Alida hatten eine Matrix benutzt, um Jaelles Wunde zu heilen, und plötzlich hatte sich Magda innerhalb der Matrix wiedergefunden und mit *Laran* gearbeitet.

Camilla sagte: »Ich habe einmal ... einen anderen Namen getragen, und meine Familie war in den Kilghardbergen nicht unbekannt. Meine Mutter behauptete ...« – ihre Stimme klang flach und unberührt – »... es sei Hastur-Blut in meinen Adern, was wahrscheinlich bedeutet, dass ich bei einem Fest gezeugt worden und nicht die Tochter meines Vaters bin. Ich war für eine vorteilhafte Heirat oder als *Leronis* für den Turm bestimmt. Meines Vaters Landgut wurde eines Tages von Räubern angegriffen. Sie erschlugen viele von den geschworenen Männern meines Vaters, und mich nahmen sie zusammen mit dem Vieh als Spielzeug mit. Du wirst dir vorstellen können, welche Verwendung sie für mich fanden«, berichtete sie, immer noch mit dieser unbeteiligten Stimme. »Ich war noch keine vierzehn Jahre alt, und glücklicherweise habe ich viel vergessen.«

»O Camilla!« Magda schlang die Arme um den hageren Körper der Älteren.

»Zu guter Letzt wurde ich ausgelöst und gerettet.« Camilla

hielt sich steif in Magdas Armen. »Ich glaube, den meisten Kummer machte es meiner Familie, dass ich für eine gute Partie nicht mehr taugte. Und eine *Leronis* muss …« – sie suchte offensichtlich nach Worten – »… unberührt sein. Ich war nicht einmal alt genug, um zu wissen, dass ich von einem dieser – Tiere, die mich gestohlen hatten, schwanger war. An mehr erinnere ich mich nicht; mein Geist verdunkelte sich. Man hat mir gesagt, ich hätte versucht, mir das Leben zu nehmen.« Ihr Blick war nach innen auf alte Schrecken gerichtet. Nach einer Weile gab sie sich einen Ruck, und ihre Stimme füllte sich wieder mit Leben.

»Meine Familie interessierte es nicht mehr, was aus mir wurde. Ich war geheilt, aber ich wusste, ich konnte die Berührung eines Mannes nicht mehr ohne Entsetzen ertragen. Leonie, die Lady von Arilinn, gab die Genehmigung dazu, dass ich *emmasca* gemacht wurde, und so geschah es. Viele Jahre habe ich als Mann unter Männern gelebt und mich geweigert, auch nur vor mir selbst zuzugeben, dass ich eine Frau bin. Doch dann kam ich ins Gildenhaus, und dort gewann ich die Überzeugung, Weiblichkeit sei – möglich für mich.« Sie lächelte auf Magda nieder. »Das ist ein halbes Menschenalter her. Manchmal erinnere ich mich jahrelang nicht an das alte Leben oder das, was ich damals war. Wir sollten uns schlafen legen. Nur wenn ich müde bin, rede ich solchen morbiden Unsinn.«

Magda hatte es vor Grausen die Sprache verschlagen, nicht allein wegen Camillas Geschichte, sondern auch wegen der eisigen Ruhe, mit der sie sie erzählt hatte. Wieder lächelte Camilla ihr zu und sagte: »Kindra, meine Eidesmutter, sagte einmal zu mir, jede Frau, die zu uns ins Gildenhaus kommt, habe ihre eigene Geschichte, und jede Geschichte sei eine Tragödie, die man nicht glauben würde, sähe man sie im Theater von Schauspielern dargestellt. Als ich Keithas Wunden sah – auch ich bin einmal wie ein Tier geschlagen worden und trage Narben wie die ihren an meinem Körper. Deshalb ist mir alles ins Gedächtnis zurückgerufen worden und quält mich von neuem.«

Magda protestierte: »Das trifft doch sicher nicht auf alle Entsagenden zu! Nicht alle können eine Tragödie erlebt haben. Bestimmt kommen einige Frauen hierher, weil ihnen das Leben gefällt und sie es für sich gewählt haben – Jaelle erzählte mir, sie sei im Gildenhaus aufgewachsen, als Pflegetochter Kindras ...«

»Frage Jaelle irgendwann einmal nach dem Tod ihrer Mutter«, sagte Camilla. »Sie wurde in Shainsa geboren, aber es ist ihre Geschichte, nicht meine, und ich habe nicht das Recht, sie zu erzählen.«

Magda lachte verlegen. »Meine Geschichte ist keine Tragödie.« Sie bemühte sich, leichthin zu sprechen. »Sie ist eher eine Komödie – oder eine Farce!«

»Ah, Schwester«, erwiderte Camilla, »das ist ja das Schreckliche an allen unseren Geschichten, dass manche Männer, wenn sie sie hörten, sie für beinahe komisch halten würden.« Aber ihre Stimme verriet nichts von Belustigung. »Geh du ins Bett. Ich gebe heute keinen Unterricht im Schwertkampf.« Sie streckte die Arme aus und umarmte die Jüngere schnell und herzlich. »Leg dich schlafen, *chiya.*«

Magda wäre lieber geblieben; sie wollte nicht allein sein. Aber sie stieg gehorsam in ihr Zimmer hinauf und legte sich ins Bett. Eine oder zwei Stunden, später wachte sie auf und konnte nicht wieder einschlafen. Sie ging in die Küche und suchte sich kaltes Essen zusammen. Danach wusste sie nichts Rechtes mit sich anzufangen, denn die Gildenmütter hatten sie für heute von allen Pflichten befreit. Deshalb suchte sie die Bibliothek auf und las eine Weile die Geschichte der Freien Amazonen. Eigentlich, dachte sie, hätte sie sich sorgfältig Notizen machen müssen, damit sie das alles eines Tages im Archiv des Terranischen Hauptquartiers speichern konnte. Aber sie hatte im Augenblick keine Lust, darüber nachzudenken. Später am Tag kam Mutter Lauria herein und bat sie, den Hallendienst zu übernehmen, die leichteste Arbeit von allen Pflichten im Haus. Es bedeutete nichts weiter, als dass sie Blumen und Zweige aus dem Gewächshaus holen und die Dekorationen ersetzen musste, die zu welken begannen, und dann in der Halle zu bleiben hatte, um die Schwestern herein- oder hinauszulassen oder an die Tür zu gehen, wenn irgendwer mit einem Anliegen kam.

Magda war dabei, einfache Stiche zu lernen, verabscheute das Nähen jedoch immer noch. Sie holte sich einen Kordelgürtel nach unten, an dem sie flocht, setzte sich hin und beschäftigte sich mit den komplizierten Knoten.

Zwei- oder dreimal stand sie auf und ließ jemanden ein. Einmal nahm sie eine Botschaft für Marisela entgegen und übermittelte sie ihr an der Tür des Zimmers, in dem Byrna lag, das Neugeborene neben sich. Magda war im grauen Licht der Halle halb eingeschlafen, als laut und energisch an die Tür gehämmert wurde.

Magda fuhr in die Höhe und zog die schwere Tür auf. Ein großer, stämmiger Mann, teuer gekleidet, stand auf der Schwelle. Er sah Magda finster an und erklärte, den herabsetzenden Modus benutzend: »Ich möchte die Frau sprechen, die in diesem Haus die Leitung hat.« Die Form, die er gewählt hatte, machte deutlich, was er meinte: »Hol mir die Vettel her, die die Aufsicht über diesen stinkenden Abfallhaufen hat.«

Magda bemerkte zwei Männer hinter ihm, ebenso groß wie er, beide mit Schwert und Dolch bewaffnet. Sie antwortete im höflichen Modus, der ein Vorwurf für seine Grobheit war: »Ich werde fragen, ob eine der Gildenmütter Zeit hat, mit Euch zu sprechen, Messire. Darf ich Euer Anliegen erfahren?«

»Und ob!«, polterte der Mann. »Sagt der alten Schlampe, ich bin gekommen, meine Frau zu holen, und ich will sie auf der Stelle haben, ohne langes Geschwätz!«

Magda machte ihm die Tür vor der Nase zu und begab sich schnell in das Sanktuarium der Gildenmutter.

»Wie blass du bist!«, rief Mutter Lauria aus. »Was ist geschehen, Kind?«

Magda berichtete. »Ich glaube, es ist Keithas Mann«, schloss sie mit einem Blick auf die große, kupferbeschlagene Tür, das Andenken an den Kampf um eine Frau, die vor Generationen wie Keitha im Gildenhaus Zuflucht gesucht hatte.

Mutter Lauria folgte Magdas Blick.

»Hoffen wir, dass es nicht dazu kommt, mein Kind. Aber laufe in den Waffensaal und sage Rafaella – nein, Rafi ist mit einer Karawane in den Norden unterwegs. Sage Camilla, sie solle sich schnell bewaffnen und herkommen. Ich wünschte, Jaelle wäre hier, aber es ist keine Zeit, nach ihr zu schicken. Und du bewaffnest dich auch, Margali; Jaelle hat mir erzählt, dass du mit Räubern gekämpft hast, als sie auf dem Weg nach Sain Scarp verwundet worden war.«

Mit klopfendem Herzen rannte Magda zum Waffensaal hinunter und gürtete sich mit dem langen Messer, das die Amazonen kein Schwert nannten, obwohl Magda da keinen Unterschied sah. Camilla blickte grimmig drein.

»So etwas ist seit zehn Jahren oder länger nicht mehr vorgekommen – dass wir das Haus mit Waffengewalt verteidigen müssen, als lebten wir noch im Zeitalter des Chaos!« Sie sah Magda zweifelnd an. »Und du hast überhaupt keine Erfahrung ...«

Das wusste Magda nur zu gut. Seite an Seite hasteten sie die Treppe hinauf, und ihr Herz hämmerte. Mutter Lauria wartete auf sie in der Halle. Von draußen wurde wütend an die Tür gedonnert, und Mutter Lauria öffnete sie wieder.

Der Mann auf der Schwelle warf sich in die Brust. »Bist du die Frau, die hier die Leitung hat?«

Mutter Lauria antwortete ruhig: »Ich bin von meinen Schwestern dazu gewählt worden, in ihrem Namen zu sprechen. Darf ich fragen, mit wem ich die Ehre habe?« Sie sprach mit der extremen Höflichkeit einer Adligen, die sich an einen rohen Bauern wendet.

Der Mann schnauzte: »Ich bin Shann MacShann, und ich will meine Frau, keine dummen Reden. Ihr dreckigen Huren habt sie von mir weggelockt, und ich verlange, dass sie mir auf der Stelle hinausgeschickt wird!«

»Wir nehmen keine Frau auf, die nicht aus freiem Willen zu uns kommt«, stellte Mutter Lauria fest. »Wenn Eure Frau zu uns gekommen ist, dann wünschte sie aus gutem Grund, ihrer Ehe mit Euch zu entsagen. Keine Frau innerhalb dieser Mauern ist Euch eine Ehefrau.«

»Hör auf mit den Haarspaltereien, du ...« Der Mann spie eine Gossenbeleidigung aus. »Du bringst mir meine Frau, oder ich komme herein und hole sie mir!«

Magdas Hand schloss sich fester um ihr Messer, aber die Stimme der Gildenmutter blieb ruhig. »Nach den Gesetzen dieses Hauses überschreitet kein Mann unsere Schwelle, der nicht eigens dazu aufgefordert worden ist. Mehr habe ich Euch leider nicht zu sagen, Sir. Wenn die Frau, die einmal Eure Ehefrau war, mit Euch zu sprechen wünscht, kann sie Euch eine Botschaft schicken und alle zwischen ihr und Euch noch nicht geregelten Fragen zum Abschluss bringen. Solange sie dies nicht wünscht ...«

»Hör zu, diese meine Frau bekommt zuweilen eine Wut auf mich. Einmal lief sie zu ihrer Mutter und blieb dort beinahe vierzig Tage, aber sie kam weinend zu mir zurück. Wie soll ich wissen, dass ihr sie nicht mit Gewalt festhaltet und sie gerne gehen würde?«

»Warum sollten wir so etwas tun?«, fragte Mutter Lauria milde.

»Glaubst du, ich weiß nicht, was in Häusern wie diesem vor sich geht?«

»Ich glaube, dass Ihr überhaupt nichts darüber wisst«, gab Mutter Lauria zurück.

»Keitha ist so durch und durch Weib, dass sie ohne Mann gar nicht auskommt!«, prahlte Shann. »Jetzt schick sie sofort hinaus.«

»Es tut mir wirklich Leid«, sagte die Gildenmutter mit Seelenruhe, »dass Ihr mein Wort dafür nehmen müsst: Keitha n'ha Casilda hat keinen Wunsch verlauten lassen, zu Euch zurückzukehren. Falls Ihr das von ihren eigenen Lippen hören wollt, wir lassen Besucher am Abend des Hochmondes zu, und Ihr sollt uns willkommen sein, wenn ihr unbewaffnet, allein oder mit Mitgliedern Eurer engeren Familie kommt. Dann könnt Ihr mit ihr entweder unter vier Augen oder in unserer Anwesenheit sprechen, wie sie es lieber möchte. Aber zu dieser Stunde und an diesem Tag darf kein Mann herein, der hier nichts zu tun hat, und das habt Ihr, Sir, entschieden nicht. Ich fordere Euch nun auf, Euch mit Euren Männern zu entfernen und keinen Aufruhr auf unserer Türschwelle anzuzetteln.«

»Ich sage dir, ich komme herein und hole meine Frau!«, brüllte Shann, riss sein Schwert aus der Scheide und begann, die Stufen hochzusteigen. Camilla und Magda zogen ihre langen Messer, traten vor und blockierten den Weg.

»Ihr meint, ich werde nicht mit zwei Mädchen fertig?« Er ließ sein Schwert nach unten sausen. Camilla bewegte sich so schnell wie eine zuschlagende Schlange, band seine Klinge mit der ihren und schlug sie ihm aus der Hand. Er stolperte auf der Treppe und wäre beinahe gefallen. »Kommt! Ich will dort hinein!«, rief er seinen Männern zu.

Magda machte sich auf einen neuen Angriff gefasst. Das

weiße Licht des Schnees auf der Straße, die beiden großen, langsam vorrückenden Männer, Camilla Schulter an Schulter mit ihr, die Messernarben auf ihrem Gesicht weiß und gespannt – das alles prägte sich ihrem Bewusstsein ein. Die wenigen Sekunden, die die Männer brauchten, um die erste Stufe zu ersteigen, dehnten sich für Magda zur Ewigkeit.

Dann waren die Männer da, und Magda fühlte, wie sie zustieß und die Klinge drehte. Das Schwert ihres Gegners klirrte, es flog zur Seite und sofort wieder zurück, und Feuer lief an Magdas Bein entlang.

Es tat nicht weh, noch nicht. Sie blockierte den nächsten Streich – die Geschicklichkeit, die sie sich vor Jahren beim Training auf der Akademie erworben hatte, kehrte mit großer Schnelligkeit zurück –, und das, was sie empfand, war vor allem Schock.

Man bekommt routinemäßig diese Ausbildung, aber im Grunde rechnet man nicht damit, dass man sie jemals brauchen wird. Man stellt fest, dass man es kann, rasten ihre Gedanken, *und immer noch glaubt man es nicht, während man es tut, ja, während man blutet.* Ihr Geist hinkte dem Geschehen hinterher, doch ihr Körper kämpfte und trieb dic Männer zurück, die Stufen hinunter. Einer glitt im Schnee aus, und Magda spürte, wie ihr Schwert unter sein Brustbein fuhr, noch bevor sie es verstandesmäßig erfasste. Die Leiche, von ihrem eigenen Gewicht gezogen, rutschte von der Klinge zurück. Magda riss sie hoch, bereit für den nächsten Angreifer. Sie merkte nicht, dass Shann, von Camilla getroffen, blutend am Boden lag und dass Camilla den dritten Mann bereits gefragt hatte: »Habt Ihr genug?«

Magda hörte nichts. Sie verfolgte den dritten Mann in einem Wirbel von Schwertstreichen, trieb ihn zurück und die Stufen hinunter. Das Blut dröhnte ihr in den Ohren, vor ihren Augen wallte ein roter Nebel. Eine Stimme in ihrem Inneren schrie: *Töte sie, töte sie alle!* Es war ihr Zorn auf die darkovanischen Männer im Allgemeinen, die ihr die Arbeit und die Welt, die sie sich wünschte, nicht gönnten, es war ihre Angst vor den Räubern, die sie entwaffnet und ihr ihre eigene Schwäche gezeigt hatten – eine fast sinnliche Erregung hielt sie gepackt. Ihr Schwert bewegte sich, ohne dass sie es wollte, bis jemand ihren Namen rief. Die Laute bedeuteten ihr nichts. Sie sah den Mann vor sich in die Knie brechen. Eine andere Klinge schlug ihr Schwert nach unten. Sie fuhr zu dem Angreifer herum und erkannte in dem Augenblick, als sie zuschlagen wollte, Camillas Gesicht. Das ließ sie innehalten, und sofort wurde ihr das Schwert so heftig entrissen, dass es ihre Hand prellte.

»Nein, Margali! Nein! Er hatte sich ergeben, hast du nicht gesehen, dass er kapitulierend sein Schwert hob?« In einem grausamen Griff, der ihre Finger lähmte, schloss sich Camillas Hand um ihr Handgelenk.

Magda kam wieder zur Vernunft. Sie zitterte. Bestürzt sah sie auf den Mann nieder, den sie getötet hatte, und auf Shann, der daneben am Fuß der Treppe in seinem Blut lag und stöhnte. Der dritte Mann hatte sich zurückgezogen und betrachtete erschrocken die Wunde an seinem Unterarm, aus der frisches Blut sprudelte.

»Du hast dein Messer entehrt!«, erklärte Camilla wütend. Sie stieß Magda grob auf die Stufen nieder und stieg zu dem verwundeten Mann hinunter.

»Ich bitte in aller Demut um Eure Verzeihung, Sir. Sie ist als Kämpferin noch unerfahren und hatte Eure Geste nicht gesehen.«

Der Verwundete antwortete: »Ich dachte schon, ihr Frauen würdet uns alle umbringen, ob wir uns ergeben hatten oder nicht! Und dieser Streit betrifft mich nicht einmal persönlich, *mestra.*«

Camilla sagte: »Ich habe den Dienst meiner Klinge dreißig Jahre lang in Ehren verkauft, Kamerad. Meine Gefährtin ist jung. Glaubt mir, wir werden so mit ihr verfahren, dass sie ihre Klinge nie wieder entehren wird. Aber seid Ihr nicht Shanns geschworener Mann?«

Der Söldner spuckte aus. »Der geschworene Mann von dem da? Zandrus Höllen, nein! Ich bin ein bezahlter Schwertkämpfer, mehr nicht. Ich denke gar nicht daran, für ihn und seinesgleichen mein Leben zu opfern!«

»Lasst mich Eure Wunde sehen«, bat Camilla. »Ihr werdet eine Wiedergutmachung bekommen, glaubt mir. Wir haben keinen Streit mit Euch.«

»Und ich habe keinen mit Euch, auch keine Blutrache gegen Euch, *mestra* ... Ganz unter uns möchte ich sagen, wenn seine Frau ihn verlassen hat, wird er ihr vierfachen Grund dazu gegeben haben. Aber ich vermiete mein Schwert, deshalb kämpfte ich, solange er kämpfte. Er ist mir jedoch nicht verwandt und kein geschworener Kamerad.« Mühsam steckte er das Schwert mit seiner heilen Hand in die Scheide und wies auf Shann. »Ich werde seine Hausleute und seine Friedensmänner aufsuchen und sie bitten, ihn heimzuholen. Er bedeutet mir nichts, aber wenn ich an der Seite eines Mannes fechte, lasse ich ihn nicht auf der Straße liegen und sich zu Tode bluten.« Bedauernd sah er zu dem Mann hin, den Magda getötet hatte. »Der da, das war mein Freund. Zu Mittsommer sind es zwölf Jahre, dass wir gemeinsam unsere Schwerter vermieten.«

Camilla erklärte ernst: »Wer einer Klinge sein Blut missgönnt, tut besser daran, seinen Lebensunterhalt hinter dem Pflug zu verdienen.«

Der Mann seufzte und machte das *Cristofero*-Zeichen des Gebets. »Aye, er hat seine Bürde jetzt dem Träger des Unrechts der ganzen Welt aufgelegt. Friede sei ihm, *mestra*.« Er blickte auf seinen verwundeten Arm. »Aber es ist doch hart, wenn man noch nach der Übergabe verwundet wird.«

Mutter Lauria kam die Treppe herunten »Ihr werdet an Wiedergutmachung bekommen, was der Richter als angemessen bezeichnen wird. Camilla, bring ihn ins Fremdenzimmer und verbinde seine Wunde.«

Camilla wandte ihr zorniges Gesicht Magda zu. Mit wilder Verachtung befahl sie: »Geh hinein, du, bevor du uns noch mehr Schande machst!«

Benommen stolperte Magda ins Haus. Sie fühlte sich verraten. Die Wunde in ihrem Oberschenkel, die sie, als sie sie empfing, kaum gespürt hatte, begann jetzt wie Feuer zu brennen.

Sie hatte für das Gildenhaus gekämpft. Sie hatte ihr Bestes getan – hatte der Mann sich wirklich ergeben, bevor er von ihr getroffen wurde?

In den Bergen habe ich mich mit Schande bedeckt, weil ich Angst hatte zu kämpfen, und wenn ich kämpfe, mache ich dem Gildenhaus Schande ... Das hinuntergewürgte Schluchzen drohte sie zu ersticken. Aber wenn sie jetzt anfing zu weinen, würde sie einen hysterischen Weinkrampf bekommen und nie wieder aufhören können ...

»*Breda* ...«, sagte eine leise, bekümmerte Stimme, und Keithas blasses, tränenfleckiges Gesicht tauchte vor ihr auf. »Oh, wie grausam sie ist! Du hast für uns gekämpft, du bist auch verwundet – und die Wunde dieses Soldaten gilt ihr mehr als die deine! Und du hast dein Blut für uns vergossen! Komm, lass mich wenigstens nach deinem Bein sehen ...«

Sie stiegen die Treppe hinauf, und Magda musste sich schwer auf Keitha stützen. Keitha fuhr entrüstet fort: »Ich habe alles gesehen – wie kann Camilla so ungerecht sein? Der Mann hatte sich also ergeben – na und? Ich wollte, du hättest sie alle getötet ...«

Magdas Bein schmerzte jetzt so sehr, dass ihr schwindelte.

Blut tropfte auf den Fußboden. Keitha zog sie in das Badezimmer auf ihrem Stockwerk, drückte sie auf einen hölzernen Badeschemel und zog ihr vorsichtig die aufgeschlitzte Hose aus. Der Schnitt war tief, und von seinem Grund stieg immer noch langsam Blut auf. Magda fürchtete sich plötzlich zu fallen und klammerte sich an den Schemel, während Keitha die Wunde mit eisigem Wasser auswusch. Mutter Lauria trat ein.

Sie sah die beiden Frauen kalt an. »Wie schwer bist du verwundet, Margali?«

Magda biss die Zähne zusammen. »Ich weiß nicht genug über Wunden, um sagen zu können, wie schlimm es ist. Es tut weh.«

Lauria trat näher und sah sich den Schnitt mit eigenen Augen an. »Es ist eine saubere Wunde. Sie wird heilen, aber sehr schmerzen. Hast du sie von einem Mann empfangen, der, nachdem er sich ergeben hatte, um sein Leben kämpfte?«

Magda erklärte deutlich: »Nein. Es war der erste Mann, der, den ich getötet habe, und ich kämpfte selbst um mein Leben, denn wie ich vermute, hätte es ihm nichts ausgemacht, mich umzubringen.«

»Nun, das ist wenigstens etwas«, meinte Mutter Lauria.

»Wie kannst du sie so tadeln!«, rief Keitha. »Sie hat uns verteidigt, sie ist verwundet und blutet, und doch hast du es zugelassen, dass Camilla sie beschimpfte, und du kommst auch noch her und beschimpfst sie von neuem, bevor ihre Wunde verbunden ist ...«

Die Gildenmutter zeigte ihr ein strenges Gesicht. »Wer einen Mann, der sich ergeben hatte, tötet, begeht einen *Mord*«, sagte sie. »Hätte Camilla Margalis Schwert nicht heruntergeschlagen, hätte sie ihn getötet und eine Blutfehde über uns gebracht. Wir haben noch Glück gehabt, dass er nur ein gemieteter Söldner war. Wäre er einer von MacShanns geschworenen Männern gewesen, hätten sie ihn rächen müssen.

Das Thendara-Gildenhaus hätte eine Herausforderung nach der anderen bekommen, und das hätte uns vernichten können! Glücklicherweise wird er durch die Wunde nicht verkrüppelt, und Camilla ist selbst Söldnerin gewesen und kennt ihren Ehrenkodex. Sie verbindet ihn soeben im Fremdenzimmer, und sie hofft, er wird als Wiedergutmachung für die Wunde, die ihm auf so schändliche Weise zugefügt wurde, eine Geldsumme annehmen.«

Magda senkte den Kopf. Ja, sie hatte Schuld auf sich geladen. Sie hatte die Kontrolle verloren. Hatte nicht Cholayna Ares sie auf der Akademie gewarnt: *Verliere nie die Kontrolle, lass dich nie hinreißen, töte nur, wenn du zu töten beabsichtigst!?* Um ihre Angst zu unterdrücken, hatte sie sich an ihre Wut geklammert, und das hatte Schande über sie gebracht. Zitternd saß sie da. Sie konnte Mutter Laurias Zorn wie ein rotes Glühen um sie sehen. Und dann fragte sie sich, ob sie den Verstand verliere.

Lauria wandte sich verächtlich an Keitha.

»Und du, du hast nicht einmal gefragt, ob er, der dein Mann war, am Leben oder tot ist? Sollen wir deines Grolls wegen zu Mördern werden?«

Keitha brauste auf: »Es interessiert mich überhaupt nicht, ob er am Leben oder tot ist! Soll ich Gutes für Böses zurückgeben wie eine *cristofero?* Ich habe ihm für immer entsagt!«

»Das stimmt nicht«, entgegnete Mutter Lauria. »Hättest du ihm in Wahrheit entsagt, dann würdest du dich nicht fürchten, zu erfahren, ob er noch lebt, und könntest, wie Camilla, die Wunden eines gefallenen Feindes ohne Hass pflegen.«

»Camilla hat nicht von seinen Händen leiden müssen ...«, begann Keitha.

»Was weißt du davon, wie Camilla von Männerhänden hat leiden müssen?«, fragte Mutter Lauria, und Magda dachte daran, was Camilla ihr erzählt hatte ... war das erst heute Morgen gewesen? Es schien ihr sehr lange her zu sein. Mutter Lauria seufzte.

»Margalis Wunde blutet immer noch. Glücklicherweise ist Marisela noch im Haus, obwohl ich sie ungern wecke, nachdem sie die ganze Nacht aufgewesen ist. Margali, ist dir klar, was du getan hast?«

Magda kämpfte immer noch gegen den Drang an, hysterisch zu weinen.

»Ich wusste es nicht – ich hatte nicht gesehen, dass er sich ergeben hatte ...«

»Wenn du ein Schwert in die Hand nimmst, ist es deine Pflicht, das zu wissen«, stellte Mutter Lauria grimmig fest. »Es gibt in dieser und in der nächsten Welt keine Entschuldigung dafür, einen Mann anzugreifen, der sich ergeben hat. Nenne deine Eidesmutter!«

Das hatte die Gewalt einer rituellen Frage; Mutter Lauria kannte die Antwort ja ganz genau.

»Jaelle n'ha Melora.«

»Du hast auch ihr Schande gemacht«, sagte Mutter Lauria, »und wenn es dir wieder gut geht, soll sie sich mit dir befassen!« Sie ging, und Magda saß schluchzend auf ihrem Schemel. Ihr Bein tat schrecklich weh, aber in ihrer Verzweiflung spürte sie es kaum.

»Na, was haben wir denn da?«, fragte Marisela fröhlich und kam herein. Magda blickte ängstlich auf. Würde auch Marisela es für ihre Pflicht halten, sie zu schelten und zusammenzustauchen? Sie verdiente es, ganz gleich, was sie sagen mochten. Und sie würden Jaelle zur Verantwortung ziehen; das war das Schlimmste!

Aber Marisela kniete sich nur hin, um den Schnitt mit sanften, erfahrenen Händen zu untersuchen. »Scheußlich, wird aber heilen; der Muskel ist nicht sehr beschädigt. Das muss ich nähen. Willst du mir helfen, sie in ihr Zimmer zu bringen,

Keitha? Es ist einfacher, wenn ich es dort mache, und hinterher wird sie, wie ich fürchte, nicht in der Verfassung sein zu laufen, das arme Häschen.« Sie streichelte Magdas Wange und setzte hinzu: »Ein Jammer, dass so etwas passieren musste, als du zum ersten Mal zu unserer Verteidigung das Schwert ergriffen hast. Bringe sie in ihr Zimmer, Keitha, ich hole inzwischen meine Sachen.«

Es war ein Alptraum an Schmerz und Anstrengung, aber irgendwie schleppte Keitha sie in ihr Zimmer und legte sie ins Bett. Marisela trat ein, und Magda bekam es mit der Angst zu tun. In der Terranischen Zone hätte man eine so tiefe Schnittwunde nur mit örtlicher Betäubung genäht. Marisela wusch sie mit irgendeinem eisigen Zeug, das den Schmerz ein bisschen abstumpfte. Dann brachte sie schnell und geschickt ein paar Stiche an. Magda war mittlerweile mit den Nerven so am Ende, dass sie nicht mehr tapfer sein konnte, sondern sich von neuem mit Schande bedeckte, indem sie schluchzte wie ein Kind. Keitha umarmte und tröstete sie, und Marisela hielt ihr ein Glas mit einem feurigen Schnaps an die Lippen, der ihren Kopf schwimmen ließ. Danach küsste Marisela sie auf die Stirn und sagte: »Es tut mir Leid, dass ich dir so wehtun musste, *breda.*« Sie ging. Keitha setzte sich auf die Bettkante und hielt Magdas Hand.

»Mir ist es gleich, was sie sagen! Für mich ist es keine Schande! Sie sollen dich nicht so einschüchtern!«

Aber jetzt war es vorbei, und die Hysterie ließ nach. Magda begriff, was Camilla meinte. Sie hatte ihre Klinge entehrt.

Ich kann nichts richtig machen, dachte sie. *Ich habe in der Terranischen Zone versagt, ich habe als Ehefrau versagt – ich konnte Peter nicht einmal den Sohn schenken, den er sich wünschte –, jetzt habe ich auch hier versagt, Jaelle Schande gemacht, Camilla, die mich unterrichtet hat, Schande gemacht.*

Keitha umarmte sie und flüsterte: »Nicht weinen, Margali!« Sie nahm Magdas Kopf zwischen die Hände und küsste sie, und Magda spürte zu ihrer Bestürzung und ihrem Entsetzen keinen Impuls, den Kuss abzuwehren. Stattdessen überkam sie ein seltsames, intensives, erschreckend sexuelles Gefühl. Sie erwiderte den Kuss, zog Keitha näher an sich heran, obwohl sie mit plötzlicher Hellsichtigkeit erkannte, dass Keitha es so nicht gemeint hatte. Sie hatte sie nur trösten wollen wie eine Mutter ihr Kind und wäre entsetzt gewesen, wenn sie geahnt hätte, wie ihre Geste bei Magda angekommen war. Magda nahm Keithas Mitleid und Freundlichkeit wie eine warme Flut warmer Farben wahr, die sie einhüllten, gerade wie sie Laurias Zorn als roten Halo um die Gildenmutter gesehen hatte, der auf sie zuzüngelte ...

Was war übrigens in dem Zeug, das Marisela mir eingegeben hat? Ich bin betrunken, betäubt, ich werde verrückt ... War das der Grund, warum sie bei Peter versagt hatte, war es das, was Camilla neulich abends in ihr gelesen hatte, war es das, was sie sich wirklich wünschte, wenn ihre Verteidigungen gelähmt waren? Hatte Peter Recht gehabt, als er sie beschuldigte, sie sei selbst in Jaelle verliebt und eifersüchtig auf ihn?

Magda war zu erschöpft, um sich zu ängstigen. Sie ließ sich dahintreiben, dachte an den Augenblick auf Ardais, als sie sich *innerhalb* der Matrix befunden hatte. Das Bett schwebte. Es war wie weit draußen im Weltraum, Lichtwirbel jagten sich hinter ihren Lidern im Kreis, schneller und schneller. Für einen Augenblick war sie wieder auf Ardais. Lady Rohana sah beunruhigt zu ihr auf und sagte: *Wenn du Probleme mit deinem* Laran *bekommst, versprich mir, dass du es mir sofort sagst. Wie* konnte sie das, fragte sich Magda, wenn Rohana *dort* war und sie *hier?* Ihr war, als rufe Keitha sie von sehr weit weg, doch sie dachte, Keitha ist meine Freundin, ich möchte sie nicht in Verlegenheit bringen oder ihr Angst machen, so wie ich an jenem Abend Angst vor Camilla hatte. Deshalb versteckte sie sich und antwortete nicht. Und dann war da ein anderes Gesicht in der Dunkelheit, das Gesicht einer schönen Frau, blass, umgeben von einer Wolke rötlich-goldenen Haars, und alles hatte einen bläulichen Schein, als sehe sie es durch die Flammen eines blauen Feuers. Und zum Schluss erschien noch ein Gesicht, rund, ausgeglichen, praktisch, das Gesicht einer Frau unter kurz geschnittenem ergrauendem Haar, einer Amazone. Sie sagte ruhig: *Wir müssen etwas für sie tun, sie gehört zu uns, und sie weiß es noch nicht.*

Eine Terranan*?*

Sie ist weder die Erste noch die Letzte, die ein Erbteil auf einer unbekannten Welt beansprucht.

Und dann verschwand die Welt und kehrte nicht mehr zurück.

II
Entzweiung

1

Es schneite. Die Welt außerhalb des hohen HQ-Turms, vor den Fenstern von Cholayna Ares' Büro war in wirbelndem Weiß untergegangen. Jaelle sah hinaus und wünschte sich, draußen im Sturm, nicht hier drinnen in dem gelben Licht zu sein, wohin keine Spur des natürlichen Wetters jemals eindrang.

Peter bemerkte ihren sehnsüchtigen Blick und drückte ihre Hand. Seit dem Abend von Alessandro Lis Empfang hatte er sich gegen sie sanft, zart, abbittend benommen. Sie brachte es nicht fertig, zornig zu bleiben, und er hatte in den letzten Wochen versucht, wieder der Mann zu sein, in den sie sich auf Sain Scarp verliebt und an den sie sich auf Ardais geklammert hatte. Trotz seiner terranischen Erziehung hatte er sich bewusst Mühe gegeben, ihr ihre Unabhängigkeit zu lassen, sie niemals als selbstverständlich hinzunehmen.

Jaelle hatte von neuem zu hoffen begonnen. Vielleicht, vielleicht konnten sie, auch wenn ihnen verloren gegangen war, was sie anfangs zusammengeführt hatte, in eine Gemeinschaft hineinwachsen, die stärker und besser war. *Ich hätte wissen müssen, dass diese erste sexuelle Glut nicht für immer sein würde. Aber jetzt, wo mich die verspätete erste Liebe nicht mehr gefangen hält, mögen Piedro und ich die Chance haben, uns etwas Reiferes, Echteres aufzubauen. Es ist nicht allein seine Schuld. Ich bin selbstsüchtig und kindisch gewesen.*

Peter meinte freundlich: »Ich würde auch gern dort draußen durch den Schnee wandern«, und sie fragte sich – so genau waren sie aufeinander eingestimmt – ob auch er rudimentäres *Laran* besitze wie viele, vielleicht die meisten Terraner. Im Prozess ihres Zusammenwachsens mochte es sich entwickeln, und dann würde ihnen die Art von gegenseitigem Verständnis zuteil werden, nach der sie sich sehnte.

Cholayna lächelte ihnen zu und sagte mit einer Spur von Ironie: »Wenn ihr beiden Liebesvögel einen Augenblick Zeit für mich habt ...« Peter ließ Jaelles Hand los, und die Röte der Verlegenheit kroch in sein Gesicht. »Oh, entschuldigt euch nicht«, fuhr Cholayna fort. »Ich wollte, ich könnte euch ein Jahr Urlaub und die Möglichkeit verschaffen, fortzureisen und richtige Flitterwochen zu verleben, aber die Umstände erlauben es einfach nicht. Magda hat inzwischen reichlich Zeit gehabt, festzustellen, ob im Thendara-Gildenhaus Frauen sind, die sich als medizinisch-technische Assistentinnen oder für andere Arbeiten hier bei uns eignen. Wie groß ist die Wahrscheinlichkeit, dass sie zu einer Besprechung herkommen kann, Jaelle?«

»Absolut Null«, gab Jaelle prompt zurück. »Ich habe es Ihnen gesagt; sie darf in diesem halben Jahr der Ausbildung das Haus nicht verlassen, es sei denn, eine Gildenmutter befiehlt es ihr.«

Cholayna runzelte leicht die Stirn. »Sind Sie nicht ihre Vorgesetzte? Können Sie nicht nach ihr schicken und ihr befehlen zu kommen?«

»Das könnte ich wohl«, überlegte Jaelle, »aber ich möchte ihr das nicht antun. Es würde sie von den anderen absondern und unter Umständen verhindern, dass sie jemals eine von ihnen wird.«

»Ich glaube, du bist übergewissenhaft«, warf Peter ein. »Die Entscheidung, Freie Amazonen – entschuldige, Entsagende – bei den Terranern zu beschäftigen, ist für unsere beiden Welten wichtig und sollte gefördert werden, soweit es menschenmöglich ist, bevor sie an Momentum verliert.«

»Trotzdem wäre es nicht richtig, Magda zu enttarnen«, gab Cholayna zu bedenken. »Wenn sie als eine von ihnen ins Gildenhaus eingetreten ist, wollen wir sie nicht auf diese Weise herausheben. Jaelle, könnten Sie hingehen und unter vier Augen mit ihr reden?«

Plötzlich wurde Jaelle von Heimweh überwältigt. Das Gildenhaus zu besuchen, wieder eins mit ihren Schwestern zu sein! »Das werde ich gern tun, und ich kann auch mit Mutter Lauria darüber sprechen.«

»Die Sache hat nur einen Fehler«, brummte Peter. »Ich kann nicht mitkommen, oder?«

»Nicht ins Gildenhaus, tut mir Leid«, sagte Jaelle, aber sie lächelte. Sie dachte, dass sie eines Tages, bald schon, zusammen im Schnee durch die Stadt gehen würden, die sie liebte. Er liebte sie auch, er hatte jahrelang als Darkovaner in ihrer Welt gelebt. Warum hatte sie angefangen, von ihm als einem Terraner und Fremden zu denken? Für ihn ebenso wie für sich selbst musste sie den darkovanischen Piedro, den sie geliebt hatte, zurückgewinnen.

»Reden wir einmal darüber, welchen Typ von Frauen wir hier brauchen«, regte Cholayna an. »Vor allem müssen sie flexibel sein, fähig, neue Arten des Denkens und Handelns zu erlernen, sich an eine fremde Umgebung anzupassen. Im Grunde ...« – sie lächelte Jaelle zu, und es war wie eine warme Berührung ihrer Hand – »... müssen sie wie Sie sein, Jaelle, dazu im Stande, den Kulturschock zu überleben.«

»Ah«, sagte Peter, »aber es gibt keine Zweite wie Jaelle mehr. Als sie geschaffen worden war, wurde die Form zerbrochen.«

»Ich glaube nicht, dass ich so einzigartig bin«, wehrte Jaelle lachend ab. Schon ging sie im Geist eine Liste der Frauen durch, die sie im Gildenhaus kannte. Andere, die sie nicht kannte, mochten sich ebenfalls zur Ausbildung durch die Terraner eignen. Aus Rafaella würde niemals eine medizinisch-technische Assistentin werden, aber sie war eine ausgezeichnete Bergführerin, und ihr Wissen über die Reisemöglichkeiten im Gebirge und vor allem in den Hellers wäre für die Terraner von großem Wert. Marisela – Jaelle dachte an das Geschick der Hebamme. Und ihre Anpassungsfähigkeit erlaubte es ihr, in der Stadt bei Frauen Geburtshilfe zu leisten, die Freie Amazonen normalerweise verabscheuten. Marisela ihrerseits hätte auch Vorteile von dieser Ausbildung, aber konnte man sie im Gildenhaus entbehren? Mit einem Schulterzucken schob Jaelle diese Überlegungen beiseite; das musste sie alles mit Mutter Lauria besprechen. Sie hob den Blick und begegnete Cholaynas Lächeln.

»Wo sind Sie gewesen?«, fragte Cholayna freundlich.

Jaelle lachte und entschuldigte sich. »Ich habe über die Frauen im Gildenhaus nachgedacht.«

»Dann gehen Sie nur und regeln Sie die Sache mit Ihren Gildenmüttern«, entließ Cholayna sie. »Lässt es sich wohl machen, dass ich eines Tages ein Gildenhaus besuche?«

»Ich wüsste nichts, was dagegen spräche.« Wieder reagierte Jaelle auf die spontane Freundlichkeit der Frau. »Ich glaube, Sie würden Mutter Lauria gefallen, und ich wünschte, Sie hätten meine Eidesmutter Kindra kennen lernen können.« Sie waren sich, dachte Jaelle auf dem Weg nach unten zu ihrer Wohnung, in vieler Beziehung ähnlich. Obwohl Cholayna in einer Welt aufgewachsen war, wo ihr niemand verwehrt hatte, zu lernen und sich zu entwickeln, und sie ihre Kraft nicht, wie es eine Amazone tun musste, durch Widerstand und Entsagung gewonnen hatte, sondern einfach, indem sie sich für diese Arbeit entschied ...

Und dann entsetzte sich Jaelle über sich selbst. Kritisierte sie ihre eigene Welt zu Gunsten der *Terranan?* Hatten ein paar Mal zehn Tage sie so sehr korrumpiert?

Korrumpiert? Bin ich korrumpiert, wenn ich Peter liebe, wenn ich seine Welt anerkenne? Sie knallte die Tür ihrer Wohnung hinter sich zu und riss sich die Uniform mit zitternden Händen vom Leib. Es war wahrhaftig Zeit, dass sie ihr Zuhause wieder einmal besuchte!

Sie zog ihre bestickte leinene Unterjacke an, die dicke Unterhose, die Hose aus schwerem Wollstoff und die Überjacke. Sie setzte sich, um ihre Stiefel zuzuschnüren. Fluchend fuhr sie sich mit der Hand durch ihr langes, dichtes Haar. Es war Zeit, wirklich höchste Zeit, dass sie es schneiden ließ. Nein, verdammt noch mal, warum sollte sie? Sie lebte als Peters Freipartnerin – *was die Bedingungen ihres Eides ihr gestatteten,* versicherte sie sich selbst heftig. Doch der Gedanke quälte sie weiter. Was würde Rafaella sagen, was Camilla, wenn sie im Gildenhaus mit wallender Mähne erschien statt mit einem Haarschnitt, der sie deutlich als Entsagende auswies, die damit ihre Unabhängigkeit von jedem Mann proklamierte? Oh, zur Hölle mit ihnen allen! Sie griff nach einer Schere, sah nachdenklich in den Spiegel und erinnerte sich daran, wie Peters Hände ihr Haar gestreichelt hatten. Schon hatte sie die Schere an der Nackenlinie angesetzt, als sie von neuem wütend fluchte und sie zu Boden warf. Es war ihr eigenes Haar und ihr eigenes Leben, und wenn sie ihrem geliebten Freipartner gefallen wollte, stand ihr das Recht zu. Trotzdem fühlte sie sich schuldig.

Draußen schneite es, da musste sie sich zum Schutz gegen den Wind und die Kälte das Gesicht eincremen. Sie wühlte in der Schublade und hatte ihre Freude an den terranischen Kosmetika. Sie dufteten ein bisschen stärker, sie fühlten sich ein bisschen glatter an als die Artikel, die sie auf dem Markt hatte kaufen können, oder die Salben, die einige der Frauen im Gildenhaus herstellten, wenn man dort eine Zeit lang knapp mit dem Geld war. Während sie die Creme auf ihrem Gesicht verteilte, fiel ihr Blick auf das kleine Gebilde aus Perlen, das sie dazu benutzte, Buch über ihre Periode zu führen. Die Perlen trugen die Farben der vier Monde, violett, pfauenblau, hellgrün und weiß. Sie schob eine violette Perle nach unten, denn sie hatte bemerkt, dass Liriels Scheibe voll war, und dann starrte sie die Perlen bewegungslos an. Schon vor mindestens zehn Tagen hätte sie eine rote Perle für die Blutung verschieben müssen. Der schreckliche Streit mit Peter und das Elend danach, die anstrengende Arbeit mit Cholayna und Aleki, das alles hatte sie so aufgeregt, dass sie jeden Tag die Perlen mechanisch weiterbewegt hatte, ohne dass es ihr aufgefallen war.

War das nichts weiter als eine Störung, die, wie man sie gewarnt hatte, beim Leben in dem künstlichen gelben Licht auftreten konnte? Oder sollte sie schwanger sein? War es Peter bei der ekstatischen Vereinigung, die ihrem Streit gefolgt war, gelungen, sie zu schwängern?

Im ersten Augenblick flackerte tief in ihrem Inneren ein Funken von Freude auf. Sofort folgten ihm Zweifel und Angst. Wollte sie dies wirklich? Wollte sie der Gnade eines kleinen Parasiten in ihrem Körper ausgeliefert sein, wollte sie Übelkeit, Entstellung, die schreckliche Tortur der Geburt, an der ihre Mutter gestorben war? Eine Sekunde lang geisterte ihr Alptraum durch ihren Kopf ... *Rotes Blut auf dem ausgedörrten Sand eines Wasserlochs unter der aufgehenden Sonne* ... Sie spürte einen scharfen Schmerz in den Händen. Ohne es zu wissen, hatte sie die Fäuste so fest geballt, dass sich die Fingernägel in die Handflächen bohrten. Welch ein Unsinn! Ließ sie sich von einer Mischung aus alten Alpträumen ängstigen?

Peter würde sich so freuen, wenn sie es ihm erzählte! Sie stellte sich das Entzücken vor, das sich auf seinen Zügen ausbreitete, die Zärtlichkeit und der Stolz, die ihm aus den Augen leuchteten.

Stolz – die Worte des Eides hallten in ihrem Kopf wider: … *weder Fragen der Erbfolge noch sein Stolz oder sein Wunsch nach Nachkommenschaft* … Ach, Quatsch. Peter war kein *Comyn*, auch wenn er Kyril so ähnlich sah, ihn interessierten Fragen der Erbfolge, ein so wichtiger Bestandteil im Leben der *Comyn*, überhaupt nicht. Ein weiterer Gedanke schlich sich ein: *Auch Rohana wird sich freuen, dass ich mich entschieden habe, der Aillard-Domäne ein Kind zu gebären.* Sie verjagte ihn ebenfalls. Nicht für Aillard. Nicht für Peter. Für mich selbst, weil wir einander lieben und dies die Bestätigung unserer Liebe ist! *Für mich selbst, verdammt noch mal!*

Aber sie schob die Schublade schnell zu – und fast hatte sie ein schlechtes Gewissen dabei –, als sie Peters Schritt hörte.

»Jaelle? Liebes, ich dachte, du wolltest ins Gildenhaus gehen …«

»Ich bin schon fast weg«, antwortete sie und versuchte, nicht schuldbewusst nach der Schublade hinzuschielen. *Wäre er Telepath wie Kyril, würde er es wissen, ohne dass ich es ihm sagte, ja, ohne die Perlen zu sehen.* Sie hatte ihm das Gerät einmal erklärt, aber er hatte nie viel Aufmerksamkeit dafür gehabt, wenn er auch einräumte, so etwas auf dem Markt als Verkaufsartikel gesehen und sich gefragt zu haben, ob es sich um eine Art Abakus handele. Er hatte ihr gezeigt, wie man mit einem Abakus rechnet, und ihr erzählt, es sei die älteste terranische Spielart einer Rechenmaschine.

»Du willst doch sicher nicht in diesem Blizzard ausgehen, Jaelle …«

»Du bist zu lange in der Terranischen Zone gewesen, wenn du das bisschen Schneegestöber einen Blizzard nennst«, erwiderte sie fröhlich. Sie wollte sich hineinstürzen in die erfrischende Kälte, nicht hier in der verweichlichenden künstlichen Wärme der HQ-Gebäude herumlungern.

»Lass mich mitkommen«, sagte Peter und griff nach Stiefeln und Jacke für draußen. Sie zögerte.

»Schatz, in Amazonenkleidung sollte ich nicht mit dir durch die Straßen gehen, und es würde dich zudem hässlichen Bemerkungen aussetzen ...« Auf seinen verständnislosen Blick hin setzte sie erläuternd hinzu: »Du bist noch in Uniform.«

»Ach so. Das. Ich kann mich umziehen«, bot er an. Jaelle schüttelte den Kopf.

»Mir wäre es lieber, du tätest es nicht. Sei nicht böse, Peter, ich möchte gern allein gehen. Wenn ich in der Gesellschaft eines Terraners – oder überhaupt eines Mannes – ins Gildenhaus komme, gibt es Gerede, das mir meine Aufgabe erschweren wird.«

Er seufzte. »Wie du willst.« Er zog sie an sich und küsste sie. Der Kuss wurde zur Aufforderung.

»Möchtest du nicht lieber hier bleiben, wo es warm und gemütlich ist?«

Es war eine Versuchung. Hatte sie schon die terranische Gewohnheit angenommen, nach der Uhr zu lieben, ohne Raum für emotionale Spontaneität? Entschlossen löste sie sich aus seinen Armen.

»Ich bin im Dienst, Liebling. Ich muss gehen. Du erinnerst mich so oft daran, dass Montray dein Vorgesetzter ist. Meine Vorgesetzte ist Cholayna.«

Er gab sie fast zu schnell frei. »Bist du vor dem Dunkelwerden zurück?«

»Vielleicht verbringe ich die Nacht im Gildenhaus«, antwortete sie. »Was wir zu besprechen haben, lässt sich nicht in einer Stunde erledigen.« Er sah so niedergeschlagen aus, dass sie lachen musste.

»Piedro, Schatz, es bedeutet nicht das Ende der Welt, wenn wir eine einzige Nacht getrennt schlafen.«

»Das wohl nicht«, knurrte er. »Aber du wirst mir fehlen.«

Das machte sie weich. »Du mir auch«, flüsterte sie an seinem Hals und schmiegte sich von neuem an ihn. »Es wird jedoch Zeiten geben, wenn du draußen im Feld bist und ich allein schlafen muss. Vielleicht ist es ganz gut, wenn wir uns schon einmal daran gewöhnen.«

Der verletzte Ausdruck in seinen Augen verfolgte sie die Treppe hinunter, hinaus ins Freie, vorbei an den Wachposten der Raumpolizei, die das HQ von der Handelsstadt trennten. Jaelle fühlte die willkommene Kälte des Schnees auf ihren Wangen und wünschte, sie hätte der Trennung mit ihrer guten Nachricht den Stachel genommen.

Nun, sie konnte es ihm immer noch sagen.

Würde man sie beschimpfen, dachte Magda, wäre es nicht so schlimm. Alles wäre besser als dieses endlose, vorwurfsvolle Schweigen, diese betonte Höflichkeit.

»Wenn du wirklich wieder dazu fähig bist, Margali«, sagte Rafaella, »willst du dann mit Doria und Keitha arbeiten? Ich finde, sie brauchen mehr Übung im Fallen.«

Magda nickte. Der große Raum, den sie den Waffensaal nannten, war erfüllt von dem weißen Licht des Schnees draußen, denn der größtmöglichen Helligkeit wegen waren die Fenstervorhänge ganz zurückgezogen. Auf dem Fußboden waren Matten ausgebreitet, und ein Dutzend Frauen machten die Übungen des Streckens und Beugens, mit denen sie sich auf den Unterricht im unbewaffneten Kampf vorbereiteten. Rafaella war die Lehrerin.

Magda dachte an ihren dritten Tag im Haus, als sie bei Rafaella ihre erste Stunde gehabt hatte. Nach mehreren Tagen des Ringens mit so ungewohnten Aufgaben wie Brotbacken, Melken und Stallausmisten war es eine große Erleichterung gewesen, an etwas zu geraten, das sie beherrschte. Sie war an der Akademie des Nachrichtendienstes auf Alpha gründlich im unbewaffneten Kampf ausgebildet worden und brannte darauf, Rafaella zu zeigen, dass sie keine völlige Idiotin sei.

Magda war – damals – bereit gewesen, Rafaella gern zu haben, wusste sie doch, dass die schlanke dunkle Frau Jaelles Partnerin in ihrem Reiseorganisationsgeschäft war. Außerdem hatte sie an ihrem ersten Abend im Haus Rafaella zur Harfe singen gehört. Magdas Mutter war eine beachtliche Musikerin gewesen, die erste Terranerin, die viele der darkovanischen Volkslieder aufgeschrieben und die historischen Verbindungen zwischen darkovanischer und terranischer Musik untersucht hatte. Magda selbst war keine Musikerin – sie hatte ein gutes Gehör, aber keine Singstimme –, doch sie bewunderte dieses Talent bei anderen. Sie war bereit gewesen, Rafaella nicht nur gern zu haben, sondern zu bewundern.

Allein Rafaella war vom ersten Augenblick an pausenlos unfreundlich zu ihr gewesen, und als bei dieser Unterrichtsstunde klar zu Tage trat, dass Rafaella sie für ebenso ungeschickt hielt wie die Hausfrau Keitha, hatte Magda ihr ganzes Wissen an terranischem Judo und alphanischem *vaidokan* heraufbeschworen. Sie legte Rafaella zweimal auf den Rücken, und Rafaella unterbrach den Unterricht und sah sie stirnrunzelnd an.

»Wo, in Zandrus Höllen, hast du das alles gelernt?«

Zu spät erkannte Magda, was sie angerichtet hatte. Sie hatte es auf einem Planeten gelernt, der eine halbe Galaxie von hier entfernt lag, und von einer terranisch-arkturianischen Frau, die sowohl sie als auch Peter in der Selbstverteidigung ausgebildet hatte. Das durfte sie nicht sagen, denn sie hatte es Mutter Lauria versprochen.

»Ich habe es gelernt – als ich noch ganz jung war«, antwortete sie. »Weit von hier.«

»Ja, ich erinnere mich, du bist in den Hellers nahe Caer Donn geboren«, sagte Rafaella. »Hat das denn dein Vater erlaubt?«

»Damals war er schon tot«, erklärte Magda der Wahrheit

gemäß, »und es war kein anderer da, der das Recht gehabt hätte, Einspruch zu erheben.«

Rafaella betrachtete sie skeptisch. »Ich kann mir keinen anderen Mann als einen Ehemann vorstellen, der eine Frau solche Dinge lehrt.« Wieder blieb Magda bei der Wahrheit: »Mein Freipartner hatte nichts dagegen.«

Ungerufen drängte sich Magda eine Erinnerung an die erste Zeit ihrer Ehe auf, als sie und Peter gemeinsam an Techniken des unbewaffneten Kampfes gearbeitet hatten. Das zwischen ihnen immer stärker werdende Konkurrenzdenken hatte dem ein Ende bereitet.

Rafaella betrachtete sie finster. »Wie dem auch sei«, sagte sie, »es steht fest, dass ich dich nichts mehr lehren kann. Im Gegenteil, du hast uns alle viel zu lehren. Ich hoffe, du wirst mir und auch allen anderen ein paar von diesen Haltegriffen beibringen. Wie ich vermute, ist es ein Stil aus den Bergen.« Und so war Magda zur Hilfslehrerin im unbewaffneten Kampf geworden. Der Unterricht wurde ihr nicht so leicht, wie sie es sich vorgestellt hatte; sie hatte die Techniken gelernt, um sie anzuwenden, nicht, um sie weiterzugeben. So hatte sie beträchtliche Zeit darauf verwenden müssen, erst einmal für sich allein festzustellen, wie sie das machte. Aber das hatte ihr etwas von der Selbstachtung gegeben, die sie so dringend brauchte, und es war ihr sogar ein bisschen gelungen, Rafaella in ihrer Unfreundlichkeit zu entwaffnen. Bis zu dem Tag, wo sie für das Haus gekämpft und ihnen allen Schande gemacht hatte. Camilla war es gelungen, den Schwertkämpfer zu beschwichtigen, und sie waren einer Blutrache auf ihrer Schwelle entgangen. Doch sie hatten eine hohe Geldbuße zahlen müssen, die das Haus sich nur schwer leisten konnte. Magda hatte nach ihrer Verwundung zehn Tage lang im Bett bleiben müssen und gerade erst wieder aufstehen dürfen.

»Wird es dir auch nicht zu viel?«, erkundigte Rafaella sich.

»Du willst doch nicht, dass die Wunde wieder aufreißt und anfängt zu bluten.«

»Marisela sagt, ich soll das Bein vorsichtig üben, sonst werde es steif«, antwortete Magda.

Rafaella zuckte die Schultern und wandte ihr den Rücken. »Du weißt es am besten.« Damit ging sie zu der Ecke, wo sie – ohne viel Erfolg – Keitha beizubringen versuchte, sich mit völlig entspannten Muskeln auf eine der Matten fallen zu lassen.

Jemand berührte Magdas Arm. Es war Byrna. Sie trug eine alte Hose, die ihr zu groß und zweimal an der Taille umgeschlagen war. »Ärgere dich nicht; Rafi ist nun einmal so. Seit zwölf Jahren gibt sie hier im Haus Unterricht im unbewaffneten Kampf, und da tauchst du auf, eine Neue, und bist besser als sie. Sie ist eifersüchtig, merkst du das nicht?«

Magda war sich nicht sicher. Sie fragte nur: »Fangen wir an?«, und begann mit den ballettähnlichen Streckübungen, die jeder Trainingsstunde vorausgingen. Ihr Bein schmerzte, sie hörte auf, rollte das Hosenbein hoch und sah es sich an. Über der Wunde hatte sich fester Schorf gebildet; der Schmerz rührte nur daher, dass die Muskeln während der Zeit, die sie im Bett gelegen hatte, weich geworden waren.

»Bei mir auch«, stöhnte Byrna. »Marisela hatte mir eingeschärft, während der ganzen Schwangerschaft Übungen zu machen, aber ich war zu faul, und jetzt schimpft jeder einzelne Muskel mit mir.« Ihr Arm stieß gegen ihre vollen Brüste, und sie zuckte zusammen. »Und in einer halben Stunde muss ich nach oben gehen und den Kleinen füttern. Aber vorher will ich mich ein bisschen ausarbeiten, damit ich irgendwie wieder in Form komme.«

»Komm zu mir herüber, Byrna«, forderte Rafaella sie auf. »Ich weiß, wie das ist, wenn man seine Kondition zurückgewinnen will, während man einen hungrigen Säugling nährt, und ich werde dir zeigen, wie du deine Muskeln schnell kräftigen kannst. Und du, Margali«, setzte sie förmlich hinzu, »willst du mir den Gefallen tun, eine Weile mit Keitha zu arbeiten?«

Magda dachte: *Natürlich, sobald ich mit einer Frau zu reden beginne, die mir echte Freundlichkeit entgegenbringt* – denn seit der Nacht, als Byrnas Kind geboren worden war, mochte sie Byrna sehr gern –, *ruft Rafaella sie weg, und ich bin wieder allein.* Keitha kam gehorsam mit steifen Bewegungen herüber, und Magda sagte: »Versuche, deinen ganzen Körper weich und schlaff zu machen, Keitha. Solange du nicht aufhörst, dich davor zu fürchten, dass du dir wehtun könntest, wirst du immer verkrampft sein, und dann tust du dir bestimmt weh.« Keitha, so dachte sie lieblos, war steif wie ein Stallbesen. Auf Magdas Drängen ließ sie sich fallen, streckte dabei aber einen Arm aus, um sich abzufangen.

»Nein, nein!«, rief Magda. »Du musst dich abrollen! Ganz locker – so.« Sie zeigte es ihr, ließ sich entspannt auf die Matte fallen, ohne sich zu verletzen. Keitha versuchte tapfer, Magda zu imitieren, konnte jedoch einen Schmerzenslaut nicht unterdrücken.

»Au!« Sie rieb sich Schultern und Hüfte. Magda war kurz davor, die Geduld mit ihr zu verlieren, sagte jedoch nur: »Pass auf, wie Doria es macht.« Eine andere Frau näherte sich. Magda blickte hoch und fragte: »Möchtest du mit uns arbeiten?«

Die andere Frau gab mit vollendeter Höflichkeit zurück: »Nein, danke«, ging ans entgegengesetzte Ende des Saals und ignorierte Magda demonstrativ.

Keitha ist freundlich, Byrna ist es, und Doria ist es. Für die anderen existiere ich nicht, dachte Magda, zuckte die Schultern und wandte sich wieder Doria zu. Das Letzte, was sie sich gewünscht hatte, war, in direkte Konkurrenz mit Rafaella zu treten, doch irgendwie hatte sie auch das geschafft.

»Keitha, ich möchte nicht, dass du dich verletzt.« Von neuem bemühte sie sich, der Frau klarzumachen, wie sie sich entspannen sollte. »Sieh her, so ...« Magda ließ sich fallen und landete weich. Nach zwei oder drei weiteren Versuchen hatte Keitha, auch wenn sie den Trick noch längst nicht heraus hatte, doch etwas von der schrecklichen Steifheit verloren, die jeden Fall für sie zur Tortur machte. Nun ja, ein Menschenalter mit würdevollen, damenhaften Bewegungen war nicht so leicht zu überwinden.

Byrna und Doria übten miteinander Haltegriffe. Doria strauchelte und fiel, und als sie sich hochrappelte, wurde der sie beobachtenden Magda erst jetzt etwas klar.

»Es ist nicht so sehr eine Sache der *Bewegung* wie der *Atmung*«, sagte sie. »Stelle dir das Zentrum deines Körpers *hier* vor und versuche, von da aus zu atmen.« Sie wies auf die Mitte ihres Unterleibs. »Dieser Punkt hier, dein Schwerpunkt, bewegt sich nicht – dein Körper bewegt sich um ihn herum. Deshalb eignen sich Methoden der Selbstverteidigung, die für Männer entwickelt wurden, für Frauen nicht so recht. Der Schwerpunkt einer Frau liegt niedriger, weil der Knochenbau anders ist.«

»Aber manche Frauen sind beinahe wie Männer gebaut«, widersprach Doria. »Rafi – sie ist so groß und dünn ...« Sie sah zu ihrer Pflegemutter hin, die ihre Arbeit unterbrach und zuhörte. Verlegen fuhr Magda fort: »Nicht das Geschlecht ist wichtig, sondern die unterschiedliche Knochenstruktur. Jeder muss lernen, wo sein oder ihr individueller Schwerpunkt liegt und wie man sich darum herumbewegt. Teilweise geschieht das durch das Zentrieren, wie wir es an der ...« Sie hielt inne und schluckte. Beinahe hätte sie das altterranische Wort *dojo* ausgesprochen, das in der Alpha-Kolonie immer noch für eine Kriegskunstschule benutzt wurde. »... an dem Ort, wo ich es studiert habe, nannten«, berichtigte sie sich hastig. »Dies *Zen-*

trieren kannst du durch Atmen und Meditieren und durch körperliche Übung lernen. Ich bin größer und schwerer als du; mein Schwerpunkt liegt an einer anderen Stelle als deiner, und Rafaellas oder Camillas ...« Magda sah sich im Raum nach der alten *emmasca* um. Sie war da, beschäftigte sich jedoch emsig damit, den Griff eines Messers neu zu belegen, und achtete anscheinend gar nicht auf den Unterricht. Rafaella dagegen hatte die Arbeit mit ihrer Gruppe eingestellt und war näher getreten. Von neuem in Verlegenheit geratend, suchte Magda nach den richtigen Wörtern. Es war nicht leicht, Entsprechungen für die terranischen Fachausdrücke zu finden. Sie musste die darkovanische Sprache des Tanzens verwenden, denn eine andere gab es nicht. »Es ist eine Art von Balance; du findest die Stelle, wo dein bewegungsloser Mittelpunkt ist, und dein Körper bewegt sich *um* diesen Punkt.«

»Sie hat Recht.« Camilla hob den Kopf. »Das musste ich für mich selbst herausfinden, als ich unter Männern den Schwertkampf lernte. Es mag einer der Gründe sein, warum ich mit dem Schwert besser als viele Männer bin. Sie merkten es nicht, hielten mich für einen Mann, und es stimmt, dass ich sehr groß und dünn bin. Aber mein Mittelpunkt liegt trotzdem tiefer als bei einem Mann von meiner Größe. Ich musste lernen, das auszugleichen, und indem ich mich ständig an Männern maß, erwarb ich meine Geschicklichkeit.« Sie kam und berührte Dorias Schulter. »Du bist sehr dünn, und deine Hüften sind noch sehr schmal – ich glaube nicht, dass du bereits voll ausgewachsen bist, dein Schwerpunkt wird sich verlagern, während du wächst. Aber wenn du einmal gelernt hast, ihn zu finden, wirst du auch die Veränderungen erkennen.«

Einige der Frauen machten wissbegierig balancierende Bewegungen, um herauszufinden, ob es stimmte, was Magda gesagt hatte. Keitha erklärte verächtlich: »Das hört sich nach dieser alten mystischen Theorie an, dass der Mittelpunkt einer Frau in ihrem Unterleib liege.«

Rafaella lachte. »Daran ist nichts Mystisches, denn genau da liegt er.« Keitha machte eine Geste des Abscheus, und Rafaella setzte hinzu: »Frage Byrna, ob ihr Gleichgewicht sich nicht verändert hat, als sie schwanger war.«

»Das hat es in der Tat«, bestätigte Byrna, »und ich habe mein altes Gleichgewicht noch nicht wiedergefunden, nachdem ich das Kind so lange getragen habe.«

Rafaella wandte sich direkt an Keitha. »Was glaubst du wohl, warum ein Kind gerade da getragen wird? Weil da die Stelle liegt, wo der Körper ausbalanciert ist und das Gewicht des Kindes am besten verkraften kann.« Sie musterte Keitha mit erfahrenem Blick. »Ich könnte mir vorstellen, dass du sehr tief trägst – habe ich Recht?«

»Ja«, gab Keitha missmutig zu. »Und?«

»Das ist dein Problem bei der Bewegung«, behauptete Rafaella. »Du versuchst, deinen Körper vom Kreuz aus zu stützen, wie es ein Mann tut. Dabei solltest du dein Gewicht nach vorn verlagern – stell dich einmal so hin.« Mit behutsamer Hand schob sie Keitha in eine andere Position und sah Magda mit einem momentanen Gefühl der Kameradschaft an. »Du bist so groß, dass ich meine, du wirst sehr hoch tragen, stimmt's?«

»Ich weiß es nicht«, antwortete Magda. »Ich bin noch nie schwanger gewesen.«

»Nie? Nun, wenn du es einmal bist, wirst du auch feststellen, dass sich dein Gleichgewicht verlagert. Keitha, wenn du dein Gewicht mehr nach vorn verlegst – sieh dir an, wie Margali steht –, wird es dir leichter fallen, es auszubalancieren.« Sie ging, und Magda fragte: »Doria, willst du es mit mir versuchen? Ich möchte den anderen zeigen ...«

Doria stellte sich ihr gegenüber in der vorschriftsmäßigen

Haltung auf. Rafaella streckte den Arm aus und gab ihr einen groben Schubs.

»Nicht so, dummes Ding«, schimpfte sie. »Was bist du schwer von Begriff, Doria!«

Magda holte scharf Atem und sagte vorsichtig: »Rafaella, ich glaube, für Doria wäre es besser, wenn du nicht dauernd in ihrer Nähe ständest und sie korrigiertest. Sie macht ihre Sache doch gut genug.«

»Sie ist meine Tochter«, flammte Rafaella auf, »und es ist nicht genug, wenn sie ihre Sache *gut genug* macht! Das ist schön und gut für Außenseiter ...« – ein verächtlicher Blick streifte Keitha – »... die man nie gelehrt hat, an sich selbst zu glauben, und die hier erst lernen müssen, was jedes Mädchen wissen sollte, bevor es zehn Jahre alt ist! Doria dagegen ist unter uns aufgewachsen, und es gibt keine Entschuldigung für sie, wenn sie sich dumm und ungeschickt anstellt!«

Doria kämpfte wieder einmal mit den Tränen, und Magda biss sich auf die Unterlippe. In ihrem Wunsch, ihre Tochter solle sich auszeichnen, brachte Rafaella das Mädchen ständig an den Rand der Hysterie. »Rafaella, verzeih mir, aber du hast mich selbst aufgefordert, Doria zu unterrichten, und deshalb ist es meine Aufgabe, ihr zu sagen, ob sie es gut macht oder nicht ...«

»Es ist deine Aufgabe, den Mund zu halten!«, fuhr Rafaella sie an. »Du unwissende Gebirglerin, es steht nicht einmal fest, dass du nach dem, was du getan hast, bei uns bleiben darfst!«

Magda musste gegen Zwillingsimpulse ankämpfen. Sie wollte sich auf dem Absatz umdrehen und den Waffensaal verlassen, und sie wollte Rafaella eine kräftigere Ohrfeige geben, als sie je in ihrem Leben einen Schlag ausgeteilt hatte. Wieder wurde sie wie bei dem Kampf vor der Tür von diesem fürchterlichen Zorn überflutet. Ihr Verstand allerdings sagte ihr, wenn sie Rafaella jetzt schlug, so wie sie es an der Akademie des Nachrichtendienstes auf Alpha gelernt hatte, würde sie die Frau mit bloßen Händen töten. Bebend, die Hände zu Fäusten geballt, trat sie ein kleines Stück von den anderen zurück.

Camilla sagte friedlich: »Rafaella, ein Mädchen in Dorias Alter lernt besser von einer Fremden als von der eigenen Mutter ...«

Rafaella legte den Arm um Dorias Schultern und murmelte: »Herzchen, ich möchte doch nur hier in unserm Gildenhaus stolz auf dich sein, das ist alles. Es ist nur zu deinem Besten ...« Doria brach in Tränen aus und klammerte sich an sie.

In diesem Augenblick öffnete sich die Tür und Mutter Lauria sah in den Waffensaal. Angesichts dieser Szene weiteten sich ihre Augen: Doria schluchzte in Rafaellas Armen, Magda stand mit dem Rücken zu allen, die anderen starrten. Aber sie sagte nur: »Ist Margali hier? Auf dich wartet ein Besucher im Fremdenzimmer. Es tut mir Leid, dass ich dich aus dem Unterricht wegrufen muss ...«

»Oh, *sie* hat es nicht mehr nötig, von *uns* etwas zu lernen«, sagte Rafaella. Mutter Lauria überhörte den Sarkasmus.

Sie winkte Magda an die Tür. »Es ist ein Terraner, und er hat nach dir unter dem Namen gefragt, den du hier trägst.«

Magda wurde die Kehle eng. Wer konnte es anders sein als Peter? Und warum war er gekommen? War Jaelle etwas zugestoßen? »Wie ist sein Name? Was wünscht er?«

Lauria antwortete angewidert: »Ich kann mich an seinen barbarischen Namen nicht erinnern. Du brauchst nicht mit ihm zu sprechen, wenn du es nicht willst. Ich kann ihn von den Mädchen wegschicken lassen.«

»Nein, besser höre ich mir an, was er möchte. Ich danke dir, Mutter.« Magda war der Gildenmutter dankbar, dass sie selbst gekommen war, um ihr die Botschaft zu überbringen. Üblich war es durchaus nicht.

»Gern geschehen.« Mutter Lauria entfernte sich. Magda wurde sich mit einem Mal ihres heißen, geröteten Gesichts, ihrer schweißdurchtränkten Jacke und ihres in feuchten Strähnen um das Gesicht hängenden Haars bewusst. Sie ging in den Raum hinter dem Waffensaal, wusch sich das Gesicht mit kaltem Wasser, entledigte sich der Jacke und zog eine frische an, die sie für das Ende des Unterrichts hier bereitzuhalten gelernt hatte. Sie hatte ihre Überjacke schon verschnürt und kämmte sich gerade das Haar ordentlich zurück, als Rafaella eintrat.

Rafaella fragte verächtlich: »Machst du dich schön für einen Liebhaber?«

»Nein.« Wieder drohte Magdas Zorn außer Kontrolle zu geraten, aber sie bewahrte die Ruhe. »Ich habe einen Gast im Fremdenzimmer, und er soll nicht denken, eine Freie Amazone sei eine schmutzige Schlampe von einem Misthaufen!«

»Warum kümmert es dich so sehr, was ein Mann von dir denkt? Legst du so viel Wert darauf, dass die Männer deine Schönheit, deine Anziehungskraft bemerken?« Rafaella kräuselte die Lippen. Magda brauchte ihre ganze Selbstbeherrschung, um ihr nicht zu antworten und schweigend an ihr vorüberzugehen. Eines Tages, dachte sie, eines Tages werde ich diesen Ausdruck mit einem Schlag von ihrem Gesicht vertreiben, und ganz gleich, was man dann mit mir anstellt, das wird es wert gewesen sein! Sie schritt den Flur hinunter zu dem Kämmerchen an der Vorderseite des Hauses, das sie das Fremdenzimmer nannten. Immer noch zitterte sie vor Wut, und sie bereitete sich darauf vor, Peter mit Vorwürfen zu empfangen. Wie konnte er es wagen, auf der Suche nach ihr hier einzudringen!

Auf einem der schmalen Stühle saß ein Mann, der ihr völlig fremd war. Irgendwo hatte sie ihn schon einmal gesehen, aber gewiss war er niemand, den sie gut kannte, und sie meinte, er blicke überrascht und missbilligend auf ihre Jacke und Hose, auf ihr kurz geschnittenes Haar. »Darf ich erfahren, was Sie herführt?«, fragte sie knapp.

»Mein Name ist Wade Montray«, erwiderte er, »und Ihr seid Magdalen Lorne – Margali, wie man Euch hier nennt?« Er sprach Darkovanisch, und zwar ein sehr gutes Darkovanisch. Sprachbänder, zweifellos, von ihr und Peter hergestellt. Auf Zehenspitzen schlich er zur Tür und spähte in den Flur hinaus. »Es lauscht niemand, und ich bezweifele, dass sie das technische Wissen besitzen, einen Raum zu verwanzen. Doch man kann nie vorsichtig genug sein.«

Magda erklärte eisig: »Hier sind alle so mit ihren eigenen Angelegenheiten beschäftigt, dass sich niemand die Mühe machen würde, ein privates Gespräch abzuhören. Wenn Sie mit mir reden wollen, reden Sie frei heraus.« Ja, sie war diesem Mann schon einmal begegnet. Er war der Sohn des Koordinators und wie sie auf Darkover aufgewachsen. Seinen Argwohn fand sie widerwärtig. War sie wirklich einmal Teil der weit verbreiteten Paranoia des Nachrichtendienstes gewesen?

»Ich bin nur darauf bedacht, Sie nicht zu enttarnen, Miss Lorne. Jaelle Haldane wird in ein paar Tagen kommen, um mit Ihnen zu sprechen, sagte mir Cholayna, und ich sollte es eigentlich ihr überlassen. Allein, sie hat ihren Job, und ich habe meinen. Ich muss diesen Winter in die Hellers reisen, und wie ich hörte, sind Sie letztes Jahr dort gewesen. Ihr Bericht ist voll von Lücken, die die Neugierde reizen, und ich muss mehr darüber erfahren, was Sie von dieser herrschenden Kaste – den *Comyn*, nicht wahr? – wissen. Sie haben den Winter auf Burg Ardais als Gast von Lady Rohana verbracht; Sie könnten uns eine Menge sagen.«

»Es gibt nichts zu sagen, außer dem, was ich bereits niedergelegt habe«, antwortete Magda vorsichtig. »Denn ich nehme nicht an, dass Sie sich für die Speisenfolge beim Mittwinterfest, die Namen der Männer, mit denen ich beim Ball getanzt habe, oder die Höhe des Schnees am Tag nach dem Fest interessieren.«

»Hören Sie, ich interessiere mich für alles – absolut alles«, beteuerte Wade Montray. »Ihre früheren Berichte waren immer voll von Einzelheiten, und ich wüsste gern, warum Sie über diese Mission einen so dürftigen abgegeben haben.«

»Ich war auf Urlaub«, wich Magda ihm aus, »und ich habe Cholayna Ares darüber erzählt. Fragen Sie bei ihr nach.«

»Ich verstehe, aber wie die Dinge liegen, wäre ich Ihnen sehr dankbar, wenn Sie ins HQ kämen und einen vollständigeren Bericht speichern würden«, sagte Montray. »Haldane leistet gute Arbeit, nur glaube ich nicht, dass er Situationen ebenso klar durchschaut wie Sie.«

Mit Widerwillen stellte Magda fest, dass er versuchte, sie einzuseifen. Die Schulungssitzungen hatten sie sehr aufmerksam für die Techniken der Männer gemacht, Frauen herumzubekommen, und die altbekannte männliche Herablassung ärgerte sie. »Ich erinnere Sie, dass ich auf Urlaub bin und dass es mein erster Urlaub in sechs Jahren ist. Sie haben kein Recht, mich daraus zurückzurufen.«

»Oh, ich werde dafür sorgen, dass Sie eine Sonderzahlung für die Unterbrechung ihrer Freizeit bekommen«, beteuerte Montray. Es war eine typisch terranische Vorstellung, dachte Magda grollend, das Angebot einer Sonderzahlung werde sie bewegen, auf ihre Wünsche zu verzichten. Waren alle Terraner solche Krämer?

»Ich bedauere, das möchte ich lieber nicht tun. Was hätten Sie denn gemacht, wenn ich den Planeten verlassen hätte, wie es mein gutes Recht gewesen wäre? Warum setzen Sie voraus, ich müsse Ihnen zur Verfügung stehen?«

»Ach, kommen Sie!« Magda bemerkte, dass sein Lächeln von einzigartiger Süße war. »Es wird Ihnen doch nicht schwer fallen, an einem freien Nachmittag vorbeizukommen und die

Lücken für mich auszufüllen! Davon abgesehen, Sie bekämen einen Extrabonus, wenn Sie, solange Sie hier sind, über alles Tagebuch führten, was im Gildenhaus geschieht. Wir haben nicht viel Material über die Freien Amazonen – entschuldigen Sie, ich weiß schon, die Entsagenden –, und wenn wir sie als medizinisch-technische Assistentinnen ausbilden sollen, werden wir alle Hilfe brauchen, die wir bekommen können.«

»Ich weigere mich entschieden«, sagte Magda zornig, und er änderte seine Taktik.

»Ganz wie Sie wünschen – ich wollte Ihnen nicht zu nahe treten. Natürlich ist es Ihr gutes Recht, Ihren Urlaub in Ruhe und Frieden zu verbringen.«

Ruhe und Frieden! Das ist das Letzte, was ich hier finden werde, besonders jetzt! Gegen ihren Willen musste sie über den Gedanken lächeln. Sie ahnte nicht, dass dieses Lächeln ihr Gesicht verwandelte und ihre verärgerten Worte Lügen strafte. Für Montray bedeutete es eine Ermutigung.

»Hören Sie, Miss Lorne – ganz unter uns, ja? Ich möchte Sie in Ihrem Urlaub nicht stören, aber warum kommen Sie nicht heraus an einen Ort, wo wir uns unterhalten können, ohne befürchten zu müssen, dass uns irgendwer belauscht? Wir trinken irgendwo in der Handelsstadt ein Glas, und dabei erzählen Sie mir, was ich wissen muss. Ich habe einen Stimmschreiber dabei, ich kann Ihren Bericht ins Archiv geben oder ihn, wenn Sie das vorziehen, für meine Ohren allein reservieren. Alles ohne großes Theater, und dann lasse ich Sie in Ruhe. Wie ist es?«

Zu ihrer eigenen Überraschung fühlte Magda sich versucht, auf seinen Vorschlag einzugehen. Hier zu verschwinden, die Atmosphäre ständigen Misstrauens, ständiger Feindseligkeit zu verlassen, in ihr vertrautes terranisches Ich zurückzuschlüpfen – schon der Gedanke an einen Drink oder einen terranischen Kaffee war verlockend. Magda seufzte bedauernd.

»Es tut mir wirklich Leid; ich wollte, das könnte ich tun«, antwortete sie lächelnd. »Aber es ist ganz unmöglich, Mr. Montray.« Erst jetzt wurde ihr bewusst, dass sie mit ihm Terra-Standard sprach.

»Mr. Montray ist mein Vater.« Er grinste. »Ich bin Monty. Und warum ist es so unmöglich?«

»Zuerst einmal, selbst wenn ich gehen könnte, würde es sich nicht für eine Entsagende schicken, in einer Bar mit einem Terraner in Uniform herumzusitzen.« Ihre Augen funkelten vor Belustigung. »Aber ich kann gar nicht gehen. Ich bin verpflichtet, bis Mittsommer im Haus zu bleiben. Ohne Erlaubnis der Gildenmütter darf ich es nicht verlassen.«

»Und das lassen Sie sich gefallen? Sie, eine freie Bürgerin Terras? Man hält Sie gefangen?«

»Nein, nein«, wehrte Magda ab, »es gehört zum Schulungssystem, das ist alles. Und Sie haben selbst gesagt, Sie wollten es vermeiden, mich zu enttarnen. Wenn ich, eine Entsagende auf Probe, mit einem Terraner wegginge – nun, Sie können sich vorstellen, was man sagen würde.«

Zum Teufel mit dem, was sie sagen würden, aber ich habe mein Wort gegeben, und ich werde es halten oder bei dem Versuch sterben!

Wade Montray nahm es philosophisch und stand auf. »Wenn Sie nicht können, dann können Sie eben nicht. Doch ich warne Sie, ich werde zu Mittsommer wiederkommen. Und irgendwie werde ich diesen Bericht erhalten.« Er streckte seine Hand aus. Magda, plötzlich von Heimweh nach einer vertrauten Geste ergriffen, nahm sie. Sie sah ihm nach und dachte mit einigem Bedauern, dass er ein Bote aus einer Welt war, der sie entsagt hatte – und die ihr jetzt paradoxerweise fehlte.

Sie kehrte in den Waffensaal zurück. Der Unterricht war beendet. Ein paar Frauen weichten sich in dem heißen Becken ein, aber Rafaella war unter ihnen, und Magda ging lieber wieder, obwohl ihr Bein schmerzte und das warme Wasser ihr gut getan hätte. Sie entschloss sich, von dem ihr noch zustehenden Vorrecht Gebrauch zu machen und sich in ihrem Zimmer hinzulegen. Zum ersten Mal kamen ihr Zweifel an ihrer Fähigkeit, das halbe Jahr im Gildenhaus durchzustehen.

Sie mochte die Frauen hier, jedenfalls die meisten. Sie mochte sogar Rafaella oder hätte sie gemocht, wenn die Frau es zugelassen hätte, und sie hatte Camilla und Doria und Keitha sehr gern. Es waren die kleinen Dinge, die kalten Bäder, das stupide Beharren auf manueller Arbeit und jetzt, seit dem Kampf, bei dem sie die Beherrschung verloren hatte, die dauernden Reibungen. Magda verstand die anderen nicht recht. Schließlich hatte der Mann das Haus angegriffen, und er hätte es verdient gehabt, selbst wenn sie ihn getötet hätte.

Konnte ein Mensch jemals seiner eigenen Welt völlig entsagen? War sie eine Törin gewesen, dass sie es versuchte? Sollte sie einfach aufgeben, Mutter Lauria sagen, es sei zu viel für sie, sollte sie darum bitten, doch noch von ihrem Eid, ihrem erzwungenen Eid, befreit zu werden? Vielleicht brauchte sie diese Entscheidung gar nicht zu fällen. Wenn über ihre angebliche Untat beraten wurde, verstieß man sie vielleicht aus dem Gildenhaus, und das ersparte ihr die Wahl.

Und wie soll ich dann Jaelle gegenübertreten?

Im Gildenhaus versammelte man sich mittags nicht zum Essen; wer Hunger hatte, ging in die Küche und nahm sich Brot und kaltes Fleisch, und so stieg auch Magda, die noch an die terranischen Mahlzeiten gewöhnt war und um diese Zeit einen leichten Imbiss liebte, eine Weile später nach unten. Sie füllte einen Becher mit dem Borkentee, der immer im Kessel über dem belegten Feuer vor sich hin kochte – es war kein Kaffee, aber er war heiß, und die Küche war kalt, und Magdas Hände schlossen sich mit Behagen um das Gefäß –, schnitt sich Brot von einem Laib ab und bestrich es mit Butter und dem weichen Käse, der in einem Steinguttopf aufbewahrt wurde. Es machte ihr zu viel Mühe, sich von dem Fleisch im Kühlraum abzuschneiden, und außerdem war es ihr da drinnen zu kalt. Sie setzte sich, kaute und fragte sich, wo Irmelin stecke. Der Teig für das Brot zum Abendessen ging an einem Ende des Tisches in einer großen Schüssel, zugedeckt mit einem sauberen Tuch, und gab schmatzende Laute von sich. Magda wischte die Krümel zusammen und spülte ihren Becher aus – eine der strengsten Regeln war, dass jeder, der sich Essen aus der Küche holte, sie so sauber verlassen musste, wie er sie betreten hatte –, als Irmelin den Kopf durch die Tür steckte.

»Oh, Margali! Du warst nicht in deinem Zimmer. Ich hoffte, dich hier zu finden. Willst du den Hallendienst übernehmen? Byrna nährt gerade das Baby.«

Magda zuckte die Schultern. »Sicher«, sagte sie und wollte sich auf den Weg in die Halle machen. Aber Irmelin hielt sie zurück. Ihr rundes Gesicht glänzte vor Neugier.

»Bist du nicht Jaelle n'ha Meloras Eidestochter?«

»Ja, die bin ich«, antwortete Magda, und Irmelin nickte. »Wusste ich's doch! Sie ist hier bei Mutter Lauria, und sie haben sich schon seit Stunden in ihrem Büro eingeschlossen ...« Mit großen Augen setzte sie hinzu: »Vermutlich hat Mutter Lauria nach ihr geschickt, um mit ihr zu besprechen, was mit dir geschehen soll. Ich hoffe, sie erlauben dir zu bleiben, Margali. Meiner Meinung nach war Camilla zu hart gegen dich – wir können doch nicht alle den Ehrenkodex der Söldner kennen, und ich sehe auch nicht ein, warum wir ihn kennen sollten.«

Gerade mit ihrer Freundlichkeit hatte Irmelin Magdas Seelenfrieden wieder gestört. War es so ernst, dass sie Jaelle deswegen aus der Terranischen Zone geholt hatten? Irmelins Gedanken waren schon wieder bei ihrer Arbeit. »Geh jetzt und setz dich in die Halle, um die Leute hereinzulassen. Ich muss den Brotteig kneten und rechtzeitig zum Abendessen in den Ofen bekommen, und wenn Shaya hier ist, möchte ich noch Gewürzbrot backen.«

Magda setzte sich in die Halle, knüpfte lustlos an ihrem Gürtel und musste, ob sie wollte oder nicht, an das letzte Mal denken, als sie daran gearbeitet hatte. Dann erklang die Türglocke und sie machte sich auf Ärger gefasst. Auf der Schwelle stand ein Mann in der grün und schwarzen Uniform eines Gardisten, und Magda schob aggressiv das Kinn vor.

»Was wollt Ihr?«

»Ist Byrna drinnen?«

»Ihr könnt sie im Fremdenzimmer sprechen, wenn Ihr wollt«, sagte Magda.

»Oh, ich freue mich, dass sie wieder auf den Beinen ist«, erwiderte der junge Mann.

»Darf ich ihr sagen, wer nach ihr fragt?«

»Mein Name ist Errol«, stellte er sich vor, »und ich bin der Vater ihres Sohns.« Er war ein sehr großer, sehr junger Mann, die Wangen noch flaumig vom ersten Schatten eines Bartes. »Meine Schwester hat gerade erst ein Kind bekommen und sich erboten, den Jungen mit ihrem eigenen zu nähren. Deshalb komme ich, um ihn mitzunehmen.«

So bald schon. Er ist erst zehn Tage alt. Oh, arme Byrna. Der sehr junge Mann musste ihren traurigen Blick bemerkt haben, denn er meinte unsicher: »Sie hat mir *gesagt,* sie wolle ihn nicht behalten, und da dachte ich, je eher ich ihn ihr abnehme, umso besser wäre es für sie!«

»Ich will gehen und es ihr sagen.« Magda führte den jungen Mann ins Fremdenzimmer. Sie wusste nicht recht, was sie jetzt tun sollte, aber zum Glück läutete es wieder und Marisela trat ein.

»Was fange ich nur an, Marisela? Der Vater von Byrnas Kind ist da drinnen –« sie zeigte »– und will es mitnehmen ...«

Marisela seufzte, sagte aber nur: »Besser jetzt als später. Ich will es ihr sagen, Margali. Geh du wieder in die Halle, Kind.«

Magda gehorchte, und nach beträchtlicher Zeit sah sie Errol aus dem Fremdenzimmer kommen. Er trug mit der Unbeholfenheit eines Mannes, der nicht an den Umgang mit Babys gewöhnt ist, ein dick eingewickeltes Bündel auf den Armen. Marisela ging nebenher und sprach eindringlich mit ihm. Magda überließ es ihr, ihn hinauszugeleiten, denn ihr kam der Gedanke, Byrna brauche jetzt Gesellschaft und Mitgefühl. Wenn Leute an die Tür kamen, sollten sie klopfen, bis Irmelin sie in der Küche hörte und ihren Brotteig lange genug allein lassen konnte, um sie einzulassen.

Magda fand Byrna in ihrem Zimmer über das Bett geworfen und bitterlich weinend. Magda sprach kein Wort, sie setzte sich nur zu ihr und nahm ihre Hand. Byrna hob das tränenüberströmte Gesicht und warf sich Magda schluchzend in die Arme. Magda drückte sie schweigend an sich. Ihr kamen ein halbes Dutzend Trostworte in den Sinn, die sie hätte sagen können, aber keins schien ihr der Mühe wert zu sein.

Sie hätten ihm das Kindchen nicht mitgeben sollen. Es ist zu früh. In diesem Stadium, das ist doch bekannt, braucht Byrna es ebenso, wie das Baby sie braucht! Das ist grausam, das ist nicht recht ... Ihr war, als spüre sie durch das Zittern der Frau in ihren Armen den Schmerz und die tiefe Verzweiflung Byrnas. Sie sagte nichts, sie hielt Byrna nur fest, bis sie erschöpft war vom Weinen. Dann legte sie sie behutsam auf das Kissen nieder.

»Er ist noch zu klein«, schluchzte Byrna, »er braucht mich, er braucht mich wirklich – aber ich hatte es versprochen, ich wusste damals nicht, wie weh es tun würde ...«

Es gab nichts, was Magda dazu sagen konnte. Sie war erleichtert, als die Tür sich öffnete und Marisela hereinkam, Felicia neben sich. »Ich hatte gehofft, irgendwer käme auf den Gedanken, Byrna Gesellschaft zu leisten. Gnädige Avarra, wenn doch nur Ferrika gekommen wäre!« Sie beugte sich über Byrna und sagte freundlich: »Ich habe hier etwas, von dem du schlafen wirst, *breda.*«

Byrna war nicht fähig zu sprechen. Ihre Augen waren vom Weinen beinahe zugeschwollen, ihr Gesicht war rot und fleckig. Marisela stützte ihren Kopf, ließ sie einen Becher austrinken und legte sie wieder hin. »Jetzt wirst du gleich einschlafen.«

Felicia kniete sich an Byrnas Bett, ergriff ihre Hände und sagte: »Schwester, ich weiß es. Ich weiß es tatsächlich, erinnerst du dich?«

Byrna antwortete mit heiserer, gepresster Stimme: »Aber du hast deinen kleinen Jungen fünf Jahre lang gehabt, fünf ganze Jahre, und meiner ist noch so klein, nichts als ein Baby ...«

»Umso schwerer war es für mich«, flüsterte Felicia. Ihre großen grauen Augen füllten sich mit Tränen. »Du hast es richtig gemacht, Byrna, und ich wünschte nur, ich hätte ebenso viel Mut gehabt und ihn sofort der Frau übergeben, die er Mutter nennen wird. Ich habe ihn zu meinem eigenen Trost hier behalten, und dann musste er, als er fünf Jahre alt war, zu Fremden gehen, wo alles anders ist und man von ihm erwartet, das zu sein, was sie einen kleinen Mann nennen ...« Sie schluckte schwer. »Ich brachte ihn ins Haus meines Bruders – er weinte so, und ich musste seine Hände von mir losreißen und ihn verlassen, und sie mussten ihn festhalten, und auf dem ganzen Weg die Straße hinunter konnte ich ihn hören, wie er ›Mutter, Mutter‹ schrie ...« Ihre Stimme verriet endlosen Schmerz. »Es ist viel besser, ihn jetzt wegzugeben, wo er noch nichts anderes kennt als Liebe und Zärtlichkeit und eine warme Brust – und wenn seine Pflegemutter ihn selbst nährt, wird sie ihn umso mehr lieben und umso sanfter mit ihm sein.«

»Ja, ja, aber ich will ihn haben, ich will ihn haben«, schluchzte Byrna und klammerte sich an Felicia, die jetzt auch weinte. Marisela zog Magda leise aus dem Zimmer.

»Felicia kann ihr jetzt am besten helfen.«

Magda sagte: »Ich würde meinen, sie könne es schlimmer machen – ist es nicht grausam für sie beide?«

Marisela legte einen Arm um Magda. »Nein, *chiya,* das ist es, was sie brauchen. Unausgesprochener Kummer verwandelt sich in Gift. Byrna muss um ihr Kind trauern, denn für sie ist es, als sei es gestorben. Und sie kann wiederum Felicia helfen. Felicia war nicht im Stande, um ihren Sohn zu weinen, und nun weinen sie zusammen, und es bedeutet eine Erleichterung für sie, dass sie gegenseitig ihren Schmerz verstehen. Andernfalls würden sie sich die erste Krankheit einfangen, die ihnen in die Nähe kommt, und zumindest Byrna könnte daran sterben. Gib der Göttin, was ihr zusteht, Kind, auch dann, wenn es Kummer ist. Du hast nie ein Kind geboren, sonst wüsstest du es.« Sie küsste Magda auf die Wange. »Eines Tages wirst auch du fähig sein zu weinen und von deinem Kummer geheilt werden.«

Marisela stieg die Treppe hinunter, und Magda sah ihr verblüfft nach. Vermutlich hatte Marisela Recht – sie hatte die Frau respektieren gelernt, sie wusste auf ihre eigene Weise so viel wie die meisten Ärzte, und mit dem psychologischen Aspekt der Sache kannte sie sich ebenfalls aus. Es war ja bekannt, dass seelischer Druck psychosomatische Krankheiten hervorrief, aber es überraschte Magda, dass Marisela daran dachte. Nur in ihrem Fall musste Marisela sich irren. Sie hatte keinen besonderen Kummer, sie hatte gar keinen Grund zu weinen! Ärger, ja, den hatte sie, genug, um zu platzen! Vor allem in letzter Zeit. Groll kannte sie auch. Aber Kummer? In ihrem ganzen Leben als Erwachsene hatte sie nicht öfter als dreimal geweint. O ja, sie hatte geweint, als Marisela ihre Schwertwunde ohne Betäubung genäht hatte, aber das war etwas anderes. Der Gedanke, sie könne irgendeinen unbekannten und verborgenen Kummer mit sich herumschleppen, von dem sie geheilt werden musste, kam ihr geradezu phantastisch vor.

Ein melodisches Läuten erklang. Es mahnte die Frauen, die von der Arbeit in der Stadt heimgekehrt waren, dass es in einer Stunde Abendessen geben werde und sie sich mit dem Baden und Umziehen danach einrichten sollten. Magda stieg, immer noch mit gerunzelter Stirn, zu ihrem Zimmer hinauf. Sie kam an Byrnas geschlossener Tür vorbei und hoffte, Byrna schlafe.

Ich war traurig, aber nicht traurig genug, um darüber zu weinen, als ich merkte, dass es Peter nicht gelungen war, mich zu schwängern, und dann, als wir uns trennten, war ich froh, nicht mit einem Kind belastet zu sein. Und besonders jetzt – was täte ich hier mit einem Kind? Ich könnte jetzt in Byrnas Lage sein. Die Vorstellung ist lächerlich. Marisela könnte eine vernünftige terranische Ausbildung brauchen, in Psychologie ebenso wie in Medizin.

Sie zog sich zum Essen um und seufzte bei dem Gedanken, Rafaella am Tisch wieder zu begegnen und den unausgesprochenen Groll der anderen zu spüren. Aber es gab nichts, was sie dagegen tun konnte, und sie würde sich nicht in ihrem Zimmer verstecken und sie merken lassen, dass sie darunter litt. Sie war Terranerin, und mehr als das, sie war eine Entsagende, und irgendwie würde sie genug Kraft aufbringen, um diese Zeit durchzustehen.

2

Die Frauen in Mutter Laurias Büro hörten das Läuten, und die Gildenmutter seufzte. »Ich muss gehen, Jaelle; es war schön, dies Gespräch mit dir zu haben. Du wirst heute Nacht hier schlafen, nicht wahr? Es kommt nicht darauf an, welche Frauen du und ich für geeignet halten, ich kann von keiner verlangen, dass sie ihre Schwestern verlässt und eine Arbeit bei den Terranern annimmt. Sie selbst muss den Wunsch haben zu gehen.«

»Aber wir dürfen nicht jede Frau gehen lassen, die zu gehen wünscht«, betonte Jaelle. »Es müssen die richtigen sein – wir wollen doch nicht, dass sie versagen und die Terraner daraus den Schluss ziehen, alle Frauen Darkovers seien dumme Kinder, die sich in der Sicherheit ihres Heims verstecken. Und sie sollten keine Liebhaberinnen von Frauen sein, denn so etwas verabscheuen die Terraner. Ich würde mich gern mit Magda darüber beraten ...«

»Das wäre die Letzte. Sie ist neu bei uns ...«

»Sie ist seit drei Monden hier, ebenso lange, wie ich bei den Terranern arbeite.«

»Aber die Frauen im Haus wissen nicht, dass sie Terranerin ist. Sie würden sich wundern, warum ich mich mit einer Neuen bespreche statt mit einer Veteranin, die seit Jahren unter uns lebt. Warum nicht gleich Doria fragen?«

»Du könntest viel schlechter wählen; Kinderaugen sehen scharf«, lachte Jaelle. »Ich bin überzeugt, Doria kennt unsere Fehler und Schwächen ebenso gut wie ich. Doch bevor wir Entscheidungen fällen, möchte ich zumindest unter vier Augen mit Magda reden. Ich verstehe, dass du sie den anderen nicht vorziehen willst ...« Jaelle machte sich Sorgen; sie hatte nicht gewusst, dass Magda sich dazu entschlossen hatte, hier anonym zu leben. Aber Mutter Lauria hatte sich bereits erhoben – die Unterredung war beendet.

Jaelle ging und wusch sich die Hände in der Spülküche des Erdgeschosses. Hier war ihr Zuhause, sann sie, und zum ersten Mal, seit sie elf Jahre alt gewesen war, hatte sie hier keinen festen Platz! Sie ging in den Speisesaal, und dann schrie jemand: »Jaelle!« und Rafaella umarmte sie begeistert.

Jaelle erwiderte die Umarmung und lachte fröhlich über die Überraschung ihrer Partnerin.

»Du hast nicht erwartet, mich zu sehen, nicht wahr? Wie geht das Geschäft?«

»So gut, wie man es verlangen kann, wenn du so lange Zeit weg gewesen bist«, gab Rafaella halb scherzend, halb in echtem Groll zurück. »Wie kannst du nur bei den *Terranan* arbeiten!«

»Ich bin nicht die Erste und werde nicht die Letzte sein«, erklärte Jaelle ruhig. »Ich werde beim Haustreffen darüber berichten. Und du hast das Haus öfter als einmal verlassen, um mit einem Freipartner zu leben!«

»Nicht mit einem *Terranan!*« Rafaellas lebhaftes Gesicht verzog sich zu einer Grimasse des Ekels. »Da würde ich mich ebenso gern mit einem *cralmac* paaren!«

Jaelle lachte. »Ich habe noch nie mit einem *cralmac* geschlafen und weiß nichts über ihre Bettmanieren. Aber in den Bergen hat mir einmal eine Frau erzählt, sie schlafe der Wärme wegen jede Nacht zwischen ihren beiden weiblichen *cralmacs,* also können sie gar so widerwärtig nicht sein! Doch im Ernst, Rafi, die Terraner sind Menschen wie andere. Sie unterscheiden sich von uns nicht stärker als Leute aus dem Gebirge von Tiefländern, nur in der Sprache und den Sitten, sonst nicht. Sie sind uns viel ähnlicher als die *chieri,* und es ist Blut des Alten Volkes in der ganzen Hastur-Sippe. Ich hatte nicht gedacht, dass ausgerechnet du abergläubischen Unsinn über die Terraner wiederholst, als hätten sie Hörner und Schwänze!«

Vielleicht, dachte sie, ist es kein Wunder, dass Magda lieber anonym bleiben möchte, wenn dieser Unsinn über die Terraner von den Frauen hier allgemein geglaubt wird! Ich hätte die Schwestern meines eigenen Gildenhauses für vernünftiger gehalten. Sie sprach nicht weiter darüber, denn sie wollte mit ihrer Freundin und Partnerin nicht streiten.

»Erzähl mir doch, wie es mit der Arbeit geht, Rafi. Weißt du, du könntest für einige Zeit, während ich weg bin, oder sogar für dauernd, eine andere Partnerin nehmen – wir haben in den meisten Jahren genug für drei zu tun. Und was macht mein Baby Doria?«

»Dein *Baby* macht gerade sein Hausjahr durch und wird zu Mittsommer den Eid leisten«, lautete Rafaellas trockene Antwort. »Wenn sie es schafft, zugelassen zu werden. Sie ist im allerschlimmsten Stadium des Heranwachsens. Jedes Mal, wenn ich ihr ein Wort sage, bricht sie in Tränen aus. Das Geschäft? Ja, ich habe zwei Karawanen ablehnen müssen, aber sonst geht es gut. Da ist ein neuer Sattelmacher ...«

»Könnt ihr euch keinen anderen Platz suchen, um euch zu unterhalten?«, fragte eine große, schlanke Frau mit golden schimmerndem Haar, die eine lange Schürze über den Hosen festgesteckt hatte. Rafaella legte ihrer Freundin die Hand auf die Schulter und schob sie weiter, so dass die Frau Teller und Schüsseln auf den langen Tisch stellen konnte. »Unsere Schwester Keitha, sie ist zur gleichen Zeit wie deine Eidestochter Margali zu uns gekommen.« Rafaella drehte sich um und stellte Jaelle vor. Jetzt strömten Frauen in den Speisesaal, einzeln und in kleinen Gruppen, standen herum und plauderten, nahmen unter dem Klirren des Geschirrs Platz. Es duftete nach frischem Brot, noch warm vom Ofen, und Jaelle sog erfreut die Luft ein.

»Richtiges Essen! Ich bin ganz ausgehungert!«

»Was ist denn los, geben die Terraner dir nichts zu essen? Du hast aber zugenommen.« Rafaella hob die Augenbrauen. »Oder gibt es dafür einen anderen Grund, Shaya?«

Jaelle lächelte über den Kosenamen, den sie hier im Haus erhalten hatte, als sie jünger als Doria gewesen war, rückte jedoch ein bisschen von Rafi ab. Sie wollte darüber jetzt nicht sprechen.

Immerhin, ich wäre in der Lage, ein Kind mit Peters Hilfe selbst aufzuziehen, ich brauchte mich nicht davor zu fürchten, einen Jungen zu bekommen, den ich im Alter von fünf Jahren weggeben müsste. Ich war immer der Meinung, Amazonen sollten keine Kinder haben. Es gibt genug unerwünschte Mädchen, die wir in unsere Häuser und unsere Herzen aufnehmen könnten, so wie Kindra mich aufgenommen hat.

Aber ich war nicht unerwünscht. Mutter – Mutter liebte mich, glaube ich, obwohl ich mich gar nicht mehr an sie erinnere. In den Träumen, die ich unter den verdammten Maschinen hatte, muss ich mich manchmal ein bisschen erinnert haben. Und Rohana hätte mich gern zur Pflegetochter gehabt. Aber ich entschied mich dafür, hierher zu kommen ...

Gerade betrat Magda den Speisesaal. Eine Welle der Bestürzung und Verzweiflung überflutete sie. Zögernd blieb sie auf der Schwelle stehen. Was geschah mit ihr? Die ganze Zeit hatte sie merkwürdige kleine Halluzinationen. Verlor sie den Verstand? Sie sah sich im Raum um, erkannte Rafaella am Kamin, die mit einer Frau in einem blauen Kleid sprach. Es war keine Amazone, denn ihr Haar war lang und kupferrot, und es lockte sich an den Spitzen. Dann lachte die Frau und wandte ihren Kopf der Tür zu, und Magda erstarrte: Jaelle!

Sie war sich sicher, keinen Laut von sich gegeben zu haben, aber Jaelle drehte sich um, als habe Magda ihren Namen gerufen. Ihr Gesicht zeigte den Ausdruck freudiger Überraschung.

»Was ist los, Jaelle, was ist geschehen, warum bist du hier?« Diskutierten sie tatsächlich über ihr Verbrechen? Man hatte ihr gesagt, die Angelegenheit müsse ihrer Eidesmutter unterbreitet werden. Jaelle erklärte fröhlich: »Ich bin nicht verpflichtet, im Haus zu bleiben, *breda*. Ich wollte schon längst kommen, aber dies war meine erste Chance – ich bin sehr beschäftigt gewesen, wie du dir vorstellen kannst.«

Magda sah ihrer Freundin in die Augen. Es lag mehr darin als ein harmloser Besuch. Das Weiße der Augen war blutdurchschossen, und Magda wusste, wie selten Jaelle weinte. *Vielleicht* – so drängte sich ihr ein quälender Gedanke auf – *lässt Peter ihr nicht viel Schlaf.* Sie ließ den Gedanken fallen, als habe er sie verbrannt. *Man sollte meinen, ich wäre eifersüchtig!*

»Mutter Lauria und ich haben über die Frauen gesprochen, die ausgewählt werden können, die terranische Medizin zu lernen. Ich möchte mich darüber mit dir beraten, aber nicht hier.« Das Läuten der Abendbrotglocke unterbrach sie. Mutter Lauria kam herein und setzte sich an ihren Platz. Jaelle schnüffelte entzückt.

»Ich bin Essen, das aus Maschinen kommt, so leid! Richtiges Brot, frisch gebacken – und Kaldaunen-Stew, wenn ich mich nicht irre. Wundervoll!« Sie ergriff Magdas Hand. »Komm, wir setzen uns hierher zu Camilla.« Damit beugte sie sich zu Camilla hinab, die ihr gewinkt hatte, drückte und küsste sie schnell. »Nun, Tante, du siehst gut aus, ist dir das Klima von Nevarsin bekommen? Setz dich neben mich, Margali, und beim Essen erzählst du mir alles, was sie dir hier angetan haben.«

Magda lachte. »Das würde länger als einen Abend dauern.«

»*Breda* ...« sagte Jaelle erschrocken, als sehe sie sie zum ersten Mal. »*Chiya,* was hat man dir angetan? Du bist dünner geworden«, schalt sie. »Das Hausjahr ist für jeden die Hölle, ich weiß. Trotzdem darfst du dich nicht so unterkriegen lassen!« Damit nahm sie Magda fest in die Arme.

Magda sah die Tränen nicht, weil Jaelle ihr Gesicht an ihrer Schulter verbarg, sie spürte nur, dass die Freundin sich an sie klammerte, als suche sie Trost. Was sie sah, war Janettas wissendes Grinsen. Aller Augen hatten sich auf sie gerichtet. Magda machte sich los.

»Nicht, Jaelle.« In ihrer Verlegenheit war ihr, als hallten das Klappern und Klirren von Geschirr und Besteck aus vielen Meilen Entfernung in einem hohen Gewölbe wider.

Jaelle trat stirnrunzelnd zurück. Beinahe förmlich fragte sie: »Habe ich dir irgendetwas zuleide getan, Eidestochter?«

»O nein!«, antwortete Magda erschrocken. Sie senkte die Stimme. »Es ist bloß – ich wollte nicht – ich meine, hier im Gildenhaus glauben jetzt schon alle, ich sei deine Liebhaberin ...« Es erstickte ihr die Stimme. Halb und halb erwartete sie, dass Jaelle vernünftig zurückgeben würde: »Das ist doch gleichgültig!«

Jaelle murmelte jedoch nur: »Ich verstehe«, und setzte sich, als sei nichts passiert. Aber bei ihrem Blick überlief es Magda kalt. Es war der gleiche Blick, mit dem Jaelle sie an jenem ersten Abend gemessen hatte, nachdem sie sie vor einer Vergewaltigung durch die Räuberbande gerettet hatte – eisig, distanziert, am Rand der Verachtung. Im nächsten Augenblick war er verschwunden, und Magda fragte sich, ob sie es sich nur eingebildet habe. Camilla und die junge Doria umarmten und küssten Jaelle und tauschten Plätze, bis sie alle zusammen um die Tischecke sitzen konnten.

Jaelle sagte über Dorias Kopf weg: »Das ist mein Baby, Margali; sie war erst drei, als Kindra mich ins Gildenhaus brachte, und sie ist immer mein Schoßkind und Spielzeug gewesen – und jetzt sieh sie dir an, ganz erwachsen und bereit für den Eid! Ich bin so stolz auf dich, *chiya!*«

Doria lugte zu Magda hinüber, und sie tauschten ein kurzes Grinsen aus. Magda dachte: *Sie hat uns nicht gesehen, wie wir bei den Schulungssitzungen am ganzen Körper zitterten, sonst wäre sie nicht so stolz auf uns! Dem Himmel sei Dank, dass heute Abend keine stattfindet, ich hielte das nicht aus, vor den Augen Jaelles!* Oder hatte sie sich zu früh gefreut? Immer gab es Kaldaunen-Stew, wenn eine Schulungssitzung oder ein fast ebenso fürchterliches Haustreffen stattfand. Magda hatte ihren Widerwillen gegen Kaldaunen-Stew noch nicht überwinden können. Als die Schüssel herumging, schüttelte sie den Kopf und gab sie an Jaelle weiter. Jaelle wunderte sich.

»Du willst nichts? Das ist mein Lieblingsessen, und ich bin ganz ausgehungert danach! Nun, je weniger du nimmst, desto mehr bleibt für uns andere!« Sie bediente sich reichlich. »Schwestern, ihr werdet das Essen hier erst dann richtig zu würdigen wissen, wenn ihr einmal versucht habt, von dem zu leben, was die Terraner Essen nennen!« Sie übertrieb, führte sich beinahe auf wie ein Clown.

»Meinen Anteil kannst du gern haben.« Magda versuchte, ihre Bitterkeit zu verbergen. Jaelle war *nach Hause* gekommen, und jetzt freute sie sich und schmauste und lachte, als habe sie bei Wasser und Brot in Einzelhaft gesessen. Dabei hatte Jaelle in der Terranischen Zone bei jeder Mahlzeit die Auswahl zwischen fünfzehn Speisen, ohne dass sie hatte helfen müssen, sie zu kochen, ihr standen Musik von verschiedenen Planeten und alle Bücher, die je geschrieben worden waren, zur Verfügung, sie konnte sich bei Partys und gegenseitigen Besuchen des HQ-Personals amüsieren – als Peters Frau würde sie zu den meisten offiziellen Veranstaltungen eingeladen werden –, sie hatte Gelegenheit zum Sport, zum Schwimmen (und das in einer angenehm geheizten Halle), zu allen Arten von Spielen und Erholung. *Ich dagegen kämpfe mit dem Stallbesen und bin noch dazu in Ungnade ge-*

fallen ... und zu essen bekomme ich Kaldaunen-Stew, verdammt noch mal!

Magda entdeckte eine Schüssel mit etwas, das ein bisschen wie gebackene Yamswurzeln oder Kürbisse schmeckte, und nahm sich davon. Dann reichte ihr jemand eine noch unberührte Schüssel. Es war eine mit Käse gebackene Kornmischung, in Milch wieder aufgewärmt. »Das habe ich *extra für dich* aufgehoben, Margali.« Magda biss die Zähne zusammen. Ihr war klar, dass das als indirekte Beleidigung gemeint war. Die meisten Frauen hielten das Zeug schon für kaum essbar, wenn es frisch serviert wurde, aber weil es billig war, erschien es nur zu oft auf dem Tisch, seit das Haus dem von Magda verwundeten Mann die hohe Wiedergutmachung hatte zahlen müssen ... Magda ermahnte sich, nicht überempfindlich zu sein – alle hier wussten, wie sehr sie das Kaldaunen-Stew verabscheute –, und füllte sich kommentarlos den Teller. Aber gerade das Mädchen, das behauptete, ihr das Gericht »aufgehoben« zu haben, hatte gestern Abend mit lauter Stimme Bemerkungen darüber gemacht, wie sie sich mit dem Essen einschränken müssten und warum.

Magda strich sich Butter auf eine Scheibe Brot, als Jaelle ruhig sagte: »Du brauchst diesen *reish* nicht zu essen, Margali.«

Das Wort, das sie benutzt hatte, bedeutete wörtlich Pferdemist. Magda nahm einen Löffel voll.

»Lass nur, mir schmeckt es tatsächlich besser als das Kaldaunen-Stew.«

»Unmöglich! Hör zu, *breda,* du bist meine Eidestochter, du brauchst dir eine solche Behandlung von niemandem gefallen zu lassen! Nicht in meinem eigenen Haus!« Jaelle hatte die Hand leicht auf Magdas Handgelenk gelegt, und es war, als flössen ihre Gedanken auf Magda über. *Wie können sie es wagen, Margali so zu behandeln!* Ein Körnchen gesunder

Menschenverstand erinnerte Magda daran, dass das törichtes Zeug war, sie aß das Korn-und-Käse-Gericht ebenso gern wie alles andere, das sie hier bekam, aber diese Überlegungen gingen unter in Jaelles Zorn. Ein Schimpf, der ihrer Eidestochter angetan wurde, war auch ein Schimpf für sie. Jaelle nahm die Schüssel in die Hand und stellte sich vor die Frau, die sie Magda gereicht hatte.

»Das ist sehr großzügig von dir, Cloris, aber da wir wissen, wie gern du das isst, können wir dir unmöglich alles wegnehmen.« Mit blitzenden Augen schüttete Jaelle die ganze breiige Masse auf Cloris' Teller. Magda – und ebenso Cloris – war klar, dass nicht viel gefehlt hätte, und Cloris hätte sie auf die kurz geschnittenen Locken bekommen. »Ein Geschenk – von *meiner Eidestochter!*« Die Betonung der letzten Worte genügte, dass Cloris den Kopf senkte. Das Blut stieg ihr in die runden Wangen. Sie fuhr mit dem Löffel in das widerliche Zeug und würgte es hinunter. Jaelle blieb einen Augenblick triumphierend stehen, dann kehrte sie zu ihrem Platz zurück, wo Magda so tat, als esse sie von dem gebackenen Kürbis, und ergriff ihre eigene Gabel.

Langsam löste sich die Spannung im Raum. Camilla und Doria stellten hundert Fragen über die Terranische Zone. Sie sprachen ein Schnellfeuer-*Cahuenga*, dem Magda kaum zu folgen vermochte, aber sie spürte, dass Jaelles Zorn beim Erzählen schmolz. Nach einer Weile war es wieder die alte Jaelle, die ihre Freundinnen fröhlich mit überlebensgroßen Abenteuern an weit entfernten Orten unterhielt. All die kleinen Schwächen der Terraner wuchsen zu Albernheiten an.

Magda durchfuhr es wie ein Stich. Was Jaelle ihnen da erzählte, hätte sie auch erzählen können, aber sie hatte sich mit ihrem Ehrenwort, mit ihrem Eid verpflichtet, es nicht zu tun. Sie hatte die falsche Entscheidung getroffen. Wenn die anderen gewusst hätten, dass sie Terranerin war, hätten sie Unterschiede eher akzeptiert und sie weniger getadelt, und sie hätten ihren Fehler beim Schwertkampf als Unkenntnis der Sitten entschuldigt, statt darin eine unehrenhafte Nachlässigkeit zu sehen. Magda war auf ihre Fähigkeit, als Darkovanerin zu gelten, so stolz gewesen; Peter hatte sie einmal gewarnt, das werde ihr noch den Hals brechen! Sie blinzelte die Tränen des Selbstmitleids zurück und stocherte lustlos auf ihrem Teller herum. Jaelle hatte sie vergessen, und die beiden einzigen Menschen im Haus, die sie wirklich gern hatten, Doria und Camilla, waren so hingerissen von Jaelles Schilderungen, dass keine von ihnen ein Wort für Magda übrig hatte. Der Speisesaal, der groß und zugig war, kam ihr kälter vor als je. Eine eisige Luftströmung blies ihr genau in den Nacken, wo früher Haar gewesen war. Wahrscheinlich war sie morgen erkältet, und diese Leute hatten nicht einmal ein Viren bekämpfendes Medikament im Haus!

Magda stand leise auf und schlüpfte zur Tür. Niemand würde merken, niemanden würde es interessieren, dass sie gegangen war. Aber als sie auf der Schwelle stand, erhob sich Mutter Lauria an ihrem Platz.

»Bevor ihr euch an eure abendlichen Arbeiten oder zum Ausruhen in eure Zimmer begebt, hört einmal her: Jaelle wird uns morgen beim ersten Licht wieder verlassen. Wer sie vor dem Haustreffen begrüßen will, kann das jetzt gleich im Musikzimmer tun. Vergesst nicht, die Teilnahme am Haustreffen ist heute Abend für alle Pflicht.« Sie hielt Magdas Blick fest, und Magda spürte das alte Würgen in der Kehle.

Die Haustreffen nahmen sie etwas weniger mit als die Schulungssitzungen, deren alleiniger Zweck es war, die Kandidatinnen aus der Fassung zu bringen und zu demütigen und auf diese Weise alte Verhaltensmuster zu durchbrechen – uns zu lehren, hatte Keitha einmal gesagt, Frauen zu sein, keine Mädchen oder Damen. Keitha verließ die Schulungssitzungen für gewöhnlich in Tränen. Magda war es bisher noch nicht passiert, dass sie weinen musste, doch hinterher lag sie entweder stundenlang wach und wälzte in ihrem Kopf die Antworten, die sie hätte geben sollen, oder sie wurde von Alpträumen gequält. Im Gegensatz dazu ging es bei den Haustreffen im Allgemeinen um Routineangelegenheiten – das letzte Mal waren zwei Stunden auf Beschwerden verwendet worden, die Frauen, die im dritten Stock sauber machten, versäumten es, die Badezimmer mit Handtüchern und sanitärem Bedarf zu versehen! Aber bei diesem Treffen würde ihr Eid in Frage gestellt werden. Rafaella hatte heute Nachmittag im Waffensaal eine sehr deutliche Anspielung gemacht. Magda war sich klar darüber, dass sie den psychologischen Angriffstruppen nicht standhalten konnte, und musste zu ihrer Bestürzung an Mariselas Worte denken. Werden sie sich erst dann zufrieden geben, wenn ich vor ihnen allen zusammenbreche und weine? Warten sie nur darauf? Magda schob den Vorhang zur Seite und floh, rannte die breite Treppe hinauf, immer drei Stufen auf einmal nehmend. Halb schluchzend, stolperte sie, rutschte zwei Stufen wieder hinunter, raffte sich auf und erreichte das obere Stockwerk, wo sie sich im Bad mit der einfachen Methode einschloss, die Tür mit einem Schemel zu blockieren. Brechreiz überfiel sie, die Wände rings um sie schienen sich nach außen auszubeulen und verschwammen vor ihren schmerzenden Augen.

Jaelle fand sie dort auf dem Fußboden sitzend. Magda presste sich ein Handtuch auf die Augen, schwankte vor und zurück und war nicht einmal fähig zu weinen. »*Chiya.*« Jaelle kniete sich neben sie. »Was ist denn? Was haben wir getan?«

Magda ließ das Handtuch sinken, und einen Augenblick lang war ihr, als halte Jaelles Stimme, ja, ihre bloße Anwesenheit, die sich dehnenden Wände fest, zwänge sie zur Festigkeit. *Natürlich, sie ist* Comyn, *eine Katalysator-Telepathin,* schoss es ihr durch den Kopf, und sie fragte sich gereizt, was der Ausdruck zu bedeuten habe und woher er stamme. Sie kämpfte gegen den Impuls an, sich in Jaelles Arme zu werfen, sich an sie zu klammern und bis zur Bewusstlosigkeit zu weinen, die andere Frau in sich aufzunehmen, von ihrer Kraft zu zehren ... Doch dann flackerte in ihrem Inneren ein Fünkchen Trotz auf. Jaelle war stark genug, den Kulturschock der Terranischen Zone zu überwinden, sie hatte beim Essen Witze darüber gemacht, und dann war sie heraufgekommen, um Magda zu trösten, weil Magda *nicht* dazu fähig war! Sie durfte ihre Schwäche nicht zeigen – am wenigsten vor Jaelle. Um Selbstbeherrschung ringend, biss sich Magda auf die Lippe und schmeckte Blut.

Jaelle, die die rollenden Augen und die Schweißperlen auf Magdas Stirn unter den an der Haut klebenden Locken sah, kam auf den logischen Gedanken, es sei einfach Angst. Heute Abend würde entschieden werden, ob Magda bleiben durfte, und da Jaelle wusste, was der Eid ihre Freundin gekostet hatte, tat ihr das Herz um sie weh. Aber Jaelle war Soldatin gewesen, ehe sie irgendetwas anderes begann, Kindra und Camilla hatten sie in hartem Stoizismus geschult, und dazu kam die angeborene Zähigkeit einer Frau aus der Wüste. Und in den letzten Monaten hatte sie den härtesten Kampf ihres Lebens ausgefochten. Magda dagegen brauchte sich den Maschinen und dem entmenschlichenden Leben der Terranischen Zone nicht zu stellen, sie war hier von der Liebe und Sorge sämtlicher Gildenhaus-Schwestern umgeben!

Der barsche Ton ihrer Stimme sollte Magda aufmuntern wie der erste Guss kalten Wassers am Morgen. »Margali n'ha Ysabet, hör mir zu!« Magdas Amazonenname klang wie das Klirren eines Schwertes. »Bist du eine Frau oder ein wimmerndes Mädchen? Willst du deiner Eidesmutter in unserm eigenen Haus Schande machen?«

Magdas erwachender Stolz stürzte sich darauf und hielt sich daran fest. *Ich kann alles, was sie kann, alles, was irgendeine Darkovanerin kann!* Es gab ihr die Kraft, sich auf die Füße zu stellen und durch zusammengebissene Zähne zu erklären: »Jaelle n'ha Melora, ich werde dir keine Schande machen!«

Mit dem Wahrnehmungsvermögen, das sie nicht kontrollieren konnte, das sich ihr aber von Zeit zu Zeit aufdrängte, erkannte Jaelle, dass ihr Hohn Magda vor einem totalen Nervenzusammenbruch gerettet hatte. Trotzdem tat ihre Kälte weh. Sie sagte eisig: »Unten im Musikzimmer, bevor die Uhr das nächste Mal schlägt«, drehte Magda den Rücken und setzte mit kühler Sachlichkeit hinzu: »Du wäschst dir besser zuerst das Gesicht.« Sie ging und verbannte den Gedanken daran, was sie viel lieber getan hätte. Wie gern hätte sie Magda in ein heißes Bad gesteckt und ihr den Rücken gerieben, bis die Spannung verschwunden war, sie getröstet, sobald sie gemütlich im Bett lag! So hatte sie es früher mit Doria gemacht, wenn die Kleine von einer der Prügeleien kam, die in Thendara unter den Straßenkindern – Jungen wie Mädchen – für eine Pflegetochter des Amazonen-Gildenhauses unvermeidlich waren.

Aber Margali ist eine Frau, meine Eidestochter. Sie ist kein Kind, und ich darf sie nicht wie ein Kind behandeln!

Allein zurückgeblieben, überkam Magda das wahnsinnige Verlangen, terranische Uniform anzuziehen, so vor sie hinzutreten, ihnen den verdammten Eid ins Gesicht zu schleudern und hinauszustürmen, bevor man sie hinauswerfen konnte. *Wenn ich eine Uniform im Haus hätte, täte ich es vielleicht wirklich,* dachte sie. Dann war sie froh, dass sie keine Uniform hatte, denn sie würde das bis zu ihrem Tod bereuen. Magda war so sehr Darkovanerin, dass sie bereit war, ihr Leben für ihren Eid zu opfern, und doch ließ sich ein verräterisches Teilchen ihres Ichs nicht unterdrücken. Sie wusch sich ihr geschwollenes Gesicht und sagte sich, dass sie morgen früh vielleicht in die Terranische Zone zurückgehen würde, mit Jaelle – oder ohne sie. So oder so, es war dann nicht ihre Schuld, sie hatte nicht aufgegeben. Die ganze Spannung, die sich seit dem Schwertkampf bis zur Unerträglichkeit aufgebaut hatte, würde verschwunden sein. Der Bruch mochte schmerzen, aber dann konnte es nur noch besser werden.

Im Musikzimmer scharten sich Jaelle und mehrere andere um Rafaella und drängten sie zu singen.

»Rafi, ich habe keine Musik mehr gehört, seit ich in die Terranische Zone gegangen bin. Dort spielt und singt niemand. Die Musik kommt aus kleinen Metallschirmen und hat nur den Zweck, das Geräusch der Maschinen zu übertönen, es ist gar keine richtige Musik ... Sing etwas, Rafi, sing die Ballade von Hastur und Cassilda ...«

»Dann sitzen wir die ganze Nacht hier, und Mutter Lauria hat doch ein Haustreffen angesetzt«, protestierte Rafaella, aber sie nahm die kleine *rryl,* die für Magda wie eine Kreuzung zwischen einer Gitarre und einer Zither aussah, und hielt ihr Ohr dicht an das Instrument, während sie es stimmte und die Wirbel behutsam anzog. Dann setzte sie sich hin, die *rryl* auf dem Schoß, und begann mit leiser Stimme zu singen. Es war eine Ballade, die Magda als Kind in Caer Donn gehört hatte. Ihre Mutter hatte ihr gesagt, sie sei unermesslich alt, vielleicht sogar terranischen Ursprungs.

Immer, wenn es abends dunkelt,
Traurig ich am Ufer schreite,
Wo ein Gott, von Licht umfunkelt,
des chieri *Tochter freite.*
Ach, doch etwas fehlt mir hier,
Ach, ich bin allein;

Wann wirst du, mein' schönste Zier,
Wieder bei mir sein?

Es folgte ein seltsamer, ins Blut gehender Refrain in einer Sprache, die Magda nicht kannte. Sie hätte sich gern bei Rafaella erkundigt, wo sie dieses Lied gelernt habe, was das für eine Sprache sei, und die Fassung dann mit den terranischen Sprachspeichern verglichen ... Aber sie hielt sich zurück. Sicher hatte Jaelle ihrer besten Freundin anvertraut, dass sie Magda im Badezimmer in hysterischem Zustand angetroffen hatte. Alle warteten auf sie, sie war als Letzte gekommen ... Das alte Lied rief ihr ihre Kindheit ins Gedächtnis zurück, ihre Mutter, die in den eisigen Bergen der Hellers stets die warme darkovanische Kleidung trug und in einen karierten Schal eingehüllt gewesen war. Die *rryl* Rafaellas hatte den gleichen Klang wie das Instrument, das ihre Mutter gespielt hatte, und eine Zeit lang hatte Magda sich bemüht, die Griffe zu lernen.

Die weichen Arpeggios der Begleitung erstarben. Mutter Lauria trat hinter Magda ein und legte ihr eine warme, trockene Hand auf die Schulter. Magda drehte sich um, und die alte Frau sagte leise: »Mut, Margali.« Ihre Freundlichkeit war an Magda verschwendet; sie dachte nur: Glaubt sie, ich werde ihnen allen Schande machen, indem ich zusammenbreche? Zum Teufel mit ihr! Mutter Lauria las ihr den Trotz vom Gesicht ab und seufzte. Aber sie schob Magda nur weiter ins Zimmer hinein, wo die Frauen auf Sesseln und Bänken und auf den Kissen am Fußboden Platz nahmen.

Rafaella steckte die *rryl* sorgfältig in ihre Hülle und setzte sich mit untergeschlagenen Beinen neben Jaelle. Vollständiges Schweigen trat ein. Mutter Lauria sagte: »Können wir anfangen? Ich werde das Haustreffen heute Abend selbst leiten.«

Man brachte einen Armsessel für die Gildenmutter und stellte ihn in die Mitte, und von neuem überfielen Magda böse

Ahnungen. Für gewöhnlich saß die Gildenmutter oder die Älteste, die den Vorsitz hatte, wie alle anderen zwanglos auf dem Fußboden. Normalerweise fand nur alle vierzig Tage ein Haustreffen statt, und den Neuen war dabei nicht erlaubt, sich zu Wort zu melden. Es wurden Beschwerden vorgebracht, oder es wurde ernsthaft über die Finanzen und die Politik des Hauses, die Besuchsstunden und die Arbeitseinteilung diskutiert.

Magda fragte sich, ob sie sich Alpträume aus dem Nichts schaffe. Schließlich war die Frau alt und hatte ein lahmes Knie; sie war die älteste der Gildenmütter, und ihr Leiden erlaubte ihr nicht, bei einer längeren Veranstaltung auf dem Boden zu sitzen.

Lauria begann ernst: »Seit mehr als zehn Tagen schwirrt das Haus von Klatsch. Mit übler Nachrede beseitigt man kein Problem. Wir müssen heute Abend über Gewalttaten und andere Dinge sprechen, aber als Erstes wollen wir offen heraussagen, was uns stört. Schließlich sind wir keine ungezogenen Kinder, die in Winkeln von Schmutz tuscheln. Rafaella, du hast dich am eifrigsten betätigt. Lass uns hören, welchen Groll du hegst!«

»Margali hat uns Schande gemacht.« Rafaella richtete die Augen auf Magda, und alle anderen Frauen taten es ihr nach. »Sie ist schuld, dass wir eine hohe Summe als Wiedergutmachung zahlen mussten, sie hat ihre Klinge entehrt, und sie scheint nicht einmal einzusehen, was sie getan hat.«

»Das ist nicht wahr!«, rief Magda. »Wie kommst du auf den Gedanken, ich sähe es nicht ein? Was hätte ich deiner Meinung nach denn tun sollen? Tag und Nacht weinen?«

Mutter Lauria mahnte: »Margali ...«, aber Jaelle hatte Magda bereits die Hand auf die Schulter gelegt und sie zum Schweigen gebracht. »Still, *chiya.* Überlass das uns.«

Ein Mädchen, das Dika genannt wurde – ihren vollen Namen kannte Magda nicht – behauptete: »Seht doch, sie hat immer noch keine Manieren gelernt! Und es ist allgemein bekannt, dass sie den Eid auf der Straße und nicht den Regeln entsprechend abgelegt hat. Sie hätte in einem Gildenhaus befragt werden müssen, bevor man ihr erlaubte, zu uns zu kommen.«

»Und da sitzt sie in ihrer ganzen Unverschämtheit, und es macht ihr gar nichts aus«, sagte Janetta, und Magda erkannte intellektuell, was sie meinten. Ja, sie beherrschte die Sprache, hatte sie als Kind gelernt – aber sie war in jungen Jahren von den Darkovanern ihrer Umgebung getrennt worden, und jetzt hatte sie nicht die richtige Körpersprache, die subtilen Signale, die ihre sehr echte Reue und ihr Schuldbewusstsein angezeigt hätten. Man erwartete von ihr eine bestimmte Haltung, die einzunehmen sie nicht fähig war. Aus dem Grund waren sie die ganze Zeit so feindselig gegen sie. Das hieß, alle außer Mutter Lauria, die darüber Bescheid wusste, dass und warum Magda nicht reagierte, wie sie hätte sollen. Magda war klar, dass sie nach darkovanischen Begriffen Schuld auf sich geladen hatte, aber wie sollte sie ihnen das zeigen?

Das ist immer mein Fluch gewesen. Ich bin zu sehr Darkovanerin, um Terranerin zu sein, zu sehr Darkovanerin, als dass ich jemals in der Terranischen Zone glücklich werden könnte ... Ich bin zu den Amazonen gekommen, weil ich frei sein wollte, das zu werden, was ich wirklich bin, aber ich weiß nicht, was es ist, und wie kann ich es dann finden?

Mutter Lauria sagte: »Über Margalis nicht den Regeln entsprechenden Eid ist schon zu viel gemunkelt worden. Jaelle, sie hat ihn dir geleistet, und Camilla, du warst Zeugin. Sprecht vor uns allen die Wahrheit darüber.«

Sie erzählten die Geschichte. Als sie erwähnten, dass Magda mit einem Geleitbrief der Lady Rohana Ardais gereist sei, klang überall im Raum leises Gemurmel auf, denn Lady Rohana war eine sehr geliebte und geachtete Wohltäterin des Gildenhauses in Thendara. Camilla berichtete, dass sie Magda den Eid unter Androhung von Gewalt abgenommen hatten, wie es die Amazonen-Charta verlangte, und warum. Mutter Lauria hörte ihr schweigend bis zum Ende zu. Dann fragte sie förmlich: »Sag uns, Margali, hast du den Eid unwillig geleistet?«

Das wusste Mutter Lauria ganz genau; sie war bei der Ratssitzung anwesend gewesen, als das des Langen und Breiten diskutiert worden war. Magda würgte ihre Befürchtungen hinunter. Sie antwortete – und ihre Stimme hörte sich in ihren eigenen Ohren unter der hohen Zimmerdecke dünn und kindlich an: »Anfangs – ja. Ich musste es tun, wenn ich mein Gelübde gegenüber meinem Verwandten erfüllen wollte. Ich hatte Angst, ich würde Versprechen abgeben müssen, die ich nicht mit gutem Gewissen halten könnte.« Sollte sie ihnen hier und jetzt sagen, dass sie Terranerin war und ein erzwungener Eid nach terranischem Gesetz keine Gültigkeit besaß? Nein, es gab genug Schwierigkeiten zwischen Terranern und Darkovanern, ohne dass sie zu diesem alten Streit noch beitrug. »Doch als Jaelle mir den Eid vorsprach, da – da war mir, als fände ich die Worte auf meinem Herzen eingegraben – glaubt mir, der Eid bildet jetzt den Mittelpunkt meines Seins ...« Die Kehle wurde ihr eng, und sie fürchtete, weinen zu müssen.

Jaelles Hand lag beruhigend auf ihrer Schulter. »Habe ich den hier Versammelten nicht erzählt, wie Margali für mich gekämpft hat, als sie nur abzuwarten brauchte, und mein Tod hätte sie von allen Verpflichtungen befreit? Sie gab ihre Mission auf, die ihr so viel bedeutete, weil sie mich nicht verwundet zurücklassen wollte. Sie brachte mich über den Scaravel-Pass, wo wir von Banshees angegriffen wurden, und schaffte es allein durch ihre Willenskraft, dass wir alle drei sicher nach Burg Ardais gelangten.« Jaelle betastete die dünne rote Narbe auf ihrer Wange und erklärte heftig: »Keine Frau hier hat eine Eidestochter, die sich unter schwerer Belastung treuer erwiesen hat!«

»Aber«, wandte Rafaella ein, »Camilla hat uns erzählt, dass sie unfähig war, sich gegen eine Bande von betrunkenen Räubern zu verteidigen. Und hat sie nicht den einen, der dich verwundete, in einem Fieber aus Blutdurst und Rache statt in disziplinierter Selbstverteidigung getötet? Ich bin überzeugt, sie ist labil und nicht geeignet, eine Klinge zu tragen. Das hat sie vor noch nicht zehn Tagen hier in diesem Haus von neuem bewiesen.«

Jaelle fuhr zornig auf. »Rafi, welche Frau ist schon geeignet, eine Klinge zu tragen, wenn sie in dies Haus eintritt? Warum halten wir Schulungssitzungen ab? Doch nur, damit sie lernen, was sie noch nicht wissen! Würdest du Keitha oder Doria ausschicken, das Haus mit dem Schwert zu verteidigen?«

»Doria hätte niemals einen Mann verwundet, der sich schon ergeben hatte«, gab Rafaella gereizt zurück. Mutter Lauria winkte ihr zu schweigen.

»Was Doria getan hätte, steht hier nicht zur Debatte. Du hast jedoch eine gute Frage aufgeworfen. Falls Margali in der Zeit, die sie unter uns verbrachte, nichts gelernt hat ...«

Magda rückte von Jaelles Hand weg. »Aber ich habe etwas gelernt – ehrlich! Ich weiß, dass es falsch war, was ich getan habe ...«

»Margali«, sagte Mutter Lauria, »du wirst schweigen, bis du angesprochen wirst.«

Magda ließ sich zurücksinken und biss sich auf die Lippe. Mutter Lauria fuhr fort: »Margalis Eid ist in aller Form in Frage gestellt worden, und deshalb müssen drei andere als ihre Eidesmutter für sie sprechen, und es müssen solche sein, die ihren Eid vor mindestens fünf Jahren abgelegt haben.«

Eine merkwürdige Ruhe senkte sich auf Magda nieder. Wenigstens war es jetzt zu Ende. Sie hatte ihr Bestes getan. Im Geist gab sie bereits die geborgten Kleidungsstücke an das Nähzimmer zurück, sammelte ihre paar Besitztümer ein und ging hinaus auf die eisüberzogenen Straßen Thendaras, zum ersten Mal in ihrem Leben völlig allein. *Ich habe mir alle Mühe gegeben. Na, Cholayna wird triumphieren. Sie wollte meine Kündigung nicht annehmen. Wusste sie, dass ich versagen würde?*

Camilla stellte mit Nachdruck fest: »Wenn ihr Margali hinauswerfen wollt, dann könnt ihr mich gleich mit hinauswerfen! Ja, ich war böse auf sie, ich war so wütend, dass ich sie hätte bewusstlos schlagen können, aber was sie getan hat, war nicht ihre Schuld, sondern meine. Ich hatte sie an meine Seite gestellt, um das Haus zu verteidigen, weil ich wusste, dass sie eine gute Messerkämpferin ist – und in der Hast des Augenblicks glaubte ich, das sei genug. Ich hatte vergessen, dass ihr Geschick einen viel höheren Stand hat als ihre Ausbildung, ich hatte vergessen, dass sie, als sie seit vielen Monden zum ersten Mal wieder Männer sah, mit all der unterdrückten Wut, die wir in den Schulungssitzungen systematisch in ihr angeschürt hatten, sehr wohl die Beherrschung verlieren konnte.«

Sie wandte sich Rafaella zu und sagte ernst: »Wenige von uns wissen mit dem Messer umzugehen, wenn sie hierher kommen. Sie lernen es, *nachdem* sie darin trainiert worden sind, ihre Emotionen unter Kontrolle zu halten. Hätte ich mitten in meinem Hausjahr plötzlich Männern gegenübergestanden – ich, die ich als Söldnerin unter Männern gelebt habe –, ich glaube, ich hätte sie alle umgebracht. Ich weiß nicht, wie Margali sich ihr Können erworben hat, aber sie hat uns ebenso viel zu lehren wie von uns zu lernen. Du weißt es, Rafi, noch heute hast du dir von Margali beim Unterricht im unbewaffneten Kampf helfen lassen! Sie hat viele Fähigkeiten, obwohl sie zurzeit noch nicht so ausgebildet ist, dass sie sie anderswo als in unserem Waffensaal anwenden darf. Ich hatte vergessen, wie sie zu uns gekommen war und wie sie sich draußen benommen hatte. Es ist meine Aufgabe, so etwas zu wissen, und als meine Wut auf sie verraucht war, wurde mir klar, dass es meine Schuld war und nicht ihre.« Sie benutzte die formelhafte Wendung: »Ich werde die volle persönliche Verantwortung für den Fehler auf mich nehmen, der ihre Schwäche bloßlegte.«

Sie stand auf und stellte sich neben Magda. Dann setzte sie sich hinter ihr auf den Fußboden, und Magda sah den ernsten Stolz in ihrem Gesicht. In diesem Augenblick verflog jeder Groll, den sie gegen die alte *emmasca* wegen ihrer Barschheit und den ihr angedrohten Schlägen empfunden hatte, um nie mehr zurückzukehren. Das Wort »persönliche Verantwortung« wurde in den wichtigsten Ehrensachen benutzt, und Camilla hatte ihre Ehre für sie verpfändet.

Sie ist meine Eidesschwester, und sie nimmt diese Schwesternschaft ernst – ernster als ich selbst! Magda sagte spontan: »Camilla, nein! Meine Hand hat den schändlichen Streich geführt. Ich hätte es wissen müssen, ich trage die Verantwortung dafür ...«

»Du wirst schweigen, Margali«, gebot Mutter Lauria ihr streng. »Das werde ich nicht noch einmal sagen. Noch ein Wort ohne Erlaubnis, und ich schicke dich aus dem Zimmer. Dann kannst du draußen auf die Entscheidung warten. Eine hat gesprochen. Zwei mehr sind erforderlich.«

Die süße hohe Stimme Mariselas erklang: »Ich spreche für Margali. Seht ihr hieran nicht, wie viel sie gelernt hat? Sie drückt sich nicht vor der Verantwortung, auch wenn eine andere sie für sie tragen will. Sie hat außer der Reihe gesprochen, doch ihre Absicht war gut. Wir dürfen Margali nicht dafür tadeln, dass sie eine Prüfung nicht bestand, der sie nie hätte unterzogen werden dürfen, und trotzdem haben wir seit mehr als zehn Tagen im Stillen ihr die Schuld gegeben. Wer von uns hielte so lange Zeit so viel Missbilligung von ihren Schwestern aus, und das während des Hausjahrs mit der Belastung durch die Schulungssitzungen – und käme trotzdem ruhig und beherrscht zu uns, bereit, allen Tadel auf sich zu nehmen?«

Sie sah sich ernst in dem Kreis um. »Schwestern, wir haben alle schon da gestanden, wo Margali jetzt steht – wir kamen uns vor wie unwissende Kinder, all unsere alten Gewissheiten hatten wir verloren und noch nichts gewonnen, was ihren Platz hatte einnehmen können. Seht sie an – sie sitzt da und weiß nicht, ob wir sie auf die Straße werfen werden, dass sie für sich selbst sorgen oder allein dahin zurückkehren muss, woher sie gekommen ist. Und dabei ist sie die Frau, die unter der Last von allem, was wir ihr in diesen letzten Tagen auferlegt haben, dem Rat ihres Herzens folgte und unaufgefordert ging, Byrna zu trösten. Keine von uns hier – nicht eine, nicht einmal die, die Kinder geboren haben und sie weggeben mussten – fand einen Augenblick Zeit für unsere Schwester, weil sie von einem anderen Haus ist. Ich spreche für Margali, Schwestern. Diese Frau ist wahrlich eine von uns, und ich stelle ihren Eid nicht in Frage.«

Es folgte ein langes Schweigen. Endlich erklärte Mutter Lauria in dieser merkwürdig rituellen Art: »Zwei haben gesprochen, aber es wird eine dritte gebraucht.«

Und das Schweigen zog sich in die Länge, bis es Magda in den Beinen zuckte, aufzuspringen und den Raum zu verlassen, sobald das Urteil verkündet sein würde. Ob sie sie nun hinauswarfen oder nicht, sie blieb nicht bis Mittsommer unter diesem Dach, wenn alle sie als entehrt betrachteten.

Rafaella bewegte sich, und Magda machte sich auf ihren Hohn, ihre Anschuldigungen gefasst. Stattdessen sagte Rafaella bedächtig: »Der bloßen Gerechtigkeit wegen – muss ich selbst für sie sprechen.«

Magda verstand sie zuerst gar nicht, als seien es Wörter aus der fremden Sprache des Liedes, das Rafaella gesungen hatte.

»Sie kämpfte, um uns zu verteidigen; vielleicht nicht klug, aber ohne Zögern. Sie ergriff das Schwert in dem Wissen, dass sie hier auf unserer Schwelle sterben konnte, und wer setzt sein Leben für einen Eid ein, der ihm nichts bedeutet? Sie mag mit Hass gefochten haben, wo sie es mit Disziplin hätte tun sollen, aber ich halte sie nicht für unfähig, die Disziplin mit der Zeit zu lernen. Mehr als das, ich weiß, Byrna hätte für Margali gesprochen, wenn sie hätte hier sein können – dazu rufe ich Marisela als Zeugin an. Margali hat beim Training großzügig allen von uns, darunter meiner eigenen Tochter, gegeben, und das zu einer Zeit, als sie ihre ganze Kraft für ihre eigene Ausbildung gebraucht hätte. Nicht viele von uns hätten das in ihrem Hausjahr fertig gebracht – ich weiß, ich hätte es nicht gekonnt.«

»Ich auch nicht«, stimmte Camilla mit rauer Stimme zu.

»Es wird im Allgemeinen auch nicht von uns verlangt. Wir haben von Margali mehr verlangt, als die meisten von uns zu geben haben. Statt sie zu tadeln, weil sie ihre Sache nicht perfekt gemacht hat, sollten wir anerkennen, dass sie sie unter so schweren Bedingungen nicht schlechter gemacht hat. Und mehr als das. Sie hat mich dazu gebracht, etwas einzusehen, für das ich blind gewesen bin ...« Rafaella blickte zu Boden und rang nervös ihre schlanken Musikerinnenhände. Schließlich stieß sie hervor: »Sie hat mich dazu gebracht, einzusehen, dass ich gegen Doria ebenso unfair wie gegen sie gewesen bin. Ich bin nicht Kindra; Kindra war fähig, Jaelle als Pflegetochter in dieses Haus zu bringen und sie trotzdem während ihres Hausjahres weder vorzuziehen noch mehr von ihr zu verlangen, als Jaelle leisten konnte. Margali hat mir die Augen dafür geöffnet, dass ich das bei Doria nicht schaffe. Ich finde, Doria sollte für ihr Hausjahr und zur Ablegung des Eides in ein anderes Gildenhaus geschickt werden.« Magda sah sie schlucken und mit der Hand schnell nach den Augen fahren. Doch dann hob sie den Kopf und sah Mutter Lauria tränenlos an. »Ich spreche für Margali, und ich bitte darum, dass du, nachdem du es dir überlegt hast, Doria wegschickst. Ich bin nicht geeignet, sie auszubilden. Ich bin zu sehr darauf bedacht, dass sie meinem Stolz Genüge tut, auch wenn es nicht zu ihrem Besten ist.«

Mutter Lauria wandte den Blick Magda zu. »Drei haben gesprochen. Margalis Eid bleibt bestehen. Was Doria angeht – ich habe schon selbst daran gedacht, Rafaella, aber ich hoffte, es ließe sich vermeiden. Sie ist ein Kind dieses Hauses ...«

»Ich will nicht weggehen!«, rief Doria. »Hier ist mein Zuhause, und Rafi ist meine Mutter ...«

»Das bin ich nicht«, unterbrach Rafi sie barsch. »Meine Schwester hat dich geboren, deshalb glaubte ich, dir gegenüber – objektiv sein zu können. Aber ich kann es nicht. In meinem Stolz habe ich zu viel von dir verlangt. Du weißt, dass eine Amazone, die eine von ihr geborene Tochter in ihrem eigenen Haus hat, sie zur Ausbildung anderswohin schicken muss ...«

Mutter Lauria hob die Hand. »Nur eins auf einmal! Doria, du weißt, du musst hier schweigen, bis du aufgefordert wirst zu sprechen. Rafi, wir werden später darüber reden. Im Augenblick sind wir noch nicht mit Margali fertig. Drei haben für sie gesprochen, und nach dem Gesetz der Entsagenden behält ihr Eid seine Gültigkeit. Aber das Haus darf nicht von Uneinigkeit zerrissen werden. Ich will keinen weiteren Klatsch und keine Verleumdungen mehr haben. Wenn es etwas gegen Margali zu sagen gibt, bringt es hier und jetzt vor, und danach schweigt ihr oder sagt es ihr ins Gesicht.«

Mutter Millea sagte: »Ich habe nichts dagegen, dass Margali erlaubt wird, bei uns zu bleiben. Es ist nicht so, dass ich sie nicht mag. Aber Tatsache ist, dass sie Verlust und Schande über uns gebracht hat, und ich glaube nicht, dass sie die Gesetze unserer Charta voll versteht. Wenn Jaelle hier lebte, wäre es Jaelles Aufgabe, ihre Eidestochter in diesen Dingen zu unterweisen. Da das nicht möglich ist, sollten wir erwägen, das Hausjahr zu verlängern, so dass Margali ihre Ausbildung vervollständigen kann ...«

O nein, dachte Magda. *Das halte ich nicht aus ...*

Mutter Lauria erwiderte: »Auch dafür gibt es Präzedenzfälle. Das Hausjahr kann um ein weiteres halbes Jahr verlängert werden, wenn eine Frau sich in unsere Sitten nicht so hineingefunden hat, dass wir sie vertrauensvoll in die Außenwelt gehen lassen können. Trotzdem widerstrebt es mir, das bei einer Frau in Margalis Alter zu tun. Wäre sie ein Mädchen von fünfzehn, würde ich es verlangen, aber es gibt bestimmt eine bessere Lösung.«

Camilla meldete sich: »Es ist reiner Zufall, dass Jaelle ihr den Eid abgenommen hat und nicht ich; wir waren beide anwesend. Ich will sie gern an Jaelles statt unterweisen.«

»Ich auch«, fiel Marisela ein. Mutter Lauria nickte. »Falls eine von euch einen unausgesprochenen Groll gegen Margali hegt, spreche sie jetzt oder schweige für alle Zeit.«

Magda sah zögernd von einer zur anderen und meinte, Bruchstücke von Gedanken aufzufangen.

Marisela sagte: »Ich sehe, was ihr gegen Margali habt, ist zu kleinlich, um es in Worte zu fassen – stimmt's? In meinen Augen ist Margali eine außergewöhnliche Frau, und eines Tages werden wir alle stolz sein, sie eine von uns nennen zu dürfen.«

Janetta, eine der jüngeren Frauen, denen es nicht erlaubt gewesen war, für Magda zu sprechen – und Magda hätte es auch nicht erwartet, denn Janetta war die Liebhaberin von Cloris, die die Szene beim Abendessen verursacht hatte –, meinte nachdenklich: »Ich glaube, einige von uns haben vergessen, wie es während der Ausbildung war. Rafi hat Recht; ich hätte es nicht geschafft, aber es ist auch nicht von mir verlangt worden. Vielleicht haben wir deswegen zu viel von ihr verlangt, weil sie Jaelles Eidestochter ist.«

Die dritte der Gildenmütter, die während des ganzen Vorgangs geschwiegen hatte – Magda erinnerte sich, dass sie gehört hatte, sie sei Richterin am Schiedsgericht, und fragte sich, ob sie aus diesem Grund keinen Anteil an der Sache genommen hatte – ließ ihre rostige alte Stimme hören: »Wir wollen alle eine Lehre daraus ziehen, wie wir uns verhalten haben. Keine von uns ist mehr als Fleisch und Blut, und wir dürfen einer Schwester nicht mehr auferlegen, als wir selbst zu tragen bereit wären. Das gilt für Rafaella und Doria ebenso wie für Margali.«

Rafaella saß an Jaelles Schulter gelehnt da. Jetzt drehte sie sich um, streckte Magda ihre Hand entgegen und sagte: »Janetta hat Recht, ich hatte vergessen, wie einem während des Hausjahrs zu Mute ist, und ich war heute Nachmittag böse auf dich, weil du mir klarmachtest, was ich Doria antue. Ich ... ich möchte sie nicht verlieren. Aber ich sehe ein, dass ich ihre Ausbildung zu ihrem eigenen Besten anderen überlassen muss. Willst du mir verzeihen?«

Verlegen ergriff Magda Rafaellas Hand. »Ich hätte es taktvoller ausdrücken sollen. Ich war grob ...«

»Wir waren beide grob.« Rafaella lächelte. »Frage einmal Camilla danach, wozu ich fähig bin ...« Lachend hob sie ihr Gesicht der alten *emmasca* entgegen. »Als wir beide zusammen in der Ausbildung waren, sind wir mit den Messern aufeinander losgegangen! Dafür hätten wir beide weggeschickt werden können!«

»Was hat man mit euch gemacht?«, fragte Magda. Camilla drückte Rafaellas Schulter und lachte.

»Man hat uns zehn Tage lang mit Handschellen aneinander gefesselt. In den ersten Tagen haben wir uns nur gezankt und angeschrien. Dann entdeckten wir, dass wir ohne die Hilfe der anderen nichts tun konnten, und so wurden wir Freundinnen. Das geschieht heute nicht mehr, nicht in diesem Haus ...«

»Wir haben seitdem auch nie wieder Kandidatinnen gehabt, die die Messer gegeneinander gezogen haben«, kommentierte Mutter Lauria lächelnd. »Doch wir haben aus dieser Angelegenheit noch nicht alles gelernt, was wir lernen können. Es schmerzt immer noch, davon zu sprechen, aber wir müssen davon sprechen, *weil* es schmerzt. Keitha, dein Eid ist nicht in Frage gestellt worden, und du stehst hier nicht vor Gericht. Trotzdem bitte ich dich, uns zu sagen, warum du, als Margali den Schwertkämpfer, der sich ergeben hatte, verwundete, laut erklärtest, wir hätten sie alle töten sollen.«

Magda musste anerkennen, dass die alte Frau eine gute Psychologin war. Während ihr eine Last von den Schultern genommen wurde, hatte sie doch nicht das Gefühl, Keitha werde an ihrer Stelle angegriffen. Es war nur eine Herausforderung, wie sie bei den Schulungssitzungen üblich waren.

Keitha nahm sich Zeit, ihre Antwort zu formulieren, denn sie wusste, ihre Worte würden zerfetzt werden, kaum dass sie ihren Mund verlassen hatten. Schließlich sagte sie: »Shann hatte kein Recht, mir hierher zu folgen – er hätte einige von euch getötet, ganz bestimmt Camilla, mich gegen meinen Willen fortgeschleppt, mich vergewaltigt – bei der Göttin!«, platzte sie heraus, »in dem Augenblick habe ich mir gewünscht, Margalis Geschick mit dem Schwert zu besitzen, damit ich ihn selbst hätte töten und meinen Eidesschwestern die Arbeit hätte ersparen können!«

»Aber«, gab Camilla zu bedenken, »die Männer in Shanns

Begleitung waren nur gemietete Kämpfer, die dem Ehrenkodex des Schwertes folgten. Als er zu Boden ging, ergaben sie sich sofort. Welchen Streit hast du mit ihnen, Eidestochter?«

»Ein Mann, der sein Schwert zu einem so unmoralischen Zweck verdingt – hat er sich nicht des Schutzes begeben? Wenn nicht des Schutzes, den ihm die Gesetze der Männer bieten, dann doch zumindest den unserer Gesetze?«

Rezi erklärte leidenschaftlich: »Keitha spricht mir aus dem Herzen! Jene Männer, die an der Seite Shanns fochten, hatten sich mit dem, was er tat, einverstanden erklärt und hätten ihre eigenen Frauen ebenso behandelt – wieso verdienten sie es, besser behandelt zu werden als er?«

Camillas sanfte Stimme – so feminin, fiel es Magda plötzlich auf, trotz ihres mageren, eckigen Körpers und der abrupten Manieren – erklang aus einer dämmerigen Ecke des Raums. »Wenn die Männer sehen, dass wir Frauen uns nicht nach zivilisierten Verhaltensregeln richten, werden sie sich umso eher gegen uns stellen.«

»Zivilisierte Verhaltensregeln! *Ihre* Regeln!«, schnaubte Janetta. Mutter Lauria ignorierte sie.

»Keitha, hasstest du jene Männer? Oder wolltest du alle Männer in ihnen bestraft sehen?«

»Ich hasse Shann«, gestand Keitha leise. »Ich möchte ihn tot zu meinen Füßen liegen sehen – ich erwache aus Träumen, in denen ich ihn töte! Ist hier nicht eine, die schon einmal einen Mann gehasst hat?«

»Es wird nicht eine hier sein, die es niemals getan hat«, warf Rafaella ein, doch Mutter Lauria fuhr fort, als habe sie sie nicht gehört. »Hass kann eine stärkere Fessel sein als Liebe. Solange du ihn hasst, bist du immer noch an ihn gebunden.«

Camilla fügte hinzu: »Wenn du einen Menschen hasst und nicht in der Lage bist, ihm Schaden zuzufügen, kann dein Hass dich dazu bringen, dass du gegen dich selbst wütest. Ich habe meine Weiblichkeit geopfert, damit kein Mann mich jemals wieder mit Begehren ansehen sollte. Das hat mich mein Hass gekostet.«

Magda dachte an die schreckliche Geschichte, die Camilla ihr erzählt hatte, und es erstaunte sie, dass die Stimme der Älteren so ruhig klang. Keitha flammte auf: »Und ist das ein so hoher Preis? Du weißt gar nicht, was dir erspart worden ist!«

Camillas Stimme klang hart. »Und du weißt nicht, wovon du redest, Eidestochter.«

»Bist du nicht aus dem Grund Söldnerin geworden? Um Männer aus Rache für die Wahl, die sie dir aufgezwungen haben, zu töten?«, fragte Keitha.

In das Schweigen hinein sagte Jaelle: »Ich kenne Camilla seit meinem zwölften Lebensjahr. Niemals hat sie einen Mann ohne Not oder aus Rache getötet!«

»Ich kämpfe oft an der Seite von Männern«, sprach Camilla, »und ich nenne sie Kameraden und Gefährten. Ich hasse keinen Mann auf der Welt, und ich habe gelernt, niemandem die Schuld an einem Unrecht zu geben, das ein anderer begangen hat. Ja, ich habe gekämpft, und ich habe getötet, aber ich kann bewundern und respektieren und manchmal sogar lieben, wo die Liebe verdient ist.«

»Aber du«, behauptete Keitha, »*du* bist keine Frau mehr.«

Camilla zuckte leicht die Schultern. »Meinst du?« Magda fragte sich, ob sie sich den Schmerz in den Augen Camillas nur einbilde.

Hinter ihr sagte Jaelle etwas mit deutlicher Stimme, und dann erkannte Magda bestürzt, dass sie irgendwie Jaelles Gedanken las, die niemand außer ihr hören konnte: *Camilla ist nicht weniger meine Pflegemutter gewesen als Kindra – vielleicht mehr, da sie kein Kind hatte und wusste, sie würde nie eins haben. Ich liebe Camilla, aber auf eine ganz andere Art, als ich Piedro liebe. Ich liebe ihn ... manchmal ... und zu ande-*

ren Zeiten kann ich mir nicht einmal vorstellen, warum er mir je gefallen hat. Niemals, niemals würde ich diese Haltung gegen eine meiner Schwestern einnehmen ...

In einem verzweifelten Versuch, das Thema in den Bereich des Intellekts zu verweisen und so Abstand dazu zu gewinnen, dachte Magda daran, dass hier eine Menge über den Unterschied zwischen Männern und Frauen geredet worden war, ohne dass eine einzige Antwort sie wirklich befriedigt hatte. Sie konnte schwanger werden, Peter nicht, das war der einzige Unterschied, den sie in der Welt der Terraner sah. Die gefährlichste aller Verwundbarkeiten war ihnen nicht gemeinsam. Und dann war ihr, als habe ihr ganzes Gefühl für Werte sich auf den Kopf gestellt. Peter war von ihr abhängig gewesen und war es jetzt von Jaelle, wenn er den Sohn haben wollte, den er sich so leidenschaftlich wünschte ... Früher hatte sie immer sich als die Person gesehen, die alle Risiken auf sich nehmen musste, aber jetzt, wo Jaelle ihm einen Sohn schenken konnte, falls sie es wollte, *falls sie es wollte* ... jetzt war er auf Jaelles Gnade angewiesen wie früher auf die ihre. Sie erkannte es fast mit Mitleid. Und dann durchfuhr es sie wie ein Blitz: *Ist Jaelle schwanger?* Die Verbindung riss, und Magda war wieder allein, verwirrt, unfähig zu sagen, welche Gedanken ihre eigenen waren und welche von anderswo kamen. Sie hatte einen Teil von dem, was Camilla sagte, verpasst.

»Ich habe mir gewaltige Mühe gegeben, um zu beweisen, dass ich ebenso gut bin wie jeder Mann oder besser, aber darüber bin ich jetzt hinaus. Ich kann mich zu meiner Weiblichkeit bekennen, und ich brauche sie dir nicht zu beweisen. Warum stört es dich, mich als Frau zu betrachten, Keitha?«

Keitha schrie auf. »Ich begreife dich nicht! Du bist frei von der Bürde, die keine von uns ertragen kann, und doch entscheidest du dich dafür, eine Frau zu sein, du *bestehst* darauf ... Bist du nicht einmal als Neutrum frei davon geworden?«

Camillas Gesicht war jetzt sehr ernst. »Es ist nicht die Freiheit, die du dir vorstellst, Eidestochter.« Sie hielt Keitha die Hand hin, aber Keitha ignorierte sie.

»Es ist leicht für dich, sentimental über Weiblichkeit zu reden!« Keitha strömten die Zornestränen über das Gesicht. »Du hast nichts mehr zu verlieren, du bist frei von dem Verlangen der Männer und von ihrer Grausamkeit, du kannst ein Mann unter Männern oder eine Frau unter Frauen sein, wie es dir gefällt, und du kannst es ganz so machen, wie es dir passt ...«

»Kommt es dir so vor, Kind?« Freundlich ergriff Camilla Keithas Hand, aber die jüngere Frau entriss sie ihr angewidert. Camillas Gesicht zuckte ein bisschen wie vor Schmerz.

»Kann ich wirklich eine Frau unter Frauen sein? Du bist nicht die Erste, die sich weigert, mich als eine von euch zu akzeptieren, obwohl es in meinem eigenen Haus nicht oft geschieht. Vielleicht sind Männer ein bisschen freundlicher; sie akzeptieren mich als Kameradin, auch wenn sie wissen, dass ich ihnen als Frau nichts zu bieten habe, sie verteidigen nach dem Ehrenkodex des Schwertes meinen Rücken und geben ihr Leben für mich. Meine Schwestern hier könnten nicht mehr tun. Und doch bin ich mir deutlich bewusst, dass ich kein Mann unter Männern bin.«

Keitha in ihrem aufgestachelten Hass gab bösartig zurück: »Und doch sitzt du hier und wagst es, dich deiner Kameradschaft mit unseren Folterern und Unterdrückern zu rühmen!«

»Ich habe mich nicht gerühmt«, stellte Camilla ruhig fest, »doch es ist wahr, dass ich die Männer kennen gelernt habe, wie es kaum einer Frau möglich ist. Ich habe nicht länger den Wunsch, sie alle wegen der Schlechtigkeit einiger weniger zu töten.«

»Aber hat nicht jede hier eine Geschichte von Männern zu erzählen, die nichts als unsern Hass verdienen? Ich bin angefüllt damit – ich werde niemals frei davon sein –, ich will sie töten, ich will nicht mehr aufhören, sie zu töten, aber ich wäre gnädiger als sie, ich würde ihnen einen sauberen Tod mit dem Schwert geben, während sie quälen, während sie Körper und Seele versklaven – ich werde niemals frei davon werden, bis ich einen Mann erschlagen und ihn sterben gesehen habe ...«

»Bist du aus dem Grund zu uns gekommen, Keitha?«, fragte Marisela sanft. »Wolltest du lernen, wie man Männer tötet?«

Mutter Lauria schaltete sich ein: »Einen Mann? Irgendeinen beliebigen?«

»Sind sie nicht alle gleich in der Art, wie sie die Frauen behandeln?«, gab Keitha zurück.

Mutter Lauria sah sich in dem Kreis der Anwesenden um. »Hier sitzt eine ...« – und ihre Augen kamen auf Jaelle zur Ruhe – »... die das Gleiche so oft gesagt hat, dass die Worte wie ein dauerndes Echo in diesem Raum widerhallten. Und doch hat sie einen Freipartner genommen und lebt mit ihm außerhalb des Gildenhauses. Jaelle, kannst du mit Keitha über die Männer reden und ob sie alle gleich sind?«

Magda spürte Jaelles Erregung, obwohl Jaelle weder sprach noch sich bewegte. Schließlich meinte sie: »Ich weiß nicht, was ich sagen soll, Mutter. Mir wäre es lieber, wenn ich nicht jetzt ...«

»Ist das der Grund, warum du es mehr als alle übrigen brauchst? Du kennst die Regeln; keine von uns darf sich drücken oder die Schwestern bitten, über etwas zu sprechen, woran sie sich nicht beteiligen will ...«

Jaelle blickte unentwegt auf den Teppich nieder, und Mutter Lauria zuckte die Schultern. »Doria?«

Das Mädchen kicherte nervös. »Ich habe noch nie einen Mann gut genug gekannt, um ihn zu lieben – oder zu hassen. Was kann ich dazu sagen?« Sie wandte sich Jaelle zu. »Du warst die letzte Frau, von der ich geglaubt hätte, dass sie sich je einen Freipartner nehmen würde! Du hast so oft gesagt, du wollest nichts von den Männern wissen ...«

Mutter Lauria sah Jaelle so intensiv an, dass die Jüngere abwehrte: »Nicht – ich werde sprechen.« Doch dann schwieg sie wieder lange Zeit, so lange, dass Magda sich tatsächlich nach ihr umdrehte, um sich zu überzeugen, dass sie noch anwesend war. Endlich sagte Jaelle: »Männer ... sind alle gleich ... genau wie wir Frauen in gewisser Weise alle gleich sind. Jeder Mann unterscheidet sich von den anderen, und doch haben sie alle etwas gemeinsam, das sie anders als Frauen macht. Ich weiß nicht, was es ist ...«

Ringsherum wurde gekichert und gelacht, und die Spannung lockerte sich ein bisschen. Aber Jaelle fuhr unsicher fort: »Nein, das habe ich nicht gemeint. Ich habe nur mit diesem einen Mann geschlafen. Er gefällt mir. Vermutlich ist er nicht wesentlich anders als Keithas Mann, hat vielleicht bessere Manieren. In der Terranischen Zone gibt es Gesetze, nach denen ein Mann gegen seine Frau ebenso wenig gewalttätig werden darf wie gegen irgendeinen anderen Bürger. Aber ich müsste eine Frau fragen, die viele Liebhaber gehabt hat, ob sie in dieser Beziehung alle gleich sind ...«

Rafaella lachte kurz auf. »Es ist eine bei jungen Frauen allgemein verbreitete Illusion, dass die Männer sich voneinander unterscheiden.« In das Gelächter der anderen hinein beteuerte sie: »Nein, im Ernst, kein Mann ist wie der andere, und doch unterscheiden sie sich nicht.«

»In der Terranischen Zone ist eine Frau dem Gesetz nach nicht Eigentum ihres Freipartners«, sagte Jaelle, »aber in jedem Mann scheint etwas zu stecken, das ihn treibt zu *besitzen* ... Ich habe das vorher nicht gewusst.« Sie schüttelte den Kopf, und ihr Haar von der Farbe frisch gemünzten Kupfers flog ihr um die Schultern. Ihr Gesicht schimmerte im Schein des Feuers. »In intimen Augenblicken ... ist es in ihren Gedanken ... ich weiß nicht ...« sagte sie halblaut, fuhr sich mit den Fingern durchs Haar und strich es mit einer Geste, die Stolz und Trotz verriet, zurecht.

Und plötzlich war es, als befinde sich Jaelle am einen Ende des Raums und alle ihre Schwestern am entgegengesetzten Ende. Magda war überzeugt, dass es das zuvor noch nie zwischen Jaelle und ihren Schwestern gegeben hatte, aber es war da, ein Graben, breiter als die Abgründe zwischen den Sternen. Sie dachte: *Ich könnte jetzt aufstehen und mich als Terranerin zu erkennen geben, und ich käme ihnen weniger fremdartig vor, als es Jaelle in diesem Augenblick ist.* Jaelle war weit weg, anders, allein, mit nichts als ihrem Stolz und ihrem flammenden Haar und dem Wort *Comyn,* das in Magdas Gedanken und im ganzen Raum widerhallte. Das Wort war wie eine feste Mauer, und sie trennte Jaelle von der einzigen Familie, die sie je gehabt hatte.

Natürlich hatten sie von ihrem Blut gewusst, sie wussten, dass Lady Rohana eine nahe Verwandte von ihr war. Doch nie in all diesen Jahren hatte Jaelle ein Wort gesprochen oder sich sonstwie anmerken lassen, dass ihr *Comyn*-Blut ihr etwas bedeutete. Ihr rotes Haar schien nicht mehr gewesen zu sein als ein Zufall. Jetzt stand der Unterschied greifbar im Raum. Magda betrachtete die Gesichter, sie sah sie mit Jaelles Augen, und sie waren plötzlich die Gesichter von Fremden. Sie spürte Furcht, eine wachsame Furcht, die man nicht vor Menschen hegt, sondern vor Göttern, *Comyn*, fremden Wesen, Außenseitern, Herrschern ...

In diesem Augenblick war Jaelle eine Außenseiterin, keine geliebte Schwester, und sie alle wussten es. In dem Versuch, diese Angst erregende Stille zu brechen, drehte Magda sich um und ergriff Jaelles Hand. »Ich glaube, es ist ein Spiel, das sie gern mit uns treiben«, sagte sie. »Sie möchten glauben, dass sie uns besitzen; sie wissen, dass sie es nicht tun, und das macht sie unsicher. Frauen leiden nicht so sehr unter einer Trennung wie Männer. Vielleicht sollten wir es ihnen nicht so sehr verübeln, dass sie sich vormachen, wir seien ihr Eigentum. Es ist ihre Natur. Sie haben sonst nichts.«

»Ihre Natur!«, rief Felicia aus den Schatten. Ihre Augen waren noch geschwollen, ihre Stimme klang heiser. »Sollen wir ihnen ihr Besitzstreben verzeihen, wenn ich mit ansehen musste, wie mein Sohn von mir weggerissen wurde? Er weinte, er schrie nach mir ...« Bebend vor Zorn fuhr sie auf Lauria los. »Ihre Natur! Verlangt ihre Natur, dass sie die Herrschaft über die Welt haben, über ihre Frauen und ihre Söhne, dass sie und sie allein das Recht auf Unsterblichkeit durch ihre Kinder besitzen? Was haben sie da für eine Welt aufgebaut, wo eine Frau ihren Sohn hergeben muss, damit er lernt, zu kämpfen und zu töten und damit seine Männlichkeit zu beweisen, niemals zu weinen, niemals Furcht zu zeigen, den Drang nach *Besitz* in seine Natur aufzunehmen ... damit sie ihn zu der Art von Mann machen, vor der ich geflohen bin – liegt es nicht auch in meiner Natur, mir Söhne zu wünschen? Und wird mir das hier unter euch nicht verweigert?« Sie legte das Gesicht in die Hände und brach von neuem in herzzerreißendes Weinen aus.

Janetta regte sich auf: »Möchtest du dann, dass deine Söhne unter uns aufwachsen, damit sie sich, wenn sie erwachsen sind, gegen uns wenden und versuchen, uns zu ihrem Besitz zu machen?«

Rafaella knurrte: »Es müsste einen besseren Weg geben, als sie der anderen Welt auszuliefern, die aus ihnen Männer von der Art macht, die wir hassen. Könnten sie unter uns aufwachsen, würden sie vielleicht anders ...«

»Sie würden auf jeden Fall zu *Männern* aufwachsen«, rief Janetta, »und Männer gehören nicht hier ins Gildenhaus!«

Mutter Lauria hob die Hände und versuchte, sie zum

Schweigen zu bringen, aber der Aufruhr wurde immer stärker. Magda dachte, und es trieb sie beinahe zur Verzweiflung, dass sie nicht wusste, ob es ihre eigenen Gedanken oder die einer anderen waren: *Wir geben unsere Söhne her, weil das alles ist, was die Männer von uns wollen. Vielleicht ist das, was sie hier zu tun versuchen, hoffnungslos und unnatürlich ...*

In eine plötzliche Stille hinein sagte Jaelle: »Ich habe – manchmal – gedacht, ich hätte gern ein Kind. Ich habe – einige von euch für dumm gehalten, dass sie es zuließen, schwanger zu werden.« Sie faltete die Hände im Schoß, um sie nicht zu ringen. »Aber wie soll man es wissen? Im Eid heißt es, dass wir ein Kind nur dann gebären dürfen, wenn es unser Wunsch ist. Wie soll man wissen ... wie soll man *wissen,* ob es der eigene Wunsch ist oder ... oder nur der Wunsch, *ihm* Freude zu machen?«

»Wenn du zwei oder drei Kinder geboren hättest«, sagte Keitha mit großer Bitterkeit, »würdest du es wissen.«

»Wirklich?«, fragte Rafaella, und Magda spürte die Verwirrung und Bestürzung. Rafaella hatte Söhne geboren und sie hergegeben, und Felicias Elend zerriss ihr das Herz ... *Woher weiß ich all das?*

Cloris meinte: »Verwenden wir hier nicht unsere ganze Zeit darauf, zu lernen, unsere eigenen Gedanken und Wünsche von dem zu trennen, was die Männer von uns erwarten?«

»Nein«, widersprach Jaelle. »Ein normaler Verstand kann das nicht unterscheiden, so etwas wird nur in den Türmen gelehrt – oh, es hat keinen Sinn, euch das zu erklären, ihr habt nicht einmal *Laran,* wie könntet ihr es begreifen?« Und wieder erkannte Magda, dass Jaelle nichts davon laut ausgesprochen hatte außer einem erstickten »Nein ...« Dann war sie zitternd verstummt. Marisela beugte sich zu Jaelle hinüber und nahm ihre Hand mit einem festen Griff, der die rothaarige Frau zum

Schweigen brachte. Magda hörte kaum, was Mutter Lauria sagte:

»Du hast uns einen weiteren wichtigen Punkt genannt, über den wir nachdenken müssen. Wie erkennen wir, ob wir unserm eigenen Willen folgen oder dem Willen eines anderen, dessen Beifall uns wichtig ist?« Sie sprach weiter, aber Magda hörte nicht mehr zu und bekam von dem Rest der Schulungssitzung nur Bruchstücke mit. Eine der Frauen wies darauf hin: »... wenn wir alle es ablehnten, Kinder zu bekommen, und wenn alle Frauen wie wir wären, würden wir aussterben wie die *chieri.* Das Verlangen einer Frau zu gebären ist ihr angeboren wie dem Mann das Verlangen zu zeugen.« Daraufhin protestierte Janetta: »Das ist kein echtes Verlangen, das aus uns selbst kommt, sondern es ist uns eingeredet worden! Ich habe nie einen Mann gehabt und werde nie einen haben; ich halte es nicht für richtig, dass eine Entsagende sich von den Männern und ihrer Welt und ihrem Besitz loslöst und doch fortfährt, bei ihnen zu liegen, sie zu lieben, ihnen Kinder zu gebären, für die wir diese elenden Kompromisse eingehen müssen! Wenn wir uns der Herrschaft der Männer entzogen haben, können wir dann nicht auf die Macht über Männer verzichten, die Frauen gewinnen, wenn sie mit ihnen schlafen?«

Marisela fragte freundlich: »Möchtest du, dass wir alle Liebhaberinnen von Frauen wären, Janetta, wie es manche Männer von uns behaupten?«

»Und warum nicht? Wenigstens werde ich nie ein Kind bekommen, das dann in die Welt zurückgeholt wird, der ich entsagt habe, und zu der Art von Mann heranwächst, die ich hasse!«

»Und doch möchte ich nicht in einem Haus ohne Kinder leben«, gestand eine Frau. »Das Leben wäre traurig ohne solche wie Doria und Jaelle, die unter uns aufwuchsen – das Haus wäre so leer ...« Magda spürte Felicias schreckliches Leid um ihr Kind und Mariselas Erinnerung an Byrnas Baby ...

Mutter Lauria sagte: »Schließlich ist der Wunsch nach Kindern ein natürliches Verlangen und kann nicht so ohne weiteres allein auf Stolz zurückgeführt werden. Der wird sehr schnell durch schlechte Behandlung vernichtet, manchmal sogar in Männern. Es gibt Männer ohne Verlangen nach Frauen, und ich finde auch das traurig. Teil der Dinge, die wir mit den Männern gemeinsam haben, ist der Wunsch nach Kindern, weil wir in ihnen unsere Unsterblichkeit sehen, weil wir im Alter nicht allein sein wollen, oder auch nur, weil es uns glücklich macht, für sie wie für unsere kleine Doria zu sorgen und unter uns zur Frau heranwachsen zu sehen ...«

»Und dieses selbstsüchtigen Wunsches wegen«, warf Janetta ihr vor, »würdest du ein Kind in eine Welt setzen, die Frauen versklavt und Männer so verdirbt, dass sie fortfahren, sie zu versklaven?«

Ein seltsames Bild trieb vor Magdas geistigem Auge dahin, eine Frau, schön, königlich ... mit schweren Ketten behangen, die sie behinderten, zu Boden drücken wollten ... Das Bild zerrann; hatte sie schon wieder Halluzinationen?

»... aber du hattest die Wahl, Felicia. Du hättest deinen Sohn behalten können, wenn du außerhalb des Hauses gewohnt hättest, vielleicht sogar mit dem Vater deines Sohns zusammen.«

»Das eine kam mir so schrecklich vor wie das andere«, antwortete Felicia mit schwankender Stimme. »Ich konnte es nicht ertragen, meine Schwestern zu verlassen. Aber keine Frau kann einen Mann lehren, als Mann zu leben. Ein Mann, der nach unseren Regeln lebte, würde einen unmännlichen Eindruck machen und sich nirgendwo zu Hause fühlen. Ich wollte meinen Sohn nicht zu einem solchen Schicksal verdammen.«

»Wenn wir die Art, wie die Männer leben, verabscheuen«, gab Mutter Lauria zu bedenken, »ist es dann richtig, ihnen zu erlauben, dass sie unsere Söhne in ihrem Geist großziehen?«

Keitha bekannte: »Ein unmännlicher Mann wäre mir lieber als einer, der auf Kosten jedes Anstands und jeder Rücksichtnahme maskulin ist.«

»Vielleicht wird es eines Tages eine andere Lösung für uns geben«, sagte Mutter Lauria ruhig. »Die Welt geht, wie sie will, und nicht so, wie ihr oder ich es gerne hätten. Möge die Göttin es gewähren, dass in unserer Lebenszeit einige Veränderungen stattfinden. Aber wir, die wir die Welt verändern, werden immer dafür zu leiden haben. Ich glaube nicht, dass deine Leiden umsonst gewesen sind, Felicia – auch nicht die Leiden Keithas oder Camillas oder Byrnas. Jede von uns leidet, um den Männern der Domänen zu zeigen, dass wir lieber leiden, als dass wir nach ihren Regeln leben. Und doch, wenn Männer und Frauen sich für immer voreinander verbarrikadieren würden, wie sollte die menschliche Rasse dann fortbestehen?«

Marisela meinte schalkhaft: »Vielleicht so, wie es die Terraner angeblich machen – mit Maschinen«, und alle Anwesenden brachen in lautes Gelächter aus. Sogar Mutter Lauria lachte, nur Magda nicht. Sie hatte nicht die Absicht, Mutter Lauria von den Welten zu erzählen, wo das tatsächlich der normale Vorgang war. Die Frauen begannen, steif gewordene Beine zu entwirren und kalte Hände über dem Feuer zu reiben. Sie fanden sich in kleinen Gruppen zusammen, die sich leise unterhielten. Andere gingen in die Küche und kehrten mit einem gewaltigen Kessel voll heißem Apfelwein und Platten mit Keksen und Süßigkeiten zurück. Magda schöpfte sich einen Becher von dem heißen, würzigen Getränk und stellte sich, abgesondert von den Übrigen, ans Feuer. Der Augenblick der Entfremdung, den sie wahrgenommen hatte, als Jaelle sich plötzlich von ihnen allen losgelöst zu haben schien, war vorbei, als habe es ihn nie gegeben. Hatte sie sich alles nur eingebildet? Mutter Lauria kam, Doria an der Hand führend, und winkte Rafaella auf die Seite. Jaelle blickte hoch, sah Magda und machte ihr ein Zeichen, zu ihr zu kommen. Magda nahm den Teller mit den knusprigen Keksen, die an diesen Abenden immer erschienen, und ging zu Jaelle hinüber.

»Wo ist Camilla?«

»Sie wollte mit Keitha sprechen«, antwortete Jaelle. »Das ist eine böse Situation, Margali; Camilla ist ihre Eidesmutter, es dürfte nicht so viel Feindseligkeit zwischen ihnen geben.«

»Ich kann mir nicht vorstellen, was sie hervorgerufen hat.« Mutter Lauria trat zu ihnen, und Rafaella und Doria folgten ihr. »Ich dachte, es würde euch interessieren: Wir haben ausgemacht, dass Doria nach Neskaya geht und dort ausgebildet wird ...«

Na herrlich, dachte Magda, *wieder eine Freundin weniger!* Doria umarmte sie scheu.

»Du wirst mir fehlen, Margali, und Keitha auch – ich möchte nicht weggehen«, gestand sie unter Tränen. »Hier bin ich zu Hause, aber ... aber ...«

»Jedes Mädchen muss ihr Heim verlassen, um etwas zu lernen, und das darf bei dir nicht anders sein«, sagte Jaelle. »Kindra schickte mich für ein halbes Jahr zu Lady Rohana nach Ardais, damit ich das Leben genau kennen lernte, dem ich entsagen wollte – denn später sollte niemand behaupten können, ich hätte keine klare Vorstellung davon gehabt. Du, Doria, kommst wenigstens in ein anderes Gildenhaus. Ich kenne eine Reihe der Frauen in Neskaya. Du wirst dort viele Freundinnen finden, und schließlich sind sie alle deine Schwestern.«

Magda hörte Rafaella, die hinter ihr stand, fragen: »Was kann Keitha nur gegen Camilla haben? Es ist doch bestimmt nicht einfach das, dass sie eine *emmasca* ist, ein Neutrum – so grausam oder so bigott ist Keitha nicht, oder?«

»Ich glaube, dass mehr dahintersteckt«, antwortete Jaelle. »Camilla ist eine Liebhaberin von Frauen, sie ist freundlich und zärtlich zu Keitha gewesen, und vielleicht hat Keitha das missverstanden ...«

Magdas Gesicht brannte, obwohl ihr Verstand ihr sagte, dass die Worte nicht auf sie gemünzt waren. Keine der beiden wusste von dem Augenblick, als sie, nachdem sie verwundet worden war, im Fieberdelirium Keitha geküsst hatte – woher hätten sie es auch erfahren sollen? Und sie war überzeugt, Camilla hatte ihnen nichts von dem Vorfall erzählt, als *sie* Camilla zurückgewiesen hatte.

»Keitha ist eine *cristofero*«, sagte Rafaella, »und die sind in dieser Sache ebenso schlimm wie die Terraner. Aber Camilla ist nicht der Typ, der auf seinen Wünschen beharrt, wenn er einmal zurückgewiesen worden ist. Keitha kann doch unmöglich in Camilla eine Gefahr für sich selbst sehen? Margali, du kennst sie besser als alle anderen hier. Was denkt sie?«

»Ich weiß nicht, was Keitha denkt«, antwortete Magda, »ich weiß nicht einmal, was ich selbst denke. Aber wenn Keitha nicht sieht, dass Camilla eine gute und ehrenhafte Frau ist, dann ist es gewiss ihr eigener Schaden.«

»Es darf einfach keine Feindschaft zwischen einer Frau und ihrer Eidesmutter bestehen«, ereiferte sich Rafaella, »das ist unnatürlich und verkehrt. Wir müssen etwas dagegen unternehmen!« Ihre Hand schwebte über einem Teller mit süßen Keksen, dann schüttelte sie lachend den Kopf. »Ich habe schon zu viel gegessen; ich bin so gierig, als sei ich vier Monate schwanger! Jaelle, schläfst du heute Nacht hier? Zu dieser Stunde kannst du schließlich nicht mehr durch die Straßen Thendaras gehen! Und hört mal«, setzte sie hinzu und schwieg. Sie lauschten auf das Prasseln des Hagels gegen die Fenster, auf den Wind, der unentwegt um die Ecken des Hauses heulte.

»Das höre ich gern«, erklärte Jaelle, während Magda erschauerte. »In der Terranischen Zone sind wir vom Wetter völlig isoliert, wir wissen gar nicht, ob es schneit oder ob die Sonne scheint ...«

»Wenn du bleibst, möchtest du dann in meinem Zimmer schlafen? Marisela ist ausgezogen, weil sie des Nachts so oft aufstehen musste. Der Schlaf einer Hebamme ist wie der eines Bauern zur Kälberzeit! Und Devra ist noch in Nevarsin, so dass viel Platz ist ...«

»Ja, und vielleicht können wir ein paar Minuten über das Geschäft reden«, stimmte Jaelle zu. »Ich glaube, du musst für die nächsten ein, zwei Jahre letzten Endes doch eine Partnerin nehmen.«

»Jaelle! Dann bist du schwanger? Ich würde diesen deinen Freipartner gern einmal kennen lernen, wenn du seinetwegen deine Meinung derartig geändert hast«, neckte Rafaella sie, aber Jaelle schüttelte den Kopf. »Es ist zu früh, um sicher zu sein, Rafi. Glaub mir, du wärest die Erste, der ich mich anvertrauen würde. Die Möglichkeit besteht natürlich immer. So oder so werde ich mindestens ein Jahr bei den Terranern arbeiten; ich habe mein Wort gegeben. Dann ist da noch ...«

»Dann ist da noch die Frage, welche Frauen wir zu den Terranern schicken sollen, damit sie ihre medizinischen Techniken lernen«, sagte Mutter Lauria. »Ich möchte mit dir darüber sprechen, Rafaella, bevor wir die endgültigen Entscheidungen treffen. Vielleicht würde Doria gern gehen, wenn sie ihr Hausjahr in Neskaya beendet hat. Ich hatte daran gedacht, sie zur Ausbildung als Hebamme nach Arilinn zu schicken. Sie hat geschickte Hände und kann gut mit Tieren umgehen; sie mag auch dafür Begabung haben. Aber nicht heute Abend!« Sie sah sich im Musikzimmer um, wo sich nur noch einige wenige Grüppchen aufhielten. Die anderen hatten sich zerstreut. Drei oder vier hatten sich in einer Ecke am Kamin niedergelassen und tranken Wein, als wollten sie die Nacht durchmachen. Zwei andere waren in ein Kartenspiel vertieft. Irmelin und zwei ihrer Helferinnen sammelten die benutzten Teller und Becher ein. Mutter Lauria sagte: »Ich hatte gehofft, es beim Treffen zur Sprache bringen zu können, doch dann nahm die Diskussion einen anderen Verlauf, und ich wollte euch nicht zu lange aufhalten. Margali, willst du mit deiner Eidesmutter für einen Augenblick in mein Büro kommen, bevor du nach oben gehst?«

Magda musste die geschickte Art bewundern, mit der Mutter Lauria sie und Jaelle ausgesondert hatte – *du mit deiner Eidesmutter* –, als habe es nur mit Magdas in Frage gestelltem Eid zu tun. Rafaella gab Jaelle einen Gutenachtkuss. »Du schläfst heute Nacht besser bei Margali; du und ich verbringen immer die halbe Nacht mit reden, und ich bin müde.« Sie unterstrich diese Aussage mit einem gewaltigen Gähnen. »Über das Geschäft können wir uns beim Frühstück unterhalten. Aber bleib nicht wieder so lange weg, Liebes. Die Terraner können dich doch nicht so stark einspannen, oder?«

Jaelle umarmte sie. »Irgendwann einmal werde ich dir alles über terranische Uhren erzählen!«

In Mutter Laurias Büro sagte die Gildenmutter: »Du hast Gelegenheit gehabt, uns zu sehen und dich an unsere Stärken zu erinnern, Jaelle. Hast du irgendwelche Vorschläge?«

Jaelles Lächeln war zitterig. Magda fand, sie sehe sehr müde aus. Sie antwortete: »Nur negative. Ich glaube nicht, dass Janetta den Terranern gefallen würde – und umgekehrt auch nicht.«

Mutter Lauria nickte. »Es ist schade. Janni ist klug und lernt schnell, und sie würde sich in der terranischen – *Technologie* bestimmt auszeichnen.« Sie benutzte das terranische Wort; eine Entsprechung auf *Casta* gab es nicht. »Auch Keitha wäre geeignet, und die Ausbildung wäre wertvoll für sie. Marisela nimmt sie bereits zur Geburtshilfe mit. Keitha ist jetzt schon eine gute Hebamme. Kommt dazu noch das terranische Wissen, könnte sie Mariselas Platz einnehmen, wenn Mari in Angelegenheiten der Schwesternschaft unterwegs ist.«

»Ich habe nie begriffen, was die Schwesternschaft ist«, beklagte sich Jaelle.

Die alte Gildenmutter lächelte schwach. »Ich ebenso wenig, und auch sonst niemand, der kein geschworenes Mitglied ist, Shaya. Aber ihr Ursprung geht weit, weit zurück in der Geschichte der Entsagenden. Manche sehen sogar die ursprünglichen Entsagenden in ihnen. Dem sei, wie ihm wolle – ich glaube nicht, dass Keitha bereits fähig ist, sich in Anwesenheit fremder Männer zu beherrschen.« Sie seufzte. »Wir sollten uns überlegen, wen von unsern besten Frauen wir zu den Terranern schicken können, nicht nur, welche Frauen im Stande sind, bei ihnen zu überleben! Es gehört zu den Stärken unserer Ausbildung, dass sie uns hart und unbeugsam macht, und doch ist das auch eine Schwäche ... Keine Gesellschaft, die sich dem Neuen verschließt, kann wachsen und sich verändern, wie wir es müssen. Kindra pflegte zu sagen, wir können von allem lernen, was in unser Leben tritt.«

Magda sagte zögernd: »Vielleicht sollten wir bei einem Haustreffen einfach beschreiben, was die Terraner wollen, und um freiwillige Meldungen bitten – und vielleicht könnten wir eine der Terranerinnen herkommen lassen, damit die – die Gildenschwestern sehen, dass terranische Frauen gar nicht so anders sind.« Cholayna Ares, dachte Magda, sie würde die Amazonen und das Gildenhaus verstehen, und die Entsagenden würden ihre Kraft und Integrität respektieren. Aber Cholaynas braune Haut könnte bei den Darkovanerinnen Xenophobie erwecken. Magda schalt sich töricht. Die Frauen hier würden bestimmt lernen, die Angehörige einer anderen ethnischen Gruppe zu akzeptieren!

»Das könnte arrangiert werden. Ich würde selbst gern terranische Frauen kennen lernen, Margali. Unter anderem –« ihr Lächeln war freundlich »– könnte es mir vielleicht helfen, dich besser zu verstehen. Früher oder später muss es zu Bekanntschaften dieser Art kommen.«

Jaelle schlug vor: »Vielleicht – vielleicht könntest du zu einem Besuch ins HQ kommen, Mutter? Und vielleicht ...« – es kam stockend heraus – »... einige von ihnen zum Essen ins Gildenhaus einladen und sie beim Haustreffen darüber sprechen lassen, was sie anbieten und was sie verlangen?«

Magda war froh, dass der Vorschlag von Jaelle statt von ihr gekommen war, obwohl sie bei dem Gedanken daran, dass eine Agentin des Imperiums hier im Gildenhaus rekrutierte, lächeln musste. Nun, warum nicht? Es gab hier Frauen, die von der terranischen Ausbildung profitieren würden. Zum Beispiel konnte sie sich Rafaella gut als Kapitänin eines Sternenschiffs vorstellen.

»Ich werde darüber nachdenken, und das ist alles, was ich im Augenblick dazu sagen kann«, erwiderte Mutter Lauria. »Einen Besuch würde ich dort wirklich gern machen. Und jetzt muss ich euch beide ins Bett schicken.«

Auf dem Flur wandte Jaelle sich schüchtern an Magda. »Es macht dir doch nichts aus? Rafaella nahm als selbstverständlich an, dass ich als deine Eidesmutter es vorziehen würde, in deinem Zimmer zu schlafen ...«

»Von mir aus geht das in Ordnung.« Magda dachte an die vielen Nächte, die sie und Jaelle unterwegs miteinander verbracht hatten. Als sie in ihrem Zimmer allein waren, erkundigte sie sich: »Und Peter? Geht es ihm gut?«

»O ja, ausgezeichnet.« Jaelle war in ein brütendes Schweigen verfallen, das Magda ungern störte. Sie suchte ein Nachthemd für Jaelle heraus; es war viel zu lang, und Jaelle wirkte darin wie ein Kind in den Sachen seiner Mutter. Sie setzte sich auf den Bettrand und sagte: »Das erinnert mich an den Tag, als ich hierher kam. Es gab keine Kinder im Haus, und Kindra fand nichts, was mir passte. Ich habe nähen gelernt, indem ich alles für meine Größe kleiner machte.«

»Wie alt warst du damals, Jaelle?«

»Oh, elf ... dreizehn ... so ungefähr. Ich weiß es nicht mehr genau.«

»Wo bist du geboren?«, fragte Magda. Jaelle runzelte die Stirn und antwortete kurz: »Shainsa. So hat man es mir wenigstens erzählt; ich selbst erinnere mich an gar nichts mehr. Deine Terraner haben mich bereits bedrängt, ich soll ihnen erlauben, dass sie mich mit einer ihrer Maschinen hypnotisieren, damit ich ihnen alles erzähle, was ich im Kopf habe. Aber ich will mich nicht erinnern – darum habe ich es ja vergessen.«

»Ich weiß nicht einmal, wo Shainsa liegt. Ist das nicht eine der Trockenstädte?«

»Ja. In der Wüste jenseits von Carthon«, antwortete Jaelle widerwillig. »Ich hatte vor dem Abendessen keine Zeit mehr zum Baden. Jetzt will ich sehen, ob ich eine freie Wanne finde.«

Sie machte sich auf den Weg ins Gemeinschaftsbad, und Magda, die trotz ihres langen warmen Nachtgewands fröstelte, kroch ins Bett und unter die zusätzlichen Decken, die sie organisiert hatte. Ihre Füße waren wie Eis; sie steckte sie abwechselnd hinter die Kniekehlen und fragte sich, warum die Heißwasserwärmflasche auf Darkover nie erfunden worden sei. *Vielleicht könnte ich eine Wohltäterin der Menschheit werden und sie einführen,* überlegte sie verschwommen. Warum brauchte Jaelle so lange? War sie in der Wanne eingeschlafen? Magda wachte nicht auf, als Jaelle im Dunkeln hereinkam und über sie weg an die Wandseite des Bettes kroch. Eingelullt von den vertrauten nächtlichen Geräuschen des

Hauses und dem Duft der mit Süßgras gestopften Matratze sank Jaelle in den tiefsten Schlaf seit ihrem Einzug in die Terranische Zone.

Magda träumte. Sie war unten im Waffensaal – oder war es der große Ballsaal auf Ardais, wo sie zu Mittwinter getanzt hatte? Lady Rohana hatte kurz geschnittenes Haar wie eine Amazone, und Peter war auch da, aber sie mussten über den Scaravel-Pass, bevor es zu schneien begann, und er bestürmte sie immerzu, sie solle den Ballsaal mit ihm verlassen. Aber jetzt gehörte Peter zu Jaelle, und er hätte nicht versuchen dürfen, sie zu überreden. Schließlich trat sie mit ihm auf den Balkon hinaus, und der Balkon war zu dem Damm geworden, der zu der Räuberfestung Sain Scarp führte, und Rumal di Scarp war dort. Deshalb zog Magda ihr Messer und verteidigte die Stufen vor dem Haus gegen ihn. Ihr Schwert bewegte sich wie aus eigenem Willen, es schützte Peter vor seinem Angriff, und sie focht weiter und weiter, ohne auf die Geste zu achten, mit der Rumal di Scarp sich ergab, obwohl sie wusste, dass sie ihre Ehre als Amazone befleckte. Sie hieb und stach, bis er in einer Blutlache tot zu ihren Füßen lag. Der Schnee, der durch den Pass getrieben wurde, verwandelte sich in einen stechenden Sandsturm, und im Schatten eines großen Felsens sah sie die Blutlache, die die Wüste im Licht der aufgehenden Sonne rot färbte, und sie schrie und schrie ...

Mit einem Ruck wachte sie auf und merkte, dass sie bolzengerade im Bett kniete. Die Decken waren auf den Fußboden geworfen, und es war Jaelle, die schrie ... nein, sie war sich nicht mehr sicher, ob überhaupt jemand geschrien hatte, außer in dem Traum, dessen Bruchstücke sich schon verflüchtigten, bis nur noch die entsetzliche Erinnerung an das Blut auf dem Wüstensand blieb. Der Schnee draußen, der den kleinen grünen Mond widerspiegelte, füllte das Zimmer mit blassem Licht.

»Verdammter Traum«, keuchte Jaelle. »Tut mir Leid, *chiya*, ich hatte einen Alptraum – möchtest du, dass ich auf dem Fußboden schlafe?«

Magda schüttelte den Kopf. »Ich habe auch schlecht geträumt – es ist meine Schuld ebenso wie deine. Nach den Schulungssitzungen habe ich immer Alpträume.«

»Du auch? Ich habe nach jeder Sitzung stundenlang wach gelegen, weil ich mich so vor den Alpträumen, die ich bekam, fürchtete. Um was ging es in deinem?«

Magda raffte die letzten Fetzen zusammen. »Sain Scarp. Kämpfte mit irgendwem. Eine Blutlache – ich bin mir nicht sicher«, sagte sie, obwohl sie mit grässlicher Deutlichkeit Peters Gesicht inmitten der Blutlache vor sich sah.

»Ich habe von – ich glaube, meiner Mutter geträumt.« Jaelle war einen Augenblick lang nicht auf der Hut. »Im Wachen kann ich mich nicht einmal mehr an ihr Gesicht erinnern – ich war noch so klein, als sie starb. Aber ich habe Alpträume von ihr. Ich weiß, sie starb in der Wüste, und das ist alles, was mir im Gedächtnis geblieben ist.« Magda sah den Alptraum jedoch deutlich in ihren Gedanken, das sich auf dem Sand ausbreitende Blut, das Entsetzen, das sie gelähmt hatte. Um das Grauen zu bannen, beugte Magda sich vor und zog die Decken ins Bett zurück.

»Wird dir nicht zu warm unter all dem Zeug?«, fragte Jaelle.

»Warm? Gott, nein, ich friere!« Dankbar deckte sich Magda wieder zu. Sie sehnte sich nach heißem Kaffee oder etwas dergleichen. »Lady Rohana war auch da, nur war sie wie eine Amazone gekleidet. Vielleicht kamen auch richtige Amazonen vor, ich erinnere mich nicht mehr ... Irgendwer blutete sich zu Tode – nein, es ist weg. Was ist los, Jaelle?«

»Nichts, bloß ist mir jetzt auch kalt.« Jaelles Zähne klapperten. »Im Hauptquartier ist es so warm, und ich habe mich daran gewöhnt. Komm, versuchen wir, uns gegenseitig zu wärmen.« Sie zog Magda an sich, und die Körperwärme der anderen Frau war wie ein Anker. Irgendwie gab sie der Welt wieder Festigkeit.

»Peter hat nie Geduld mit Träumen gehabt.« Magda wusste nicht, woher dieser Gedanke aufgetaucht war. »Er pflegte zu sagen, das interessiere niemanden außer der Psychologischen und Medizinischen Abteilung. Wenn ich unbedingt über meine Träume reden müsse, solle ich hinuntergehen und mir einen Psych-Techniker suchen, der wenigstens berufliches Interesse daran habe. Sagt er das auch zu dir?«

Jaelle schüttelte den Kopf. »Ich wusste nicht, dass man von den Maschinen Alpträume bekommen kann, bis er es mir erklärte.«

»Aber ein richtig justierter Kortikator dürfte dir keine solchen Schwierigkeiten machen«, meinte Magda besorgt. »Vergewissere dich, ob er auf deine Alpha-Rhythmen eingestellt ist. Mit wem arbeitest du zusammen?«

»Ich kann mich nicht an all die Namen erinnern. Es sind so viele ...«

»Ein eigenes Büro wäre das Mindeste, was dir zusteht«, sagte Magda. »Ich habe Jahre dafür gebraucht, um aus diesem Irrenhaus unten im Büro des Koordinators hinauszukommen, und jetzt meint man, dich so einfach wieder hineinstecken zu können? Jaelle, als Sprachenexpertin verdienst du ein Privatbüro – du musst für deine Rechte kämpfen, besonders als Frau, sonst trampelt man über dich hinweg!«

Vor Erleichterung holte Jaelle tief Atem. Ihre Abscheu vor dem überfüllten Büro mit den dicht bei dicht stehenden, Klaustrophobie erzeugenden Schreibtischen war also nicht einfach ein Zeichen persönlichen Versagens, wie Peter zu meinen schien. Magda hatte den Raum auch gehasst.

»Du bist eine Fachkraft, keine Angestellte für Routinearbeiten«, prägte Magda ihr ein. »Verlange, was dir zusteht.

Man erwartet es von dir und wird dich dafür respektieren.« Sie knautschte ihr Kissen in eine bequemere Position. »Etwas, das mir hier wirklich fehlt, ist eine Uhr mit Leuchtzifferblatt. Ich weiß nie, wie spät es ist!«

Und das gehörte zu den Dingen, die Jaelle hier am meisten zu schätzen wusste: Frei zu sein von den beständigen Hinweisen auf die Uhrzeit. Das musste einer von den stärksten kulturellen Unterschieden sein. Sie sagte jedoch nur: »Ich glaube nicht, dass so etwas mir jemals fehlen wird«, und legte sich zurück. Magda begrub ihr Gesicht im Kissen, und Jaelle kuschelte sich in die Wärme ihres Körpers.

Nach einer Weile begannen sie von neuem zu träumen. Sie waren in einer Art Turm, ganz hoch oben, und standen sich in einem Kreis gegenüber. Irgendwie konnte Magda gleichzeitig mit ihren eigenen und mit Jaelles Augen sehen. Sie hielten mit ihren Händen einen in allen Farben glitzernden Bogen hoch, der wie eine geodätische Kuppel war ... Das Wort *geodätisch* war in Jaelles Kopf gelangt. Es war ihr fremd, aber sie war nicht besonders neugierig darauf, was es bedeutete, noch wollte sie wissen, welche merkwürdige Erfahrung Magda seine Bedeutung enthüllt hatte. Die Kuppel war transparent, aber sehr stark. Sie schützte die, die unter ihr arbeiteten – es war sehr wichtige Arbeit, die sie beide jedoch nicht ganz sehen konnten. Marisela schien daran teilzunehmen, und dann war da noch ein sympathisch wirkender Mann in den Vierzigern, der das Grün und Gold der Ridenow-Domäne trug. Er blickte zu Jaelle hoch, und plötzlich trafen sich ihre Augen. Eine ganze Minute lang sahen sie sich an, so dass Jaelle wusste, wenn sie diesem Mann irgendwann im wirklichen Leben begegnete, würde sie ihn sofort wieder erkennen. Er sagte leise: *Bist du hier außerhalb deiner Zeit, oder hast du dich in einem Traum hierher verirrt,* chiya*?* und sie hatte keine Antwort für ihn. Es war eine Amazone anwesend mit einem runden Gesicht und einer Stupsnase – Jaelle hatte sie irgendwo schon einmal gesehen, konnte sich aber nicht an ihren Namen erinnern. Etwas wuchs unter ihren Händen, und Magda war sehr stolz auf das, was sie taten. Irgendwer sagte innerhalb ihrer Hörweite: *Jeder von uns hier hat aus mindestens einem Leben hinauswachsen müssen,* und Magda hörte jemanden ein Bruchstück aus einem Gedicht zitieren – sie wusste, dass es sehr alt war:

Wer mehr Leben lebt als eins,
Muss mehr als einmal sterben ...

Gereizt fragte sie: »Ist es nicht schlimm genug, wenn man einmal sterben muss?«

»Oh, es ist gar nichts dabei«, antwortete Marisela. »Ich bin schon ein paar hundert Mal gestorben. Man gewöhnt sich daran.«

Magda sprach mit einem großen, hellhaarigen Mann, dessen Gesicht Jaelle nicht sehen konnte. Er erinnerte sie ein bisschen an Alessandro Li, aber er war es nicht, und er hob Magda hoch und trug sie durch ein plötzlich auf der ganzen Strecke hoch loderndes Feuer ... Jaelle fühlte, dass das Feuer Magdas Füße versengte, und wollte zu ihr laufen, aber die Kuppel rutschte ihr durch die Finger. Und dann lag sie in Peters Armen und er drückte sie nieder, nur war es nicht Peter, es war ihr Cousin Kyril Ardais, und sie hörte sich selbst missmutig sagen, sie hätte seine Finger zählen sollen, bevor sie mit ihm ins Bett ging. Doch dann war es auch nicht Kyril, sondern einer der Räuber, die sie angegriffen hatten, und Magda lag in Peters Armen ... Nein, es war keine Vergewaltigung, Magda war freiwillig zu ihm gekommen, erst jetzt, wo sie ihn verlassen hatte, erkannte sie: Er hatte sie die ganze Zeit unterdrückt, weil er wusste, dass sie ihm in ihrer gemeinsamen Arbeit überlegen war. Und jetzt bekam Jaelle ein Kind von ihm, aber sie waren allein auf einem steilen Berghang, schlugen Stufen in das Eis, stiegen hinab, und Magda hielt Ausschau nach Lady Rohana, denn Jaelle war von einem der Räuber schwanger, und sie würde bei der Geburt sterben, falls Lady Rohana nicht rechtzeitig kam. Sie starb, sie verblutete in der Wüste, ein Sturm schleuderte ihnen Sand ins Gesicht, der wie Schnee stach, und Jaelle lag blutend auf dem Boden, und während sie sich wand und schrie, war es irgendwie Magdas Kind, das sie zu gebären versuchte, das Kind, das Magda hätte Peter schenken sollen. Aber das hatte sie Jaelle überlassen ...

Wieder erwachten sie, sich gegenseitig fest umklammernd, und wieder waren die schweren Decken aus dem Bett geworfen. Magda machte sich los und fasste nach einer Decke. Jaelle hinderte sie daran.

»Oh, den Göttern sei gedankt, dass ich hier in Sicherheit bin, hier bei dir, *breda*«, keuchte sie. »Ich hatte solche Angst, solche Angst ...« Sie zog Magda zu sich herab. »Was hast du diesmal geträumt?« Und sie hielt Magda fest und küsste sie.

Magda spürte den Kuss, und für einen Augenblick war er Teil der Magie, durch die sie im Traum Jaelles Gedanken geteilt hatte. Dann riss sie sich los, entsetzt, zitternd. Was hatte dieses Haus ihr angetan? Sie fühlte sich schwach und ausgelaugt, und das vom Schnee reflektierte erste Morgenlicht stach ihr wie mit Messern in den Kopf. Jaelle blickte zu ihr hoch, und ihr Lachen erstarb in Besorgtheit. »Es ist alles in Ordnung, Margali«, flüsterte sie. »Du brauchst dich vor nichts zu fürchten, du bist hier bei mir, *bredhya*.« Sie versuchte, Magda von neuem tröstend in die Arme zu nehmen.

Aber Magda entzog sich ihr, stolperte davon. Ihr Morgenrock schleifte auf dem Fußboden hinter ihr her. Ihr war, als wellten und kräuselten sich die Dielenbretter unter ihren Füßen. Im Bad wusch sie sich das Gesicht mit eisigem Wasser, und es brannte auf ihrer Haut, ohne ihr Sehvermögen zu klären oder ihr Fieber zu kühlen.

Irmelin stand unter der kalten Dusche, und Magda erschauerte bei dem bloßen Anblick. Überrascht sah sie Magda an.

»So früh schon wach? Du hast doch keinen Küchendienst? Oder willst du Rezi beim Melken helfen?« Sie trat zur Seite, sagte: »Ich bin fertig«, und griff nach ihrem Handtuch. Dann blieb sie betroffen stehen, weil sie sah, wie Magda sich ans Waschbecken klammerte. »Bist du krank, Margali?«

Magda dachte: Ja, irgendetwas stimmt nicht mit mir. Doch sie schüttelte nur den Kopf.

»Du hast Blut auf dem Nachthemd«, stellte die rundliche, lächelnde Frau fest. »Wenn du die Flecken gleich mit kaltem Wasser auswäschst, tust du den Frauen, die diesen Mond in der Waschküche arbeiten, einen Gefallen.«

»Blut?« Magda war noch ganz stumpfsinnig von den Schrecken des Traums; sie wollte schon sagen: *Aber ich bin nicht einmal schwanger.* Dann besann sie sich – welch ein Unsinn! Sie bückte sich und sah nach. Es stimmte. Das dicke Nachthemd war mit Blut befleckt.

Nun, das erklärte wenigstens einen Teil des Traums. Ausgesprochen sexuelle Träume hatten bei ihr immer die Menstruation angekündigt. Die Behandlung, der sie sich in der Terranischen Zone unterzogen hatte, musste ihre Wirkung verloren haben. Sie hatte nicht damit gerechnet. Peter hatte über die sexuellen Träume, die sie in dieser Zeit hatte, immer gelacht und gesagt, wenn sie früher in ihrem Zyklus ebenso leidenschaftlich gewesen wäre, hätte er sie bestimmt schwängern können. Sie verjagte den Gedanken, böse auf sich selbst, dass sie sich daran erinnert hatte, und trat an den Schrank, in dem der sanitäre Bedarf aufbewahrt wurde. Irmelin, die sie beobachtete, meinte. »Du siehst wirklich schlecht aus, Margali. Wenn ich du wäre, würde ich Marisela um eine von ihren

Kräutermedizinen bitten, die sie für solche Sachen bereithält, und schnell wieder ins Bett gehen und zu schlafen versuchen.«

Magda wollte Mariselas Ruhe nicht stören, aber es war eine Versuchung, sich wieder ins Bett zu verziehen, Krankheit vorzuschützen und alles beiseitezuschieben. Und am meisten krank machte sie ihr Wunsch, zu Jaelle zurückzukehren, sich von ihr trösten zu lassen, den gleichen Rapport mit ihr zu finden wie mit Keitha nach dem Kampf, als Mariselas Mittel ihre Verteidigungen lahm gelegt hatte, und es diesmal weitergehen zu lassen, wie es wollte. Aber sie konnte Jaelle nicht gegenübertreten, sie konnte niemandem mit diesem Gefühl, was es auch sein mochte, gegenübertreten, sie war hilflos, schutzlos ... Sie hatte sich wie in einem Spinnennetz in sich widerstreitenden Loyalitäten verfangen. Ihre Hände, die das Nachthemd auswuschen, zitterten.

Ich bin eifersüchtig auf Jaelle. Nicht weil sie Peter hat, sondern weil Peter sie hat ... dessen hat er mich einmal beschuldigt, und ich wollte es nicht glauben.

Sie kehrte in ihr Zimmer zurück und zog sich schnell an. Jaelle setzte sich hoch und sah ihr beunruhigt zu.

»Eidestochter«, sagte sie, »was habe ich getan? Worüber machst du dir Sorgen? Glaubst du ...« Sie hielt inne, nicht fähig, Magdas wirren Gedanken zu folgen. Das erratische *Laran,* dem sie nie befehlen konnte, hatte sie wieder verlassen, und sie wusste nicht, was Magda bekümmerte. Sie wusste nur, dass Magda verzweifelt war, und konnte sich nicht vorstellen, warum. Warum wollte Magda sich nicht von ihr trösten lassen? Magda fuhr in die Schuhe und klapperte im Eiltempo die Treppe hinunter. Als Jaelle ihr einige Zeit später folgte, war Magda weder beim Frühstück im Speisesaal noch sonst irgendwo im Haus. Sie fragte, ob irgendjemand sie gesehen habe, und Rafaella berichtete verwundert, Margali helfe freiwillig beim Melken im Stall.

Plötzlich wurde Jaelle wütend. *Wenn sie lieber schwere Arbeit im Stall tun als sich mit mir vernünftig aussprechen will, soll sie ihren Willen haben!* Sie setzte sich zu Rafaella, tat sich Brei auf den Teller, übergoss ihn mit Milch und lehnte kopfschüttelnd den Honigtopf ab, den Rafi ihr reichen wollte.

»Na gut«, sagte sie, »reden wir übers Geschäft, denn ich muss zur dritten Stunde nach Sonnenaufgang wieder im Hauptquartier sein.«

3

Jaelle war sich jetzt sicher, dass sie schwanger war, obwohl sie noch nichts von der frühmorgendlichen Übelkeit spürte. Und das brachte eine Erinnerung an das Gildenhaus zurück. Es war Jahre her, noch vor Kindras Tod. Marisela hatte in einer der ersten Hebammen-Vorlesungen, an denen Jaelle, nachdem ihr Körper reif geworden war, hatte teilnehmen dürfen, gesagt, diese Übelkeit rühre zumindest teilweise davon her, dass Körper und Geist uneinig seien. Der eine, der Körper oder der Geist, weise das Kind zurück, während der andere es sich wünsche. Jaelle wäre gar nicht überrascht gewesen, wenn sie in ihrer Verwirrung sehr unter Übelkeit hätte leiden müssen.

Sie hatte es Peter noch nicht erzählt und fragte sich manchmal, ob sie es aus reiner Bosheit unterlasse. Er wünschte sich so sehr einen Sohn! Machte es ihr Vergnügen, ihm die Nachricht, die für ihn eine so große Bedeutung hatte, vorzuenthalten? Nein, das war es bestimmt nicht.

Im Grunde will ich, dass er es erkennt, ohne dass ich es ihm sage. Dass er in meinem Herzen und in meinen Gedanken liest, was sogar Kyril, den ich verabscheue, täte. Es erweckte neue Schuldgefühle in ihr, dass Peter für sie sein sollte, was er nicht war, und doch wünschte sie es sich nicht nur, sie *brauchte* es. Sie hatte ihr *Comyn*-Erbe entschlossen wieder und wieder abgelehnt. Das erste Mal hatte sie, noch ein Kind, darauf bestanden, im Amazonenhaus aufzuwachsen – und nicht bei Rohana zu bleiben. Rohana hatte Melora geliebt und hatte ihre Tochter gern in Pflege genommen. Das zweite Mal hatte sie sich mit fünfzehn entschieden, den Eid abzulegen, statt ihr *Laran,* wie es einer *Comyn*-Tochter zustand, in einem Turm ausbilden zu lassen, und dann einen von ihrer Sippe ausgesuchten Mann zu heiraten. Ihre Verwandten hatten nicht gewollt, dass sie ihrem Erbe entsagte. Sie stand dem Haupt der Aillard-Domäne zu nahe – Jaelle wusste nicht genau, wie nahe, und sie hatte es nie wissen wollen.

Im Eid wird ausdrücklich aufgezählt, was alles keinen Einfluss auf meinen Wunsch, ein Kind zu gebären, haben darf. Weder die Familie noch der Clan des Mannes, weder Fragen der Erbfolge noch sein Stolz oder sein Wunsch nach Nachkommenschaft. Im Gildenhaus hatte sie die Frage gestellt: Woher sollte sie wissen, ob sie das Kind für sich selbst wollte, oder ob sie es wollte, weil Peter es sich so sehr wünschte? Und was war mit der Erbfolge einer Frau? Warum sollte sie dem Gildenhaus, warum der Familie ihrer Mutter keine Tochter schenken?

Warum nur dachte sie so viel darüber nach? Da sie bereits schwanger war, gab es nicht mehr viel, was sie tun konnte. Absichtlich hatte sie die antikonzeptionellen Vorsichtsmaßnahmen, die ihr die terranischen Ärzte genau erklärt hatten, außer Acht gelassen. Ein Kind hatte sie gewählt, auch wenn sie das Kind eigentlich nicht gewählt hatte.

Als sie an diesem Morgen Cholaynas Büro betrat, kam ihr der Gedanke, dass sie sich sehr gern Cholayna anvertrauen würde.

Aber wie konnte sie sich einer Fremden anvertrauen, wenn sie es noch nicht einmal dem Vater ihres Kindes gesagt hatte? War das nur die Gewohnheit, sich um Trost oder Zusprache an eine andere Frau zu wenden? Sie dachte an das Mittwinterfest. Damals hatte sie Magdas Zustimmung, beinahe ihre Erlaubnis, eingeholt, bevor sie Peters Bett geteilt hatte, und sich eingeredet, sie wolle sich nur vergewissern, dass Magda, Peters frühere Frau, nicht eifersüchtig sei.

Cholayna war jedoch ihre Vorgesetzte, nicht ihre Freundin oder Eidesschwester!

»Jaelle«, sagte Cholayna, »ich soll heute Vormittag mit einer Entsagenden sprechen, einer – Gildenmutter?« Sie stolperte ein bisschen über den Titel. »Ihr Name ist Lauria n'ha Andrea – habe ich das richtig ausgesprochen? Und ich möchte, dass Sie als Dolmetscherin dabei sind.«

»Es wird mir ein Vergnügen sein«, antwortete Jaelle höflich. Mutter Lauria hatte wirklich keine Zeit verloren! »Aber Sie sprechen die Sprache so gut, dass Sie im Grunde gar keine Dolmetscherin brauchen.«

Cholayna zeigte ihr schnelles Lächeln. »Ich mag die Wörter korrekt aussprechen, aber ich brauche Hilfe, um sicher zu sein, dass ich sie alle korrekt anwende. Wissen Sie, was ich mit *Semantik* meine? Nicht die wörtliche Übersetzung, sondern die Bedeutung der Bedeutungen und die Art, wie verschiedene Leute die gleichen Wörter benutzen, um verschiedene Dinge auszudrücken.«

Jaelle wiederholte, sie fühle sich geehrt, und Cholayna sprach in ihren Kommunikator: »Bitten Sie die darkovanische Dame ...« Sie unterbrach sich. »Nein, warten Sie. Jaelle, würden Sie so freundlich sein und sie in mein Büro führen? Sie kennen sie ja.«

Jaelle ging, um Mutter Lauria zu holen. Cholayna besaß Fingerspitzengefühl für die richtige Geste, den persönlichen Kontakt, und das machte sie unendlich wertvoll für Verhandlungen mit Darkovanern. Russell Montray fehlte diese Intuition völlig. Peter dagegen hätte sie, und Magda auch, und von Monty glaubte Jaelle, dass er, was er noch nicht wusste, lernen könnte. Und es war ihre persönliche Verantwortung, dafür zu sorgen, dass Alessandro Li es lernte.

Mutter Lauria saß im Wartezimmer, hielt die Hände ruhig im Schoß gefaltet und studierte mit ihren klaren blauen Augen jede Einzelheit des Raums.

»Was ist das ein angenehmer Ort zum Arbeiten, Jaelle, obwohl ich glaube, anfangs muss das gelbe Licht nicht ganz leicht zu ertragen sein.« Auf dem Weg in das innere Büro erkundigte sie sich: »Ist es die richtige Höflichkeitsform, wenn ich mich vor deiner Vorgesetzten verbeuge, wie es bei uns Brauch ist, oder muss ich ihr die Hand drücken, wie es die Terraner nach Camillas Erzählungen zur Begrüßung tun?«

Jaelle lächelte, denn Cholayna hatte ihr eine ähnliche Frage gestellt. »Im Augenblick reicht eine Verbeugung«, antwortete sie. »Sie kennt unsere Sitten gut und weiß, dass wir unsere Hand nur anbieten, wenn wir damit ein aufrichtiges Freundschaftsangebot verbinden.«

Dann verbeugten sich die beiden Frauen voreinander, und Jaelle hatte den Eindruck, dass sie sich nicht nur Höflichkeit erwiesen, sondern sofort Sympathie füreinander empfanden, moderiert durch Achtung. Cholayna hieß Mutter Lauria willkommen, ließ sie in einem bequemen Sessel Platz nehmen und bot ihr eine Erfrischung an. »Möchtet Ihr lieber Fruchtsaft oder Kaffee?«

»Ich würde gern einmal euren terranischen Kaffee probieren; ich habe ihn in der Handelsstadt gerochen«, sagte Mutter Lauria. Cholayna wählte für sie eine Tasse an der Erfrischungskonsole, und Mutter Lauria schnüffelte anerkennend. »Ich danke Euch. Ein interessanter Mechanismus; ich wüsste gern, wie das hier angekommen ist. Ich weiß noch, als ich zum ersten Mal hörte, Nachrichten kämen über Drähte, sah ich nach oben, um die Papiere an dem Draht entlangsausen zu sehen. Erst viel später ging mir auf, dass das, was über den Draht reist, elektrische Impulse sind. Jetzt weiß ich es besser, aber damals kam mir der Gedanke ganz logisch vor.« Sie nahm einen Schluck Kaffee. Cholayna erklärte ihr in großen Zügen das Funktionieren der Erfrischungskonsole: Sie enthielt einen Vorrat von den Essenzen der Getränke, die, wie es die computerisierte Kombination erforderte, augenblicklich gemischt und mit heißem oder kaltem Wasser aufgefüllt wurden.

Mutter Lauria zeigte durch ein Nicken an, dass sie verstanden hatte. »Und das gelbe Licht ist normal für Euren Heimatstern?«

»Für die Mehrheit der Sonnen im Imperium«, präzisierte Cholayna. »Es kommt selten vor, dass eine Sonne so viel rotes und orangefarbenes Licht hat wie diese, und die meisten Menschen, die zum Arbeiten nach Darkover kommen, bleiben nicht so lange hier, dass sich die Anpassung an ein anderes Lichtmuster für sie lohnte. Aber wenn es für Euch angenehmer ist, kann ich die Beleuchtung in diesem Raum so einstellen, wie Ihr sie als normal empfindet.« Sie berührte eine Kontrolle, und das Licht schwächte sich zu dem vertrauten rötlichen Ton ab. Auf Jaelles überraschten Blick hin lächelte Cholayna.

»Das ist neu; ich habe es erst vor kurzem installieren lassen. So hätte man das ganze HQ einrichten können, wenn nur irgendwer genug Phantasie besessen hätte. Mir kam der Gedanke, wenn Darkovanerinnen in der Medizinischen Abteilung arbeiten sollen, müsste ein Kompromiss geschlossen werden zwischen der Beleuchtung, an die die Einheimischen gewöhnt sind, und der, die HQ-Personal von Welten mit einer helleren Sonne als angenehm empfindet. Ich zum Beispiel stamme aus einem System mit sehr hellem Zentralgestirn, und ich kann bei diesem Licht kaum etwas sehen. Deshalb muss mein Arbeitsplatz meinen Augen entsprechend beleuchtet werden. Aber wenn ich nicht lese, ist das erholsam.« Sie setzte hinzu: »Vermutlich ist Euer Sehvermögen im Vergleich viel besser. Dafür werdet Ihr eine geringere Toleranz für Ultraviolett haben – wenn zum Beispiel die Sonne vom Schnee reflektiert wird, werdet Ihr Euch sorgsamer gegen Schneeblindheit schützen müssen.«

»Ich habe von Frauen, die in den Hellers gereist sind, gehört, dass das ein Problem für sie ist«, stimmte Mutter Lauria zu. »Ihr wisst sicher, dass der wichtigste terranische Handelsartikel hier in Sonnenbrillen besteht.«

»Während ich auf meiner eigenen Welt die Sonne in der Wüste ertrage, ohne meine Augen zu schützen«, antwortete Cholayna lächelnd, »und Leute von matteren Sonnen sich vor Haut- und Retina-Verbrennungen sehr in Acht nehmen müssen. Magda erzählte mir, dass sie in ihrer ersten Woche auf Alpha fast erblindete, und mir ist aufgefallen, dass Jaelle unter der hier normalen Beleuchtung leidet.«

»Das wusste ich nicht. Ich habe versucht, mir nichts anmerken zu lassen«, beteuerte Jaelle.

»Aber das ist töricht«, schalt Cholayna. »Ihr Sehvermögen ist wertvoll für uns. Es gibt keinen Grund, warum in Ihrer Wohnung kein rotes Licht installiert werden soll – auch Peter ist auf Darkover aufgewachsen und würde es bestimmt begrüßen. Sie brauchen nur mit den Technikern zu reden. Übrigens ist meine Hautfarbe ebenfalls eine Anpassung meines Volkes an eine heißere Sonne«, ergänzte sie.

»Ich könnte mir vorstellen, dass das zu den Schwierigkeiten gehören würde, die wir Darkovaner bei Raumreisen zu überwinden hätten.«

»Ihr habt vollkommen Recht«, bestätigte Cholayna, »und wenn Eure Frauen in unserer Medizinischen Abteilung arbeiten, müssen wir eine Lösung finden, denn das Licht, das dort noch heller ist, könnte ihnen Unbehagen schaffen oder sogar ihren Augen schaden.« Sie wandte sich Jaelle zu. »Sie haben sich nie beklagt, aber mir ist zum Beispiel aufgefallen, dass Sie immer, wenn Sie in der Medizinischen Abteilung waren, Kopfschmerzen hatten.«

Der Zusammenhang war Jaelle bisher nie bewusst geworden. Also zumindest teilweise war ihr heftiges Widerstreben, in die Stockwerke der Medizinischen Abteilung hinabzusteigen, auf ihrem unbewussten Abscheu gegen die hellere Beleuchtung zurückzuführen!

»Das ist einer der Gründe, aus dem ich hergekommen bin«, gestand Mutter Lauria. »Ich wollte selbst sehen, unter welchen Bedingungen unsere Frauen hier arbeiten müssen.«

»Es wäre überhaupt nicht schwierig, für Euch eine Besichtigung der Medizinischen Abteilung zu arrangieren«, sagte Cholayna. »Ich kann einen der Helfer bitten, Euch durch das Krankenhaus zu führen, oder wir machen das an einem Tag, wenn die Frauen, die hier lernen wollen, mit Euch kommen können. Wir haben im Imperium ein Standard-Orientierungsprogramm für Planetenbewohner, die ausgebildet werden sollen. Es gibt vorerst so wenige darkovanische Beschäftigte, dass wir es noch nicht benutzt haben, und leider mussten Jaelle und ein paar andere ohne Hilfe mit den kulturellen Unterschieden fertig werden, so gut sie konnten. Natürlich, wenn eine größere Zahl von Darkovanerinnen ...« Sie hielt inne und sah erst Mutter Lauria, dann Jaelle an.

Jaelle sagte: »Ich selbst verstehe nicht ganz, was ein Orientierungsprogramm ist, Cholayna, und Mutter Lauria versteht es überhaupt nicht.«

Cholayna erklärte es, und Mutter Lauria begriff auf der Stelle.

»Das ist wie die Schulungssitzungen für die neuen Entsagenden. Auch wenn sie nicht in eine andere Welt überwechseln, unterscheidet sich das Leben doch so sehr von ihrem alten, dass sie Unterricht in der Anpassung bekommen müssen«, sagte sie. »Ich halte es für das Beste, Cholayna ...« – Jaelle fiel auf, dass Mutter Lauria den Imperiumsnamen der Frau mühelos aussprach, was sie selbst noch nicht gelernt hatte – »... dass Ihr ins Gildenhaus kommt und zu unsern jungen Frauen sprecht. Danach könntet Ihr die Besichtigung und das Orientierungsprogramm veranstalten. Und es wäre ja möglich, ein ähnliches Programm«, setzte sie nach kurzem Überlegen hinzu, »für terranische Frauen beziehungsweise Frauen aus dem Imperium durchzuführen, die, wie Magda, in die Berge und das Hinterland unserer Welt geschickt werden, damit sie wissen, wie sie sich zu benehmen haben und ...« – sie zwinkerte – »... nicht solche Risiken eingehen müssen wie Margali, Miss Lor-ran.«

Cholayna lachte mit. »Das ist mir natürlich auch schon in den Sinn gekommen. Wir wären Euch sehr dankbar, Lauria. Dabei handelt es sich nicht um Spionage, aber alle unsere Frauen, die für Vermessung und Erkundung und ähnliche Dienststellen arbeiten, müssen gelegentlich draußen wegen schlechten Wetters und dergleichen Zuflucht suchen, und es ist besser, wenn sie sich einwandfrei benehmen und die Vorstellungen der Bevölkerung von dem, was für eine Dame schicklich ist, nicht verletzen.«

Als Mutter Lauria sich erhob, um zu gehen, hatten sie ausgemacht, dass Cholayna in zehn Tagen zum Abendessen ins Gildenhaus kommen und dass Jaelle sie begleiten würde. Sie konnten sich mit Marisela und anderen Frauen unterhalten, die Grundwissen in medizinischen Techniken hatten. Später sollte Cholayna beim Haustreffen zu allen Bewohnerinnen des Gildenhauses sprechen und mit ihnen über die angebotene medizinische Ausbildung diskutieren. Jaelle begleitete Mutter Lauria hinaus, und die Gildenmutter sagte: »Sie gefällt mir, Jaelle. Ich hätte gedacht, eine Frau von einer anderen Welt sei fremdartiger.«

»Ich fürchtete, sie käme dir seltsam vor, und vielleicht würdest du dich abgestoßen fühlen, weil sie so sehr fremdartig ist«, erwiderte Jaelle. Mutter Lauria zuckte die Schultern.

»Die Farben ihrer Haut und ihres Haars? Ich bin in den Trockenstädten gereist, Kind; ich weiß, dass der helle Teint und das gebleichte Haar eine Anpassung der dortigen Bewohner an die Wüste sind. Ich finde es nicht seltsam, dass eine Frau von einer Welt mit einer helleren Sonne eine andere Hautfarbe hat. Unter dieser Haut ist sie eine Frau wie wir. Ein braunes und ein schwarzes Pferd laufen bei einer Tagesreise gleich weit, und ich bin nicht so dumm, dass ich sie danach beurteile, wie sich die Haut ihrer Vorfahren verändert hat, um sie gegen die Sonne ihrer Kinderzeit zu schützen. Auch hat es mich beeindruckt, wie praktisch ihre Kleidung für eine aktive Frau, die mit Männern zusammenarbeiten muss, ist.«

Jaelle blickte verlegen auf ihre knapp sitzende terranische Uniform nieder. »Das ist komisch. Ich finde diese Kleidung immer noch unanständig.«

»Aber du bist in den Trockenstädten geboren und aufgewachsen«, sagte Mutter Lauria lächelnd, »und in deiner ganzen Kindheit bist du von der Vorstellung geprägt worden, dass die Tracht einer Frau dazu dienen soll, den Mann ihren Körper besser sehen und bewundern zu lassen. Unter der Amazone bist du immer noch eine Frau der Wüste, Jaelle, wie wir alle die Töchter unserer Kindheit sind. Ich bin in den Kilghardbergen geboren, für mich hat weibliche Kleidung den Zweck, eine Frau an den freien Bewegungen zu hindern, die für die Arbeit eines Mannes erforderlich sind. Ich bewundere die Uniformen der Frauen hier, weil sie freie Bewegungen ohne Prüderie erlauben. Ich rebelliere gegen die eine Art der Beschränkung in der Kleidung der Frauen und du gegen eine völlig andere.«

Jaelle biss sich auf die Lippe und schwieg. Dies glich so sehr dem, was Cholayna einmal zu ihr gesagt hatte, dass sie anfing zu überlegen, ob es wahr sein könne.

»Ich dachte, ich hätte jede Erinnerung an die Trockenstädte verloren.«

Lauria schüttelte den Kopf.

»Nein. Du wirst sie dein Leben lang nicht mehr verlieren.

Als du die Trockenstädte verließest, warst du fast schon eine erwachsene Frau. Du kannst dich dazu entschließen, dich nicht zu erinnern, wie du es zweifellos getan hast, aber so etwas sollte aus freier Wahl geschehen, nicht aus Schwäche.«

Um wieder nach draußen zu gelangen, mussten sie durch den Flur vor dem Kommunikationsbüro gehen, dem »Irrenhaus«, wie Magda es genannt hatte. Bethany kam herausgeschossen und wäre fast mit Jaelle zusammengestoßen.

»Oh, Jaelle! Ich wollte gerade zum Nachrichtendienst hochgehen und dich suchen – Montray braucht dich in seinem Büro, ich meine den Koordinator. Es geht um ein in den Kilghardbergen abgestürztes Flugzeug von Vermessung und Erkundung, es sind Feldagenten da, um mit den V-und-E-Leuten zu sprechen, Peter musste auch hin, und du sollst auf der Stelle kommen.«

»Ich gehe, sobald ich Mutter Lauria ans Tor gebracht habe«, antwortete Jaelle auf *Casta*, was Bethany, wie sie wusste, gut sprach, und stellte sie vor. Mutter Lauria begrüßte sie freundlich und wandte sich dann an Jaelle. »Was ich noch sagen wollte: Wir würden uns freuen, wenn du bei deinem Besuch im Gildenhaus ein paar von deinen Kameradinnen mitbringen würdest. Es ist nicht Recht, dass Frauen durch Sprache und Sitten getrennt werden. Das sind Unterschiede, die mehr für Männer von Bedeutung sind.«

Jaelle dankte ihr, konnte sich Bethany aber nicht im Gildenhaus vorstellen, nicht einmal als Besucherin. Sie rief über die Schulter zu Bethany zurück: »Ruf Cholayna über Interkom an und sag ihr, dass ich gleich ins Büro des Koordinators gehe.«

»In Ordnung«, erwiderte Bethany, und Jaelle fuhr mit Mutter Lauria die Rolltreppe hinunter. Die alte Frau meinte stirnrunzelnd: »Mir leuchtet ein, dass Frauen in normalen Röcken auf einer Erfindung wie dieser gefährdet wären. Wirklich, eure

Uniformen sind vernünftiger. Aber, Shaya, meine Liebe, wenn du gebraucht wirst, musst du dich sofort deiner Arbeit widmen. Ich bin weder verkrüppelt noch so alt, dass ich den Weg aus diesem Labyrinth nicht allein finde.«

Jaelle umarmte die alte Frau zärtlich zum Abschied. »Es ist nur so, dass ich mich ungern von dir trenne – ihr fehlt mir alle mehr, als ich anfangs geglaubt habe«, gestand sie.

»Dagegen gibt es ein einfaches Heilmittel. Du musst öfters zu uns kommen«, antwortete Mutter Lauria. Jaelle stand am Fuß der Rolltreppe und sah der kleinen, stämmigen, entschlossenen Frau nach, die sich ihren Weg durch die uniformierten Leute der Basis bahnte. Sie war so ganz sie selbst, dachte Jaelle, und hier waren sich alle so ähnlich, als hätten sie mit den Uniformen auch gleiche Gesichter angezogen. Dann kam ihr plötzlich eine Erkenntnis, die sie schwindeln ließ ...

Jeder Einzelne von den Terranern hier auf dieser Basis, die Raumfahrer um die großen Schiffe da draußen, die Techniker unten in der Medizinischen oder oben bei Vermessung und Erkundung oder Kommunikation, die Hafenarbeiter, die hoch oben von dem Turm, auf den Peter sie einmal geführt hatte, um dem Start eines der Schiffe zuzusehen, wie Ameisenscharen wirkten, die Männer und Frauen, die Maschinen reparierten oder den Verkehr auf Monitoren verfolgten, die Raumsoldaten, die das Tor bewachten und für Ordnung in den großen Gebäuden sorgten, selbst jene, die die Wasch- und Reinigungsmaschinen überwachten oder die Tische in den Cafeterias abräumten – jeder Einzelne von diesen vielen Menschen, die an Zahl die Einwohner der Stadt Thendara übertrafen, jeder Einzelne von ihnen war wie Mutter Lauria eine Person für sich mit eigenen Gefühlen und Gedanken. Wenn sie, Jaelle, sie so gut kennen würde, wie sie Peter und Mutter Lauria und Cholayna kannte, könnte sie sie auch verstehen und ihnen für das, was sie waren, Sympathie oder Antipathie entgegenbringen, nicht nur »Terranan« in ihnen sehen. *Warum ist mir das nie zuvor eingefallen?* Wie angewurzelt stand sie am Fuß der Rolltreppe, bis eine Raumsoldatin in schwarzem Leder, die eilig die Stufen hinuntersprang, sie zur Seite schob.

Jaelle sah ihr nach und dachte: *Sie ist eine Kämpferin, sie würde sich freuen, von uns, den Amazonen, zu erfahren. Wie kann ich Kontakt mit ihr bekommen und Freundschaft mit ihr schließen? Welche Ausbildung mag bei den Terranern eine Frau dazu bringen, sich für dieses Leben zu entscheiden?* Die Polizistin geriet außer Sicht, und plötzlich war Jaelle überzeugt, diese Frau gehörte zu den Leuten, die ihr gefallen würden. Sie wünschte, sie könnte ihr bei ihrem dienstlichen Gang folgen ... Und in diesem Augenblick drang ein gewaltiger Stimmenlärm auf sie ein, vereinzelte Bruchstücke von Gedanken, hier, da, von der Frau in Leder, von dem Wachposten, der am Tor stand. Obwohl sie ihn nicht sehen konnte, war ihr, als sehe sie durch seine Augen. Er ließ Mutter Lauria hinaus, und gleichzeitig hörte sie, wie Piedro zu wissen verlangte, wo seine Frau sei und warum sie nicht endlich komme ... Er lief im Büro des Koordinators auf und ab, und zum ersten Mal sah sie Piedro durch Russ Montrays Augen, spürte den Neid auf die Bewegungsfreiheit des jüngeren Mannes. Er hat die Arbeit, die er gewollt hat, auf dem Planeten, den er gewollt hat, und ich sitze hier auf diesem gefrorenen Klumpen von einer Welt an einem Schreibtisch fest ... Was der Koordinator wollte, strahlte plötzlich in Jaelles Gedanken auf, eine lichte Welt aus Wasser und leuchtenden Regenbogen und kleinen schimmernden Gleitern, die über das Wasser flitzten. Und sein eigener Sohn hatte eine Welt gewählt, wo die Leute sich in Felle kleideten wie Tiere! Von neuem sah Jaelle durch fremde Augen, diesmal in das Gleißen eines Schweißbogens über einem unvorstellbaren Teil aus dem Inneren eines Raumschiffs. Sie arbeitete mit geschickten Fingern und wusste, dass das Teil eine Joffrey-Spule war und dass Materialermüdung sie unter Druck zerbrechen lassen würde ... All das flackerte und flammte in einem einzigen Augenblick durch ihr Gehirn, für jeden Menschen zu viel, um es gleichzeitig zu ertragen, und die Anspannung einer Frau hoch oben in einem Turm über dem Hafen, deren Hand über einem Kommunikationsgerät schwebte, während sie sich fragte, ob sie das Schiff jetzt herunterholen oder noch eine halbe Sekunde warten sollte, und in der Küche verbrühte sich jemand mit kochender Suppe ...

Dann kam es zur Überladung. Jaelle brach auf der Treppe zusammen, fiel ein halbes Dutzend Stufen hinunter und blieb liegen. Undeutlich hörte sie Stimmen, besorgte Fragen, jemand zog an ihrem Identifikationsabzeichen, um zu sehen, wer sie war, und zum ersten Mal erkannte sie, durch die Augen des Technikers sehend, wozu Abzeichen gut waren. Irgendwer kam von der Medizinischen Abteilung gelaufen. Hat sie sich das Handgelenk gebrochen? Sie ist ziemlich hart gelandet ...

Nein! Nein! Es ist zu viel!, versuchte Jaelle zu schreien, aber sie brachte nur ein Wimmern heraus. Ihre Hände fuhren in die Höhe, um ihre Ohren zu bedecken, nur war es kein Geräusch, und es gab keine Möglichkeit, es auszuschließen. Als sie in die willkommene Bewusstlosigkeit glitt, fragte sie sich, was eine fötale Position sei und warum es die Anwesenden überraschte.

Sie öffnete die Augen, und Piedros Gesicht schwankte über ihr. Ein Arzt zog ihn weg. »Mrs. Haldane, wissen Sie, wo Sie sind?«

Jaelle blinzelte und kam zu dem Schluss, sie wisse es. »In der Medizinischen Abteilung, Abschnitt acht. Richtig?« Zu spät fiel ihr auf, dass er sie Mrs. Haldane genannt hatte. Sie hatte sich nämlich vorgenommen, so angeredet nicht zu antworten.

»Erinnern Sie sich, was passiert ist?«

Nein, darüber wollte sie nicht sprechen. *Flammende Sterne, das Hämmern von zehntausend Gedanken, ein Arzt, der ein zerrissenes Augenlid nähte, ein Schweißlichtbogen, Mordgedanken in einem zornigen Gehirn* – sie warf die Tür ihres Geistes vor Panik und Verwirrung ins Schloss. »Ich glaube, ich bin ohnmächtig geworden. Ich habe heute Morgen vergessen zu frühstücken.«

»Das würde es erklären«, meinte der Arzt. »Es ist nichts Schlimmes, Haldane. Wenn sie an ihre Arbeit zurückkehren möchte, geht das in Ordnung – vorausgesetzt, sie fühlt sich danach. Falls nicht, schreibe ich sie für einen halben Tag krank.«

»Gott, habe ich eine Angst ausgestanden!« Peter quetschte ihre Hand. »Die Raumpolizei benachrichtigte mich, man habe dich bewusstlos auf der Treppe gefunden – du solltest es dir nicht zur Gewohnheit machen, Mahlzeiten auszulassen, Schatz.«

»Ich hatte mich verspätet«, wich sie ihm aus und dachte gereizt: *Das Einzige, was ihn daran aufregt, ist, dass er sich aus der Besprechung beim Koordinator entfernen musste! Ihm ist nicht einmal die Frage in den Sinn gekommen, die jeder darkovanische Mann seiner Frau als erstes gestellt hätte.* Und dann schüttelte sie über sich selbst den Kopf. Als er ihr deutlich gezeigt hatte, dass er sich ein Kind wünschte, war sie böse auf ihn geworden, und jetzt, wo es ihn gar nicht zu interessieren schien, wurde sie von neuem böse! Sie stützte sich auf seine Schulter, doch bei der Berührung kam alles zurückgeflutet, und sie richtete sich auf und ließ ihn los. Er missverstand die Geste.

»Fühlst du dich immer noch schwach, Schatz? Wir machen besser bei der Cafeteria Halt und füttern dich.« Jaelle hatte Bedenken – sollten sie sich nicht schleunigst in das Büro des Koordinators begeben? –, aber er bestand darauf, dass sie rasch etwas zu sich nahm. Jaelle hatte gar keinen Appetit und dachte: *Das geschieht mir recht, weil ich gelogen habe.* Sie zwang das Zeug hinunter und hoffte nur, es werde nicht wieder hochkommen. Peter hatte sich sehr angestrengt und ihr von der geringen Auswahl an synthetischen Speisen, die es zum Lunch gab, solche gebracht, die er sie schon essen gesehen hatte. Das rührte sie, und doch ertappte sie sich dabei, dass sie sorgfältig seinen Fingerspitzen auswich. Plötzlich wurde ihr klar, warum.

Glaube ich wirklich, wenn ich ihn berühre, wird er im Stande sein, meine Gedanken zu lesen? Woher habe ich diese Idee?

Oder fürchte ich mich, Sicherheit darüber zu erlangen, dass er es nicht kann?

Immerhin hatte er mit dem Essen Recht gehabt. Es blockierte irgendwie die ungeheure Überladung an Sensationen und reduzierte sie auf handliche Proportionen. Unter weniger Druck hätte sich Jaelle vielleicht sogar auf den Besuch im Büro des Koordinators mit der überwältigenden Aussicht gefreut. Das eine Ende des Himmels nahmen die Venzaberge über der Stadt und die *Comyn*-Burg ein, und an dem anderen schweifte der Blick bis halbwegs zu den Ebenen von Valeron, die blau am verschwimmenden Horizont schimmerten.

Anwesend waren der Koordinator, sein Sohn, Cholayna Ares und mehrere Leute, die Jaelle nicht kannte. Sie bewunderten das Panorama.

Alessandro Li sprach gerade davon, als Peter und Jaelle eintraten: »Eine großartige Aussicht haben Sie hier oben, Russ!«

Der Koordinator drehte dem Fenster den Rücken und zuckte die Schultern. »Nicht mein Geschmack an Szenerien, und die Sonne hat die falsche Farbe. Ich kann überhaupt nichts sehen.« *Und ich könnte mir vorstellen, dass die Eingeborenen alle blind werden.* Es dauerte einen Augenblick, bis Jaelle klar wurde, dass er das nicht laut gesagt hatte. Verdammt noch mal, wenn sie ständig hörte, was die Leute sagten und was sie *nicht* sagten, würde das eine schwierige Konferenz werden! Außerdem kam ihr der Gedanke, er sei lange genug hier, dass seine Augen sich ebenso gut hätten anpassen können wie die Magdas und Piedros, wenn er sich nicht ständig vor diesem Licht abgeschlossen hätte. Sie versuchte, was ihr schon manchmal gelungen war, sich in sich selbst zurückzuziehen und den Kontakt abzubrechen. Die Anstrengung machte sie blass.

»Kommen wir zur Sache«, sagte Montray. »Ein paar von unsern Feldagenten kamen gestern mit einem Bericht über ein draußen in den Kilghardbergen abgestürztes Flugzeug. Ich vermute, sie haben endlich Mattingly und Carr gefunden.«

»Vergessen Sie nicht, ich bin neu hier«, warf Li ein. »Wer sind Mattingly und Carr?«

Wade Montray – Monty – antwortete ihm.

»Zwei Männer von Vermessung und Erkundung. Es liegt drei oder vier Jahre zurück. Ihr Flugzeug stürzte in den Kilghardbergen in einem Sturm ab, und obwohl wir Aufklärer schickten, haben wir nie eine Spur davon gefunden. Wir nahmen an, das Flugzeug sei irgendwo in dem wilden Land tief im Schnee begraben. Jetzt haben es einige von unseren Feldagenten entdeckt ...«

»Ich kann Ihnen genau zeigen, wo.« Einer der Männer rollte ein großes Stück Papier mit Markierungen auf, die Jaelle fremd waren. Sie entnahm seinen Worten, dass es eine Landkarte sein sollte, eine Art Luftbild von den Kilghardbergen oder vielmehr eine symbolische Darstellung der Berge, wie sie von hoch oben aussehen könnten. Der Sprecher setzte den Finger darauf. »Wir müssen das Wrack holen, bevor die Eingeborenen mit der Bergung beginnen ...«

»Warum sollten sie so etwas tun?«, fragte jemand.

Peter erklärte: »Darkover ist ein an Metallen armer Planet. Das Metall der Hülle würde jeden, der sie findet, reich machen. Normalerweise würden wir es auch niemandem missgönnen. Aber die Instrumente des Flugzeugs – wir wollen nicht, dass sie herausbekommen, welche Art von Aufklärungsflügen wir durchgeführt haben.«

Li erkundigte sich: »Die Darkovaner besitzen überhaupt keine Flugzeuge?«

»Nur Segelflugzeuge, die sie in den Bergen hauptsächlich zu sportlichen Zwecken benutzen. Allerdings habe ich einmal gehört, sie würden auch bei Waldbränden zur schnellen Übermittlung von Botschaften eingesetzt. Wie gesagt, wir wollen nicht, dass sie erfahren, wie genau wir das Land außerhalb der Handelszone studiert haben – es ist vertraglich festgelegt, wohin wir gehen dürfen und wohin nicht. Natürlich sind sie nicht dumm und werden wissen, dass wir ein paar Agenten draußen haben. Aber ich glaube, wir sollten uns anhören, was die Leute zu sagen haben«, schlug Peter vor, und der Mann von Vermessung und Erkundung nickte. »Holen Sie sie herein.«

Cholayna meinte: »Ich hoffe so sehr, dass wir zu den neuen darkovanischen Angestellten offen sein können. Wenn ihre Vermessungstechniken primitiv sind, lernen sie auf diesem Gebiet vielleicht gern von uns, und für die Handelsbeziehungen mag es auch nützlich sein.«

»Das sollte man annehmen«, brummte der Koordinator, »aber in all den Jahren, die sie auf diesem Planeten sitzen, haben sie keine Vermessungstechnik erfunden. Wenn es je ein Beispiel dafür gegeben hat, dass eine Gruppe von Siedlern in die Primitivität zurückfällt ...«

»Dessen bin ich mir gar nicht sicher«, widersprach Cholayna, aber Alessandro Li sagte ruhig: »Hören wir uns zuerst den

Bericht an. Über die Aufnahmebereitschaft der Darkovaner für moderne Techniken können wir später diskutieren.«

Die Männer, die hereinkamen, waren dem Aussehen nach gewöhnliche Eingeborene, sprachen jedoch fehlerloses Terranisch. Jaelle, neugierig, wer sie sein mochten, fand die Information, ohne danach gesucht zu haben. Alle waren sie Söhne von terranischen Raumhafen-Bediensteten aus der alten Zeit von Caer Donn und darkovanischen Frauen, zumeist der untersten Klasse, aus den Raumhafen-Bars und Weinlokalen. Man hatte ihnen eine terranische Erziehung gegeben, sie in den Nachrichtendienst übernommen und ins Feld geschickt. Cholayna fand das alles ganz verkehrt, doch sie wusste, es konnte nichts unternommen werden, solange die Familien darkovanischer Frauen die Kinder solcher Verbindungen mit eiserner Entschlossenheit ablehnten. Gereizt schaltete Jaelle diese Wahrnehmungen ab und konzentrierte sich auf das Geschehen.

Die Männer hatten Schnappschüsse gemacht und ließen sie herumgehen. Jaelle rief: »Die Gegend kenne ich! Ich bin auf einer Reise dort vorbeigekommen ...« Sie zeigte auf einen merkwürdig geformten Berg, der an einen Falkenschnabel erinnerte. »Das ist nicht weit von Armida – dem Großen Haus von Alton«, beantwortete sie einen fragenden Blick Cholaynas. »Rafaella und ich haben auf dieser Route Karawanen geführt.«

»Kennen Sie die Leute auf – wie war das gleich, Armida?«, erkundigte sich Li.

Jaelle schüttelte verlegen den Kopf. »Nein. Ich habe den alten Dom Esteban in der Stadt gesehen, bevor er gelähmt wurde, und als junges Mädchen ritt ich einmal nach Arilinn und sah Lady Callista, die dort Bewahrerin war, auf der Falkenjagd. Aber sie kennen? Kein Gedanke! Sie stellen den höchsten *Comyn*-Adel dar, die Hastur-Sippe ...« Sie lachte vor sich hin. »Für sie gehört eine Entsagende zu den Geringsten der Geringen.«

»Und doch hast du Verwandte unter ihnen«, sagte Peter. »Lady Rohana auf Ardais hat deinetwegen uns allen Gastfreundschaft erwiesen, Jaelle.«

Lis Blick ruhte scharf auf ihr, aber Jaelle erwiderte nur: »Oh, Rohana ist ein seltener Mensch – sie hat kein Vorurteil gegen Freie Amazonen und andere niedrige Lebensformen. Außerdem war meine Mutter ihre Cousine ersten Grades, und ich vermute, sie sind Liebende gewesen, als sie als junge Mädchen im Turm waren. Ja, ich habe Verwandte unter dem Adel, aber ich versichere dir«, beteuerte sie lachend, »keiner von ihnen würde sich mit Stolz auf diese Beziehung berufen.«

»Wie dem auch sein möge«, unterbrach Russ Montray trocken, »Sie glauben, dass Sie die Stelle finden könnten, wo dieses Bild aufgenommen wurde, Mrs. Haldane?«

Jaelle nahm die undeutliche Luftaufnahme in die Hand und studierte sie.

»Ja, es sei denn, ein Schneesturm deckt das Flugzeug von neuem zu, was nicht ausgeschlossen ist. Allerdings lässt sich der Ort nur unter Schwierigkeiten erreichen. Es geht über mein Vorstellungsvermögen hinaus, wie ein Flugzeug so tief fallen kann. Nun, andererseits verstehe ich auch nicht, wie Ihre Flugzeuge oben bleiben. Aber wir brauchen uns keine Gedanken darüber zu machen, wie wir es finden. Man wird es uns bringen.«

Russ Montrays Kopf fuhr zu ihr herum. Er musterte sie mit finsterem Gesicht. »Was sagen Sie da?«, fragte er, und Jaelle wurde wieder von diesem merkwürdigen Schwindelgefühl gepackt. Schon verebbte die Sicherheit, mit der sie eben noch gesprochen hatte.

Montray presste die Lippen geringschätzig zusammen. »Ich weiß nicht, woher Sie Ihre Information haben, Mrs. Haldane.

Tatsache ist jedoch: Kurz nachdem wir von unseren Feldagenten benachrichtigt worden waren, erhielten wir eine Botschaft von ... von ...« Nach der richtigen Bezeichnung suchend, runzelte er die Stirn.

»Von einem Adjutanten Lord Hasturs, des Regenten, aus der Stadt«, half Monty ihm weiter. »Seine Leute haben unser Flugzeug ebenfalls lokalisiert und bieten uns an, die Leichen der Männer zu bergen, wenn sie dafür einen Teil des Metalls bekommen.«

Jaelle drückte die Hand gegen die Stirn. Das war absurd, sie bekam niemals Kopfschmerzen! Andererseits war sie auch noch nie schwanger gewesen. Vermutlich war es ganz natürlich.

Von neuem ergriff der Koordinator das Wort. »Meiner Meinung nach sollten wir ihnen sagen: Hände weg! Das ist unser Schiff und unser Metall, und, zum Teufel, für wen halten diese Darkovaner sich eigentlich? Sie sind eine terranische Kolonie wie alle anderen ...«

»Darf ich Sie«, fiel Peter höflich ein, »an die Bentigne-Vereinbarung erinnern, nach der eine Verlorene Kolonie, die eine eigene Kultur entwickelt und den Zusammenhang mit der terranischen Kultur verloren hat, bei der Wiederentdeckung nicht automatisch Teil des Imperiums wird? Und im Falle Darkovers ist weniger Zusammenhang vorhanden als auf jedem anderen Planeten, den ich an der Akademie des Nachrichtendienstes studiert habe.«

Monty meinte: »Ich finde, es ist ein fairer Vorschlag. Eine voll ausgerüstete Bergungsmannschaft in die Kilghardberge zu schicken, wäre eine teure Angelegenheit – auch wenn wir die Erlaubnis dazu erhielten, was durchaus nicht sicher ist ...«

»Es ist unser Flugzeug.« Sein Vater ließ sich von seiner Überzeugung nicht abbringen. »Wir haben das Recht, es zu bergen, und wir wollen nicht, dass die Eingeborenen an den

Instrumenten herumpfuschen – wahrscheinlich wären sie dumm genug, sie des Metalls wegen einzuschmelzen!«

»Die Operation würde in die Zuständigkeit des Nachrichtendienstes fallen«, stellte Cholayna ruhig fest, »obwohl das Büro des Koordinators selbstverständlich einiges Interesse daran hat. Wo liegt das Problem, Russ? Haben Sie sich nicht die Mühe gemacht, für die Flüge von Vermessung und Erkundung eine Erlaubnis einzuholen, und fürchten Sie jetzt, wegen illegaler Aufklärungstätigkeit außerhalb der Handelszone zur Verantwortung gezogen zu werden?«

Ein typischer Montray-Trick! Das fing Jaelle von Peter auf. Es kam ihr zu Bewusstsein, dass sie ihren Arm unter den Peters geschoben hatte und schon wieder seine Gedanken las. Ganz gewiss war Russell Montray inkompetent, wenn seine eigenen Mitarbeiter ihn so einschätzten! *Möglicherweise hat das Imperium jede Chance auf Darkover vertan, weil so ein verdammter Bürokrat Russ Montray loswerden wollte und ihn nach hier abschob.* Es war schwer zu glauben, dass einer sternenumspannenden Zivilisation ein so dummer Fehler passiert sein sollte – würde ein galaxisweites Imperium nicht Fehler in großem Maßstab begehen?

Montray runzelte die Stirn. »So oder so sind wir aufgefordert worden, mit dem Regenten zu sprechen, und Sie, Mrs. Haldane, sind mit dem Protokoll vertraut. Deshalb kommen Sie als Dolmetscherin mit. Können Sie in einer Stunde fertig sein?« Seine kalten Augen ruhten auf ihr, während er über ihren Kopf weg mit Cholayna Ares sprach. »Ich verlasse mich darauf, dass Sie das Leck im Nachrichtendienst finden. Mrs. Haldane hätte das erst erfahren dürfen, sobald ich es für richtig hielt, es bekannt zu geben. Sie sollten Ihre Leute einmal überprüfen, Ares.«

»Ich lasse Sie in ein paar Minuten gehen, damit Sie sich für den Ausflug in die Stadt fertig machen können«, sagte Cholayna. »Ich wünschte, ich könnte mitgehen. Vielleicht bekomme ich eines Tages eine Chance.« Jaelle hörte: *Eines Tages, wenn dieser Planet nicht mehr ganz so xenophobisch ist. Der Besuch im Gildenhaus wird ein guter Anfang sein.* »Aber vorher sagen Sie mir doch bitte, Jaelle, wie haben Sie von der Botschaft der Hasturs Kenntnis erhalten? Ich weiß, dass ich Ihnen nichts davon gesagt habe – konnte ich gar nicht, weil ich selbst nichts wusste. Sie stehen auf gutem Fuß mit Sandro – Aleki, meine ich. Ich werde es ihm nicht wiedersagen, aber hat er geplaudert, wo er es nicht hätte sollen?«

Jaelle schüttelte den Kopf. »Peter wusste es auch nicht. Das ist die Wahrheit, Cholayna. Ich habe es einfach aufgeschnappt. Irgendjemand im Zimmer wusste es, und wahrscheinlich habe ich seine Gedanken gelesen und den Eindruck gewonnen, es sei allgemein bekannt. Ich habe keine Ahnung, wie ich das gemacht habe ...«

Cholayna legte die Hand leicht auf Jaelles Arm. »Ich glaube Ihnen, Jaelle. Ich habe davon gehört, dass die ESP auf diesem Planeten weit verbreitet ist. Die frühesten Berichte erwähnten es, dann wurde die Sache totgeschwiegen. Ich habe schon längst vermutet, dass Sie parapsychisch begabt sind. Machen Sie sich keine Sorgen wegen Montray, ich werde ihn wieder beruhigen.« Jaelle las in den Gedanken der Frau eine herabsetzende Bezeichnung, die sie nicht verstand. »Gehen Sie und machen Sie sich für den Ausflug fertig, und ziehen Sie sich ja warm an. Es ist ein schöner Tag, aber meine eigene ESP, auch wenn es damit nicht weit her ist, sagt mir, dass ein Sturm heraufzieht.«

Sie warf dabei nicht einmal einen Blick zum Fenster, und Jaelle war überzeugt, sie habe nicht vom Wetter gesprochen.

Jaelle war richtig aufgeregt, weil es in die Stadt gehen sollte, aber Peter verdarb ihr die Freude sofort. Er wurde wütend, als er sah, dass sie darkovanische Kleidung trug.

»Was willst du mir damit antun, verdammt noch mal?«

Sie erkannte jetzt, dass sie ihn niemals verstehen würde. »Was hat das mit dir zu tun? Diesmal gehen wir auf meine Seite der Mauer hinüber! Und du solltest wissen, wie unsere Leute ...« – sie sagte absichtlich *unsere,* um ihn zu erinnern –»... auf terranische Uniformen reagieren. In Thendara würde sich nicht einmal eine Prostituierte so anziehen. Magda war intelligent genug, das einzusehen ...« Sie brach ab, bevor ihr etwas Unverzeihliches entschlüpft war.

Peters Gesicht war finster.

»Du gehst als Angestellte des Imperiums und des HQ hin ...« Doch dann ruckte er nur mit dem Kopf nach vorn und sagte mürrisch: »Gehen wir.«

Wenigstens wusste er jetzt, dass sie seinen willkürlichen Befehlen nicht bedingungslos gehorchen würde, nur aus dem Wunsch, ihm zu gefallen. Und sie hatte ja insoweit nachgegeben, als sie im Hauptquartier Uniform trug, die sie praktisch unsichtbar machte, so dass sie nicht jedermann als *diese Darkovanerin, die Haldane geheiratet hat* auffiel. Aber in ihrer eigenen Stadt würde sie sie nicht tragen.

Draußen war das Wetter so mild und angenehm, dass Jaelle meinte, auch Peter müsse seine schlechte Laune abschütteln. Es war einer jener wundervollen Tage im ersten Frühling, wenn die laue Luft, obwohl der Schnee noch immer nur ein Wolkenflackern entfernt ist, schon die ganze Schönheit des Sommers enthält. Jaelle genoss es, über die mit Kopfsteinen gepflasterten Straßen der Stadt zu wandern, fern von den Geräuschen der Maschinen und der leeren, nichts sagenden Musik, die diese Geräusche übertönen sollte und es niemals schaffte. Peter, Li, Monty und sogar der Koordinator, der Kälte so schlecht aushielt, dass im ganzen HQ Witze darüber gerissen wurden, waren in leichten Sommeruniformen gekommen. Jaelle schob ihren Arm durch den Peters. An diesem schönen Tag ertrug sie keine Barriere zwischen ihm und ihr.

»Piedro! Wäre es dir wirklich lieber, ich zöge mich an, als sei ich eine schamlose Frau? Ich weiß, im HQ ist es Sitte, aber möchtest du mich so vor all den Fremden auf der Straße zur Schau stellen? Wenn Cholayna das Gildenhaus besucht, werde ich auch sie mit schicklicher Kleidung versorgen.«

Er dachte eine Minute lang darüber nach. Dann antwortete er ruhig: »Es ist nicht fair gegen dich, das weiß ich. Ich sollte dir keinen Vorwurf daraus machen. Aber gerade im Augenblick, wo Li den Status der Kolonie überprüft – es wird schon geflüstert, ich hätte meine Karriere ruiniert. Ich hätte der erste Legat hier werden können. Ich sehe nicht ein, dass es einen Unterschied ausmacht, besonders weil du dich dem Leben im HQ so gut anpasst und es absolut keinen Interessenkonflikt gibt. Ich dachte nur, es wäre besser, es ihnen heute nicht extra unter die Nase zu reiben, dass ich mir meine Frau von jenseits der Mauer geholt habe.«

Jaelle war, als habe er sie geohrfeigt. Sie hatte doch gar nichts getan! Als er sie heiratete, hatte er gewusst, wer und was sie war und was es seiner Karriere für Schaden zufügen könnte. Wenn er es sich jetzt anders überlegte, traf sie keine Schuld. Von diesem Ehrgeiz, der bereit war, auf einer Lüge aufzubauen, hatte sie keine Ahnung gehabt. Sie starrte angestrengt geradeaus und blinzelte die Tränen weg, die sie um keinen Preis vergießen wollte. All ihre Freude an der Schönheit des Tages war verschwunden. Am nachmittäglichen Himmel zeigte sich immer noch keine Spur des Nebels, der dem abendlichen Graupelschauer oder Regen vorauszugehen pflegte. Jaelles Leben und das einer ganzen Karawane hatte bei Reisen in den Bergen oft von ihrer Fähigkeit, das Wetter vorherzusagen, abgehangen, und es lief ihr ein unbehagliches Kribbeln das Rückgrat hinunter.

Es ist ein Sturm im Anzug. Vielleicht hat Cholayna doch das Wetter gemeint.

Die terranische Eskorte verließ sie am äußeren Tor der *Comyn*-Burg. Ein sehr junger Kadett, der den Flaum auf seinen Wangen noch nicht rasierte, nahm sie, sehr steif in seiner vor Neuheit glänzenden Uniform, in Empfang. Er informierte sie verlegen, Lord Hastur habe eine Ehrengarde geschickt, die die Gäste begleiten werde. Peter antwortete höflich in makellosem *Casta,* aber Jaelle fragte sich, ob ihm ebenso wie ihr klar sei, dass die Garde ihnen keine Ehre erweisen, sondern diese tölpelhaften Eindringlinge von Räumen fern halten sollte, wo sie unerwünscht waren.

Sie wurden in ein Zimmer geführt, das Jaelle noch nie gesehen hatte. Doch sie erriet sofort, dass es die Audienzkammer des Regenten war. Sie war gar nicht auf den Gedanken gekommen, man werde ihnen gestatten, Prinz Aran zu sehen, nicht einmal, um ihm ihre Ehrerbietung zu erweisen; sie hatte nicht mehr erwartet als irgendeinen untergeordneten Funktionär. Nun hatte es den Anschein, als wolle Hastur sich höchstpersönlich mit der Angelegenheit befassen. Es war also ernst. Prinz Aran Elhalyn hatte, wie alle Prinzen der *Comyn*, allein zeremonielle und ornamentale Aufgaben. Die wirkliche Macht des Rates lag in den Händen der Hasturs.

Auf einem polierten Tisch lagen, von zwei weiteren jugendlichen Gardisten in grün-schwarzen Uniformen bewacht, mehrere nicht zu identifizierende Metallteile. Die Terraner zog es zu ihnen, aber einer der Kadetten räusperte sich zögernd, und Jaelle zupfte Peter drängend am Arm. Er sprach leise mit Koordinator Montray, der sich umdrehte. Zwischen zwei Gardisten trat ein schlanker, hellhaariger Mann ein, nicht viel über dreißig. Er war elegant in Blau und Silber, die Farben der Hasturs, gekleidet, und sein Benehmen war ruhig und schlicht. Trotzdem merkte Jaelle, welche Ehrfurcht alle die jungen Gardisten vor ihm hatten.

Er sagte: »Ich bin Danvan Hastur. Mein Vater, der Regent, wurde unerwartet in einer Familienangelegenheit abberufen. Er schickt mich, Euch willkommen zu heißen. Bitte, verzeiht ihm; es ist nicht beabsichtigt, Euch einen Schimpf dadurch anzutun, dass ich Euch an seiner Stelle empfange.« Er verbeugte sich vor den Fremden, und Peter übersetzte seine Worte für die Terraner.

Der Koordinator wandte sich an Peter: »Haldane, sagen Sie ihm die passenden Worte über die Ehre, die er uns erweist, und bringen Sie ihm so diplomatisch wie möglich bei, dass er, je schneller wir zur Sache kommen, desto eher zu seinen Familienangelegenheiten oder was auch immer zurückkehren kann.«

Jaelle hörte schweigend zu, während Peter sprach. Der junge Hastur zeigte ein mildes Lächeln, aber Jaelle hatte trotzdem das Gefühl, dass er verstanden hatte, was Montray wirklich meinte.

Als der Förmlichkeit Genüge getan war, führte Hastur sie an den Tisch. »Dies sind die Stücke des abgestürzten Flugzeugs, die Identifizierungsziffern oder -buchstaben tragen. Unsere Leute konnten sie natürlich nicht lesen. Alles andere, so wurde mir versichert, ist bloßes Metall, und Sie müssen wissen, dass diese Menschen zwar sehr arm, doch sehr ehrlich sind. Indem sie dies Material zurückgaben, verzichteten sie auf einen Wert, der für sie ein Vermögen darstellt. Es wäre großzügig von Ihnen, wenn Sie sie irgendwie belohnen würden.«

Montray knurrte: »In unserer Kultur erwarten die Leute keine Belohnung für einfache Ehrlichkeit – nein, übersetzen Sie das nicht!« Er verzog das Gesicht. »Ihr Begriff von Pflicht und Schuldigkeit unterscheidet sich wahrscheinlich von unserem. Selbst wenn ich tausend Jahre hier leben sollte – und es sieht ganz so aus, als werde es so weit kommen –, werde ich niemals eine Welt verstehen, wo Ehrlichkeit nicht als selbstverständliche Pflicht vorausgesetzt wird, sondern als etwas Ungewöhnliches belohnt werden muss.«

Aleki sagte zynisch: »Na, hören Sie, Montray, *so* naiv können Sie nicht sein. Eine Sache der Relativität. Angenommen, jemand lasse einen Berg von Diamanten herumliegen und fordere Sie auf, diesen Haufen wertloser Steine zu bewachen? Das ist die ganze Geschichte der terranischen Zivilisation – man nimmt wertvolle Dinge, von deren Wert die Eingeborenen nichts wissen, und gibt dafür wertlosen Trödel. Was meinen denn Sie, wie wir das Plutonium auf Alpha bekommen haben?«

»Es war für die Eingeborenen mit ihrer augenblicklichen Zivilisation – beziehungsweise dem Mangel daran – tatsächlich wertlos«, widersprach Montray. »Aber wenn es Ihnen nichts ausmacht, wollen wir ein anderes Mal über ethische Fragen diskutieren. Im Augenblick sagen Sie ihm bitte, wir wissen die Höflichkeit zu schätzen, und notieren Sie, dass den Bauern – oder wer sonst dies Zeug gefunden hat – eine gewisse Belohnung geschickt werden soll.«

Jaelle erinnerte sich an eine Unterhaltung auf Ardais und schlug bescheiden vor: »Ein paar gute metallene Werkzeuge – Spaten, Hämmer, Äxte – wären die Belohnung, über die sie sich am meisten freuen würden.«

»Danke, Jaelle. Notieren Sie das, Monty«, befahl Aleki. »Und Haldane, fangen Sie an, die Daten auf diesen Trümmern festzuhalten, bevor sie bewegt werden.«

Peter ging mit Jaelle, um die Nummern abzulesen und von seinem Taschenschreiber speichern zu lassen.

»Flugrekorder, Bänder intakt«, sagte Peter. »Wir können

feststellen, warum das Flugzeug abgestürzt ist, obwohl man in den Kilghardbergen selten weiter als nach schlechtem Wetter und Dwarswinden zu suchen hat.« Er sah die ordentlich verpackten Trümmer durch. »Nur drei Identifikationsplaketten? Mattingly. Reiber. Stanforth. In den Unterlagen ist ein Carr verzeichnet. Seine Plakette muss noch draußen in dem Wrack sein. Wie viele Leichen hat man gefunden?«

Jaelle übersetzte die Frage, und Danvan Hastur schüttelte den Kopf. »Leider weiß ich gar nichts darüber. Ihr müsst die Männer fragen, die sich erboten haben, Euch zu dem Wrack zu führen. Aber sie haben mir berichtet, sie hätten die Toten anständig begraben. Ihr müsst wissen, dass das Flugzeug ganz am Boden einer fast unzugänglichen Schlucht liegt. Die Männer waren der Meinung, es sei eine unnötige Plackerei, die Toten hinauszuschaffen, da nichts mehr für sie getan werden konnte.«

Jaelle stand da, ein Stück Metall in der Hand, und plötzlich stand ihr das Bild klar vor Augen. *Ein Flugzeug stürzte auf einen hohen Felssims, blieb in dieser gefährlichen Position ein paar Augenblicke hängen. Eine einzelne Gestalt fand den Weg nach draußen. Dann ein jäher Fall in den Abgrund* ... Ihr schwindelte; sie musste sich an der Tischkante festhalten.

»Einer der Männer hat den Absturz überlebt?«, platzte sie heraus. »Was ist aus ihm geworden?«

Hasturs helle Augen begegneten den ihren, und Jaelle kam zu Bewusstsein, dass sie in ihrer eigenen Sprache gesprochen hatte. »Woher wisst Ihr, dass es einen Überlebenden gegeben hat, *mestra?* Habt Ihr *Laran?*«

»Ich hielt das hier in der Hand«, stammelte Jaelle, »und sah ihn, wie er aus dem Wrack kletterte, bevor es abrutschte ...«

Peter drehte sich zu ihr um und sah sie verblüfft an, und Jaelle merkte, dass sie die Aufmerksamkeit aller auf sich gelenkt hatte. Hastur ignorierte die anderen Terraner. »Es ist wahr, dass ein Mann den Absturz überlebt hat. Er befindet sich auf Armida. Ich habe eine Botschaft von Lord Damon, Regent von Armida, für Lord Valdir, der gesetzlich noch ein Kind ist, dieser Mann Carr sei bei ihm beschäftigt. Er sei gefragt worden, ob er seinen Verwandten eine Nachricht übermitteln wolle, und er habe mit der Begründung abgelehnt, er habe keine lebenden Verwandten, und die Terraner hielten ihn zweifellos seit vielen Jahren für tot.«

»So etwas kann ich nicht durchgehen lassen«, polterte Koordinator Montray, nachdem er sich die Übersetzung angehört hatte. »Er muss zurückkommen und seinen Status legalisieren.«

Monty sagte halblaut zu seinem Vater: »Nein – darum ging ja die ganze Aufregung im letzten Jahr. Wir müssen private Verträge zwischen terranischen Bürgern und darkovanischen Arbeitgebern anerkennen, wenn wir wollen, dass sich die bei uns beschäftigten Darkovaner an die ausgemachten Bedingungen halten.« Er bat Lord Hastur: »Sagt mir nur eins, Herr. Wer ist Carrs Arbeitgeber?«

»Lord Damon Ridenow selbst«, antwortete Hastur. Montys Augenbrauen wanderten in die Höhe. »Damit wäre der Fall erledigt, Vater. Wenn ein Darkovaner in bedeutender Stellung die persönliche Verantwortung für den terranischen Angestellten übernimmt, ist das Arbeitsverhältnis legal, und wir können nichts dagegen tun. Lord Domenic auf Aldaran bat um ein Dutzend terranischer Flugzeugkonstrukteure – er will einen Versuch machen, dort hinter den Bergen Hubschrauber oder eine Art von Senkrechtstartern einzusetzen. Wenn Lord Armida diesen Carr als Angestellten zu behalten wünscht, bleibt uns nur übrig, ins Archiv einzugeben, dass er am Leben ist und dass es ihm irgendwo in den Domänen gut geht, und es dabei bewenden zu lassen.«

Sie beendeten die Sitzung, indem sie die etwa dreißig Pfund

sortierten Abfalls zusammenpackten. Lord Hastur erklärte: »Ich bin bereit, eine Expedition auszurüsten, komplett mit Führern, die Euch hinbringen werden, sobald das Wetter es erlaubt. Aber ich meine, wir müssen uns bald zusammensetzen und die Regeln diskutieren, nach denen Eure Aufklärungsflüge für Vermessung und Erkundung erlaubt sind.«

Der Koordinator erwiderte: »Mit allem Respekt, Sir, wir erkennen Ihre Gerichtsbarkeit über unsere Flüge nicht an. Sie machen keinen Gebrauch von Ihrem Luftraum; Verkehrsprobleme gibt es nicht. Wir beabsichtigen, alle für die Kartografierung notwendigen Flüge durchzuführen, und während wir dankbar für Ihre Kooperation sind, muss ganz deutlich ausgesprochen werden, dass wir Sie um diese Kooperation als eine Gefälligkeit bitten. Wir räumen nicht ein, dass wir verpflichtet sind, es zu tun. Unsere Position ist unverändert. Darkover ist eine Kolonie des Imperiums. Wir mischen uns zwar in die Selbstbestimmung Ihres Volkes nicht ein, aber Sie haben auch kein Recht, gegen diese Flüge Einspruch zu erheben.«

Hastur wurde blass vor Zorn. »Darüber, Sir, müsst Ihr mit meinem Vater, mit Prinz Aran und dem *Comyn*-Rat sprechen; Ihr seid eingeladen, zu Mittsommer vor uns zu erscheinen und Euren Fall vorzutragen, wenn Ihr es wünscht. Jetzt beruft mich die Pflicht leider ab. Darf ich Euch Hilfe für den Transport dieser Dinge in die Terranische Zone anbieten? Und ich wüsste es zu schätzen, wenn Ihr mit den Leuten, die sie gebracht haben, eine Vereinbarung treffen würdet, um sie für den Metallwert zu entschädigen.« Er erhob sich und ging, gefolgt von seiner Eskorte, und die Terraner blieben zurück.

»Ein kühler Kunde«, stellte Aleki fest. »Ich gäbe viel darum, zu wissen, warum alle Welt diesen *Comyn* so verdammt viel Ehrerbietung entgegenbringt – Jaelle, sind Sie nicht mit einer Reihe von ihnen verwandt?«

»Nur entfernt«, log Jaelle, die im Augenblick keinen anderen Wunsch hatte, als die *Comyn*-Burg so schnell wie möglich zu verlassen.

»Was ist mit diesem verdammten Metall? Uns nützt es nichts, aber wir wollen doch nicht die hiesige Ökonomie stören, indem wir es da draußen liegen lassen und damit das Gegenstück zu einem Goldrausch verursachen. Die wichtigen Teile haben wir hier ...« Li wies auf die Identifikationsplaketten, den Flugschreiber, die Bruchstücke, die das Flugzeug identifizierten. »Sollen wir auf den Rest verzichten? Haldane, Monty, Sie kennen diese Welt, was empfehlen Sie?«

Peter sagte: »Der Regent von Alton hat den Ruf, ein vernünftiger und ehrenwerter Mann zu sein. Sicher, ich habe ihn nie persönlich kennen gelernt, aber von ihm gehört. Ich schlage vor, wir schicken jemanden hin, der mit ihm darüber spricht. Schließlich liegt das Wrack auf seinem Grund und Boden.«

»Gute Idee«, pflichtete der Koordinator bei, »und gleichzeitig können wir herausfinden, was mit diesem Carr los ist. Zum Teufel, wenn er jenseits der Mauer einen Job annehmen will, hält ihn doch niemand auf, und schließlich ist er nicht gekommen, um seine Abfindung zu kassieren!« Er brach in wieherndes Gelächter aus, und Jaelle konnte nicht umhin, die Grimassen zu bemerken, die die anderen Terraner hinter seinem Rücken schnitten. Nahm diesen Mann niemand ernst?

»Aber wir müssen uns vergewissern«, fuhr der Koordinator fort, »dass sie Carr da draußen nicht gefangen halten, um alles aus ihm herauszuquetschen, was sie über die Terraner wissen wollen. Ihm eine Gehirnwäsche verpassen. Das Ende vom Lied könnte sein, dass wir jemanden schicken müssen, der ihn rettet.«

Peter bemerkte in seinem trockensten Ton: »Irgendwie kann ich mir nicht vorstellen, dass der Regent von Alton etwas so Unehrenhaftes tun würde.«

»Hören Sie mal, auf welcher Seite stehen Sie eigentlich?«, verlangte Montray zu wissen. »Sie glauben immer, was diese eingeborenen Schufte Ihnen weismachen, und wenn sie wirklich so simpel wären, warum verhalten sie sich dann nicht wie alle anderen Eingeborenen auf unzivilisierten Planeten, sobald das Imperium auf ihrer Welt landet – warum kommen sie nicht und bitten um ein Stück vom Kuchen? Da draußen geht irgendetwas vor, von dem wir nichts wissen, und ich spüre es im Magen, dass die Bastarde, die Sie *Comyn* nennen, damit zu tun haben!«

Montys Ton hätte flüssigen Wasserstoff zum Frieren gebracht. »Wie dem auch sein mag, Vater, ich bitte dich, sprich leise. Schließlich befinden wir uns auf ihrem Territorium, und wenn jemand hier ist, der auch nur ein bisschen Terra-Standard versteht, hast du soeben ihren höchsten Adel beleidigt. Wir können darüber diskutieren, was Haldane tun soll, wenn wir wieder sicher hinter den Mauern des HQ sind.«

Jaelle erklärte mit steifer Förmlichkeit: »Wenn Sie um Ihre Sicherheit fürchten, möchte ich Sie daran erinnern, dass das Wort eines Hastur sprichwörtlich ist, und Lord Danvan hat uns Sicherheit zugesagt. Trotzdem schlage ich vor, dass wir gehen, bevor wir ihm Ursache geben, seine Höflichkeit zu bedauern.«

»Dann wollen wir das Zeug da zusammenpacken«, befahl Li. »Wir können es der Raumpolizei geben, sobald wir am Tor sind. Bis dahin – Monty, Haldane, Sie sind kräftig gebaut, wollen Sie es unter sich aufteilen? Vorsichtig mit dem Rekorder, den nehme ich.« Er schob ihn in eine Tasche seiner Uniform. »Ich werde ihn eigenhändig bei der Flugkontrolle abliefern, obwohl ich nicht glaube, dass er uns etwas anderes verraten wird als schlechtes Wetter. Gut, gehen wir.«

Einer der zurückgebliebenen Kadetten räusperte sich verlegen und sagte zu Jaelle: »*Mestra,* wollt Ihr dem Hauptmann oder Offizier der *Terranan* sagen – ich kenne seinen genauen Rang nicht, deshalb sprecht mich von absichtlicher Unhöflichkeit frei –, dass Lord Hastur uns befohlen hat, Euch beim Transport Eures Eigentums durch die Tore und in die Stadt jede gewünschte Hilfe zu leisten? Die Männer brauchen sich nicht wie Tiere zu beladen; wir sind hier, um ihnen beizustehen.«

Jaelle gab die Information weiter. Der Koordinator sagte: »Ich möchte wetten, sie würden das Zeug nur zu gern in die Finger bekommen«, doch schnell, bevor das durchdringen konnte, antwortete Peter den Kadetten in der höflichsten Form: »Wir danken euch, Freunde.« Er setzte hinzu: »Monty, lassen Sie ihn das tragen. Li, geben Sie ihm den Flugrekorder, er wird nicht beschädigt werden, und wenn jemand von Lord Danvans Rang eine Höflichkeit anbietet, sollte man sie dankbar annehmen.«

»Zum Teufel, was glauben Sie, wer Sie sind, Haldane?«, schimpfte der Koordinator, aber Aleki stellte halblaut fest: »Er ist der anwesende Experte für das Protokoll, Sir. In diesbezüglichen Fragen haben seine Anweisungen den Vorrang. Verdammt noch mal, machen Sie keine Staatsaktion daraus!«

Russell Montray händigte dem Anführer der Kadetten verdrießlich den Flugrekorder aus. Dann machten sie sich auf den Weg zum Tor.

Auf dem Flur vor der Audienzkammer sagte Peter mit leiser Stimme: »Alle auf die Seite! Es kommt eine Gruppe von Leuten, die so aussehen, als ständen sie bei den *Comyn* ganz oben. Lassen Sie sie vorbei, und um Himmels willen, benehmen Sie sich respektvoll!«

Jaelle konnte den Koordinator beinahe fauchen hören, sie seien Terraner und verbeugten sich nicht vor feudalen Lords irgendeiner verdammten prästellaren Kultur, aber er sprach es nicht laut aus, und sie wichen mit teils echter, teils widerwillig gespielter Höflichkeit zur Seite. Der Mann an der Spitze ähnelte etwas dem jungen Hastur-Lord, der mit ihnen gesprochen hatte, obwohl in seinem Haar das Grau durch das silbrige Blond schimmerte. Eine Reihe anderer folgte ihm. Da erklang ein freudiger Ruf des Erkennens.

»Jaelle! Mein liebes Kind!« Und gleich darauf lag Jaelle in Lady Rohanas Armen.

Lady Rohana Ardais schien eingeschrumpft zu sein; sie wirkte kleiner, zerbrechlicher. In ihrem dunkelroten Haar zeigte sich mehr Grau, als es Jaelle in Erinnerung hatte.

»Mein Liebes, ich wollte dich im Gildenhaus aufsuchen, aber du warst nicht da, und die Gildenmutter, die mir hätte sagen können, wo du zu finden seist, war auch nicht da. Avarra sei gedankt, die mich zu diesem Treffpunkt geführt hat!«

Lorill Hastur begrüßte Jaelle kurz mit der unter Verwandten üblichen Umarmung. Es überraschte sie, als sei das jemand anders widerfahren. Er sah doch, dass sie eine Entsagende war, und entsagt hatte sie unter anderem der Stellung, die ihr unter den *Comyn* zugestanden hätte.

»Ich habe dich einmal gesehen, als du noch ein Kind warst.« Er berührte die federigen Enden ihres kurzen Haars. »Fast meine einzige Erinnerung daran ist, dass ich dachte, wie schön doch dein Haar sei, und bedauerte, dass die Entsagenden es opfern würden.«

Verwirrt reagierte Jaelle mit einem Knicks, und zum ersten Mal in ihrem Leben fühlte sie sich in der Amazonenkleidung unbeholfen.

»Aber wer sind all diese Leute, mein Kind, und wie bist du unter sie geraten?«

Danvan Hastur, der hinter Lorill stand, erklärte: »Das sind die terranischen Gesandten, die wegen des auf Armida-Land abgestürzten Flugzeugs gekommen sind, Vater.«

Jaelle schob Peter nach vorn und sagte schüchtern: »Dieser Mann ist mein Freipartner, Lord Hastur. Er ist in Caer Donn geboren und hat den größten Teil seines Lebens unter Darkovanern verbracht.«

»Rohana hat von ihm erzählt«, erwiderte Lorill Hastur, »und ich erinnere mich, dass er zu den Leuten gehörte, die an der Vereinbarung über die Ausbildung von Entsagenden in terranischer *medizinischer Technologie* mitgearbeitet haben.« Er nickte Peter höflich zu. »Rohana, wenn Ihr gern mit Eurer Pflegetochter sprechen möchtet, kann ich Euch eine Weile im Rat entbehren.« Damit ging er weiter.

»Bitte, bleib.« Rohana fasste Jaelles Arm. »Es gibt so vieles, was wir zu bereden haben.«

Jaelle sah unschlüssig zu Peter auf. Er verbeugte sich. »Das ist sehr freundlich von Euch, Lady Rohana, aber meine Pflichten ...«

»Bleiben Sie, wenn Sie möchten«, fiel Montray ein. Die große Tür vor ihnen schwang auf, Wind fauchte herein, und der Koordinator sprang zurück. Jaelle dachte bei sich, dass sie es hätte voraussehen müssen – warum hatte sie das der Jahreszeit überhaupt nicht entsprechende Wetter nicht gespürt? Das war der plötzliche Spätfrühlingsschneesturm, der sich unmerklich vom Pass her näherte, bis er mit voller Wucht zuschlug und die Stadt innerhalb von Minuten und ohne Warnung unter einer weißen Decke begrub. Einmal war Jaelle sogar beim Mittsommerfest davon im Freien überrascht worden. »Zandrus Kuss«, sagte sie laut, dann setzte sie Montray zögernd auseinander: »Ich fürchte, wir müssen hier um Gastfreundschaft bitten – bei diesem Wetter können wir nicht hinaus. Mein Lord Hastur ...«

Er wandte sich zu ihr zurück und nickte. Zu einem der wartenden Kadetten sagte er: »Führt bitte die terranischen Würdenträger in die Gästezimmer«, und Monty dankte ihm mit untadeliger Höflichkeit. Russell Montray hatte genug Verstand, den Mund zu halten.

»Und du, Jaelle, und dein Freipartner«, sagte Rohana, »ihr seid natürlich heute Nacht meine Gäste.« Sie lächelte froh. »Ich wusste nicht, dass das Wetter meinen Wünschen so entgegenkommen würde!«

Doch als die Terraner sich in Richtung der Gästesuite entfernten, sah Peter ihnen unruhig nach, und als er und Jaelle in den luxuriösen Gästezimmern des Ardais-Teils der *Comyn*-Burg allein waren, gestand er: »Ich habe dabei ein ungutes Gefühl, Jaelle. Montray weiß nicht genug über das darkovanische Protokoll, und ich sollte bei ihm sein.«

»Monty wird schon zurechtkommen«, redete Jaelle ihm zu, »und ich habe Tag für Tag mit Aleki gearbeitet; wenn er nicht genug weiß, um den alten Mann aus Schwierigkeiten herauszuhalten, ist er nicht so tüchtig, wie ich ihn eingeschätzt habe.«

»Das ist es ja gerade!«, regte Peter sich auf. »Du verstehst das alles überhaupt nicht, wie? Du hast es nie verstanden! Ich muss dort sein, Jaelle – ich darf mich nicht irgendwo im Luxus suhlen, während ein anderer die Lorbeeren erntet! Ich will Montrays Posten, so einfach ist das, und wenn ich nicht anwesend bin, schnappt ihn mir dieser Neuling, dieser Sandro Li, vor der Nase weg, und wo bin ich dann? Draußen in der Kälte, gut genug für einen Feldagenten, aber nicht der Mann, der jemals für ein Amt in der obersten Verwaltung in Erwägung gezogen wird!«

Jaelle war einen Augenblick sprachlos vor Schock. Die Vorstellung, dass jemand intrigierte, um einen der lästigen administrativen Posten zu erhalten, eine Aufgabe der Art, wie sie den *Comyn* durch ihre Geburt und die unausweichlichen Pflichten des adligen Standes aufgezwungen wurden, erschreckte sie dermaßen, dass Peter ihr wie ein Fremder vorkam.

»Dann musst du natürlich sofort gehen«, brachte sie schließlich mühsam heraus. »Wir dürfen es nicht zulassen, dass du mit deinem *Ehrgeiz* übergangen wirst.« Sie benutzte die schneidend herabsetzende Form, wie man von einem Speichel leckenden Pöstchenjäger sprechen würde, der herumschnüffelt und besticht und beschwatzt, aber er schien nicht zu merken, dass sie ihn beleidigt hatte, und Jaelle fragte sich, wie sie seine Gegenwart jemals hatte ertragen können. Er war nicht der Mann, den sie auf Ardais geliebt hatte, er war überhaupt kein Mann. Er war ein dreckiger kleiner intrigierender Karrieremacher, den nichts als seine Beförderung interessierte. Warum hatte sie das nicht früher erkannt?

»Ich wusste doch, dass du es einsehen würdest. Schließlich ist es auch dein Vorteil, wenn ich vorankomme«, lächelte Peter.

Natürlich, jetzt ist er zufrieden, weil er seinen Willen durchgesetzt hat.

Er hatte einen Kuss auf ihre Stirn gepflanzt, bevor sie sich abwenden konnte. Jaelle stand unbeweglich in der Mitte des großen Zimmers, legte nicht einmal ihre Überkleidung ab. Tränen brannten ihr in den Augen. Sie hatte so viele Entschuldigungen gebraucht, um ihn nicht als den zu sehen, der er war. Und jetzt saß sie in der Falle, jetzt trug sie sein Kind.

So muss sich Melora – meine Mutter – in den Trockenstädten vorgekommen sein. Sie hat immerzu daran geglaubt, dass die Retter unterwegs seien, dass ihre Familie sie auslösen würde. Und dann sollte ich geboren werden, und sie erkannte: Ganz gleich, was geschah, ob Rettung kam oder nicht, die Welt würde nie wieder die gleiche sein.

Ich bin an meinen Arbeitsvertrag gebunden, und wenn Peter von dem Kind erfährt, lässt er mich nie mehr gehen.

... dass ich ein Kind nur dann gebären will, wenn es mein Wunsch ist ... Weder die Familie noch der Clan des Mannes,

weder Fragen der Erbfolge noch sein Stolz oder sein Wunsch nach Nachkommenschaft ... hallten die Worte des Eides in ihrem Kopf wider. Sie hatte ihren Eid gebrochen! Das hatte sie schon im Amazonen-Gildenhaus an dem Abend, als sie über Kinder sprachen, erkannt, und jetzt konnte sie die Augen vor dem Wissen nicht mehr verschließen. Sie war blind gewesen, und jetzt sah sie klar ...

Die Dienerin an der Tür hatte sich die ganze Zeit still verhalten, aber jetzt kam sie, nahm Jaelle behutsam den Mantel ab, legte ihn beiseite und fragte mit leiser, ehrerbietiger Stimme, ob sie der Dame eine Erfrischung bringen dürfe. Jaelle kannte das weder aus dem Gildenhaus, wo keine Frau die Dienerin einer anderen war, noch von den Terranern, wo es überhaupt keine menschlichen Dienstboten gab, und so machte es sie verlegen, dass die Frau sie von ihrem Mantel befreite. Sie murmelte einen Dank und lehnte die Erfrischung ab. Sie wollte nichts als allein sein, wollte sich mit der neuen Erkenntnis, die sich ihr aufgedrängt hatte, irgendwie abfinden.

Aber die Frau ging nicht. »Wenn Ihr Euch genügend erfrischt habt, möchte Lady Rohana Euch in ihrem Wohnzimmer sprechen.«

Das war das Letzte, was Jaelle sich wünschte. Aber sie hatte die *Comyn*-Burg aus freien Stücken betreten, und jetzt war sie wie jede andere Frau der Domänen den *Comyn* untertan. Rohana war ihre Verwandte, mehr noch, sie war eine Wohltäterin des Gildenhauses, und es gab absolut keine Möglichkeit, ihrer höflichen Aufforderung nicht nachzukommen. Jaelle hätte es hinausschieben können, wenn sie gesagt hätte, sie sei zu müde, um sich zu unterhalten, oder wenn sie um etwas zu essen oder zu trinken gebeten hätte, was Rohana ihr nach den Gesetzen der Gastfreundschaft nicht verweigern konnte. Aber warum wollte sie eigentlich nicht mit Rohana sprechen, die ihr nie etwas anderes als Freundlichkeit erwiesen hatte?

In dem kleinen Wohnzimmer, das der identische Zwilling des Raums auf Ardais war, wo Rohana die Abrechnungen des Gutes mit ihrem Verwalter durchging und in Vertretung Dom Gabriels Bittsteller empfing, wartete Rohana auf sie.

»Komm her, mein liebes Kind«, sagte sie, und aus Gewohnheit wollte Jaelle schon ihren Platz auf dem Schemelchen an Rohanas Knie einnehmen. Dann wurde ihr bewusst, was sie tat. Sie trat zurück und setzte sich auf einen geradlehnigen Stuhl am anderen Ende des Zimmers. Rohana sah ihr zu und seufzte.

»Ich war im Gildenhaus«, erzählte sie, »aber die Älteste, die gerade Dienst hatte, konnte mir nur sagen, dass du bei den Terranern arbeitest, und ich wusste nicht, wie ich dich dort suchen sollte. Ich bin zumindest teilweise deinetwegen nach Thendara gekommen, Jaelle – in *Comyn*-Angelegenheiten ...«

Jaelle klang die eigene Stimme so hart in den Ohren, als sei es die einer Fremden.

»Ich habe nichts mit den *Comyn* zu tun. Dem allen habe ich entsagt, als ich den Eid ablegte, Rohana.«

Rohana hob die Hand. Sie sprach, als sei Jaelle eine aufsässige Vierzehnjährige. »Du hast noch nicht gehört, was ich dir zu sagen gekommen bin. Du unterbrichst mich, *chiya*.« Der Vorwurf war sanft, doch es war ein Vorwurf. Jaelle errötete. Sie dachte daran, dass sie aus eigener Wahl nicht den gleichen *Comyn*-Rang einnahm wie Rohana, sondern eine Untertanin und Bürgerin war und sehr weit unter ihr stand. Sie murmelte eine rituelle Formel.

»Verzeihung, Lady.«

»O Jaelle ...« begann Rohana, dann gewann sie die Fassung zurück.

»Hinter den Mauern des Terranischen Raumhafens wirst du vermutlich noch nichts davon gehört haben. Dom Gabriel ist tot, Jaelle.«

Jetzt fiel Jaelle auf, was sie bisher nicht gesehen hatte, das dunkle Trauerkleid, die geschwollenen Augen, immer noch rot gerändert vom Weinen. *Sie trauert um ihn, obwohl sie mit ihm verheiratet wurde, ohne gefragt zu werden, und er sie den größten Teil seines elenden Lebens schlecht behandelt hat.* Jaelle hatte den Toten nicht geliebt, aber sie erinnerte sich, wie sie mit Magda beim Mittsommerfest gescherzt hatte:

Er wird alles höflich behandeln, was zu Rohana gehört ... Hündchen, arme Verwandte, sogar Freie Amazonen. Dom Gabriel war nie wissentlich unfreundlich zu ihr gewesen. »Oh, Rohana, das tut mir wirklich Leid!«

»Es ist besser so«, stellte Rohana ruhig fest. »Er war viele Monde lang krank, und er hätte es verabscheut, unbeweglich und hilflos zu sein. Vor zehn Tagen fiel er in Krämpfe, und keine der Medizinen, die wir hatten, half. Zwischen Mitternacht und Sonnenaufgang hatte er dreißig Anfälle, und Lady Alida sagte, falls er noch einmal zu Bewusstsein käme, würde er wahrscheinlich weder mich noch die Kinder kennen und nicht wissen, wer und wo er sei. So schrecklich es ist, ich war erleichtert, als sein Herz versagte.«

Sie schloss kurz die Augen, und Jaelle sah sie schlucken, aber ihre Stimme klang fest. »Die Dunkle Dame hat wahrlich Erbarmen gezeigt.«

Das war so wahr, dass Jaelle nichts zu sagen wusste außer: »Es tut mir Leid, dass du solchen Kummer hast, Rohana. Er ist auf seine Art immer freundlich zu mir gewesen.« Dann fiel ihr ein, dass Rohanas ältester Sohn fünfundzwanzig war. Solange Gabriel lebte, war Rohana Regentin für ihren leidenden Gatten gewesen. Jetzt war sie Untertanin ihres eigenen Sohns, der die Nachfolge seines Vaters antreten würde. »Und Kyril ist Lord von Ardais.«

»Er fühlt sich fähig, die Domäne zu regieren«, sagte Rohana. »Ich wünschte, dies wäre geschehen, wenn er schon älter gewesen wäre – oder viel jünger und noch bereit, sich von mir leiten zu lassen.«

Jaelle konnte um Dom Gabriel ehrlich trauern, zumindest ein bisschen. Aber für ihren Cousin Kyril hatte sie nie etwas anderes als Abscheu und Verachtung empfunden, und Rohana wusste es. »Ich bin froh, dass ich nicht als Ardais geboren bin und deshalb nicht unter seinem Befehl stehe.«

»So wie ich«, stellte Rohana mit schiefem Lächeln fest. »Seine erste Handlung als Lord von Ardais war, dass er die Heirat zwischen seiner Schwester Lori und Valdir, Lord Armida, arrangierte. Valdir ist noch keine fünfzehn, und Lori auch nicht, aber davon ließ sich Kyril nicht aufhalten; er wollte diese Verbindung mit den Altons. Er hat mir nie verziehen, dass ich, als Lady Callista vor ein paar Jahren den Arilinn-Turm verließ, nicht zugriff und sie ihm zur Frau verschaffte. Ich hatte gehofft, Lori würde deinen Bruder Valentin heiraten, Jaelle – dann kehrte meine Tochter zurück in die Domäne meiner Geburt. Aber natürlich war dein und Valentins Vater ein Trockenstädter, und so hat Kyril die Heirat bereits verboten – er ist jetzt Valentins Vormund.«

Jaelle hatte ihren Bruder Valentin keine dutzend Male in ihrem Leben gesehen. Er war geboren worden, als ihre Mutter starb, und sie hatte sich nicht daran erinnern wollen. Dom Gabriel wäre niemals unfreundlich zu einem Kind gewesen; Kyril dagegen hatte seine jungen Verwandten verabscheut. Jaelle war ihm ins Gildenhaus entronnen, aber für Valentin hatte es keine Flucht gegeben bis zu seinem zehnten Jahr, als er ins Kloster nach Nevarsin geschickt wurde.

»Valentin und Valdir sind *bredin;* wenn Valdir heiratet, wird Valentin als sein Friedensmann mit ihm gehen, und zweifellos wird Valdir irgendwo eine gute Partie für ihn zu Stande bringen«, sagte Rohana. »Du brauchst dir keine Sorgen um ihn zu machen.«

»Ich kenne ihn kaum«, antwortete Jaelle, »aber ich bin froh, dass er außer Reichweite von Kyrils Bosheit kommt. Und Lori – wie ist ihr zu Mute, dass sie Valdir heiraten soll?«

»Oh, sie findet ihn bezaubernd«, berichtete Rohana. »Alle Altons sind brillant, und Valdir ist meiner Meinung nach einer der Besten. Du weißt sicher nicht, dass der junge Domenic, der letzte Erbe, vor ein paar Jahren in Thendara durch einen Unfall beim Training im Schwertkampf ums Leben kam und die Domäne einem Regenten untersteht. Das ist Lord Damon Ridenow, der Domenics Schwester Ellemir heiratete. Valdir wird jedoch in diesem Sommer fünfzehn und nimmt dann seinen Platz als Lord Alton ein ...«

»Ich weiß.« Jaelle spürte ein merkwürdiges Prickeln, das sie erschreckte und ärgerte. Warum kamen ihr die Altons gerade jetzt in den Sinn? Das auf Alton-Land abgestürzte Flugzeug! Peter hatte gesagt, der Regent von Alton sei ein ehrenwerter Mann. Irgendwie erinnerte sie das an den seltsamen Traum, den sie mit Magda geteilt hatte. Darin war ein Mann in den Ridenow-Farben Grün und Gold vorgekommen ... Was hatten die Angelegenheiten der *Comyn* mit ihr zu tun?

Rohana setzte sich kerzengerade auf, und Jaelle sah, dass sie zornig war. Hatte Rohana ihre Gedanken gelesen? Sie wusste nicht, dass sie ihre Unlust und ihr Missvergnügen mit voller Wucht ausstrahlte und dass es Rohana, die ihr voll ausgebildetes *Laran* unter strenger Kontrolle hielt, ebenso auf die Nerven ging, wie sie sich über das Lärmen eines jungen Mädchens geärgert hätte, das zu unpassender Stunde die Stille des Gildenhauses störte.

»Ich bedauere, dass du die Angelegenheiten der *Comyn* so lästig findest«, erklärte Rohana trocken, »aber du musst es dir schon gefallen lassen, dass ich sie dir vortrage, weil du schließlich selbst tief hineinverwickelt bist.«

»Als ich den Eid der Entsagenden ablegte ...«

»Als man dir aufgrund meiner Fürsprache erlaubte, diesen Eid abzulegen und deinem Platz in der Aillard-Domäne, der dir als Nachfolgerin deiner Mutter zustand, zu entsagen«, erinnerte Rohana sie, »hatte ich zuvor bezeugt, du habest kein verwendbares oder zugängliches *Laran.* Leider entsprach das nicht ganz der Wahrheit, wenn ich damals auch davon überzeugt war. Aber auch wenn du auf dein eigenes Erbe verzichten kannst, steht dir nicht das Recht zu, für deine ungeborene Tochter zu verzichten.«

»Ich habe keine Tochter, weder geboren noch ungeboren«, begann Jaelle. Rohana hielt ihren Blick fest.

»Belügst du dich immer noch selbst, Jaelle? Oder solltest du die Unverschämtheit besitzen, mich zu belügen? Willst du leugnen, dass du eine Tochter von deinem terranischen Liebhaber trägst?«

Jaelle öffnete den Mund und schloss ihn wieder, wohl wissend, dass sie nichts zu sagen hatte. Sie hatte es gewusst und ihren Verstand vor dem Wissen verbarrikadiert. Rohana sprach ruhig weiter.

»Als ich geboren wurde, standen in der Aillard-Erbfolge viele Töchter. Das ist mehr Jahre her, als ich mich gern erinnere, und die Zeit ist nicht freundlich zu unserer Domäne gewesen. Lady Liane, meine Mutter, heiratete einen Mann, der ihren Namen und Rang annahm, statt sie den seinen.« Die Aillards waren unter den *Comyn* die einzige Familie, bei denen die Erbfolge über die weibliche Linie von der Mutter zur ältesten Tochter ging. »Meine Mutter hatte zwei jüngere Schwestern; die jüngste war die Mutter deiner Mutter, Jaelle. Melora und ich waren Cousinen und *bredini.* Wir wuchsen zusammen im Dalereuth-Turm auf. Ich verließ ihn, um Gabriel zu heiraten; Melora wurde von Trockenstadt-Räubern entführt und gebar Jalak von Shainsa zwei Kinder. Dich und deinen Bruder Valentin.«

Jaelles Mund wurde plötzlich trocken. »Warum erzählst du mir, was ich schon immer gewusst habe?«

»Weil Sabrina, meine älteste Schwester, keine Töchter hat, sondern nur Söhne. Meine Schwester Marelie heiratete in die Elhalyn-Domäne ein, und ob man das nun für gut oder für schlecht hält, ihre Söhne und Töchter gehören zu jener Domäne und sind keine Aillards. Ich bat Gabriel, auf sein Vaterrecht an Lori zu verzichten, aber er wollte nicht, und in späteren Jahren war er zu krank, als dass ich ihn hätte bedrängen können. Deshalb wurde Lori nicht als Erbin einer Domäne, sondern für die Ehe erzogen. Du jedoch hast nicht geheiratet, Jaelle, du bist immer noch eine Aillard. Außerdem hast du einen Eid geleistet, nach dem jede Tochter, die du gebierst, dir allein und nicht deinem Mann gehört. Deine Tochter, Jaelle, wird die Erbin von Aillard sein, ob es dir passt oder nicht. Und sie wird die Macht einer Herrscherin ausüben.«

»Nein! Das werde ich nicht erlauben ...«

»Du kannst es nicht verhindern«, stellte Rohana fest. »So lautet das Gesetz. Wir haben dich seit Meloras Tod beobachtet. Offenbar war es Sabrina nicht recht, dass Melora an ihre Stelle rückte ...«

»Besonders da der Vater von Meloras Kind ein Trockenstadt-Räuber war«, ergänzte Jaelle bitter.

»Wie dem auch sei, Sabrina ist jetzt über das gebärfähige Alter hinaus, deshalb kann sie keine Tochter mehr bekommen. Melora hatte eine ältere Schwester ...«

»Und hat sie Töchter für die Domäne geboren?«

»Wir dachten, sie würde es tun«, berichtete Rohana. »Sie gebar Lorill Hastur eine beim Fest gezeugte *Nedestro*-Tochter, und deshalb arrangierten wir für sie eine Heirat mit einem kleinen Gutsbesitzer. Das Mädchen wäre jetzt – Avarra helfe uns, wie die Jahre vergehen! – über vierzig. Ich habe sie einmal gesehen, als sie noch klein war. Sie war sehr schön, und sie war für den Turm bestimmt.«

»Warum kann sie nicht Erbin der Domäne werden? Oder gönnen die Hasturs ihre Tochter niemand anders?«

Rohana schüttelte den Kopf. »Bevor sie fünfzehn wurde, fiel sie in die Hand von Räubern. Sie wurde ausgelöst, aber sie lief wieder davon – vielleicht hatte sie einen Liebhaber unter ihnen –, und wir haben nie wieder etwas von ihr gehört. Leonie von Arilinn riet uns, nicht nach ihr zu suchen. Entweder sei sie tot oder es sei ihr etwas zugestoßen, was sie daran hindere, jemals zu ihrer Familie zurückzukehren. Ich bin überzeugt, dass sie jetzt tot ist. Also geht die Erbfolge auf dich über, Jaelle, und wenn nicht auf dich, auf deine Tochter, das ist unvermeidlich. Darum habe ich dich hergebeten; das wollte ich dir sagen.«

Jaelle hatte unbewusst die Hände über ihrem Bauch verschränkt, als wolle sie das Kind darin beschützen, das Kind, in dem sie nie etwas anderes gesehen hatte als eine Fessel, die sie an ihre Ehe und an Peter band. Aber dies war schlimmer, als einem Terraner ein Kind zu gebären. Sie sollte ihr Kind den *Comyn* geben, wo es Dienerin und Herrin zugleich sein würde.

Comyn. Sie würde es *nicht* tun. Sie hatte geschworen, sich weder von Familie und Clan noch von Fragen der Erbfolge beeinflussen zu lassen ...

»Und als Regentin für dein ungeborenes Kind, das Erbin von Aillard ist, musst du einen Sitz im Rat einnehmen«, führte Rohana aus, »obwohl Lady Sabrina dem Namen nach noch immer Regentin ist. Es sei denn, du möchtest Sabrina zum Vormund deiner Tochter machen«, setzte sie eisig hinzu. »Dann kannst du deinen eigenen Wünschen als Entsagende folgen und deine Pflicht vernachlässigen. Aber du musst deine Tochter zur Welt bringen und ordnungsgemäß den *Comyn* übergeben, damit sie aufgezogen wird, wie es ihr Geburtsrecht verlangt.«

»Sie ist zur Hälfte Terranerin«, stellte Jaelle rebellisch fest.

»Du verstehst es immer noch nicht, wie, Jaelle?«, fragte Rohana. »Dies ist nicht das erste Mal, dass die weibliche Linie der Aillards ausgestorben ist. Doch es darf nicht wieder geschehen. Wir sind jetzt drei Generationen lang vom Unglück verfolgt gewesen. Deine Pflicht gegenüber den *Comyn* ...«

»Sprich mir nicht von meiner Pflicht gegenüber den *Comyn*«, unterbrach Jaelle sie mit erstickter Stimme. »Was haben sie in all den Jahren meines Lebens schon für mich getan?«

»Was kommt es auf dich an!«, erklärte Rohana ungerührt. »Du hast diesem Leben entsagt, bevor du alt genug warst, um zu wissen, was es bedeutet. Das Leben zwingt jeden, sich auf Kompromisse einzulassen, die er noch nicht versteht. Die *Ehre* gebietet, sich daran zu halten, auch wenn es einem schwer wird.«

Jaelle hatte etwas Ähnliches gedacht ... *Hatte sie ihren Amazonen-Eid gebrochen, als es ihr zu schwer wurde, ihn zu halten?* Sie senkte die Augen. Rohana fuhr freundlicher fort: »Du hast deine Wahl getroffen. Aber du kannst diese Wahl nicht für deine Tochter treffen. Ich kenne die Regeln der Entsagenden gut genug, um zu wissen, dass nicht einmal eine Gildenmutter für ihre Tochter entscheiden kann, selbst wenn das Mädchen unter dem Dach des Gildenhauses geboren worden ist. *Deine* Tochter muss ihre Pflicht gegenüber den *Comyn* kennen lernen, sie muss in dem Wissen aufwachsen, dass sie Erbin der Aillard-Domäne ist, und du musst wissen, was von ihr verlangt wird. Ich bitte dich, Jaelle, nimm diesen Sommer deinen Sitz im Rat ein, wenn Kyril als Herrscher von Ardais bestätigt und deine Tochter für Aillard gewählt wird.«

»Was ist die Alternative?«, erkundigte sich Jaelle.

»Ich hoffe, du wirst uns nicht zwingen, an Alternativen zu

denken, Jaelle. Es bleibt dir nur dann erspart, wenn das Kind stirbt oder wenn du bei der Geburt stirbst.«

Ich bin keine Sklavin, und ich will meine Tochter nicht versklaven lassen. Ich will für mich selbst leben, nicht für diese arrogante Kaste, die meine Mutter bedenkenlos in der Sklaverei ließ und dann mich ablehnte, weil ich die Tochter meines Vaters ebenso wie die meiner Mutter bin. Laut sagte sie: »Die *Comyn* wollten wegen meines Trockenstädter-Blutes nichts von mir wissen. Jetzt behauptest du, sie werden es bei meiner Tochter übersehen – und ihr terranisches Blut auch?«

»Zu jener Zeit«, antwortete Rohana, »hatten sie die Wahl. Es waren andere Erbinnen für Aillard da. Seitdem hat es Todesfälle gegeben. Auch der Tod lässt einer Frau keine Wahl, und er ist ein strengerer Zwingherr als die *Comyn.* Die Notwendigkeit holt sich keinen Rat bei der Annehmlichkeit, Jaelle.«

Und die toten Frauen, dachte Jaelle, waren Rohanas Verwandte gewesen.

Blut, das sich auf dem Sand ausbreitet, dunkle Schatten am Wasserloch, Schmerz, der ihr die Stirn sprengt ... Es gelang ihr, das Bild wieder aus ihrem Bewusstsein zu verdrängen. Rohana beobachtete sie scharf, sagte jedoch nichts, und Jaelle war ihr dankbar dafür. Sie fürchtete, Rohana sehe ihr mitten ins Herz, sehe ihr erwachendes *Laran,* fasse nach ihr, um sie aus ihrem Zufluchtsort bei den Entsagenden zu holen ... *Kein Zufluchtsort. Ich habe mich auch von ihnen losgesagt. Wohin schickt die Pflicht mich? Die Pflicht gegenüber wem? Den* Comyn, *den Terranern, meinen Arbeitgebern, Peter, meinem Freipartner, meinen Schwestern im Gildenhaus? Es gibt kein Entrinnen vor sich widersprechenden Eiden ... ebenso wenig wie vor Geburt und Tod ...*

Sie sagte: »Kindra hat mir ständig eingeprägt, nichts sei unvermeidlich außer dem Tod und dem Schnee des nächsten Winters. Es muss auch dafür eine andere Lösung geben.«

»Ach, Jaelle.« Rohana beugte sich vor und streichelte gütig das weiche Haar der Jüngeren. »So einfach ist das Leben nicht. Ich verlange ja nicht, dass du dich auf der Stelle entscheidest. Ich habe dich nicht hergebeten, um dich in die Enge zu treiben. Geh und denk darüber nach, Liebling. Frage Peter, was er meint – sie ist ebenfalls seine Tochter, und was auch die Entsagenden behaupten mögen, er hat Rechte an seinem Kind. Lass dir Zeit. Selbst wenn das Kind geboren ist, bitte ich dich nur darum, dass du nicht zu viele Türen zu früh schließt. Lass auch ihr die Wahl. Deine Mutter wagte und verlor ihr Leben, weil du nicht in Ketten aufwachsen, sondern dich frei entscheiden solltest. Vermutlich hat mich das schwach gegen dich gemacht, so dass ich nicht darauf bestand, dich nach den für eine *Comyn*-Tochter geltenden Regeln aufzuziehen. Melora ist nicht gefragt worden, ich bin nicht gefragt worden ...«

Jaelle sah Rohana scharf an, doch dann kam ihr zu Bewusstsein, dass Rohana nicht von sich gesprochen hatte. Laut gesagt hatte sie nur: *Melora ist nicht gefragt worden.* Sie wiederholte es: »Melora ist nicht gefragt worden, und sie starb, um dir die Freiheit zu geben. Deshalb würde ich dir niemals etwas aufzwingen. Du hast viele Jahre der Freiheit gehabt; ist es jetzt nicht Zeit, etwas zu tun, das nicht für dich selbst ist?«

Vielleicht hat sie Recht, vielleicht hat sie Recht ... vielleicht schulde ich denen etwas, die vor mir da waren, denen, die nach mir kommen werden ... Rafaella versuchte, für Doria zu entscheiden, und es funktionierte nicht, Doria musste weggeschickt werden ...

Sie neigte den Kopf. »Ja, ich will darüber nachdenken. Aber du hast doch sicher nicht den ganzen weiten Weg von Ardais nach hier gemacht, nur um mit mir über die Bestimmung meiner Tochter zu reden ...«

Rohana stürzte sich so eifrig darauf, dass Jaelle erkannte, auch sie hatte ihr Streit betrübt. »Natürlich nicht nur deswegen«, erklärte sie, »sondern um Gabriel zu begraben und dabei zu sein, wenn Kyril als Herrscher der Domäne bestätigt wird ... Es wird eine Sondersitzung des Rates einberufen werden. Die Hasturs reisen bereits von Carcosa an, und Prinz Aran ist mit seiner Frau und seiner Tochter auch schon unterwegs. Die Nachricht ist in allen Domänen verbreitet worden –aber das ist vermutlich für dich nicht im Geringsten von Interesse, Kind. Geh zu Bett; du wirst den Schlaf brauchen. Ich werde Auftrag geben, dir ein leichtes Abendessen zu bringen, und du kannst dich ausschlafen und morgen früh nach Hause gehen oder hier bleiben und noch einmal mit mir sprechen, ganz wie du möchtest. Ich schicke dir genauere Einzelheiten zu, wenn die Ratssitzung anberaumt ist, und du solltest wirklich versuchen, für deine Tochter daran teilzunehmen und mit den anderen Mitgliedern der Domäne zusammenzutreffen. Du weißt doch, Kind, dass du noch andere Familienmitglieder hast als mich und Kyril; du solltest sie kennen lernen!«

»Ich sehne mich ebenso wenig danach, sie kennen zu lernen, wie sie sich in der ganzen langen Zeit seit Mutters Tod gesehnt haben, mich kennen zu lernen«, sagte Jaelle, aber sie sagte es sanft. Wie schon immer, widerstrebte es ihr, Rohanas Gefühle zu verletzen.

In der ihr und Peter zur Verfügung gestellten Gästesuite war es ruhig und leer. Jaelle aß etwas von der Suppe und dem gebratenen Vogel, die Rohana ihr hatte bringen lassen. Peter, so vermutete sie, würde wohl mir der terranischen Gruppe in den weit entfernten Räumen dinieren, in die man sie geschickt hatte. Beinahe wünschte sie, dabei zu sein. Aber sie kannte die Gänge der *Comyn*-Burg nicht gut genug, dass sie es hätte wagen können, sich allein auf den Weg zu machen. In einem weichen Sessel sitzend, träumte sie vor sich hin. Wie schön war es, vertraute Gegenstände um sich zu haben! Nein, nicht vertraut – sie hatte nie in einer so luxuriösen Umgebung gelebt. So weit sie sich zurückerinnern konnte, hatte sie immer nur die ordentliche, gemütliche, aber absolut nicht luxuriöse Einrichtung des Gildenhauses gekannt. Und dabei hätte sie die ganze Zeit so wie hier leben können, wenn sie bei den *Comyn* geblieben wäre, statt sich an ihren Amazonen-Eid gebunden zu fühlen. Warum kamen ihr gerade jetzt solche Gedanken? Nach einer Weile schlief sie ein. Sie wachte davon auf, dass Peter hereinkam. Es war sehr spät.

»Tut mir Leid, dass ich dich geweckt habe, Schatz«, sagte er. »Ich wäre früher zurückgekommen, ich wollte dich bestimmt nicht hier allein lassen, aber ich sagte mir, du seist bei Lady Rohana, und sie werde sich um dich kümmern. Ich fühlte mich verpflichtet, für unsere Gruppe zu sorgen.«

»Das musstest du natürlich tun«, erwiderte Jaelle herzlich. Sein Pflichtgefühl war eine der Eigenschaften, die sie an ihm liebte. *Bedeutete das, dass sie selbst keins besaß?* Sie scheute vor dieser Frage zurück.

»Hast du zu essen bekommen? Rohana hat mir alle möglichen leckeren Speisen geschickt, und ich habe sie kaum angerührt. Da auf dem Seitentisch findest du Kuchen und kaltes Geflügel und Wein ...«

»Ich habe mit den anderen nur einen kleinen Imbiss zu mir genommen«, antwortete er. »Sie wissen gutes Essen nicht zu schätzen, Monty ausgenommen. Sandro Li – wie nennst du ihn, Aleki? –wollte nicht einmal probieren. Er sagte, er misstraue natürlichem Essen, es sei nicht so ungefährlich und so nahrhaft wie die Gerichte, bei denen Vitamine und Mineralgehalt wissenschaftlich berechnet sind. Das erweckt in mir den Wunsch, wieder draußen im Feld zu sein.« Er nahm sich ein Geflügelbein mit der einen Hand und ein Stück Nussgebäck mit der anderen und kam zu ihr, hungrig den Knochen abnagend. »Immer, wenn ich an einen Ort wie diesen komme, geht mir auf, wie ... wie fremdartig die Terranische Zone in Wirklichkeit ist. Armes Mädchen, du hast dort nicht mehr ein noch aus gewusst, stimmt's? Vielleicht können wir, wenn die Angelegenheit mit diesem Carr geregelt ist, für ein paar Wochen verreisen, ins Hinterland, in die Berge – nach Dalereuth vielleicht, ich habe die Meeresküste immer geliebt, und du bist überhaupt noch nicht dort gewesen, nicht wahr? Wir lassen alles hinter uns und reiten durch die Berge – nur wir beide, und dann finden wir wieder zueinander. He, he ...« Er beugte sich über sie und ließ in seiner tölpelhaften Hast, sie in die Arme zu nehmen, das Geflügelbein fallen. »Du weinst ja, Jaelle – ich bin gemein gewesen, ich weiß, habe mich ganz auffressen lassen von Sorgen über den Dienst und die Beförderung und lauter solchen Unsinn und habe nie daran gedacht, was wirklich wichtig ist! Es muss so etwas wie heute passieren, um einen zu erinnern, dass es im Leben auch noch andere Dinge gibt. Entschuldige, dass ich vorhin so eklig zu dir war. Es geschähe mir recht, wenn du mich für all das hassen würdest, aber ich weiß nicht, was ich ohne dich anfangen sollte, Jaelle, ich liebe dich so sehr ... Ich brauche dich ...«

Schluchzend begrub sie ihr Gesicht an seinem Hals. Warum hatten sie sich so weit voneinander entfernt? Und er wusste noch gar nichts von Dom Gabriels Tod, von den Forderungen, die Rohana an sie stellte, von ihrem Kind ...

»Hör zu, Peter«, verlangte sie ernsthaft, nahm sein Gesicht in beide Hände und zog es zu sich herunter, »du weißt doch, dass Rohana meine Verwandte ist. Sie hatte mir vieles mitzuteilen, so vieles, dass ich nicht alles allein entscheiden kann.« Sie erzählte es ihm, ihre Worte überstürzten sich, und wie sie gehofft hatte, achtete er wenig darauf, was Rohana darüber gesagt hatte, dass ihr Kind Erbin der Aillard-Domäne sei.

»Wichtig, ganz allein wichtig ist unser Baby, Jaelle.« Er drückte sie an sich. »Wir haben viele Probleme gehabt, aber es war der Mühe wert, jetzt, wo wir an ein anderes Wesen als an uns zu denken haben.« Er küsste sie so zärtlich, dass sie sich fragte, warum sie je an ihm gezweifelt habe.

»Das kommt zuerst, Jaelle. Du und ich – und das Baby.«

4

Magda begann an Ruhelosigkeit, fast an Klaustrophobie zu leiden. Die Frauen waren freundlicher, sogar Rafaella, aber sie hatte es so satt, im Haus eingeschlossen zu sein! Manchmal trat sie in den Garten, nur um die Luft der Freiheit zu atmen, auch, so dachte sie ironisch, wenn sie ein bisschen zu sehr nach Stall roch.

Immer noch hatte sie Sachen aus der Kiste mit den abgelegten Kleidungsstücken an. Die Tradition verlangte, dass sie sich vor dem Ende des halben Jahres, das sie im Haus verbringen musste, eine vollständige Ausstattung selbst nähte. In gewisser Weise verstand sie den Grund dafür – Frauen, die aus den oberen Klassen zu den Entsagenden kamen, waren daran gewöhnt, nur Kleider zu tragen, die das Werk der Hände ihrer Dienerinnen und anderer Leute waren, und sie mussten lernen, welche Mühe das machte. Keitha andererseits begrüßte die Gelegenheit, beim Nähen stillzusitzen. Gerade bedeckte sie Ausschnitt und Ärmel ihrer neuen Unterjacke mit zierlich gestickten Schmetterlingen. Magda beneidete sie um die Mühelosigkeit, mit der sie die Stiche setzte.

»Oh, für mich ist das erholsam«, meinte Keitha. Jeden Augenblick kann Marisela mich rufen, dass ich ihr bei einer Entbindung helfe, deshalb ruhe ich mich aus und sticke, solange ich kann ...«

»Für mich ist es nicht erholsam.« Magda biss sich auf die Lippe, denn schon wieder hatte sie sich mit der Nadel in den Finger gestochen. »Ich miste lieber den Stall aus, als dass ich einen einzigen Saum nähe!«

»Das sieht man an deiner Arbeit.« Keitha betrachtete Magdas Stiche mit kritischem Blick. »Was hat sich deine Mutter bloß gedacht!«

»Sie war Musikerin«, berichtete Magda, »und ich glaube nicht, dass sie besser nähen konnte als ich. Sie hatte immer mit ihrer Laute oder mit ihren Übersetzungen zu tun.« Elizabeth Lorne hatte neun Instrumente gespielt und über dreihundert Volkslieder aus den Bergen Darkovers gesammelt. Magda, die musikalisch wenig begabt war, hatte sich ihrer Mutter nicht sehr verbunden gefühlt, obwohl sie in diesen letzten Monaten immer deutlicher erkannte, wie ähnlich sie ihr war: Sie ging in ihrer Arbeit auf, sie sehnte sich danach, selbst etwas zu tun. Jetzt, wo sie keine Gelegenheit mehr hatte, es in Erfahrung zu bringen, fragte sie sich, wie die Ehe ihrer Mutter wirklich ausgesehen habe. Ganz bestimmt hatte Elizabeth Lorne sich nicht von David Lornes Karriere bei den Terranern auffressen lassen, sondern sich ihrer eigenen Arbeit gewidmet ...

»Meine Mutter sagte immer, ich dürfe keiner Dienerin befehlen, etwas für mich zu tun, das ich selbst nicht fertig brächte«, erzählte Keitha. »Andernfalls sei eine Dame die Sklavin ihrer eigenen Dienstboten. Jetzt bin ich dankbar dafür, obwohl ich nicht gern mit Pferden arbeite. Aber Marisela sagt, ich muss lernen, mich um meine eigenen Pferde und ihr Sattelzeug zu kümmern, denn das Gesetz verlangt von einer Hebamme, jede Frau, die ihre Hilfe benötigt, im Umkreis einer Tagesreise aufzusuchen, und noch weiter, wenn sie kann. Und Marisela sagt, vielleicht hätte ich nicht immer Leute zur Verfügung, die für mich nach meinen Tieren sehen.«

Magda lächelte ein wenig. *Marisela sagt* war zu der wichtigsten Wendung in Keithas Vokabular geworden. Langsam kam Magda der Verdacht, einer der Schwerpunkte in der Amazonenausbildung sei, die Frauen auf die Zeit ihrer Pubertät zurückzuführen, damit sie ein zweites Mal erwachsen werden konnten, ohne Vätern, Brüdern, den Männern, die in den meisten darkovanischen Haushalten herrschten, untertan zu werden. Wenn sie dabei von neuem Phasen der Schwärmerei für andere Frauen durchlebten, nun, das war kein Verbrechen, obwohl es Magda überraschte, so etwas an Keitha zu erleben, die als *cristofero* erzogen worden war und ein paar unfreundliche Bemerkungen über Liebhaberinnen von Frauen im Gildenhaus von sich gegeben hatte.

Magda versuchte, ein kurzes Fadenende abzuschneiden, stach sich abermals in den Finger und fluchte. Sie hatte solche Angebote nicht nur von Camilla erhalten, aber sie hatte immer gelächelt und, wie sie hoffte, in nicht verletzender Art abgelehnt. Es war schwerer gewesen, sich Camilla zu verweigern, die sich als ihre Freundin erwiesen hatte, als sie Freunde verzweifelt nötig brauchte.

Ich bin keine Lesbierin, ich interessiere mich nicht für andere Frauen ... Das beschwor die Erinnerung an diese beunruhigende Episode mit Jaelle herauf. Nun, das war ein Traum gewesen, ein geteilter Alptraum, es hatte im Grunde keine Bedeutung. Aber während sie mit ihrem Faden kämpfte und versuchte, das Ende durch das Nadelöhr zu praktizieren, dachte sie an den Abend, als das Thema in der Schulungssitzung angesprochen worden war ...

... Cloris und Janetta hatten behauptet, eine Entsagende, die ein Liebesverhältnis mit einem Mann habe, sei eine Verräterin. »Die Männer sind es, die uns unterdrücken und versklaven wollen, wie Keithas Mann, der sie geschlagen und versucht hat, sie von gedungenen Söldnern zurückholen zu lassen ... Wie kann eine freie Frau Männer lieben, die so leben und uns an sich fesseln möchten?«

»Alle Männer sind nicht so«, hatte Rafaella widersprochen. »Die Väter meiner Söhne finden sich damit ab, dass ich meine Freiheit vorziehe. Vielleicht hätten sie es lieber, wenn ich bei ihnen wohnen und ihnen den Haushalt führen würde, aber sie gestehen mir das Recht zu, meinem eigenen Willen zu folgen.«

Und Keitha hatte in loderndem Zorn aufgeschrien: »Wir verlassen unsere Männer und suchen im Gildenhaus Zuflucht, weil wir glauben, hier sicher vor Verfolgung zu sein, und dann müssen wir feststellen, dass wir vor unseren eigenen Schwestern nicht sicher sind! In diesem Haus, erst gestern hat eine von meinen Schwestern mir eine ... eine schändliche Zumutung ...«

Mutter Millea fiel mit ruhiger, sachlicher Stimme ein: »Damit meinst du vermutlich, Keitha, dass eine hier dich gefragt hat, ob du mit ihr ins Bett gehen willst. Wer hat eine solche Bitte als schändlich bezeichnet? Oder hat sie dir nicht die Freiheit gelassen, dich zu weigern, wenn du nicht wolltest?«

»Ich nenne das schändlich!«, rief Keitha. Rezi lachte: »Du hast ein schlimmeres Wort benutzt, nicht wahr? Ich gestehe, dass ich die betreffende schlimme Verbrecherin bin. Sie floh vor mir, als habe sie Angst, ich würde sie auf der Stelle vergewaltigen. Nicht einmal so viel Höflichkeit brachte sie auf, mir ins Gesicht zu sehen und zu sagen: ›Nein, danke.‹«

Keitha wurde feuerrot. Die Tränen strömten ihr übers Gesicht. »Ich hätte deinen Namen nicht genannt«, sagte sie wütend, »und du prahlst noch damit?«

»Ich werde nicht zulassen, dass du mich dazu bringst, mich dessen zu schämen«, gab Rezi zurück. »Wenn zwei Jungen sich schwören, ihr Leben lang Freunde zu sein und keiner Frau zu erlauben, zwischen sie zu kommen, selbst wenn sie später heiraten und Kinder haben sollten, verweigert ihnen niemand das Recht, ihre Freundschaft über alle anderen Dinge zu stellen. *Donas amizu!*«, sagte sie verächtlich. »Alle Liederdichter preisen den Mann, dem sein *bredu* mehr gilt als Frau und Kinder. Aber wenn zwei Mädchen sich einander angeloben, wird als selbstverständlich vorausgesetzt, dass der Eid, sobald das Mädchen zur Frau herangewachsen ist, nichts weiter bedeutet als: *Ich will treu zu dir stehen, solange mir dabei meine Pflicht gegenüber Mann und Kindern nicht in die Quere kommt!* Meine Liebe und Treue gehört ausschließlich meinen Schwestern, und ich werde sie nicht an einen Mann verschwenden, der sie mir niemals zurückgeben kann!«

Magda hatte verwirrt gedacht: *Nein, alle Männer sind nicht so, Rafaella hat Recht,* und die folgende Diskussion nicht mehr recht mitbekommen. Jetzt, mit Keitha beim Nähen sitzend, überlegte sie: *Ob Keitha intellektuell ehrlich genug ist, um zu erkennen, was sich zwischen ihr und Marisela abspielt? Und wenn nicht, wird Marisela sie irgendwann mit der Nase darauf stoßen?*

Janetta steckte den Kopf ins Zimmer. »Margali, Keitha, Mutter Lauria möchte, dass ihr beide nach unten in die Halle kommt.«

Dankbar knäulte Magda ihre Näharbeit zu einem unordentlichen Bündel zusammen und stopfte sie in das Schrankfach, das ihren Namen trug. Keitha blieb zurück, um ihre Stickerei ordentlich zusammenzulegen, aber Magda hörte auf der Treppe ihre Schritte hinter sich, und dann liefen sie Seite an Seite hinunter.

Unten warteten Camilla, Rafaella und Felicia, zum Reiten angezogen, mit einer kleinen Gruppe von Frauen, die Magda nicht kannte. Am Ärmel trugen sie das rote Abzeichen des Neskaya-Gildenhauses.

»Margali, Keitha, seid ihr es müde, aufs Haus beschränkt zu sein? Seid ihr bereit, einige Gefahr auf euch zu nehmen? In den Kilghardbergen, auf Alton-Land brennt es; die Gildenfrauen sind nicht durch das Gesetz verpflichtet zu helfen, aber es ist uns erlaubt, an der Brandbekämpfung teilzunehmen, wenn alle gesunden Männer es tun müssen. Es gibt kein Gesetz, nach dem ihr gehen *müsst*«, wiederholte sie eindringlich, »aber ihr dürft, wenn ihr wollt.«

»Ich will«, erklärte Magda, und Keitha setzte schüchterner

hinzu: »Ich würde gern gehen, aber ich weiß nicht, wie ich von Nutzen sein könnte.«

»Überlasse das uns«, sagte eine der fremden Frauen. »Wer nicht gegen das Feuer kämpft, kann im Lager helfen. Wir brauchen jedes willige Paar Hände.«

Mutter Lauria sah von der einen zur anderen. Dann meinte sie: »Gut; ich schicke euch hin.« Damit war ihnen, dachte Magda bei sich, Befehl erteilt worden zu gehen. Im Hausjahr mussten sie ja drinnen bleiben, falls es nicht von einer Gildenmutter ausdrücklich anders angeordnet wurde.

»Ihr müsst lernen, euch unter Männern schicklich zu betragen und mit ihnen zusammenzuarbeiten, als wäret ihr einer von ihnen, ohne von den Privilegien der Frauen Gebrauch zu machen. Camilla und Rafaella sind für euch verantwortlich; ihr werdet ihnen aufs Wort gehorchen und ohne ihre Erlaubnis mit niemandem, vor allem nicht mit einem Mann, sprechen. Ist das klar? Gut. Geht und zieht euch zum Reiten an. Nehmt eure wärmsten Sachen und Mäntel und die strapazierfähigsten Stiefel. Packt saubere Wäsche für vier Tage ein und seid wieder unten, bevor die Uhr das nächste Mal schlägt.«

Während Magda sich umzog und ihr sauberes Unterzeug in die kleine Segeltuchtasche packte, die Rafaella ihr gegeben hatte, zitterte sie vor Aufregung. Sie hatte auch ein bisschen Angst, aber, so sprach sie sich selbst Mut zu, sie war kräftiger als viele Männer, die gesetzlich verpflichtet waren, bei der Brandbekämpfung mitzuhelfen. *Und ich bin eine Entsagende.*

Sie sattelten ihre Pferde. Rafaella sagte leise zu Keitha und Magda: »Einige der Männer, mit denen wir reisen, werden versuchen, euch zu einem Gespräch zu verleiten, oder sie werden gemeine Anspielungen machen. Was sie auch zu euch sagen, ihr dürft ihnen auf keinen Fall antworten, nicht mit einem einzigen Wort. Meinetwegen tut so, als ob ihr taubstumm wäret. Wenn sie euch anfassen, dürft ihr euch verteidigen, aber ihr müsst euch daran gewöhnen, dass sie uns nicht leiden können, und lernen, damit zu leben, weil es sich nun einmal nicht ändern lässt!«

Die am Stadttor wartende Abordnung von Männern war eine bunt zusammengewürfelte Gruppe. Die Spitze nahmen drei Dutzend junge Gardisten in Uniform ein, befehligt von einem schneidigen Offizier, der noch keine Zwanzig war.

»Valentin Aillard, *para servirte, mestra.*« Er nickte Rafaella mit kühler Höflichkeit zu. »Eure Frauen sind uns willkommen; wir können jedes Paar Hände brauchen. Habt Ihr Rationen und Werkzeuge?«

»Dort auf unsern Packtieren.« Rafaella winkte den Frauen, sich anzureihen. Der höfliche junge Offizier hatte offensichtlich seinen Leuten ganz klargemacht, wie sie sich zu benehmen hätten, denn obwohl die Gardisten die Amazonen mit einiger Neugier betrachteten, gab es keine offenen Zeichen der Antipathie. Anders war es mit den übrigen Männern, die mit den Gardisten an den Brandherd ritten, aber nur zu offensichtlich nicht der militärischen Disziplin unterworfen waren. Es wurde gepfiffen und gerufen, um Aufmerksamkeit zu erwecken; es fielen höhnische Bemerkungen, und als die Frauen sich dem Zug anschlossen, zwei oder drei gemurmelte Obszönitäten. Magda ignorierte sie; Keitha wurde so rot wie eine Glockenblume und zog sich die Kapuze über den Kopf. Magda vermutete, dass sie in ihrem Schutz weinte. Die Frauen vom Neskaya-Haus, alle in den Vierzigern oder älter, ritten an den Männern vorbei, ohne einen Blick in ihre Richtung zu werfen, während Camilla – Magda fiel ein, dass sie einmal Söldnerin gewesen war – mit den Gardisten vorausritt und ungezwungen mit ihnen plauderte.

Keitha flüsterte: »Warum darf sie mit ihnen sprechen und wir nicht?«

»Wahrscheinlich, weil man uns noch nicht zutraut, dass wir

uns zu benehmen wissen«, gab Magda ebenso leise zurück. »*Möchtest* du denn mit ihnen sprechen?«

»Nein«, zischte Keitha heftig. »Mir kommt es nur seltsam vor, dass sie freundlich mit eben den Männern umgeht, die so eklig zu uns sind.«

Der Gedanke war auch Magda schon gekommen, aber sie nahm an, dass es Camilla, schon viele Jahre eine Entsagende, irgendwie gelang, zwischen den Männern zu unterscheiden, die sie als Kameradin akzeptierten, und solchen, die sie, eine Frau, herumzukriegen trachteten. Auf jeden Fall machte sich Camilla ihre Gesetze selbst.

Sie ritten den ganzen Nachmittag und noch ein gutes Stück nach Dunkelwerden weiter. Schließlich gebot der Offizier an der Spitze des Zuges Halt, und sie schlugen auf einer Wiese das Lager auf. Die Amazonen kochten an ihrem eigenen Feuer, und später legten sie ihre Decken im Kreis aus. Rafaella ordnete an: »Keitha, du schläfst mit mir, und Margali, du mit Camilla. Immer wenn wir so wie heute unter Männern sind, schlafen wir zu zweit, nur um bei ihnen keinen Zweifel daran zu lassen, dass wir keine Gesellschaft suchen. Und wenn irgendeiner auf komische Ideen kommt, könnt ihr euch gegenseitig beschützen.«

Magda fand das vernünftig. Andererseits war sie überzeugt, dass die Männer, wenn sie schon nicht annahmen, die Frauen wünschten ihre Gesellschaft, auf einen anderen Gedanken verfallen würden, der beinahe ebenso verkehrt war. Sie ermahnte sich streng, es gehe sie gar nichts an, was die Männer dachten. Trotzdem machte es sie verlegen, als sie ihre Decken neben die Camillas legte.

Rafaella erkundigte sich bei einer der Frauen aus Neskaya: »Wo ist meine Tochter? Ich hatte gehofft, Doria bei euch zu sehen.«

»Ich habe ihr gesagt, sie dürfe mitkommen, wenn sie es

wünsche«, antwortete die Frau, »und natürlich hätte sie das Haus gern einmal verlassen. Aber es war der erste Tag ihrer Periode, und schwere Arbeit und harte Ritte sind in dieser Zeit kein Vergnügen. Ich sah, dass sie sich wirklich krank fühlte, und deshalb machte ich keinen Versuch, sie zu überreden.«

Rafaella sagte ärgerlich: »Mir gefällt es gar nicht, dass sich meine Tochter drückt! Ich bin geritten und habe schwer gearbeitet, als ich im siebten Mond schwanger war, und sie lässt sich von so etwas aufhalten?«

Die andere Frau zuckte die Schultern. »Kein Gesetz schreibt vor, dass alle Frauen in gleicher Weise auf ihren Körper reagieren müssen. Willst du sie zu anstrengender Arbeit zwingen, nur weil es dir nichts ausmacht? Wäre das Feuer in der Nähe und Not an Hilfskräften, sähen wir sie bestimmt unter uns – sie macht auf mich nicht den Eindruck, faul zu sein. Wir hatten jedoch genug Freiwillige; manche drängten sich fast dazu. Mach dir keine Sorgen um sie, Rafi, sie ist aus deiner Obhut hinausgewachsen. Sollte sie wirklich Zeichen von Trägheit verraten – und bisher habe ich noch nichts davon gemerkt –, überlass du das den Gildenmüttern von Neskaya.«

Rafaella seufzte: »Du hast wohl Recht«, und verstummte. Nach einer Weile sagte die andere Frau freundlich: »Vielleicht haben die Töchter von Entsagenden es schwerer als Frauen, die von außerhalb zu uns kommen. Wir erwarten so viel mehr von ihnen, nicht wahr?« Und Magda sah, dass die fremde Frau Rafaella tröstend über das Haar strich. »Ich habe eine Tochter, die sich entschloss, die Gilde zu verlassen und zu heiraten. Sie ist glücklich, sie hat zwei Kinder, und ihr Mann behandelt sie so gut, wie selbst ich es mir nur wünschen kann. Trotzdem werde ich das Gefühl nicht los, ich hätte bei ihr versagt. Wenigstens hat deine Tochter den Eid abgelegt, meine Schwester, und ist keines Mannes Dienerin oder Sklavin.«

Camilla murmelte in Magdas Ohr: »Wenn ich das zu Rafaella gesagt hätte, hätte sie mich geohrfeigt. Ich bin froh, dass es jemand anders eingefallen ist.« Sie stand auf und wandte sich an die Frauen um das Feuer. »Bevor wir schlafen, wird Annelys euch ein paar Worte sagen.«

Annelys, eine der Frauen aus Neskaya, gab ihnen ein paar grundlegende Anweisungen, was unter verschiedenen Bedingungen bei der Brandbekämpfung zu tun sei und welche elementaren Sicherheitsmaßnahmen sie treffen sollten. Allerdings betonte sie, dass die meisten Frauen untergeordnete Arbeiten zu tun bekommen würden und nicht zu wissen brauchten, was vor sich ging, sondern nur Befehlen genau zu gehorchen hätten. Magda konnte hören, dass einer der jungen Offiziere den Männern an dem anderen Feuer fast genau das Gleiche sagte. Seine Stimme war die meiste Zeit ein Geräusch ohne unterscheidbare Wörter, aber hier und da klangen in einer zufälligen Stille oder von einem Windstoß herangeweht ein paar Bruchstücke seiner Rede herüber.

»Wenn es nur die Gardisten wären«, murmelte Camilla – sie saß zwischen Magda und Rafaella –, »würden wir zusammenarbeiten und gemeinsam lagern. Aber einige dieser Männer sind Pack, und wir trauen ihnen nicht. Mit der Zeit wirst du lernen, welchen Männern man trauen kann und welchen nicht. Im Zweifelsfall entscheide dich immer für die Vorsicht. Gerade du wirst das einsehen.«

Annelys hörte sie und sagte: »Ich bin mir gar nicht sicher, ob man irgendwelchen Männern völlig trauen kann. Wenn ich die Leitung von Arbeiten habe, an denen sich Entsagende beteiligen, traue ich keinem. Darauf kannst du dich verlassen, Camilla.«

Camilla zuckte die Schultern. »Vielleicht bin ich vertrauensseliger als du. Oder vielleicht liegt es nur daran, dass ich nichts mehr zu verlieren habe und jeder Mann, der die Hand auf mich legt, einen blutenden Stumpf zurückziehen wird – was er sehr genau weiß!«

Annelys gähnte. »Das war heute ein langer, schwerer Tag, und der morgige wird noch länger und schwerer werden. Legen wir uns schlafen, meine Schwestern.« Sie bückte sich, um das Feuer abzudecken. Magda war müde und wund vom Reiten, und der Boden unter der dünnen Decke war hart, aber noch während sie dachte, unter diesen Bedingungen könne sie unmöglich einschlafen, schlief sie schon. In der Nacht wachte sie einmal auf. Das Lagerfeuer glühte wie ein missmutiges rotes Auge. Camilla war dicht an sie herangerückt, und Magda legte die Arme um sie, froh über die Wärme, denn es war kalt. Camilla murmelte verschlafen etwas und verlagerte das Gewicht. Magda schmiegte sich an sie. Camilla küsste sie leicht und versank wieder in tiefen Schlaf.

Magda jedoch fand keine Ruhe mehr. Wie sie es in den letzten Wochen nur zu oft getan hatte, überprüfte sie genau ihre Gefühle.

Jaelle. Was genau war zwischen ihnen vorgefallen? Aus einem gemeinsamen Traum, aus dem *Laran,* von dem sie nicht gewusst hatte, dass sie es besaß, waren sie aufgewacht und hatten sich in den Armen gehalten ... und Jaelle hatte sie zu sich heruntergezogen und sie geküsst. Es war kein harmloser Kuss gewesen, bei dem sie sich nichts hätte zu denken brauchen, nicht der flüchtige Gutenachtkuss, den Camilla ihr eben gegeben hatte, sondern ein richtiger Kuss, der Kuss von Liebenden, dessen Sinnlichkeit Magda ängstigte. Wie vielen Frauen, deren Erfahrungen ausschließlich konventionell sind, fiel es ihr schwer, sich auch nur vorzustellen, dass sie auf so etwas reagieren könne. Jaelle war nicht böse gewesen ... aber Magda war weggelaufen. Jetzt, dicht neben Camilla liegend, versuchte sie von neuem, diese Erlebnisse zu analysieren. Camilla hatte dies ebenfalls einmal von ihr verlangt, und Magda hatte sich ihr verweigert, wenn sie heute auch nicht mehr wusste, warum.

Ist es das, was ich mir wünsche? Ist das der Grund, warum meine Ehe zerbrach, bin ich im Herzen eine Liebhaberin von Frauen …? Sie fühlte sich beunruhigt, sich selbst fremd geworden. Schließlich sagte sie sich fest, morgen erwarte sie schwere Arbeit, und es gelang ihr einzuschlafen. Aber sie wurde von unruhigen Träumen gequält.

Am nächsten Tag konnten sie noch vor Mittag das Feuer riechen, hören und sehen. Ein dumpfes Brüllen und reißender Rauch lagen in der Luft, ein unheimliches Rot färbte den Himmel. An einem Hang rodete eine Reihe schmutziger Gestalten, Männer und Jungen, mit Hacken und Harken einen Streifen Land, und als sie das Lager erreichten, fanden sie andere, die Bäume für eine Schneise fällten.

Magda und Felicia wurden losgeschickt, mit den Männern Gräben zu ziehen. Keitha, die dazu nicht kräftig genug war, sollte mit anderen Frauen im Lager kochen und Wasser holen. Camilla und Annelys und noch ein paar schlossen sich den Holzfällern an.

Von der Stelle aus, wo sie arbeitete, konnte Magda das Feuer nicht sehen, aber hören. Ihre Hände bekamen Blasen von der schmierigen Hacke, obwohl sie Handschuhe trug, und ihr Rücken begann zu schmerzen, noch bevor eine Stunde vergangen war. Sie ließ sich nichts anmerken. Nach einer weiteren Stunde brachte ein alter Mann einen Eimer mit Wasser, und als die Reihe an sie kam, richtete sie sich auf und trank. Ihr Nebenmann warf zum ersten Mal einen Blick auf sie, sah das rußige Gesicht, die schwarzen Hände, die derbe Reitkleidung und rief. »Zandrus Höllen, das ist ein Mädchen! Was macht Ihr hier, *mestra?*«

»Das Gleiche wie Ihr, Mann – ich bekämpfe einen Waldbrand«, entfuhr es Magda, bevor sie sich erinnerte, dass sie unter gar keinen Umständen mit einem Mann reden durfte. Sie senkte den Kopf, leerte den Becher und wollte ihn dem alten Mann zurückgeben, der den Wassereimer trug. Der Alte sagte: »Was macht ein nettes Mädchen wie du hier draußen unter all den Männern, Kleine? Solltest du nicht hinten im Lager sein, wo auch meine Frau und meine Töchter sind?« Magda drückte ihm den Becher in die Hand, ergriff ihre Hacke und arbeitete weiter. Nach einer Weile ging der Alte brummend zu dem nächsten Mann in der Reihe und bot ihm den Becher an.

Niemand hatte sich die Mühe gemacht, Magda auseinander zu setzen, was sie da taten, doch sie hatte etwas aus Annelys' Erklärungen entnehmen können und nahm an, sie sollten einen Streifen von allem brennbaren Material säubern, das dem Feuer Nahrung liefern könnte. Bei Dunkelwerden wurden sie von einer anderen Gruppe abgelöst. Magda war beinahe zu müde, um zu stehen. Ihre Hände waren mit Blasen bedeckt, und sie hatte das Gefühl, ihr Rücken werde nie wieder aufhören zu schmerzen. Unten im Lager hatte man Gelegenheit, sich Hände und Gesicht zu waschen, und die Frauen verteilten Bohnensuppe aus großen Töpfen, die den ganzen Tag über den Kochfeuern innerhalb des Rings gebrodelt hatten. Wie gern hätte Magda gebadet! Immerhin waren sie alle in der gleichen unangenehmen Lage, sie waren schmutzig und verschwitzt und rochen nach Rauch. Magda machte sich auf den Weg zur Latrine, aber eine Amazone von einem anderen Gildenhaus fasste sie am Arm und erinnerte sie, dass sie, um sich zu schützen, immer zu zweit gingen. Magda war es peinlich, die primitive Latrine vor den Augen der anderen Frau zu benutzen, doch als sie die Gesichter einiger Männer draußen bemerkte, war sie froh, nicht allein zu sein.

Diese Barbaren! Bei den Terranern könnte ich mit Männern arbeiten, und nicht einer würde mich berühren, es sei denn, ich hätte ihn dazu eingeladen! Aber tausend Jahre unterschiedlicher Sitten trennten die Gesellschaften. Die normalen Frauen, geschützt durch ihre langen Röcke und die Kappen auf dem geflochtenen Haar, gingen allein, wohin sie wollten, und keiner wagte es, sie zu belästigen, weil jede von ihnen einem Mann gehörte, der sich für eine Beschädigung seines Eigentums rächen würde. Die Freien Amazonen gehörten nur sich selbst, und daher waren sie vogelfrei ... *Barbaren,* dachte Magda noch einmal. Nun, die Terraner hatten dafür andere Fehler ...

Als die Amazonen an ihrem Ende des Lagers ihre Decken ausbreiteten, auch hier immer zu zweit, gesellte sich Keitha ihnen wieder zu und flüsterte: »Die Frauen waren schlimmer als die Männer. Sie haben mich angestarrt, als sei ich etwas mit tausend Beinen, das sie in ihrer Breischüssel gefunden hatten, und eine von ihnen fragte mich, warum ich nicht zu Hause sei und mich um meine Kinder kümmere. Und als ich ihnen sagte ...«

»Nimm es dir nicht zu Herzen«, tröstete Rafaella sie. »Wir haben es alle schon zu hören bekommen. Nur haben wir Zeit gehabt, uns daran zu gewöhnen, das ist alles, und du wirst dich auch daran gewöhnen. Sei immer stolz auf das, was du bist und was du getan hast. Wenn sie es nicht begreifen, sollen sie sich darüber den Kopf zerbrechen; du hast es nicht nötig. Wir alle haben heute für die Domänen gute Arbeit geleistet. Leg dich schlafen, Liebes. Wenn du gehandelt hast, wie du es für richtig hieltest, brauchst du dich durch nichts, was andere sagen, herabgesetzt zu fühlen.« Es wunderte Magda, wie freundlich Rafaellas Stimme klang. Im Allgemeinen hatte sie mit Keithas Schüchternheit wenig Geduld.

Camilla brummte: »Aber es stimmt, die Männer sind längst nicht so schlimm wie die Frauen. Haben die Männer es einmal in den Kopf bekommen, dass wir bis an die Grenzen unserer Kraft schuften und keine Sonderrechte in Anspruch nehmen, akzeptieren sie uns. Das tun die Frauen nie. Sie fürchten, wenn wir Seite an Seite mit den Männern arbeiten, gefährden wir ihren privilegierten Status. Wie können sie ihre Ehemänner davon überzeugen, dass sie zart und schwach sind, wenn wir sie Lügen strafen? Keitha glaubte, eine leichtere Aufgabe zu bekommen als wir, weil sie nicht kräftig genug ist ...«

»Wirfst du mir vor, ich hätte mich gedrückt?«, fuhr Keitha auf.

»Nein, Eidestochter. Du hast ebenso wie wir getan, was du konntest. Aber es schadet nichts, dass du dies Erlebnis hattest. Ich möchte tausendmal lieber der Feindseligkeit von Männern als der von Frauen begegnen. Du wirst auf eine viel schwerere Probe gestellt als wir. Keine Frau hält mich für eine Gefahr, wenn ich neben ihrem Mann arbeite ...« setzte sie bitter hinzu. Magda betrachtete die hagere, narbenbedeckte *emmasca* und sagte sich, dass Camillas innere Wunden ebenso brennen mussten wie die äußeren. »Du jedoch bist jung und hübsch, du könntest, wann immer du wolltest, einen Gatten oder Liebhaber finden. Die Frauen verzeihen mir, dass ich dem entsagt habe, was ich, wie sie glauben, doch nie bekommen könnte. Dir werden sie nie verzeihen, und es ist vielleicht nur gut, dass du das jetzt und nicht erst später erfahren hast.«

Der nächste Morgen kam mit Nebelnässen. »Lasst uns beten, dass es das Feuer löscht«, meinte Camilla grimmig und zog sich die Stiefel an. »Margali, Kind, lass mich deine Hände sehen.« Beim Anblick der Blasen sog sie scharf die Luft ein. »Hier hast du Salbe, die die Haut ein bisschen härter machen wird.« Sie passte auf, dass Magda sich die Hände eincremte, bevor sie die Handschuhe überstreifte. Die Frauen stellten sich mit den Männern um das Frühstück an, Schüsseln voll dickem, körnigem Brei, mit Zwiebeln und Kräutern gekocht. Kübel mit Bier und Eimer mit einem heißen Korngetränk standen bereit. Es fielen wieder Bemerkungen, aber Magda hielt den Blick gesenkt und tat, als höre sie sie nicht. Camilla andererseits lachte und scherzte mit den Männern. Offensichtlich kannten und respektierten sie viele von ihnen. Sie erzählte Magda, dass sie im letzten Grenzkrieg an ihrer Seite gekämpft habe.

Als Magda sich auf ihren Platz begab, den sie in der Reihe neben Felicia hatte, rief ein Mann leise: »He, ihr Hübschen, was habt ihr mit diesem alten Schlachtross zu schaffen? Wie hat sie es gemacht, hat sie euch zu fassen bekommen, bevor ihr wusstet, was euch entgeht? Kommt her zu uns, und wir werden viel Spaß miteinander haben ...«

Magda starrte geradeaus und ignorierte das Gerede. Sie hatte eine Hacke, die zu kurz für sie war, und bat Felicia, die kleiner war als sie, mit ihr zu tauschen. Gerade wollten sie sich an die Arbeit machen, als ein Mann den Hang heruntergerannt kam.

Er war klein und schlank, hatte dunkelrotes Haar und trug einen Mantel in Orange und Grün. »Das Feuer ist da oben über die Schneise gesprungen!«, rief er. »Geht nicht da hinauf! Kehrt um und ruft die Männer zusammen, holt die Karren, wir müssen das Lager nach weiter unten verlegen ...«

Die Männer murmelten miteinander. »Das ist Lord Damon«, war zu hören, und alle beeilten sich, zu tun, was ihnen geheißen worden war. Magda wurde angestellt, Lebensmittel und Decken auf einen Wagen zu stapeln, und als sie sie zu Felicia hochreichte, sah sie, dass der Mann, der Lord Damon genannt worden war, jetzt leise in besorgtem Ton mit den Gruppenführern sprach und dabei mit einem langen Stock Landkarten auf den Boden zeichnete. Jemand reichte ihm einen Krug Bier, er nahm einen Schluck oder zwei, spülte sich den Mund aus und spuckte auf den Boden, hustete, leerte den Krug und bat um einen neuen. Seine Kleider waren, wenn auch fein, so doch schmutzig und zerknittert, als habe er in ihnen wie die anderen auf dem Boden geschlafen. Seine Stimme klang heiser vor Erschöpfung und Rauch.

»Glotze nicht«, befahl Camilla ihr scharf. »Geh zu dem anderen Wagen hinüber und führe die Pferde weg. Pass auf, dass sie nicht durchgehen!«

Magda kletterte den Abhang hinunter, die Hand am Zaum des ihr nächsten Pferdes. Die Tiere, die das Feuer rochen, schnaubten und stiegen im Geschirr, scheuten und wieherten. Schließlich löste Magda ihr Gürteltuch und wollte es dem einen Pferd um die Augen binden, aber da ihre ganze Kleidung von Qualm durchtränkt war, ließ es sich das nicht gefallen. Magda rief Keitha zu, ihr ihre Schürze zu bringen, und das funktionierte. Von Magdas sanftem Zuspruch ermutigt, kam das Pferd friedlich mit.

Ein Stück weiter unten trat Lord Damon zu ihr. »Ein guter Gedanke«, lobte er. »Halte dich rechts von dem trockenen Bachbett. Das Lager kann dann dort im Schatten des Hains aus Federschotenbäumen aufgeschlagen werden, wo die Männer schon Bäume gefällt haben. Rodet einen Streifen rings um das Lager, mindestens drei Spannen breit. Geh mit ihnen ...« Er wies auf ein halbes Dutzend Frauen, die dem Wagen nach unten folgten, und nach einer Weile rumpelte ein zweiter Wagen heran. Die Pferde mit ihren verbundenen Augen folgten Magdas Führung Schritt für Schritt.

»Komm, komm, braver Junge, so ist's gut ...«

An der bezeichneten Stelle begannen die Frauen, die Wagen abzuladen. Sie schichteten Schüsseln und Decken in den Armen der wartenden Helferinnen auf. Magda arbeitete schwer und nahm immer ganze Stapel auf einmal.

»Hier«, sagte sie und reichte einer Frau die letzten Decken, »das sind unsere vom Gildenhaus. Wollt Ihr so freundlich sein und sie dort drüben hinlegen?«

Die Frau sah sie böse an und ließ die Decken absichtlich in tote Blätter und Dornen fallen. »Tragt sie selbst! Ich bin nicht die Dienerin schmutziger *lemvirizi* ...«

Magda verschlug es im ersten Augenblick die Sprache wegen der Gemeinheit des Ausdrucks. »Schwester, was haben wir getan, um das zu verdienen? Wir helfen euren Leuten bei der Brandbekämpfung ...«

Die Frau verzog das Gesicht. »Die Götter schicken Waldbrände, um uns für unsere Sünden zu bestrafen, weil wir solche wie euch unter uns dulden. Es ist ein Zeichen, dass der Erdboden selbst gegen Schmutz wie euch aufschreit. Ich bin keine Schwester von einer eurer Sorte!« Sie wandte Magda den Rücken und ging davon. Magda bückte sich, am ganzen Körper zitternd, und hob die hingeworfenen Decken auf. Tränen brannten ihr in den Augen. Sie stolperte über einen am Boden liegenden Stock und hätte die Decken fast von neuem fallen lassen.

»Lass mich dir helfen, Schwester«, sagte eine freundliche Stimme, und Magda blickte zu einer Fremden auf. Ihr Haar war kurz geschnitten wie das einer Amazone, sie trug den Ohrring einer Entsagenden, sonst aber die normale weibliche Kleidung aus Rock und Jacke. Sie nahm Magda einen Teil ihrer Last ab. Magda starrte sie stumm an. Sie kannte diese Frau, sie hatte sie schon gesehen, hatte irgendwo ihre Stimme gehört ...

»Bist du eine von uns, Schwester?«

»Ich bin Ferrika n'ha Fiona«, antwortete die Fremde. »Achte gar nicht auf diese unwissenden Frauen, es wird uns schon noch gelingen, sie eine bessere Meinung über uns zu lehren. Ich bin Hebamme auf Armida«, setzte sie über die Schulter hinzu und legte die Decken an den Platz, den Magda zuvor erwähnt hatte. Sie bückte sich, um sie glatt zu ziehen, aber eine Stimme rief: »Wo ist die Heilerin? Hier werden drei Männer mit Brandwunden gebracht!« Ferrika sagte rasch: »Ich werde später mit dir reden«, und eilte davon. Ihr langer karierter Rock fegte den Staub. Hosen, dachte Magda, waren hier draußen wirklich praktischer. Wenn die Frau eine Entsagende war, warum kleidete sie sich dann nicht wie eine?

Später wurde Magda geschickt, Dornen wegzuräumen, eine schwere, schmutzige Arbeit, bei der sie dauernd hängen blieb und sich die Handschuhe zerriss. Eine neue Schneise wurde angelegt, und sie schien von dem Feuer so weit entfernt zu sein, dass Magda bestürzt fragte: »Glauben sie wirklich, dass es bis nach hier unten kommen wird?«

Zur Antwort hob die Frau die Hand. »Seht.«

Magda holte Atem. Das Feuer hatte rechts von ihnen eine Kuppe überwunden und brannte da, wo letzte Nacht ihr Lager gewesen war. Kleine Flammenzungen rasten über Dornen und Unterholz bergab. Hier und da fing ein Harzbaum Feuer und loderte wie eine Fackel auf, Funken hunderte von Fuß in die Luft schleudernd.

»Alle Männer an die Schneise unten!«, brüllte jemand. »Alle Frauen weg aus dem Lager! Wenn nicht genug Schaufeln da sind, grabt mit Hacken, mit Harken, notfalls mit den bloßen Händen, wir kämpfen gegen die Zeit!«

Magda schuftete mit gebeugtem Rücken an der Stelle, wohin man sie geschickt hatte. Sie versuchte, nicht aufzublicken und nicht auf das Feuer zu horchen. Der Rauch brannte ihr in der Kehle, und der Staub von den Rodungsarbeiten erschwerte das Atmen. Magda zog die Jacke bis über den Mund hoch, versuchte, hindurchzuatmen, wie es die Männer taten, und wünschte sich einen Augenblick lang, ein Damentaschentuch zu haben. Einige der Dorffrauen arbeiteten mit in der Reihe. Sie hatten die Röcke bis zu den Knien hoch geschürzt, doch immer noch verfingen sie sich in toten Zweigen und wurden von Gestrüpp zerrissen. Ihre eigenen Amazonenhosen, fand

Magda, waren nicht nur bequemer, sie sahen auch anständiger aus. Dann schüttelte sie über sich selbst den Kopf, dass ihr gerade jetzt solche Gedanken kamen. Die Frauen räumten das Unterholz weg, damit die Männer an die Bäume gelangen und sie fällen konnten. Rings um sie hörte Magda Bruchstücke von atemlosen Unterhaltungen – das Fällen dieser Bäume bedeutete, gutes Holzland zu opfern, aber alles war besser, als das Feuer weiterwüten zu lassen! Ein Mann berührte ihre Schulter – der Lärm machte es schwierig, ganze Sätze zu verstehen – und bedeutete ihr, das eine Ende einer Zwei-Mann-Säge zu fassen. Bestimmt hatte er keine Ahnung, dass sie eine Frau war, denn Magda hatte keine der anderen Amazonen bei dieser Arbeit gesehen, aber sie nahm wortlos den ihr angewiesenen Platz ein.

Als die Jungen, dic Wasser herbeitrugen, die Reihe entlanggingen, sah Magda den Mann wieder, der, wie sie heute Morgen gehört hatte, Lord Damon hieß. Er ritt über die gerodete Strecke, und Magda nahm an, dass er die Leitung des ganzen Unternehmens hatte.

»Es ist sinnlos«, hörte Magda ihn zu jemandem sagen, den sie nicht sah. »Die Leute müssen den Kampf da oben aufgeben und es brennen lassen. Am besten versammeln wir alle unsere Männer hier unten auf dieser Seite. So können wir die Front halten und es verhindern, dass das Feuer nach Syrtis übergreift – und da unten liegen fünf Dörfer, Mann!« Er sah zu den Arbeitern hin, die sich, als ihnen Wasser gebracht wurde, aufrichteten und tranken, sah Magda und winkte ihr.

»Du hast heute Morgen die Pferde geführt, nicht wahr, Junge? Gut gedacht! Ich brauche jemanden, der seinen Verstand beisammen hat, um den Männern auf der anderen Seite jenes Grates eine Nachricht zu bringen. Lass den Mann da drüben ...« – er deutete zu ihm hin – »... an die Säge und komm her.«

Magda fiel ein, dass ihr befohlen worden war, mit keinem Mann zu sprechen, aber sicher betraf das nicht das Anhören von Befehlen, die der Leiter des Ganzen gab. Übrigens sah er sie kaum an. Mit besorgtem Gesichtsausdruck beobachtete er den Feuerschein und die wirbelnden Rauchschwaden.

»Geh an dem Grat entlang, dann kommst du zu einer Gruppe, deren Anführer ein großer Mann ist, hell wie ein Trockenstädter. Frage nach Dom Ann'dra, wenn du ihn nicht finden kannst. Sag ihm, er soll alle Männer von dem Grat abziehen und ihn niederbrennen lassen; es ist hoffnungslos. Sag ihm, ich brauche alle seine Männer hier auf der Ostseite, um zu verhindern, dass das Feuer nach Syrtis übergreift. Hast du dir das alles merken können?«

Magda wiederholte die Botschaft und hielt dabei ihre Stimme so tief wie möglich. »Und was soll ich sagen, von wem die Botschaft kommt, *Vai Dom?*«

Zum ersten Mal sah er ihr ins Gesicht. »Oh, du bist keiner von meinen Männern, du gehörst zu der Gruppe, die man aus Thendara geschickt hat, richtig? Sag ihm, die Nachricht komme von Lord Damon. Und nun lauf.«

Magda arbeitete sich so schnell sie konnte durch das dichte, verfilzte Unterholz. Während sie den Abhang hinaufkletterte, sah sie das Feuer auf der anderen Bergseite, die sie heute Morgen verlassen hatten, erbarmungslos auf die neue Schneise zu wandern. Die Stelle, wo sie gefrühstückt hatten, stand in hellen Flammen. Aber es lag eine lange, sauber gerodete Strecke zwischen den Arbeitern und dem Feuer. Der Gestank war schrecklich und hatte den Beigeschmack von brennendem Fleisch. Magda dachte an die Tiere, die in dem Feuer gefangen waren. Dann entdeckte sie die andere Gruppe, und bei ihr war eine hagere, ihr wohlbekannte Gestalt in grauer Jacke und schweren Hosen: Camilla. Magda erkannte sie nur an den niedrigen Amazonenstiefeln. Camilla hatte sich ein Tuch vors

Gesicht gebunden, denn Staub und Hitze waren unerträglich. Sie allein hatte sich nicht bis zur Taille ausgezogen.

Magda hätte sie gern angesprochen, aber die Botschaft war zu dringend. Sie ging an der Reihe entlang und hielt nach einem großen, hellhaarigen Mann Ausschau. Hier war der Rauch dicker, er stieg von dem anderen Hang hoch, und sie konnte kaum etwas sehen. Hastig fragte sie einen Mann: »Wo ist Dom Ann'dra? Eine Nachricht von Lord Damon ...«

Der Mann zeigte hustend auf eine dicke Rauchschwade, und Magda stürzte sich hinein. Jemand schrie ihr etwas nach, aber sie konnte die Wörter nicht unterscheiden. Jetzt sah sie undeutlich einen großen Mann mit einem breitrandigen Hut. Er hatte helles Haar und maß weit über sechs Fuß.

»Dom Ann'dra?«, rief sie, und der Mann drehte sich um. »Ich hatte befohlen, niemand solle mir folgen ...«

»Eine Botschaft von Lord Damon«, sagte Magda schnell, trat näher, hustete und wiederholte dann, was ihr aufgetragen worden war. Die Augen tränten ihr vor Qualm. Dom Ann'dra fluchte wütend.

»Er hat natürlich Recht, aber ich hatte gehofft, wir könnten die Weiden hier oben retten. Die Pferde werden in diesem Sommer Hunger leiden! Gut, lauf wieder nach unten, so schnell du kannst, und sag ihm, die ganze Mannschaft wird in einer halben Stunde dort sein. Verstanden?«

Magda nickte. Sie musste so husten, dass sie nicht sprechen konnte. Ann'dras Gesicht, vom Rauch geschwärzt, nahm einen besorgten Ausdruck an.

»Du musst so schnell wie möglich aus dem Rauch hinaus, Junge. Komm hier entlang ...« Er führte sie zurück zu den Arbeitern, nahm den Hut ab und schwang ihn mit weiten Bewegungen.

»Zurück, Männer, zurück, Lord Damon braucht uns weiter unten – Raimon, Edric, ihr alle, nehmt die Werkzeuge und lauft hinunter ...«, rief er, und plötzlich nahm seine Stimme einen neuen, warnenden Ton an.

»He! Seht da drüben! Lasst alles fallen und *rennt* – das Feuer ist durchgebrochen!« Entsetzt sah Magda eine Flammenwand aus dem Nichts hochspringen und brüllend auf die kleine Senke zurasen, die sie auf dem Weg nach oben durchquert hatte. Schon war der dicke, erstickende Qualm überall, und als sie loslaufen wollte, wurde sie von einem Hustenanfall überwältigt. Sie stolperte und fiel. Dann wurde sie von starken Armen hochgehoben und in reinere Luft getragen. Dom Ann'dra setzte sie eine Minute später ab und starrte sie an.

»Allmächtiger Gott!«, stieß er hervor – auf Terranisch! Auf Magdas erstaunten Blick hin schüttelte er den Kopf und fuhr in der Bergsprache fort: »Ich meine – wir müssen uns beeilen. Hast du etwas, das du dir übers Gesicht binden kannst?« Magda riss ein Stück von ihrer Unterjacke ab; jetzt war nicht der Augenblick, an Schicklichkeit zu denken. Der Rauch war sowieso so dick, dass man nichts sehen konnte.

»Gut.« Er nahm ihre Hand. »Hab keine Angst, ich lasse dich nicht zurück. Aber du musst mir vertrauen. Vielleicht wirst du ein bisschen angesengt, aber das ist besser, als wenn du fürs Abendessen des Teufels gebraten wirst. Halt dich fest, los!« Hand in Hand rannten sie direkt auf eine Stelle zu, die der Mittelpunkt des Feuers zu sein schien. Magda wurde von einer Hitzewelle getroffen, sie roch ihr sengendes Haar und spürte den Schmerz in ihren Fußsohlen. Sie hörte sich selbst schreien, aber sie rannte weiter, und der große Mann hielt ihre Hand mit festem Griff. Endlich hatten sie Flammen und Rauch hinter sich. Sie husteten und würgten und rangen nach Luft. Magda strömten die Tränen übers Gesicht. Plötzlich wurde die Welt dunkel, und sie glitt zu Boden.

»Ferrika!«, hörte sie Dom Ann'dras Gebrüll. »Ist die Heilerin da unten? Nicht? Dann schickt *irgendwen* hier herauf, und zwar schnell! Wir müssen den Jungen sofort hinunterschaffen, er hat sein Leben riskiert, um durchzukommen ...« Magda fühlte sich hochgehoben; er schob seine Arme unter ihre Schultern und Knie, als sei sie ein Kind. Er holte Atem, starrte verblüfft auf sie nieder und sagte im Flüsterton: »Guter Gott, es ist ein Mädchen!«

Magda bat zitterig: »Nicht ... ich bin in Ordnung ... setzen Sie mich ab ...«

Er schüttelte den Kopf. Erst jetzt merkte sie, dass er immer noch Terranisch sprach. »Absetzen? Teufel, die Stiefel sind Ihnen an den Füßen verbrannt! Und wer sind Sie überhaupt?«

»Ich bin eine Freie Amazone aus Thendara ...«

»Ja«, meinte er leise und musterte sie skeptisch. »Das sagen *Sie*. Und wer, zum Teufel, sind Sie wirklich? Nachrichtendienst, was?« Aus der geschwärzten, speckigen Masse, die sein Gesicht war, flammten seine Augen wie Stahlspäne im Feuer. »Wer Sie auch sein mögen, Sie haben Mut für drei, Mädchen. Aber mit diesen Stiefeln können Sie nicht mehr laufen.«

Ferrika, die Entsagende, die Magda im Lager kurz gesehen hatte, eilte auf sie zu. Mit ihr kam Camilla.

»*Vai Dom*, die Amazone aus Thendara sagt, der Bote sei eine ihrer Frauen und sie möchte sie zu ihren Schwestern bringen ...« Sie blieb stehen und schrie vor Mitleid auf, als sie Magdas verbrannte Stiefel und das hindurchsehende rohe Fleisch ihrer Füße sah. »Schwester, lass uns dich an einen Ort bringen, wo wir deine Füße verbinden können ...«

Ann'dra nickte. »Kümmert Euch um sie; ich muss diese Männer zu Lord Damon führen, und ihr alle verlasst diesen Grat so schnell wie möglich. Ich will mir anhören, was Damon braucht, und es auf der Stelle tun!«

Ferrika und Camilla machten einen Sitz aus ihren Armen, setzten Magda darauf und trugen sie fort. Jetzt schmerzten ihre Fußsohlen schrecklich, aber sie folgte Dom Ann'dra mit den Augen.

Nachrichtendienst, was? Und auch er hatte Terranisch gesprochen. Andererseits schien Damon ihn zu kennen und als einen von ihnen zu akzeptieren. Was ging hier vor? Sie hustete und würgte, ihre Augen tränten, und die Brust tat ihr weh, und dann merkte sie, dass Ferrika und Camilla sie auf eine Decke gesetzt hatten.

Rafaella erschien von irgendwo mit einem Steingutbecher voll kaltem Wasser und hielt ihn Magda an die Lippen. Camilla sagte: »Ich sah die Flammen um dich zusammenschlagen, Margali, und dachte, du seist tot ...«

Rafaella bemerkte spitz: »Ich sah, dass es ihr gelang, dahin zu fallen, wo ein gut aussehender Mann stand, der sie an einen sicheren Ort tragen konnte.«

»Lass sie in Ruhe, Rafi; siehst du nicht, dass sie verletzt ist?«, fuhr Camilla sie an. »Hätte sie dableiben und sich verbrennen lassen sollen? Ich bin mir nicht sicher, ob ich den Mut gehabt hätte, so wie sie durch das Feuer zu laufen, auch wenn der Hastur-Lord selbst, von Dom Ann'dra ganz zu schweigen, meine Hand gehalten hätte!«

»Wer ist Dom Ann'dra?«, fragte Magda hustend.

»Der Schwager des Regenten; er hat Lady Ellemirs Zwillingsschwester geheiratet«, antwortete Ferrika und warf einen finsteren Blick zu dem brennenden Grat hinauf. »Was haben die *Leroni* da oben vor? Ich hörte ...« sie brach abrupt ab. »Schwester, lass uns deine Füße verbinden. Und für dich, Camilla«, setzte sie scharf hinzu, »ist Schluss mit den Rodungsarbeiten. In dem Kessel da ist *livani,* das ist gut gegen den Rauch. Nimm dir schnell einen Becher und hole etwas für deine Schwester ...« Verwirrt sah sie Magda in die Augen. »Ich weiß deinen Namen nicht, aber ich muss dich schon einmal gesehen haben ...«

»Du hast mir heute Morgen geholfen, die Decken wegzutragen«, begann Magda, aber Ferrika widersprach.

»Nein, vor dem«, sagte sie, und plötzlich fiel Magda ein, wo ihr die Stupsnase, das sommersprossige, runde Gesicht und die grünen Augen schon begegnet waren. Der Abend ihrer ersten Schulungssitzung, als ihre Gedanken zu der Schwesternschaft abirrten ... Ferrika, die Magda ebenfalls wieder erkannt hatte, starrte sie an und sagte etwas in einer fremden Sprache. Magda schüttelte verständnislos den Kopf. Das verwirrte Ferrika noch mehr, aber sie sagte nur: »Trink das, es wird deiner Kehle gut tun.«

Magda nahm einen Schluck von dem heißen, sauren Getränk und verzog das Gesicht. Doch so schlecht es schmeckte, es glättete ihre vom Rauch raue Kehle, und irgendwie bewirkte es, dass ihre Nase aufhörte zu laufen. Auch Camilla trank von dem Zeug. Sie wischte sich die rußgeschwärzte Stirn mit dem zerrissenen Ärmel ab.

»Zeig mir deine Füße. Bist du noch anderswo verletzt?«, fragte Ferrika.

Camilla kniete ängstlich neben ihnen. Magdas Stirn war ein bisschen angesengt, ihre Augenbrauen und etwas von ihrem Haar waren verbrannt, aber die Wunde war nicht gefährlich. Camilla hielt ihre Hand, während Ferrika behutsam die ruinierten Stiefel wegschnitt.

»Diese Dinger aus weichem Leder – jetzt siehst du, dass sie sich zur Brandbekämpfung nicht eignen!«, schimpfte Ferrika. Sie waren sofort durchgebrannt, und die letzten Überreste mussten mit einer Pinzette aus dem rohen Fleisch gezupft werden. Magda zuckte zusammen, schrie aber nicht.

»Eine schlimme Verbrennung«, stellte Ferrika fest. »Du wirst einen oder zwei Tage nicht laufen können. Das mag tiefer gehen, als es aussieht.« Zu Magdas Erstaunen berührte sie die Wunde nicht, sie hielt nur ihre Hand darüber, zwei oder drei Zoll von dem Fleisch entfernt, erst bei dem einen Fuß, dann bei dem anderen. Als sie sich seufzend aufrichtete, wirkte sie erleichtert. Magda dachte an Lady Rohana, wie sie sich konzentriert über Jaelles schreckliche Wunde gebeugt hatte, ohne sie zu berühren. *Laran?*

»Nicht so schlimm, wie ich dachte«, erklärte Ferrika, »aber auch nicht oberflächlich. Die Haut ist verbrannt, die Muskeln sind nicht ernsthaft beschädigt. Hättest du vernünftige Stiefel getragen, wäre gar nichts passiert. Ich lege dir jetzt einen Verband an.« Sie wandte sich an Camilla. »Sie muss getragen werden, sie darf auf diesen Füßen keinen Schritt tun.«

Die Tränen liefen Magda übers Gesicht. Sie hielt es für eine Nachwirkung des Rauchs. »Ich bin hergekommen, um zu helfen, und jetzt bin ich eine Last ...«

»Du bist ehrenvoll verwundet«, brummte Camilla. »Wir werden für dich sorgen.«

Ferrika suchte in ihrer Medikamententasche. Sie sah der, die Marisela stets bei sich trug, sehr ähnlich. »Wasche ihr Gesicht mit dieser Lotion, Camilla, während ich ihre Füße verbinde. Aber auch mit den Verbänden darf sie nicht laufen, und wir müssen für sie ein Paar Stiefel von einem der alten Männer im Lager entleihen, dem es nichts ausmacht, barfuß zu gehen.«

Magda holte scharf Atem. »Ich hatte vergessen – ich habe eine Nachricht für Lord Damon ...«

»Sag sie einer der Frauen«, meinte Ferrika, »denn du wirst mit diesen Füßen nirgendwohin gehen.«

Magda teilte die Botschaft Rafaella mit, die nickte und davoneilte. Sie legte sich zurück. Ferrika bestrich ihre Füße mit einer scharf riechenden Kräutersalbe, und Magda schloss die Augen und versuchte, den Schmerz zu ignorieren. Zuletzt wurden dicke, lockere Verbände angelegt. Camilla wusch ihr das Gesicht behutsam mit der kühlenden Lotion.

»Armes Kind, als die Rauchwolken dich einschlossen, glaubte ich sicher, du seist tot – ich dachte, ich hätte dich verloren. Margali …« wiederholte Camilla heiser und drückte Magda fest an sich. Zu ihrem Schreck sah Magda, dass die Ältere beinahe weinte. Camilla zeigte selten Gefühle. Ferrika richtete sich auf und sagte: »Ich muss zurück an die Schneise, dort brauchen andere meine Fähigkeiten.« Camilla wollte mit ihr gehen.

»Auch ich muss zurück …«

»Du bleibst hier«, befahl Ferrika. Camilla sah sie ärgerlich an.

»Für was hältst du mich?«

»Ich halte dich für zu alt, um diese Arbeit zu tun. Du hättest gar nicht erst herkommen sollen«, erwiderte Ferrika. »Im Lager bei den Frauen wirst du von größerem Nutzen sein.«

»Lieber möchte ich zwischen Kühen arbeiten!«, erklärte Camilla und ging, bevor Ferrika ein weiteres Wort sagen konnte. Ferrika sah der alten *emmasca* seufzend nach.

»Ich hätte sie besser kennen müssen. Camilla muss immer stärker sein als jeder andere, ob Mann oder Frau! Bleib hier, und ruh dich aus, Margali.« Auch Ferrika entfernte sich. Magda legte sich auf der Decke zurück. Das Stechen in ihren Füßen hatte nachgelassen, war aber immer noch so stark, dass sie zitterte. Nach einer Weile ging es in einen dumpfen Schmerz über. Magda war allein bis auf eine Frau, die sich auf der anderen Seite des Lagers um das Kochfeuer kümmerte, und einen alten Mann, der warm zugedeckt dalag und röchelte. Später kam die Frau, um nach Magda zu sehen. Magda wand sich innerlich, denn sie dachte an die Verachtung, die eine der Frauen ihr gezeigt hatte, aber die Fremde sagte nur: »Ihr müsst mich rufen, wenn ihr etwas braucht. Noch Tee?« Magda war sehr durstig und trank noch einen Becher von dem heißen, sauren Kräuteraufguss leer.

»Ich hörte, jemand habe Brandwunden davongetragen, aber ich nahm an, es sei einer der Botenjungen«, erzählte die Fremde und wies mit dem Kopf auf den alten Mann. »Für Vater Kanzel ist der Rauch heute Vormittag zu viel geworden, aber er braucht nichts weiter als Ruhe. Was hat sich sein Sohn nur gedacht, dass er den alten Mann hat kommen lassen? Ich muss gehen und mich ums Abendessen kümmern – Ihr seid eine der Entsagenden aus Thendara, nicht wahr?«

Magda nickte, und die Frau fuhr fort: »Ich habe eine Schwester im Neskaya-Gildenhaus. Eine Eurer Schwestern arbeitet am nächsten Feuer, mit ihr werde ich den Platz tauschen, damit sie herkommen und in Eurer Nähe sein kann.« Sie ging fort, und eine Minute später kam Keitha zu Magda.

»Also du bist es, die verletzt worden ist?« Keitha beugte sich über sie. »Das ist eine nette Frau, die mich hergeschickt hat. Sie sagt, ihre Schwester ist eine von uns. Und ich hörte, es seien Entsagende unter den Heilerinnen, die hier arbeiten ...«

»Eine von ihnen hat meine Füße verbunden.«

»Ich muss das Kochfeuer in Gang halten und aufpassen, dass der Eintopf nicht anbrennt«, sagte Keitha, »aber ich werde ab und zu kommen und dir zu trinken bringen – sie sagt, du musst trinken, so viel du kannst. Schmerzen deine Füße sehr, Margali?«

»Ich werde am Leben bleiben«, antwortete Magda, »aber schmerzen tun sie schon. Na, geh du an deine Arbeit, mach dir keine Sorgen um mich.«

Widerstrebend kehrte Keitha an das Feuer zurück. Magda lag auf ihrer Decke und versuchte, auf dem harten Boden eine bequeme Lage zu finden. Nach einer Weile fiel sie in unruhigen Schlaf und erwachte, als der Himmel rot vom Sonnenuntergang war. Keitha brachte ihr noch einmal heißen Kräutertee und einen Teller Eintopf, aber Magda konnte kaum schlucken, obwohl Camilla kam, sie geschickt stützte und sie mit dem Löffel füttern wollte, was Magda nicht zuließ.

»Nein, nein, ich habe keinen Hunger, ich kann nicht schlucken«, wehrte sie ab. »Ich habe nur Durst, großen Durst ...«

»Das ist gut; du musst viel trinken, auch wenn du nicht essen kannst.« Ferrika war zu ihnen getreten, und als sie aufblickten, bemerkten sie neben ihr den schmächtigen, dunklen Aristokraten, der Lord Damon genannt wurde.

»*Mestra*«, wandte er sich an Magda, »es tut mir Leid, dass Ihr verletzt worden seid. Ich habe Euch in die Gefahr geschickt und dabei nicht einmal gewusst, dass Ihr eine Frau seid.«

Magda antwortete stolz: »Ich bin eine Entsagende«, und gleichzeitig protestierte Ferrika: »Das ist doch nicht Euer Ernst!«

Sie sprach ohne die geringste Andeutung von Ehrerbietung, und Lord Damon grinste sie an. Er sah erschöpft und aufgelöst aus und kaute halbherzig auf einem Streifen Räucherfleisch herum, als sei er zu müde, sich hinzusetzen und ordentlich zu essen. Sein Gesicht war immer noch rußig, aber Magda fiel auf, dass seine Hände sauber geschrubbt waren. Er legte das Fleisch beiseite und sagte: »Lasst mich Eure Wunden sehen, *mestra*, auch ich habe etwas von der Gabe der Heiler.«

Und nachdem er den ganzen Tag das Feuer bekämpft hat, muss er im Lager noch die Runde machen und nachsehen, wer verletzt worden ist ... nun, was kann man von Damon anderes erwarten? Einen Augenblick lang glaubte Magda, jemand habe diese Worte laut ausgesprochen. Dann wurde ihr klar, dass sie, wie in letzter Zeit schon öfters, unausgesprochene Gedanken aufgefangen hatte. Lord Damon wickelte die Verbände auf, und es zuckte leicht in seinem Gesicht. Ohne dass man es ihr gesagt hatte, wusste Magda, er spürte körperlich den Schmerz, den er ihr verursachte. *Vielleicht ist er zu müde, um ihn auszuschließen.* Schon war es vorbei, und er sagte ruhig: »Schmerzhaft, das steht fest, aber nicht wirklich gefährlich. Achtet darauf, dass die Verbände nicht nass oder schmutzig werden, damit die Wunden sich nicht entzünden. Versteht Ihr, dass das wichtig ist? Ihr dürft nicht versuchen, tapfer zu sein und zu laufen, Ihr müsst Euch von Euren Schwestern überall hintragen lassen und trinken, so viel Ihr könnt, auch wenn das bedeutet, dass man Euch alle ein oder zwei Stunden zur Latrine tragen muss. Die Brandwunden erzeugen Gift in Eurem Körper, und das muss hinausgespült werden.« Sein Benehmen war so höflich und unpersönlich wie das eines terranischen Arztes. Magda wunderte sich.

Er richtete sich auf. »Übermittelt den Gildenmüttern in Thendara meine Empfehlungen und sagt ihnen, wieder einmal hätte ich Ursache, der Schwesternschaft dankbar zu sein.«

Rafaella verbeugte sich tief. »Ihr ehrt uns, *Vai Dom*.«

»Ihr seid es, die uns ehren«, erwiderte Damon und berührte leicht Ferrikas Schulter. »Ich lasse dich für den Augenblick bei deinen Schwestern; du weißt ja, wie du dich mit mir in Verbindung setzen kannst, wenn du mich brauchst.« Damit ging er. Ferrika musste sich um eine Frau kümmern, die sich die Hand mit kochender Suppe verbrüht hatte, und Magda hörte sie von der anderen Seite des Lagers her Leuten, die Rauch eingeatmet hatten, befehlen, mehr von dem Tee zu trinken, der in großen Kesseln über den Kochfeuern bereitgehalten wurde.

»Er behandelt sie nicht wie eine Dienerin«, bemerkte Keitha, und es lag eine ganz leichte Andeutung von Kritik in ihrer Stimme. Eine der fremden Frauen meinte: »Vielleicht ist sie keine.«

»Du kennst Ferrika nicht, wenn du darauf anspielst, sie könne seine Konkubine sein«, erklärte Camilla kalt. »Sie ist eine Entsagende.«

»Vielleicht ist sie einfach seine Freundin«, warf Magda ein.

Die anderen sahen sie skeptisch an, aber Magda hatte zwischen dem *Comyn*-Aristokraten – was waren die *Comyn* eigentlich? – und der Entsagenden eine Zwanglosigkeit, eine Form der Gleichberechtigung wahrgenommen, wie sie sie auf Darkover zwischen Mann und Frau noch nicht erlebt hatte.

Jemand rief von einem anderen Feuer herüber: »*Mestra'in*, wir haben gehört, dass eine Musikerin unter euch ist. Wollt Ihr bitte kommen und für uns spielen und singen? Wir haben für unsere Musik schwer gearbeitet.«

Rafaella kramte in den Traglasten der Pferde. Magda hatte nicht gewusst, dass sie ihre kleine *rryl* mitgenommen hatte. »Spielen will ich gern für euch, aber meine Kehle ist so rau vom Rauch, dass ich nur krächzen könnte. Wer noch Atem zum Singen hat, mag es tun.«

Sie ging zu dem zweiten Feuer hinüber. Camilla erklärte: »Aus Neskaya ist eine neue Gruppe von Männern geschickt worden, die an der Schneise arbeiten. Deshalb haben die anderen heute Abend im Lager ein wenig Muße, obwohl wir alle gerufen werden können, wenn wieder etwas passiert wie heute Nachmittag.«

Magda lag ruhig da und hörte den Klängen der *rryl* zu. Zwei oder drei der Entsagenden hatten Rafaella begleitet, aber Camilla blieb in Magdas Nähe, falls sie etwas brauchen sollte. Magda schloss die Augen und versuchte zu schlafen. Die ältere Frau hatte den ganzen Tag schwer, zu schwer gearbeitet, und sie machte sich Sorgen um sie. Aber sie wusste, es war sinnlos, Camilla zu bitten, sich morgen nicht so zu verausgaben.

Stille hatte sich auf das Lager herabgesenkt. Rafaella war zurückgekehrt und hatte ihre Decken neben denen Keithas ausgebreitet. Da entstand Unruhe, Fackeln loderten, Hufe klapperten. Von fern hörte Magda die Stimmen Damon Ridenows und anderer Leute. Im Mittelpunkt des Lagers wurde es laut, und mehrere Reiter stiegen von ihren Pferden. Magda setzte sich hoch und sah sie sich an. Es waren Männer und Frauen in langen, bunten Mänteln, einige im Blau und Silber der Hasturs, andere in Grün und Schwarz, wie es die Kadetten der Stadtgarde trugen.

Camilla war auch aufgewacht und sagte: »Altons von Armida, ja ...«

»Die *leroni* aus dem Turm«, meinte jemand.

»Vielleicht bekommen sie das Feuer jetzt unter Kontrolle«, kam eine weitere Stimme aus der Dunkelheit. »Wenn sie die Wolken zusammengezogen haben, können sie es regnen lassen und den Brand löschen ...«

Magda erkannte den großen Mann, den man Ann'dra nannte, Lord Damon und eine schlanke Frau, deren Haar wie Kupfer unter der blau-silbernen Kapuze hervorleuchtete. Die Frau hielt rasch Umschau und kam zu dem Feuer, um das die Entsagenden lagerten.

Mit klarer Stimme und in dem reinen *Casta* von Nevarsin und Arilinn fragte sie: »Wo ist die Entsagende, die heute beim Kampf gegen das Feuer verletzt worden ist?«

Magda räusperte sich. »Ich bin es, aber es geht mir besser ...«

Die Frau trat näher. Mit ihr kam eine etwas größere Frau in einem grün-schwarzen Umhang. Magda sah, dass sie schwanger war, obwohl sie das Kind gut trug, beinahe mit müheloser Leichtigkeit.

Die kleinere Frau in Blau sagte: »Ich bin Hilary Castamir-Syrtis, und es war unser Land, das zu retten Ihr Euer Leben gewagt habt, wie uns Ann'dra erzählte. Wir stehen in Eurer Schuld, *mestra.*« Sie wandte sich Camilla zu. »Wollt Ihr die Verbände lösen?«, und Camilla tat es.

Lady Hilary kniete sich neben sie, und wie es Ferrika getan hatte, bewegte sie die Handfläche in einem Abstand von zwei oder drei Zoll über Magdas Fußsohlen. »Wie ist Euer Name, *mestra?*«

»Margali n'ha Ysabet.«

»Vertraut mir, ich werde Euch nicht schaden.« Lady Hilary berührte einen Lederriemen um ihren Hals. Magda erinnerte sich an Rohanas Geste, als Jaelle mit einer so schrecklichen Wunde nach Ardais gekommen war, und sie meinte, durch die Schichten aus Leder und Seide das blaue Schimmern eines Matrix-Steins zu erkennen. Lady Hilary schloss kurz die Augen, und plötzlich fühlten sich Magdas Füße an, als seien sie eben erst vom Feuer versengt worden. Sie keuchte auf vor Schmerz, aber er ging schnell vorbei, und das blaue Schimmern erlosch.

»Die Wunden Eurer Füße sind jetzt geheilt, *mestra*, und Ihr werdet keine Schwierigkeiten mehr mit ihnen haben. Aber die neue Haut ist sehr zart, und Ihr dürft einen oder zwei Tage lang auf gar keinen Fall laufen, damit sie nicht aufreißt und sich entzündet. Ich habe noch andere Verletzungen zu heilen, sonst würde ich bleiben und mit Euch reden; auch ich habe Grund, den Entsagenden dankbar zu sein. Ich wünsche Euch eine gute Nacht.« Sie ging, gefolgt von der Frau in dem grünen Mantel, die kein Wort gesprochen hatte.

Magda betrachtete im Licht des Feuers ihre Füße. Wie sie es halb und halb erwartet hatte – sie hatte miterlebt, wie Lady Rohana die Wunde Jaelles geheilt hatte –, war die Haut nicht mehr blutig und geschwärzt, wo sie vom Feuer verbrannt und von den Dornen auf dem Boden zerrissen worden war. Ihre Füße waren mit einer Schicht grauen Narbengewebes bedeckt, zwischen dem sich Stellen von dünner rosa Babyhaut befanden, die wehtaten, als sie sie vorsichtig mit einem Finger berührte. Aber die Wunden waren geheilt.

Eine der Frauen bemerkte geringschätzig: »Das sind gar keine richtigen *Comyn*, und sie sind nicht von einem richtigen Turm. Wisst ihr, wie man sie in Arilinn nennt? Den Verbotenen Turm! Sie arbeiten unter dem Bann von Arilinn! Es heißt sogar ...« Sie senkte die Stimme, um von einem saftigen Skandal zu berichten. Magda konnte sie nicht mehr verstehen, aber sie hörte die leisen, erschrockenen Ausrufe der anderen.

Camilla fragte laut und deutlich: »Was nützen die Türme uns, die wir nicht zu den *Comyn* gehören? Wer außer den Leuten vom Verbotenen Turm kommt aus seinen Mauern, um zu helfen und zu heilen?«

»Ihr mögt sagen, was Ihr wollt«, widersprach einer der Männer am nächsten Feuer, »es schickt sich nicht für eine *Leronis,* herumzulaufen und mit gewöhnlichem Volk zu verkehren! Und beide, Lady Hilary und Lady Callista, sind von der alten Zauberin aus dem Arilinn-Turm hinausgeworfen worden; das hätte sie nicht ohne guten Grund getan. Sie sollten still zu Hause leben, wenn sie nicht anständig im Turm leben konnten – nicht im ganzen Land herumreiten und Feuer löschen und einfache Leute heilen ...« Er spuckte aus, und das Geräusch sprach Bände. »Wir werden mit dem Feuer schon fertig, wir brauchen ihre Zauberei nicht!«

»Ich sage nichts gegen Lady Leonie«, erklang wieder Camillas ruhige Stimme. »Sie ist einmal freundlich zu mir gewesen, als ich Freundlichkeit sehr nötig hatte. Aber vielleicht weiß die Dame, die als geheiligte Jungfrau innerhalb der Mauern ihres Turms von Arilinn lebt, wenig von den Nöten jener, die in der Welt leben müssen und nicht zum Turm kommen und um Hilfe oder Heilung bitten, weil sie nicht wissen, wie sie es anfangen sollen, oder zu viel Ehrfurcht vor ihr haben.«

»Ich habe sogar gehört – meine Schwester ist Helferin des Haushofmeisters auf Armida –, dass sie einfache Leute *Laran* lehren«, berichtete eine Frau verächtlich. »Wenn unsereiner es lernen kann, was hat es dann noch für einen Wert? Die *Co-*

myn stammen von den Göttern ab! Warum sollten sie zu uns kommen und sich in unser Leben einmischen?«

Camilla erklärte zornig: »Mit so viel Unwissenheit diskutiere ich nicht.«

»Sie sind wie ihr Entsagende«, höhnte die Sprecherin. »Ihr wollt nicht an dem euch zukommenden Platz bleiben, ihr wollt nicht heiraten und Kinder kriegen. Kein Wunder, dass ihr es gern seht, wenn auch die Angehörigen der Hastur-Sippe *ihren* Platz verlassen! Ihr alle wollt die Welt auf den Kopf stellen, wollt die Herren zu Dienern und die Diener zu Herren machen! Die alten Sitten waren gut genug für meinen Vater, und sie sind gut genug für meinen Mann und mich! Eigene Männer habt ihr nicht, deshalb kommt ihr unverschämt in euren Hosen hierher, zeigt eure Beine und versucht, unsere Männer von uns wegzulocken ... Das kann ich Euch sagen, *mestra, mein* Mann würde Euch nicht mit der Mistgabel anfassen, und täte er es, würde ich ihn skalpieren! Und wenn ich Euch dabei erwische, dass Ihr mit Euren Titten vor ihm wackelt, kratze ich Euch die Augen aus!«

Camilla lachte: »Wenn alle Männer bis auf Euren von der Erde verschwänden, meine Dame, würde ich mit dem Hofhund schlafen. Ich gönne Euch die Aufmerksamkeiten Eures Gatten von Herzen und denke nicht daran, sie Euch streitig zu machen.«

»Ach, ihr Amazonen seid alle dreckige Liebhaberinnen von Frauen ...«

»Halt!«, befahl eine autoritäre Stimme. »Im Lager wird nicht gestritten, hier gilt der Feuerfrieden!« Das war Ferrika, und die fremde Frau verschwand in der Dunkelheit. Ferrika sagte: »Legt euch schlafen, meine Schwestern. ›Der Mann, der mit dem Geschrei des Esels oder dem Bellen des Hundes argumentiert, wird vor dem hohen Gericht keinen Prozess gewinnen.‹«

Am Feuer der Amazonen wurde es still. Nur Camilla, die

sich gerade die Stiefel auszog, konnte sich noch nicht beruhigen.

»Ich habe die alte *Leronis* von Arilinn kennen gelernt – ich sage nicht wo, aber ich war damals noch sehr jung«, vertraute sie Magda mit leiser Stimme an. »Sie heilte mich, als ich die Heilung von Körper und Geist bitter nötig hatte – etwas davon habe ich dir berichtet. Aber die Bewohner des Turms von Arilinn wissen nichts über die Sorgen der einfachen Leute. Wäre mein Unglück einem Mädchen aus dem Volk widerfahren, hätte die Dame die Schultern gezuckt und ihren Angehörigen geraten, sie an den erstbesten Mann zu verheiraten, der beschädigte Ware haben wolle. Da ich eine von ihnen war, hatte sie Mitleid mit mir ...« Abrupt brach sie ab. »Was ist los mit mir, dass ich so quassele?«

Magda drückte im Dunkeln ihre Hand. »Was du mir auch erzählst, ich werde es niemals weitersagen, das verspreche ich dir, Schwester.«

»Diese Frau nannte mich eine Liebhaberin von Frauen, als sei das die schlimmste Beleidigung, die sie sich vorstellen konnte«, murmelte Camilla. »Es beschämt mich nicht, das ausgesprochen zu hören ... nur wenn ich unter Frauen bin, die es als Schimpfwort benutzen ...«

»Du bist meine Freundin, Camilla. Es kümmert mich nicht, was du bist.«

»Ich nehme an, du weißt, dass ich gern mehr wäre als deine Freundin«, erwiderte Camilla. »Das sollte ich nicht sagen, wenn du verletzt bist, aber ich liebe dich ... und ich würde es dir sehr gern zeigen. Aber ich bin kein Mann, und meine Freundschaft ist nicht davon abhängig. Du hast die Wahl ...« Ihre Stimme verklang, und Magda war sehr beunruhigt.

War es das, was sie wollte, war sie darum vor Jaelle davongelaufen? Ihr fiel der alte Kinderspruch ein: *Nur die Wahrheit verletzt.* Da sie unter lauter Frauen lebte, war es sicher nicht verwunderlich ... Vielleicht wünschte sie es sich tatsächlich. Ihre Ehe mit Peter war an der Klippe gescheitert, dass sie unabhängig sein und ihm Konkurrenz machen wollte; sie hatte sich nicht damit zufrieden gegeben, in ihm den Gatten und Liebhaber zu sehen. Ebenso wenig hatte sie den Drang verspürt, sich einen anderen Liebhaber zu suchen oder sich irgendeinem anderen Mann zuzuwenden. Bis ins Innerste aufgestört, dachte sie: Vielleicht will ich eine Frau, ich weiß es nicht, ich liebe Camilla wirklich, aber an so etwas habe ich nie gedacht ...

Vielleicht sollte ich Camilla als Liebhaberin nehmen, es würde sie glücklich machen und mir nicht wehtun, und wenigstens könnte ich dann feststellen, ob es mein eigentlicher Wunsch ist. Aber möchte ich es herausfinden ...? Sie sagte freundlich zu Camilla: »Wir werden darüber reden, wenn wir wieder in Thendara sind, das verspreche ich dir«, und es wurde ihr warm von der tröstenden Berührung der älteren Frau.

Sie lag mit dem Kopf an Camillas Schulter da, und dann merkte sie, dass Camilla eingeschlafen war. Magda jedoch fand keine Ruhe. Die Schmerzen in ihren Füßen waren fast vergangen, nur juckte die heilende Haut zum Wahnsinnigwerden, und natürlich durfte sie sich nicht kratzen. Wie hatte Lady Hilary das gemacht? Und jetzt las sie schon wieder Gedanken ...

Sie lauschte auf die leisen Geräusche des Lagers und auf das ferne Brüllen des Feuers. Würde es wieder über die Schneise springen, wie es das schon einmal getan hatte, und plötzlich, alles vernichtend, über ihnen zusammenschlagen? Sie schliefen hier, und andere kämpften gegen die Flammen ...

Nach einer Weile war es fast, als schlafe sie, aber sie war sich immer noch ihres fröstelnden Körpers und der schrecklich juckenden Füße bewusst, obwohl sie aus einer in Graue verschwimmenden Höhe auf das Lager hinunterzublicken schien. Sie sah sich selbst an Camilla geschmiegt liegen, sah die anderen Frauen, die sich der Wärme wegen zusammendrängten, die ersterbenden Kochfeuer, sorgfältig von schützenden Steinen umgeben. Dann erkannte sie die leuchtenden Farben der Mäntel, die die drei *Comyn* trugen, der große Mann namens Ann'dra, Lady Hilary mit ihrem blauen Umhang und dem feuerfarbenen Haar, der dunkle, bescheidene Lord Damon, die schweigsame Frau, die, wie man ihr gesagt hatte, Lady Callista war. Sie hatten sich irgendwie zusammengeschlossen, Tänzern um einen Lichtschimmer gleich, der blau war wie die Matrix, mit der Lady Hilary ihre Füße geheilt hatte ... Sie vollführten komplizierte Figuren, und gleichzeitig knieten sie unbeweglich, auf die Matrix konzentriert ... Ferrika streckte die Hand nach Magda aus und zog sie in den Kreis, und sie tanzten zwischen Wolken, sie half Hilary, die Wolken einzusammeln und über den Himmel zu rollen bis dahin, wo unten das Feuer wütete ... Sie stieß die Wolken nach unten, sie fühlten sich unter ihren Händen feucht und weich wie Brotteig an, und als sie sie drückte, rieselte Feuchtigkeit heraus. Sie wurden weicher und weicher und biegsamer, Regentropfen bildeten sich, es begann zu gießen und dann zu strömen ...

Mit einem Ruck wachte Magda auf. Tropfen platschten ihr aufs Gesicht. Neben ihr fuhr Camilla in die Höhe und rief. »Es regnet!« Und überall im Lager brachen die Menschen in Jubelgeschrei aus. Gegen diesen schweren, alles durchdringenden Regen konnte sich kein Feuer behaupten.

Und ich war daran beteiligt, sagte Magda verwirrt zu sich selbst und verjagte den Gedanken. Zweifellos hatte sie die ersten Tropfen gespürt, und daraus war der ganze Traum entstanden. Einige der Frauen trugen eilends ihre Decken in den Schutz der Bäume und Wagen. Camilla nahm eine Plane aus ihrem Pack, breitete sie über ihr und Magdas Lager und winkte Rafaella und Keitha, sich ihnen in diesem kleinen, improvisierten Zelt anzuschließen. Der Regen strömte immer weiter nieder, und in die Freude mischten sich Laute des Unbehagens über die Nässe und Kälte. Aber es war besser, das räumten alle ein, zu frieren als zu verbrennen, und jetzt waren Ernte und Vieh und Bäume gerettet.

War das reines Glück, überlegte Magda, oder meteorologisches Wissen oder hatten die *Comyn*-Aristokraten mit ihren Matrizes den Regen erzeugt? Der einzige Grund, Letzteres anzunehmen, war ihr bizarrer Traum.

Oder war es doch kein Traum gewesen? Es war unwahrscheinlich, dass sie das Unwetter herbeigerufen hatten. Andererseits war es noch unwahrscheinlicher, dass Lady Hilary ihre verbrannten Füße geheilt hatte, ohne sie auch nur zu berühren.

Wer war sie, dass sie den Kräften anderer Menschen Grenzen setzte? Ein langes Donnergrollen unterbrach den Gedankengang. Sie klammerte sich an Camilla, ihre Füße waren kalt wie Eis, und irgendwer knurrte: »Verdammt noch mal, haben die keinen Regen ohne Überschwemmung und Blitze fertig gebracht?«

Manche Leute, dachte Magda schläfrig, waren nie zufrieden.

5

Jaelle wurde es morgens immer noch nicht übel, aber sie fühlte sich jämmerlich und hatte die Gewohnheit angenommen, im Bett liegen zu bleiben, während Peter sich rasierte und duschte und für die Arbeit fertigmachte. Erst wenn er ihr einen Abschiedskuss gegeben hatte, stand sie auf und nahm einen Imbiss in der Wohnung ein – das war einfacher, als wenn sie sich am frühen Morgen hätte zwingen müssen, die fremdartigen Gerüche der Cafeteria zu ertragen.

Als sie heute Cholaynas Büro betrat, waren Monty und Aleki dort, stöberten in Akten herum und besahen sich Ausdrucke.

»Auf Alton-Land brennt es«, sagte Cholayna. »Ich war mit dem Hubschrauber draußen, und ich kann einfach nicht glauben, dass sie das Feuer mit der Hand bekämpfen.«

»Das haben wir jahrhundertelang gemacht, lange bevor die Terraner hier landeten«, erklärte Jaelle steif, »und wir werden es immer noch so machen, wenn sie wieder fortgegangen sind.«

Peter kam herein, und Jaelle sah, dass er für den Außendienst angezogen war: Lederhose, Wolljacke, Überrock und mit Rabbithornpelz gefütterter Mantel, dazu hohe Stiefel. Sie beneidete ihn. »Fertig, Monty? Aleki, denken Sie immer daran, dass Sie taub, stumm und schwachsinnig sind. Mit Ihrem Akzent können Sie sich unmöglich als Darkovaner ausgeben, aber Sie bekommen so eine Chance zum Beobachten.«

Cholayna schob eine Patrone in ihr Terminal, und ein verschwommenes Bild flackerte über den Schirm, wallende Rauchwolken, lange Reihen von Männern und Frauen, die einen Streifen Land mit Hacken und Harken und primitiven

Werkzeugen rodeten, ein paar Männer zu Pferde, die ihnen die Richtung wiesen.

»Keine erdbewegenden Maschinen, keine Traktoren, keine Streuflugzeuge! Wir haben ihnen unsere Hilfe angeboten – es sieht doch ganz so aus, als könnten sie froh sein, wenn wir die Flammen mit Schaum löschen. Aber seit der Entdeckung des Flugzeugs, das in den Kilghardbergen nahe Armida abstürzte, sind die Eingeborenen allergisch gegen Überflüge«, berichtete Monty. »Sehen Sie mal, am Ende jener Schneise liegen drei Dörfer ...« Monty zeigte sie ihnen, als das Bild der arbeitenden Männer und Frauen kurz von einer Aufnahme des Wetter-Satelliten überblendet wurde. Jaelle fragte sich – nicht zum ersten Mal –, ob irgendwer sich die Mühe gemacht habe, den Domänen von dem Spionenauge am Himmel zu erzählen.

Manchmal zogen Entsagende zur Brandbekämpfung hinaus. Magda war in ihrem Hausjahr und brauchte nicht zu gehen, aber Camilla und Rafaella gingen immer. *Wenn sie in Gefahr wäre, würde ich es wissen.*

»Überprüfen Sie Alekis Kostüm, Jaelle, Sie wissen besser als ich, was er braucht«, bat Cholayna. »Peter hatte Monty schon ausgestattet, bevor ich die Meldung erhielt. Sie wollten allein gehen, aber Aleki machte seinen Dienstgrad geltend und erklärte, er käme mit, ganz gleich, was sie dazu meinten.« Sie lächelte ein bisschen verlegen. »Auch wenn es bedeute, Ihnen die Arbeit zu überlassen, die eigentlich er tun müsste, solange er draußen bei der Brandbekämpfung ist.«

»Reden Sie doch nicht so, als bürdete ich ihr die Arbeit einer ganzen Abteilung auf«, verteidigte sich Alessandro Li. »Es sind nur ein paar Sprachaufzeichnungen, und dann möchte ich, dass sie auf den Satellitenfotos die Lage der Trockenstädte markiert. In der nächsten Woche nehme ich sie im Flugzeug mit, wenn sie möchte ... Sie sind noch nie in einer unserer Maschinen geflogen, nicht wahr?«

»Teufel, ich hätte sie längst einmal mitgenommen, wenn ich gedacht hätte, sie hätte Freude daran«, warf Peter ein. »Aber ein anderes Mal, ja, Aleki? Die Pferde stehen schon vor dem Tor in der Altstadt bereit ...«

Jaelle studierte den Wandschirm. Rauch und Asche fegten über die Berge und ließen einen geschwärzten Streifen Boden zurück. Sie kannte dies Land, sie war hindurchgeritten. Die Harzbäume fingen alle paar Jahre Feuer und wuchsen schnell wieder nach. Cholayna runzelte die Stirn und sagte etwas über die Zerstörung einer lebenswichtigen Wasserscheide.

»Leider ist überhaupt kein Regen in Sicht«, meinte Peter. »Man sollte die Leute auf Armida warnen. Wie die Satellitenbilder zeigen, wird der Wind umschlagen und dann von Syrtis her wehen, so dass Armida selbst in Flammen aufgehen könnte. Jaelle ...«

Sie riss sich von dem Bild los. Es war so lebendig, dass sie den Rauch, den beißenden Gestank der Asche und die lodernden Flammen riechen konnte. Aber sie musste sich Alekis Kostüm ansehen.

»Die Stiefel stimmen nicht. Man wird Sie für eine verkleidete Frau oder einen Laffen halten. Peter, er muss die richtigen Stiefel bekommen.«

»Verflucht und zugenäht«, schimpfte Aleki, »ich habe die Vorschriften für die Bekleidung im Außendienst gelesen, und ich kann in den Dingern nicht laufen! Muss ich meine Männlichkeit beweisen, indem ich über alles hinwegstampfe? Sind die Männer hier so unsicher?«

»Ihre Psychologie interessiert mich nicht«, gab Peter trocken zurück. »Es geht um den Landesbrauch. In diesen Stiefeln sehen Sie wie das aus, was man außerhalb der Stadt überall einen Sandalenträger nennt, und nicht einmal im Haus wären sie so recht am Platz. Gehen Sie ins Lager hinunter und lassen Sie sich andere geben. Du bringst ihn hin, Jaelle.«

Jaelle führte ihn ins Lager, suchte ihm ein Paar Stiefel aus und half ihm, sie anzuziehen, wobei er die ganze Zeit murrte. Sie knotete seinen Gürtelschal neu und prägte ihm noch einmal ein, sich ja taubstumm zu stellen. »Es ist Ihr erster Ausflug nach draußen, da werden Sie sich ganz so vorkommen, wie ich mich am ersten Tag hier gefühlt habe«, redete sie ihm zu. »Aber irgendwann muss der Anfang ja gemacht werden.«

Auf dem Dach, wo der Hubschrauberlandeplatz war, stritt Peter mit Monty. »Ganz gleich, wie gut unsere Kostüme sind, wenn wir mit dem Hubschrauber kommen, erkennt man uns auf der Stelle als Terraner. Meiner Meinung nach sollten wir mit der Gruppe da unten reiten.« Er wies auf eine Schar von Männern, die in einer Straße nahe dem HQ ihre Pferde sattelten.

»Sie brauchen gesunde Männer für die Brandbekämpfung«, machte Monty geltend, »und ich glaube nicht, dass es sie interessiert, ob wir Terraner oder *cralmacs* sind, solange wir eine Hacke schwingen können. Und wenn wir mit dem Hubschrauber fliegen, sind wir umso eher dort und schaffen mehr, als wenn wir uns erst durch einen langen Ritt ermüdet hätten. Es kommt doch nur darauf an, dass wir ihnen helfen, das verdammte Feuer zu löschen! Es ist vielleicht sogar gut für die Public Relations, wenn bekannt wird, dass die Terraner Männer geschickt haben ...«

»Ich möchte Sie beide daran erinnern«, unterbrach Alessandro Li, »dass wir immer noch für den Nachrichtendienst arbeiten. Dies ist keine humanitäre Mission. Haldane, wer sind diese Leute, die gerade wegreiten wollen?«

Peter hatte ein starkes Fernglas im Gürtel stecken. Er hob es an die Augen und sah auf die Straße hinunter. »Das zweite Aufgebot. Mit dem ersten sind nur Freiwillige hinausgezogen, aber jetzt sind offensichtlich alle Männer zusammengetrommelt worden, die man finden konnte. Es sind alte Leute und Jungen, nicht älter als zwölf, dabei – ich habe als Junge auch einmal mitgemacht. Außerdem erkenne ich drei oder vier *Comyn*, ein Dutzend Gardisten und mindestens eine *Leronis!*«

»Sie meinen die Dame in Rot?«, erkundigte sich Monty. Peter nickte.

»Schon wieder die *Comyn!* Verdammt noch mal, ich möchte wissen, warum alles springt wie die Frösche, wenn sie nur mit dem Kopf nicken!«, explodierte Aleki. »Aber die es wissen, wollen nichts sagen. Darüber werden wir in den nächsten Tagen ein langes Gespräch führen, Jaelle, ist das klar? Wir nehmen die Pferde und reiten. Vergessen Sie den Hubschrauber. Ich möchte nicht, dass uns irgendetwas als Terraner kennzeichnet. Nachrichtendienst, nicht vergessen.«

Jaelle erklärte schnell: »Ich komme mit. Ich habe schon bei der Brandbekämpfung mitgeholfen – und ich brauche nicht bei den Frauen im Lager zu bleiben. Ich bin eine Entsagende und kann die Arbeit eines Mannes tun.«

»Bemerkenswert, welcher Mumm in Ihrer Lady steckt, Haldane«, meinte Alessandro Li. »Aber sagen Sie ihr, sie muss zu Hause bleiben. Als Sprachenexpertin und Kontaktperson nützt sie uns hier mehr. Wenn Sie uns unterstützen will, soll sie für gutes Einvernehmen mit dieser – wie heißt sie gleich? – Lady Rohana sorgen.«

»Ich muss mit! Magda wird auch dort sein, wenn man alle gesunden ...«

»Alle gesunden Männer«, ergänzte Monty fest. »Sie wissen ebenso gut wie ich, dass der Punkt noch nicht erreicht ist, wo man Frauen herbeiruft, Jaelle.«

Sie öffnete den Mund zum Antworten, aber Peter kam ihr zuvor. »Du kommst nicht mit, Jaelle. Da draußen tobt ein ausgewachsener Waldbrand, und du ...«

»Ich habe wahrscheinlich schon öfter einen Waldbrand bekämpft als du«, gab sie heftig zurück. »Beim ersten Mal war ich vierzehn ...«

»Vergessen Sie es«, riet Cholayna ihr. »Wir können nicht warten, bis Sie die Erlaubnis von der Medizinischen Abteilung bekommen ...«

»Erlaubnis? Um meine Heimat aufzusuchen?«

»Richtig«, nickte Peter. »Du sitzt hier auf Magdas Posten, und eine der wichtigsten Vorschriften ist, dass niemand – absolut niemand – ohne Erlaubnis der Medizinischen ins Feld geht.«

Die beiden Männer schritten zum Aufzug. Jaelle stieg hinter ihnen ein und sagte ruhig: »Du vergisst, dass ich darkovanische Bürgerin bin. Ich brauche mich nicht nach diesen Vorschriften zu richten ...«

»Das meinst du.« Peter stach wütend mit dem Zeigefinger nach dem Parterreknopf. »Als wir heirateten, habe ich die Staatsangehörigkeit des Imperiums für dich beantragt, damit unsere Kinder sie automatisch bekommen. Außerdem bist du durch deinen Amazonen-Eid verpflichtet, dich nach den Vorschriften deines Arbeitgebers zu richten. Das ist eine davon. Und damit ist die Sache erledigt, Schatz.« Er beugte sich vor und küsste sie auf die Nasenspitze. »Lebwohl, bis wir zurückkommen.« Mit schnellen Schritten entfernte er sich.

Eines Tages, dachte sie zornig, würde er ihr ihre Heirat und ihre Imperiumsbürgerschaft einmal zu oft unter die Nase reiben. Sie spielte mit dem Gedanken, in die verhasste Medizinische Abteilung hinaufzusteigen und sich die verdammte Erlaubnis zu holen, um es ihnen allen zu zeigen. Sie konnten sie kaum daran hindern ...

... aber dann wurde in der Medizinischen registriert, dass sie schwanger war, und ihr Gefühl riet ihr, diese eine Tatsache vor ihnen geheim zu halten. Aus irgendeinem Grund wollte sie nicht, dass das im terranischen Archiv gespeichert wurde. Sie fragte sich, ob sie das nur Peter zum Trotz tat – er wäre bestimmt dafür, dass sein zukünftiges Kind aktenkundig gemacht wurde. Schon auf dem Weg, hörte sie eine Stimme in ihrem Inneren kalt und klar sagen: *Nein.*

Um das zu rationalisieren, dachte sie an ihren letzten Besuch in der Medizinischen Abteilung, an die Maschinen, die in sie und durch sie sahen, an das Gefühl, dass sie völlig entpersonalisiert wurde und ihr Körper eine Maschine unter Maschinen war. Wenn sie erst wussten, dass sie schwanger war, würde es noch schlimmer werden. Sie hatte ein paar freie Tage gut – Peter hatte ihr das erklärt. So kehrte sie ins Büro zurück und bat Cholayna um einen Tag Urlaub, weil sie einen Besuch im Gildenhaus machen wolle.

Wie sie halb und halb erwartet hatte, fragte Cholayna, ob sie mitkommen könne. Jaelle ging nach oben und zog sich schnell um. Voller Erleichterung schlüpfte sie in ihre Amazonenkleidung, eine Lederhose zum Reiten – sie saß etwas eng in der Taille, sie würde sich eine von Rafaella leihen müssen, die sie tragen konnte, bis das Kind geboren war – und feste Stiefel. Cholayna, mit der sie am Tor zusammentraf, trug eine schwere, wetterfeste Daunenjacke, die sich ausgezeichnet für die Hellers im Winter geeignet hätte, aber in Jaelle die Überlegung wachrief, ob Cholayna heute nicht darin ersticken würde – so kalt war es wirklich nicht.

»Aber ich bin auf einer heißen Welt geboren.« Cholayna erschauerte trotz der warmen Kleidung und betrachtete ungläubig Jaelles dünne Jacke, über der sie nur einen ganz leichten Reitmantel trug.

»Es ist doch beinahe Sommer«, stellte Jaelle fest, und Cholayna lachte.

»Nicht für mich!«

Aber Cholayna blieb nicht hinter Jaelle zurück, trotz der hochhackigen Sandaletten, in denen Jaelle keine vier Schritte hätte tun können, ohne sich die Knöchel zu brechen. Neben Cholayna hergehend, fühlte Jaelle sich wieder wie ein junges

Mädchen, den Zögling der Amazonen. Es hatte eine Zeit gegeben, als Kindra Arbeit als Wächterin für Lagerhäuser in der Stadt angenommen hatte. Bei ihren morgendlichen Runden hatte sie ihre Pflegetochter manchmal mitgenommen, und diese Stunden hatten für Mutter und Tochter mit zu den schönsten gehört. Jene Monate hatten Jaelle zur Amazone gemacht.

Kindra hätte sie sich ganz anders anvertrauen können als Rohana. Kaum hatte sie ein Kind empfangen, da sah Rohana in ihr schon nicht mehr Jaelle, sondern nur noch die potenzielle Mutter einer Erbin für die Aillard-Domäne.

Doch im Gildenhaus war bestimmt jemand, bei dem sie sich aussprechen konnte.

Sie gingen über den Marktplatz, und Jaelle bemerkte große Augen und neugierige Blicke auf Cholaynas dunkle Haut. Man hätte jedoch meinen können, Cholayna habe nie etwas anderes erlebt als diese entsetzten oder feindseligen Mienen. Sie marschierte ungerührt in ihrer Uniform hindurch. Jaelle beneidete sie um so viel Selbstsicherheit.

Ich war auch einmal so, damals, als ich mit Kindra ging, und die Stadtbewohner glotzten und höhnische Bemerkungen über die Entsagenden machten. Was ist nur aus mir geworden?

Erst auf den Stufen des Gildenhauses zögerte Cholayna einen Augenblick und fragte: »Hätte ich Make-up auflegen sollen, Jaelle? Ich könnte meine Haut so anmalen, dass ich wie alle anderen aussähe. Ich möchte dich in deinem eigenen Haus nicht in Verlegenheit setzen ...«

Es machte Cholayna in Jaelles Augen noch sympathischer, dass sie fragte, aber Jaelle schüttelte entschieden den Kopf. Die Entsagenden waren selbst anders als die Masse. Wenn sie die Unterschiede in Cholaynas Aussehen nicht akzeptierten, sollten sie sich schämen.

Und wirklich, als Irmelin ihnen die Tür öffnete, starrte sie Cholayna zwar kurz an, aber schnell nahm sie sich zusammen und begrüßte Jaelle mit einer Umarmung.

»Ich weiß, Mutter Lauria wird Euch sprechen wollen«, sagte sie zu Cholayna und schob die Terranerin ohne Umstände in das Büro der Gildenmutter. Auf Jaelles Fragen antwortete sie, Rafaella, Camilla und Margali seien jetzt schon mehrere Tage draußen bei der Brandbekämpfung.

Alle meine Eidesschwestern. Es ist nicht eine hier, mit der ich reden kann. Sie vermutete, Marisela sei mit den anderen gegangen, aber Irmelin informierte sie, Marisela sei im Haus. Sie erriet auch gleich, warum Jaelle sie gern gesprochen hätte.

»Du erwartest ein Kind, Jaelle? Wie schön für dich!« Jaelle sagte sich, dass sie damit hätte rechnen müssen. Sie antwortete, wie es sich schickte, und ging mit Irmelin in die Küche. Dort saß sie dann mit einem Becher voll heißem Borkentee und einem ofenfrischen Stück Brot mit Butter, als sei sie wieder das zwölfjährige Pflegekind, das im Gildenhaus der Liebling aller gewesen war.

»Ich hole dir Marisela, es ist nicht nötig, dass du die vielen Stufen hinauf- und wieder hinunterläufst ...«

»Irmi, es dauert noch vier Monde, bis es mir schwer fallen wird, Stufen hinauf- und hinunterzulaufen«, protestierte Jaelle. Trotzdem war es tröstlich, von Irmelin so umsorgt zu werden. Wenigstens ein Mensch nahm Anteil an ihr – und schon tropften Tränen in ihren Tee. Nach einer Weile kam Marisela in die Küche, goss sich Tee ein und setzte sich mit dem dampfenden Becher an den Tisch. Sie lächelte Jaelle zu, dies Lächeln, das selten ihren Mund erreichte, sondern nur hinter ihren Augen funkelte.

»Du siehst gesund aus, Shaya. Gibt es einen Grund, weshalb ich zu dir hätte herunterkommen sollen?«

»O Marisela, es tut mir Leid, ich habe Irmelin doch *gesagt* ...«

»Nein, Schwester, das geht in Ordnung. Ich habe das Frühstück verschlafen und freue mich, Gesellschaft zu haben, jetzt, wo alle anderen bei der Brandbekämpfung sind.«

»Kann ich dir etwas holen?«, fragte Jaelle. Marisela wollte schon den Kopf schütteln, dann sah sie Jaelle scharf an und sagte: »Ja, ich hätte gern Brot, sehr dünn geschnitten, bitte, und Honig anstelle von Butter.« Und Jaelle machte sich geschäftig daran, Brot mit dem richtigen Messer zu schneiden, nach dem Honigkrug und einem Löffel zu suchen und den Honig auf dem Brot zu verteilen, und der Drang, sich in Tränen aufzulösen, verging. Warum nur lächelte Marisela, als sie sich wieder hinsetzte und ihr den Teller mit Honigbrot zuschob? »Wie weit?«, fragte Marisela.

Jaelle rechnete im Geist nach und sagte es ihr. Marisela nickte.

»Das ist also der Grund, warum du all diese Seelen erforschenden Fragen darüber gestellt hast, ob wir unser eigenes Herz auch wirklich kennen und wie wir wissen sollen, ob wir uns selbst oder jemand anders zu erfreuen wünschen«, meinte Marisela. Es war keine Erkundigung, es war kein Mitgefühl, und Jaelle war zu Mute, als habe Marisela sie mit kaltem Wasser überschüttet. Doch sie sah ein, dass sie kein Recht hatte, um Mitgefühl zu bitten. Niemand hatte sie geheißen, mit Peter zu schlafen oder ihn zu heiraten, und sie hätte dafür sorgen können, dass sie kein Kind bekam. Sie zwinkerte heftig, aber sie wollte nicht mehr weinen. Geschehen war geschehen.

So erzählte sie es Marisela, und sie machte eine spannende, komische Geschichte daraus, auch aus den Maschinen der Medizinischen Abteilung, die sie von innen und von außen inspiziert hatten. Marisela lachte mit ihr.

»Darin sind wir uns wohl einig, dass du eine solche Fürsorge nicht brauchst. Du bist jung und gesund; nur wenn du anfangen solltest zu erbrechen oder wenn sich die geringsten Anzeichen einer Blutung zeigen, ist Anlass zur Sorge. Achte darauf, was du isst, trinke viel Milch oder Bier, aber wenig Wein, iss viel Obst und frisches Gemüse und sage den Terranern, falls sie fragen sollten, du seist bei deinem eigenen medizinischen Ratgeber gewesen. Zur Geburt solltest du ins Gildenhaus zurückkommen, aber das werden die Terraner nicht erlauben – sie glauben, unsere medizinischen Kenntnisse seien begrenzt und barbarisch, und ich muss zugeben, dass sie in gewissem Ausmaß Recht haben, was mich im Allgemeinen wenig kümmert. Allerdings, vor zwei Tagen habe ich eine Mutter und ihr Kind verloren, und ich hätte alles, was ich besitze, dafür gegeben, Zugang zu deinen terranischen Maschinen zu erhalten ...«

»Nun«, berichtete Jaelle, »Cholayna ist gerade hier, um Möglichkeiten zu besprechen, dir solche Hilfe zu geben.« Aber Marisela schüttelte den Kopf.

»Ach nein, meine Liebe, so einfach ist das nicht. Es hört sich an, als sei es nichts als schön und gut, wenn ich in den Stand gesetzt würde, Müttern das Leben zu retten, damit sie weiter für ihre Kinder sorgen können, und Kindern das Leben zu retten, damit keine Mutter mehr darüber zu weinen braucht, dass die Hälfte der Kinder, die sie gebiert, vor der Entwöhnung sterben. Aber eine so gute Sache ist das gar nicht.«

»Willst du behaupten, es sei eine schlechte Sache?«

»Jawohl, das behaupte ich«, gab Marisela zurück, und auf Jaelles entrüsteten Blick hin sagte sie: »Trotzdem möchte ich mit deiner Freundin sprechen. Sollen wir zu Mutter Lauria gehen? Trink deinen Tee aus, er ist gut für dich.«

Jaelle war mit der Vorstellung aufgewachsen, Mutter Laurias Büro sei ein sakrosankter Ort, den man außer in Notfällen nicht betreten dürfe, aber Marisela klopfte einfach und trat ein, und Mutter Lauria lächelte ihr zu.

»Ich wollte gerade nach dir schicken, Marisela. Cholayna ...« – sie kämpfte ein bisschen mit dem Namen – »wird das so ausgesprochen?«

»Richtig«, sagte Cholayna und nickte Marisela freundlich zu. »Ihr seid also die Hausärztin, wie wir sagen würden. Da solltet Ihr die Frauen auswählen, die sich eignen, medizinische Techniken zu erlernen. Ihr könnt auch selbst kommen und mit den jüngeren Frauen studieren ...«

»Es würde mich interessieren«, antwortete Marisela, »und Wissen ist immer gut. Aber werdet ihr sie nur lehren, wie sie ihre medizinischen Kenntnisse anwenden sollen, oder auch, wann sie sie nicht anwenden sollen?«

»Ich verstehe nicht«, sagte Cholayna. »Aufgabe eines Mediziners ist es, Leben zu retten, und Mutter Lauria hat mir gerade eben erzählt, dass Ihr eine Frau musstet sterben lassen, weil Ihr nicht im Stande wart, sie und ihr Kind zu retten. Wir können euch Methoden lehren, wie die meisten zu retten sind ...«

»So dass jede Mutter ein Dutzend lebende Kinder haben wird?«, fragte Marisela. »Und wie soll sie sie alle satt bekommen?«

»Ihr wisst sicher, dass wir antikonzeptionelle Techniken besitzen«, antwortete Cholayna. »Damit kann eine Frau ihre Kräfte dazu sparen, ein oder zwei Kinder zu gebären, und braucht nicht ihr Leben damit zuzubringen, sie in die Welt zu setzen und sterben zu sehen.«

Marisela nickte. »Allerdings müsste man sich vergewissern können, dass die beiden, die sie gebiert, die Stärksten und Besten sind. Doch nehmt einmal an, diese beiden sind die Schwächsten, und deren Kinder werden noch schwächer sein. Zehn, zwanzig Generationen später sind wir dann ein Volk von Schwächlingen, am Leben erhalten nur durch komplizierte medizinische Techniken und folglich von eurer Technologie abhängig. Wenn einer Frau das Leben gerettet wird, obwohl ihr Becken zu eng ist, werden ihre Töchter weitere Kinder mit diesem Defekt bekommen, und wieder brauchen wir mehr und mehr medizinische Hilfe, damit sie das Wochenbett überstehen. Glaubt mir, es zerreißt mir das Herz, Frauen und Kinder sterben zu sehen. Aber wenn ein Neugeborenes zum Beispiel blau ist und nicht atmen kann, weil es ein Loch im Herzen hat ...«

»Das kann repariert werden«, wehrte Cholayna ab. »Viele von unsern Leuten wären hier schon bei der Geburt gestorben, aber es geht ihnen gut.«

»... und seine Kinder multiplizieren den Schaden«, fuhr Marisela fort. »Vielleicht sollten wir in Fällen, wo etwas im Mutterleib schief gegangen ist und es deswegen Schwierigkeiten bei der Geburt gibt, das Kind retten, aber wenn es ein Defekt ist, der sich weiter vererbt? Besser, es stirbt ein Mensch jetzt, als dass hundert Schwächlinge unserm Volk die Kraft nehmen. Und es ist wie eine Lotterie – die ersten beiden Kinder sind nicht immer die Klügsten, die Stärksten, die Besten. So oft wird ein großer Führer oder ein Genie als siebtes oder zehntes oder sogar zwanzigstes Kind seiner Eltern geboren.«

Cholayna erklärte steif: »Ich bedauere, mir gefällt es nicht, Gott zu spielen und zu entscheiden, dass Frauen auf diese Weise leiden müssen.«

»Heißt es nicht, Gott zu spielen, wenn man entscheidet, dass sie *nicht* leiden müssen?«, gab Marisela zurück. »Wir hatten hier einmal ein Zuchtprogramm und spielten mit unseren Genen herum, weil wir perfekte Menschen und die perfekte Rasse schaffen wollten. Wir züchteten *Laran* in unser Volk hinein, und wir haben immer noch darunter zu leiden. Wenn die Göttin bestimmt, dass jemand bei der Geburt sterben muss, ist sie vielleicht grausam, um gütig zu sein.«

»Trotzdem bin ich der Meinung, wir sollten das Geschenk der Terraner, unsern Frauen Unterricht in ihren Künsten zu geben, nicht zurückweisen«, sagte Mutter Lauria.

Marisela nickte. »Oh, du hast ganz Recht. Aber ich bete zu allen Göttern, dass wir die Weisheit haben werden, zu erkennen, wo wir Schluss machen müssen. Es ist keine gute Tat, Menschen das Leben zu retten, die jedem im Haushalt, jedem im Dorf, jedem auf der Welt eine Last sein werden. Ich – ich möchte nicht Gott spielen und entscheiden, wer leben darf und wer sterben muss. Deshalb überlasse ich es dem Erbarmen der Göttin. Wenn ich kleiner Mensch die Macht besitze, diesen zu retten und jenen zum Tod zu verurteilen, kann ich nur sagen, mein Beruf ist es, Leben zu retten, und deshalb werde ich alle retten, die ich retten kann. Der Weg führt ins Chaos. Es mag besser sein, diese Macht nicht zu besitzen.«

»Ich kann nicht zustimmen, dass etwas, das die Kraft einer Frau schmälert, gut sein kann«, erklärte Cholayna, und Marisela seufzte.

»In der Theorie habt Ihr sicher Recht. Aber manchmal ist es eine schreckliche Versuchung, nur die unmittelbare Zukunft zu sehen und das zu tun, was im Augenblick menschlich zu sein scheint, statt so zu handeln, wie es für die ganze Menschheit über die Jahrhunderte hin am besten ist.«

Jaelle fragte ärgerlich: »Willst du damit sagen, dass du Menschen sterben lassen würdest, die du möglicherweise am Leben erhalten könntest?«

»Ich würde es nicht tun, ach«, antwortete Marisela, »und das ist vielleicht der Grund, warum ich diese Macht so fürchte. Ich hungere nach all dem terranischen Wissen, damit ich nie mehr eine Frau sich zu Tode bluten oder ein Neugeborenes vergeblich nach Atem ringen sehen muss. Ich hasse es, den Kampf mit der Dunklen Dame zu verlieren, die in dieser Stunde neben jeder Frau steht und mit mir um sie ringt. Aber wie ich sagte, mein Beruf ist es, Leben zu retten, wo ich kann, und letzten Endes werde ich mich wohl daran halten, weiter Leben zu retten. Die Dunkle Dame ist eine sehr alte und freundliche Widersacherin, und sie kann für die Ihren sorgen.«

Cholayna musterte sie voller Interesse. »Das ist ein Gesichtspunkt, der im Hauptzentrum oft diskutiert wird. Ich hatte nicht erwartet, ihn in diesem Haus vertreten zu hören ...«

»Von einer eingeborenen Hebamme – oder würdet Ihr mich eine Hexendoktorin oder Zauberin nennen?«, fragte Marisela, und sie lächelten einander in der freundschaftlichsten Art zu.

Jaelle machte es nervös, dass das Gespräch sich auf komplizierte Fragen der Ethik ausdehnte, und sie sah mit Erleichterung, dass Cholayna sich erhob, um zu gehen. Cholayna sagte: »Bleiben Sie, solange Sie möchten, Jaelle. Sie haben sich einen Urlaubstag wahrlich verdient.« Doch Jaelle holte ihren Mantel und erklärte den älteren Frauen, auf sie warte Arbeit. Bestimmt würde sie in Montys Büro Arbeit finden, denn er und Aleki hatten viel Unerledigtes zurückgelassen, als sie wegritten, sich den Waldbrand anzusehen.

In dieser Nacht konnte sie nicht einschlafen. Die Wohnung schien ihr in Peters Abwesenheit viel zu groß für sie zu sein. Das Gildenhaus kam ihr jetzt ebenso unfreundlich wie die Terranische Zone vor. Und ihr Hauptanliegen für ihren Besuch dort hatte sie nicht befriedigen können. Sie hatte Magda sprechen wollen, und Magda war bei der Brandbekämpfung gewesen, und Marisela und Mutter Lauria, so freundlich sie waren, verstanden ihre Probleme nicht ganz. Man konnte es auch nicht von ihnen verlangen.

Sie hatte sich so danach gesehnt, Magda zu sehen und von neuem Freundschaft mit ihr zu schließen. Ob es wohl besser war, so zu tun, als sei nichts geschehen, oder auf einer offenen Aussprache zu beharren? Vielleicht hatte es gar nichts zu bedeuten. Schließlich stand Magda unter schrecklichem Druck, zu den Problemen des Hausjahres waren die Feindseligkeit wegen des unseligen Kampfes und der Geldbuße, die Furcht, aus dem Gildenhaus weggeschickt zu werden, und die endlosen Alpträume gekommen ... War es da ein Wunder, wenn Magda keine zusätzliche Kraft mehr hatte, um sich mit Jaelles Schwierigkeiten zu befassen?

Doch es war mehr als das. Jaelle suchte in ihrem Gedächtnis und fand nur ein verworrenes Bild von sich selbst, wie sie Kyrils Hand von ihrem Arm pflückte, als sei sie ein krabbelndes Insekt, voll Abscheu vor dieser unerwünschten Intimität. Ja, und vor dem Abendessen, als sie Magda umarmt und geküsst hatte, war Magda verlegen zurückgetreten. *Es denken sowieso schon alle, ich sei deine Liebhaberin.* Darüber müssten wir reden; zwischen Eidesschwestern darf es keine solche Barriere geben.

Im Gildenhaus wurde Liebe zwischen Frauen als etwas ganz Natürliches betrachtet, aber Jaelle hatte nach den üblichen Experimenten Heranwachsender niemals daran gedacht. In der ersten Zeit ihrer Zusammenarbeit mit Rafaella waren sie Liebende gewesen, aber das war ihr nur wie ein Weg vorgekommen, tiefe Freundschaft zu zementieren, und Rafaella interessierte sich im Herzen weit mehr für Männer. Nach ein paar Wochen war das Gefühl zu Zuneigung abgeflaut, war in Wahrheit nie mehr gewesen. Sie hatte es als Teil ihrer Verbundenheit akzeptiert, hatte gemeint, das wurde ihr jetzt erst klar, auch sie und Magda hätten diese Geste des Vertrauens, der Liebe und der Offenheit füreinander austauschen sollen. Aber bei Magdas Volk war das nicht Brauch, wie es das zum Beispiel auch bei den *cristoferos* nicht war. Warum fühlte sie sich so verschmäht? Hatte sie Angst, Magda werde dazu kommen, sie zu verabscheuen? Und wenn sie Magdas Freundschaft wegen einer solchen Geringfügigkeit verlieren konnte, war diese Freundschaft dann des Bewahrens wert?

Jaelle hielt endlose Diskussionen mit sich selbst ab, aber ein- oder zweimal, als ihr war, als könne sie beinahe Magdas Gesicht sehen *–ich werde sie mit* Laran *erreichen, wenn ich nicht aufpasse* –, geriet sie in Panik und versuchte, sich abzuschließen. Heute bereute sie es, nicht auf Rohanas Angebot, nein, ihre Bitte eingegangen zu sein, ihr *Laran* in einem Turm ausbilden zu lassen. Jetzt war es zu spät. War es zu spät? Und schon wieder brach sie in Tränen aus.

Sie hatte völlig aufgehört, die Kortikator-Bänder zu benutzen. Die Sprachabteilung merkte jedoch nichts davon; täglich machte man ihr dort Komplimente über ihre zunehmende Beherrschung des Terranischen.

Eines Abends, als sie in ihre Wohnung kam, fand sie Peter vor, der seine schlammverkrusteten Sachen auszog.

»Nein, küsse mich nicht, Schatz – um Gottes willen, warte, bis ich aus diesem Zeug heraus bin und geduscht habe. Um es unverblümt zu sagen, ich stinke.« Jaelle schnüffelte. Es stimmte. Sie vermutete, ihr Geruchssinn war durch den ständigen Aufenthalt in der auf Hygiene bedachten Terranischen Zone, wo jeder Fleck sofort weggeputzt wurde und Wegwerfkleidung die Norm war, geschärft worden. Auch Peter wollte sein Hemd und seine Hose gerade in den Abfallbeseitiger werfen, doch dann zog er die Nase kraus, steckte sie in eine Tüte und schob sie in einen Schrank.

»Vielleicht gebe ich das besser zum Reinigen; es sind im Feld getragene Sachen, und ein bisschen Dreck macht sie authentischer«, meinte er mit schiefem Grinsen. »Wie geht's Junior?« Auf dem Weg zur Dusche klopfte er ihr auf den immer noch flachen Bauch, und dann hörte sie noch etwas des Sinnes, wie schön es sei, zu warmem Wasser und Zivilisation zurückzukehren.

Die Leute aus dem Imperium glauben, Zivilisation und sanitäre Anlagen seien ein und dasselbe. Sie sind neurotisch, was Gerüche und Schmutz angeht, dachte Jaelle. Er hätte mich zumindest küssen können! Gekränkt legte sie sich aufs Bett. Er hatte nicht nach ihr gefragt, nur nach dem Baby. Jaelle war wütend auf sich selbst, dass sie so fühlte. Er war müde, er war eben erst von draußen hereingekommen, und ganz bestimmt war sie zu empfindlich. Aber sollte sie, sobald sie schwanger war, genau wie Rohana nicht mehr sie selbst sein, nur noch ein wandelndes Nest für das blöde Kind? Sie vergrub das Gesicht im Kissen. Nicht eine einzige ehrliche Feder war darin, nur irgendein verdammtes synthetisches Zeug. Jaelle holte tief Atem, und von neuem nahm sie diesen aseptischen, diesen *terranischen* Geruch wahr. Sie wollte nicht weinen. Sie *wollte* nicht.

Sie hatte weggehen können. Sie brauchte nicht hier zu bleiben. Ein Fußmarsch von einer halben Stunde würde sie ins Gildenhaus bringen. Aber sie hatte ihr Wort gegeben; sie hatte einen Vertrag abgeschlossen, nach dem sie Magdas Stelle im Terranischen HQ auszufüllen hatte. Magda hatte ihren Amazonen-Eid unter viel stärkerer Belastung nicht gebrochen. Sie musste mindestens so viel Mut aufbringen wie Magda.

Würde man sie im Gildenhaus überhaupt aufnehmen, wo sie von Tag zu Tag mehr anschwoll, von einem Terraner schwanger wie irgendeine Schlampe aus einer Raumhafenbar? So oft sie versucht hatte, sich einzureden, es sei etwas anderes: Sie hatte Peter gewollt, sie hatte mit ihm schlafen wollen, und nun war ein Kind unterwegs, ein Kind, das in keiner von beiden Welten zu Hause sein würde. Sie weinte jetzt, sie hörte nicht, dass Peter aus der Dusche kam, und als er sie umarmen wollte, wehrte sie sich und schrie hysterisch, bis er am Ende einen Arzt rufen musste. Den Rest der Nacht verbrachte Jaelle auf dem Hospital-Stockwerk in tiefem Betäubungsschlaf. Einen anderen Ort gab es nicht mehr für sie.

III
Hinauswachsen

1

Obwohl Magdas Hausjahr erst vierzig Tage nach Mittsommer endete, gab die Tradition den Novizen am Festtag selbst Freiheit, und schon beim Frühstück hörte Magda die Frauen ihre Pläne besprechen. Ihr und Keitha war gesagt worden, sie dürften am Tag und in der darauf folgenden Nacht gehen, wohin sie wollten, nur müssten sie bei Sonnenaufgang wieder im Haus sein.

»Was hast du vor, Keitha?«

»Eine Hebamme kann sich nicht viel vornehmen. Aber bevor Doria nach Neskaya abreiste, bat sie mich, zu Mittsommer ihre Geburtsmutter aufzusuchen. Die Frau will ihre Tochter nicht hier besuchen, Rafi sagt jedoch, dass sie oft fragt, ob es Doria gut gehe und ob sie zufrieden sei.«

»Das tut sie«, bestätigte Rafaella und ließ ihre Schüssel über den Tisch rutschen, um sie sich mit Brei füllen zu lassen. »Ich vermute, sie hat Angst, Doria könne versuchen, Amazonen aus ihren anderen Töchtern zu machen, obwohl keins der Mädchen in meinen Augen so viel Verstand hat, dass sie den Eid ablegen würde. Sie hat Doria in den letzten fünf Jahren keine zehnmal gesehen, aber seit Dorias fünfzehntem Geburtstag schickt sie ihr Geschenke und erbietet sich, ihr einen Ehemann zu besorgen. Nichts würde ihr mehr Freude machen, als wenn Doria alles, was sie hier gelernt hat, in den Wind schlagen und den ersten Lackel heiraten würde, der um sie anhält. Sie wird nicht entzückt sein, wenn Keitha und ich ihr ins Haus fallen, aber so oder so werden wir ihr Dorias Geschenke und Grüße bringen. Und ich werde bei der Gelegenheit meinen jüngsten Sohn nach einem halben Jahr wieder sehen.«

Magda erinnerte sich, dass Dorias Mutter sie gleich nach der Geburt gegen Rafaellas Sohn eingetauscht hatte.

»Auch mir ist versprochen worden, ich könne meinen Sohn sehen«, sagte Felicia. »Ich weiß nur nicht, ob ich fähig bin, es zu ertragen, und ob es nicht grausam gegen ihn ist ...«

»Rafi, man verlangt nach dir im Stall.« Janetta steckte den Kopf in den Speisesaal.

»Was ist los?«, fragte Rafaella ungeduldig. »Will eins der Pferde mir ein schönes Mittsommerfest wünschen?«

»Da ist ein Mann, und er sagt, es sei geschäftlich«, berichtete Janetta. Rafaella brummte, warf ihre Gabel hin und machte sich auf den Weg zum Stall, wobei sie immer noch an einem Stück des ausgezeichneten Nusskuchens kaute, der heute anstelle von Brot und Butter auf dem Tisch erschienen war. Zwei Minuten später kam Janetta, zurück. »Margali, Rafi braucht dich auch.«

Magda war noch nicht fertig mit Frühstücken, aber froh darüber, dass Rafaella sich nicht länger feindselig gegen sie benahm, stand sie sofort auf. Sie hatte sich viel Mühe gegeben, Rafaella davon zu überzeugen, dass sie Jaelles Platz in ihrem Geschäft nach besten Kräften ausfüllen würde, und dafür ließ sie sich sogar beim Festtagsfrühstück gern stören. »Heb mir ein Stück ...« begann sie und stockte. Sie konnte es nicht gut »Kaffeekuchen« nennen, was das terranische Wort dafür gewesen wäre, und niemand hatte die darkovanische Bezeichnung erwähnt. Deshalb zeigte sie darauf und Keitha lachte: »Ich werde es mit meinem Leben verteidigen!«

Rafaella sprach mit einem Mann, der sich mit einem dicken Umhang verhüllt hatte. Er hatte eine Reihe von Pferden gebracht, darunter ein paar von den edlen Rappen, die auf Armida gezüchtet wurden. Auch zottige Ponys aus den Hellers waren dabei.

»Margali, es tut mir Leid, dass ich dich bitten muss, am Festtag zu arbeiten, aber ich habe diese Ponys erst in zehn Tagen erwartet ...«

»Auch ich bedauere, dass ich Euren Festtag störe, *mestra.* Ich war nur zufällig in der Stadt«, sagte der Besucher, und plötzlich erkannte Magda seine Stimme. Es war der große, hellhaarige Mann, der sie aus dem Feuer getragen hatte, Dom Ann'dra. *Der Terraner!* Nun, er hatte eine bessere Aussprache als sie.

»Die von Euch gewünschten zehn Ponys habe ich nicht zusammengebracht; hier sind erst einmal sieben. Sie sind kräftig und bereits immun gegen die Huffäule, und alle sind an Halfter und Packsattel gewöhnt.«

Rafaella ging von einem zum anderen, prüfte die Zähne, streichelte weiche Nasen. »Es sind gute Tiere«, stellte sie fest. »Doch warum kommt Ihr erst so spät im Jahr in die Stadt, Dom Ann'dra? Reist Eure Lady mit Euch? Und Lord Damon, wird er an den Ratssitzungen teilnehmen?«

»Nein, diesmal komme ich ganz allein. Aber da ich diesen Weg nahm, war ich im Stande, Ferrika zu Euch zu begleiten.« Er streckte die Hand aus und half einer Frau in einem schweren Reisemantel von einem der Pferde.

Als er sich umdrehte, entdeckte er über Rafaellas Schulter Magda. »Oh, Ihr seid es, *mestra,* sind Eure Füße gut verheilt?«, erkundigte er sich.

»O ja, sehr gut«, antwortete Magda. »Nur meine Stiefel sind nicht mehr zu reparieren; meine Füße sind wieder in bester Ordnung.«

Rafaella und Ferrika umarmten sich, und Rafaella sagte: »Ich hatte gehofft, du würdest früher im Jahr kommen, Ferrika ...«

Die kleine, stupsnasige Frau lächelte. »Das hätte ich gern getan, aber meine Dienste wurden auf Armida gebraucht.«

»Geburten auf dem Gut? Oder ist eine deiner Damen Mutter geworden?«

Ferrika schüttelte den Kopf. Sie blickte bekümmert drein.

»Lady Ellemir hatte eine Fehlgeburt, und ihre Schwester ist bei ihr geblieben, um sie zu pflegen – Lady Callista wird in diesem Jahr ihren Sitz im Rat nicht einnehmen ...«

»Dann wundert es mich, dass du deine Lady verlassen hast«, sagte Rafaella. Ann'dra fiel ein: »Ferrika ist nicht unsere Dienerin, sondern unsere Freundin, und Ellemir geht es wieder gut. Allerdings ist keinem von uns nach Lustbarkeiten zu Mute, und ich bin nur gekommen, um das bisschen an Geschäften zu erledigen, das zu Mittsommer ansteht, und den Lords des Rates meine Ehrerbietung zu erweisen. Dann kehre ich nach Hause zurück, wahrscheinlich morgen in aller Frühe. Ich hätte Euch nicht am Festtag gestört, aber ich wollte die Tiere nicht in einem öffentlichen Stall unterbringen, wenn sie in ihrem neuen Heim sein können.«

»Ich bin Euch dankbar«, erwiderte Rafaella. »Etwa zehn Tage braucht es, bis sie sich nach der langen Reise beruhigt haben, da sind sie in ihrem eigenen Stall am besten aufgehoben. Ferrika, *breda,* steh nicht hier draußen herum, geh ins Haus und begrüße deine Schwestern. Das Frühstück steht auf dem Tisch.«

»Auch Nusskuchen, weil Festtag ist? Großartig!« Ferrika ging ins Haus. Rafaella drückte Magda den Leitzügel eines Ponys in die Hand und fragte: »Bringst du es bitte in die Box da hinten?«

Als Magda zurückkam, schrieb Rafaella etwas auf ein gegen die Wand gelegtes Stück Papier, das sie dann Dom Ann'dra gab.

»Bringt dies meiner Kundin, Dom Ann'dra, sie wird dafür sorgen, dass Ihr bezahlt werdet. Die Pferde sind für sie, wie ich hörte. Die Göttin gebe, dass es Lady Ellemir bald wieder gut geht.«

»Dazu sage ich amen. Soll ich Euch die anderen Ponys bringen, wenn ich wieder in die Stadt komme?«

»Mir wäre es recht, wenn ich sie früher bekäme, sofern Ihr einen Boten habt, dem Ihr vertrauen könnt«, antwortete Rafaella. »Außerdem brauche ich ein gutes Reitpferd als Eidesgeschenk für meine Tochter im Neskaya-Gildenhaus. Habt Ihr eins zur Hand?«

»Kein zugerittenes Pferd für eine Dame; für solche haben wir zu viele Aufträge«, meinte Dom Ann'dra bedauernd. »Versprechen könnte ich Euch eins erst in mehr als zwei Jahren. Dagegen kann ich Euch ein gutes, halfterzahmes Fohlen verkaufen, wenn Ihr es gern selbst ausbilden möchtet.«

»Ich werde dazu nicht die Zeit haben, aber Doria sollte ihr eigenes Pferd sowieso selbst trainieren. Schickt es ins Neskaya-Gildenhaus für Doria n'ha Rafaella.«

Dom Ann'dra kritzelte etwas auf die Papiere, die er in der Hand hielt. »Ich werde das Fohlen innerhalb der nächsten zehn Tage von einem meiner Männer nach Neskaya bringen lassen.« Noch einmal blickte er an Rafaella vorbei neugierig auf Magda, und fast hörte sie seine Gedanken: *Was tut sie hier?* Nun, dachte sie, erst recht möchte *ich* wissen, was *er* hier tut! Zweifellos war er auf einem Feldeinsatz, wahrscheinlich schon seit Jahren. Wenn sie in die Terranische Zone ging, konnte sie im Archiv nachsehen, und sicher wussten Cholayna oder Kadarin über ihn Bescheid. Sie half Rafaella, die neuen Ponys in den Stall zu bringen und zu füttern. Dann kehrte sie in den Speisesaal zurück. Der Brei war kalt geworden, aber Irmelin brachte frisches Brot und öffnete einen neuen Krug mit Eingemachtem, und ein zweiter Nusskuchen verschwand ebenso schnell wie der erste.

Ferrika saß zu Mariselas Füßen und hatte den Kopf in ihren Schoß gelegt.

»... so tragisch ... so viele der adligen Damen wollen im Grunde keine Kinder und können es gar nicht erwarten, sie Amme und Pflegemutter zu übergeben. Lady Ellemir gehört dagegen zu den Frauen, die sich, sobald ihre Arme leer sind, nach einem neuen Kind an ihrer Brust sehnen. Als Lady Callista vor vier Jahren ihr Kind nicht nähren konnte – ich persönlich glaube allerdings, sie wollte nicht –, nährte Ellemir die kleine Hilary zusammen mit ihrem Sohn Domenic.«

»Haben die Wehen lange gedauert?«

»Nicht lange, es war kaum Zeit, mich von der Frau des Haushofmeisters wegzurufen«, berichtete Ferrika, »aber umso tragischer ist es, denn diesmal ging es nur um ein paar weitere Tage. Hätte sie das Kind noch zehn Tage behalten können, wäre es wahrscheinlich am Leben geblieben. Ein Mädchen, und lebendig geboren, aber wir konnten es nicht zum Atmen bringen, ihre armen kleinen Lungen wollten sich trotz all unserer Bemühungen nicht öffnen. Es war ein kleines bisschen zu früh. Einmal glaubte ich schon, sie würde atmen und schreien ... da war ein kurzer, maunzender Laut ...« Ferrika vergrub den Kopf in Mariselas Schoß, und Marisela streichelte ihr das Haar.

»Vielleicht ist es so am besten. Ein- oder zweimal habe ich so etwas wie ein Wunder gewirkt und ein Kind gerettet, als es hoffnungslos aussah, und dann wuchs es verkrüppelt oder teilweise gelähmt oder unfähig zu sprechen auf ... es war die Gnade der Göttin.«

»Erzähl das Lady Ellemir!« Ferrika blinzelte die Tränen weg. »Es war ein Mädchen mit vollkommenem Körper und rotem Haar, und *Laran* hatte sie auch, schon seit dreimal vierzig Tagen war sie für sie ein richtiger Mensch gewesen ... Ich hatte Angst, sie würden alle wahnsinnig vor Leid. Lord Damon hat meine Lady nicht einen Augenblick allein gelassen, ob bei Tag oder bei Nacht.«

»Bedenke doch, auch wenn sie *Laran* hatte, sie hätte als kränkliches Wesen aufwachsen können ... besser ein leichter Tod und die Rückkehr zur Göttin, die sie von neuem auf die

Welt schicken mag, wenn die ihr bestimmte Zeit zu leben gekommen ist …«

»Das weiß ich, wirklich«, antwortete Ferrika, »aber es war so schrecklich, ihren Kummer mitansehen zu müssen. Sie hatten ihr schon einen Namen gegeben …«

»Ja, *breda*. Und jetzt bist du hier bei uns und bleibst, bis du dich erholt hast und wieder fröhlich sein kannst. Du hast seit einem Jahr keinen Feiertag mehr gehabt, und die Sache hat dich sehr mitgenommen, nicht wahr, *chiya?* Komm, du musst unsere Schwester Keitha kennen lernen, sie arbeitet mit mir, und nächstes Jahr schicken wir sie auf die Hebammenschule nach Arilinn. Außerdem bekommt sie eine terranische Ausbildung, die ihr helfen mag, einige der Kinder zu retten, die sonst ohne triftigen Grund gestorben wären. Ich möchte, dass ihr beiden euch wie Schwestern lieben lernt.«

Ferrika umarmte Keitha, und hinter ihnen fragte Camilla: »Wie willst du den Festtag verbringen, Margali?«

Bevor Magda antworten konnte, bahnte sich Rezi, die Hallendienst hatte, einen Weg bis zur Feuerstelle.

»Marisela, Rimal der Harfenmacher ist an der Tür, bei seiner Frau haben die Wehen eingesetzt …«

»O nein!«, rief Magda, »an deinem Feiertag, Marisela.« Doch die Hebamme stand bereits mit gutmütigem Lächeln auf. Keitha erkundigte sich: »Wirst du mich brauchen, *breda?*«

»Ich glaube schon; es sind Zwillinge, und es ist ihre erste Geburt«, sagte Marisela. Keitha verzog kläglich das Gesicht und ging, ihren Mantel zu holen. Marisela lachte vor sich hin. »Wie der Tierarzt und der Landwirt haben wir uns einen Beruf erwählt, bei dem wir von vornherein wissen, dass wir an Feiertagen nur das bekommen, was die Göttin uns schickt. Frühstücke erst fertig, Keitha; so eilig ist es auch wieder nicht! Rezi, bewirte den Mann im Fremdenzimmer mit Tee und Kuchen und sag ihm, wir kommen zu ihm, so schnell wir können.« Dessen ungeachtet war sie schon auf dem Weg zu dem Vorratsraum, wo sie ihre Hebammentasche stehen hatte, und kurz danach hörten sie, wie die Tür sich hinter ihr schloss. Camilla lachte.

»Wer möchte wohl Hebamme sein!«

»Ich nicht.« Magda dachte, dass das zu den Dingen gehörte, bei denen es zwischen Terranern und Darkovanern keinen Unterschied gab. Ärzte und Hebammen durften keine festen Pläne für einen freien Tag machen.

»Und was wirst du mit dem Festtag anfangen, da du zum Glück keine Hebamme geworden bist?«

»Ich weiß noch nicht recht. Jedenfalls muss ich mir auf dem Markt neue Stiefel kaufen!« Magda betrachtete die alten, abgetragenen Sandalen an ihren Füßen.

»Und ich«, erklärte Mutter Lauria, »werde im Haus bleiben, die Jahresberichte schreiben und es genießen, dass keiner da ist, der mich stören könnte! Vielleicht gehe ich heute Abend zu dem öffentlichen Tanz in Thendara und höre mir die Musik an.«

»Ich muss hin«, sagte Rafaella, »denn ich bin gebeten worden, abwechselnd mit für die Tänzer zu spielen. Und du, Margali?«

»Ich werde wohl auch kommen.« Magda hatte sich schon immer gewünscht, am Mittsommertanz auf Thendaras Hauptplatz teilzunehmen, hatte sich jedoch gescheut, allein hinzugehen, und Peter hatte sie nie mitnehmen wollen. Sie wusste, dass es dabei manchmal zum Schluss wüst herging, aber als Entsagende konnte sie für sich selber sorgen.

Von neuem kam Rezi von der Halle herein, einen Korb mit Blumen tragend.

»Für dich, Rafi«, verkündete sie, und die Frauen begannen zu lachen und zu witzeln.

»Du hast einen so hartnäckigen Liebhaber, Rafi?«

Rezi erzählte: »Der Junge, der den Korb brachte, ist noch keine fünfzehn, und er fragte nach seiner Mutter«, und Rafaella lief lachend in die Halle hinaus. Ein Stück Festtagskuchen nahm sie mit.

»Jungen in dem Alter haben immer Hunger! Genau wie Mädchen«, rief sie über die Schulter zurück.

Magdas Gedanken wanderten zu dem Mittsommerfest des letzten Jahres zurück. Damals waren sie und Peter noch verheiratet gewesen. Sie hatte bereits gewusst, dass es mit ihrer Ehe zu Ende ging, aber sie hatte von ihm den üblichen Korb mit Obst und Blumen bekommen. Das war die letzte Versöhnung vor dem Streit gewesen, der alles in Scherben schlug. Ob Peter heute Morgen Jaelle Blumen geschickt hatte? Peter fehlte ihr. Sie hatte es satt, ihre ganze Zeit mit Frauen zu verbringen!

»Und was wirst du heute anfangen?«, fragte Camilla.

»Ich glaube, ich spaziere einfach durch die Stadt und erbaue mich an dem Gedanken, dass es mir freisteht, zu gehen, wohin ich will.« Magda kam plötzlich zu Bewusstsein, dass es für sie gar kein Ziel gab, wohin sie gehen wollte. »Aber neue Stiefel kaufe ich bestimmt. Und du?«

Camilla zuckte die Schultern. »Im Haus gibt es ein Festmahl für alle, die keine Gelegenheit haben, anderswo zu speisen, und ich habe versprochen, beim Kochen zu helfen, weil Irmelin den Tag gern bei ihrer Mutter verbringen würde – sie ist jetzt alt und blind und Irmelin fürchtet bei jedem Besuch, es sei der letzte gewesen. Aber ihr jungen Frauen möchtet immer ausgehen; amüsiere dich, *breda.* Und heute Abend findet ein Frauentanz statt. Vielleicht gehe ich hin, denn ich tanze sehr gern, nur nicht mit Männern.«

Magda dachte, sie könne einen Besuch in der Terranischen Zone machen. Aber eigentlich hatte sie dort keine Freunde. Peter und Jaelle hatten bestimmt schon etwas vor.

Sie kam mit ihrer Jacke und den Überresten der verbrannten Stiefel – sie mochten die Wartezeit auf ein neues Paar verkürzen – die Treppe herunter, da rief Camilla sie an.

»Margali, ein Mann hat nach dir gefragt. Ich habe ihn ins Fremdenzimmer geschickt. Er hat einen seltsamen Akzent – vielleicht ist er einer deiner Verwandten von hinter den Hellers?«

Magda betrat das Fremdenzimmer, und ein schmächtiger, dunkler Mann, ihr irgendwie vertraut, erhob sich aus einem Sessel. Er sprach ihren darkovanischen Namen korrekt aus, aber nicht mit dem Akzent von Thendara. Es war der Terraner, Montrays Sohn – wie hieß er gleich?

»Monty«, half er ihr auf die Sprünge. Sie musterte ihn.

»Wo haben Sie diese Sachen her?«

»Nicht richtig?«

»In einer Menschenmenge werden sie nicht weiter auffallen. Aber die Stiefel sind zu gute Arbeit für eine so billige Jacke. Jeder, der sich solche Stiefel leisten kann, lässt sich seine Jacke besticken, nicht nur mit farbigen Fäden besetzen. Und die Unterjacke ist zu grob.«

»Haldane hat sein Okay dazu gegeben«, sagte Monty. »Ich habe sie bei der Brandbekämpfung getragen, und er hat mich nicht wie Li vergattert, den Taubstummen zu spielen. Deshalb dachte ich, ich käme damit durch ...«

»Warum sind Sie hergekommen?«, fragte Magda scharf.

»Jaelle ließ die Bemerkung fallen, es sei Ihnen heute erlaubt auszugehen, und wie ich sehe, sind Sie danach angezogen. Darf ich Sie ein Stückchen begleiten und ein paar Minuten mit Ihnen reden?«

Nun, wenn dieser Mann zum Nachrichtendienst gehörte, war es kein Grund, ihn zu beleidigen, dass sie seinen Vater für einen Trottel hielt.

»Zeigen Sie mir, wo Sie diese Stiefel gekauft haben. Sie sind gut, und ich muss mir ein Paar neue machen lassen«, erklärte Magda. »Wir unterhalten uns auf dem Weg zum Markt. Sprechen Sie nicht vor den Frauen in der Eingangshalle; sie könnten bemerken, dass Ihr Akzent nicht stimmt.«

Er verbeugte sich. Es war gar keine schlechte Imitation der Verbeugung eines darkovanischen Dieners vor einer Frau von hohem Rang. Monty war weder dumm noch konnte man ihm die Fähigkeit des Beobachtens absprechen, nur fehlte es ihm an der Ausbildung, die sie und Peter gehabt hatten. Oder – vermutlich hatte er ebenfalls die Akademie auf Alpha besucht – er hatte noch keine Erfahrung. Magda schätzte ihn auf vier oder fünf Jahre jünger als sich. Er folgte ihr mit dem schicklichen Schritt Abstand durch die Halle, und erst als sie außer Sichtweite des Gildenhauses waren, holte er auf und ging neben ihr her.

»Zum Karazin-Markt?«, fragte Magda.

»Ja, und wenn ich mit Ihnen gehe, sollte ich das Paket da tragen, nicht wahr?«

Sie gab ihm das zusammengerollte Bündel. Es öffnete sich, und Monty sah entgeistert auf die verkohlten Sohlen und das versengte Oberleder.

»Wie, zum Teufel, haben Sie das angestellt?«

»Ich war gerade an der Stelle, wo das Feuer wieder einmal die Schneise übersprang.«

»Ich hörte, es seien Entsagende da gewesen. Sind Sie verletzt worden?«

»Oberflächliche Verbrennungen an den Füßen. Sie sind längst verheilt.«

»Das erklärt, warum Jaelle ...«

»Jaelle? War sie auch dort? Oh, ich wünschte, ich hätte sie gesehen ...«

»Sie war nicht dort. Peter sagte mir, sie sei schwanger«, berichtete Monty. »Sie hätte die Erlaubnis der Medizinischen

Abteilung auf keinen Fall bekommen, obwohl sie ziemlich lautstark verlangt hat, mitgenommen zu werden.«

Wie es sich gehörte, sagte Magda: »Ich freue mich für Jaelle«, aber innerlich wurde ihr eiskalt. Also würde Jaelle Peter den Sohn schenken, den er sich so sehr wünschte.

»Wir könnten hier hinuntergehen und für Ihre Stiefel Maß nehmen lassen«, schlug Monty vor, »und dann setzen wir uns und unterhalten uns eine Weile – es ist doch nicht verboten, sich auf einem öffentlichen Platz hinzusetzen und sich zu unterhalten?«

Magda zuckte die Schultern. »Am Mittsommerfest bestimmt nicht. Es ist nicht üblich, aber am Festtag tun wir, was uns gefällt.« Und wenn man sie auf einem öffentlichen Platz mit einem Mann sitzen sah, würde man nicht von ihr denken, dass ... Trotzig schnitt sie den Gedanken in der Mitte ab. Sollten sie doch denken, was sie wollten! Wieder in der Rolle eines stummen Dieners, hielt Monty ihr Bündel, während sie einen Schuhmacher beauftragte, die alten Stiefel zu besohlen und ein neues Paar für sie anzufertigen. Er hatte keine Stiefel vorrätig, die ihr gepasst hätten, aber, so sagte er, in drei Stunden seien die alten fertig, und die täten es dann noch eine Weile.

Magda bezahlte ihn und war froh, dass sie Geld verdient hatte, indem sie Rafaella half. Auch nach Entrichtung des Anteils, den sie dem Haus schuldete, blieb ihr genug für die Reparatur und das neue Paar. Außerdem hatte sie noch ein Gehaltsguthaben in der Terranischen Zone, und sie konnte sich etwas davon in darkovanisches Geld umwechseln lassen. Im Gildenhaus hatte sie nicht viel gebraucht, aber das lag nicht daran, dass sie besonders gut gewirtschaftet hätte. Essen und Kleidung bekam sie für die Dienstleistungen im Haus, und jetzt, wo Rafaella sie auf Jaelles Posten akzeptierte und ihr Aufgaben zuteilte, die sie erledigen konnte, ohne das Grundstück zu verlassen – das Sortieren von Packlasten, das Aufteilen von Lebensmitteln in einzelne Tagesrationen –, hatte sie noch etwas dazuverdient. Das Geschäft mit dem Schuhmacher war abgeschlossen. Magda ging die Straße hinunter, und Monty schloss sich ihr wieder an.

»Wo kann ich jetzt mit Ihnen reden?«

»Um was geht es eigentlich?«

»Das wissen Sie ganz genau«, empörte er sich. »Ich brauche einen Bericht von Ihnen – das habe ich Ihnen schon bei meinem ersten Besuch gesagt. Wir bekommen acht Amazonen in die Medizinische Abteilung, wie ich neulich von Cholayna hörte. Wir müssen mehr über sie wissen, und Sie sind die einzige Expertin über darkovanische Frauen, die wir haben.«

»Fragen Sie Jaelle«, sagte Magda, und er lachte.

»Ich fürchte, sie ist ein bisschen zu stachlig für mich. Ich sehe ein, dass Frauen, die es in einer Gesellschaft wie dieser geschafft haben, sich auf eigene Füße zu stellen, ein kleines bisschen in der Defensive sind. Was ich mir einfach nicht vorstellen kann, ist, wie ihre Heirat mit Haldane zu Stande gekommen ist. Können Sie mir das erklären?«

»Da Sie wohl wissen, dass er und ich einmal verheiratet waren, halte ich diese Frage für rein rhetorisch.«

»Nein.« Plötzlich wurde Monty ernst. »Ganz und gar nicht. Meine Arbeit im Feld und meine Beobachtungen, wie die Männer in der darkovanischen Kultur die Frauen behandeln, hat mich veranlasst, meine eigenen Werte zu überprüfen. Manchmal frage ich mich, ob die Frauen vielleicht eine Kultur vorziehen, wo sie umsorgt werden. Geliebt und beschützt werden. Wir machen so viel Tamtam um die Gleichberechtigung, aber die Frauen hier scheinen recht glücklich zu sein. Oh, es gibt Ausnahmen, aber im Ernst, Magda ...« Er hatte sie bei ihrem terranischen Namen genannt, doch sie berichtigte ihn nicht, da niemand ihnen nahe genug war, um es zu hören. »... mir kommt es ganz vernünftig vor, den Frauen die Oberhand in ihrer eigenen Sphäre zu lassen und sie nicht in direkte Konkurrenz mit den Männern zu bringen. Sollen sie einen Ort haben, wo sie wirklich überlegen sein können, und ihn von der Welt des Mannes getrennt halten. Viele Gesellschaften funktionieren auf diese Weise ... Teufel, Sie haben auf Alpha Anthropologie und Soziologie studiert, Sie wissen doch, wovon ich rede.«

»Mir gefallen die Prämissen hinter dieser Sorte von Kultur nicht«, erklärte Magda scharf. »Warum muss alles aufgeteilt werden in Dinge, die Frauen tun, und Dinge, die Männer tun?«

»Und warum nicht? Es ist nun einmal Tatsache, nur geben manche Gesellschaften es zu und andere leugnen es. Die meisten Frauen sind weniger ehrgeizig, weniger athletisch – warum sollte eine Gesellschaft auf den Ausnahmen aufgebaut werden? Ich sehe nichts Schlimmes darin, wenn ein Mann zum Beispiel sein ganzes Leben in einem Kleid verbringt, aber ich würde nicht alle Männer zwingen wollen, Kleider zu tragen, nur damit die paar, die es gern tun, nicht auffallen. Ich war einmal in einer Kinderschule, wo man die Jungen nicht mit Lastwagen und Raumschiffen spielen lassen wollte, damit sie nicht stereotypiert würden. Ein paar kleine Mädchen hätten sich gern mit Puppen beschäftigt, und die Kinderschwestern schoben sie zu den Raumschiffen und animierten sie, Fußball zu spielen.«

»Also Sie würden den Mädchen die Puppen und den Jungen die Raumschiffe geben und es dabei bewenden lassen?«

Monty zuckte die Schultern. »Warum nicht, solange die Mädchen, die die Raumschiffe und die Spielzeugautos haben wollen, eine Chance bekommen, sie hin und wieder auszuprobieren? Ich persönlich habe allerdings nie das geringste Interesse daran entwickelt, mit Puppen zu spielen, ganz gleich, wie viele sie mir in meine kleinen Hände drückten. Auf Darkover hätte man mir als Jungen wenigstens das Recht zugebilligt, mich wie ein Junge zu verhalten.«

Magda musste lachen. »Nun, ich brauchte nie um mein Recht auf eine Puppe oder ein Spielzeugauto zu kämpfen. Ich malte oder hörte dem Harfenspiel meiner Mutter zu. Und viel Zeit habe ich dem Tanzen gewidmet. Vergessen Sie nicht, ich bin in Caer Donn aufgewachsen.«

»Ich beneide Sie«, versicherte Monty aufrichtig. »Eine wundervolle Chance, in der Welt aufzuwachsen, in der man tatsächlich lebt ... Sie kennen meinen Vater. Er ist seit dreißig Jahren auf Darkover, und immer noch kann er das Licht der roten Sonne nicht ertragen, weil er die ganze Zeit unter erdnormalem Licht verbringt.«

»Sie haben keine Ursache, mich zu beneiden, Monty.« Magda ging auf seine Stimmung ein. »Es ist gar nicht schön, wenn ein Kind nicht weiß, wohin es gehört, wenn es nicht die richtigen Erkennungszeichen von sich gibt. Ich war nie ein echtes darkovanisches Kind, und meine kleinen Freunde wussten es, und ich wusste es auch – o Gott, wie gut ich es wusste! Und als ich zu den Terranern ging, war es noch schlimmer ... wie, zum Teufel, bin ich auf das Thema gekommen?«

Monty lächelte, und Magda fiel auf, dass es ein sehr nettes Lächeln war. »Ich gestehe, dass ich Sie darauf gebracht habe. Ich wollte mehr über Sie wissen. Sie sind *die* Expertin, wissen Sie, für darkovanische Kultur und Sprache. Das überrascht mich nicht. Ich glaube nicht, dass ein Mann Einzelheiten so genau beobachten kann, wie es eine kompetente Frau tut.«

»Ich bin froh, dass Sie uns diese Fähigkeit zugestehen«, stellte Magda trocken fest. »Ich habe mich nämlich schon gefragt, ob Sie die Beurteilung von Kleidern für die mir angemessene Einflusssphäre hielten.«

»Ja, unter anderem«, erwiderte er gelassen, »und Sie sind

der lebende Beweis dafür, dass es einer Frau besser gelingt, die Eingeborene zu spielen, als einem Mann.«

»Nun, zumindest in einem Gildenhaus.« Der Impuls, mit ihm zu streiten, verging.

»Sie sagen doch immer, Sie möchten, dass sich Darkover und das Imperium besser verstehen. Machen Sie einen Anfang. Helfen Sie mir zu verstehen.«

Das klang vernünftig. Während Magda darüber nachdachte, fuhr Monty fort: »Sie müssen sowieso zwei oder drei Stunden totschlagen, bis Ihre Stiefel fertig sind. Wir wollen keinen offiziellen Bericht daraus machen. Kommen Sie einfach mit mir ins HQ, und dann trinken wir in meiner Wohnung ein Glas, während Sie ein paar Grundtatsachen für mich auf Band sprechen. Und Sie zeigen mir, wie ich Zugang zu Ihren anderen Berichten bekomme oder die Erlaubnis erhalte, mit ihnen zu arbeiten, okay? Guter Gott, Mädchen, haben Sie keine Ahnung davon, dass Ihre Arbeit nicht nur hier, sondern überall im Imperium als beispielhaft gilt? Schon auf Alpha habe ich über Lornes Arbeit auf Cottman IV gehört, und ich hoffte, ich würde mit Ihnen zusammen zum Einsatz geschickt!«

Schmeichelei, dachte Magda. *Er versucht, zu bekommen, was er haben will. Das ist alles.* Aber nach den Entmutigungen und Selbstzweifeln der letzten Wochen berührte es etwas so tief in ihrem Inneren, dass sie nicht umhin konnte, sich bei diesen Worten warm und zufrieden zu fühlen.

»Na gut. Wenn Sie mir ein paar Minuten lassen, damit ich in die Kredittransferabteilung hinuntergehen kann ...«

»So viel Zeit, wie Sie möchten«, antwortete er liebenswürdig, nachdem er seinen Willen durchgesetzt hatte.

Sie passierten das von Raumpolizei bewachte Tor, und es war wie früher, wenn sie mit Peter von einem Einsatz zurückgekehrt war, noch in darkovanischer Kleidung, aber bereit, die darkovanische *persona* abzunehmen und zu ihrem wahren Ich zurückzukehren. *Damals glaubte ich, es sei mein wahres Ich und die darkovanische Margali nur eine Maske. Was ist die Wahrheit?* Magda war sich nicht mehr sicher.

Montys Wohnung lag im Block für das unverheiratete Personal, nicht allzu weit von Magdas alten Räumen. Er bot ihr Platz an und fragte, was sie trinken wolle.

»Kaffee«, antwortete sie, ohne einen Augenblick zu zögern. »Wenn Sie mich fragen, was mir am meisten gefehlt hat, so ist es Kaffee ... und eine warme Dusche am Morgen.«

Monty trat an seine Konsole, um den Kaffee zu wählen. »Es ist wohl ziemlich primitiv im Gildenhaus?«

»O nein!« Wieder einmal ärgerte sie sich über ein Vorurteil. »Dort gibt es heißes Wasser, Badewannen, alles ... Es ist nur so, dass sie einen anderen Lebensstil haben und den Dingen einen anderen Stellenwert zuordnen. An manches muss man von klein auf gewöhnt sein. Zum Beispiel sind sie überzeugt, ein kaltes Bad sei genau das, was man braucht, um morgens wach zu werden, und in warmem Wasser schwelge man am Abend. Und ich musste mich anpassen.« Sie lachte und drehte die Kaffeetasse zwischen den Händen. »Ich habe nie erkannt, wie terranisch ich bin, bis ich achtundzwanzig Stunden am Tag, zehn Tage in der Woche darkovanisch sein *musste.*« Sie nahm einen Schluck Kaffee. Er schmeckte ihr immer noch gut, trotz der plötzlichen Fremdartigkeit, aber sie fragte sich, ob sie von dem Koffein, an das sie nicht mehr gewöhnt war, unerwartet high werden würde.

»Also, was wollen Sie wissen? Sprachen? Das ist einfach. Schlafen Sie mindestens sieben Tage lang mit dem Kortikator-Band. Zu viele Leute hier versuchen zu mogeln – nach einem oder zwei Tagen können sie sich verständlich machen, und dann plagen sie sich nicht mehr mit dem Kortikator ab. Das kostet Zeit. Ich bin natürlich mit der Sprache aufgewachsen; die Bänder, die Sie benutzen, stammen wahrscheinlich von mir. Aber als ich die Trockenstädter-Sprache lernte, habe ich zweimal volle zehn Tage damit geschlafen. Sie müssen die Sprache nicht nur oberflächlich beherrschen, sondern da, wo es zählt, in Ihren Eingeweiden. Solange wir noch keine vollständigen Bänder hatten, ließen sich Entschuldigungen finden, aber jetzt haben wir sie. Programmieren Sie die ganze Zeit Ihr Unterbewusstsein, nehmen Sie nicht nur den einfachen Sprachkurs. Sie sind doch befugt, einen Braniff-Alpha-Kortikator zu benutzen?«

»So ein Ding macht mich nervös. Mir gefällt der Gedanke nicht, dass an meinen Nervensynapsen herumgepfuscht wird.«

»Es ist die einzige Methode, mit der Sie eine Sprache ebenso gut lernen können, als ob Sie mit ihr aufgewachsen wären«, sagte Magda. »Und es ist besser, als taubstumm zu sein!«

»Das stimmt.« Monty lachte. »Würden Sie jetzt einen Bericht über die Freien Amazonen – oh, entschuldigen Sie, die Entsagenden ... sprechen ...«

Sie korrigierte seine Aussprache und war sich darüber im Klaren, dass sie Zeit gewinnen wollte. Doch ein Dutzend ihrer Schwestern würde hier in der Medizinischen Abteilung arbeiten. In gewissem Sinn tat sie es für die Gilde. Monty brachte ihr einen Stimmschreiber, und Magda machte sich an die Arbeit.

»Der Name ›Gilde Freier Amazonen‹, wie er üblicherweise von Terranern und im Imperium benutzt wird«, begann sie, »ist eine romantische Fehlinterpretation, basierend auf einer terranischen Sage über einen Stamm unabhängiger Frauen. Eine bessere Übersetzung des wahren Namens der Gilde wäre ›Orden der eidgebundenen Entsagenden‹.« Davon ausgehend, berichtete Magda, was sie von der Geschichte und der ursprünglichen Charta der Gilde wusste, die offiziell vor etwa 300 Jahren in Thendara entstanden und beinahe die Hälfte dieser Zeit eine streng geheime Untergrundbewegung gewesen war. Es hatte nur ein einziges verborgenes Gildenhaus gegeben, das beinahe wie ein Kloster geführt wurde. Erst in den letzten hundert Jahren hatten die Amazonen begonnen, offen zu operieren und weitere Zufluchtsstätten zu bauen.

Eine Weile hörte sie Monty in der Wohnung umhergehen, dann hatte sie sich so auf ihren Bericht konzentriert, dass sie ihn nicht mehr wahrnahm. Sie übersetzte den Text des Eides und erläuterte einige seiner schwerer verständlichen Bedingungen, schilderte die Tabus der Gilde, die Höflichkeitsformen, die die Amazonen unter sich beachteten, und die der normalen Bevölkerung im Umgang mit ihnen. Hier erwähnte sie auch die unglaubliche Feindseligkeit der Bürgerfrauen in den Kilghardbergen. Doch als sie auf die weit verbreitete Anschuldigung zu sprechen kam, die Entsagenden hassten die Männer und seien Liebhaberinnen von Frauen, wurde es ihr schwer, die Objektivität der geschulten Anthropologin zu bewahren. Bis dahin hatte sie die Chance begrüßt, in ihr terranisches Ich zurückzuschlüpfen. Nun zögerte sie, ließ das Band zurücklaufen, hörte sich an, was sie gesagt hatte, löschte die letzten zehn Minuten und ersetzte sie durch ein paar vage Verallgemeinerungen über die Beziehungen der Amazonen zu den Männern, die bei der Brandbekämpfung mitgeholfen hatten. Monty kam wieder herein, als sie beim Ausfeilen war, und sagte: Jetzt verstehe ich, wie Ihre Stiefel in diesen traurigen Zustand geraten konnten. »Sagen Sie – waren Sie draußen am Rand der Kilghardberge, als das Feuer dabei war, auf Syrtis überzugreifen?«

Magda nickte. Monty sagte: »Ich habe uns etwas zu essen bestellt. Diktieren macht hungrig, und zumindest müssen Sie eine trockene Kehle haben.« Er stellte ein Tablett vor sie hin, und Magda sog anerkennend den Duft ein. *Terranisches Es-*

sen ... Zwar bin ich mit darkovanischem Essen groß geworden, und es hat mir auch immer geschmeckt, verteidigte Magda sich vor sich selbst, *aber es ist doch schön, einmal Abwechslung zu haben.* Sie hatte die völlig andere Textur synthetischer Speisen schon ganz vergessen und kostete gespannt.

Monty zog sich einen Stuhl heran, hieb in sein eigenes Essen ein und betrachtete erfreut die von Magda aufgestapelten dünnen Spindeln. »Das ist *wundervoll*«, erklärte er mit Nachdruck. »Sie werden eine Fußnote in der Geschichte oder so etwas bekommen, und ich halte es nicht für ausgeschlossen, dass ich in einer Fußnote zu der Fußnote verewigt werde, weil ich Sie dazu überredet habe!«

Magda lachte und schob eine Tube synthetischer Nahrung mit Apfelgeschmack auf die Seite. Der Geschmack war ebenso fade, wie sie ihn in Erinnerung hatte. »Sie hatten eine eigene Fußnote verdient. Oder haben Sie nicht vor, in die Fußstapfen Ihres alten Herrn zu treten?«

Montys Lachen schuf eine plötzliche Intimität zwischen ihnen. »Sie wissen und ich weiß, dass sich mein Vater zum Koordinator auf einem Planeten wie Darkover nicht besser eignet als der Esel in einem eurer Volksmärchen – heißt er nicht Durans Esel?«

»Durramans Esel«, berichtigte Magda, »der zwischen zwei Heuballen verhungerte, weil er sich nicht entscheiden konnte, welchen er zuerst fressen sollte ...«

»Im Ernst, Magda, es ist nicht meines Vaters Schuld. Er wünschte sich, Kommandant einer Raumstation zu werden, dazu war er ausgebildet worden. Leider ließ er sich mit der falschen politischen Partei ein. Für mich«, gestand Monty, »war das natürlich ein Glück, denn von dem Augenblick an, als ich entscheiden konnte, war Darkover meine Welt ... noch Kaffee?«

Magda schüttelte den Kopf und schob das Tablett zurück.

»Das war ein sehr gutes Essen und auf jeden Fall eine Abwechslung.«

Monty warf einen Blick auf sein Chronometer, das Imperiumszeit anzeigte. »Sie brauchen sich nicht zu beeilen; Ihre Stiefel werden erst in einer Stunde fertig sein. Aber ich möchte Sie nicht darum bitten, noch mehr zu diktieren. Sie haben bereits gewaltige Arbeit geleistet. Ich kann Ihnen nicht genug danken, doch wenn Sie zurückkommen, werden Sie eine Gutschrift auf Ihrem Konto finden ... Übrigens, wann kommen Sie denn zurück? Mein alter Herr sprach von einem speziellen Posten als Verbindungsoffizier, der eigens für Sie geschaffen worden sei ...«

»Ich muss noch vierzig Tage im Gildenhaus bleiben. Danach – ich weiß nicht recht. Vielleicht beantrage ich eine Änderung der Staatsangehörigkeit ...«

»Oh, tun Sie das nicht«, bat er rasch. »Dafür ist das Bürgerrecht des Imperiums zu wertvoll. Haldane hat es für Jaelle erwirkt, damit ihr Kind es bei der Geburt bereits besitzt. Seien Sie so darkovanisch, wie Sie wollen, aber behalten Sie Ihre Staatsangehörigkeit. Nur für alle Fälle.«

Ja, das war die terranische Art. Sichere dich gegen alle Eventualitäten, lass dich nie in eine Sache ein, ohne dir einen Fluchtweg offen zu halten. Magda warf einen Blick auf die Wanduhr. »Ich sollte beim Nachrichtendienst vorbeischauen und mich bei Cholayna melden ...«

»Sie ist nicht im Dienst«, sagte Monty, »und zufällig weiß ich, dass sie sich ins Meditationszentrum begeben und die Nachricht hinterlassen hat, sie wolle mindestens achtzehn Stunden lang nicht gestört werden. Vermutlich steckt sie in einem Isolierungstank oder dergleichen – sie gehört einer dieser merkwürdigen alphanischen Religionen an. Eine sehr eigentümliche Dame, obwohl es gut ist, eine so tüchtige Leiterin des Nachrichtendienstes zu haben. Sie hat nur einen Fehler, sie kann selbst nicht ins Feld gehen. Deshalb müssen wir uns auf Sie verlassen. Darf ich Sie um einen persönlichen Gefallen bitten, Magda?«

»Fragen können Sie ja«, lächelte sie, und plötzlich wurde ihr bewusst, dass sie in gewissem Sinn mit ihm flirtete. Sie hatte dem persönlichen Teil ihrer Kommunikation für den Augenblick den Vorrang vor dem dienstlichen gegeben, um Monty zu schmeicheln ... War das einer Amazone würdig? Es war die terranische Art. Sie hatte bisher noch nie darüber nachgedacht, aber jetzt merkte sie, was sie tat, und hörte im Geist die barsche Stimme Rafaellas: *Ist es dir so wichtig, dass ein Mann dich für schön hält?* Rafaella hatte wirklich nicht das Recht, den Mund aufzureißen, sie hatte drei Söhne von drei verschiedenen Vätern ... Wenigstens war Camilla, die Frauen liebte, konsequent! Doch trotz all ihrer Zweifel richtete es Magda auf, dass sie immer noch anziehend auf Männer wirkte, nicht ihrer Tüchtigkeit wegen, sondern als Frau.

»Sie wissen, wie Sie als Eingeborene durchkommen, und Haldane weiß es auch. Ich werde mich dem Braniff-Alpha-Kortikator anvertrauen – und ich will glauben, dass er ungefährlich ist, wenn *Sie* es sagen. Aber können Sie mir verraten, was ich falsch mache, damit ich in Zukunft ebenso wie Sie und Haldane und Cargill in der Altstadt als Eingeborener akzeptiert werde?«

»Warum fragen Sie sie nicht? Es sind Männer, sie werden wissen, was für einen Mann notwendig ist ...«

»Nein«, wehrte er ab. »Meiner Meinung nach ist eine Frau am besten darin, einen Mann zu entdecken, und ein Mann, eine Frau zu entdecken. Zum Beispiel glaube ich, dass ich Sie erkennen würde, auch wenn Sie darkovanische Kleidung trügen ... ich meine, wenn Sie, anders als hier, auf der Hut wären. Ich würde Sie auf dem Markt sofort ausfindig machen. Sie gehen nicht *ganz* so wie eine Darkovanerin – nein, es liegt an Ihren Augen, Sie schlagen sie nicht nieder oder doch nicht ganz auf die gleiche Art. Sie ...« – er suchte nach Worten – »... schlagen sie nieder, aber ich sehe, dass Sie es bewusst tun, nicht automatisch. Kommt das daher, dass Sie eine Entsagende sind?«

»Vielleicht zum Teil. Aber Sie haben Recht; ich habe damit immer Schwierigkeiten gehabt. Ziehen Sie Ihre darkovanischen Sachen an, dann sage ich Ihnen, was Sie falsch machen. Und während Sie sich umziehen, gehe ich in die Wechselstube ... oh, verdammt, in diesen Kleidern kann ich das HQ nicht betreten, ich würde jede einzelne Alarmanlage auslösen!«

»Eine der Frauen in meinem Büro hat ungefähr Ihre Größe, und sie wohnt gleich am Ende des Ganges. Erlauben Sie mir, dass ich mir von ihr eine Reserve-Uniform für Sie ausleihe.«

Magda willigte ein, bat ihn aber dringend, niemandem zu erzählen, für wen die Uniform sei. Sie wollte an ihrem freien Tag nicht von alten Bekannten bedrängt werden, die alle Einzelheiten über ihren merkwürdigen Feldeinsatz zu erfahren wünschten. Monty kam zurück und stellte Magda zum Umziehen sein Schlafzimmer zur Verfügung. Sie war überrascht, wie nackt sie sich, nachdem sie Monate in den losen, verhüllenden Amazonenkleidern verbracht hatte, in Strumpfhosen und enger Jacke fühlte. Ihr kurzes Haar – kurz sogar für eine Terranerin – störte sie, aber sie bürstete es zu einer halbwegs schicken Frisur, und Monty war so aufmerksam gewesen, sich auch ein paar Kosmetika auszubitten, so dass sie sich zurechtmachen konnte. Als sie aus dem Schlafzimmer kam, pfiff er bewundernd.

»In den Klamotten, die Sie anhatten, habe ich gar nicht bemerkt, dass Sie eine Wucht sind!«

Wieder lachte sie. Solche Komplimente hatte sie lange nicht mehr zu hören bekommen. Es war ein vertrautes und gleichzeitig fremdes Gefühl, die Flure des HQ entlangzugehen und zu wissen, dass sie praktisch unsichtbar war, denn die

Uniform machte sie zu irgendeiner beliebigen Angestellten, die das Recht besaß, sich hier aufzuhalten. Es war einmal etwas ganz anderes und irgendwie tröstlich, ihre Identität fallen zu lassen und in die Anonymität einzutauchen.

Bald hatte sie die Zeit, in der sie das Gildenhaus nicht verlassen durfte, hinter sich. Würde man sie bitten, ins HQ zurückzukehren? Wenn sie es tat, musste sie allen ihren Schwestern gestehen, dass sie Terranerin war. Ob sie sie dann hassten?

Bei ihrer Rückkehr trug Monty wieder seine darkovanische Kleidung, und sie musterte ihn kritisch.

»Ihr Haar ist zu kurz. Um wirklich echt auszusehen, müssten Sie es bis mindestens *hier* wachsen lassen.« Sie zog mit der Fingerspitze eine Linie über seinen Nacken. »Gehen Sie ein paar Schritte ...« Sie runzelte die Stirn. Schließlich erklärte sie: »Ich weiß, was es ist. Sie gehen zu ... zu leicht, zu unbeschwert. Darkovanische Männer – alle Männer, ausgenommen Bettler und Krüppel – tragen von klein auf ein Schwert, und sie tragen es selbst dann, wenn sie es nicht tragen. Verstehen Sie, was ich meine? Hier ...« Sie ergriff das Amazonenmesser, das sie beiseite gelegt hatte. »Hängen Sie das an Ihren Gürtel – versuchen Sie, damit zu gehen. Es ist natürlich kein Schwert ...«

»Sieht aber ganz so aus.«

»Dem Gesetz nach ist es keins«, betonte Magda. »Das Gesetz und die Charta verbieten einer Amazone, ein Schwert zu tragen.«

»Was ist der Unterschied?« Monty studierte die Klinge, die allem, was ein Terraner ein Schwert genannt hätte, wirklich sehr ähnlich sah. »Etwa drei Zoll«, gab sie trocken zu. Sie lachten zusammen, und Monty bewaffnete sich.

»Nein, Sie lehnen sich zur Seite, um das Gewicht zu kompensieren. Und nehmen Sie Ihr Handgelenk ein bisschen zurück, damit Sie sich nicht an dem Griff stoßen. Erinnern Sie sich, wie Sie zum ersten Mal ein Armbandradio trugen und lernen mussten, es nicht überall anzuschlagen? Handgelenk zurück – tiefer, damit das Schwert nicht im Weg ist, Sie es aber sofort ziehen können, wenn es sein muss. Sie müssen sich in die Vorstellung einleben, dass sie damit aufgewachsen sind. Sie haben begonnen, ein Schwert zu tragen und sich in seinem Gebrauch zu üben, als Sie ungefähr acht waren. Sie sind nie ohne Schwert aus dem Haus gegangen, Sie kämen sich nackt vor, wenn es nicht da wäre, als hätten Sie am Morgen vergessen, sich die Hose anzuziehen.«

»Großer Gott!«, rief Monty aus. »Ich wusste, dass die Kultur aggressiv ist, aber bilden sie hier kleine Jungen tatsächlich schon mit acht zu Schwertkämpfern aus?«

»Die Talbewohner. In den Bergen trägt ein Junge einen Dolch, sobald er laufen kann, und er benutzt ihn auch. Das ist Teil der Realitäten ihrer Welt; es gibt da draußen vieles, was größer ist als ein Kind. Und solange Sie das lediglich mit dem Verstand wissen, aber nicht bis in Ihre Eingeweide hinein spüren, haben Sie nur eine oberflächliche Vorstellung davon, was es bedeutet, auf Darkover ein Mann zu sein. Die darkovanischen Frauen sind weniger beschützt als unsere Männer – es haben Frauen bei der Brandbekämpfung mitgeholfen, und sie waren nicht alle Entsagende!« Sie schwieg eine Weile, dann schlug sie vor: »Besorgen Sie sich ein Schwert und tragen Sie es hier in Ihren vier Wänden ständig.«

»Wie, um alles in der Welt, setzt man sich mit dem Ding?«

»Das ist es ja gerade«, entgegnete Magda. »Tragen Sie es sechs Wochen lang, und Sie werden es wissen. Sie werden fähig sein, sich damit zu setzen und aufzustehen und zu arbeiten und zu gehen und zu rennen und sich auf einen Sitz in einer Kneipe gleiten zu lassen, ohne Ihren Nachbarn damit anzustoßen.«

Monty nickte langsam. »Hat Haldane das alles gemacht?«

»Und ob, und mehr als das. Sein Vater hat ihn in dem Dorf, wo er aufwuchs, mit den anderen Jungen seines Alters zu einem Waffenmeister zum Unterricht geschickt. In Imperiumsuniform, so sagte er mir einmal, fühlt er sich nicht vollständig angezogen. Das geht uns beiden so.« Verlegen blickte sie auf ihre langen Beine in den dünnen Strumpfhosen. »Und ich muss mich wieder umziehen, bevor ich gehe.« Sie ging zur Schlafzimmertür und setzte hinzu: »Noch etwas – tanzen Sie, so viel Sie können. Alle Kinder hier beginnen mit dem Tanzunterricht, wenn sie fünf sind.«

»Davon habe ich gehört«, sagte Monty. »Da gibt es diese alte Redensart: ›Bring drei Darkovaner zusammen, und sie veranstalten einen Tanz.‹ Bevor ich nach Darkover kam, habe ich ein bisschen Ballett ebenso wie die Kriegskünste trainiert ... studierte Gravitationstanz auf Alpha.«

»Das erklärt«, meinte Magda, »wie Sie es überhaupt fertig bringen, sich als Darkovaner auszugeben. Sie gehen nicht ganz wie der durchschnittliche Terraner, der überhaupt nicht weiß, wie er sich bewegen soll. Mir ist aufgefallen, dass Sie Anmut besitzen. Die Darkovaner halten die meisten Terraner für unglaublich tölpelhaft. Der Tanz – so sagen sie – ist eine der wenigen rein menschlichen Tätigkeiten. Vieles können auch die Tiere, aber es heißt: *Nur Menschen lachen, nur Menschen weinen, nur Menschen tanzen.*«

»Ja«, sagte er, »so bewegen sich hier Männer und Frauen – anmutig ... und Sie ebenfalls«, setzte er hinzu, »wie eine Feder.«

Er sah sie auf eine Weise an, die sie plötzlich befangen machte. »Ich muss mich umziehen«, sagte sie. »Nicht einmal eine Hure würde so auf die Straße gehen.«

Er wandte den Blick nicht ab. »Ich kann mich nicht entscheiden, wie Sie mir besser gefallen. Darkovanische Frauen sind so bescheiden, so ...« – er zögerte, suchte nach dem

Wort – »... so weiblich. Es macht mir meine Männlichkeit stärker bewusst. Aber in Ihrer Amazonenkleidung scheinen sie all das abzulehnen, sich davon zu distanzieren. Und in Uniform – Sie sind sehr schön, Magda.« Er drehte sie langsam zu sich herum und küsste sie. »Das habe ich mir schon an dem Tag gewünscht zu tun, als ich Sie im Gildenhaus besuchte und Sie so böse auf mich wurden. Und jetzt, wo ich weiß, dass Sie keine Xanthippe sind, sondern eine schöne Frau und – und so vieles, Kollegin und Freundin und ...« Er brach ab und küsste sie noch einmal.

Eine Minute später fragte sie leise: »Bin ich wirklich so Furcht erregend?«

»Jetzt nicht. Gehen Sie nicht, Magda, bleiben Sie eine Weile bei mir ...« Er zog sie an sich, und sie ließ sich von ihm küssen. Ihre Gefühle waren zwiespältig. Sie fand ihn nett, aber eine rein kollegiale Beziehung wäre ihr lieber gewesen. Und doch gab es ihr neues Selbstvertrauen, dass sie noch in ihrer Abwehrhaltung begehrenswert war. Er küsste ihren bloßen Hals, und sie zog sich beunruhigt von ihm zurück.

»Nein«, sagte sie mit leiser Stimme, »Monty, nein. Ich bin hergekommen, um mit Ihnen zu arbeiten, nicht – nicht dafür.«

Er gab sie nicht frei. »Es ist doch nicht wahr, was man sagt – dass die Amazonen die Männer hassen und Frauen lieben?«

Das sagt man also, und ich frage mich jetzt, ob es stimmt? Eine der Frauen sagte einmal in der Schulungssitzung, eine Entsagende, die ihre Liebe einem Mann schenke, sei eine Verräterin an ihren Schwestern, Männer versuchten immer, uns in die Rolle des Sexualobjekts zu drängen, weil sie uns dann nicht ernst zu nehmen brauchten. Er hat davon gesprochen, meine Arbeit hier gelte als beispielhaft ... Hat er es nötig, mich zu verführen, einfach um zu beweisen, ich sei trotz allem nicht mehr als eine Frau, die man sich nehmen kann?

Dessen ungeachtet ließ sie sich von ihm auf die Couch niederziehen, gab sich seinen Küssen hin. Zu ihrem Unbehagen war sie sich ihrer eigenen Reaktion bewusst.

Ich will nicht. Ich lebe seit mehr als einem Jahr ohne Mann, ich müsste eigentlich verrückt nach ihm sein. Er ist sehr nett, aber ich will wirklich nicht. Was stimmt nicht mit mir? Ich hätte es gar nicht erst so weit kommen lassen dürfen. Sie hätte ihn sofort und entschieden abweisen sollen. Es jetzt noch zu tun, wäre billig und kleinlich gewesen, denn er musste glauben, dass sie ihn ebenso wollte wie er sie.

Ich bin schließlich keine Jungfrau, um Himmels willen!

Nach einer Weile flüsterte er: »Das ist albern, Magda, wir küssen uns wie die Kinder mit all unsern Sachen an. Wir sind beide vernünftige erwachsene Menschen. Du willst mich doch auch, nicht wahr?«

Will ich? Will ich nicht? Oder will ich mich nur vergewissern, dass ich immer noch fähig bin, auf einen Mann zu reagieren, dass ich kein fremdartiges geschlechtsloses Ding geworden bin – wie Camilla – warum denke ich jetzt an Camilla? Das ängstigte sie. Sie blickte zu ihm auf und lächelte.

»Natürlich will ich dich«, sagte sie deutlich, »aber ich gehe nie mit einem Mann ins Bett, ehe ich seinen Vornamen weiß.«

Voller Erleichterung und Freude lachte er auf sie nieder. Seine Augen waren dunkel und leuchteten, sein Gesicht hatte sich gerötet. »Oh, dann geht es in Ordnung«, scherzte er. »Ich benutze ihn nicht, weil es keine darkovanische Entsprechung dafür gibt. Meinen Vater stört das nicht, aber mich. Mir gefällt es nicht, einen Namen zu tragen, den niemand aussprechen kann, deshalb bin ich Monty. Mein Name ist Wade. Ich sollte mir wirklich einen darkovanischen Vornamen zulegen, ich habe mich nur noch nicht entschlossen, welchen. Ist das nicht lächerlich? Aber wenn mehr nicht erforderlich ist …« Lachend beugte er sich über sie, und sie lächelte und ließ sich von neuem auf die Couch niederziehen.

Als sie sich vor seinem Spiegel wieder anzog, kam er und berührte sanft ihr Gesicht.

»Du bist so reizend«, sagte er leise, »aber in diesen Kleidern siehst du hart und fremd aus. Ich mag es nicht, wenn du dich in ihnen versteckst, obwohl ich jetzt weiß, sie sind eine Lüge und du bist gar nicht so.«

Magda legte ihre Hand leicht auf seinen Arm. »Sie sind keine Lüge, Monty. Das ist – ein Teil dessen, was ich bin. Kannst du das nicht verstehen?«

»Nein«, antwortete er, »niemals. Trotzdem will ich es versuchen. Möchtest du jetzt einen Drink?« Er gab sich Mühe, auf ihren leichten Ton einzugehen, doch sie mochte ihn lieber, seit sie wusste, dass es für ihn nicht nur ein flüchtiges Abenteuer gewesen war.

Und für mich war es das ebenso wenig. Er gefiel mir, und er ist ein Freund, auch wenn es mehr nicht bedeutet hat. Ist es verkehrt, wenn man einem Freund eine Freude machen will, obwohl er ein Mann ist? Sie setzte sich mit ihrem Glas neben ihn, wohl wissend, dass er, verunsichert, wie er war, ihre Nähe brauchte. Sie wünschte, sie könnte ihm begreiflich machen, dass es ihr nicht anders ging.

... dass ich mich einem Mann nur hingebe, wenn es mein eigener freier Wille ist ... Die Worte des Eides hallten in ihrem Kopf wider. *Ich weiß nicht mehr, was das bedeuten soll. Habe ich ihn zur Stillung meines Verlangens benutzt ... nicht des sexuellen Verlangens, sondern des Verlangens, mir selbst zu beweisen, dass ich immer noch anziehend bin? Haben die Worte des Eides die Bedeutung, dass wir die Männer benutzen sollen, statt uns von ihnen benutzen zu lassen? Brauchen wir uns denn nicht gegenseitig?*

»Es ist schwer«, sagte er stockend, »allein zu sein, und es ist schwer, jemanden zu finden. Ich ... ich möchte nicht heiraten. Andererseits habe ich kein besonderes Interesse an Frauen, wie man sie in dem Viertel mit den roten Laternen findet. Ich habe ein bisschen herumgespielt, weil – es hört sich unsinnig an – sie für mich in gewisser Weise Darkover verkörpern. Den einzigen Teil, den ich haben konnte. Die wirkliche Welt ist eine Milliarde Lichtjahre von diesen Mädchen entfernt, das weiß ich wohl. Aber ich kann – ich konnte sie haben, zumindest innerhalb gewisser Grenzen, und den Rest konnte ich nicht haben. Verstehst du das? Und, ach, zum Teufel, plötzlich sagte ich mir: Diese Frau weiß Bescheid, ich kann mich mit ihr verständigen ... Glaub mir, ich habe dich nicht eingeladen, um dich zu verführen, das ist mir gar nicht in den Sinn gekommen ...«

»Mach dir keine Gedanken, Monty. So etwas passiert. Wie du sagtest, wir sind beide erwachsen.« Sie trank einen Schluck und streichelte seine Hand. Wie absurd, dass sie *ihn* beruhigen musste!

»Wirst du mir zeigen, wo ich ein Schwert kaufen kann? Ich möchte gern versuchen, was du mir vorgeschlagen hast«, sagte er, und Magda nickte.

»Natürlich. Obwohl Peter tatsächlich mehr darüber weiß. Er kennt sich mit Waffen aus, und ich habe kein Urteil darüber, obwohl ich ein bisschen, ein ganz klein bisschen Unterricht darin bekommen habe, sie zu benutzen. Peter dagegen ist ein Experte.«

»Gut, ich werde ihn darum bitten, obwohl ich ihn eigentlich gar nicht so gut kenne. Seine Frau kenne ich ein wenig besser; wir arbeiten viel zusammen. Du kennst sie auch, nicht wahr, sie ist deine Freundin?«

»Meine Eidesmutter in der Gilde. Das ist eine ganz besondere Beziehung.« Magda wunderte sich, warum der Gedanke sie mit solchem Schmerz erfüllte. Was war zwischen sie getreten, dass sie nicht mehr so enge Freundinnen waren wie früher? Sie wollte nicht darüber nachdenken.

»Sie ist ein nettes kleines Ding«, sagte Monty, »und sie wirkt hier so schrecklich isoliert. Oh, tüchtig ist sie – sehr tüchtig. Aber sie sieht so traurig aus. Sie muss diesen Mann wahnsinnig lieben, dass sie seinetwegen ihre Welt verlassen hat. Eine Frau, die das für einen Mann tut – oh, verdammt«, unterbrach er sich, denn die Türglocke kündigte mit diskretem Räuspern einen Besucher an. »Ich sehe nach, wer es ist, und versuche, ihn wieder loszuwerden, ja?«

»Nicht meinetwegen, Monty, ich muss ja doch gehen und meine Stiefel abholen«, wehrte Magda ab. Monty ging zur Tür.

»Oh, kommen Sie herein, Li. Sie kennen Lorne vom Nachrichtendienst?«

»Cholayna hat mir eine Menge Geschichten über sie erzählt.« Alessandro Li beugte sich über Magdas Hand. Magda nahm ihr Messer und befestigte es am Gürtel, und sie war sich bewusst, dass Alessandro Lis Augen jeder ihrer Bewegungen folgten. Sie errötete und schalt sich albern. Er konnte unmöglich wissen, was zwischen Monty und ihr geschehen war, und wahrscheinlich würde es ihn, wenn er es wüsste, gar nicht interessieren. Sie sagte: »Wenden Sie sich deswegen an Peter, Monty. Er kann Ihnen ein gutes Schwert besorgen, und soviel ich weiß, ist der Kauf eines Schwertes eine Wissenschaft für sich – man muss wissen, was man tut, und auf einem an Metallen armen Planeten sind sie nicht billig! Es ist eine Anschaffung fürs Leben.«

»Denken Sie denn daran, sich im Schwertkampf zu üben, Monty?«

»Nein, aber ich werde im Feld erst dann fähig sein, mich als Darkovaner auszugeben, wenn ich mit einem Schwert umgehen kann oder doch zumindest so aussehe, als ob ich es könnte«, antwortete Monty.

»Kein Sport, der mich anziehen würde«, meinte Li obenhin. »Ich kenne Ihre Arbeit gut, Miss Lorne, und es ist mir eine Freude, Ihnen einmal leibhaftig zu begegnen. Jaelle hat mir übrigens den darkovanischen Namen *Aleki* gegeben.«

Magda nickte. »Wer hier lebt, muss einfach einen haben. So lernen Sie, ihn als *Ihren* Namen zu betrachten. Es wird ein automatischer Reflex, dass Sie darauf hören.«

»Genau das ist das Problem mit Vater«, platzte Monty heraus. »Er kann sich nicht vorstellen, er habe irgendetwas mit dieser Welt zu tun. Nach – wie vielen? – elf, dreizehn Jahren fühlt er sich immer noch als Fremder.«

»Nun, schließlich *ist* er ein Fremder«, gab Aleki zu bedenken. »Auch wenn es für unsere Arbeit nützlich sein mag, gesund ist es nicht, wenn jemand so weit kommt, dass er sich als Bestandteil einer fremden Welt sieht. Ich finde, man sollte nie vergessen, dass man eine Maske trägt, nur so tut, als ob ... Die Maske darf nicht zur Wirklichkeit werden. Sicher, wenn wir einen Legaten für Darkover ernennen, muss das ein Mann sein, der echtes Interesse an den Eingeborenen nimmt und im Stande ist, sich mit ihnen zu identifizieren. Aber zuerst und vor allem muss er ein Berufsdiplomat des Imperiums sein. Nehmen Sie zum Beispiel Haldane. Er ist auf Draht, er kennt diesen Planeten vorwärts und rückwärts, und er hat einen Verstand wie die sprichwörtliche stählerne Falle. Wenn er ein bisschen älter geworden ist – natürlich brauche ich keinem von euch beiden noch zu sagen, dass es teilweise von meinem Bericht abhängen wird, ob und wann ein Legat nach hier entsandt wird. Haldane ist scharf und ehrgeizig – hat ein paar Schmutzflecken in seinem Dossier, aber er ist noch jung, und er lernt. Was meinen Sie, Miss Lorne? Würde Peter Haldane einen guten Legaten abgeben? Sind Sie die richtige Person zur

Beantwortung dieser Frage? Sie waren einmal mit ihm verheiratet, nicht wahr?«

»Ich weiß nicht, ob ich die richtige Person bin«, erwiderte Magda. »Ich mag ihn, aber ich bin nicht blind für seine Fehler, wenn es das ist, was Sie meinen. Natürlich wäre er ein besserer Koordinator als Russ Montray. Wer wäre das nicht?« Sie sandte Monty einen um Entschuldigung bittenden Blick zu. »Das wäre jeder. Ich auch.«

»Auf den meisten Welten hätten Sie gute Chancen, Koordinator zu werden, nur nicht auf Darkover«, stellte Aleki fest. »Es ist die alte Geschichte: Diese Gesellschaft würde eine Frau auf dem Posten nicht akzeptieren. Wenn Sie irgendwo anders den Job eines Koordinators wollen, Lorne, werde ich Sie empfehlen. Nicht hier. Sie waren jedoch gerade dabei, mir zu erzählen, was Sie von Haldane halten ...«

»Ich bin mir nicht sicher, ob er fähig ist, seine Fehler abzulegen«, sagte sie langsam, beinahe abbittend, »oder ob sie auf eine fixe Idee zurückzuführen sind. So oder so, er ist Darkover verfallen und will hier bleiben.«

»Ich weiß nicht recht.« Aleki schien seine Zweifel zu haben. »In einer solchen Schlüsselposition möchte man doch einen Mann sehen, der ohne jede Frage dem Imperium treu ist, für den das Imperium an erster und der betreffende Planet an zweiter Stelle kommt ...«

Magda schüttelte den Kopf. »Wenn es nach mir ginge, würde ich einen Mann aussuchen, für den der Planet an erster Stelle kommt – als Gegengewicht zu all den Bürokraten, bei denen das Imperium den Vorrang hat. Der Legat sollte ein Sprecher für den Planeten sein.«

»Das ist Aufgabe der Senatoren und anderer führender Persönlichkeiten des Planeten in der Regierung des Imperiums«, widersprach Aleki. »Allerdings ist es wahr, dass sie in einem Legaten manchmal einen Mann sehen, der für seine Welt einzutreten hat. Es gibt eben verschiedene Theorien über die Auswahl des geeigneten Mannes, das ist alles. Ein Grund, warum Sie es niemals weiter als zum Koordinator bringen würden, selbst wenn die Darkovaner sich mit einer Frau in diesem Amt abfänden, ist auch, dass Sie, wie Ihr Dossier zeigt, dazu neigen, sich den Eingeborenen anzuschließen – von einem planetaren Standpunkt, nicht vom Standpunkt des Imperiums aus zu denken. Ein Legat darf jedoch nicht provinziell, nicht auf einen Planeten fixiert sein. Haldane scheint zumindest hart daran zu arbeiten, einen größeren Weitblick zu gewinnen.« Er nahm das Glas entgegen, das Monty ihm gefüllt hatte. »Oh, danke.«

»Für mich nichts mehr«, wehrte Magda ab. »Eine Entsagende darf nicht betrunken durch die Straßen laufen, nicht einmal am Festtag! Doch einen Kaffee hätte ich gern noch.«

Monty wies auf den Berg von Spindeln auf dem Tisch neben der Couch. »Miss Lorne ist an ihrem freien Tag hergekommen und hat unsere Unterlagen über die Entsagenden ergänzt.«

»Und jetzt muss ich gehen, um den Rest des Tages mit den Frauen vom Gildenhaus zu verbringen ...«

»Gehen Sie noch nicht gleich«, bat Aleki. »Ich habe mir gewünscht, mich einmal mit Ihnen zu unterhalten, seit Jaelle Sie erwähnte. Ich habe mir alles angesehen, was es über Sie im Archiv gibt. Als ich in den Kilghardbergen war, sah ich Frauen vom Neskaya-Gildenhaus bei der Brandbekämpfung ...«

»Wir aus Thendara waren auch da«, sagte Magda. »Aber ich habe Sie nicht gesehen.«

»Und wenn, hätten Sie mich nicht bemerkt«, erklärte Alessandro Li launig. »Ich musste einen taubstummen Diener spielen.«

Monty lachte. »Das musste ich heute Morgen auch tun, als ich mit Magda durch die Stadt ging!«

»Sie waren in den Kilghardbergen«, fuhr Aleki fort. »Wissen Sie irgendetwas über ...« – er zögerte bei dem Wort – »... die *Comyn?*«

»Alles, was ich weiß, ist in meinem Bericht über Ardais enthalten«, wich Magda aus, und sein Gesicht verfinsterte sich.

»Das ist nicht genug! Ich glaube, dass die *Comyn*, wer und was sie auch sein mögen, den Schlüssel zu diesem ganzen verrückten Planeten darstellen. Sie wissen doch, wie es für gewöhnlich zugeht: Die Eingeborenen kommen zu uns und bitten darum, in das Imperium aufgenommen zu werden, sie gieren nach unserer Technologie, nach allen Errungenschaften einer sternenumspannenden Zivilisation. Aber diese Leute halten ihren kleinen gefrorenen Dreckklumpen für den Mittelpunkt des Universums!«

»Das können Sie ihnen nicht zum Vorwurf machen«, lächelte Magda. »Tut das nicht jeder?«

»Es geht hier nicht darum, ob ich es ihnen zum Vorwurf mache. Darkover ist anomal, und ich will wissen, warum. Jaelle kann ich nicht über die *Comyn* ausfragen – sie ist ja wohl mit welchen verwandt. Männer im Feld haben wir nicht. Vor ein paar Jahren wurde in der Handelsstadt gemunkelt, es habe unter den *Comyn* ein Machtkampf stattgefunden. Das hatte mit einer Einrichtung zu tun, die sie die Türme nennen. Ein Mann namens Lord Damon Ridenow zettelte eine Art von Rebellion an – und als ich an den Brandherd in den Kilghardbergen kam, wer führte da das Kommando? Er.«

»Sie müssten aber wissen, was da draußen vor sich geht«, sagte Magda. »Sie haben einen der besten Männer im Feld, den ich je kennen gelernt habe. Ich hätte ihn nie als Terraner erkannt, aber wir wurden vom Feuer eingeschlossen, und ich hörte ihn auf Terranisch fluchen.« Und dann wurde sie von Zweifeln befallen. Hatte sie ihn gehört oder hatte sie seine Gedanken mit diesem Extrasinn, der sich bei ihr entwickelte, wahrgenommen?

»Einen der besten Männer im Feld? Zum Teufel, worüber reden Sie?«, verlangte Aleki zu wissen. »Wir haben *überhaupt keinen* Mann auf Alton-Land. Unser einziger wirklich guter Agent ist im Augenblick Kadarin, und er und Cargill sind in die Trockenstädte gereist. Wen meinen Sie?«

»Man nennt ihn Dom Ann'dra«, begann Magda und brach ab. Der Ausdruck wilden Triumphes auf Alekis Gesicht ließ sie verstummen.

»Ich wusste es! Ich wusste es, verdammt noch mal, auch wenn noch so viel darüber geredet worden ist, dass dieser Mann Angestellter von Lord Damon sei und einen legitimen Arbeitsvertrag mit ihm abgeschlossen habe! Ihm ist es gelungen, sich eine unangefochtene Stellung zu erobern, weil er keine bekannte Verbindung mit dem Nachrichtendienst hat – und es geht das Gerücht, die *Comyn* benutzten Psi-Kräfte, deshalb könnten wir ihnen nie einen Undercover-Agenten unterjubeln! Sie würden seine Gedanken lesen, aber diesem einen ist es irgendwie geglückt, eine *wirkliche* Undercover-Operation durchzuführen, lässt sein Flugzeug da draußen abstürzen, wird als tot registriert, und jetzt sagen Sie, dieser Ann'dra – Teufel, ich habe den Mann *gesehen,* er läuft als Lord Damons Busenfreund durch die Gegend, und ich hatte keine Ahnung, dass er vom Nachrichtendienst ist!«

»Ich glaube nicht, dass es sich so verhält.« Magda dachte an den Mann, mit dem sie heute Morgen im Stall gesprochen hatte. Er war einer von ihnen, wurde nicht mehr zwischen zwei Welten hin- und hergerissen. Er hatte eine Heimat gefunden. »Vielleicht will er als tot gelten.«

Aleki hörte ihr nicht zu. »Ich muss herausfinden, was er weiß. Gerade jetzt, wo wir historische Entscheidungen über Darkover fällen, könnte er der Schlüssel zu allem sein.«

Sich widersprechende Eide. So viel ihr der Eid der Entsagenden bedeutete, sie hatte in gewissem Sinn hier ebenfalls beschworene Verpflichtungen. Sie war Terranerin, auch wenn sie es nicht sein wollte. Der Gedanke erschreckte sie. Entschlossen stand sie auf.

»Ich muss unbedingt gehen, Monty.« Er machte Anstalten, sie zu begleiten, doch sie schüttelte den Kopf. »Nein, nein, ich habe mich hier schon ausgekannt, als Sie noch für das Aufnahmeexamen in den Zivildienst gelernt haben!«

Sie sah, dass es ihn verletzte. Sah er sich selbst so sehr als Anfänger und sie als Expertin? *Er verdient von* mir *nichts anderes als Gutes. Ich habe ihn benutzt und verabscheue mich dafür, und jetzt versuche ich, ihn* vor *sich selbst herabzusetzen. Was bin ich für ein Biest!* Sie ließ es zu, dass er den Arm um sie legte.

»Gehen Sie zum Mittsommerball in die *Comyn*-Burg?«

»Ich, eine Entsagende? Mein Lieber!« Sie musste lachen. »Die Leute in der Burg wissen nicht einmal, dass wir existieren. Da würden sie noch eher Terraner einladen!«

»Nun, genau das haben sie getan«, begann Monty, und Aleki fiel ein: »Zufällig werde auch ich dort sein. Ich war gekommen, um es Monty zu sagen, und auch aus diesem Grund war ich so erfreut, Sie anzutreffen, Miss Lorne.« Er reichte Monty ein elegantes Pergament.

»Wie Sie sehen, wird der Koordinator mit ausgewählten Mitgliedern seines Stabes samt Begleitung gebeten, als eine Geste guten Willens zwischen Terranern und Darkovanern an dem Ball teilzunehmen. Dazu brauchen wir Leute, die lange Zeit hier gelebt haben, sich zu benehmen wissen, gut tanzen können und so weiter – mit einem Wort, Leute wie Sie, Miss Lorne.«

»Ich muss zugeben, ich habe es gewusst«, sagte Monty. »Mein alter Herr sprach davon, aber irgendwie bin ich nicht dazu gekommen, es Ihnen gegenüber zu erwähnen, Magda.« Sein jungenhaftes Grinsen verriet seine Verwundbarkeit, eine Seite, die sie an ihm nicht kannte, denn sie war für gewöhnlich hinter der harten Maske des Imperiumsmannes versteckt. Auch Peter hatte ihr diese Eigenschaft gezeigt, und sie fragte sich, ob alle Männer sie besäßen, sogar Darkovaner wie Dom Gabriel oder Kyril Ardais, die von der Gesellschaft, in der sie lebten, zu einem bestimmten Rollenverhalten gezwungen wurden. *Die Männer stehen ebenso unter Zwang wie die Frauen.* Doch ihnen bot ihre Rolle wenigstens Vorteile; es ist leichter, die Rolle des Herrn als die des Sklaven zu spielen!

Ihr erster Impuls war, abzulehnen. Eine Entsagende auf einem Ball und als Mitglied einer terranischen Delegation? Wenn irgendjemand, der sie im Gildenhaus gesehen hatte, anwesend war, ging ihre ein halbes Jahr lang sorgfältig gewahrte Tarnung in Rauch auf.

Aber früher oder später mussten sie doch erfahren, wer sie war. Sie *war* Terranerin; warum sollte sie tun, als sei sie keine? Und es mochte die einzige Chance sein, die eine Terranerin jemals bekommen hatte und jemals bekommen würde – am Mittsommerball in der *Comyn*-Burg teilzunehmen!

»Sie können mich über alles informieren, was ich wissen muss«, sagte Aleki, »und mich davor bewahren, ernsthaft gegen die guten Sitten zu verstoßen ...«

»Und mein Vater wird die Delegation anführen«, ergänzte Monty. »Sie sind es uns allen schuldig, mitzukommen und zu verhüten, dass er sich blamiert.«

»Oh, sicher würde doch Jaelle ... oder Peter ...«

»Ich bin mir nicht sicher, wie Jaelle zu mir steht«, sagte Aleki. »Obwohl sie höflich ist, habe ich irgendwie immer das Gefühl, sie kämpft gegen mich. Haldane mag mich nicht leiden, und das kann ich ihm nicht verübeln. Seine Karriere ist an diese Welt gebunden, und ich komme und werde wieder gehen, aber er weiß, dass sein Aufstieg oder sein Untergang von meinem Bericht abhängt. Nach Lage der Dinge wird er niemals Sympathien für mich entwickeln. Ich würde lieber mit jemandem gehen, der mir nicht feindlich gesonnen ist.«

Magda seufzte und nickte. »Wenn Sie es so darstellen, kann ich nicht nein sagen.«

»Haben Sie etwas anzuziehen? Oder soll ich ein Kleid für Sie besorgen lassen?«

»Danke, nein. Lady Rohana hat mir zu Mittwinter ein Festgewand geschenkt – ich habe mich schon gefragt, wenn ich jemals wieder Gelegenheit finden würde, es anzuziehen.«

»Soll ich Sie vom Gildenhaus abholen?«, fragte Monty, und Magda lachte fröhlich.

»Himmel, nein! Was würde das für ein Gerede geben! Ich liebe meine Schwestern, nur haben sie eine Eigenschaft, die ich an Frauen verabscheue – sie klatschen! Ich missgönne ihnen den Spaß nicht, solange sie nicht gerade über mich herziehen. Besser, wir treffen uns auf der Straße vor der Burg.«

Sie gab Aleki die Hand. Monty bestand darauf, sie an die Tür zu bringen.

Der Kollege Monty gefällt mir besser als der Liebhaber Monty. Ich möchte lieber seine Freundin als seine Mätresse sein. Widerstrebend gestattete sie ihm einen Abschiedskuss; sie wollte ihm nicht wehtun.

Auf dem Rückweg dachte sie daran, dass Jaelle sie einmal beschuldigt hatte, sie fühle sich stets gedrängt, Männer zu beschützen. *Das stimmt wahrscheinlich. Ich bin stärker als die meisten Männer, die ich kenne, und sie sind so verdammt leicht zu verletzen. Die Amazonen sagen, es sei schlecht, eine Frau zu kränken. Warum ist es dann richtig, einen Mann zu kränken?*

Oder haben so viele von ihnen so sehr durch Männer leiden müssen – Camilla zum Beispiel –, dass sie jetzt glauben, ein

Mann könne nicht verletzt werden, er sei immer überlegen und unverwundbar?

Sie hatte Mitgefühl für Monty, der allein und freundlos auf einer fremden Welt war, weil sie sich gut an die Zeit ihrer Ausbildung in der Alpha-Kolonie erinnerte. Dort war sie eine Fremde von einer Pionierwelt gewesen, eine exotische Erscheinung, eine schwierige Eroberung. Viele Männer hatten sie verführen wollen, weil sie fremdartig und anders, nicht weil sie Magda Lorne war. Sie war so einsam gewesen. Sie war jetzt einsam ...

Männer sind so schwach. Oder umgebe ich mich mit schwachen Männern, weil die starken eine zu große Herausforderung für mich darstellen würden?

Niemand versah den Hallendienst, aber Rezi kam mit mehligen Händen aus der Küche und ließ sie ein.

»Ein paar von unseren Schwestern aus dem Bellarmes-Gildenhaus sind zum Fest hergekommen. Du gehst heute Abend zum Frauentanz, nicht wahr? Camilla sagte, sie ginge mit dir.«

Magda hätte den Frauentanz der Veranstaltung auf dem Marktplatz von Thendara vorgezogen, aber sie schüttelte den Kopf. »Tut mir Leid, ich bin anderswo verabredet. Ich hätte nicht gedacht, dass Camilla mich in ihre Pläne einbeziehen würde, ohne zu fragen.«

Rezi machte eine klägliche Handbewegung. »Auch gut, aber komm nicht und weine dich an meiner Schulter aus, wenn Camilla mit dir böse ist.«

Magda flammte auf. »Ich bin ebenso wenig Camillas Eigentum wie sie das meine!«

Rezi lachte und schüttelte den Kopf. »Du und Camilla müsst eure Liebeshändel ohne mich regeln.«

Stirnrunzelnd stieg Magda die Treppe hinauf. Ihr war gar nicht in den Sinn gekommen, Camilla rechne am heutigen

Festtag mit ihrer Gesellschaft oder glaube, sie habe das Recht, damit zu rechnen. *Ich hätte es mir denken können. Eidesschwestern sind Familie.* Wenn sie die Wahl gehabt hätte, wäre sie lieber mit Camilla ausgegangen oder sogar mit Rezi, die sie weder besonders gut kannte noch mochte, statt mit Monty und Aleki und der ganzen verdammten terranischen Delegation. Aber sie hatte ihr Wort gegeben, und es war wichtig für ihre Arbeit.

Magda legte ihr Festkleid zum Lüften auf das Bett. Geduscht hatte sie im Terranischen HQ, deshalb machte sie sich daran, ihr kurzes Haar zu bürsten. Während sie dabei war, kam Camilla herein und blieb entzückt stehen.

»Wie hübsch du aussiehst, *breda!* Aber dies Kleid ist zu fein für den Frauentanz. Unsere Schwestern aus Bellarmes sind tagelang unterwegs gewesen und haben nur ihre Reisekleidung, und viele von den Teilnehmerinnen werden arme Witwen und dergleichen sein, die mit uns im Amazonenhaus leben würden, wenn sie könnten, aber für Kinder oder alte Eltern sorgen müssen. Neben so viel Eleganz kämen sie sich schäbig angezogen vor. Deshalb ist es bei uns nicht üblich, dass wir uns für den Frauentanz schmücken. Außerdem zieht ein solches Kleid nur die Männer an.«

»O Camilla, es tut mir Leid! Ich kann nicht mit dir zum Frauentanz gehen, ich werde anderswo erwartet ...«

Camillas leise Stimme zitterte vor Belustigung. »Und zweifellos bist du in die *Comyn*-Burg eingeladen, und Lord Hastur höchstpersönlich wird dich zum Tanz führen!«

Magda kicherte nervös. »Das mit Lord Hastur weiß ich nicht«, begann sie, »aber die Wahrheit ist, Camilla ... oh, du wirst es nie glauben!« Sie brach ab. Sie konnte Camilla nicht gut von den Terranern erzählen und wie Alessandro Li ihr klargemacht hatte, es sei ihre Pflicht zu kommen.

Glücklicherweise setzte Camilla als selbstverständlich voraus, Magda habe die Einladung durch Jaelle erhalten, die ihre Eidesmutter war, und eine Einladung von den *Comyn* kam schließlich einem königlichen Befehl gleich.

»Wie herrlich! Du musst mir hinterher alles erzählen, *breda*. Du hast keinen Schmuck, aber ich habe eine Halskette aus Feuersteinen, die ich dir leihen kann, sie hat genau die Farbe, die zu diesem Kleid schön aussieht.« Schon lief sie, die Kette zu holen. Magda starrte den kostbaren Schmuck an.

»Camilla, das ist zu viel. Das kann ich nicht annehmen ...«

»Warum nicht? Was mein ist, ist dein«, sagte Camilla einfach, »und eins steht fest, ich werde niemals in der *Comyn*-Burg mit den Hasturs tanzen! Die Kette hat meiner Mutter gehört. Ich habe sie nach dem, was ...« –sie zögerte – »... was ich dir erzählt habe, nur noch einmal gesehen, aber nach ihrem Tod brachte mir ein Bote diesen Schmuck. Ich trage nie welchen, es gibt jedoch keinen Grund, warum er für immer in einer Schachtel liegen und nicht ein einziges Mal am Hals einer schönen Frau zur Schau gestellt werden sollte.« Sie legte Magda die Kette um, und Magda erklärte impulsiv: »Für mich bist du schön, Camilla!«

Camilla scherzte: »Ich wusste gar nicht, dass du neben allen deinen anderen Leiden auch noch schlechte Augen hast.« Sie lächelte Magda an und umarmte sie kurz. »Der *Comyn*-Ball endet um Mitternacht«, sagte sie, »und auf dem Marktplatz wird bis zum Morgengrauen weitergefeiert. Komm danach zu uns.«

»Ich wäre lieber mit dir zusammen«, entfuhr es Magda. »Ich wünschte, es ließe sich machen.«

Das ist die Wahrheit. Der Ball ist kein Vergnügen für mich, das ist eine Rückkehr in den Dienst. Camilla ist zehn von ihnen wert, und das Zusammensein mit ihr macht viel mehr Spaß!

Camillas Gesicht erhellte sich. »Wirklich?« Sie zog Magda

enger an sich, vergrub ihr Gesicht in Magdas Haar, flüsterte: »Margali, Margali ... du weißt, ich liebe dich ...« und war nicht fähig weiterzusprechen. Nach einer Weile, als sie ihre Stimme wieder in der Gewalt hatte, sagte sie: »Du bist keine *cristofero* wie Keitha ... es entsetzt dich nicht ...« Von neuem brach sie ab.

Damit hätte ich rechnen müssen. Ich bin davor zurückgescheut, seit ich in dieses Haus gekommen bin., Heute habe ich entdeckt, dass ich keinen Mann will. Ich wollte Peter nicht, und Monty auch nicht. Im Grunde habe ich es die ganze Zeit gewusst ...

Ich habe mich Monty hingegeben, und ich machte mir gar nichts aus ihm. Und Camilla ist meine Schwester, meine engste Freundin hier, sie hat Anteil genommen und mir beigestanden, als ich in Ungnade gefallen war. Immer, wenn ich hier allein war und eine Freundin brauchte, war sie da, verlangte nichts, bot mir Liebe und Hingabe. Im Namen der Göttin, wie kann ich mich vor der Wahrheit verschließen, wie kann ich mich Monty hingeben, der mir nichts bedeutet, und mich Camilla verweigern? Sie küsste Camillas weiche ergrauende Locken, hob das Gesicht der Frau und küsste sie auf die Lippen. Camilla lächelte sie atemlos an, und Magda stammelte: »Ich ... ich weiß nicht ... nein, ich bin keine *cristofero,* der Gedanke beunruhigt mich nicht auf diese Weise, ich ... ich habe nur nie darüber nachgedacht ...« Sie wusste nicht, wie sie es ausdrücken sollte.

Nie darüber nachgedacht, dass ich meine Freundinnen lieben könnte, statt auf Männer zu reagieren, die schließlich fremdartige Wesen sind ... Sie wusste, es war mehr als das, sie war sich nicht sicher, aber wenn sie es über sich brachte, Monty, der ihr gleichgültig war, glücklich zu machen, war sie willens – nein, mit Freuden bereit –, sich Camilla zuzuwenden.

»Aber ich weiß nicht ... ich habe noch nie ...«

Camilla beendete die wirren Worte mit einem Kuss. Dann nahm sie Magdas Gesicht in beide Hände und sah sie forschend an.

»Ist das dein Ernst? Hast du nicht einmal als junges Mädchen eine *bredhya* gehabt ...?«

Benommen schüttelte Magda den Kopf. *Niemals. Ich hatte nie eine Freundin, auch keinen Freund, keinen Liebhaber, bis ich ins Gildenhaus kam. Ich wusste nicht einmal, dass ich mir eine Frau als Freundin wünschte, bis ich mich selbst entdeckte, als ich mein Leben für Jaelle wagte.*

Ihr war beinahe, als würde Camilla ihre Gedanken lesen.

»Das macht nichts, Liebes«, flüsterte Camilla. »Liebe ist etwas sehr Einfaches ... Komm und lass dir von mir zeigen, wie einfach sie ist.«

2

Im Inneren des HQ ließ sich Mittsommer nicht von Mittwinter unterscheiden. Das Licht war dasselbe. Es gab keine Fenster, an denen man die schweren Wintervorhänge hätte zurückziehen können, in der Luft lag kein Duft nach Backwaren, kein fröhlicher Lärm drang von der Straße herein. Aber als Peter nach Hause kam, brachte Jaelle ein Lächeln für ihn zu Stande.

Ziemlich verlegen zog er hinter seinem Rücken einen der mit Obst und Blumen gefüllten Körbe hervor, die an diesem Tag auf der Straße verkauft wurden. Jaelle war gerührt; er musste eigens dafür in die Altstadt gegangen sein.

»Von Mittwinter bis Mittsommer – wir sind ein halbes Jahr zusammen, Jaelle. Wer könnte das vergessen? Und wenn es wieder Mittwinter wird, sind wir eine Familie von dreien.« Er nahm sie fest in die Arme und küsste sie, und ihr wurde warm ums Herz. Er hatte daran gedacht. Trotzdem war es nicht ganz das alte Gefühl für ihn. Das war für immer verschwunden, und wo es gewesen war, befand sich nichts als Leere. An einer Frucht knabbernd, machte sich Jaelle auf die Suche nach einem Gefäß, um die Blumen ins Wasser zu stellen. Dabei fragte sie sich, ob das der Grund sei, warum Entsagende gelobten, niemals *di catenas* zu heiraten: Der erste Rausch verging so schnell ... Peter trat hinter sie, hielt sie fest und flüsterte ihr ins Ohr.

»Du musst für den Tanz heute Abend dein schönstes Kleid anziehen, auch wenn du in deinem Zustand nicht viel tanzen wirst ...«

»Ich würde lieber nicht zu dem öffentlichen Tanz auf dem Marktplatz gehen«, wehrte sie ab. »Dort ist es immer so überfüllt, und es treibt sich Gesindel herum. Manchmal wird eine

Amazone von einem Mann, der irgendetwas beweisen will, in einen Kampf verwickelt ...«

»Unsinn«, sagte Peter. »Ich wäre ja bei dir. Meinst du, ich würde es zulassen, dass irgendein Mann meine Frau anfasst? Ja, ja, ich weiß, du bist stark, dein Eid behauptet, du könnest dich selbst schützen, aber wenn du glaubst, ich sehe zu, wie eine schwangere Frau kämpft ... Ich habe jedoch gar nicht den öffentlichen Tanz gemeint«, fuhr er fort. »Es ist ein historisches Ereignis für Darkover, Liebling, und ich bin überzeugt, du hast etwas damit zu tun gehabt. Der *Comyn*-Rat hat eine Einladung für Montray und eine Delegation aus dem Terranischen Hauptquartier geschickt, und natürlich gehören wir dazu, weil du Darkovanerin bist und ich so oft im Feldeinsatz gewesen bin, dass ich das Benehmen, die Sprache, das Protokoll bei dergleichen Anlässen kenne. Man versucht, gute Beziehungen zu zementieren, indem man handverlesene Mitglieder des Stabes auffordert ...«

»Das würde Russ Montray ausschließen.« Jaelle merkte, dass ihr Ton bissig war. Peter schüttelte den Kopf.

»Unglücklicherweise können wir den Koordinator nicht zu Hause lassen. Aber es kam eine inoffizielle Bitte, ich solle mich an seine Fersen heften und aufpassen, dass er nichts zu Grässliches anstellt. Und natürlich wird Monty dort sein. Du dagegen hast die Aufgabe, bei Cholayna zu bleiben, da sie nie im Feld gewesen ist und auch nie hinauskommen wird, und sie ist die einzige Frau hier, die ihrem Dienstgrad nach als Begleiterin des Koordinators in Frage kommt. Ich wünschte, wir brächten es fertig, Magda aus dem Gildenhaus zu holen, aber wahrscheinlich wird man sie nicht gehen lassen. Wenn wir den Alten so von allen Seiten abschirmen, dürfen wir hoffen, dass wir ihn aus Schwierigkeiten heraushalten.«

Die Missachtung in seiner Stimme berührte Jaelle unangenehm. Wenn der Mann so unfähig war, sollten sie ihn von seinem Amt entfernen oder zumindest dafür sorgen, dass er eine Galionsfigur ohne Macht war. So hatte es der *Comyn*-Rat in der Vergangenheit mit verschiedenen Königen gemacht, und Jaelle vermutete, dass es auch Dom Gabriels Schicksal gewesen war. Jeder wusste, dass Rohana viele Jahre lang die wirkliche Macht der Domäne Ardais verkörpert hatte.

Peter lenkte ihren Blick auf die Einladung. »Sieh her, wir sind namentlich aufgeführt ...« Er zeigte auf die Stelle. »Mr. und Mrs. Peter Haldane ...«

Men dia pre'zhiuro ..., dass ich nie mehr den Namen eines Mannes führen will, sei er Vater, Vormund, Liebhaber oder Gatte ... Jaelles Stimme klang gefährlich ruhig. »Peter, ich bin nicht Mrs. Peter Haldane. Ich bin Jaelle n'ha Melora. Das werde ich dir nicht noch einmal sagen.«

Er zuckte zusammen. »Ich weiß, Schatz. Aber die Terraner verstehen das nicht, und was kommt es darauf an, wie sie dich nennen? Es ist eine Formalität, mehr nicht. Wahrscheinlich haben sie deinen Namen auf der Gehaltsliste nachgesehen – mach doch nicht *mich* dafür verantwortlich«, protestierte er.

Sie ließ das Blatt Papier mit einem merkwürdigen Gefühl von Endgültigkeit fallen. *Ich habe meine Identität verloren. Ich bin nicht mehr Jaelle n'ha Melora. Ich bin nicht einmal mehr Jaelle, Jalaks Tochter. Ich bin nur noch ein Anhängsel von Peter Haldane, seine Frau, die Mutter seines Kindes ... Ich bin hier niemand. Peter hat Recht. Es kommt nicht darauf an.*

Peter atmete auf. »Ich wusste doch, dass du vernünftig sein würdest. Braves Mädchen.« Jaelle hörte seinen unausgesprochenen Gedanken: *Ich wusste, dass du es von meinem Standpunkt sehen würdest.* »Was wirst du anziehen? In Uniform oder in Amazonenhosen kannst du nicht gehen ...«

»Ich habe doch das grüne Kleid, das Rohana mir zu Mittwinter geschenkt hat.« Jaelle versuchte, sich die Erregung ihres ersten Tanzes mit Peter ins Gedächtnis zurückzurufen. Er jedoch erinnerte sich gar nicht mehr daran und schüttelte nur den Kopf. »Das haben die Leute schon gesehen. Heute Abend musst du etwas Neues und Besonderes tragen.«

»Daheim im Gildenhaus habe ich Kleider, nur passen mir meine eigenen im Augenblick nicht.« Sie warf einen trübseligen Blick auf ihre dicker werdende Taille. »Aber Rafaella und ich haben uns immer gegenseitig Kleider geliehen, und sie ist schwerer als ich. Ihre Sachen werden jetzt genau richtig für meine Figur sein, und sie wird mir gern ein Kleid geben.«

Wie hatte sie Rafaella aufgezogen, als ihre Taille stärker wurde und sie in Jaelles Kleider nicht mehr hineinkam!

»Ich kann nicht zulassen, dass du dir die getragenen Kleider von jemand anders ausleihst!«

»Piedro, sei nicht albern, wozu sind Schwestern denn da?«

»Meine Frau hat es nicht nötig, sich Kleider zu borgen oder ein altes, abgetragenes Kleid anzuziehen!«

»Piedro«, wandte Jaelle vernünftig ein, »Rafaella zieht sich sehr gut an, sie trägt ein Festkleid nie öfter als ein- oder zweimal, und hier hat noch niemand eins von ihnen gesehen, sie könnten ebenso gut neu sein.« Wieder kam es ihr vor, als bestehe Piedro aus zwei Männern, aus ihrem Liebhaber und diesem verrückten Terraner mit seinen absurden Vorurteilen und Einbildungen, der zwischen ihr und ihrem geliebten Piedro stand. »Denke einmal nach, Piedro. Wo in Thendara finden wir eine Schneiderin, die mir noch am Festtag ein Kleid nähen würde? Es muss entweder mein altes grünes sein – obwohl ich ein Kleid, das ich nur einmal getragen habe, nicht *alt* nennen würde –, oder ich muss mir eins von Rafaella leihen – oder«, schloss sie lachend, »in meinen alten Hosen gehen. Eine andere Wahl gibt es nicht.«

»Daran habe ich nicht gedacht. Ja, die Zeit ist wirklich knapp.« Peter runzelte die Stirn. Dann leuchteten seine Augen auf. »Ich weiß! Wir gehen zur Kostümabteilung. Hier ist kein

Feiertag. Gib mir das grüne Kleid – wir lassen es in einer anderen Farbe kopieren. Magst du Blau?«

Das nahm den Rest des Tages in Anspruch. Es blieb ihnen kaum ein Augenblick, eine Kleinigkeit zu essen, bevor sie sich umziehen mussten. Jaelle dachte bei sich, immer müsse sie hetzen, ob es ums Essen, um Guten-Tag-auf-Wiedersehen, eine Dusche, ein Blatt Papier mit einer wichtigen Nachricht, ein Kleidungsstück oder eine Minute für die Liebe ging. Allmählich bekam sie es herzlich satt, aber gerade heute durfte sie nicht zu spät kommen. Als ein Bote das Kleid, sorgfältig in Plastikfolie verpackt, ablieferte, ging es um Sekunden, und Jaelle bürstete gerade mit einem sehnsüchtigen Blick auf ihre lederne Reisekleidung ihre Locken aus. Meter um Meter Stoff quoll aus der Schachtel. Jaelle hielt den Atem an. Das Kleid war exquisit, tief ausgeschnitten, bestickt und mit Marl-Pelz besetzt. Dann sah sie es sich genauer an und erkannte, dass das keine Spinnenseide und kein Pelz war ... nicht ein einziger ehrlicher Faden war daran. Nur synthetisches Material, alles künstlich, wie die ganze terranische Kleidung. Auf darkovanische Weise angefertigt, hätte das Kleid so viel gekostet, wie ein mittleres Gut im Jahr einbrachte. Aber es war eine Fälschung.

»Peter, das kann ich nicht anziehen!«

Er stand unter der Dusche und hörte sie nicht, und bis er soweit war, dass er das Wasser abdrehte, hatte sie eingesehen, dass sie sich nicht weigern konnte. Er hatte einen Wochenlohn dafür ausgegeben, dass das Kleid so schnell gemacht worden war. Etwas anderes wäre es gewesen, wenn er es bei der Kostümabteilung auf dem Dienstweg angefordert hätte und morgen zum Recycling zurückgeben würde, aber er kannte ihre Aversion gegen das Auflösen von Dingen und hatte dafür bezahlt, damit sie es als Mittsommergeschenk behalten durfte.

Trotzdem war es schrecklich, dass sie in einem Kleid aus synthetischem Stoff zum Ball gehen sollte. Sie würde aussehen wie eine Terranerin, die sich als Darkovanerin maskiert hatte ... *Nun, was bin ich anderes? Mrs. Peter Haldane, Mitglied der terranischen Delegation.* Mit den Haken kämpfend, rümpfte sie die Nase. Das Kleid roch terranisch. Sie kramte in der Schublade und brachte das seidene Beutelchen zum Vorschein, das Magda ihr geschenkt hatte. Es war ihre erste Näharbeit, hatte Magda ihr erzählt und sich für die krummen Stiche entschuldigt. Die Prudelei erinnerte Jaelle daran, wie Camilla in ihrem ersten Jahr im Gildenhaus eine kleine, verwirrte Trockenstädterin im Nähen unterrichtet hatte.

Ich hatte immer geglaubt, ich würde in Ketten aufwachsen. Das hatte ich vergessen. In diesem ersten Jahr war ihr Körper zur Reife gelangt. Im Gildenhaus wurde ein Mädchen dann mit einer fröhlichen Feier in die Gesellschaft der Frauen aufgenommen, während es in Shainsa bedeutet hätte, dass man ihr zeremoniell Ketten anlegte. *Und hier bin ich wieder in Ketten ...* Sie entsetzte sich über sich selbst. Kindra hatte so oft gesagt, es sei besser, in Wahrheit Ketten zu tragen, als sich selbst mit unsichtbaren Ketten zu beschweren und so zu tun, als sei man frei. *O Mutter, Mutter, wenn ich doch mit dir reden könnte ... Ich kann mich nicht einmal mehr an das Gesicht meiner eigenen Mutter erinnern. Nur an Kindras Gesicht ...*

»Was machst du da, *chiya?*«, fragte Peter. Er kam nackt aus der Dusche und griff nach seiner Hose. Jaelle zeigte ihm den Beutel, und er nickte.

»Das hat Magda auch immer getan. Sie kaufte ihre Kleider, wenn es irgend möglich war, in der Altstadt, denn sie meinte, das Zeug aus der Kostümabteilung habe nicht den richtigen Geruch. Auch zog sie nie ein Kleid aus, ohne die Nähte mit duftenden Gewürzen einzureiben, und sie lehrte mich, es ebenso zu machen.« Er warf sich den Mantel um die Schultern, und Jaelle stieg der vertraute Duft nach Weihrauch in die Nase.

»Das ist es, was an Aleki nicht stimmt«, erklärte Jaelle plötzlich. »Seine Sachen kommen von der Kostümabteilung. Er riecht darin nicht richtig.«

»Du hast Recht. Ich wusste doch, da war etwas, aber ich konnte den Finger nicht darauf legen«, antwortete Peter. »Soll ich es ihm sagen? Vielleicht kommt das besser von einem Mann. – Du siehst entzückend aus, *preciosa*. Gehen wir.«

Beim Gang über den Marktplatz – ein paar Mitglieder der Delegation jammerten über das Kopfsteinpflaster unter ihren Abendschuhen – glaubte Jaelle allmählich, dass Mittsommer war. Sie nahm vertraute Gerüche und Geräusche wahr, und überall sah man Menschenmengen. Noch durch die Lichter, die in der Altstadt flammten, erkannte sie die vier Monde, alle beinahe voll. Am Eingang zur *Comyn*-Burg wurde ihnen ihre Einladung abgenommen. Es wurde bereits Musik gemacht. Ein paar Berufstänzer gaben eine Vorstellung, während die Gäste umherwanderten und Freunde begrüßten. Dann begann der erste allgemeine Tanz, und Jaelle ließ sich von Peter auf die Tanzfläche führen. Das neue Kleid fühlte sich leichter an als ein Kleid aus ehrlichem Stoff. Ihr war, als schwebe sie, als lösten sich in ihr Spannungen, von denen sie gar nichts gewusst hatte.

Sie hatte noch nie zu Mittsommer in der *Comyn*-Burg getanzt. Diesem Erbteil hatte sie entsagt, sie hatte ihr Leben unter den Amazonen und mit ihren einfacheren Festtagsfreuden verbracht. Aber sie konnte immer wieder und wieder hierher kommen, wenn sie tat, was Rohana von ihr verlangte, und ihren Sitz im Rat einnahm. *Und Peter würde es so gefallen ...* Entsetzt merkte sie, dass sie es tatsächlich in Erwägung zog. Dem Schock folgte ein Schwindelanfall, der beinahe in Übelkeit übergegangen wäre.

»*Chiya*, was ist los?«

Sie lächelte Peter schwach zu. »Es ist lästig, schwanger zu sein. Ich brauche Luft ...«

»Setz dich hierher – an die offene Tür. Ich hole dir etwas zu trinken«, erbot sich Peter, und Jaelle ließ sich mit einem Seufzer der Erleichterung niedersinken. »Ich brauche wirklich nichts ...«, begann sie, aber er war schon fort und eilte zum Buffet.

Jaelle saß an der Tür zum Balkon, und es war sehr warm. Sie trat auf den Balkon hinaus, lehnte sich an das steinerne Geländer, atmete den Abendnebel ein. Das vielfarbene Mondlicht verwandelte die Schwaden in perlige Regenbogen. Der schwere Duft der Blumen und das leise Zirpen der Insekten stiegen zu ihr hoch. Wie schön war das nach all den Wochen steriler Zimmergerüche und dem harten gelben terranischen Licht! Jaelle saß still auf einer Bank. Bald musste sie wieder hineingehen, denn Peter würde sich Sorgen machen, wenn er sie nicht fand. Aber es tat so gut, hier zu sitzen und den Sommer zu spüren. Einmal nickte sie ein und schreckte auf, als sie eine Stimme hörte, die sich mit den Düften des Burggartens nicht vertrug. Das zornige Flüstern in Terra-Standard kam von Alessandro Li.

»Ich habe Ihnen doch gesagt, er würde hier sein! Welch ein Glück!«

»Alessandro – Aleki, ist es Jaelle nicht gelungen, Ihnen irgendetwas beizubringen? Er ist der Schwiegersohn von Lord Alton. Sie können nicht einfach vor ihn hintreten und ihm unverschämte Fragen über interne Angelegenheiten der Domäne stellen ...« Das war Magda! Was machte Magda hier?

»Sie verstehen nicht, Magda. Dieser Mann ist der Schlüssel zu allem, was ich über Darkover herausfinden soll. Andrew Carr weiß ...«

»Dieser Mann ist Dom Ann'dra Lanart, und als solchen

müssen Sie ihn behandeln«, fiel Magda scharf ein. »Ich habe keine Ahnung, ob er Carr ist oder nicht ...«

»Nun, ich schon; ich habe mir Bilder von ihm angesehen. Und wer sollte er sonst sein? Sie haben selbst gesagt, er sei Terraner!«

»Zur Hölle mit den Bildern«, erklärte Magda, und dann hörte Jaelle Montys Stimme.

»Er mag der Mann sein, den Sie suchen, Sandro, oder auch nicht. Auf keinen Fall können Sie ihn hier ansprechen. Tanzen Sie mit ihm, Magda, deswegen sind wir hergekommen, nicht um Stunk zu machen.«

»Ich habe nicht vor, Stunk zu machen«, protestierte Aleki. Jaelle merkte, dass er wütend war. »Ich muss einfach mit ihm reden. Warum helfen Sie mir nicht, eine Möglichkeit dazu zu finden, statt so verdammt stur zu sein?«

»Ausgerechnet Sie dürfen anderen keine Sturheit vorwerfen«, fuhr Magda ihn an. »Ein für alle Mal, schlagen Sie es sich aus dem Kopf und hören Sie auf, sich wie ein Terraner zu benehmen, der sogar beim Festball mit seinen Gedanken im Dienst ist!«

»Magdalen Lorne!« Das war die Stimme des älteren Montray, der sich gewaltige Mühe gab, scherzhaft zu wirken. »Ist das eine Art, mit Ihrem Vorgesetzten zu reden, noch dazu auf einer Party? Sie sehen hinreißend aus. Monty, warum hast du mir nicht erzählt, dass du sie aufgespürt und zum Mitkommen überredet hast? Ich hätte meinen höheren Dienstgrad geltend machen und sie dir als meine Begleiterin wegschnappen können, mein Sohn.«

»Cholayna!«, rief Magda, und Jaelle nahm die Erleichterung in ihrer Stimme wahr. »Wie bezaubernd du aussiehst! Bist du mit dem Koordinator hier?«

Cholayna erklärte in ihrer sachlichen, freundlichen Art: »Ich werde längst nicht so angestarrt, wie ich erwartet hatte, und ich weiß nicht, ob das einfach an den guten Manieren der Anwesenden liegt oder ob sie damit rechnen, dass Terraner komisch aussehen.«

»Wenn sie so engstirnig sind, dass sie Sie anstarren, weil Sie eine andere Hautfarbe haben«, mischte sich Alessandro Li ein, »dann zum Teufel mit ihnen allen! Sie sind schließlich nichts weiter als ein Haufen unwissender Eingeborener. Hallo, Haldane, wo ist Ihre reizende Frau?«

»Sie fühlte sich ein bisschen schwindelig«, antwortete Peter. »Ich habe sie an der Balkontür zurückgelassen und ihr ein kühles Getränk geholt.«

Das war ihr Stichwort. Jaelle rappelte sich hoch und trat durch die Balkontür wieder ein. »Ich habe nur frische Luft geschöpft. Hier drinnen war es sehr warm.« Peter drückte ihr ein Glas in die Hand, und sie trank. Es war der helle Bergwein, und er erinnerte sie an ihren ersten Tanz mit Peter zu Mittwinter. Ob Peter auch daran dachte? Magda trug das gleiche rostfarbene Gewand wie damals, dazu eine einmalig schöne Kette aus Feuersteinen. Jaelle stellte sich zu Magda und betrachtete den Schmuck.

»Hat Camilla dir die Kette geliehen? Sie ist einmalig schön. Ich habe sie unter ihren Schätzen gesehen, und ich durfte sie bei dem Fest im Gildenhaus tragen, als ich den Eid ablegte ...«

Jaelle bemerkte an Magda eine Reaktion, die mit Camilla zusammenhing, doch sie vermochte sie nicht zu identifizieren: *Nervosität? Verlegenheit? ... Angst?* Was beunruhigte Magda? Monty kam, bat Magda um einen Tanz und ging mit ihr weg, und Jaelle nahm immer noch gleichermaßen einen Nebel des Unbehagens um Magda wahr. Montys Hand glitt zu Magdas bloßem Nacken, er suchte ihre Nähe mit einer Intensität, die beinahe sexuell war ... *Was ist los mit mir, warum sehe ich alle diese Dinge? Es kann kaum eine Nebenwirkung der*

Schwangerschaft sein, zumindest ist es keine, von der ich jemals gehört habe!

»Wir müssen uns eine Methode einfallen lassen, wie wir dieses Mädchen zurückbekommen«, meinte Alessandro Li. »Nichts für ungut, Haldane, sie ist so viel wert wie zehn andere Leute im Nachrichtendienst, sie ist ein Genie, und wir dürfen nicht zulassen, dass sie sich bei einem Feldeinsatz wie diesem verschleudert. Sicher, sie hat sich einen Urlaub verdient, aber wir wollen doch nicht riskieren, dass sie über die Mauer geht! Das scheint mit Carr passiert zu sein; jedenfalls ist er nicht als detachiert oder als Undercover-Agent eingetragen. Und jedes einzelne verdammte Mal, wenn ich Carr entdeckt hatte und ihm taktvoll auf die Pelle rücken wollte, zerrte Magda mich zum nächsten Tanz fort.«

»Magda hat ganz Recht.« Jaelle sprach liebenswürdig. »Selbst wenn dieser Carr jemand ist, den Sie gern kennen lernen möchten, gibt es einen richtigen und einen falschen Weg, um die Bekanntschaft eines Menschen zu machen. Nicht einmal zu Mittsommer können Sie vor Dom Ann'dra Lanart hintreten und sagen: ›He, Andy, was gibt's Neues?‹« Sie imitierte boshaft den terranischen Akzent, und Peter wand sich innerlich.

»Und warum nicht?«, wollte Montray wissen. »Ich wäre natürlich nicht so grob, aber ich könnte doch einen früheren Angestellten – nicht dass er jemals in meiner Abteilung gewesen wäre – ansprechen und bitten, er möge mir die Höflichkeit erweisen, vorbeizukommen und seine Unterlagen in Ordnung zu bringen. Es gibt auch unter Terranern Regeln für gutes Benehmen – selbst wenn Sie das nicht glauben, Mrs. Haldane. Ich bedauere, dass wir einen so schlechten Eindruck auf Sie gemacht haben.« Magda und Monty kehrten in diesem Augenblick zurück, und der Koordinator klopfte Magda auf die Schulter.

»Miss Lorne, ich möchte Sie daran erinnern, dass sowohl Alessandro Li als auch ich selbst dienstgradmäßig sehr viel höher stehen als Sie. Ich gebe Ihnen den offiziellen Befehl, eine Möglichkeit ausfindig zu machen, wie wir mit diesem Carr reden können. Und zwar, bevor wir den Ball verlassen.«

Magda antwortete eisig. »Darf ich Sie daran erinnern, dass ich zurzeit Urlaub habe und nur aus Gefälligkeit hergekommen bin?«

»Sie stehen unter meinem Befehl, ebenso wie jeder Terraner auf diesem Planeten, Andrew Carr eingeschlossen«, sagte Montray grimmig. »Ich weiß nicht, warum wir diesen Mann mit Glacéhandschuhen anfassen. Schließlich ist er Bürger des Imperiums ...«

»Ein für alle Mal, das ist er *nicht*«, widersprach Magda. »Ich habe mir die Mühe gemacht, die juristische Situation zu überprüfen. Er wird als *tot* geführt, und sobald jemand für tot erklärt ist, hört er auf, ein Staatsbürger zu sein ... was bedeutet, dass er keine Bürgerrechte, aber auch keine Bürgerpflichten mehr hat ...«

»Wenn Sie juristische Argumente geltend machen wollen«, sagte Montray, »dann nehmen Sie bitte zur Kenntnis, dass er noch ein Jahr lang *nicht* als tot gilt. Er ist *vermutlich* tot, und erst in einem Jahr kann er für tot erklärt werden. Das ist ein Unterschied.«

»Nein«, sagte Peter. »Auf der darkovanischen Seite ist ein Mann der, der er zu sein behauptet, es sei denn, er hat ein Verbrechen begangen.«

»Das ist Quatsch, wie Sie selbst wissen«, entgegnete Montray. »Sie haben zu viel Zeit im darkovanischen Sektor verbracht und werden allmählich zum Eingeborenen. Und Sie, Miss Lorne, gehorchen meinen Befehlen, oder Sie werden des Planeten verwiesen – so einfach ist das.«

Magda geriet in Zorn. »Bestehen Sie ruhig auf diesen Befehlen, wenn Sie wollen, dass wir nicht nur die erste, sondern auch die letzte terranische Delegation sind, die hier eingeladen wird! Bei Sonderfragen, die das Protokoll im Feld betreffen – und Sie können nicht leugnen, dass wir im Feld sind –, ist der ortsansässige Experte berechtigt, einen Befehl sogar von einem Legaten zu widerrufen, falls dieser Befehl den Ruf und das Ansehen des Terranischen Imperiums schädigen würde. Und lassen Sie sich von mir sagen, Ihr Befehl ist ganz dazu geeignet.«

Ernüchtert starrte er sie an. Jaelle war klar, dass Magda Recht hatte, aber würde einer von beiden einen Rückzieher machen? Endlich fragte Li finster: »Und was ist das korrekte Protokoll für die Kontaktaufnahme mit ihm?«

»Eine Person, die beiden Parteien bekannt ist, muss die Vorstellung übernehmen«, erläuterte Magda, »und die Initiative hat von der Partei mit dem höheren Rang auszugehen. Der Regent von Alton ist in diesem Jahr nicht in die Stadt gekommen – ich hörte, dass seine Lady krank ist –, und Dom Ann'dra ist als sein Stellvertreter hier.«

»Magda, siehst du nicht ein«, fragte Cholayna sanft, »dass das genau der Grund ist, warum wir mit ihm reden müssen, bevor er wieder verschwindet? Ein Terraner, der so weit oben in der Hierarchie einer Domäne Fuß gefasst hat ... ich habe nicht dein Wissen, Magda, aber ich weiß, dass das außergewöhnlich ist.«

Magda erklärte langsam, an die Adresse des Koordinators gerichtet: »Wenn er zu dem Haushalt des Regenten von Alton gehört, gehen Sie am besten so vor, dass Sie einen Mann nach Armida schicken und ihn um eine private Unterredung mit Dom Ann'dra – nicht mit Andrew Carr! – bitten lassen. Erst wenn er sich überzeugt hat, dass er mit Dom Ann'dra allein ist, darf er Ihr Anliegen vortragen. Tun Sie so, als sei Dom

Ann'dra ein Feldagent, dessen Tarnung Sie nur widerstrebend gefährden.«

»Solange kann ich nicht warten«, fuhr Alessandro Li auf, aber der alte Montray seufzte. »Nun ja, Sie haben Recht. Ich glaube, ich werde zu alt für diesen Job, Lorne. Und ich bin daran gewöhnt, Sie als meine rechte Hand bei mir zu haben.«

»Wir können es arrangieren«, meinte Cholayna, »aber es wird Zeit kosten ...«

»An Zeit fehlt es uns nicht«, versicherte Monty. »Carr – Dom Ann'dra meine ich – wird uns nicht weglaufen. Ihm geht es dort offenbar gut, und er sitzt auf dem Präsentierteller.« Er berührte Magdas Hand und schob sich näher an sie heran. »Und wenn wir den ganzen Abend hier stehen und diskutieren, kommen die Darkovaner bestimmt auf die Idee, wir schmiedeten Ränke gegen sie. Ich schlage vor, wir tanzen. Darf ich ...«

Wieder bemerkte Jaelle, die sie scharf beobachtete, die Spannung zwischen den beiden. Der ältere Montray rückte vor. »Der höhere Rang hat seine Privilegien«, sagte er mit schwerfälliger Scherzhaftigkeit. »Jetzt steht mir ein Tanz mit Ihnen zu, Magda. Mit keiner anderen Dame würde ich mich auf diese Tanzfläche wagen, aber Sie wissen, wie Sie dafür zu sorgen haben, dass ich keine allzu schlechte Figur mache.«

Peter, so an seine Pflichten erinnert, wandte sich Cholayna zu. »Möchtest du tanzen?« Er ließ Jaelle im Gespräch mit Alessandro Li zurück, und prompt forderte er sie zum Tanz auf.

»Nehmen Sie es mir übel, wenn ich lieber nicht tanze?«, fragte Jaelle. »Ich bin immer noch etwas kurzatmig.« Sich fächelnd, sah sie den Tänzern zu. Die Musik endete, ihre Augen wanderten zu der Stelle, wo Cholayna und Peter in der Nähe des Buffets stehen geblieben waren.

»Wer ist die Lady, die auf Haldane zugeht?«, erkundigte sich Aleki, und Jaelle sah zu ihrer Überraschung, dass Lady

Rohana die Ecke der älteren Damen verlassen hatte und sich Peter und Cholayna näherte.

»Sie ist meine Verwandte – die Pflegeschwester meiner Mutter«, antwortete Jaelle. »Lady Rohana Ardais ...«

»Und der Mann an ihrer Seite?«

»Ihr Sohn. Mein Cousin Kyril. Ja, ich weiß von der Ähnlichkeit.«

Tatsächlich fiel diese Ähnlichkeit zwischen Peter in seiner terranischen Ausgehuniform mit dem kurz geschnittenen, leuchtend roten Haar und Dom Kyril, dessen etwas längeres Haar sich um die Ohrläppchen lockte, mehr auf als je. Dom Kyril verbeugte sich steif und machte wohl irgendeine höfliche Bemerkung zu Cholayna. Plötzlich war Jaelle, als schmelze der Abstand zwischen ihr und Peter zusammen, als stehe sie neben ihm und Rohana spreche dicht an ihrem Ohr.

Ist Jaelle heute Abend hier, Piedro? Ich hatte gehofft, mit ihr reden zu können. Wir alle erwarten von ihr, dass sie als eine der wenigen Überlebenden in direkter Erbfolge der Aillard-Domäne den ihr zustehenden Sitz im Rat einnimmt. Sie wird dir schon davon erzählt haben, wie ich annehme.

Jaelle spürte, dass sie blass wurde. Sie hatte nicht gewollt, dass Peter das erfuhr, und sich nicht ein Wort entschlüpfen lassen. Der Raum um sie verschwamm plötzlich vor ihren Augen. Magda fasste ihren Arm.

»Was ist mit dir, *breda?* Fühlst du dich immer noch schwindelig? Vielleicht wärst du besser gar nicht erst in ein solches Gedränge gekommen«, sagte Magda besorgt. »Bitte, setz dich wieder hin, wir wollen uns ein Weilchen in Ruhe unterhalten. Ich hätte nicht gedacht, dass Peter dich heute Abend herzerren würde, wenn du dich nicht wohl fühlst, wo er sich doch nichts so sehr wünscht wie ein Kind ...«

Magdas Hand lag auf Jaelles Schulter, und die Berührung übermittelte ihr Magdas Gedanken, das scharfe Bedauern, *Du tust, was ich nicht fertig gebracht habe, du schenkst ihm ein Kind* ... »Woher weißt du das? Hat Marisela es dir erzählt?«

Magda schüttelte den Kopf. »Nein, sie hat nichts davon erwähnt. Bist du im Gildenhaus gewesen?«

»Als du bei der Brandbekämpfung warst, *breda*. Ich hatte mir Sorgen um dich gemacht«, gestand Jaelle.

»Ich weiß es nicht von Marisela, sondern von Monty. Ich war heute im Terranischen HQ und habe einen Bericht abgegeben.« Magda schilderte Jaelle Montys Besuch im Gildenhaus und wie es sich ergeben hatte, dass sie in die *Comyn*-Burg eingeladen worden war. Sie ließ eine gewisse private halbe Stunde aus, aber Jaelle las sie mit dieser Angst einflößenden neuen Wahrnehmungsfähigkeit in ihren Gedanken und war entsetzt. Das wollte sie gar nicht wissen; warum hatte Magda es ihr erzählt? Doch das hatte Magda gar nicht getan. Schon wieder *Laran!* Ihr Unbehagen überspielend, neckte sie Magda: »Das ist typisch terranisch, sogar zu Mittsommer den ganzen Tag zu arbeiten!«

Magda senkte die Stimme. »Wir sprechen besser Darkovanisch!«

»Ich dachte, wir hätten Darkovanisch gesprochen. Ist es normal, Margali, so durcheinander zu sein? Diese Maschinen – ich weiß nicht mehr, welche Sprache ich gerade benutze ...«

»Das könnte eine Nebenwirkung des Kortikators sein«, begann Magda und brach ab wie vom Blitz getroffen. Um es zu bemänteln, nahm sie zwei Weingläser von einem vollen Tablett, das ein Diener herumtrug.

»Da ist Dom Ann'dra«, sagte sie. Jaelle folgte der Richtung ihres Blicks und entdeckte eine kleine Gruppe von Männern in den Farben der Alton-Domäne, in deren Mitte ein großer Mann, so hell wie ein Trockenstädter, stand. Wollte Magda ihr weismachen, dieser Mann sei der terranische Renegat, von dem angenommen worden war, er sei bei einem Flugzeugabsturz ums Leben gekommen, bis er irgendwo auf Alton-Land wieder auftauchte und im Dienst des Alton-Regenten stand? Magda kaute auf ihrer Unterlippe. Dann sagte sie: »Ich muss mit ihm sprechen, ihn warnen. Er sagte, er werde die Stadt bei Sonnenaufgang verlassen …« Jaelle erkundigte sich nicht mehr, woher Magda das wisse, aber als Magda von der Bank aufstehen wollte, griff Jaelle nach ihrer Hand.

»Du hast die anderen gerade über das Protokoll belehrt, wie kannst du …«

»Ich kenne ihn. Er hat mir bei dem Waldbrand das Leben gerettet. Und heute Morgen war er im Gildenhaus und hat Ferrika hingebracht …«

»Ferrika kenne ich überhaupt nicht«, sagte Jaelle. »Sie hat den Eid in Neskaya geleistet, aber ist sie nicht Mariselas Eidestochter? Und trotzdem ist sie mit diesem Dom Ann'dra gereist, wer er auch sein mag …« Jaelle runzelte verwirrt die Stirn. Magda murmelte: »*Breda* …«, und Jaelle war gerührt, denn sie wusste, dass Magda das Wort in dieser Form selten benutzte. »Vertraue mir«, bat Magda. »Ich will es dir später erklären.«

Damit ging sie auf den Mann zu, den sie Dom Ann'dra genannt hatte.

Und Jaelle sah etwas, das ihr klarmachte, warum sie nie fähig sein würde, Magda in der Terranischen Zone zu ersetzen oder es ihr gleichzutun. Als Magda in Ann'dras Gesichtsfeld geriet, wurde sie zu einer sehr sittsamen und damenhaften Darkovanerin, nur dass ihr Haar den kurzen Amazonenschnitt hatte. Dann, gerade als Ann'dras Blick an ihr hängen blieb, verwandelte sie sich in eine Terranerin. Jaelle war es, als könne sie durch die darkovanische Lady, die eine *Comyn* des zweiten Grades sein mochte, auf eine Frau sehen, die, halb nackt in der terranischen Uniform, eine perfekte Vertreterin des Imperiums war. Und schon verneigte sich wieder eine darkovanische Adlige mit angemessener Höflichkeit vor einem hoch stehenden *Comyn* und bat stumm um die Erlaubnis, sich ihm zu nähern.

Dom Ann'dra beugte sich über Magdas Hand. Jaelle war ihnen nicht nahe genug, um zu verstehen, was sie schnell und mit leiser Stimme sprachen. Ihre Verwirrung steigerte sich. Dieser Mann musste ein *Comyn*-Adliger sein; wie konnte irgendwer ihn für einen Terraner halten! Dann kam Magda zu ihr zurück, und sie schlenderten zum Buffet. Jaelle hatte sich ein scharfes Bild von diesem Dom Ann'dra, *Comyn* oder Terraner, eingeprägt: Er war ein großer, starker, hellhaariger Mann. Er war nicht schön, aber er vermittelte den Eindruck von gewaltiger Kraft und von Selbstbewusstsein. Er erinnerte sie – sie suchte in ihrem Gedächtnis nach Ähnlichkeiten – an den Tag, als sie, ein Kind, Lorill Hastur, dem Regenten der *Comyn*, vorgestellt wurde. Sie sah ihn noch vor sich als einen kleinen, stillen Mann mit leiser Stimme, fast schüchtern wirkend – oder vielleicht waren das nur gute Manieren gewesen. Trotzdem hatte sie das Gefühl gehabt, hinter der höflichen, ruhigen Fassade verberge sich eine fast Furcht einflößende, vollkommen kontrollierte persönliche Macht. Das war es, was sie mit den *Comyn* assoziierte. Dom Gabriel hatte nichts von dieser Eigenschaft besessen – aber schließlich hatte sie ihn auch nur als Invaliden gekannt. Konnte ein Terraner sie haben? Unsinn, es musste ein Trick sein, den er mit seiner Länge und seinem ungewöhnlich breiten Knochenbau erzielte. Das Buffet war ganz verlassen. Jaelle goss sich ein Fruchtgetränk in einen Becher, doch als sie es an die Lippen führte, war es zu süß, und sie ließ es fast unberührt stehen.

»Sieh mal«, sagte Magda, »ich glaube, er will gehen.« Und tatsächlich verbeugten sich Dom Ann'dra und der Mann in seiner Begleitung vor Prinz Aran Elhalyn, als wollten sie sich offiziell verabschieden.

»Lass Montray doch tun, was er will«, meinte Jaelle plötzlich. »Dieser Mann könnte den ganzen Tag mit ihm oder Aleki reden, ohne etwas zu verraten, das er sie nicht wissen lassen will.«

Magda füllte sich ein Schälchen mit einer Mischung von Früchten in Sahne. Es sah köstlich aus, und Jaelle betrachtete die bunten Delikatessen beinahe sehnsüchtig. Sie wünschte nur, sich hungrig genug zu fühlen, um sie zu probieren.

Magda sagte: »Versteh doch, deswegen musste ich sie doch auseinander halten. Ganz gleich, was er Li sagen würde, es wäre falsch. Wie lautet doch das alte Sprichwort? Für die Wahrheit braucht es zwei, einen der sie spricht, und einen, der sie hört. Alessandro Li hat sich in ein Vorurteil über Carr verrannt und wird die Wahrheit nie mehr erkennen. Er sucht nur nach einem Vorwand, mit dem er die *Comyn* zwingen kann, Carr zur *persona non grata zu* erklären. Dann könnte Li ihn ausquetschen und, wie er meint, alles über die *Comyn* herausfinden. Der Zorn der Altons auf die Terraner würde Generationen überdauern. Und falls Carr die Lügen vorbrächte, mit denen Alessandro rechnet, fände er einen Weg ...« Magda verstummte, und Jaelle konnte sie beinahe hören: *Ich bin treulos, ich bin gegen meine eigenen Landsleute treulos, wie ich zu jedem treulos gewesen bin,* und ihre Verzweiflung durchfuhr Jaelle wie ein echter Schmerz.

Sie ist meine Schwester, und ich kann ihr nicht helfen, weil ich selbst so voller Verwirrung bin!

»O Gott!«, keuchte Magda, und schon drängte sie sich, Entschuldigungen murmelnd, durch die Menge. Jaelle, die ihr langsamer mit ihrem Teller in der Hand folgte, sah, dass Alessandro Li und Russell Montray sich Carrs Gruppe, die fast schon an der Tür war, näherten. Peter rannte ihnen nach, fasste den Koordinator bei der Schulter und machte ihm im Flüsterton Vorhaltungen. Montray riss sich los.

Er ging geradewegs auf Carr zu und sagte etwas zu ihm.

Jaelle konnte nicht verstehen, was Dom Ann'dra darauf antwortete, sie hörte nur die eisige Höflichkeit aus seiner Stimme heraus. Jetzt sprach Montray laut und aggressiv. Die beiden Leibwächter Dom Ann'dras schoben sich von beiden Seiten heran und bereiteten sich offensichtlich darauf vor, ihren Herrn vor diesem aufgeblasenen Außenweltler zu schützen.

Die Spannung war so greifbar, dass sie die Aufmerksamkeit der Anwesenden auf sich zog, und in die plötzliche Stille hinein klangen Montrays Worte: »Hören Sie, ich will ja nur ein paar Minuten mit Ihnen reden. Es wird Ihnen sicher lieber sein, wenn das nicht vor allen diesen Leuten hier geschieht, aber mir soll es recht sein, wenn Sie es nicht anders wollen ...«

Peter wandte Gewalt an und riss ihn zurück. Ann'dras Leibwächter traten vor und nahmen eine unmissverständlich drohende Haltung ein. Plötzlich stieg leises Gemurmel von der Menge auf. Aran Elhalyn, Prinz der Domänen, schritt zwischen seinem Adjutanten und dem jungen Danvan Hastur durch den Saal, und die Gäste wichen respektvoll auf beiden Seiten zurück. Magda hatte Alessandro Li erreicht und sprach drängend auf ihn ein, und Li drehte sich um und verbeugte sich vor den Edelleuten. Er sprach Terra-Standard. Magda neben ihm – es war ganz deutlich wieder die *terranische* Magda – übersetzte fließend auf *Casta*:

»Euer Durchlaucht, Eure Verzeihung wird demütig erbeten. Diese Angelegenheit wird privat geregelt werden, und wir bedauern aufrichtig die verursachte Störung.« Noch bevor Magda zu Ende gesprochen hatte, wedelte Prinz Aran nachlässig mit der Hand und wandte sich ab. Alessandro Li erklärte mit wildem Unterton: »Montray, verdammt noch mal, noch ein weiteres Wort, und ich sorge dafür, dass Sie nie mehr einen anderen Posten bekommen als den, in einer Strafkolonie Knöpfe auszustanzen!«

Jaelle wunderte sich flüchtig, dass sie das alles aus dieser Entfernung hören konnte. Peter kam und führte sie zu den übrigen Mitgliedern der Delegation zurück. Die Musik hatte von neuem eingesetzt. Eine Gruppe Kadetten in Schwarz und Grün führten einen kraftvollen Tanz mit viel Gestampfe auf. Prinz Aran hatte sich zurückgezogen und sah ihnen zu.

Dom Ann'dra und seine Gesellschaft waren gegangen. Peter schüttelte den Kopf und brummte: »Jetzt wissen alle, was mit Montray los ist. Bisher hat es niemand offiziell zur Kenntnis genommen ...«

Russell Montray schimpfte: »Ich werde mich an Lord Hastur wenden! Dieser Mann ist terranischer Bürger, und ich verlange das Recht, mit ihm zu reden ...«

»Lass es bleiben, Vater«, riet Monty. »Sonst riskierst du, dass wir alle hier hinausgeworfen werden. Haldane kennt sich aus. Magda ebenfalls.«

Montray fuhr wütend auf beide los. »Ich habe genug von euch so genannten Experten und eurer Insubordination! Lange genug habe ich es mir angesehen und es hingenommen, wie Sie den Eingeborenen die Stiefel küssen! Sie meinen, weil Sie hoch geschätzte Experten sind, kommen Sie mit allem durch! Aber jetzt habe ich es satt, das ist mein Ernst! Sobald ich ins HQ zurückkomme, werde ich für Sie beide einen Antrag auf Versetzung stellen, so weit weg wie möglich, irgendwohin ans andere Ende der Galaxis, und ich werde dafür sorgen, dass keiner von Ihnen jemals die Erlaubnis zur Rückkehr bekommt! So viel Autorität habe ich immer noch, und ich hätte das schon längst tun sollen! Was Sie betrifft, Lorne, so melden Sie sich noch heute Abend im HQ zurück. Nicht morgen früh. Heute Abend.«

»Ich habe Urlaub«, sagte Magda.

»Urlaub gestrichen«, fauchte er. »Nach Abschnitt 16-4 in den aktiven Dienst zurückgerufen ...«

»Zum Teufel damit«, sagte Magda, und Jaelle hatte den Eindruck, dass ihre Augen sichtbare elektrische Funken aussandten, die rings um sie ein Lichtfeld schufen. »Ich kündige. Cholayna, du bist Zeugin. Es tut mir Leid, das hat nichts mir dir zu tun ...«

»Magda.« Monty legte ihr den Arm um die Taille. »Schätzchen, hör mir zu. Jetzt sollen sich alle erst einmal beruhigen. Vater«, sprach er den schäumenden Montray an, »es ist weder die Zeit noch der Ort, um ...«

»Ich habe mich zum letzten Mal in meinem Leben beruhigt und zum letzten Mal zugehört. Meinst du, ich weiß nicht, dass alle hier denken, ich sei nichts als eine Galionsfigur und niemand brauche mir zu gehorchen? Es ist höchste Zeit, dass ich mit diesem Scheiß Schluss mache! Die ganze verdammte planetare Verwaltung ist seit vierzig Jahren schlecht geleitet worden. Wir haben die Eingeborenen mit Glacéhandschuhen angefasst, und dabei sollten wir ihnen endlich klarmachen, dass sie sich dem Terranischen Imperium nicht auf diese Weise in den Weg stellen dürfen. Hier wird bald ein anderer Wind wehen! Ich fordere ein paar neue Leute vom Nachrichtendienst an, Leute, deren Loyalität dem Imperium gehört, und alle, die hier Fehler über Fehler begangen haben, fliegen hinaus! Als Sie, Haldane, eine Eingeborene heirateten, wusste ich schon, dass Ihr Urteilsvermögen und Ihre Loyalität zum Teufel gehen würden, und ich hätte Sie damals gleich entlassen sollen. Ich will euch alle loswerden, und wenn es das Letzte ist, was ich tue.«

»Das wird es wahrscheinlich sein, Sir«, sagte Alessandro Li. »Wie mit Darkover verfahren wird, ist eine Sache der höchsten Politik.« Aber Montray war zu wütend, um zuzuhören.

»Und dann kann ich mich, verflucht, vielleicht endlich

selbst versetzen lassen – was ich seit sieben Jahren immer wieder versuche!« Er drehte sich um und ging davon. Peter murmelte benommen: »Großer Gott«, und wandte sich Jaelle zu.

»Liebling, geh mit Li und Monty nach Hause, ja? Ich muss ihn mir vorknöpfen, bevor er diesen Antrag durch Imperiumskanäle hinausschickt, sonst sitzen wir alle in der Tinte. Wir können Einspruch erheben, aber bis dahin ...«

Monty legte Magda die Hand auf den Arm. »Mach dir keine Sorgen, was der Alte anstellen wird. Er wird sich wieder beruhigen. Hast du ihn noch nie gesehen, wenn er einen Anfall hat?«

»Schon oft«, antwortete Magda müde. »Aber ich habe es soeben zum letzten Mal gesehen. Das ist mein Ernst, Monty. Ich kündige. Und ich muss bis Sonnenaufgang zurück im Gildenhaus sein ...«

»Ich komme mit dir und schlafe die Nacht im Gildenhaus«, sagte Jaelle. Peter fasste sie bei den Schultern.

»Nein, Jaelle! Um der Liebe Gottes willen, widersetze dich mir nicht gerade jetzt! Kehre in die Terranische Zone zurück und warte. Ich habe Loyalität noch nie so nötig gebraucht – was bist du eigentlich für eine Ehefrau? Um meinetwillen, um des Kindes willen – ich kämpfe für uns alle!«

Das Kind. Das hatte ich vergessen. Was kann ich tun? Ich habe keine Wahl mehr. Alessandro Li bat: »Erlauben Sie mir, Sie nach Hause zu bringen, Jaelle«, und sie gab nach. Wie wünschte sie sich, durch die Straßen zum Gildenhaus zu laufen, *nach Hause* zu laufen – aber es war nicht mehr ihr Zuhause. Warum belog sie sich selbst?

Peter war den Montrays nachgeeilt. Jaelle hatte von diesem Gang durch die Straßen Thendaras später nur in Erinnerung, dass sie voll von Fröhlichkeit gewesen waren, Menschen lachten, tranken, tanzten, bewarfen sich mit Blumen. Allein in ihrer Wohnung, fand sie Blümchen, die sich in den Falten ihres imitierten Kleides verfangen hatten. Wie vergnügt hatte sie darin getanzt!

Mit einer Bitterkeit, über die sie sich selbst wunderte, dachte sie: *Ich hoffe, sie schicken ihn weg von Darkover. Ich hoffe, ich muss ihn nie mehr wieder sehen. Muss nie mehr an mein Versagen denken. Mein Versagen? Nein, seines, er liebt niemanden, er denkt nur an seine Karriere und seine eigene Arbeit ...*

Sie schalt sich, ungerecht zu sein. Ihre Wünsche und Peters unterschieden sich so stark voneinander, sie hatten im Grunde nie eine Chance gehabt, nur die Leidenschaft hatte sie verblendet. Jaelle hatte vor ihm keinen Mann gekannt, sie war auf die alles verschlingende Gewalt der Liebe nicht vorbereitet gewesen. Nein, nicht Liebe – Sex, wenn sie völlig ehrlich mit sich selbst sein wollte. Sie war nicht fähig gewesen zuzugeben, dass es zu mehr als einer Affäre nicht reichte. Beide hatten sie Sehnsüchte, die der andere nicht zu stillen vermochte. Er brauchte vor allem eine Frau, die es zufrieden war, ihn in seinem ehrgeizigen Streben zu unterstützen, da zu sein, wenn er sie brauchte, sich geduldig im Hintergrund zu halten, wenn er sie nicht brauchte. Er war nicht grausam oder herzlos; er war ein freundlicher und guter Mann. Aber das magische Beieinandersein und Verschmelzen, das sie sich gewünscht hatte, war nie vorhanden gewesen, und sie hatte sich nur eingebildet, es dauere an.

Wenn sie ihn wirklich geliebt hätte, wären Freundschaft und Freundlichkeit und gemeinsame Ziele vielleicht allmählich an die Stelle der blinden Verliebtheit getreten. Sie hätten diese neue Verbundenheit akzeptieren, sich ein angenehmes Leben aufbauen können, wie es Gabriel und Rohana geschafft hatten. Aber Gabriel und Rohana, deren Heirat von den Familien arrangiert worden war, hatten nie etwas Besonderes erwartet und nie den Rausch der ersten Leidenschaft kennen gelernt. Sie und Peter hatten allein das besessen, und als der Rausch verflog, war nichts übrig geblieben.

Nichts – ausgenommen Peters Kind.

Das arme, unerwünschte Kind, vielleicht wäre es besser, wenn es nie geboren würde. Nein, es war nicht unerwünscht. Peter hatte es sich gewünscht. Und sie für eine kleine Weile auch. Oder vielleicht wollte nur ihr Körper seine natürliche Funktion ausüben und ein Kind produzieren. *Irgendein Kind. Nicht ausgerechnet das Peters.*

Jetzt verstand sie, warum Magda und Peter nicht zusammengeblieben waren. Für Peter war eine Frau ein notwendiges Übel, ein Hintergrund für sein Ego. Plötzlich tat er ihr Leid. Er brauchte eine Frau, aber sie musste so ganz von ihm erfüllt sein, wie es weder Magda noch ihr gegeben war. Zu seinem Unglück zog Peter starke Frauen an. Wahrscheinlich war es ihm in seinem ganzen Leben immer wieder passiert, und wenn er sie hatte, musste er sie schwächen und vernichten, weil er ihre Kraft fürchtete.

Es kam nicht mehr darauf an. Es war vorüber, wie diese Festnacht vorüber war.

Aber ich habe mich für die Zeit meiner Beschäftigung verpflichtet. Wenn Peter sein Versprechen nicht hält, muss ich dann auch meins brechen? Wenigstens war sie so klug gewesen, ihn nicht *di catenas zu* heiraten. Freipartnerehen konnten nach Belieben aufgelöst werden; bei den Terranern gab es ein paar juristische Formalitäten. Sie war immer noch verantwortlich für Monty und für Aleki. Und wer konnte nach diesem katastrophalen Beinahezusammenstoß mit Dom Ann'dra oder Andrew Carr wissen, was einem von beiden einfallen würde? Nach dem Amazonen-Eid war sie keinem Mann verpflichtet …

Sie war schon zu lange bei den Terranern. Jetzt kam ihr der

Amazonen-Eid zu eng gefasst vor. Sie hatte ihn abgelegt, als sie noch zu jung war, um zu wissen, was er bedeutete. Aber durfte sie ihn jetzt brechen, weil sie darüber hinausgewachsen war? Das wäre keine ehrenhafte Lösung. Rohana hatte gesagt: *Die Ehre erfordert es, solche Eide zu halten, auch wenn es einem nicht mehr passt.* Aber Rohana wiederum hatte Gründe, sie der schlimmeren Sklaverei des Rates und der *Comyn* zu unterwerfen. Sie konnte Rohana nicht völlig vertrauen, ebenso wenig, wie sie den Terranern vertrauen konnte.

Sie wollte nicht warten, bis Peter nach Hause kam. Auch interessierte es sie überhaupt nicht, was bei seiner Unterredung mit Koordinator Montray herausgekommen war. Er hatte sich das Problem selbst geschaffen und musste jetzt sehen, wie er damit fertig wurde. Er war auf seine eigene Art kompetent, er brauchte ihre Hilfe nicht, und wenn sie glaubte, er brauche sie, war das nur ein weiteres Symptom für das, was zwischen ihnen nicht stimmte. In ihr war eine tiefe Traurigkeit, weil all die Süße schal geworden war. Aber Kindra hatte immer gesagt: *Es ist sinnlos, sich über den Schnee vom letzten Winter aufzuregen.* Und die Liebe, die sie geteilt hatten, war weiter weg als das.

Sie zog die Uniform an und überprüfte das kleine Kommunikationsgerät im Kragen. Wie schnell sich Gewohnheiten entwickelten! Anfangs hatte sie Angst davor gehabt. Sie wollte in der Cafeteria etwas essen und sich dann in Cholaynas Büro setzen, um eine neue Vereinbarung auszuarbeiten. Die Darkovanerinnen, die bald ihren Dienst in der Medizinischen Abteilung antraten, würden außerhalb des HQ wohnen und nur zur Arbeit herkommen. Sicher erlaubte man das auch ihr. Ein Teil ihres Ichs bedauerte, dass sie dann auf die Bequemlichkeiten des terranischen Lebensstils verzichten musste.

Sie schloss gerade ihren Kragen, als sie Peters Schritt hörte. Er kam herein, und sie sah, dass er völlig betrunken war. Jaelle erschauerte. Einmal hatte Kyril in diesem Zustand versucht, sie zu belästigen, und sie hatte sich verteidigen müssen. Seitdem hasste sie Betrunkenheit. Aber Peter schleuderte ihr nur einen überraschend bösartigen Fluch entgegen.

»Peter, was ist los? Was hat Montray gesagt? Wo bist du gewesen?«

Er sah ihr gerade in die Augen. »Was, zum Teufel, interessiert dich das?« Damit drängte er sich an ihr vorbei. Sie hörte, dass er in der Duschkabine das Wasser anstellte.

Einerseits wollte sie bleiben und es mit ihm auskämpfen, sobald er wieder nüchtern war, und andererseits war es ihr gleichgültig. Wohl wissend, dass er sie über dem laufenden Wasser nicht hören konnte, sagte sie: »Du hast Recht, es interessiert mich nicht«, und ging.

3

Magda wanderte langsam durch die Straßen der Altstadt, und immer noch klangen ihr Cholaynas Worte in den Ohren. Sie hatte ihr versprochen, mit ihrer Kündigung zu warten, bis Cholayna Gelegenheit fand, ins Gildenhaus zu kommen und es mit ihr zu besprechen, und jetzt wünschte sie, sie hätte es nicht getan. Am liebsten wäre sie zu ihren Schwestern ins Gildenhaus geflohen und nie mehr in die terranische Welt zurückgekehrt. Die Anstrengung, von neuem zwischen zwei Loyalitäten entscheiden zu müssen, hatte ihren Zoll von ihr gefordert.

Nach diesem halben Jahr, das frei von den Konflikten zwischen Männern und Frauen gewesen war, kamen ihr schon die flüchtigsten Kontakte zwischen den Geschlechtern seltsam und anomal vor, und noch den harmlosesten prüfte sie im Geist auf Nuancen. Natürlich war das der Zweck des Hausjahres. Die Novizinnen sollten alte Gewohnheiten durchbrechen und über ihr Leben nachdenken, statt gedankenlos den in ihrer Kindheit vorgezeichneten Mustern zu folgen.

Magda hatte Camilla halb und halb versprochen, noch zum Frauentanz zu kommen ... war sie verpflichtet hinzugehen? Schon begann sie von neuem zu grübeln. Sie war eine ausgebildete Wissenschaftlerin, eine geschickte Agentin. Was sollte sie dort nach einem Tag, den sie damit verbracht hatte, ihre erlernten Fähigkeiten einzusetzen? Dachte sie im Ernst daran, ihren Status als Angestellte des Zivildienstes aufzugeben, zurückzukehren und sich nach ihren verdammten blöden Vorschriften zu richten, Ställe auszumisten, um Erlaubnis zu fragen, wenn sie weiter als in den Garten gehen wollte? Müde dachte sie, dass sie, wenn sie ein Körnchen Verstand hätte, ins HQ gehen, einen Antrag auf Versetzung stellen – Montray hatte ihr das sowieso angedroht – und so schnell wie möglich von einer Welt verschwinden würde, die sie liebte und hasste und zu der sie niemals wirklich gehören konnte.

Ob sie tatsächlich im Stande wäre, sich von den Entsagenden zu trennen – bei kühler Überlegung, ohne sich über Ställe, Badezimmer und dergleichen aufzuregen? Sie hatte eine Solidarität kennen gelernt, von der sie vorher nichts gewusst hatte, eine Welt von Frauen. Diese Welt, in mancher Beziehung klein und kleinlich, war, auf der Grundlage von Entsagung und Beschränkung durch Frauen aufgebaut worden, die sich für frei hielten und doch in hundert Dingen gebunden waren. Aber welches Leben war schon völlig frei? Und in jenem Leben gab es erstaunliche Freiheiten. In ihren ganzen siebenundzwanzig Jahren hatte Magda noch keine Umgebung gefunden, die der Erfüllung aller ihrer Träume und Wünsche so nahe kam. Konnte sie sie verlassen, weil sie nicht vollkommen war?

Wie hieß gleich der terranische Philosoph, der geschrieben hatte, da kein Mensch frei sein könne, müsse man den unter die Glücklichen zählen, der eine Sklaverei nach seinem Gefallen gefunden habe? Die *Comhi'Letzii,* die Schwesternschaft der Ungebundenen, hatte wenigstens für sich selbst entschieden.

Wie ich mich entschieden habe ...

Und da war noch Camilla, an die sie denken musste ... Sie war dem Gedanken an Camilla ausgewichen, aber Camilla war einer der Gründe, warum sie jetzt gern geflohen wäre.

Im Verlauf eines einzigen Tages hatte sie in der plötzlichen Freiheit des Mittsommerfestes ihre selbst gewählte Isolation durchbrochen, zuerst mit Monty – und sie war sich immer noch nicht sicher, warum sie das getan hatte, obwohl es ihr in dem Augenblick ganz plausibel vorgekommen war – und dann mit Camilla. Sie hatte sich über sich selbst gewundert –

noch jetzt scheute ihr Verstand vor all den neuen Dingen zurück, die sie an sich entdeckt hatte. Aber jetzt wusste sie, warum sie in Panik vor Jaelles Berührung geflohen war.

Ich war nicht bereit, es zu akzeptieren. Ich bin es immer noch nicht.

Sie brachte es nicht fertig, sich als eine Liebhaberin von Frauen zu sehen, sie konnte nie so engstirnig werden wie Rezi oder Janetta, die nur Frauen als völlig menschlich betrachteten und den harmlosesten Kontakt mit einem männlichen Wesen, und sei es der Vater, Bruder oder Arbeitgeber, als Verrat an der Schwesternschaft bezeichneten. So war nicht einmal Camilla. Aber Magda konnte auch nicht auf die Rezis und Janettas hinabblicken, dazu wusste sie zu viel von ihnen. Und auch sie waren ihre Schwestern. Ihnen den Rücken zu kehren hieß, dem Gildenhaus für immer den Rücken zu kehren.

Und das brachte sie nicht über sich. Sie hatten sie in ihrer Mitte aufgenommen, hatten ihr, einer Fremden, so viel Schwesterlichkeit und Freundlichkeit und Liebe gegeben, dass sie nicht gewusst hatte, wie sie es ihnen danken sollte. Aber jetzt war das Hausjahr beinahe vorüber. Zumindest Camilla musste von ihrer Identität erfahren. Bei den anderen war sie fähig zu lügen, doch Camilla verdiente Ehrlichkeit von ihr. Camilla musste sie die Wahrheit sagen, auch wenn sich ihre Liebe dann in Abscheu verwandelte.

Es war spät, das fröhliche Treiben in den Straßen hatte nachgelassen, obwohl das Tanzen und Trinken und Schmausen auf den öffentlichen Plätzen und in den Gärten fast die ganze Nacht hindurch weitergehen würde. Magda spürte die Wärme und Süßigkeit der Nacht. Die vier Monde leuchteten hell am Himmel. Paare gingen Arm in Arm, Liebende für eine Stunde oder fürs ganze Leben, und suchten sich einen Ort, wo sie die Nacht gemeinsam verbringen konnten. Peter, dachte Magda, diesmal ohne Bitterkeit, und Jaelle. Sie wandte die

Augen von den vielen Glücklichen ab und seufzte. Fast hätte man glauben können, dass sich ganz Thendara heute Nacht paarte und nur sie allein war. Sie hätte nicht allein zu sein brauchen, Monty wäre glücklich gewesen, wenn sie nach allem Ärger dieses Abends in seiner Wohnung auf ihn gewartet hätte. Dann hätte sie sich dem nicht zu stellen brauchen, was sie im Gildenhaus erwartete – oder beim Frauentanz ...

Ich hätte gleich mit Camilla gehen sollen. Ich hätte mich nicht von Monty beschwatzen lassen dürfen, den verdammten Ball zu besuchen. Was hat es mich noch zu interessieren, welche Beziehungen zwischen der *Comyn*-Aristokratie und dem Imperium bestehen?

Das hier mussten die Straße und das Haus sein, wo der Frauentanz hatte stattfinden sollen. Aber das Haus war dunkel, still und unheimlich, und Magda stand verzweifelt vor der verschlossenen Tür. *Und was mache ich jetzt?* Dann hörte sie Stimmen lachen und sprechen und den Klang von Musikinstrumenten. Weiter unten fiel Licht aus den offenen Türen eines Weinlokals, dessen Gäste auf die Straße übergeströmt waren. Vor dem Licht bewegten sich schattenhafte Gestalten in einem Kreistanz über die unebenen Pflastersteine.

Es war sehr spät. An einen Tisch hatte sich eine Gruppe von Gardisten zusammengefunden; einige hatten Frauen dabei. An zwei zusammengeschobenen Tischen erkannte Magda eine Reihe von Schwestern aus dem Gildenhaus. Mutter Lauria war auch da. Rafaella stand gerade auf, als Magda näher kam, und schloss sich zusammen mit einem der Gardisten den Tanzenden an. Camilla hielt ein Glas in der Hand. Keitha und Marisela trugen ihre Arbeitskleidung mit den weißen Schleiern, die alle Hebammen in der Stadt um ihr Haar wanden. Keitha sah Magda und winkte.

»Komm und setz dich zu uns, Margali – es bringt Glück, unter den vier Monden geboren zu werden, und anscheinend ist die Hälfte aller Frauen in der Stadt entschlossen, ihren Babys dies Glück zu verschaffen! Aber jede Mutter, die bis jetzt ihre Bürde noch nicht losgeworden ist, wird mittlerweile zu betrunken sein, um diese Nacht noch Wehen zu bekommen – nützen wir es!«

Magda ließ sich aus der Karaffe, die auf dem Tisch stand, einschenken. Einer der jungen Gardisten von dem anderen Tisch kam zu ihnen herüber.

»Da treffen wir uns unter den vier Monden wieder, Margali! Erinnerst du dich an mich? Das letzte Mal haben wir uns vergangenen Winter auf Burg Ardais gesehen. Ich habe jetzt eine Anstellung hier in der Stadt angenommen. Du weißt doch, wir haben uns als Kinder in Caer Donn gekannt, du hattest zusammen mit meinen Schwestern Tanzunterricht – ich bin Darrell, Sohn Darnaks. Willst du dich zu mir setzen und mit mir trinken?«

Sie lächelte und ließ es zu, dass er sich über ihre Hand beugte. »Es tut mir Leid, aber meine Schwestern warten auf mich ...«

Er sah sie mit komischer Enttäuschung an. »Die ganze Nacht bin ich in der Stadt herumgelaufen und habe nach dir Ausschau gehalten. Wenn du deine Freundinnen begrüßt und deinen Durst gelöscht hast, wirst du dann mit mir tanzen?«

Zögernd sah Magda zu Camilla hinüber, die sagte: »Tanz, wenn du möchtest, Kind.« Sie lächelte Darrell zu. »Wir sind Schwertkameraden; darf ich Euch ein Glas Wein anbieten?«

»Ich glaube, ich habe bereits zu viel getrunken, aber wollt Ihr mir einen Tanz gewähren, *mestra?*«

Camilla lachte vor sich hin. »Ich tanze nicht mit Männern, Bruder. Aber bestimmt sind andere in unserer Gesellschaft, die es mit Freuden täten.«

Marisela erhob sich lachend und trat zu ihm. »Ich habe den ganzen Tag gearbeitet und keine Gelegenheit gehabt, mich zu amüsieren. Und die Festnacht darf doch nicht ohne einen Tanz vorübergehen. Wenn meine Schwester uns bekannt machen will – ich kann nicht mit einem Mann tanzen, dessen Name mir unbekannt ist!«

Magda stellte ihr Darrel vor. Mariselas Gesicht war gerötet, sie sah hübsch aus in ihrem blauen Kleid und jünger, als sie war. Sie schob den weißen Schleier zurück, so dass ihr kurzes, kupferfarbenes Haar in Locken um ihr Gesicht stand. Darrell verbeugte sich und ordnete sich mit ihr in die Reihe der Tänzer ein. Janetta zog auch Mutter Lauria in den Kreis, dann winkte sie Camilla und Magda, aber Camilla schüttelte den Kopf.

»Ich freue mich, dass du noch gekommen bist, Margali«, sagte sie. »Wie war der große Ball? Hast du all die feinen *Comyn* gesehen? Auch Lady Rohana? Und Shaya, war sie mit ihrem Freipartner dort? Was für ein Mann ist er?«

»Ja, sie waren beide da.« Magda fragte sich, was sie auf Camillas Frage antworten könnte. Wie sollte sie ihr Peter Haldane beschreiben? »Jaelle sah sehr müde aus – sie ist schwanger, weißt du.«

»Die kleine Jaelle bekommt ein Kind!« Wie Magda gehofft hatte, ließ Camilla sich ablenken. »Mir ist, als sei es nicht länger als ein oder zwei Jahre her, dass ich ihr das Haar schnitt und ihr den ersten Unterricht im Messerkampf gab. Vermutlich wird sie für die Geburt ins Gildenhaus zurückkommen?«

Mehrere Gardisten, die keine Partnerin hatten, waren an den Tisch getreten und hatten die noch übrigen Amazonen zum Tanz aufgefordert. Es hatte den Anschein, als werde eine neue Party improvisiert. Einige der Frauen tanzten stattdessen miteinander. Aber ein paar Männer blieben mit einer einzigen Frau am Tisch sitzen – nein, es waren lauter Männer, stellte Magda fest. Die Person, die sie für eine Frau gehalten hatte, war ein sehr schlanker, sehr junger Mann mit zarten Zügen, der sein Haar beträchtlich länger hatte wachsen lassen, als es üblich war. Außerdem hatte er es auf eine Weise zurückgesteckt, die die Frisur einer Frau zwar nicht direkt imitierte, aber daran denken ließ. Und in dieser letzten Gruppe bemerkte Magda ein paar Terraner. Einer trug doch tatsächlich das schwarze Leder der Raumpolizei.

Natürlich. Das war einzusehen. Beim Fest, wenn sich alle Klassen mischten, fanden bestimmte Männer Gelegenheit, dem terranischen Vorurteil zu entfliehen. *In der darkovanischen Gesellschaft kommt es nicht so sehr darauf an, dass sie Liebhaber von Männern sind, nicht einmal, dass sie Terraner sind. Ausgestoßene blicken nicht auf andere Ausgestoßene hinab.* Sie hatte einen der Männer erst heute am Raumhafen gesehen; er hatte ihren Ausweis kontrolliert. Es schoss ihr durch den Kopf, dass er sich hätte darkovanische Kleidung besorgen und nicht in Uniform herkommen sollen. Aber hatte sie ein Recht, ihn zu kritisieren, sie, die hier neben einer Frau saß, die ihre Liebhaberin war?

Darrell, Sohn Darnaks, war zurückgekehrt, und Marisela dankte ihm für den Tanz. Einer der feminineren Männer war aufgestanden und sagte schüchtern zu Marisela: »Ich tanze gern, aber ich habe keine Schwester und – keine Freundin. Wollt Ihr mir die Ehre erweisen, *mestra?*«

Marisela zeigte ihm ihr Einverständnis mit einem Lächeln. Natürlich, nicht einmal zu Mittsommer tanzten Männer in Thendara bei Paartänzen miteinander. Magda fragte sich, warum nicht. Warum sollten Männer nicht miteinander tanzen, wenn es ihnen Spaß machte? Frauen durften es, es galt sogar als das schicklichste Benehmen, wenn sie unter Fremden waren. Magda war überzeugt, dass der junge Mann lieber mit seinem Freund an dem anderen Tisch als mit Marisela getanzt hätte. Ihr war aufgefallen, dass sie Hand in Hand dagesessen hatten. Aber zusammen tanzen durften sie nicht. Wie merkwürdig und wie traurig, dass auch in dieser Nacht, die so vieles erlaubte, Männer immer noch größeren Beschränkungen unterworfen waren als Frauen. Sie selbst durfte in der Öffentlichkeit Hosen tragen, und als Entsagende tat sie es auch. Ließe sich dieser Mann in Röcken blicken – und er machte den Eindruck, als würde er sich darin wohler fühlen und besser aussehen – würde man ihn lynchen. Wie dumm doch die Leute waren!

Camilla fragte: »Willst du mit mir tanzen, Margali?«, und Magda zögerte. Sie hätte es gern getan. Aber sie brachte es nicht fertig, vor diesen Männern, die ihr Mitleid erweckten, mit Camilla zu tanzen. Darrell verbeugte sich erwartungsvoll, und Camilla gab ihr verständnisvoll einen Schubs.

»Geh und tanze, Kind.«

Widerstrebend – sie wünschte, Camilla hätte es ihr verboten! – entfernte sie sich. Es war ein Paartanz. Wenn nur Darrell nicht von ihrer gemeinsamen Kindheit in Caer Donn anfing! Er hatte sie als Tochter des terranischen Gelehrten Lorne gekannt, und sie wollte nicht, dass das gerade jetzt zur Sprache kam. Doch offenbar hatte er ganz andere Dinge im Sinn. Er war ein guter Tänzer, aber er zog sie ein kleines bisschen zu eng an sich. Sie hätte ihm einen zweiten Tanz gern verweigert, nur waren sie gerade am anderen Ende des Platzes, und sie wollte auch nicht unfreundlich sein. Es war sehr warm; eine solche der Jahreszeit nicht entsprechende Hitze kündigte in Thendara immer ein schweres Unwetter an. Schon roch die Luft nach der Morgendämmerung. Als der zweite Tanz zu Ende war, sah Magda, dass die Musiker ihre Gläser leerten und ihre Instrumente einpackten. Darrell steuerte sie auf einen dunklen Torweg zu und berührte ihre Lippen. Sie protestierte nicht – ein Kuss nach einem Tanz verpflichtete sie zu gar nichts. Aber als er versuchte, sie in die Arme zu nehmen und murmelte: »Ich möchte diese Nacht nicht allein beschließen«, schob sie ihn weg.

»Alle um uns, alle Männer und Frauen erweisen der Liebe der Götter ihre Ehrerbietung ...«

Nein. Das war zu viel. Dieses Mittsommerfest hatte ihr von diesen Dingen schon mehr gebracht, als sie hatte haben wollen. Sie würde sich ihm auf gar keinen Fall hier im Freien hingeben, wie es einige der Frauen taten, die sich in der Freiheit dieser Nacht kaum die Mühe machten, Deckung vor den Augen der Vorübergehenden zu suchen. Sie kannte den Mann kaum. »Nein.« Noch einmal schob sie ihn weg. »Nein, ich fühle mich geehrt, und ich danke dir, aber nein, endgültig nein ...«

»Aber du musst«, flüsterte er und versuchte, sie auf den bloßen Hals zu küssen. Wenn sie gewusst hätte, wie betrunken er war, hätte sie gar nicht erst mit ihm getanzt! Seine Hände waren heiß und lästig, und er versuchte, ihr in den Ausschnitt zu fassen. Magda wünschte, ihre Amazonenjacke anstelle des Feiertagskleides zu tragen. Sie wusste, wie sie sich verteidigen konnte, aber dieser Mann war ein Freund aus ihrer Kinderzeit, und sie wollte ihm nicht wehtun. Als er jedoch trotz ihrer Abwehr seine Hände nicht von ihr ließ, gab sie ihm eine schallende Ohrfeige. Er blinzelte und sah sie verdutzt an.

»Du hast mich erregt, und jetzt verweigerst du dich mir ...«

Erbittert gab sie zurück: »Ich habe mit dir getanzt; erregt hast du dich selbst! Rede kein dummes Zeug, Darrell! Willst du im Ernst behaupten, ich hätte darauf abgezielt? Wenn das so wäre, müsste jede Frau in Thendara verschleiert gehen wie eine Trockenstädterin!«

Mit beschämtem Grinsen ließ er den Kopf hängen.

»Nun – fragen darf man ja wohl.«

Nur zu gern erwiderte sie sein Lächeln. »Sicher. Vorausgesetzt, dass man nur fragt und nicht ohne Erlaubnis nehmen will.«

»Das kannst du mir nicht verübeln«, meinte er gutmütig und beugte sich nieder, um ihre Schulter zu küssen. Aber sie wich ihm aus. Nein, sie wollte nicht mit ihm flirten! Verdammt, nach all diesen Monaten der Isolation und des Zölibats fielen plötzlich Männer – und noch dazu gut aussehende und akzeptable Männer – sozusagen aus den Bäumen! Erst Monty, jetzt dieser wirklich nette junge Gardist – wenn Camilla nicht wäre, würde sie dann mit ihm gehen? Das ließ sich nicht entscheiden, denn Camilla war da.

Im Schatten eines der Gebäude sah sie eine Frau in Amazonenkleidung – es musste Rafaella sein – in einer so leidenschaftlichen Umarmung mit einem Mann, dass es beinahe wie ein Kampf wirkte. Beide waren vollständig bekleidet, aber aus ihren Bewegungen ließ sich unschwer schließen, was sich abspielte. Magda wandte sich verlegen ab und kehrte zu der Bank zurück, auf der immer noch ein paar Frauen saßen.

Camilla gähnte und bedeckte den Mund mit einer schmalen Hand. »Wir müssen zurück ins Gildenhaus«, sagte sie. »Die Monde gehen unter, und Keitha und du, Kind, ihr sollt bei Sonnenaufgang zu Hause sein.« Sie lachte. »Ich darf ausbleiben, solange ich will – aber mittlerweile geht mein einziger Wunsch nach meinem bequemen Bett.«

Die Eigentümer des Weinlokals entfernten unauffällig alle Bänke, sobald sie leer wurden, und stapelten sie. Man sah, dass sie gern Feierabend gemacht hätten. Wenn Gardisten vom Tanz kamen und keine Sitzgelegenheit mehr fanden, schlenderten sie davon. Die Gruppe der Frauen teilte sich noch eine letzte Karaffe Wein. Rafaella kam zu Camilla, die mit Magda und Keitha am Tisch saß. Marisela wechselte ein paar Worte mit einem jungen Mann und gab ihm zum Schluss einen mütterlichen Kuss, so dass Magda vermutete, er sei ein Neffe oder so etwas. Rafaellas Gesicht glühte, ihr Haar war zerzaust, die Verschnürung ihrer Jacke stand offen. Sie beugte sich über Camilla und flüsterte ihr etwas zu, und Camilla klopfte ihr die Wange.

»Amüsiere dich, *breda.* Aber pass auf.«

Rafaella lächelte – Magda sah, dass auch sie ein bisschen betrunken war – und ging Arm in Arm mit dem Mann von vorhin davon.

Keithas Augen waren so groß wie Untertassen. Janetta lehnte sich von der nächsten Bank herüber und sagte: »So eine Frechheit! Ein derart unanständiges Verhalten bringt Schande über alle Entsagenden; es kommt noch so weit, dass man uns für Huren hält! Ich wollte, wir lebten in der guten alten Zeit, als keine Entsagende bei einem Mann liegen durfte, oder ihre Schwestern hätten sie hinausgeworfen.«

»Oh, nicht so hitzig.« Marisela kehrte an den Tisch zurück. »Damals wurden wir als Liebhaberinnen von Frauen beschimpft, als Verführerinnen ehrbarer Ehefrauen und Töchter. Es hieß, wir lockten Kinder von ihren Eltern weg, weil wir keine eigenen hätten. Es können nicht alle Frauen so leben wie du, Janetta, und niemand hat dich zur Bewahrerin von Rafis Gewissen bestellt.«

»Wenigstens könnte sie so etwas in anständiger Zurückgezogenheit tun und nicht vor der halben Stadt Thendara«, rügte Janetta. Marisela lachte und sah über den völlig verlassenen Platz hin.

»Ich glaube, man will uns beibringen, dass wir gehen sollen. Aber wir haben den Wein bezahlt, und was mich betrifft, so bleibe ich hier sitzen, bis er ausgetrunken ist.« Sie hob ihr Glas. »Du hast leicht reden, Janetta, du bist nie auf diese Weise versucht worden, und um der Liebe Evandas willen erspare mir deine nächste Predigt, in der du die Frau, die bei einem Mann liegt, eine Verräterin an ihren Schwestern nennst. Du hast sie mir schon zu oft gehalten, und sie leuchtet mir heute nicht mehr ein als beim ersten Mal. Mich kümmert es nicht, ob du oder sonstwer bei Männern, Frauen oder willigen *cralmacs* liegst, und deshalb brauche ich mir keine Diskussion darüber anzuhören, wenn ich schlafen oder in Ruhe meinen Wein austrinken will.« Sie hob ihr Glas und nahm einen Schluck.

Auch ich stimme mit Janetta ebenso wenig überein wie früher, dachte Magda. *Und trotzdem sitze ich hier mit einer Frau, die meine Liebhaberin ist und um deretwegen ich mich heute Nacht einem Mann versagt habe.* Doch als Rafaella mit einem Mann fortgehen wollte, hatte Camilla nur gelacht und ihr ein paar freundliche Worte gesagt. Und warum auch nicht? Magda griff nach ihrem eigenen Glas, als sie eine Stimme sagen hörte: »Margali ...« Sie blickte hoch und in die Augen von Peter Haldane.

Er trug darkovanische Kleidung. Bestimmt hätte niemand außer Magda in ihm den jungen Terraner erkannt, der heute Nacht mit der Delegation aus dem HQ am Mittsommerball in der *Comyn*-Burg teilgenommen hatte.

Camilla sagte zu Magda: »Trink aus, Kind, ich bin gleich wieder da.« Zusammen mit Marisela und Mutter Lauria wanderte sie zu der Latrine hinten im Garten des Weinlokals. Peter nahm gegenüber von Magda Platz. Sie hatte ihn noch nie so betrunken gesehen.

In der Sprache von Caer Donn meinte sie: »Piedro, ist das klug?«

»Zum Teufel mit der Klugheit«, gab er zurück. »Ich habe um mein Leben gekämpft. Montray war wild entschlossen, mich mit dem im Augenblick startenden Schiff in die Alpha-Kolonie abzuschieben und ein Disziplinarverfahren vor dem Hauptzentrum des Nachrichtendienstes gegen mich einzuleiten. Schließlich wandte ich mich über seinen Kopf weg an Alessandro Li, der schließlich im Rang höher steht als er, und Cholayna – wo warst du, Mag, verdammt noch mal? Es betraf doch auch dich. Und was hattest du mit Monty vor?«

»Es tut mir Leid, dass du Ärger hattest, Peter.« Ganz bestimmt würde sie mit ihm nicht ihre Beziehung zu Monty diskutieren, und hier schon gleich gar nicht. »Dann ist jetzt alles wieder in Ordnung?«

»Bis er von neuem auf mich losgeht. Gott, ich gäbe zehn Jahre meines Lebens, wenn dieser Mann von Darkover weggeschickt würde! Ich schwöre, wenn ich am Leben bleibe, werde ich dafür sorgen. Sogar sein eigener Sohn weiß ...« Er brach ab. »Aber was machst du hier, Mag? In *diesem* Lokal?« Sein entsetzter Blick fiel auf den Tisch, der als Einziger außer dem ihren noch besetzt war. Dort betatschten sich zwei betrunkene Männer, und der feminine Jüngling, der mit Marisela getanzt hatte, war mit dem Kopf auf dem Tisch eingeschlafen. Traurig und mit ein bisschen Mitleid stellte Magda fest, dass er die Schmetterlingsspange einer Frau in seinem langen Haar trug.

»Maggie, weißt du denn nicht, was das für ein Lokal ist?«

Sie schüttelte den Kopf. Er sagte es ihr. Seine Empörung schien fehl am Platz zu sein.

»Wenigstens wird hier niemand eine Frau ohne Begleiter belästigen. Und schließlich bist *du* ja auch hier.«

»Auf der Suche nach dir«, verteidigte Peter sich. »Man sagte mir, ein paar Frauen aus dem Gildenhaus würden hier immer noch trinken und tanzen – wollte mit dir reden«, erklärte er mit trunkener Ernsthaftigkeit. Geistesabwesend griff er nach Camillas Glas, das auf dem Tisch stand, und trank daraus. Sofort wurde seine Zunge noch schwerer. »Brauche dich«, stammelte er. »Brauche dich, damit du mit Jaelle redest. Du bist ihre Freundin. Auch meine Freundin. Gute Freunde. Wir beide brauchen dich. Du musst mit ihr reden, ihr sagen, was es bedeutet. Eine gute terranische Ehefrau zu sein. Uns versöhnen. Sie bekommt ein Kind«, informierte er Magda wichtig. »Mein Kind. Du musst sie auf Vordermann bringen, damit sie mir hilft, statt sich die ganze Zeit gegen mich zu stellen. Ich muss mit den höheren Dienstgraden auf gutem Fuß stehen, damit wir unser Baby hier großziehen dürfen. Meinen Sohn. Nur will sie mir nicht auf die richtige Weise beistehen. Sie weiß nicht, wie man mit terranischen Bürokraten umzugehen hat. Du bist mit dem alten Montray immer prima zurechtgekommen. Maggie, rede mit ihr, sag ihr ...«

Magda sah ihn an. Sie konnte nicht glauben, was sie da hörte.

»Du«, stieß sie endlich hervor, »du musst völlig den Verstand verloren haben, Peter! Du willst, dass ich – *ich!* – mit Jaelle rede und ihr klarmache, wie sie sich als deine Frau zu verhalten hat? So etwas ist mir in meinem ganzen Leben noch nicht vorgekommen!«

»Du weißt doch, in welcher Klemme ich sitze, wie wichtig es ist, dass ...«

»Mach es so wie ich«, fuhr sie ihn an. »Sag ihnen allen, sie sollen zur Hölle gehen. Wenn du es dir gefallen lässt, dass sie dich herumschubsen, brauchst du nicht weinend zu mir zu kommen!«

Er griff nach ihrer Hand, hielt sie fest, starrte ihr mit der Intensität eines Betrunkenen in die Augen.

»Hätte dich nie gehen lassen sollen«, lallte er. »Der größte Fehler meines Lebens. Gibt niemanden wie dich, Maggie. Du ... du bist und bleibst die Beste. Aber da ist jetzt Jaelle. Ich liebe sie. Wenn sie sich nur in ihre Rolle finden und mit ihrer ganzen Persönlichkeit hinter mich stellen würde, wie es ihre Pflicht ist! Und dann unser Kind. Mein Kind. Des Kindes wegen muss ich mit ihr zusammenbleiben. Kann sie nicht wegschicken. Das Kind soll nicht wie irgendein verdammter Eingeborener fernab der Zivilisation aufwachsen. Ich wünschte, du hättest mir ein Kind geschenkt, Maggie, du hättest es richtig gemacht ... Du musst uns helfen, Mag. Meine Freundin. Jaelles Freundin. Rede mit ihr, Maggie.«

»Peter«, antwortete sie hilflos, »du bist betrunken. Du fasst nicht mehr, wie empörend das ist, was du sagst. Geh nach

Hause, Peter, und schlafe deinen Rausch aus. Es wird alles anders aussehen, wenn du wieder nüchtern bist ...«

»Du sollst mir zuhören!« Er packte sie, zog sie eng an sich. »Du sollst endlich begreifen, in welcher schrecklichen Situation ich bin ...«

»*Bredhiya*«, erklang Camillas sanfte Stimme hinter ihnen, »belästigt dieser Mann dich?«

Camilla ragte groß und irgendwie Furcht erregend über dem schmächtigen Peter auf, der auf seinen Füßen schwankte. Natürlich hatte Camilla im intimen Modus gesprochen, der ihren Worten eine einzige mögliche Bedeutung gab. Auch Camilla war mehr als nur ein bisschen betrunken. Peter musterte beide Frauen mit Entsetzen und plötzlicher Verzweiflung.

»Verdammt, jetzt verstehe ich. Darauf bin ich früher nie gekommen. Kein Wunder, dass du nicht bei mir bleiben wolltest, kein Wunder ... und ich habe geglaubt, du seist durch Zufall in dies Lokal geraten. Natürlich bist du nicht die Richtige, um mit Jaelle zu reden. Was, zum Teufel, kannst du schon darüber wissen?« Er machte eine Geste, die Ekel und Abscheu ausdrückte. »Das ist also der Grund, warum du mich verlassen hast, warum du ins Gildenhaus gegangen bist. Du hättest mir nie eine anständige Frau sein können, mir nicht und keinem anderen Mann ...«

Magda fragte zornig: »Wie kannst du es wagen, so mit mir zu sprechen?«

»Wie kannst du es wagen, mit irgendeinem anständigen Menschen zu sprechen? Du!« Er rümpfte die Nase. »Wenn ich dich irgendwo in der Nähe Jaelles erwische«, drohte er in seiner Wut, »breche ich dir den Hals! Du hältst dich von meiner Frau fern, hast du verstanden? Ich will nicht, dass du sie verdirbst!«

Camilla hatte natürlich kein Wort von all dem mitbekommen, aber es war ganz deutlich, dass der Fremde Magda beleidigte. Ohne zu wissen, dass Peter sie verstand – schließlich hatte er die letzten Sätze auf Terra-Standard gesprochen – fragte sie Magda: »*Bredhiya*, soll ich dich von ihm befreien?«

»Du …« brüllte Peter. Es war ein Gossenausdruck, und Camillas Hand schloss sich um das Heft ihres Messers. Stahl blitzte.

»Nein«, schrie Magda auf. »Er ist betrunken – er weiß nicht, was er tut …«

Einer der Männer von dem anderen Tisch sprang herbei und fasste Peter bei der Schulter. »Nein, nein«, sagte er mit übertriebener Ernsthaftigkeit, »fang hier beim Fest keinen Kampf an, Bruder. Es hat keinen Sinn, mit solchen wie denen zu streiten.« Er wies auf Camilla und fuhr fort: »Ich bin derjenige, den du hier hast finden wollen, Bruder. Komm zu uns an unsern Tisch, dort sind wir alle Freunde.« Er legte seine Arme um Peter und schnaufte ihm seinen Weinatem ins Gesicht. »Komm, Bruder, es ist schon spät, und ich bin immer noch allein, komm, lass die Finger von den Weibern. Sollen sie sich miteinander amüsieren, wenn sie wollen, wer braucht sie schon?« Er hielt Peter seinen Becher unter die Nase. »Trink aus, Brüderchen, trink aus.«

Peter war nicht im Stande, die Hand des Mannes wegzuschieben. Er nahm einen Schluck, musste von dem starken Alkohol husten, ließ sich auf einen Sitz an dem anderen Tisch plumpsen und sah bestürzt zu dem Mann hoch.

»Ich bin doch gar nicht deinetwegen hergekommen«, murmelte er.

»Ach, hör auf, weswegen denn sonst? Ich kenne euch Terraner, auf *eurer* Seite der Mauer könnt ihr nicht finden, was ihr sucht, stimmt's? Da drüben bei euch ist keiner von unseren Brüdern, ihr müsst zu uns in die Stadt kommen, und es kommen viele von euch … Ich weiß alles darüber. Hier, trink noch mal …«

Oh, armer Peter!, dachte Magda, und doch konnte sie ein böses Triumphgefühl nicht unterdrücken.

Camilla sammelte ihre Siebensachen ein und sagte mit leiser Stimme: »Gehen wir, Margali, das ist besser als ein Duell zu dieser Stunde.«

Magdas Blick ruhte voller Bestürzung auf Peter, der, nur noch halb bei Bewusstsein, zusammengebrochen war und nicht einmal mehr seinem Zorn Ausdruck verleihen konnte. Er rutschte langsam unter den Tisch. Der Mann, der ihn zu trinken genötigt hatte, kniete sich neben ihn.

»Du kannst nicht gerade jetzt absacken, Brüderchen«, jammerte er, »das ist doch keine Art, einen Freund zu behandeln ...«

Magda wusste nicht, ob sie lachen oder weinen sollte. Camilla zog sie weg. Was mochte Peter widerfahren, wenn er dort aufwachte ... würde er mit intakter Tugend in die Terranische Zone zurückgelangen?

Camilla legte Magda einen Arm um die Taille und wanderte mit ihr die Straße hinunter. »Ich werde froh sein, nach Hause und in unser Bett zu kommen«, meinte sie gähnend. »Tut mir Leid, dass ich zu betrunken und zu müde bin, um die Nacht so zu beenden, wie es sich für das Mittsommerfest ziemt ... Das ist rücksichtslos gegen dich, *bredhiya*.«

Magda errötete und schmiegte sich fest an Camilla. In all ihrem Ärger über die unerfreulichen Vorkommnisse des Abends dachte sie daran, dass Camilla ihr heute Nachmittag ihre Liebe bewiesen hatte, und wunderte sich über sich selbst. In Camillas Armen hatte sie ein ganz neues Ich entdeckt, eine Magda, die ihr bis dahin unbekannt gewesen war. Ihr wurde heiß in der Erinnerung daran, wie sie zu Camillas Überraschung in der Ekstase aufgeschrien hatte. Plötzlich sehnte sie sich mit Körper und Geist danach, diese Ekstase von neuem zu erleben.

»Der Terraner ... wie kommt es, dass du ihn kennst?«, fragte Camilla.

»Er ist ... Jaelles Freipartner«, antwortete Magda, dann verstummte sie vor dem aufdämmernden Verdacht in Camillas Augen. Aber Camilla fragte nicht weiter. Schon füllten sich die Straßen mit gräulich-rötlichem Licht. Vor der Tür des Gildenhauses angekommen, berührte Magda Camillas Hand.

»Ich schwöre, dass du eines Tages alles erfahren sollst, Eidesschwester.« Sie benutzte diese intimste Form. »Nur nicht jetzt, Camilla. Ich bitte dich sehr, lass mir ein bisschen Zeit.«

Camilla nahm Magda in die Arme und zog sie an sich. »Du bist meine Schwester und meine Geliebte«, sagte sie. »Du hast dich mir zugeschworen wie ich mich dir. Erzähle mir, so viel du willst und wann du es willst, mein Schatz. Ich vertraue dir.« Sie küsste Magda, und dann bückte sie sich und hob Magda hoch.

»Komm, Liebes. Wir müssen drinnen sein, bevor der letzte Mond untergeht, das ist bei uns Gesetz.« Sie trug Magda die Stufen hoch und ins Haus.

Was bin ich für ein Luder, dachte Magda. Ich habe heute mit zwei Männern mein Spiel getrieben – mit dreien, wenn ich Peter mitrechne –, und jetzt benutze ich Camillas Liebe und Ergebenheit, um mir Zeit zu verschaffen – Zeit, damit ich mir überlegen kann, was ich ihr sagen soll.

Aber sie wurde so von Müdigkeit überwältigt, dass sie sich kaum auf den Füßen halten konnte. Ohne Widerstand ließ sie sich von Camilla die Treppe hinaufführen.

Gegen Morgen begann Magda zu träumen. Sie wohnte wieder in dem Wolkenkratzer des HQ für verheiratetes Personal, aber alle Duschkabinen und Badezimmer waren umgebaut worden, und entlang sämtlichen Fluren hausten Amazonen in kleinen türlosen Zellen. Stundenlang wanderte sie auf der Suche nach einem Raum umher, wo sie unbeobachtet duschen konnte, und dabei durfte sie niemanden merken lassen, dass sie schwanger war und dass sie eine Tätowierung auf dem Rücken trug. Sie wusste nicht genau, was sie darstellte, aber es war etwas Ähnliches wie »Erzeugnis des Terranischen Imperiums«. Eine Marke mit dieser Inschrift befand sich auf allen Waren, die auf voll entwickelte Planeten exportiert wurden, während sie auf Klasse-B-Welten verboten war. Immerzu hielt Magda in den verwirrenden Wohnquartieren nach Jaelle Ausschau, damit Jaelle, die Terra-Standard konnte, ihr die Schrift vorlas. Man hatte es gemacht, als sie schlief, und irgendwie war ein Fehler begangen und Jaelle ebenfalls damit tätowiert worden. Und sie war schwanger, und sie musste immerzu daran denken, wie Peter sich freuen würde. Aber was würde Jaelle dazu sagen? Wenn sie Peter nur fände, konnten sie alles wieder in Ordnung bringen. Er hielt sich jedoch nirgendwo in den Meilen und Meilen gefliesten Korridoren auf. Alle Wohnungen im HQ waren im darkovanischen Stil neu gestaltet worden, und dafür leitete Peter den Umbau des Gildenhauses für Terraner, die ausprobieren wollten, wie die Eingeborenen auf Darkover lebten. »Aber das wäre ja nichts Besseres als ein Hotel«, nörgelte eine Stimme in ihren Gedanken. Und dann hielten sie und Jaelle das Dach des Gildenhauses hoch, während Marisela und eine andere Frau, deren Gesicht sie nicht sehen konnte – war es die kleine, sommersprossige Amazone, die ihre Füße verbunden hatte? – Dom Ann'dra Carr mit Hilfe eines langen Fernrohrs suchten. Die geschliffenen Linsen funkelten blau wie die Matrix Lady Rohanas. Dagegen war das Teleskop selbst unsichtbar und rutschte ihnen dauernd aus den Händen, als sei es mit Glyzerin eingerieben. Irgendwer rief nach ihr, und Bethany aus dem Büro des Koordinators sagte: »Margali? Oh, ich glaube, sie hat die Nacht in Camillas Zimmer geschlafen ...«

Magda erwachte und hörte genau diese Worte laut ausgesprochen, gefolgt von einem Klopfen an der Tür.

»Margali? Margali? Camilla, ist sie bei dir?«

Magda blinzelte und versuchte, die absurden Fetzen des Traums festzuhalten. Camilla saß aufrecht im Bett, fluchte halblaut und griff nach ihren Strümpfen.

»Was ist? Wer braucht mich?«, fragte Magda.

»Mutter Lauria, unten«, antwortete Irmelin. »Da ist eine Besucherin, und aus irgendeinem Grund kannst nur du mit ihr reden. Die Frau hat eine schreckliche Hautkrankheit, sie ist ganz verfärbt, dunkel wie ein *cralmac* ...«

Cholayna, dachte Magda, sprang aus dem Bett, schnappte sich ein paar Kleidungsstücke und lief, sich das Gesicht mit eiskaltem Wasser zu waschen. *Was, zum Teufel, kann sie hier wollen? Und ist Jaelle dabei?*

Nein, Cholayna war allein gekommen und unterhielt sich im Fremdenzimmer freundschaftlich mit Mutter Lauria. Als Magda eintrat, sagte die Gildenmutter: »Ich lasse euch beiden jetzt allein, aber ich hoffe, dass ihr nach einer Weile zu mir kommen werdet. Margali, du hast noch nicht gefrühstückt. Soll ich Tee und Brötchen in mein Büro bringen lassen? *Mestra,* darf ich Euch ein Frühstück anbieten?«

Cholayna lächelte und nickte, und Mutter Lauria ging. »Ich hatte vergessen, dass hier gestern ein Feiertag war«, erklärte Cholayna, »und dass einige von euch noch schlafen würden. Als sie dich nicht in deinem Zimmer fanden, dachten sie erst, du schliefest außerhalb, wie es manche Frauen in der Festnacht tun.« Blitzartig erstand vor Magdas geistigem Auge das Bild Rafaellas, wie sie mit ihrem zerzausten Haar und der Jacke, unter deren geöffneter Verschnürung die Brüste zu sehen waren, mit dem Gardisten wegging. Aber war sie selbst besser? Sie hatte den gestrigen Vormittag in Montys Armen verbracht, und heute Morgen hatte man sie in Camillas Bett suchen müssen. Unsinn, sie war eine erwachsene Frau. Cholayna kümmerte es nicht, wo oder mit wem sie schlief. Magda riss sich zusammen und rief sich energisch ins Gedächtnis zurück, dass sie gestern Abend gekündigt hatte. Unverblümt sagte sie: »Warum bist du hergekommen? Mit mir hat es auf jeden Fall nichts mehr zu tun. Nein, diesmal ist es mir ernst, Cholayna. Du kannst es mir nicht wieder ausreden, wie du es an deinem ersten Tag hier gemacht hast. Was schulde ich dir noch?«

»Mir nichts«, antwortete Cholayna, »aber deinen Schwestern und vielleicht dir selbst. Du hast eine sehr seltene Chance bekommen, Margali.« Sie nannte Magdas darkovanischen Namen, und Magda wunderte sich. Aber sie blieb misstrauisch.

»Fängst du wieder davon an, Cholayna? Das habe ich alles schon gehört, und es hat mir nichts als Leid gebracht. Immer bin ich zwischen zwei Welten hin- und hergerissen worden, ohne in einer von beiden jemals zu Hause zu sein ...« Zu ihrer eigenen Verwunderung merkte Magda, dass ihre Augen brannten, als werde sie gleich weinen. Entsetzt unterdrückte sie den Drang und fragte sich: Über was in aller Welt habe ich zu weinen? Ich bin *wütend,* nicht unglücklich! Und dann flutete eine solche Welle des Elends über sie hin, dass sie die Zähne zusammenbeißen musste. Sie wusste, wenn sie eine einzige Träne vergoss, würde sie weinen und weinen, bis sie sich wie Alice im Wunderland in einem See von Tränen auflöste. Ihre Stimme klang gepresst. »Jeder, der mir das gesagt hat, wollte mich auf die eine oder andere Weise ausnutzen. Wann kann ich einfach ich selbst sein und tun, was für mich und nicht für hundert andere Leute gut ist?«

»Wenn du in deinem Grab liegst«, antwortete Cholayna sanft. »Kein lebender Mensch lebt nur für sich selbst. Jeder Einzelne ist so oder so von den anderen abhängig, und wer etwas tut, das nicht dem Allgemeinwohl dient, ist wenig besser als ein Mörder.«

»Deine Religion interessiert mich nicht!« Magda schrie beinahe.

»Das ist nicht Religion.« Das Gesicht der anderen Frau zeigte eine unheimliche Ruhe. »Philosophie vielleicht. Es ist nichts als eine Tatsache. Niemand kann etwas tun, ohne allen, mit denen er irgendwie in Kontakt steht, zu helfen oder zu schaden. Nur ein Tier berücksichtigt das nicht.« Ihr Gesicht wurde weicher. »Du bist mir sehr teuer, Magda. Ich habe nie Kinder gehabt; vor vielen Jahren kam ich zu dem Schluss, Kinder seien nichts für mich, weil ich sie nicht unter meinem Volk großziehen könnte. Sie wären in die Nischen und Ritzen eines Lebens hineingestopft worden, das mich von Welt zu Welt führt. Ich hatte gehofft, in dir etwas zu finden, das andere Frauen in ihren Töchtern finden – ein Gefühl der Kontinuität ...« Sie hielt inne, und Magda, die bereit gewesen war, ihr eine grobe oder zornige Antwort ins Gesicht zu schleudern, fand keine Worte mehr.

Sie dachte: *Wenn ich Cholayna im Stich lasse, vergehe ich mich gegen den eigentlichen Geist des Amazonen-Eides,* und sie fragte sich, wie sie auf diesen Gedanken gekommen war.

Missmutig fragte sie: »Was willst du von mir, Cholayna?«

Cholayna wollte nach ihrer Hand fassen, doch dann seufzte sie und berührte sie nicht. »Im Augenblick? Nur dass du keine unwiderruflichen Entscheidungen fällst. Ich hätte Montray umbringen können, und ich bin mir nicht sicher, ob es nicht das einzig Richtige gewesen wäre. Aber, ach, die Gewohnheit, auf Gewalt zu verzichten, ist zu stark – und er würde nicht einmal gut schmecken!« Es war ein schwacher Witz, aber sie lachte trotzdem nervös auf.

»Wenn du das Gefühl hast, du müsstest dich eine Zeit lang unserer Reichweite entziehen, hilf mir wenigstens, mit Lauria zu regeln, welche deiner Schwestern im Hauptquartier arbeiten und zum Wohl beider Welten unser Leben kennen lernen sollen.«

Es ärgerte Magda ein bisschen, dass Cholayna sich der Ausdrucksweise der Amazonen bediente, von ihren Schwestern und ihrer Pflicht ihnen gegenüber sprach. Aber sie hatte ein merkwürdiges Gefühl dabei, als spreche Cholayna nicht nur in Worten, sondern kommuniziere auf einer höheren Ebene mit ihr. Sie wusste plötzlich Dinge, die Cholayna ihr nicht erzählt hatte, sich niemals im Traum einfallen ließe, ihr zu erzählen, Dinge, deren sich Cholayna selbst nicht vollständig bewusst war, und es entsetzte Magda, so viel über ein menschliches Wesen zu wissen. Ihr Geist steht weit offen, dachte sie – ohne sich ganz klar darüber zu sein, was sie damit meinte –, und meiner auch. Sie spürte die Müdigkeit in dem langen, schmalen Gesicht und dem mageren Körper, den Schmerz, den die fremde Sonne hervorrief, den Eindruck, es sei hier sehr dunkel, die Sehnsucht nach der Wärme und Helligkeit ihrer eigenen Welt. Cholayna lebte auf Darkover in einem unheimlichen Halbdunkel. Magda erkannte, dass Cholayna potenziell eine Liebhaberin von Frauen war, ebenso oder in stärkerem Ausmaß als Camilla, aber sie hatte ihr Leben auf Welten verbracht, die es nicht in ihr Bewusstsein hatten hochsteigen lassen. Es war der Grund, warum sie sich der Ausbildung jüngerer Frauen gewidmet hatte, wobei sie die vage Hoffnung hegte, eines Tages werde eine von ihnen ihr geben, was sie nicht zu formulieren vermochte, etwas Wärme, die sie mit der Wärme ihrer Heimatsonne identifizierte, die ihr schon so lange vorenthalten wurde. Und obwohl ihr das alles durchaus nicht klar war, erkannte Magda es. Ihre Kopfhaut zog sich zusammen, und eisige Finger strichen einer nach dem anderen über ihr Rückgrat. Sie konnte nicht erraten, was das zu bedeuten hatte. Es war wie in der Nacht, als sie in Jaelles Armen aufwachte und die andere Frau sie, vielleicht durch die zwischen ihnen flutenden übersinnlichen Wahrnehmungen bewogen, geküsst hatte. Nur ließ es sich diesmal nicht als verirrter sexueller Impuls abtun; es ging tiefer als das. War es eine geistige Angelegenheit? Magda war nicht wohl bei solchen Gedanken, und sie hatte den Verdacht, dass Cholayna sich von ihnen abgestoßen fühlen würde.

Aber das Gefühl war vorhanden, und sie konnte es weder identifizieren noch kontrollieren. Es zu verjagen, war für sie ebenso unvorstellbar, wie sie Camilla geohrfeigt hätte, als sie ihr ihre Liebe anbot. Magda senkte den Kopf, damit Cholayna die Tränen in ihren Augen nicht sah, und räumte schwerfällig ein: »Nun, das will ich tun, natürlich will ich keine unerledigten Aufgaben zurücklassen. Mutter Lauria wartet auf uns.«

Mutter Lauria hatte bereits für Frühstück gesorgt, und man hatte ihr einen Teller mit Brotscheiben, noch dampfend vom Ofen, kalte Stücke des ganz mit Rosinen durchsetzten Festtagskuchens, der vom Vortag übrig geblieben war, und einen großen Krug mit dem heißen Getränk aus geröstetem Korn gebracht, das die Amazonen anstelle von Wein oder Bier tranken. Auch eine Schüssel mit hart gekochten Eiern und eine mit weichem Quarkkäse standen da. Von einer Einsicht getrieben, die ihr bis zum heutigen Morgen fremd gewesen war, sagte Magda schnell: »Die Eier wirst du nicht essen mögen, Cholayna, weil sie einmal Leben gehabt haben, aber alles andere kannst du ohne Bedenken zu dir nehmen.«

»Danke, dass du mich gewarnt hast, Magda«, sagte Cholayna gelassen. »Ich erwarte nicht, dass die Welt nach meiner Bequemlichkeit eingerichtet wird, und vielleicht bin ich ein bisschen zu abhängig von synthetischer Nahrung geworden. Die Skrupel der Alphaner mögen ohnedies töricht sein. Ein weiser Mann hat einmal gesagt, uns beschmutzt nicht das, was in unsern Mund hineingeht, sondern das, was aus ihm herauskommt, Lügen und Grausamkeit und Hass ...« Sie bediente sich mit Käse und nahm ein Stück Kuchen, und Magda sah, dass sie es nachdenklich im Mund herumwälzte.

»So eine Redensart gibt es bei Eurem Volk?«, fragte Mutter Lauria. »Bei uns sind Frauen, die Wert darauf legen, nur Getreide und Früchte zu essen, und doch hat hier ein weiser Mann gesagt, dass alles, was diese Welt mit uns teilt, Leben besitzt, sogar die Steine. Auch frisst ein Wesen das andere, bis zuletzt die niedrigste Stufe des Lebens zur Nahrung dient. Wir sollten deshalb mit Ehrfurcht genießen, was uns beschert wird, und dabei nicht vergessen, dass Leben geopfert wurde, damit wir leben können, und dass wir wiederum eines Tages den Würmern zur Speise werden. Ach ja, und ein anderer Weiser hat geschrieben, dass der Morgen nach dem Fest aus jedem Trunkenbold einen Philosophen macht!«

Sie lachte und gab einen Krug mit Eingemachtem an Magda weiter, die sich etwas auf ihr Brot strich und wünschte, sie könne ihre Empfindungen einfach mit einem Kater erklären.

»Nun, wir müssen uns entscheiden«, meinte Lauria entschlossen und leerte ihren Becher mit Tee. »Ich bin der Meinung, Marisela sollte die Erste sein.«

»Dem stimme ich zu, und ich zweifele nicht daran, dass sie die Terraner ebenso viel lehren wird, wie sie von ihnen lernt«, antwortete Cholayna. »Kann sie denn hier entbehrt werden?«

»Wahrscheinlich nicht, und trotzdem muss sie diese Chance bekommen«, sagte Mutter Lauria. »Keitha kann ihre Arbeit übernehmen und später zu den Terranern gehen. Ich hätte gern Janetta dabei – Margali, bist du wirklich so schläfrig? Soll ich dich ins Bett zurückschicken?«

»O nein«, sagte Magda schnell. Sie hatte für einen Augenblick den Eindruck gehabt, Marisela stehe in einer Ecke des Büros und höre ihren Überlegungen zu, und gleichzeitig wusste sie, dass Marisela oben in ihrem Bett lag und sich halb im Schlaf fragte, wie lange sie diese köstliche Ruhe noch genießen könne, bevor irgendwer auf der Suche nach einer Hebamme kam und sie weckte. Sie war nicht allein im Bett, und Magda zog sich zurück, weil sie gar nicht wissen wollte, wer bei ihr war. Hastig erklärte sie: »Janetta ist zu starr in ihren Ansichten. Ich glaube nicht, dass sie sich den terranischen Sitten anpassen könnte!«

»Sie ist intelligenter, als du annimmst«, gab Mutter Lauria zu bedenken. »Hier hat sie wenig, was eine Herausforderung für ihren Verstand darstellt. Ich hatte gehofft, sie nach Arilinn schicken zu können, aber aus ihr würde nie eine Hebamme werden, dafür hat sie mit Frauen zu wenig Mitgefühl. Sie selbst will keine Kinder haben, weil sie die Präliminarien verabscheut. Und eine andere Möglichkeit, etwas zu lernen, gibt es nicht für sie. Nevarsin bildet keine Heiler-Priesterinnen aus. Sie ist außerordentlich klug, zu klug für die meisten Tätigkeiten, die normalen Frauen, auch Amazonen, offen stehen. Sie hat kein Interesse für den Soldatenberuf und auch nicht die nötige körperliche Kraft. Ich glaube, dass sie Euch von großem Nutzen sein würde, und was sie lernt, wäre wiederum von hohem Wert für uns.«

Magda war immer noch skeptisch, und Mutter Lauria fuhr fort: »Du kennst Jannis Geschichte nicht. Sie stammt aus einem Dorf, wo ihre Mutter als Witwe mit sieben Kindern zurückblieb. Da sie keine andere Fähigkeit besaß, um die Kinder zu ernähren, wurde sie eine Hure. Sie zwang Janetta zu ihrem Gewerbe, noch ehe das Mädchen zwölf war. Ein oder zwei Jahre lang war Janni zu jung und zu schüchtern, um sich zu widersetzen. Dann lief sie fort und kam zu uns.«

Camilla hatte es einmal gesagt; jede Entsagende hatte ihre eigene Geschichte, und jede Geschichte war eine Tragödie. *Womit habe ich meinen Platz unter ihnen verdient?*

»Dann ist da eine junge Frau namens Gwennis«, sagte Mutter Lauria. »Sie ist im Augenblick in Nevarsin und kopiert Schriftrollen, die im Besitz der Brüder sind – kennst du sie nicht, Margali?«

»Ich kenne sie nicht gut genug, um sie zur Ausbildung bei den Terranern empfehlen zu können«, antwortete Magda, »aber sie ist meine Eidesschwester – sie gehörte zu der von Jaelle angeführten Gruppe.«

»Ich halte sie für eine gute Wahl«, betonte Mutter Lauria, »allein schon wegen der Tatsache, dass sie sich zu der Arbeit in Nevarsin freiwillig gemeldet hat. Und vielleicht Byrna; sie hat einen forschenden Verstand – ganz zu schweigen davon, dass sie sich immer noch grämt, weil sie ihr Kind weggeben musste, und es wäre für sie ein Segen, wenn sie etwas Neues zum Nachdenken bekäme. Cholayna ...« – sie benutzte den Namen der terranischen Frau zögernd – »... habt Ihr eine Vorstellung davon, wie alt diese Frauen etwa sein sollten?«

»Darauf kommt es eigentlich nicht an«, sagte Cholayna. »Vielleicht sollten sie nicht zu jung sein. Bei Euch, so habe ich gehört, wird jungen Menschen früher Verantwortung übertragen als bei uns. Doch wenn die Imperiumsleute sie als bloße Kinder betrachten, werden sie sie vielleicht nicht ernst genug nehmen. Also sagen wir, nicht jünger als zwanzig.«

»So alt?«, wunderte sich Mutter Lauria. Magda fiel ein, dass Irmelin zu den größten Leseratten im Haus gehörte. Die meisten ihrer Mußestunden verbrachte sie mit Lesen, und manchmal schrieb sie auch etwas für Mutter Lauria. Deshalb schlug Magda sie vor.

»Ich fürchte, sie ist zu faul«, widersprach die Gildenmutter, »zu zufrieden mit den Dingen, wie sie sind. Vor drei Jahren wäre es noch gegangen, jetzt nicht mehr. Wenn sie allerdings selbst den Wunsch hat, sollte man ihr eine Chance geben. Nur muss ihr klargemacht werden, wie viel Arbeit es ist. Intelligent genug ist sie sicher.«

»Wisst Ihr, was ich gern täte?«, fragte Cholayna. »Ich möchte bei allen Frauen hier einen Intelligenztest durchführen ... wir haben sehr gute Tests ohne kulturelle Vorurteile, die nur die Fähigkeit messen, zu lernen und abstrakt zu denken.«

»Das könnte für uns auch nützlich sein«, sagte Mutter Lauria und nickte. »Natürlich gibt es dumme Frauen, genau wie es dumme Männer gibt, aber der intelligentesten Frau kann man als Mädchen beibringen, dass ihr nützlichstes Talent in der Gesellschaft von Männern ist, sich dumm zu stellen, und die meisten lernen das nur zu gut! Die es nicht lernen können oder wollen, kommen oft zu uns. Aber manchmal haben wir Frauen, die sich schon vor dem Versuch, lesen zu lernen, fürchten, weil ihnen eingehämmert worden ist, das gehe über ihre Möglichkeiten hinaus. In Evandas Namen, wie kann man glauben, dass eine Frau, die spinnt und webt und in ihrem Gewächshaus Obst und Gemüse zieht und ihre Dienstboten beaufsichtigt, ihre Kinder lehrt und die Mittel für eine ganze Familie verwaltet, dumm ist! Das werde ich nie begreifen. Ebenso könnten wir einen Bauern, der sich mit seinen Feldern und seinen Tieren in jeder Jahreszeit auskennt, dumm nennen, weil er nichts über die Philosophie der alten Weisen weiß! Die Frauen treffen hier ein und halten sich für dumm, und ich weiß nicht, wie ich sie vom Gegenteil überzeugen soll. Aber vielleicht, wenn man Eure Tests als Spiele darstellt und ich ihnen versichere, dass es verschiedene Arten des Lernens gibt ...«

»Auf jeden Fall haben wir genug Tests wie auch Leute, um sie durchzuführen«, sagte Cholayna. »Ich denke an eine der Technikerinnen in der Psychologischen Abteilung. Ihre Arbeit hier könnte für Euch und für sie von Vorteil sein – ich glaube, sie könnte viel von Euch lernen. Sie ist ...« Cholayna zögerte. »Ich bin mir nicht sicher, wie Ihr es nennt – Magda, hilfst du mir? Eine, die kein sexuelles Interesse an Männern hat ...«

»*Menhiédris.*« Magda benutzte den höflichsten von vielen Ausdrücken. Sie bekam jeden Tag im Gildenhaus gröbere zu hören, aber zurzeit reagierte sie auf dieses Thema empfindlich.

»Sie würde sich freuen, zu erfahren, dass es in dieser Kultur einen Ort gibt, an dem man sie nicht verabscheut«, sagte Cholayna. »Sehr viele unserer Kulturen sind – sollen wir sagen, alles andere als vollkommen? In eurer Gesellschaft nehmen diese Dinge einen unterschiedlichen Platz ein. Eher als andere könnte sie sich bei euch zu Hause fühlen, falls ihr bereit seid, jemanden aus einer fremden Welt zu akzeptieren – vielleicht so, wie ihr Magda – Margali – akzeptiert habt?«

Mutter Lauria erklärte ziemlich steif: »Wie schön, dass Ihr glaubt, ihr könntet auch von uns etwas lernen.« Cholayna lächelte sie mit entwaffnender Freundlichkeit an.

»Oh, Ihr dürft uns nicht nach unsern unerfreulichsten Vertretern beurteilen, Lauria. Es trifft sich unglücklich, dass der Koordinator ein engstirniger Mann ist, der Schlechteste statt der Beste, der nie den Wunsch hegte, nach Darkover geschickt zu werden, und den Posten aus politischen Gründen erhalten hat. Wir haben ebenso Leute, die die Welten, auf denen sie arbeiten, herzlich lieben und an ihnen teilhaben wollen. Magda zum Beispiel ...«

Mutter Laurias Gesicht wurde weicher.

»Margali ist in Wahrheit eine von uns geworden, und wenn es unter euch andere gibt, die wie sie sind – oder wie Ihr, Cholayna –, werden wir sie als Freundinnen willkommen heißen. Und um ehrlich zu sein, auch bei uns gibt es genug Leute, die engstirnig sind und euch nach den Männern in den Raumhafenbars beurteilen, nicht nach euren Wissenschaftlern und anderen klügeren Personen. Manche halten euch vom Imperium sogar immer noch für Himmelsteufel ... Um ihretwillen denke ich, Margali, dass es an der Zeit ist, die Wahrheit zu enthüllen, wer du bist und woher du kommst. Wenn dann herabsetzend von Terranern gesprochen wird, können die, die es besser wissen, sagen: ›Bedenkt doch, Margali ist eine von ihnen, und sie hat ein ganzes Jahr lang als unsere Schwester mit uns in diesem Haus gelebt‹, und so beweisen, dass Vorurteile töricht sind ... Was meinst du dazu, Margali?«

Magda hörte es mit Schrecken. Sie war noch nicht so weit, dass sie die plötzliche Feindseligkeit verkraften konnte, mit der ihr zumindest einige begegnen würden ... Sie sah die ablehnenden Mienen schon vor sich, die Zurückweisung, wo vorher Freundschaft gewesen war, den peinlichen Vorwurf, sie habe sich unter Vorspiegelung falscher Tatsachen in ihre Gemeinschaft eingeschlichen ...

Wieder setzte Cholayna als selbstverständlich voraus, dass sie, Magda, bereit war, sich auf die Grenzlinie zwischen den Kulturen zu stellen, Angriffen von beiden Seiten ausgesetzt. Wie sie sie verabscheuen würden, wenn sie es erfuhren! Und Camilla – Camilla würde sie bestimmt hassen ...

Nie habe ich mir gestattet, einem Mann gegenüber so verwundbar zu werden, wie ich es Camilla gegenüber bin. Früher bin ich immer auf der Hut gewesen, habe mich immer bemüht, stark und unabhängig zu sein. Bei Camilla ist es anders. Ich ertrage den Gedanken nicht, dass sie mich verurteilen könnte. Das wäre für mich schlimmer als der Bruch mit Peter. Einer der Gründe, warum er mich verließ, dachte sie, *war meine Weigerung, meine Selbständigkeit aufzugeben und ihm mich und mein Urteilsvermögen unterzuordnen, und jetzt ...*

»Margali?« Magda wurde plötzlich bewusst, dass sie dem Gespräch nicht mehr gefolgt war. Mutter Lauria und Cholayna sahen sie beide an. Aufs Geratewohl sagte sie: »Was habt ihr da gerade über Camilla gesagt? Es tut mir Leid, meine Gedanken sind gewandert.« Und dann bekam sie es mit der Angst. Woher wusste sie, dass von Camilla die Rede gewesen war?

»Bist du krank, Margali? Du bist weiß wie ein Leichentuch«, sagte Mutter Lauria, und Cholayna erkundigte sich lächelnd, ob sie letzte Nacht zu lange getanzt habe.

»Am Tag nach dem Fest ist niemand zu irgendetwas nütze«, stellte Lauria fest. »Das war vielleicht der falsche Zeitpunkt für Euren Besuch, aber das konntet Ihr nicht wissen. Wir haben nur gesagt, Margali, dass Camilla im Haus sei und die Frauen wahrscheinlich besser kenne als ich. Wenn man ein Mädchen im Schwertkampf und in der Selbstverteidigung unterrichtet hat, weiß man über all seine Schwächen Bescheid. Das trifft auch auf Rafaella zu, aber sie hat letzte Nacht außerhalb geschlafen, wie Camilla sagt. Würdest du bitte nach oben gehen und sie bitten, zu uns zu kommen? Deine Beine sind jünger als meine.«

Magda war froh, aus dem Büro zu kommen. Auf der Treppe blieb sie keuchend stehen und brauchte ihre ganze Willenskraft, um sich auf den Füßen zu halten. Es passierte schon wieder! Wieder einmal war ihr, als sitze sie wie eine Spinne im Mittelpunkt eines Netzes und spüre die Bewegung jedes zuckenden Fadens ... Marisela wusch sich oben das Gesicht mit dem eiskalten Wasser und sang ... da ist jemand auf der Treppe und sucht nach einer Hebamme, aber woher wusste Marisela das? Hat sie es auf die gleiche Weise erfahren wie ich? Lady Rohana nannte das *Laran* ... Sie sagte aber auch, ich hätte gelernt, es abzuschirmen. Was ist aus meiner Kontrolle darüber geworden? Sie sah Irmelin unten in der Küche, sie hörte Rezi und zwei andere Frauen beim Ausmisten des Stalles fluchen. Selbst die Milchtiere spürten die Störungen, die die Mittsommernacht hervorgerufen hatte. Oder lag es nur daran, dass die verkaterten und vom Tanzen müden Frauen ihren streng geregelten Aufgaben bei der Versorgung der Tiere nicht allzu gut nachgekommen waren? *Keitha ... Keitha hat, was Liebe zwischen Frauen angeht, stärkere Vorurteile als ich.*

Ich war nicht die Einzige, die zu Mittsommer einer, die ich liebe, nachgegeben hat …

»In Evandas Namen, warum blockierst du die Treppe?«, fragte eine ärgerliche Stimme hinter ihr.

Magda, am ganzen Körper zitternd, richtete sich auf und sah sich Rafaella gegenüber. Rafaella trug noch ihr Festkleid, das im Morgenlicht seltsam wirkte, ihre Haare waren zerzaust, ihre Augen gerötet. Sogar für Magda war es offensichtlich, wie sie die letzte Nacht verbracht hatte … *Oder lese ich schon wieder Gedanken?*

Mit einer gemurmelten Entschuldigung trat sie zur Seite. Doch Rafaella blieb stehen, musterte sie und fasste sie brüsk beim Arm.

»Was ist denn mit dir los? Du siehst aus, als setzten bei dir gleich die Wehen ein oder so etwas!«

»Ach, mir geht es ganz gut. Mutter Lauria hat mir etwas aufgetragen …«

»Dann geh und tu es«, sagte Rafaella nicht unfreundlich. »Aber man sollte meinen, du und nicht ich wärest diejenige, die eine schlaflose Nacht verbracht und zu viel getrunken hat. Nun, ich glaube nicht, dass wir die Einzigen sind. Wenn du deinen Auftrag ausgeführt hast, tätest du gut daran, den Rest des Tages im Bett zu verbringen – vorzugsweise allein!« Lachend stieg sie die Treppe hoch. Magda spürte, wie ihr das Blut ins Gesicht schoss, doch es gelang ihr, sich zusammenzureißen und Camillas Zimmer aufzusuchen. Camilla war wach und halb angezogen; sie hörte Rafaellas Schritte und steckte den Kopf in den Flur hinaus.

»Da hast du nun in aller Frühe die Vögel geweckt, Rafi, Schätzchen – hat es sich wenigstens gelohnt?«

Rafaella rollte ausdrucksvoll mit den Augen. Dann lachte sie. »Wie könntest du es begreifen, wenn ich es dir erzählte? Aber – o ja, für einmal im Jahr! Jetzt will ich mich gründlich ausschlafen.« Sie verschwand in ihrem Zimmer. Camilla sah ihr vergnügt nach und wandte sich Magda zu.

»Willst du zu mir? Ich dachte mir schon, Mutter Lauria und die Terranerin würden mich früher oder später holen lassen ...«

Hat Camilla auch diese Wahrnehmungen? Magda in ihrer Nervosität kam sich vor, als werde sie gleich in Stücke brechen. Einen Teil von ihr besetzten Rafaellas viel zu deutliche Oberflächengedanken an die vergangene Nacht – er musste schon ein toller Mann gewesen sein –, die Erregung, die athletische Potenz, und Magda war wütend auf sich selbst, weil die geteilte Erinnerung eine Woge sexueller Hitze durch ihren eigenen Körper sandte, und jetzt las Camilla ihre Botschaft in ihrem Gehirn, bevor sie sie ausgerichtet hatte. Konnten sie das alle? Bisher war es nie geschehen. Es war nicht unmöglich, dass Camilla ein bisschen *Comyn*-Blut besaß. Ihr Haar zeigte heute eine verblichene Ingwerfarbe, aber in ihrer Jugend musste es flammend rot gewesen sein wie das Jaelles. *Tallo* nannte man das hier. Sie betrachtete Camilla, und das hagere, narbige Gesicht verschwamm. Sie sah ein liebreizendes Mädchen, vierzehn oder fünfzehn Jahre alt, mit glänzenden dunkelroten Locken, ein Hauch von Arroganz, ein behütetes Kind, aufgezogen wie eine Prinzessin ...

Ja, ich war ein liebreizendes Kind, was mir nichts Gutes eingetragen hat. Und dann überstürzten sich verworrene Erinnerungen: *Ein zartes Kind, plötzlich aus seinem Heim gerissen und unter die Räuber gefallen, die rauesten Männer, mehrfache brutale Vergewaltigung, ein Spielzeug für die grausamsten unter ihnen, von Hand zu Hand wandernd wie eine Hure, nein, weniger als eine Hure, nicht einmal mehr ein menschliches Wesen, geschlagen wie ein Tier, als ich zu fliehen versuchte ... Peitschenriemen, die Fleisch von den Knochen rissen ...* Magda hatte die Narben auf Gesicht und Körper gesehen ... *Das kann ich nicht alles in ihren Gedanken lesen!* Aber ihr eigener Körper wurde von dem gleichen Entsetzen und Schmerz geschüttelt ... Und dann wehrte sie sich gegen diese Eindrücke, verjagte sie ...

»Nein«, stieß Magda mühsam hervor, »nicht, Camilla ...« Scham überwältigte sie. Wie konnte sie sich weigern, diese Erinnerungen zu teilen, wenn ihre Freundin das alles hatte erleiden müssen? Schon die Vorstellung genügte, um Magda würgen zu lassen ...

»Margali! *Bredhiya* ...« Camilla fing die Schwankende auf, und die Berührung schickte eine neue Welle der unerträglichen Visionen über sie hin ...

So plötzlich, wie eine Tür ins Schloss fällt, waren sie abgeschnitten, und da war nur ihre alte Camilla, die liebevoll sagte: »Es tut mir Leid. Ich wusste nicht, dass du ... dafür empfänglich bist.«

»Ich glaube, ich werde verrückt«, stöhnte Magda. »Immerzu – lese ich die Gedanken anderer Leute ...«

Camilla seufzte. »Ich vermute – Jaelle hat ein bisschen von der Ardais-Gabe, sie ist eine Katalysator-Telepathin, und du stehst ihr so nahe, da hat sie vielleicht dein *Laran* geweckt. Und natürlich hat sie keine Ahnung, wie stark sie ist; sie hat es geschafft, sich sehr gut abzuschirmen, und jetzt weiß sie kaum noch, dass sie *Laran* besitzt. Ich habe es schon vor langer Zeit gelernt, meine Barrieren geschlossen zu halten. Monatelang denke ich nicht einmal daran. Wenn man unter den Kopfblinden lebt, kommt das von selbst. Ich schwöre dir, Liebes, ich habe niemals versucht, deine Gedanken zu lesen, bin niemals in deinen privaten Bereich eingedrungen. Ich habe als junges Mädchen den Entschluss gefasst, mich von all dem zu lösen, und ich habe nie mehr zurückgeblickt. So etwas passiert keine zweimal in fünf Jahren. Verzeihe mir, Schwester.«

»Vielleicht solltest du mir verzeihen«, murmelte Magda. Langsam nahm die Welt wieder normale Umrisse an, aber zurück blieb das Gefühl, nur ein hauchdünner Schleier schütze sie vor diesem unerträglichen Offensein gegenüber jedem und allem.

»Du hast keine Ausbildung«, fuhr Camilla fort, »und ich musste als Mädchen, nachdem ...« Nicht fähig, es auszusprechen, machte sie eine Handbewegung, und Magda wusste, was sie hatte sagen wollen: Nach der grauenhaften Erfahrung, von der Camilla ein einziges Mal gesprochen und die sie eben in ihren Gedanken gelesen hatte ... *Wie kann sie mit solchen Erinnerungen leben?*

»Meine Familie hat es nie über sich gebracht, mir zu verzeihen«, sagte Camilla ruhig. »Ich musste es lernen oder sterben. Aber genug davon, Liebes. Gehen wir jetzt zu Mutter Lauria hinunter. Margali, ist dir nicht gut?«

»Doch, doch«, antwortete Magda schwach. Wieder einmal wünschte sie sich verzweifelt, sich auf die Kraft der Älteren zu stützen. Sie ertrug es nicht, was da mit ihr geschah, und trotz allem, was Camilla gesagt hatte, war sie nicht bereit, zuzugeben, dass es geschah.

Schon auf der Treppe hörten sie aufgeregte Stimmen an der Tür und beschwichtigende Worte von Marisela.

»Ja, ja, ich verstehe, meine Kleinen – nein, ehrlich, eure Mama wird nicht sterben, sie wird euch ein Brüderchen oder Schwesterchen schenken, das ist alles. Ja, bestimmt, ich werde mich beeilen. Irmelin, bringe unsere kleinen Freundinnen in die Küche und gib ihnen Brot mit Honig – bei ihnen zu Hause ging es heute Morgen so drunter und drüber, dass sie kein Frühstück bekommen haben – nicht wahr, Mädchen? Jetzt könnt ihr euch einmal die Küche des Gildenhauses ansehen, das möchtet ihr doch gern, stimmt's?« Lachend wies sie auf die Frauen, die die Treppe hinunterkamen. Dann begegnete ihr Blick dem Magdas, und ihr Gesichtsausdruck änderte sich so plötzlich, als habe man sie geschlagen.

»O Göttin, ich wusste nicht – Margali, ich weiß, ich muss mit dir sprechen, und doch ...« Verzweifelt presste sie die Hände an die Schläfen. »Ich muss mich beeilen, die Frau ist in Gefahr, auch wenn ich den kleinen Mädchen etwas anderes gesagt habe. Es ist ihr fünftes Kind, und mir bleibt nicht viel Zeit.« Schnell trat sie zu Magda, legte ihr die Hände auf die Schultern und sah ihr in die Augen. Magda dachte: *Sie weiß, was mit mir los ist. Aber das ist nicht möglich.*

»Versprich mir, kleine Schwester, dass du nichts Voreiliges tust, bevor du und ich uns wie Schwestern haben zusammensetzen und in aller Ruhe unterhalten können, wie wir bisher noch nie Gelegenheit gefunden haben – es ist meine Schuld, ich hätte es besser wissen müssen, aber versprich es mir, Margali – ich muss jetzt gehen und mein Köfferchen holen. Aber halt, brauchst du mich wirklich so nötig? Die Pflicht gegenüber einer Schwester kommt zuerst. Soll ich Keitha zu der Geburt schicken und bei dir bleiben, *breda?*«

Doch schon ging die Überladung an verwirrenden Empfindungen zurück. *Ich habe mir das alles eingebildet,* dachte die übermüdete Magda. *Ich habe letzte Nacht zu viel getrunken, und wenn man einen Kater hat, glaubt man die merkwürdigsten Dinge.* »Kommt nicht in Frage, Marisela, geh nur. Sieh doch, die Kinder warten schon auf dich.« Die kleinen Mädchen waren an der Tür zur Küche aufgetaucht, Gesichter und Schürzchen mit Honig verschmiert. Marisela blickte immer noch unentschlossen drein.

»Kümmere dich um sie, Camilla, nur so lange, wie ich brauche, um nach oben zu laufen und Keitha zu wecken ...«

»Pah!« Camilla krauste verächtlich die Nase. »Ihr *leroni,* ihr bildet euch ein, die Antworten auf jede Frage zu kennen, wie? Geh du nur und bringe ein Kind ans Licht der Welt, was du am besten kannst; ich sorge für Margali!« Sie legte den Arm um Magdas Schultern. Marisela seufzte, wandte sich den kleinen

Mädchen zu und griff nach der schwarzen Segeltuchtasche, in der sie die Werkzeuge ihres Hebammenberufs mit sich trug.

»Dann wollen wir zu eurer Mama gehen, meine Lieben.«

»Und auf uns wartet Mutter Lauria«, sagte Camilla zu Magda. Und Magda riss sich zusammen und folgte ihr in das Büro. Sie meinte, den beunruhigten Blick der blauen Augen Marise-las in ihrem Rücken zu spüren.

Doch im Inneren des Büros war es, als sei ein Knopf gedrückt und ihr Gehirn in einen anderen Gang geschaltet worden, zurück zur Normalität. Camilla war vollkommen abgeschirmt ... *Sie wird mir nichts derart Unglaubliches antun, wie Marisela es getan hat, jahrelange Gewohnheit hat ihre Barrieren stark gemacht. Ich glaube auch nicht, dass Camilla genug in meinen Gedanken gelesen hat, um zu erkennen, dass ich Terranerin bin. Aber vielleicht hätte ich Marisela bitten sollen zu bleiben, vielleicht kann sie mir beibringen, das alles auszuschließen ...*

Magda blickte von Cholaynas klugen braunen Augen zu Camillas gleichmütigen grauen und kam zu dem Schluss, es sei gar nichts geschehen. Sie hatte es sich nur eingebildet. Camilla hörte konzentriert Cholaynas Ausführungen über die notwendigen Eigenschaften der zukünftigen medizinisch-technischen Assistentinnen zu.

»Gwennis«, schlug Camilla vor. »Margali, sie war in der Nacht, als wir dir den Eid abnahmen, unter deinen Eidesschwestern. Vielleicht erinnerst du dich nicht mehr an sie – es ist ein Verbrechen, dass du deine eigenen Eidesschwestern nicht kennst. Sie würde sich gut eignen, schon die Tatsache, dass sie bereit war, nach Nevarsin zu reisen und dort zu lernen ...«

»Wenn sie Margalis Eidesschwester ist«, unterbrach Mutter Lauria sie, »möchte ich die beiden nicht gleich nach Gwennis Rückkehr wieder trennen, indem ich Gwennis in die Terranische Zone schicke, es sei denn, Margali würde ebenfalls gehen.« Magda begriff – und von neuem verblüffte sie die unterschiedliche Auffassung –, dass Mutter Lauria es genauso meinte, wie sie es gesagt hatte. Sie setzte so völlig andere Prioritäten, dass Magda auch nach einem halben Jahr im Gildenhaus immer noch nicht wusste, wie ihr Verstand arbeitete. Die Gildenmutter hielt es tatsächlich für wichtiger, dass Magda und Gwennis zusammenblieben, weil der reine Zufall sie beide in der Nacht, als Magda den Eid leistete, in der Reiseunterkunft zusammengeführt hatte, als dass Gwennis die Chance bekam, bei den Terranern zu studieren! Plötzlich fühlte Magda sich von neuem als Fremde und wehrte sich wütend dagegen. Camilla sah sie erwartungsvoll an. Sie musste Stellung nehmen. »Ich weiß gar nichts über Gwennis«, sagte Magda, »ich war doch nur diese eine Nacht mit ihr zusammen.« Camilla und auch Mutter Lauria wären bestimmt entsetzt, wenn sie gestand, dass ihr von diesen Frauen niemand anders als Jaelle und Camilla im Gedächtnis geblieben war. Sie erinnerte sich nicht einmal mehr, welche der Anwesenden Gwennis gewesen war und wie die anderen beiden geheißen hatten – Sherna? Devra? Und doch war sie mit ihnen durch den Eid verbunden.

Noch Stunden arbeiteten sie in Mutter Laurias kleinem Büro. Am späten Nachmittag – schon verblasste das Sonnenlicht im Zimmer – streckte Mutter Lauria sich und gähnte.

»Also, ich glaube, wir haben die richtige Gruppe beisammen. Hoffentlich sind die Frauen, die wir ausgewählt haben, einverstanden. Wenn sie sich alle weigern, müssen wir von vorn anfangen ...«

»Sie werden sich bestimmt nicht alle weigern«, meinte Camilla. »Vielleicht eine oder zwei, und aus dem Grund haben wir ja auch zehn statt nur fünf oder sechs ausgesucht. Und natürlich werdet Ihr mit ihnen reden wollen – Cholayna«, setzte sie etwas schüchtern hinzu. Magda sah mit Freuden, dass die beiden sich sympathisch fanden. *Aber Cholayna hat noch nicht erwähnt, dass ich Terranerin bin. Was wird Camilla denken, wenn sie es erfährt? Wird sie mich hassen? Ich liebe sie, ich will mich nicht von ihr trennen,* und dann sagte sich Magda, dass sie müder sein musste, als sie geglaubt hatte, denn schon wieder flimmerten Bilder vor ihren Augen. Sie sah sich von Camilla wegreiten, sah das traurige Gesicht der Älteren ... Wann würden sie sich wieder sehen, wenn überhaupt? Das war Unsinn, sie würde Camilla nicht verlassen, nicht jetzt. Noch für eine lange Zeit nicht, hoffte sie, obwohl sie sich immer noch nicht klar darüber war, wie sie ihrer Verbindung Dauer geben könnte.

Heute Morgen während ihres langen Liebesspiels hatte Camilla für einen Augenblick innegehalten und sie mit herzzerreißender Intensität angesehen. »Margali, ich möchte einen Eid mit dir schwören, du weißt das?« Und Magda hatte gelacht und sie geküsst und insgeheim gedacht: *Nein. Dazu bin ich nicht bereit. Zumindest noch nicht.* Eine innere Stimme hatte sie davor gewarnt, etwas Unüberlegtes zu sagen.

Ganz die Terranerin. Behalte ständig die Kontrolle, lass nicht zu, dass irgendetwas einfach geschieht ...

»Ich glaube, wir sind alle zu müde, um noch weiterzumachen«, sagte Mutter Lauria. »Auch haben wir getan, was wir konnten, bevor wir die Sache beim Haustreffen zur Sprache bringen. Das wird in vier Tagen sein. Ihr könnt dann kommen und zu uns sprechen, Cholayna, diese Frauen von Angesicht zu Angesicht kennen lernen und sie nach ihrer eigenen Meinung fragen.« Sie stand mit Schwung auf, obwohl die Linien der Müdigkeit im Gesicht der alten Frau deutlich sichtbar waren. »Cholayna, wollt Ihr zum Essen bleiben? Es wäre vielleicht ganz gut, wenn unsere Frauen sich an Euch als unsere Freundin gewöhnten.«

»Ich bliebe gern, aber wir sollten nichts überstürzen«, meinte Cholayna, »bis sie wissen, wer ich bin und warum ich hier bin. Wenn Ihr mich bei eurem Haustreffen vorstellt, geben wir ihnen die Chance, selbst zu entscheiden, ob sie mit mir Freundschaft schließen wollen ...«

»Ihr habt Recht«, nickte Mutter Lauria. »Dann erwarte ich Euch am Abend des Haustreffens. Werdet Ihr vorher hier bei uns mit uns essen?«

»Ja, sehr gern«, antwortete Cholayna. Magda hatte den Eindruck, dass sie ein bisschen Angst hatte.

»Vergiss nicht, Mutter Lauria, dass Cholayna kein Fleisch isst und auch sonst nichts, was einmal Leben gehabt hat.«

»Das wird keine Schwierigkeiten machen«, sagte Mutter Lauria, und Cholayna lächelte erleichtert. Sie trat auf den Flur hinaus, um ihren Mantel zu holen, einen dicken Pelz. Ihre Uniform eignete sich besser für die geheizten Räume des Hauptquartiers.

Janetta hatte Hallendienst. Mutter Lauria stellte sie der Terranerin vor, und Janettas Gesicht strahlte auf – sie war, wie Magda sich erinnerte, zur Ausbildung vorgeschlagen worden, und offensichtlich hatte Mutter Lauria bereits mit ihr darüber gesprochen.

»Janetta wird Euch auf dem Rückweg durch die Stadt begleiten«, sagte Mutter Lauria. »Nein, wirklich, Cholayna, es wird spät, und wenn Ihr Euch verlauft – es gibt Viertel, wo kein Terraner sicher ist, und andere, wo eine Frau in Schwierigkeiten kommen kann, und Ihr seid beides. Ich bin überzeugt, dass Ihr, ebenso wie Margali, fähig seid, Euch zu verteidigen, aber es wäre einfacher, wenn es gar nicht erst so weit kommen würde. Margali hat Euch sicher erzählt, dass es nach einem der ersten Gesetze der Entsagenden besser ist, eine solche Situation zu vermeiden, als sie unbeschadet zu überstehen.«

»Es wäre mir eine Ehre«, erklärte Janetta mit ruhiger Förmlichkeit. Für einen Augenblick legte sie die Hand auf ihr Messer. »Nichts wird ihr zustoßen, solange sie in meiner Obhut ist, Mutter.«

»Aber das ist lächerlich!«, wehrte Cholayna lachend ab. »Meint Ihr wirklich, ich brauche eine bewaffnete Eskorte?« Nein, sie hatte es nicht gesagt. Schon wieder nahm Magda wahr, dass Cholayna diese Worte dachte, sich dann bewusst wurde, dass sie unhöflich waren und ein Angebot zurückwiesen, das Janetta sehr ernst nahm. Laut sagte Cholayna nur: »Ich danke Euch, Janetta, es ist sehr freundlich von Euch, mich zu begleiten, und von Euch, Lauria, es vorzuschlagen.« Einen Augenblick lang standen die beiden Frauen sich gegenüber und sahen sich an, und plötzlich lachte Lauria und umarmte die Terranerin.

»Alle Amazonen sind Schwestern, und die Göttin gebe es, dass ich Euch eines Tages in Wahrheit als eine von uns begrüßen kann. Bis dahin seid Ihr uns als Verwandte willkommen, Cholayna.« Cholayna erwiderte die Umarmung und antwortete aufrichtig: »Das wünsche ich mir auch.«

Magda sah ihnen zu und hatte das Gefühl, Zeugin eines sehr wichtigen Ereignisses geworden zu sein, wichtiger als alles, was Montray über diplomatische Beziehungen gefaselt hatte, auf seine eigene Weise ebenso wichtig wie die Einladung einer terranischen Delegation zum Mittsommerball in der *Comyn*-Burg. Sie ertappte sich bei dem Gedanken: *Jetzt habe ich die Aufgabe erfüllt, deretwegen ich hergekommen bin.* Dann schüttelte sie Cholayna die Hand, und Cholayna sagte, man sehe sich ja in wenigen Tagen wieder.

»Sie gefällt mir«, stellte Camilla fest. Sie standen in der Haustür und sahen Cholayna und Janetta nach. »Ich hätte nie gedacht, dass mir eine Frau von einer anderen Welt so gefallen würde. Kindra – die meine wie auch Jaelles Eidesmutter war – pflegte zu sagen, es werde ein Tag kommen, an dem wir entdecken, dass wir viel von den Terranern lernen können, und von Jahr zu Jahr wächst meine Überzeugung, dass sie damit ein kluges Wort gesprochen hat. Du hast als Kind in Caer Donn Terraner kennen gelernt, nicht wahr, Margali? Ich habe bemerkt, dass ihr euch gut kennt.« Sie gähnte. »Jetzt haben wir den ganzen Tag mit Reden verbracht, aber ich glaube nicht, dass die Zeit vergeudet war. Ich hatte vorgehabt auszureiten, ich habe es satt, im Haus herumzusitzen, und ich hoffte, die Erlaubnis zu erhalten, dich mitzunehmen. Aber inzwischen ist es zu spät zum Reiten geworden – sieh mal, es fängt an zu regnen. Janni wird durchgeweicht sein, wenn sie zurückkommt.«

»Oh, schmelzen wird sie sicher nicht«, lachte Mutter Lauria. »Sie ist daran gewöhnt, bei jedem Wetter im Freien zu sein ... Margali, wie müde du aussiehst, meine Liebe! Bring sie nach oben und steck sie ins Bett, Camilla, und wir schicken für euch beide Abendessen hinauf. Ihr werdet sicher nichts dagegen haben, wie, meine Mädchen?« Sie zwinkerte ihnen freundlich zu, und Magda dachte verlegen: *Sie weiß, dass wir Liebende sind! Wahrscheinlich setzt sie voraus, dass jede neue Amazone solche Experimente macht, bevor ihr Hausjahr zu Ende ist. Sogar Keitha, die sich so mit ihrer Tugend brüstete* ... Sie dachte daran, wie sie heute Vormittag gespürt hatte, dass Marisela nicht allein war ... Nun, ihre Arbeit hatte sie zusammengeführt, so wie sie und Camilla, nur dass sie vielleicht aufgeschlossener gewesen war als die *cristofero* Keitha ...

»Und wo ist Marisela?« Mutter Laurias Frage passte so genau zu ihren Überlegungen, dass Magda sich fragte, ob auch die Gildenmutter ihre Gedanken lese. »Ich weiß, dass sie heute Vormittag zu einer Geburt gegangen ist. Es muss ein ungewöhnlich schwerer Fall gewesen sein. Das arme Mädchen, sie wird halb tot nach Hause kommen. Ich glaube, ich werde auch ihr empfehlen, das Abendbrot im Bett einzunehmen! Aus irgendeinem Grund passiert so etwas immer an dem Tag nach dem Fest. Ist Keitha noch da, um für sie zu sorgen?«

»Nein«, berichtete Irmelin, die den Hallendienst versah. »Ich habe sie mit ihrem Köfferchen weggehen sehen. Ein Mann fragte nach einer Hebamme, und da Marisela noch nicht zurückgekehrt war, ging sie mit ihm ...«

»Sie sollte nicht allein in der Stadt umherlaufen.« Mutter Lauria beunruhigte sich. »Von Rechts wegen ist sie noch in ihrem Hausjahr, aber schlimmer ist, dass sich ihr Mann vielleicht an ihr rächen will und darauf wartet, sie draußen allein abzufangen, um sie mitzunehmen und einzusperren ...«

»Das war ihr bewusst«, sagte Irmelin. »Aber dieser Mann hatte in ihrer Anwesenheit mit Marisela gesprochen; Keitha kannte ihn und meinte, sie könne doch eine Frau nicht leiden lassen, wenn sie um Hilfe gebeten worden sei. Ich vermute, sie hält ihre Arbeit als Hebamme für vielleicht wichtiger als ihren Eid ...«

»Das eine widerspricht nicht dem anderen«, fiel Camilla ein, »aber ich bin ihre Eidesmutter, und ich mache mir Sorgen um sie. Ich möchte das Haus dieses Mannes aufsuchen, mich vergewissern, dass es ihr gut geht, und sie dann der Sicherheit wegen nach Hause begleiten. Marisela würde es mir nie verzeihen, wenn ich zuließe, dass ihr ein Unglück widerfährt ...«

»Das ist eine gute Idee.« Mutter Lauria atmete erleichtert auf. »Irmelin, hat sie hinterlassen, wohin sie gegangen ist?«

»In die Straße der neun Hufeisen«, antwortete Irmelin, und schon nahm Camilla einen Mantel von den Haken im Flur.

»Soll ich Margali mitnehmen, Mutter?«

»Auf gar keinen Fall«, gab Mutter Lauria streng zurück. »Es ist schlimm genug, dass die eine Novize am Abend nach dem Fest allein in die Stadt gegangen ist! Keitha hätte das nicht tun dürfen, ohne vorher um Erlaubnis zu fragen, wenn ich auch verstehe, dass sie bedenkenlos davoneilte, um bei einer

Geburt zu helfen. Es hätte noch gefehlt, dass alle beide verschwinden! Wenn du nicht allein gehen willst, nimm Rafaella oder sonst jemanden mit, aber nicht Margali.«

Camilla verneigte sich ein wenig ironisch vor der Gildenmutter und wandte sich mit den Worten zum Gehen: »Ich komme zurück, sobald ich mich überzeugt habe, dass sie in Sicherheit ist.«

»Nein, nein, warte auf sie und begleite sie nach Hause«, sagte Mutter Lauria. »Es tut mir ja Leid, dich hinausschicken zu müssen, wo du so müde bist. Aber Margali ist ein großes Mädchen und kann dieses eine Mal allein ins Bett gehen.« Sie lachte vor sich hin, und Magda spürte, dass sie errötete. Schnell fiel sie ein: »Ach wo, so müde bin ich gar nicht. Ich werde einmal nachsehen, ob ich beim Tischdecken für das Abendessen helfen kann, weil Keitha nicht da ist.«

»Du darfst dir nichts daraus machen«, riet ihr Irmelin. Sie banden sich Schürzen um und nahmen Steingutschüsseln aus dem Schrank. »Das ist immer so; es macht ihnen Spaß, die Frauen aufzuziehen, die Liebende geworden sind. Nach ein paar Tagen sehen sie es als selbstverständlich an, so wie bei Cloris und Janetta. Aber wenn du mit Camilla Streit bekommst und ihr aufhört, das Bett zu teilen, werden sie wieder eine Zeit lang Witze machen. Mehr steckt nicht dahinter. Du hast doch gehört, wie Rafi geneckt worden ist, als sie für die Nacht mit einem Mann wegging – und da wir gerade von Rafaella sprechen, habe ich sie nicht eben auf der Treppe gehört?«

»Nein, sie hat das Haus schon vor Stunden verlassen, als ihr alle in Mutters Büro wart«, berichtete Rezi. »Sie sagte, sie müsse eine Karawane führen. Shaya hatte nach ihr aus der Terranischen Zone geschickt. Ich wollte ihr jede Menge Fragen stellen, aber sie hatte nicht für eine davon Zeit, und Margali ...«

»Das ist jetzt nicht wichtig«, unterbrach Mutter Lauria sie

hastig. »Nimm dein Messer und geh schnell Camilla nach. Wenn Keitha wirklich in eine Falle gelaufen ist ...«

Rezis Gesichtsausdruck veränderte sich. »Bei der Göttin, daran habe ich überhaupt nicht gedacht! Und Keitha ist allein gegangen – in die Straße der neun Hufeisen, hast du gesagt?« Beim Sprechen zog sie sich den Mantel an. »Ich hole Camilla noch ein, bevor sie am Ende der Straße ist.«

Die Tür knallte hinter ihr zu, und Mutter Lauria meinte: »Wir brauchen mit dem Essen nicht zu warten. Außerdem gibt es sicher nichts, worauf es sich zu warten lohnt; am Abend nach dem Fest kommen nur Reste auf den Tisch.«

»Nun, wir haben ein halbes gebratenes Rabbithorn«, sagte Irmelin, »und reichlich Soße und Füllung. Und wenn irgendwer keine Reste mag, kann er sich an gutes Brot und Käse halten, und nach dem Fest täte es überhaupt jedem gut, einen oder zwei Tage lang zu fasten.« Die Frauen gingen in den Speisesaal und setzten sich an den Tisch.

Magda war froh, dass Camilla nicht allein gegangen war; sie war nicht mehr jung, und sie hatten zwei schlaflose Nächte gehabt. Aber sie wünschte, sie könne diejenige sein, die mit Camilla Rücken an Rücken kämpfte, falls es zum Kampf kam. Sie beneidete Rezi, die ohne viele Worte ausgeschickt worden war, ihre Schwester zu verteidigen. Geistesabwesend nahm sie sich ein Stück Käse und knabberte daran.

Sie wäre die Richtige gewesen, mit Camilla zu gehen. Mutter Lauria hatte Unrecht. Camilla war ihre Eidesschwester und ihre Liebhaberin. Es war ihre persönliche Verantwortung, an ihrer Seite zu kämpfen. Und auch Keitha war ihre Eidesschwester, so dass es ebenso ihre persönliche Verantwortung war, Keitha zu beschützen. Sie hätte Mutter Lauria davon überzeugen müssen, dass es eine Ehrenpflicht für sie darstellte.

Den ganzen Tag bin ich Terranerin gewesen, und jetzt denke ich wieder wie eine Darkovanerin ...

Aus dem Flur drangen Lärm und laute Stimmen herein, und drei Frauen in durchweichten Mänteln stürmten in den Speisesaal.

»Wie es regnet! Als müsse ein Ausgleich für das gute Wetter in der Festnacht geschaffen werden, so ist es immer!«, riefen sie. »Wir sind wieder da, allesamt ...«

»Sherna! Gwennis! Devra!« Mutter Lauria lief zu ihnen und umarmte sie, und dann sprangen alle auf und umringten die Neuankömmlinge, halfen ihnen aus den Mänteln, stellten tausend Fragen. Devra, die große, ruhige Frau, war es, die Magda zuerst wieder erkannte und an sich zog.

»Margali! Du solltest doch nach Neskaya – aber natürlich wollte Jaelle dich lieber in ihrem eigenen Haus haben. Wo ist Jaelle n'ha Melora?«

»Oh, sie hat sich einen Freipartner genommen und lebt in der Terranischen Zone ...«

»Jaelle? Einen Freipartner? Jetzt will ich gern glauben, dass Durramans Esel fliegen konnte.« Gwennis brach in schallendes Gelächter aus. »Ich hätte sie für die letzte Frau auf der Welt gehalten, die sich jemals einem Mann hingeben würde. Sie ist zu viel mit Rafaella zusammen gewesen, das ist es! Rafi hat sie verdorben ...«

Lachend und scherzend drängten sie sich um den Tisch. Sherna erkundigte sich: »Wo ist Camilla?«

»Wir machten uns Sorgen um eine unserer Novizen, und Camilla und Rezi sind ihr nachgegangen«, antwortete Mutter Lauria. »Weil wir fürchten, dass ihr Mann darauf wartet, sie außerhalb des Hauses zu erwischen, wollen sie sie heimbringen.« Und dann musste den dreien alles erzählt werden: von dem Kampf gegen Keithas Mann und seine gedungenen Söldner, wie Keitha bei Marisela in die Lehre gegangen und später ihre Liebhaberin geworden sei – das ging wie ein Schnellfeuer und war so voll von gemeinsamen Erinnerungen und Anspielungen, dass Magda kaum folgen konnte. Sie berichtete auch, dass Magda für das Haus gekämpft hatte und verwundet worden war, und zu ihrer Überraschung stellte Magda fest, dass sie jetzt wegen des Schadenersatzes gar nicht mehr böse auf sie waren, sondern stolz, dass sie sie so gut verteidigt hatte.

»Cloris, hol zwei Flaschen von dem guten Wein aus dem Keller«, sagte Mutter Lauria. »Wir wollen auf die Rückkehr unserer Schwestern trinken.«

»Wir haben noch etwas, worauf wir trinken können«, erklang Rezis Stimme. Sie trat mit Keitha und Camilla ein, und alle waren sehr blass. »Wie du vermutet hast, Mutter, war es eine Falle. O ja, da war eine Frau in den Wehen, aber während Keitha bei ihr im Haus war, benachrichtigte jemand Shann MacShann. Wir fanden ihn draußen auf der Straße, bereit, Keitha zu überfallen, wenn das Kind geboren und sie mit ihrer Arbeit fertig sein würde.«

Keitha wirkte trotz ihres bleichen Gesichts ruhig, doch Magda sah, dass sie geweint hatte. »Ich hätte mich von ihm einschüchtern lassen, wenn meine Schwestern nicht da gewesen wären. So aber sagte ich ihm, ich würde lieber sterben als zu ihm zurückkehren, und ich legte die Hand auf mein Messer und sagte, ich würde es entweder gegen mich oder gegen ihn richten, ganz wie er wolle. Da zog er ab. Er verfluchte mich und schwor, ich könne auf die Herausgabe meiner Mitgift lange warten, und ich sagte ihm, er solle sie für die Jungen aufheben, bis sie erwachsen seien. Ich glaube nicht, dass er mich noch einmal belästigen wird. Zum Schluss schrie er noch, als könne das in mir den Wunsch erwecken, zu ihm zurückzukehren, er habe jetzt eine anständige Frau gefunden, die nicht weglaufen werde, also falls ich je meine Meinung änderte ...« – sie lächelte schwach – »... sei es zu spät. Ich glaube, es war ein Schock für ihn, als ich ihm viel Glück mit ihr wünschte. Ich verriet ihm nicht, wie Leid sie mir tut, ganz gleich, wer sie ist.«

Camilla umarmte Keitha. »Wir sind alle stolz auf dich, *breda.* Dann wollen wir jetzt auf seine Niederlage trinken. Und wenn Marisela nach Hause kommt, wirst du ihr viel zu erzählen haben«, setzte sie mit listigem Grinsen hinzu, und Keitha wurde purpurrot.

Der Wein wurde gebracht und eingeschenkt. Sie tranken sich lachend zu.

»Jetzt sind alle hier, die damals die Nacht in der Reiseunterkunft verbrachten, ausgenommen Jaelle.« Sherna kam um den Tisch und umarmte Camilla und Magda gleichzeitig. »Wo steckt Shaya? Ist sie mit Rafaella geschäftlich unterwegs? Sagte nicht eine von euch, ausgerechnet sie habe sich einen Freipartner genommen?«

»Ah, Göttin! Wie dumm ich bin!«, rief Rezi aus. »Jaelle war hier und fragte nach dir, Margali – schon vor Stunden! Aber du warst in Mutters Büro, und ich wollte nicht stören, und dann kam die ganze Aufregung wegen Keitha, und da ist es mir einfach entfallen!«

Magda fuhr zu ihr herum, und plötzlich stürzten die Wahrnehmungen, die sie den ganzen langen Tag zurückgedrängt hatte, über ihr zusammen.

Es ist irgendetwas Schreckliches geschehen. Es ist Jaelle geschehen ... Sie erkannte keine Einzelheiten, sie wusste es einfach, wusste es deutlicher, als man es mit Worten auszudrücken vermochte, dass Jaelle in großen Schwierigkeiten war. Aber als sie ihren Geist weit für Jaelle hätte öffnen sollen, hatte sie sich verbarrikadiert und die Erkenntnis zurückgewiesen, weil sie sich davor fürchtete. Verzweifelt sah sie zu Camilla hin. Die starken Barrieren der Älteren hatten sie unempfänglich für Jaelles Not gemacht.

Gefahr, Gefahr nähert sich Jaelle aus allen Richtungen. Rotes Blut breitet sich auf dem Sand aus. Sie hatten den Traum geteilt, sie war in Jaelles Armen erwacht ... ihre Freundin brauchte sie, aber sie war davor geflohen, und jetzt war Jaelle gegangen, lief davon ... Peter war tot, und Jaelle war fort ...

Sie hörte ihre eigene Stimme kaum.

»Schnell, Rezi! Sag mir, was sich abgespielt hat.«

»Shaya wollte ihr Pferd holen und Reiseverpflegung und ihre Stiefel – ich habe ihr meine Reitstiefel geliehen, ich weiß nicht, was mit ihren eigenen passiert ist. Sie hatte geweint, aber sie wollte mir nicht erzählen, was ihr Kummer machte, und dann ritt sie davon. Das war, bevor es anfing zu regnen.«

Magda schnürte es die Kehle zu. Es war nicht Rezis Schuld. Sie hätte wissen müssen, dass Jaelle sie brauchte, und sie hatte unerreichbar in Mutter Laurias Büro gesessen und diplomatische Spielchen getrieben, über Dinge diskutiert, die in einem Augenblick hätten geregelt werden können! Aber das war auch nicht fair. Cholayna hatte es unmöglich wissen können. Sie sah zu den Frauen hin. Immer noch lachten und scherzten und tranken sie mit den dreien, die aus Nevarsin zurückgekehrt waren. Sie alle waren Jaelles Freundinnen. Camilla war ihre Eidesschwester ...

Außenseiter. Sie waren Außenseiter. Keine von ihnen begriff. Jaelle hatte eine unsichtbare Linie überquert, und nun war sie hier eine Außenseiterin, wie Magda es immer gewesen war. Sogar Camilla war im Stande gewesen, Jaelles Leid auszuschließen, damit es sie nicht an ihr eigenes erinnerte. Niemand zollte Magda die geringste Aufmerksamkeit, als sie leise den Speisesaal verließ und die Treppe hinaufeilte. Solange Jaelle sich nicht allzu weit von der Stadt entfernt hatte, konnte sie sie finden. Schnell rollte sie warme Strümpfe, dicke Unterwäsche, ihre wärmste Hose und Jacke zu einem Bündel zusammen und tauschte ihre Schuhe gegen Reitstiefel ein. Sie rannte die Hintertreppe hinunter in die Küche und machte ein Päckchen aus einem Stück hartem Reisebrot, etwas Käse und kaltem Fleisch und einer Kelle Trockenobst aus dem Kasten.

Im Stall sattelte sie ihr Pferd. Mit ihm war sie in die Berge geritten, um Peter Haldane zu retten, mit ihm war sie an den Brandherd geeilt. Sie brach ihr Versprechen, das Haus nicht zu verlassen, doch daran dachte sie kaum.

Gerade wollte sie sich in den Sattel schwingen, als sie merkte, dass Camilla in der Stalltür stand und sie beobachtete.

»Du kannst nicht gehen, Margali«, sagte Camilla leise. »Liebes, du darfst nicht. Damit brichst du deinen Eid.«

Magda ließ den Fuß aus dem Steigbügel gleiten. Sie ging zu Camilla und legte ihr die Hände auf die Schultern.

»Camilla, es ist eine Sache der Ehre«, bat sie, und dann schluckte sie schwer und benutzte die Waffe, die sie nie hatte benutzen wollen.

»Wir haben uns einen Eid geschworen, damals in den Bergen, noch ehe ich ins Thendara-Gildenhaus kam«, sagte sie mit zitternder Stimme. Das hatten sie nicht getan, nicht mit Worten, aber sie wusste jetzt, dass sie sich einander fürs Leben angelobt hatten, als Jaelle an dem Streich des Räubers sterbend dalag und Magda sich entschloss, ihre Mission aufzugeben, damit Jaelle am Leben blieb. Peter Haldane hatte im Vergleich zu diesem Bund für keine von ihnen je eine Rolle gespielt, nur hatte Magda das bis jetzt nicht gewusst.

Wenn ich es gewusst hätte, wenn ich gewusst hätte, was Jaelle mir tatsächlich bedeutet, dann hätte sie Peter nie geheiratet. Aber ich wusste es nicht. Erst Camilla hat mich gelehrt, was Jaelle mir ist und dass die Liebe von Schwestern schwerer wiegt als die Liebe zu irgendeinem Mann auf der Welt.

»Wir sind *bredhyini,* Camilla«, sagte sie. »Ich flehe dich an – wenn du mich liebst, Camilla –, lass mich ihr folgen.«

Camillas Gesicht war schneeweiß. »Ich hätte es mir denken können. Das war der Grund, warum du dich mir nicht angeloben wolltest. Ich ...« Sie holte tief Atem. »Es kommt nicht darauf an, dass wir uns geliebt haben«, setzte sie nach einer Weile hinzu. »Wichtig ist, dass wir immer Freundinnen und Schwestern sein werden. Wenn es für dich eine Sache der Ehre ist ...« sie zögerte und erklärte endlich: »Du hast dich eidlich verpflichtet, das Haus nicht zu verlassen, es sei denn auf einen Befehl einer der Gildenmütter hin. Ich gehöre hier zu den Ältesten, Margali. Ich habe das Recht, dich gehen zu heißen.« Sie zog Magda an sich und küsste sie heftig. »Jaelle ist auch meine Eidesschwester und ist mir wie eine Tochter gewesen. Geh, Margali n'ha Ysabet, ohne deinen Eid zu brechen. Ich werde es bei Mutter Lauria in Ordnung bringen.«

»O Camilla ... Camilla, ich liebe dich ...«

Noch einmal küsste Camilla sie. »Ich liebe dich auch«, sagte sie sanft, »und auf mehr Arten, als du weißt. Geh jetzt. Grüße Jaelle von mir, und die Göttin gebe, dass ihr es gut übersteht. Ich weiß nicht, wann wir uns wieder sehen werden, mein Liebling. Es geschehe, wie die Göttin will. Möge Sie mit dir reiten.«

Dann saß Magda im Sattel. Tränenblind ritt sie an Camilla vorbei und auf die kopfsteingepflasterte Straße hinaus. Sie wusste nicht, wo ihr Ziel lag. Sie wusste nur, dass sie Jaelle folgte und dass sie sich seit jener Nacht in der Reiseunterkunft in den Hellers unausweichlich auf diesen Augenblick zubewegt hatten.

Ich habe meinen Eid nicht gebrochen, Camilla hat mich davon befreit. Aber ihr war klar, dass sie andernfalls ihren Eid bedenkenlos gebrochen und von sich geworfen hätte, als sei er ein Paar alte Schuhe, die ihr zu klein geworden waren und aus denen sie hinausgewachsen war.

Camilla weiß es nicht, aber ich bin nicht mehr an die Gilde gebunden, ebenso wie ich keine Terranerin mehr bin. Aus all dem bin ich hinausgewachsen. Ich weiß nicht, was ich jetzt bin. Vielleicht, wenn ich Jaelle finde, wenn ich sie einhole, wird sie es mir zeigen.

Sie war Terranerin. Sie war eine Entsagende. Sie war Darkovanerin. Sie war eine Liebhaberin von Frauen geworden. Sie war eine *Leronis,* denn zweifellos war es *Laran,* gegen das sie den ganzen Tag angekämpft hatte. Und jetzt musste sie es benutzen, um Jaelle auf ihrem Weg zu folgen. Aber sie war nicht mehr einfach eins von diesen Dingen. Ihr Leben lang hatte sie geglaubt, sie müsse sich entscheiden, ob sie Terranerin oder Darkovanerin sein wolle, Magda oder Margali, Agentin des Nachrichtendienstes oder Entsagende, Liebhaberin von Männern oder von Frauen, kopfblind oder *Leronis.* Und jetzt wusste sie, dass sie sich nicht als das eine oder das andere bezeichnen konnte, sie wusste, dass sie alles war und dass das Ganze mehr war als die Summe seiner Teile.

Ich weiß nicht, wer oder was ich bin. Ich weiß nur, dass ich tue, was ich tun muss, nicht mehr und nicht weniger.

Sie ritt aus dem Stadttor hinaus, ohne zurückzublicken.

4

Jaelle lief den langen Korridor entlang, der aus den Quartieren für das verheiratete Personal führte. Sie erinnerte sich nicht einmal mehr, warum ihr vor Betrunkenheit so grauste. Sie wusste nur, dass Peter ihr in diesem Augenblick widerwärtig war. Nun, sie brauchte nicht zurückzukehren, ausgenommen ein einziges Mal, und da würde sie es kurz machen. War ihre Ehe erst offiziell aufgelöst – und aufgelöst werden musste sie, denn sie lag jetzt so weit in ihrer Vergangenheit zurück wie das Große Haus Jalaks von Shainsa –, würde man ihr sicher erlauben, dass sie ebenso wie die Entsagenden, die in der Medizinischen Abteilung arbeiten würden, außerhalb des HQ wohnte. Und wenn man darauf bestand, dass sie in jeder Beziehung Magdas Platz ausfüllte – als ob sie das könnte, als ob irgendwer jemals ein genaues Gegenstück für einen anderen sein könnte, es war Wahnsinn gewesen, ihr das vorzuschlagen –, dann musste man ihr eine Wohnung im Quartier für unverheiratetes Personal zugestehen. Schließlich hatte Magda auch eine gehabt.

In dem Stockwerk angekommen, wo sich die Haupt-Cafeteria befand, sagte sie sich, dass sie etwas essen müsste. Hier gab es Speisen, die sie hinunterbrachte, und später würde sie nichts anderes mehr bekommen als die faden synthetischen Nahrungsmittel der kleinen Cafeteria oben in der Kommunikationsabteilung. Jaelle erinnerte sich, dass Marisela den schwangeren Frauen im Gildenhaus gesagt hatte, sie müssten essen, ob ihnen danach zu Mute sei oder nicht ... Sie seien nicht länger Herren ihres eigenen Geschicks, sie hätten den Entschluss gefasst, ein Kind zur Welt zu bringen, und so seien sie ein Jahr lang verpflichtet, das Wohlergehen des Kindes vor ihr eigenes zu stellen.

Also bin ich nichts Besseres mehr als irgendeine von Jalaks Konkubinen, eine Zuchtstute, die die nächste Generation hervorzubringen hat. Nichts Besseres als Rohana, trotz all meiner kühnen Reden über persönliche Freiheit. Im Geist hörte sie Kindra sagen, eine Frau könne sich nicht von allgemein gültigen Emotionen lösen, indem sie Amazone werde. Aber sie wies den Gedanken mit bösartiger Selbstverachtung zurück. *Jetzt muss ich also in diese Ekel erregende Cafeteria gehen und meinen widerwärtigen Körper mit Nahrung vollstopfen, gegen die er revoltiert, nur weil mein elendes Kind, Peters Kind, das ich gar nicht haben wollte, gefüttert werden will* ... Kalt entpersönlichte sie das Ungeborene als »das Kind«; sie sah in ihm nicht die Tochter, die sie gebären würde, wie Rohana ihr gesagt hatte ... *Soll es ruhig schreien. Mach schon, schrei, Baby, im Augenblick wird dir niemand etwas geben.* Entschlossen kehrte sie den Gerüchen der Cafeteria, bei denen sich ihr der Magen umdrehte, den Rücken und hatte dabei das Gefühl, wenigstens einen Tag lang wieder selbst über sich bestimmen zu dürfen.

Oben im Kommunikationsbüro – denn, es war zum Verrücktwerden, die langsame HQ-Verwaltung hatte dem Personal des Nachrichtendienstes die neuen Räume in Cholaynas Abteilung noch nicht angewiesen – saß Bethany, und sie sah rosig und vergnügt aus.

»Heute ist kein Feiertag, nicht wahr?«, empfing sie Jaelle. »Gestern muss ein sehr hoher darkovanischer Feiertag gewesen sein, und ich hörte, dass die Hälfte von Montrays Stab zu einem gigantischen Fest in die *Comyn*-Burg eingeladen worden ist.« Offenbar war sie schwer beeindruckt, und Jaelle hätte sie am liebsten angefahren: Die *Comyn* sind keine Übermenschen, sie sind gewöhnliche Sterbliche, die sich ihrer eigenen verdammten Bedeutung zu sehr bewusst sind. Stattdessen sagte sie finster – schließlich war Bethany nicht an ihrer schlechten Laune schuld –: »Es ist eine Schande, dass du nicht an meiner Stelle hingehen konntest. Du bist hübscher als ich, und tanzen kannst du wahrscheinlich ebenso gut, und du hättest es genossen. Für mich ist das Mittsommerfest kein Vergnügen.«

Bethany lachte.

»Da hätte Peter auch ein Wörtchen mitzureden gehabt, wie? Jedenfalls bin ich gestern Abend zu anständiger Zeit ins Bett gegangen, und nach den sauren Mienen zu schließen, die ich überall in der Abteilung sehe, haben viele von euch bis zum Morgengrauen getanzt. Es hat auch seine Vorteile, in der Hierarchie so weit unten zu stehen, dass man nie mit einem königlichen Befehl eingeladen wird und die ganze Nacht aufbleiben muss! Im Ernst, Jaelle, du siehst wie etwas aus, das die Katze nicht hereintragen würde ... Kann ich dir einen Kaffee besorgen oder so etwas?«

Jaelle lehnte dankend ab. Sie wusste nicht, was sie nötig hatte, aber Kaffee, ein terranischer Luxus, an dem sie Gefallen gefunden hatte, war sicher nicht das Richtige.

»Vielleicht hättest du dich krankmelden und zur Medizinischen hinaufgehen sollen«, meinte Bethany besorgt. »Im Grunde hast du ja die ganze Nacht gearbeitet, und das sind Überstunden.« So konnte man es auch betrachten, dachte Jaelle, denn sie hatte die *Comyn*-Burg wirklich nicht zum Vergnügen aufgesucht. Aber sie schüttelte nur den Kopf – das Letzte, was sie sich wünschte, war eine Vorlesung in der Medizinischen über ihre Verantwortung gegenüber ihrem ungeborenen Kind – und nahm ihren Platz an dem Schreibtisch ein, der einmal Magda gehört hatte und jetzt ihrer war, bis sie die lästige Verpflichtung loswerden konnte. Ohne Begeisterung machte sie an einem unfertigen Sprachband weiter.

Ich habe immer noch das Gefühl, ich sollte etwas Wichtigeres tun als das hier. Ich weiß nur nicht, was.

Länger als eine Stunde arbeitete sie ohne Unterbrechung. Dann stürmte Monty fluchend herein.

»Zum Teufel, wo steckt Cholayna? Oben im Büro des Nachrichtendienstes ist sie nicht, und auch sonst kann ich sie nirgendwo finden.«

»Vielleicht ist sie einen Tag krankgeschrieben«, sagte Bethany. »War sie nicht gestern auch in der *Comyn*-Burg?«

Monty grinste zynisch. »Das stimmt, und unglücklicherweise war mein alter Herr auch da. Mein Vater sagte, es sei nicht seine Vorstellung von Erholung, sich bis in die frühen Morgenstunden das Gequake barbarischer Musik anzuhören, und auf keinen Fall sei es das, wofür er bezahlt werde. Beth, könnten Sie in der Medizinischen Abteilung nachfragen, ob Cholayna krank ist?«

Mit einer Beobachtungsgabe, die Magdas würdig gewesen wäre, erkannte Jaelle diese Feinheit des Protokolls. Jetzt, wo er von ihrer Bedeutung wusste, forderte Monty sie nicht mehr auf, dergleichen Routinearbeiten für ihn zu erledigen. Dagegen durfte er Bethany, deren Aufgabe darin bestand, Angestellten höheren Ranges Unwichtiges abzunehmen, jederzeit stören. Etwas war ihr bei den terranischen weiblichen Angestellten aufgefallen: Sie strampelten sich ab nach einer Position, wo sie mehr als bloße Hilfskräfte für die Männer waren. Sie kämpften eifersüchtig um diese Statusmerkmale. Aber gleichzeitig akzeptierten sie dies als eine Bedingung ihres Arbeitsverhältnisses. Magda war stolz darauf gewesen, dass sie das zentralisierte Büro, von ihr das Irrenhaus genannt, hatte verlassen dürfen. Jaelle teilte diesen Standpunkt nicht. Wenn sie schon in einem Büro arbeiten musste, war sie lieber mit den anderen Frauen zusammen, als in einsamer Glorie zwischen den Männern von höherem Rang isoliert zu sein. Langsam bekam sie eine vage Vorstellung von den sozialen und kulturellen Schichtungen bei den Terranern, und sie fand das alles recht töricht. Aber sie war auch intelligent genug, um sich zu sagen, dass soziale Strukturen selten von der Vernunft her bestimmt werden. Erst gestern Abend hatte sie grundlegende Protokollfragen erläutern müssen und den älteren Montray zumindest in Gedanken verhöhnt, weil er nicht verstand, warum er einen Mann, der früher einmal sein Untergebener gewesen war, diesen Andrew Carr, nicht zwanglos ansprechen konnte, ohne das Gegenstück eines diplomatischen Zwischenfalls hervorzurufen.

Bethany benutzte das Kommunikationsgerät, das ihren Aufgabenbereich definierte. Es nicht zu benutzen, wenn man ein paar Stufen höher stand, schien zur terranischen Etikette zu gehören. Endlich hob sie den Kopf und meldete: »Sie ist nicht auf der Medizinischen Abteilung, Monty, und ich habe die Leute dort sogar dazu gekriegt, in ihrer Wohnung anzurufen, falls sie sich einen freien Tag genommen hatte, aber zur Arbeit käme, wenn es ihr als Überstunden angerechnet würde. Sie hat jedoch nur eine Nachricht hinterlassen, dass sie in die Altstadt gehe und das Gildenhaus der Entsagenden aufsuchen wolle.«

Monty schlug fluchend mit der Faust auf den Tisch. »Gibt es irgendeine Möglichkeit, sie dort zu erreichen?«

»Das glaube ich nicht«, sagte Jaelle. Mit dem Gefühl, angegriffen worden zu sein, dachte sie: *Jetzt finde ich nicht einmal mehr im Gildenhaus eine Zuflucht. Auch dort werde ich Terraner antreffen.*

»Ich werde ins Feld geschickt, und ich brauche Informationen«, erklärte Monty knapp. »Lord Aldaran da oben in den Hellers in der Nähe von Caer Donn – das ist der Ort, wo der alte Raumhafen war, bevor der hier in Thendara gebaut wurde ...«

»Ich weiß, wo die Hellers sind«, sagte Bethany gereizt. »Magda und Haldane sind beide dort aufgewachsen, nicht wahr?«

»Haldane könnte mir unter Umständen auch weiterhelfen ...« begann Monty.

»Ich würde ihn nicht fragen.« Jaelle verzog das Gesicht. »Er schläft gerade in unserer Wohnung seinen Rausch aus und ist für die Umwelt so gut wie tot.«

Monty überlegte eine Minute lang. Dann bemerkte er: »Ich hörte, dass er und der Alte gestern Abend einen heftigen Streit hatten und dass Peter darauf in die Stadt rannte. Und er ist betrunken zurückgekommen? Welch ein Glück für ihn; ich wollte, ich könnte seinem Beispiel folgen.«

»Was haben Sie für ein Problem, Monty?«

»Ich werde auf einen Einsatz geschickt«, sagte er. »Ich habe Ihnen – oder war es Magda? – schon ein bisschen darüber erzählt. Ich möchte sicher sein, dass ich bei Darkovanern keinen Anstoß errege, und vor allem ...« – er lächelte verlegen – »... kann ich es mir nicht leisten, auf sie weibisch zu wirken. Deshalb will ich genau wissen, was ich anziehen und tun – und was ich unter allen Umständen vermeiden muss. Magda hatte einen Anfang gemacht, aber ...« Er zuckte die Schultern.

Für einen Augenblick sah Jaelle ein deutliches Bild von Magda und Monty in seiner Wohnung vor sich ... *Warum fange ich plötzlich all das auf? Warum kann ich es nicht wegschieben, wie ich es bisher immer getan habe?* Magda hängte ihm ihr Amazonenmesser an den Gürtel und zeigte ihm, wie er sich damit bewegen musste ... Sie versuchte, sich gegen das abzuschirmen, was von Monty auf sie übersprang, einschließlich einer überwältigend sexuellen Vorstellung von Magda, die sie aus keinem erkennbaren Grund mit Zorn erfüllte. *Warum sollte ich Monty auf einmal hassen, weil er mit Magda ins Bett gegangen ist? Magda/Margali ist nicht meine Liebhaberin ...* Sie bemühte sich sehr, gerecht zu bleiben, obwohl ihr körperlich übel wurde, so überschwemmte sie der Groll. »Natürlich kann ich Ihnen helfen, Monty«, sagte sie. »Kommen Sie zum Nachrichtendienst hoch und erzählen Sie mir, was Sie auf Aldaran zu tun haben, falls es keine geheime Mission ist.«

»Nicht die Spur«, erwiderte Monty. »Im Gegenteil, als Aleki davon hörte, war sein Gesicht ein einziges Lächeln. Er sagte meinem Vater, er werde sich als Vertreter des Senats persönlich damit befassen, und Sie können sich vorstellen, wie dem Alten das gefallen würde!« Seine Stimme klang ironisch. »Dies eine Mal ist Darkover berechenbar – oder zumindest sieht er es so. Irgendein Bonze dahinten in Caer Donn – ich muss die Einzelheiten nachschlagen, aber er heißt – Aldaran von Aldaran und Sca...« Er kramte in seinem Gedächtnis. Jaelle fand den Namen dort mühelos. »Aldaran von Aldaran und Scathfell, die alte Siebte Domäne der *Comyn*. Jetzt sind sie keine *Comyn* mehr.«

»Im Krieg mit den *Comyn*?«

»O nein. Aldaran ist zu weit entfernt, als dass ein Krieg Sinn hätte. Aber sie waren einmal die Siebte Domäne und spalteten sich ab.«

»Geografisch gesehen ist das verständlich«, meinte Monty, als er im Büro des Nachrichtendienstes vor der Wandkarte stand. Offenbar war sie von Cholayna aufgehängt worden; Jaelle hatte sie nie zuvor gesehen. »Doch warum hat sich Ardais nicht auch von den *Comyn* gelöst? Das sieht hier so aus, als könne man das Land aufteilen in die Tiefland-Domänen der Aillards und Elhalyns ...« – er machte eine Geste – »... der Ardais und Aldarans in den Hellers und der Hasturs in den Kilghardbergen, während die Ridenows beinahe schon zu den Trockenstädten gehören ...«

»Sie fragen mich nach der Antwort auf ein Rätsel, das noch keiner hat lösen können«, erklärte Jaelle steif. »Die Aldarans wurden von den *Comyn* ausgeschlossen – vielleicht eines alten Verbrechens wegen? Niemand kennt die Wahrheit. Aber die Ardais haben sich den *Comyn* gegenüber immer loyal verhalten. Einmal, so habe ich es gehört, führten die Aldarans von Scathfell Krieg, um sich zu Herren auch über Ardais zu machen.«

»Ich bilde mir natürlich nicht ein, ich könnte tausend Jahre Geschichte der Domänen über Nacht verstehen lernen«, sagte Monty. »Wie dem auch sei, die Aldarans haben einen offiziellen Antrag an das Imperium um technologische Hilfe und Anleitung gestellt, um medizinisches Personal und – da komme ich ins Spiel – Hubschrauber und Männer, die sie fliegen können. Anscheinend lassen sich konventionelle Flugzeuge über den Hellers nicht einsetzen. Sie werden sich an unserm Besuch in der *Comyn*-Burg erinnern, als es um das abgestürzte Flugzeug von Vermessung und Erkundung ging; nicht einmal in den Kilghardbergen sind sie sicher. Aber Hubschrauber und bestimmte Senkrechtstarter könnten trotz der thermischen Bedingungen rund um die Hellers verwendet werden. Ich werde nun hingeschickt, die Durchführbarkeit des Projekts zu prüfen. Natürlich bin ich nur der Protokoll- und Verbindungsoffizier, für die Luftfahrtprobleme ist Zeb Scott zuständig. Und deshalb brauche ich noch einen Schnellkurs vom Nachrichtendienst – zu dumm, dass Cholayna sich ausgerechnet diesen Tag freigenommen hat!«

»Auch Cholayna hat ein Recht auf Urlaub«, erklärte Jaelle so heftig, dass Monty zusammenzuckte.

»Ja, natürlich, nur trifft es sich für mich verdammt ungünstig«, brummte er. »Doch vielleicht können Sie mir helfen, mir ein Kostüm besorgen, mir sagen, wie der Transport zu bewerkstelligen ist. Die Maschinen kommen natürlich als Frachtgut, und dann müssen sie auf dem Landweg durch die Berge geschafft werden. Cholayna erzählte mir einmal, dass es Ihr Beruf ist, Reisegesellschaften zu organisieren.«

»Ja, zusammen mit meiner Partnerin, einer Amazone«, antwortete Jaelle. »Lassen Sie mich eine Nachricht ins Gildenhaus schicken, und meine Partnerin Rafaella wird für den Transport sorgen.« Plötzlich erkannte sie die Antwort auf das ganze komplizierte Problem. Peter konnte sie nicht daran hindern, die Arbeit zu tun, für die sie in der Terranischen Zone angestellt worden war. Sie hatte genug Autorität, um sich selbst dieser Karawane nach Aldaran in den Hellers als Führerin zuzuteilen. Damit entrann sie Peter, der ihr schon lange auf die Nerven ging, und wenn sie zurückkehrte – was kaum vor dem Herbst sein würde –, konnte sie in aller Stille die Scheidung nach terranischem Recht in die Wege leiten.

Sie griff nach einem Blatt Papier und einem Schreibstift und schrieb schnell einen Brief an Rafaella, der sofort ins Gildenhaus gebracht werden sollte. Vielleicht schläft Rafi noch. Gestern war ein Festtag, und wahrscheinlich hat sie bis zum Morgengrauen getanzt. Aber sobald sie aufwacht, wird diese Botschaft sie herbringen, und im Nu hat sie Männer und Pferde, Führer und Packtiere zusammen. »Wie viele Leute brauchen Sie als Eskorte?«

Monty nannte ihr die Einzelheiten. Sie nahm am Rande wahr, dass ihre Tüchtigkeit ihn überraschte. Bisher hatte er sie noch nie auf dem Gebiet erlebt, wo sie Expertin war. Sie sprachen über die Dauer der Reise in Tagen, die Lebensmittel pro Mann und Tag und den besten Lieferanten für Reisekleidung, die, so forderte Jaelle, aus natürlichem Leder und Pelz statt aus den terranischen synthetischen Stoffen bestehen sollte. Monty ließ sich die Einkäufe genehmigen. Es mussten auch noch Leute für die Mission ausgewählt werden. Monty hatte Zugang zu den Daten der Personalabteilung und wusste, welche der verfügbaren Männer von kalten, unwirtlichen oder gebirgigen Planeten stammten und deshalb eine Expedition in das schwierigste Terrain Darkovers bei schlechtestem Wetter nicht nur aushalten, sondern auch noch genießen würden.

Diese Arbeit war Jaelle so vertraut, dass sie zu der Zeit, als sie die vorläufigen Listen aufgestellt und zwischen Rafaella und Monty ein Treffen zur Mittagszeit arrangiert hatte, über ihre schlechte Laune so ziemlich hinweggekommen war. Sie überprüfte sorgfältig Montys Kleidung und kehrte sogar in ihre Wohnung zurück, um die Beutelchen mit Gewürzen zu holen, mit denen sie gestern Abend die Nähte ihres Kleides eingerieben hatte. Doch dann zögerte sie und fragte sich, ob die Düfte, die sie für sich selbst verwendet hatte, nicht unpassend für die Kleidung eines Mannes seien. Sie roch an den Nähten des Festtagsanzugs, den Peter, als er betrunken nach Hause gekommen war, auf den Boden geworfen hatte. Nein, das war ein anderer Geruch – so weit sich das durch den überwältigenden Whiskygestank feststellen ließ.

»Jaelle!«, sagte Peter hinter ihr beinahe entschuldigend. »Liebes, du brauchst dich nicht um meine Sachen zu kümmern, du bist nicht mein Kammerdiener. Und so, wie sie aussehen, kann man sie doch nur noch in den Abfallbeseitiger stecken. Eine Reinigung sind sie kaum noch wert.«

Jaelle schüttelte lächelnd den Kopf. »Ich werde sie in der Altstadt reinigen lassen. Wenn du wieder ins Feld gehst, werden sie umso authentischer aussehen. Deshalb bin ich hier – Monty geht auf eine Mission – Flugzeuge für Aldaran oder so etwas.«

»Verdammt! Natürlich, als Sohn des Alten hat er bei jedem begehrenswerten Auftrag den Vorrang«, knurrte Peter.

»Wenn du meinst, dass er dir diesen hat wegnehmen wollen, irrst du dich sehr«, stellte Jaelle bedächtig fest. »Außerdem gibt es Missionen, die einem mehr Prestige eintragen. Monty wäre dir dankbar, wenn du seine äußere Erscheinung überprüfen wolltest – Cholayna, die es als Leiterin des Nachrichtendienstes tun müsste, scheint sich einen Tag Urlaub genommen zu haben«, setzte sie listig hinzu. Sofort verwandelte er sich in den terranischen Peter, stets darauf bedacht, auch die kleinste Chance zu nutzen.

»Gut, das werde ich tun«, sagte er. »Wahrscheinlich wird er sich die richtigen Stiefel erst besorgen müssen.« Er wandte sich zum Gehen. »Treffen wir uns zum Lunch, Jaelle?« Er kam zurück und küsste sie, und da wäre ihr Herz fast geschmolzen. Er war ihr so teuer. Vielleicht brauchten sie nur Zeit, Zeit, um sich anzupassen, um zusammenzuwachsen ...

»In der Haupt-Cafeteria«, willigte sie ein. »Die synthetischen Speisen oben bringe ich einfach nicht hinunter.« Er nickte und klopfte liebevoll ihren Bauch.

»Junior mag keine synthetischen Nahrungsmittel? Das geht in Ordnung; nichts als das Beste für meinen Sohn!«

»Peter, Rohana hat mir gesagt, es wird ein Mädchen ...«

»Sei nicht dumm, Liebling. Auch die terranischen Ärzte könnten kaum schon sicher sein – du bist nicht einmal im zweiten Monat. Warten wir auf die wissenschaftliche Untersuchung, ja? Wenn es dir Freude macht, an eine Tochter zu denken, lass dich dabei nicht stören, Süße – schließlich besteht eine Wahrscheinlichkeit von fünfzig Prozent, dass du Recht behältst. Trotzdem wette ich auf Peter junior. Wie dem auch sei, wir sehen uns zur Lunchzeit oder ein bisschen später in der Haupt-Cafeteria.« Noch ein schneller Kuss, gleichzeitig der gewohnheitsmäßige, reflexartige Blick zur Uhr, und er war fort.

Jaelle unterdrückte ihren Ärger und ging nach unten, um mit den Versorgungsleuten über die Pferde für die Reise zu sprechen. Man wollte ihr Lastwagen einreden, mit denen die schwere Maschinerie über die Ebene hätte transportiert werden können, aber Jaelle machte darauf aufmerksam, dass es keine geeigneten Straßen gab und es für die Männer gut war, wenn sie ein paar Tage im Sattel verbrachten, ehe es in die Berge ging, weil sie sich so am leichtesten an die große Höhe in den Hellers akklimatisierten. »Wissen Sie nicht, dass Sie die Höhenkrankheit bekommen können, wenn der Übergang zu schnell erfolgt?«

»Mit der Höhenkrankheit werden wir fertig, dafür haben wir Medikamente«, behauptete der Transportoffizier. Jaelle gab ruhig zurück: »Es wäre besser, Sie verließen sich nicht auf Medikamente, denn Sie werden in einem fernen Land außer Reichweite der ...« – sie suchte nach dem Wort und fand es zu ihrer Überraschung in den Gedanken des Mannes, ohne danach gesucht zu haben – »... Rettungsleine medizinischer Hilfe sein.«

»Da haben Sie auch wieder Recht, Mrs. Haldane. Wie ich von Monty hörte, reisen Sie mit uns in die Berge. Sie kennen die Hellers?«

»Lady Rohana Ardais ist verwandt mit mir, und ich habe sie viele Male auf Ardais besucht. Außerdem haben meine Geschäftspartnerin und ich schon Expeditionen in die Hellers geführt«, antwortete sie. »Rafaella kennt dort jeden Steg.«

»So jemanden brauchen wir unbedingt.«

»Es wird Sie nicht stören, mit einer Frau zusammenzuarbeiten?«

»Sehen Sie mal, Mrs. Haldane«, erklärte er so ernsthaft, dass sie dieses eine Mal nicht gegen die falsche Anrede protestierte, »wenn ich mit jemandem zusammenarbeite, gebe ich keinen Pfifferling darum, ob es ein Mann, eine Frau oder ein intelligenter Delfin ist, vorausgesetzt, die Person versteht ihr Handwerk. Ich war schon auf so vielen Planeten stationiert, dass für mich ein Gehirn ein Gehirn ist, ganz gleich, in welcher Verpackung es aufkreuzt. Hier auf Darkover habe ich noch nicht viele Frauen gesehen, aber ich habe in der Abteilung davon reden gehört, als Leiterin des Nachrichtendienstes sei eine Frau hierher geschickt worden, weil es eine Frau aus dem Büro des Koordinators war, die durch ihre Feldarbeit praktisch allein die Basis für eine Dienststelle des Nachrichtendienstes geschaffen hat. Sie wissen doch, wer Magdalen Lorne ist? Ich meine, Haldane wird es Ihnen erzählt haben; er war einmal mit ihr verheiratet. Oder hätte ich besser den Mund halten sollen?«

»Nein«, sagte Jaelle, »ich kenne Magdas Arbeit.« Wieder einmal fragte sie sich, ob Peters persönliche Mängel sie dazu gebracht hatten, den Terranern Unrecht zu tun. Schließlich hatten sie Cholayna hergeholt, und sie waren klug genug, um zu erkennen, dass sie am besten mit den Entsagenden anfingen, wenn es zu einer Zusammenarbeit der Menschen beider Planeten kommen sollte.

Vielleicht ist es nicht die terranische Seite Peters, gegen die ich Einwände erhebe. Es mag der Darkovaner in ihm sein, der darauf besteht, ich müsse mich auf meine Rolle als seine Frau und die Mutter seiner Kinder beschränken ... Andere Terraner sind nicht so, und wenn Cholayna Recht hat, bin ich im Unterbewusstsein ein Kind der Trockenstädte und wünsche mir, Eigentum eines Mannes zu sein ...

Der Gedanke war so beunruhigend, dass sie ihn schnell beiseite schob, als der Kommunikationslautsprecher sie unterbrach.

»Eine persönliche Nachricht für Mrs. Haldane. Am Tor ist eine Darkovanerin, die sie sprechen möchte.« Gleich danach drang Rafaellas Stimme aus dem Apparat.

»Du hast mir geschrieben, ich soll dir helfen, eine Expedition für diese Terraner zu organisieren!« Erleichtert wandte Jaelle sich an den Transportoffizier.

»Kommen Sie mit, dann stelle ich Sie Rafaella n'ha Doria vor«, sagte sie, und sie gingen gemeinsam zum Tor.

Ein paar Minuten später war es Jaelle klar, dass der Transportoffizier Rafaella gut leiden mochte und auf ihren Rat hören würde. Deshalb besorgte sie den beiden eine Landkarte, unterschrieb Montys Anträge auf Vorräte und ging, sich mit Peter in der Cafeteria zu treffen.

Peter war freundlich und aufmerksam und suchte Speisen aus, von denen er wusste, dass sie sie gern aß, aber Jaelle konnte an nichts anderes denken als das, was sie ihm sagen musste. Nach ein paar Bissen legte sie ihre Gabel hin und platzte heraus:

»Peter, es tut mir Leid, dass ich gestern Abend so grob war. Aber es ist die Wahrheit, und wir müssen es zugeben. Unsere Heirat war ein schrecklicher Fehler. Es ist Zeit, Schluss zu machen, die Ehe durch jedes Mittel, das du für zweckmäßig hältst, aufzulösen und uns zu trennen.«

Sein Gesicht verfiel.

»O Jaelle, ich war betrunken. Kannst du mir nicht verzeihen? In jeder Ehe müssen Kompromisse geschlossen werden. Und jetzt ist ein Baby unterwegs. Das ist doch kaum der richtige Zeitpunkt für eine solche Entscheidung.«

»Ich finde, es ist der beste Zeitpunkt für eine solche Entscheidung«, sagte sie, »weil sich alles in meinem Leben verändern wird. Deshalb soll auch diese Veränderung stattfinden.«

»Habe ich gar nichts dabei mitzureden? Es ist auch mein Sohn ...«

»Tochter«, korrigierte sie ihn automatisch. Wann hatte sie angefangen, es zu glauben?

Peter stocherte nervös mit seiner Gabel in einer Portion weißer pürierter Wurzeln herum. »Sieh mal, ich gebe zu, dass wir beide Fehler gemacht haben – schwere Fehler. Aber wenn du dir Mühe geben und mir auseinander setzen willst, was dich an mir stört, werde ich mir Mühe geben, mich zu ändern. Jaelle, es ist verkehrt, jetzt an eine Trennung zu denken. Unter anderem braucht das Kind einen Vater. Und ich möchte, dass mein Kind die Vorteile einer terranischen Erziehung bekommt ...«

»Dafür kann doch gewiss gesorgt werden, ohne dass wir weiter zusammenleben«, erwiderte sie mit abgewandtem Blick. Wohin war all die Liebe verschwunden?

»So etwas ist schlecht«, fuhr er zornig auf. »Ich hätte dich nicht für eine von dieser Sorte gehalten. Erst benutzt du mich, um für dich und das Kind die Staatsbürgerschaft des Imperiums zu bekommen und dann lässt du mich im Stich ...«

Sie sprang mit flammenden Augen auf und musste sich festhalten, um ihm ihren Suppenteller nicht ins Gesicht zu schleudern. »Wenn du das von mir glaubst, gibt es keine Grundlage mehr, auf der wir es weiter miteinander versuchen könnten ...«

»O Gott, Jaelle, so habe ich es doch nicht gemeint!« Auch er erhob sich und wollte über den Tisch weg ihre Hände fassen. Sie riss sie ihm wütend weg.

»Jaelle, verzeih mir. Lass uns einen neuen Anfang machen. Denke an Ardais und wie glücklich wir dort waren! Hast du das denn vergessen?«

Sie wollte sich daran nicht erinnern; sie spürte Tränen über ihre Wangen rinnen. Er nahm ihre Hände und drückte sie an sein Herz »Bitte, Jaelle. Liebling, nicht weinen, nicht weinen. Nicht hier, die Leute werden denken, ich hätte dich geschlagen ...«

»Wenn dir so viel daran liegt, was sie denken ...« begann sie und hielt inne. Sie war es ihm zumindest schuldig, dass sie sich auf diskrete Art trennten. Seufzend folgte sie ihm zum Ausgang. Der Interkom-Lautsprecher hielt sie auf.

»Peter Haldane, Peter Haldane. Mrs. Haldane, Mrs. Haldane. Bitte melden Sie sich sofort im Büro des Koordinators. Bitte melden Sie sich sofort im Büro des Koordinators.«

Peter fluchte. »Was hat der alte Bastard schon wieder im Sinn? Um der Liebe Gottes willen, Jaelle, halte jetzt zu mir, gib ihm nicht die Chance, auch das noch gegen mich zu verwenden!«, bat er. Sie verstand ihn nicht ganz, nahm aber seinen Gedanken wahr: *Wenn er mitbekommt, dass ich nichts mehr habe, was mich an Darkover bindet, wird er sofort glauben, ich sei unfähig, zu Ende zu führen, was ich angefangen habe.* Jaelle seufzte. »Ich werde keine Entscheidung treffen, solange wir uns darüber nicht einig geworden sind, falls es das ist, was du meinst.« Er fing ihre Hand ein und hielt sie unter seinem Arm fest, und sie ließ es geschehen.

»Ich werde mich nie damit einverstanden erklären, dass du mich verlässt«, sagte er leise. Es klang nach der alten Zärtlichkeit. Aber sie wusste, unter dieser Oberfläche überlegte er, was es seiner Karriere antun würde, und ihr Herz verhärtete sich wieder. Seite an Seite, doch innerlich so weit voneinander entfernt, als befänden sie sich auf getrennten Planeten, machten sie sich auf den Weg zu Koordinator Montrays Büro.

Durch das breite Panoramafenster in Montrays Zimmer sah Jaelle die hoch im Pass hängenden schweren Wolken. Bevor es Abend wurde, würden sie die Stadt einhüllen, und die Pässe waren dann vielleicht unpassierbar. Montray stand dort und starrte in den Sturm hinaus, und wieder fing Jaelle blitzartig das Bild in seinen Gedanken auf, eine strahlende Sonne, eine Welt aus glitzernden Gewässern und Regenbogen, und dazu den Schmerz, den er nie in sein Bewusstsein hochsteigen ließ, weil ihm das gar nichts nützen würde, hier, gestrandet auf einer eisigen, dunklen Welt, wo ... »Für mich sieht das nicht gerade nach Mittsommer aus«, stellte er finster fest, ohne sich umzudrehen. »Sagen Sie mir, Haldane, Sie haben Ihr ganzes Leben auf diesem Planeten verbracht, gibt es hier jemals etwas, das entfernte Ähnlichkeit mit einem richtigen Sommer hat?«

»Ich weiß, dass es in den Trockenstädten viel wärmer ist«,

antwortete Peter, »auch unten an der Meeresküste. Nur lebt dort fast niemand.«

»Ich werde die Hauptzentrale nie begreifen«, brummte Montray, und Jaelle fing den Gedanken auf: *die mich hierher geschickt hat;* doch laut sagte er nur: »Wir hätten unsern Raumhafen dort bauen können und wären dann mit den Eingeborenen gar nicht in Kontakt gekommen. Das hätte uns gepasst, und es hätte ihnen gepasst, und wir wären alle glücklich gewesen. Aber erst setzte man uns an einem Ort wie Caer Donn ab, und dann mussten wir nach hier umziehen – Jaelle, gibt es auf diesem Planeten eine Redensart, die der unsrigen *von der Bratpfanne ins Feuer wandern* entspricht?«

Sie entnahm es seinem Gehirn, dass Magda daran gewöhnt gewesen war, dieses Spiel mit ihm zu treiben, und dass ihm Magda fehlte, obwohl er sich nie gestatten würde, das auszusprechen oder auch nur zu denken. Sie antwortete freundlich: »Wir würden sagen: *das Wild, das von selbst aus der Falle in den Kochtopf läuft.*« Zum ersten und letzten Mal in ihrem Leben war sie dicht daran, Russell Montray leiden zu mögen. Ob wohl jeder auf dem Angesicht dieser und jeder anderen Welt Verzweiflung und Traurigkeit auf seine eigene Art tarnte, mit Grausamkeit, mit verletzender Ironie, mit eiskalter Zurückweisung jeder Kommunikation – *schirmen wir uns alle so von unserer Umwelt ab? Gibt es nie eine Möglichkeit für einen Durchbruch? Peter und ich glaubten, einen Weg gefunden zu haben, aber das hatten wir uns nur eingebildet.* Ihr war so elend zu Mute, dass sie hätte weinen mögen, um sich, um Peter, sogar um Montray, der die Welt hasste, auf der er lebte und deren Luft er atmete, und das überspielte, indem er selbst hassenswert war. Sie machte es ja auch nicht anders, sie wollte nichts als weinen, und sie verbarg ihre wirklichen Gefühle hinter Höflichkeit und Diensteifer, weil man im Büro des Chefs einfach nicht weinte. Sie sagte, und sie kam Peter damit um einen Atemzug zuvor: »Sie haben uns sicher nicht gerufen, nur um über Sprichwörter zu reden, Mr. Montray. Wir saßen gerade beim Essen.« Doch bevor er antworten konnte, bevor sie noch einen Blick in den dunkleren Teil des Raums geworfen hatte, wusste sie den Grund. Sie drehte sich um, sagte zu Rohana kalt: »Lady«, und verbeugte sich.

Ihr ganzer Körper hatte sich verkrampft.

Sie ist gekommen, um von mir wieder das zu fordern, was ich nicht tun will.

Jaelle, niemand kann nur das tun, was er will. Sie las Rohanas Gedanken, als habe die Frau sie ausgesprochen. *Ich hätte mein Leben gern in einem Turm verbracht. Du hättest es vorgezogen, nichts als eine Freie Amazone zu sein. Und meinst du, das geht allein den Frauen so? Gabriels liebste Beschäftigung war es, Lieder zur Laute zu machen. Und du weißt besser als ich, was Peter will und nicht haben kann und was Montray sich vergebens wünscht ...*

Bedeutet Laran, *die Sehnsüchte anderer so deutlich zu erkennen, dass man keine Zeit mehr für eigene Gedanken und Wünsche findet?* Und dann riss sich Jaelle von diesen Wahrnehmungen los. Die Anstrengung machte sie blass, und ihr wurde ganz kalt. Währenddessen stellte Montray sie liebenswürdig Lady Rohana vor.

Rohana streckte die Hand aus. »Aber Jaelle ist meine Verwandte, Montray, die Tochter einer Cousine, mit der ich wie mit einer Schwester aufgewachsen bin, und natürlich bin ich ihrem Freipartner schon viele Male begegnet. Er war letzten Winter mein Gast.« Sie stellte ein paar höfliche Fragen nach Peters Gesundheit und Arbeit.

»Wenigstens brauche ich in dem heraufziehenden Sturm nicht draußen zu sein.« Peter sah an Montray vorbei aus dem Fenster. »Ich beneide Monty kein kleines bisschen, dass er bei diesem Unwetter nach Aldaran reiten muss.«

»Sturm? Ich sehe nichts von einem Sturm«, erklärte Montray angriffslustig. »Es ist dunkel und trostlos und gar nicht wie Mittsommer oder wie das, was ich auf jeder halbwegs für Menschen geeigneten Welt Mittsommer nennen würde – nichts für ungut, Lady Rohana, aber mögen Sie dieses Wetter wirklich? Ich vermute, Sie haben ...«

»Nicht unbedingt«, lächelte Rohana. »Nach einer alten Geschichte gaben die Götter den Menschen einmal die Kontrolle über das Wetter, aber in ihrer Torheit wollten die Sterblichen nur sonnige Tage haben, und die Ernte missriet, weil es an Regen und Schnee gemangelt hatte. Deshalb nahm ihnen ein gnädiger Gott die Kontrolle wieder weg ...«

»Auf den meisten zivilisierten Planeten«, stellte Montray verdrießlich fest, »kontrollieren die Menschen das Wetter tatsächlich. Diese Geschichte klingt in meinen Ohren verdammt vereinfacht. Haben Sie keine Frostschäden, keine Überschwemmungen, haben Sie nicht mehr Schneestürme, als Sie brauchen können, und wäre es nicht ein Segen, wenn hier ein Wetter erzeugt würde, das für die Landwirtschaft und die Menschen das Optimum darstellt?«

Rohana zuckte die Schultern. »Es wäre schwer zu sagen, wem man die Entscheidungen über das Wetter anvertrauen sollte. Aber sicher habt Ihr doch von der Arbeit gehört, die die Leute aus einem der Türme beim letzten Waldbrand leisteten, indem sie es an den richtigen Stellen regnen ließen. Und das ist einer der Gründe, warum ich Euch aufgesucht habe. Ich bin überzeugt, Peter hat Euch erzählt, dass bei Euch eine junge Frau arbeitet, die potenzielles Material für einen Turm ist. Jaelle ...«

Jaelle fuhr zu ihr herum. Sie fühlte sich in die Falle gelockt und verraten. Wütend sprudelte sie hervor: »Rohana, über das alles hatten wir gesprochen, bevor ich hierher kam. Ich habe kein *Laran* ...«

Rohana sagte sehr leise: »Sieh mir in die Augen und wiederhole das, Jaelle.«

Das bedeutet es also, Laran *zu haben? Ich habe es in all den Jahren so erfolgreich unterdrückt, warum kommt es jetzt plötzlich über mich?* »Es ist mein Leben, und ich habe diesem Erbteil entsagt. Wie kannst du es wagen, Rohana, hierher zu den Terranern zu kommen und mich in die Enge zu treiben?«

»Ich tue es, weil ich keine andere Wahl habe, Jaelle. Ich habe dir auseinander gesetzt, warum es unbedingt notwendig ist, dass du deinen rechtmäßigen Platz unter den *Comyn* und im Rat einnimmst – und ich sage dir das hier, weil du dich nicht damit herausreden sollst, dein Mann und die Terraner, die, wie ich annehme, einen gewissen Anspruch auf deine Dienste haben, erlaubten dir nicht, deine Pflicht gegenüber deinen Verwandten und den Domänen zu erfüllen.«

Jaelle? Ein Sitz im Rat? Sofort begann Peter, darüber nachzudenken, wie er es zu seinem Vorteil ausnutzen könne. Jaelle entging es nicht. *Meine Frau gehört dem* Comyn-*Rat an, und das brauchen wir nicht einmal geheim zu halten, da Rohana offen hergekommen ist und davon gesprochen hat.*

Jaelle war nicht länger fähig, Peters Gedanken zu lesen. Vielleicht brauchte sie dazu einen Augenblick der Sympathie, der vorbei war. Montray sagte: »Ich weiß nicht viel über den Rat, Lady Rohana, aber eins steht fest. Er ist von jeher gegen unsere Anwesenheit hier in Thendara gewesen ...«

»Eure Anwesenheit hier in Thendara ist eine Tatsache, Mr. Montray, und es hat keinen Sinn, sich mit Tatsachen zu streiten. Wir können nur überlegen, wie wir diese Tatsachen für alle Beteiligten weniger traumatisch machen. Ich gebe zu, manch einer im Rat sähe es lieber, wenn Jaelle weder eine Freie Amazone noch die Freipartnerin eines Terraners wäre, aber auch das sind Tatsachen, die akzeptiert und einkalkuliert werden müssen. Vielleicht wollte ich mich hier nur vergewissern, dass Ihr Jaelle nicht daran hindert, ihre Pflicht in dieser Angelegenheit zu tun ...«

»Das würden wir uns niemals einfallen lassen«, erwiderte Montray ruhig. »Es geht mich natürlich nichts an, was sie mit ihrem Leben anfängt, aber ich kann Ihnen versichern, falls sie Urlaub braucht, um ihren Platz im Rat einzunehmen ...«

»Das ist lächerlich!«, ereiferte sich Jaelle. »Warum tust du das, Rohana, und warum ziehst du die Terraner mit hinein?«

»Wie ich schon sagte: Die Terraner sind eine Tatsache, und wenn eine Frau, die normalerweise an unsern Ratssitzungen teilnähme, ihre Pflicht unter dem Vorwand vernachlässigt, ihre Arbeit für die Terraner lasse es nicht zu ...«

»Ich habe dem ein für alle Mal entsagt ...«

Rohana schnitt ihr mit einer Geste das Wort ab. Dann seufzte sie. Sie sah sehr müde aus. »Du und Magda, ihr habt mit mir darüber gesprochen, dass ihr eine Brücke zwischen den beiden Welten bauen wollt. Der Anfang sollte sein, dass darkovanische Frauen, Entsagende, im Terranischen HQ als medizinisch-technische Assistentinnen ausgebildet und in die Lage versetzt werden, die terranische Medizin, die ausgezeichnet ist, in unserer Stadt einzuführen. Wäre es nicht ein noch besserer Weg für den Bau einer Brücke, wenn du einen Sitz im Rat einnähmst, die du den terranischen Lebensstil gut kennst, weil du auf die andere Seite der Mauer zwischen unseren Völkern geheiratet hast? Natürlich bist du nicht die Allererste ...« – sie lächelte schwach – »... aber das kannst du nicht wissen.«

»Einen Augenblick mal«, fiel Montray ein. »Ein weiterer Terraner ... Wir haben keine Unterlagen über die Heirat eines anderen Terraners ...«

»Andrew Carr«, klärte Rohana ihn auf, »Eure vermisste Person. Er heiratete Lady Callista Lanart, vormals Callista von

Arilinn. Das hörte ich von Damon Ridenow, dem Regenten von Alton. Es ist nicht unmöglich, dass Lady Callista eines Tages im Rat sitzt. Und es ist gewiss, dass es irgendwann ein Kind oder Enkel dieses Carr tut.«

»Ich habe gemeint, im *Comyn*-Rat gebe es keine Frauen«, sagte Peter.

»So ist es im Allgemeinen auch. Nur bei dem Aillard-Clan geht die Erbfolge über die weibliche Linie. Ein Mann, der in den Aillard-Clan einheiratet, weiß, dass ihm seine Töchter, nicht seine Söhne, nachfolgen werden, und das unter dem Namen ihrer Mutter, nicht dem seinen. Ich kann Euch von noch anderen Ausnahmen erzählen. Verschiedene Bewahrerinnen sind Mitglieder des Rates gewesen, und der Lady von Arilinn steht ein Sitz von Rechts wegen zu, obwohl Leonie von Arilinn nicht immer erscheint. Ich selbst habe als Regentin für Gabriel an den Sitzungen teilgenommen, bis mein Sohn Kyril für volljährig erklärt wurde. Ganze zehn Jahren lang vertrat Lady Bruna Leynier die Altons im Rat, solange der Alton-Erbe heranwuchs. Sein Vater starb ein paar Monate vor seiner Geburt, und sie, seines Vaters Schwester, wurde für eine bessere Regentin gehalten als die Mutter des Knaben, die jung war und es vorzog, zu Hause bei ihrem Kind zu bleiben.« Sie zuckte die Schultern. »Ich versichere Euch, es geht nicht darum, dass wir Jaelle einen Sitz im Rat verschaffen wollen, sondern dass wir sie brauchen. Sobald die anderen sich erst einmal mit dem Gedanken angefreundet haben, kann es sich nur günstig auswirken, wenn eine Entsagende diesem Kreis beitritt, eine Stimme für die Frauen Darkovers. Einige der alten Graubärte werden schockiert sein, aber es schadet ihnen gar nichts, aus ihrer Selbstgefälligkeit hinausgeschockt zu werden. Veränderungen sind oft wünschenswert, häufig notwendig und immer unvermeidlich. Deshalb können wir nur überlegen, welche Veränderungen das Beste für unsere Welt sind und mit welcher Geschwindigkeit sie eintreten sollen. Und darüber werden die Meinungen immer geteilt sein.«

Montray hatte, während sie sprach, mehrmals den Mund zum Sprechen geöffnet und wieder geschlossen, da er sie nicht unterbrechen wollte. Zum ersten Mal erlebte Jaelle, ohne dass es ihr besonders auffiel, einen Russell Montray, der sich entschloss, nicht unhöflich zu sein.

Jetzt fragte er nur: »Sie haben die ganze Zeit über diesen Andrew Carr Bescheid gewusst? Ich versuchte zu Mittsommer, mit ihm zu sprechen, aber man hat mich daran gehindert ...«

»Ich nicht.«

»Nein.« Montray schoss Peter einen wütenden Blick zu. »Das waren meine eigenen Leute. Entschuldigen Sie mich, meine Damen.« Er beugte sich vor und drückte einen Knopf auf seinem Schreibtisch.

»Beth, stellen Sie für mich fest, ob Monty noch da ist. Und sagen Sie ihm, er soll auf der Stelle in mein Büro kommen, verstanden?«

»Ich fürchte, er ist schon weg«, kam Bethanys Stimme über den Interkom. »Aber ich werde nachfragen, Sir.«

»Falls er weg ist, bitten Sie Seine Exzellenz Li auf die diplomatischste Weise, sich zu mir zu begeben, verstanden?«

»Jawohl, Sir.«

Einen Augenblick später meldete Bethany sich wieder.

»Mr. Wade Montray hat die Stadt bereits verlassen. Der Wachhabende am Tor hat ihn vor mehr als zwei Stunden eingetragen!« *Gleich nachdem ich fertig mit ihm war,* dachte Jaelle.

Peter bemerkte: »Klug war es gerade nicht, ihn in diesem Wetter gehen zu lassen. Nun ja, immerhin hat er gute Leute bei sich und ist reichlich mit Zelten, Lebensmitteln und all dem eingedeckt. Die Wetterwache hat im Dienst geschlafen, aber ihm wird schon nichts passieren. Es ist ja nicht so, als sei er allein ausgezogen, und mit etwas Glück hat er den Pass hinter sich, bevor der Sturm mit voller Kraft losbricht. Nur die Leute, die aus den Kilghardbergen zum Fest hergekommen waren – die von Alton und Syrtis –, werden wahrscheinlich in Schwierigkeiten geraten.«

»Die meisten sind sicher der Ratssitzungen wegen hier geblieben«, sagte Rohana, und dann piepte der Interkom von neuem.

»Wir haben Botschafter Li nirgendwo finden können, Sir. Er hat eine Nachricht hinterlassen, er werde versuchen, wegen einer Sache von höchster Dringlichkeit Kontakt mit Cholayna Ares in ihrer Privatwohnung aufzunehmen, da sie heute nicht in ihrem Büro war.«

Jaelle sagte voller Unbehagen: »Ich hätte dort sein sollen. Sie haben mir die persönliche Verantwortung für ihn übergeben, Sir ...« Montray sah sie mit ungewohnter Freundlichkeit an.

»Er ist ein erwachsener Mann, Jaelle. Verantwortlich für ihn sind Sie nur, wenn er sich außerhalb des HQ-Gebiets befindet, draußen bei den Eingeborenen. Machen Sie sich keine Sorgen um ihn. Übrigens hörte ich, dass man Ihnen gratulieren darf. In der Medizinischen Abteilung wird man Ihnen sagen, was Ihnen an Mutterschaftsurlaub und sonstigen Vergünstigungen zusteht.«

Er wusste es also auch, und es war Bestandteil des verdammten *Archivs* geworden. War hier überhaupt nichts privat? Jaelle war böse auf die anderen und wurde gleichzeitig von Schuldgefühlen gepeinigt. Sie hatte die persönliche Verantwortung für Li übernommen, und irgendwie hatte sie auch in diesem Punkt versagt.

Rohana hofft doch nur, wenn ich erst einmal im Rat bin, werde ich mein Kind bei den passenden Leuten in Pflege geben, damit es als Comyn *aufgezogen wird ... Es gibt also keine Freiheit mehr, für mich nicht und nicht einmal für meine Tochter ...*

Ich glaubte, als ich zu den Entsagenden ging, gefeit gegen ein Schicksal wie das zu sein, das meiner Mutter den Tod brachte. Aber jetzt hat es mich sogar unter den Terranern aufgespürt und erwischt. In ihrem Zorn ging sie auf Peter los.

»Du Plappermaul, kannst du nichts für dich behalten? Musst du meine Geheimnisse ausposaunen wie ein Prahlhans auf dem Marktplatz, damit alle Männer dich deiner Männlichkeit wegen auf den Rücken klopfen, als brächte nicht jeder Kater den gleichen kleinen Trick fertig? Du meinst, von dir und Rohana gleichzeitig bedrängt, werde ich alles tun, was mir befohlen wird, wie ein braves terranisches – oder darkovanisches – Frauchen? Das wird nicht funktionieren, verdammt noch mal! Ich verlasse dich; lass das ins Archiv aufnehmen! Und du, Rohana ...« – sie wandte sich ihrer Verwandten zu – »... merke dir eins: Ich will meine Tochter lieber tot als in deinem *Comyn*-Rat sehen.«

»Jaelle, sag so etwas nicht! Oh, bitte ...« entsetzte sich Rohana, und Peter rief: »Jaelle, Schatz, sei vernünftig! Lady Rohana, sie ist krank, sie ist außer sich ...« Sie hörte es deutlich, und sie wusste, dass Rohana es hörte: *Sie ist krank und irrational, sie ist schwanger, und dann sind die Frauen nun einmal ein bisschen verrückt, aber ich kann sie durch gutes Zureden wieder zur Räson bringen, überlassen Sie sie nur mir!*

Jaelle murmelte einen Stallknechtsfluch, der Rohana blass werden ließ, und stürmte aus dem Büro.

Sie hatte Peter versprochen, über die Scheidung erst unter vier Augen mit ihm zu reden. Aber er hatte sich als Erster nicht daran gehalten, er hatte ihre Privatangelegenheiten vor Montray ausgekramt, obwohl er für den alten Mann nichts als Verachtung empfand – ausgerechnet vor Montray! Vielleicht hätte sie ihm verziehen, wenn er einem engen Freund hier im

HQ von dem Kind erzählt hätte – Männer brüsteten sich immer mit ihrer zukünftigen Vaterschaft, das war ihr klar. Aber es Montray zu erzählen, es offiziell in die Personalakten aufnehmen zu lassen? *Verdammtes Großmaul* – sie war zu wütend, um den Gedanken zu Ende zu führen. In ihrer Wohnung angekommen, begann sie, Kleidungsstücke in ihre alten Satteltaschen zu stopfen.

Zwei Dinge musste sie noch erledigen, bevor sie ging. Erstens musste sie mit Cholayna sprechen. Nun, das konnte sie im Gildenhaus tun. Zweitens musste sie die beschworene Verantwortung für Aleki in aller Form abgeben. Botschafter Li hatte ihr Wort entgegengenommen, und so war es eine Sache der Ehre. Dann würde sie nach Hause gehen.

Sie trat ans Interkom. Anfangs hatte sie es gehasst; jetzt wusste sie die Annehmlichkeit zu schätzen und fragte sich plötzlich, wie sie ohne dieses Gerät auskommen sollte.

»Kommunikation, bitte. Bethany, ist es irgendwem gelungen, Botschafter Li aufzuspüren?«

»Er hat eine Nachricht für dich hinterlassen, Jaelle. Komm und hol sie dir ab, wenn du kannst.«

Jaelle sah auf die beinahe fertig gepackten Satteltaschen und war versucht, Bethanys Aufforderung zu ignorieren. Die Terraner hatten die Bedingungen ihres Arbeitsvertrages öfter als einmal gebrochen und waren jetzt sogar in ihre Privatsphäre eingedrungen, indem sie ihre Schwangerschaft zu einem offiziellen Bestandteil des Archivs machten. Das gab ihr das Gefühl, ebenso rücksichtslos sein zu dürfen.

Aber sie wollte nicht auf das Niveau dieser Leute hinabsteigen. Sie hatte die persönliche Verantwortung für das Wohlergehen eines bestimmten Würdenträgers übernommen, und sie konnte ihn nicht im Stich lassen.

»Ich bin gleich da«, sagte sie zu Bethany und ließ die sich bauchenden Satteltaschen auf ihrem Bett liegen. Das würde

Peter ihren Standpunkt deutlich klarmachen, wenn er hereinkam und es sah. Seine Schmeicheleien hatten nicht gewirkt. Was er auch sagen oder tun mochte, ihre Entscheidung stand unwiderruflich fest.

Bethany begrüßte sie in der Kommunikationsabteilung mit einem beunruhigten Lächeln.

»O Jaelle! Ist das deine Amazonentracht – entschuldige, die Kleidung einer Entsagenden? Gehst du ins Feld? O ja, natürlich, du wirst Alessandro Li folgen, nicht wahr?«

»Was meinst du, Beth?«

»Ich habe den ganzen Tag nach dir gesucht, aber du warst an keiner der Stellen, wo ich dich vermutete. Li hat heute Morgen ganz früh eine Nachricht für dich hinterlassen ...«

Heute Morgen. Da hatte sie Monty auf seinen Ritt nach Aldaran vorbereitet, und dann war der lange, dumme Streit mit Peter gewesen ...

»Du weißt, dass ich oben im Büro des Koordinators war«, warf sie Bethany vor, doch diese schüttelte den Kopf.

»Li hat mir eingeschärft, ich dürfe dir die Botschaft nicht da ausrichten, wo Montray davon hören könne, bis er mindestens 28 Stunden fort sei. Du weißt, was er von Montray hält.«

»Diese Botschaft ...«

»Ich verstehe sie nicht ganz«, sagte Beth. »Er gab sie mir und sagte, er wolle sie nicht im Computer gespeichert haben. Das ist natürlich gegen die Vorschriften, aber du weißt, wie es ist, der Chef hat Recht, auch wenn er Unrecht hat. Er sagte, er habe Informationen über diesen Mann erhalten ...« Bethany betrachtete einen bekritzelten Notizzettel auf ihrem Schreibtisch. »Andrew Carr war der Name – sagt dir das etwas? Li will in die Kilghardberge nach Armida reiten, und du sollst ihn unterwegs einholen. Jaelle, was ist los? Du siehst irgendwie komisch aus ...«

In die Kilghardberge. Hinein in ein Unwetter, wie es im Sommer selten vorkam, hinein in eins der unwegsamsten und unübersichtlichsten Gebiete Darkovers. Und das allein? Sie fragte, und sie kannte die Antwort schon, aber sie hoffte, sie bilde es sich nur ein: »Wer ist mit ihm geritten, Bethany? Er hat doch darkovanische Führer mitgenommen und so weiter?« Nein. Das war es, was sie für Monty geplant hatte – eine gut ausgerüstete Expedition, begleitet von der erfahrenen Bergführerin Rafaella und ihren Leuten. Aber sie hätte etwas Ähnliches für Li organisieren können, wenn Peter sie nicht aufgehalten hätte. Li wusste, dass sie die Fähigkeit dazu besaß, und plante, sie als Führerin und Leibwächterin mitzunehmen, gemeinsam mit ihr Thendara zu verlassen – sie brauchte nicht einmal ins Gildenhaus zurückzukehren und ihr Versagen einzugestehen! Doch den ganzen Tag war sie auf Hindernisse gestoßen. Erst hatte sie sich um Monty kümmern müssen, dann kam der idiotische Streit mit Peter. Was schuldete sie ihm? Die Pflicht hatte Vorrang, die einfache Tatsache, dass sie geschworen hatte, für Li und seine Sicherheit *die persönliche Verantwortung* zu übernehmen. Und er war allein aufgebrochen, ritt über fremde Straßen, und es braute sich ein fürchterliches Unwetter zusammen – sie hätte ihn zumindest überredet, so lange zu warten, bis der Sturm vorbei war.

Ich muss ihm folgen, und zwar schnell, dachte sie. Sie dankte Bethany für die Übermittlung der Nachricht in einem ganz normalen Ton, der nichts von ihrer Aufregung verriet. Li war auf Carrs Fährte, und Carr hatte den Mittsommerball kurz vor Mitternacht verlassen. Vielleicht hatte er das Wetter mit seinem Sternenstein überprüft und festgestellt, dass er sofort losreiten musste, wenn er sicher nach Armida – oder bis zu einem am Weg gelegenen Haus, Syrtis oder Edelweiß – gelangen wollte, bevor der Sturm losbrach. Li hatte bis zum Sonnenaufgang gewartet – war ihm irgendwie zu Ohren gekommen, dass Carr, wie Lady Rohana gesagt hatte, mit Lady Callista verheiratet war? Jaelle fragte sich, wer diese Lady Callista sein mochte und warum um alles in der Welt sie einen Terraner geheiratet hatte. *Ich sage es Euch voraus, Lady, Ihr werdet es bereuen. Ich habe auch geglaubt, es würde funktionieren. Das tut es aber nicht.*

Li hatte also vor, diesen vermissten Mann aufzuspüren, mehr über die *Comyn* herauszufinden, in Erfahrung zu bringen, was sich abgespielt hatte ... aber er hätte auf sie warten, ihren Rat einholen sollen! *Und ich habe auch bei ihm meine Pflicht versäumt! Habe versagt, wie in meiner Ehe!*

Es hatte keinen Sinn, dass sie ihm, wie sie es im ersten Augenblick beinahe getan hätte, wie verrückt nachrannte, um ihn aufzuhalten. Wahrscheinlich hatte er die Stadt schon ein gutes Stück hinter sich gelassen. Sie brauchte Stiefel und Kleidung, die sie bei schlechtem Wetter schützten. Ihr Pferd stand im Stall des Gildenhauses, und dort konnte sie auch Proviant bekommen. Ihre Satteltaschen waren beinahe fertig gepackt.

Einem plötzlichen Impuls folgend, drückte sie Bethany die Hand und sagte: »Du bist mir eine gute Freundin gewesen, Bethany. Ich verspreche dir, dass ich dich nicht vergessen werde. Jetzt muss ich gehen.« Sie eilte davon, ohne auf Bethanys erschrockene Frage zu hören, was sie damit meine.

Cholayna war ebenfalls ihre Freundin gewesen. Nicht alle Terraner waren wie Peter oder Montray, völlig ichbezogen und mit nichts als ihrem Ehrgeiz beschäftigt ...

Die kleine Wohnung im Block für verheiratetes Personal war noch leer. Gut. So konnte sie gehen, ohne dass es zu einer neuen Konfrontation mit Peter kam. Sie legte ein paar letzte Kleinigkeiten oben auf die Satteltaschen, extrawarme Socken zum Reiten, ein paar Päckchen mit synthetischen Lebensmitteln, die mühelos gegessen werden konnten und schnell Energie und Protein gaben. Mit einem Stich des Bedauerns sah sie auf das Bett, das sie geteilt hatten. Sie war so glücklich gewesen, und jetzt – aber sie vergeudete Zeit. Als sie die Riemen der Satteltaschen festzog, sah sie, dass Peter in der Tür stand und sie beobachtete.

»Jaelle! Süße, wohin gehst du? Ich dachte, du hättest gesagt, wir wollten miteinander reden ...«

»Das hast du gesagt«, stellte sie richtig. »Und ich habe in Montrays Büro festgestellt, dass du schon zu viel geredet hast, ohne auch nur so viel Höflichkeit zu haben, darüber erst mit mir zu sprechen. Es gibt wirklich nichts mehr zu sagen, Peter. Es tut mir Leid; ich will gern zugeben, dass das Scheitern unserer Ehe meine Schuld ist. Aber jetzt muss ich sofort gehen. Mach dir keine Sorgen, ich entziehe mich meiner Pflicht nicht, ich erfülle sie.« Sie griff nach den Satteltaschen. Er trat vor und hielt ihre Arme fest.

»Du musst den Verstand verloren haben! Meinst du, ich ließe dich gehen, allein und schwanger? Und es ist ein Sturm im Anzug! Nein, Jaelle. Du bist meine Frau, und es ist meine Pflicht, für dich zu sorgen, und, verdammt noch mal, dazu gehört nicht, dass ich dich in die Kilghardberge reiten lasse. Li kann es sich leisten, so viel eingeborene Führer zu engagieren, wie er will. Meine Frau wird nicht zu ihnen gehören. Basta.«

»Ich habe dir bereits auseinander gesetzt«, sagte sie und fühlte, dass ihre Lippen sich zu etwas verzogen, das wie ein Lächeln wirken mochte, aber eine Grimasse des Zorns war, »dass Schluss ist mit unserer Ehe. Ich bin nicht *deine Frau* – ich bin in dem Sinn, wie du das Wort aussprichst, als sei ich ein Spielzeug, das dir gehört und mit dem du machen kannst, was du willst, nie *deine Frau* gewesen. Ich gestehe dir das Recht nicht zu, mich an der Erfüllung meiner Pflicht zu hindern – oder an irgendetwas anderem, das zu tun ich mich entscheide. Peter, das ist töricht. Ich verlasse dich jetzt, ganz gleich, was du dazu sagst, und bitte, mach dich nicht lächerlich, indem du mir Befehle erteilst, von denen du sehr gut weißt, dass ich sie nicht befolgen werde.«

Er versuchte, ihr die Satteltaschen aus der Hand zu reißen. »Willst du diese Dinger wohl hinlegen? Du darfst in deinem Zustand nichts so Schweres heben! Du gehst nirgendwohin, Jaelle. Die Sonne scheint nicht, aber es muss kurz vor Sonnenuntergang sein, und bald wird es anfangen zu regnen oder sogar zu schneien.«

Ja, und Aleki ist in diesem Wetter allein. Er kann sich verlaufen, er kann verunglücken. Ich weiß nicht, wie gut er seine Reise geplant hat. »Geh mir aus dem Weg, Peter. Ich habe dir gesagt, ich verlasse dich.«

»Und ich habe gesagt, du bleibst hier«, gab er kochend vor Wut zurück. »Du bist meine Frau, und du kannst nicht so mit mir reden. Leg diese Dinger hin! Und dann wollen wir uns setzen, etwas trinken und vernünftig miteinander diskutieren. Du behauptest immer, die Entsagenden seien so vernünftig, aber du benimmst dich wie ein hysterisches schwangeres Mädchen, das ohne nachzudenken in einen Sturm hinausrennen will! Kommt dir das vernünftig vor, Jaelle?«

Er trat an die Erfrischungskonsole und wählte für sie ein heißes Getränk, von dem er wusste, dass sie es gern mochte. Der feine Duft, etwas wie *jaco* ohne die Bitterkeit, stahl sich ins Zimmer.

»Setz dich, trink deine Schokolade, Jaelle. Versuche, es verstandesmäßig zu betrachten.«

»Du meinst, es auf deine Weise zu betrachten?« Sie nahm die Schokolade an; auf dem langen Ritt, der vor ihr lag, brauchte sie ihre Kraft. »Peter, können wir die Abwicklung der Scheidung nicht ebenso gut besprechen, wenn ich zurückkomme? Bis dahin wirst du dich beruhigt haben und einsehen, dass es das einzig Richtige ist. Sollte unser Kind ein Junge werden – Rohana sagt zwar, es ist ein Mädchen –, will ich ihn dir überlassen; dann hast du den Sohn, den du dir wünschst. Ich glaube, das ist alles, was du überhaupt je von mir gewollt hast ...«

Sie wusste, was er in seinem Groll dachte. Frauen waren verdammt unvernünftige Kreaturen, aber ein Mann war auf sie angewiesen, wenn er Kinder wollte – und wie konnte er sonst Unsterblichkeit erlangen? Fast hätte sie Mitleid mit ihm gehabt.

»Sei nicht dumm, Jaelle. Ich werde nicht in eine Scheidung einwilligen, nicht jetzt, wo ein Kind unterwegs ist. Ich schulde es zumindest meinem Kind, dass ich für seine Mutter sorge und sie beschütze, auch wenn wir nicht allzu gut miteinander auskommen.«

»Und du glaubst, ich werde hier im HQ herumsitzen und keinen Schritt zur Tür hinaus tun, weil du mich unter deiner Fuchtel behalten willst? Nein, Peter.« Sie stellte den Plastikbecher so heftig ab, dass er umkippte und sich ein braunes Rinnsal über die Tischplatte ergoss. »Ich bin bereit, mich nach meiner Rückkehr mit dir zu treffen – im Fremdenzimmer des Gildenhauses –, und dann werden wir über unser Kind sprechen, wenn du unbedingt willst. Aber nicht jetzt; du hältst mich auf, ich möchte vor Dunkelwerden auf der Straße sein.« Um ihre Satteltaschen aufzuheben, musste sie um ihn herumgehen. »Es tut mir Leid, Peter; ich wünschte, es wäre anders gekommen. Ich ...« Sie hatte sagen wollen: *Ich habe dich geliebt,* aber sie war sich dessen nicht mehr sicher. So seufzte sie nur und warf sich die Satteltaschen über die Schulter.

»Nein, verdammt noch mal! Jaelle, du bist wahnsinnig! Siehst du denn das nicht ein?« Er riss ihr die Satteltaschen weg und warf sie heftig auf den Boden. Der Zorn hatte ihm das Blut ins Gesicht getrieben.

»Peter, geh mir aus dem Weg. Ich will dich nicht verletzen.«

»Ich sage dir, du gehst nirgendwohin, nicht in diesem Wetter, nicht allein, nicht, solange du schwanger bist!« Seine Lippen waren nur noch ein dünner Strich. »Wenn du mir keine andere Wahl lässt, rufe ich unten am Tor an und lasse dich von der Raumpolizei festhalten, und dann endest du in der Medizinischen Abteilung unter Schutzhaft. Ich werde angeben, dass du schwanger bist und den Verstand verloren hast, und man wird dich einsperren, bis du dich vernünftig benimmst!«

Es war ihm möglich, das war das Schrecklichste daran. Sie sah sich selbst eingesperrt oder wieder mit Drogen bewusstlos gemacht. Er brauchte nur zu behaupten, sie sei verrückt, was bedeutete, dass sie nicht tat, was er als ihr Mann ihr befahl. Wahrscheinlich gelang es ihr, ihre geistige Gesundheit zu beweisen; als terranische Ehefrau war sie nicht sein Eigentum, wie sie es gewesen wäre, wenn sie einen Darkovaner geheiratet hätte. Sie konnte Cholayna als Zeugin dafür benennen, dass sie ihre Sinne sehr gut beisammen hatte, und erklären, warum es ihre Pflicht war, Botschafter Li zu folgen. Aber das würde Zeit kosten, sie würde Cholayna suchen müssen, und inzwischen war sie längst betäubt und ins Hospital gebracht worden.

»Und ich habe tatsächlich einmal geglaubt, du liebtest mich!«

»Ich liebe dich«, gab er zurück, »das bedeutet jedoch nicht, dass ich dir jede verrückte Idee, die du dir in den Kopf setzt, durchgehen lassen muss.«

»Peter ... ah, Götter, verstehst du nicht, was Ehre, was Pflicht ist? Kannst du an niemanden außer dir selbst denken?«

»Und an wen, zum Teufel, denkst du? Bestimmt nicht an mich oder dein Kind. Wenn du mich überzeugen willst, dass du bei klarem Verstand bist, stell diese verdammten Satteltaschen hin und versuche, halbwegs logisch zu sein!«, verlangte er.

»Es ist meine Schuld, dass unsere Ehe gescheitert ist«, erklärte sie ruhig. »Ich glaube, du hättest gern *di catenas* geheiratet, und obwohl du wusstest, mein Eid verbot es mir, dachtest du, wenn du mich genug liebtest, würde ich mich ändern.«

Du und dieser verdammte Eid! Einen Augenblick lang meinte sie, er habe es laut ausgesprochen. Wenn er in dieser Stimmung war, ließ sich nicht mit ihm reden. Was konnte sie tun, damit er seine Drohung nicht ausführte? Sein Geist stand weit offen für sie, sie spürte seine Wut, seine Enttäuschung, sogar Trauer um die Liebe, die gestorben war. Es half ihr nichts, wenn sie sich den Weg aus dem Zimmer erkämpfte. In dem Augenblick, wo sie draußen war, würde er das Interkom benutzen und den Wachen am Tor einreden, seine schwangere Frau habe den Verstand verloren, wolle in den sich nahenden Sturm hinauslaufen, und man müsse sie mit Gewalt zurückhalten. *Meine Frau. Sie ist schwanger, sie ist verrückt, ich muss sie zu ihrem eigenen Besten einsperren ...* Wann waren die gleichen Gedanken schon einmal auf sie eingedrungen? *Ein Bild von Jalak, von ihrer in der Schwangerschaft monströs angeschwollenen Mutter ... nein, es war nicht möglich, dass sie sich an ihre Mutter oder an Jalak erinnerte, sie war damals erst ein Kind gewesen, ohne* Laran ... *oder hatte es nur zu sehr geschmerzt, sich zu erinnern?*

»In Wirklichkeit«, schleuderte sie ihm entgegen und wusste vor Qual kaum noch, was sie sagte, »würdest du mich am liebsten in Ketten legen ... damit ich nichts unternehmen kann, was du nicht willst ...«

»O Gott, Jaelle, ich will dich nicht kränken, aber du hörst mir ja nicht einmal zu!«, schrie er. »Wenn ich mich an die Medizinische Abteilung wenden muss, um dich einsperren zu lassen, dann werde ich es tun ...« Und sie sah in seinem Geist ein Bild von sich selbst ... Was er sich vorstellte, war nichts anderes als eine ruhigere Jaelle, vielleicht unter dem Einfluss eines Medikaments, aber sie sah sich in Ketten. *Ein Bild in ihres Vaters Geist, die junge Jaelle mit ihren knospenden Brüsten, alt genug, um wie eine Frau Ketten angelegt zu bekommen, kupferne Fesseln, die ihre Hände banden ... Als sie auf dem Scaravel-Pass verwundet worden war, hatte Magda ihre Hände festgebunden, damit sie sich den Verband nicht abriss. Bis zu diesem Augenblick hatte sie nie wieder daran gedacht. Sie hörte sich schreien, und Magda hatte sie schnell wieder befreit. Die ganze Nacht saß Magda bei mir und hielt meine Hände, weil ich so Angst davor hatte, in Ketten gelegt zu werden ...*

»Fass mich nicht an«, zischte sie und wich vor ihm zurück. »Wenn du es wagst ...«

Er packte ihre Hände – und Jaelle explodierte. Sie reagierte rein instinktiv. Camilla hatte sie sowohl im bewaffneten als auch im unbewaffneten Kampf ausgebildet, sie darauf trainiert, was sie zu tun hatte, wenn ein Mann gegen ihren Willen Hand an sie legte. Sie hatte vergessen, dass dies Peter war, sie hatte alles vergessen. Sie wehrte sich gegen ihn, wie sie sich gegen die Männer gewehrt hätte, die am Morgen nach dem Tag, an dem sie zur Frau geworden war, gekommen wären, um sie in Ketten zu legen. Sie spürte ihre Handkanten, jetzt weich geworden, weil sie in den letzten Jahren wenig gekämpft hatte, etwas treffen, sie spürte Peters Angst, den Schmerz, der ihn durchfuhr ...

Und Stille. Stille ... Sie blickte auf Peter nieder. Er lag auf dem Fußboden, und seine Gedanken waren verstummt, sie waren nirgendwo, nirgendwo ... Sie nahm nichts mehr von seiner Anwesenheit im Raum wahr.

Jetzt wusste sie, gegen was sie sich in all diesen Jahren abgeschirmt hatte. Damals in Shainsa war ihr *Laran* erwacht, sie hatte begonnen, mit ihrem Geist hinauszulangen. Und dann, in jener furchtbaren Nacht, als ihre Mutter in der Wüste ihren

Bruder Valentin gebar, hatte sie diese Fähigkeit blockiert ... Es war zu viel gewesen, zu viel Schmerz und Entsetzen ...

Die Arme ihrer Mutter umschlangen sie, der Schmerz ihrer Mutter füllte sie bis zum Rand, erstickte sie. Sie konnte nicht mehr atmen. Jaelle, Jaelle, das war es wert, du bist frei, frei ... O Jaelle, komm und küss mich ... Und eine Flut von Schmerz und Schwäche und dann nichts mehr. Nichts. Nichts. Ihre Mutter war nirgendwo auf der Welt, war ein lebloser Körper, der ausgeblutet im Sand lag. Blut färbte den Sand rot, wie die aufgehende Sonne die Felsen färbte ...

Und auch hier war nichts, war Leere, wo vorher Peters Geist gewesen war. Er lag vor ihr – leblos? Leblos? Also hatte sie ihn getötet? Sie konnte nicht sehen, ob er atmete, beugte sich nieder, zog ihre Hand entsetzt zurück.

Sie musste einen Arzt rufen ...

Und alle werden sagen, ich hätte ihn ermordet.

Die eisige Kälte des Schocks überflutete sie. Es gab nichts mehr, was sie für Peter tun konnte, und falls sie den Rest ihrer Schwangerschaft nicht in der Medizinischen Abteilung verbringen wollte, ihrer eigenen Sicherheit und der Sicherheit ihres Kindes wegen eingesperrt – möglich, dass sie nicht einmal eine Mörderin hart behandelten, wenn sie schwanger war, aber sie würden bestimmt nicht auf ihre Erklärung hören, dass es nichts als ein Unfall gewesen war.

Sie musste gehen. Sie musste sofort gehen, bevor man sie festhalten konnte. Er würde vor dem nächsten Morgen nicht entdeckt werden, wenn irgendwem auffiel, dass er sich nicht zum Dienst gemeldet hatte. Die Terraner waren ja alle von dem Gedanken an Uhren und Pünktlichkeit besessen, vor allem an die Pünktlichkeit bei der Arbeit. Vielleicht nahm man aber auch einfach an, er habe einen Tag Urlaub genommen und sei bei seiner schwangeren Frau geblieben, und wenn er nicht in der Cafeteria auftauchte, ließ sich das leicht damit erklären, dass die beiden in ihrer Wohnung eine private Mahlzeit einnahmen.

Entschlossen schulterte sie ihre Satteltaschen. Sie konnte das HQ verlassen; die Wachposten hatten keine Instruktion, sie aufzuhalten. Also würde die Raumpolizei sie durchlassen. Und dann ins Gildenhaus, um ihr Pferd zu holen. Vielleicht Magda – nein, Magda war noch in ihrem Hausjahr. *Ich darf Margali nicht in Versuchung bringen, ihren Eid zu brechen, so wie ich meinen gebrochen habe.*

Danach das Stadttor und die Straße nach Armida, Galopp, damit sie Aleki einholte, bevor der Sturm losbrach. Sie verbannte jeden Gedanken an die Länge des Weges. *Auch eine Reise von tausend Meilen beginnt mit einem einzigen Schritt.* Und der erste Schritt führte sie in den Korridor. Sie zögerte, lauschte mit ihrem Geist nach einem Zeichen von Peters Anwesenheit, irgendeinem Zeichen, dass er vielleicht noch lebte ... Nein, nichts. Sie musste gehen, sofort.

Sie musste ihr Pferd und Lebensmittel aus dem Gildenhaus holen. Aber Magda durfte sie nicht mit hineinziehen.

Sie schloss die Wohnungstür und knallte in ihrem Geist eine andere Tür hinter der Erinnerung an Peter, ihre Liebe und ihr Versagen zu. Nun hatte es mit Mord geendet. Aber sie konnte immer noch eines tun. Wenn sie Aleki das Leben rettete, gab sie den Terranern ein Leben für ein Leben.

Auf leisen Sohlen verließ sie das Gebäude, überquerte den großen Platz, zeigte dem Raumpolizisten am Tor zum letzten Mal ihre Identifikationsplakette. Sie lief durch dunkel werdende Straßen und einzelne Böen, und die Wetterkenntnis eines ganzen Lebens sagte ihr, dass sie es, wenn sie sich beeilte, noch vor dem Sturm schaffen würde.

5

Der Regen begann zu fallen. Er war vermischt mit Schneeklatsch, aber wärmer als der Regen in den meisten Nächten. Schließlich war es erst einen Tag nach Mittsommer, dachte Magda, und es war noch nicht dunkel, obwohl die Sonne sich bereits hinter den brodelnden Wolken im Westen versteckte. Sie zog sich die Kapuze ihres dicken Reitmantels über den Kopf. Der versteifte Rand sorgte dafür, dass ihr das Wasser nicht in die Augen lief. Ihr Pferd warf den Kopf von einer Seite zur anderen, gegen diesen Ritt im Regen protestierend. Offenbar machte es sich Sorgen, dass es die Nacht nicht in dem warmen Gildenhaus-Stall verbringen werde, aber Magda trieb es weiter in den Regen hinein.

Zwei Stunden nördlich der Stadt hielt sie an und überlegte. Es führte eine Vielzahl von Wegen in die Kilghardberge, und vielleicht – vielleicht auch nicht – hatte Jaelle die guten Karten gesehen, die nach Luftaufnahmen angefertigt worden waren. Wer nach Armida reiste, nahm meistens die Große Nordstraße bis Hali, wandte sich dann im Süden der zerstörten Stadt nach Westen und folgte dem Ufer des Sees auf der Straße nach Neskaya bis Edelweiß. Von da ging es nach Südosten auf den Einschnitt in den Bergen zu, wo das Große Haus von Armida lag. Das bedeutete auf der ganzen Strecke ein leicht zu bewältigendes Terrain, und Magda hatte gehört, ein guter Reiter auf einem schnellen Pferd könne sie, wenn es unbedingt sein müsse, in einem einzigen Tag schaffen. Das würde allerdings ein sehr langer Tag werden und ein sehr harter Ritt, der das beste Pferd bis an den Rand der Erschöpfung trieb. Die Mannschaft, mit der sie zur Brandbekämpfung ausgerückt war, hatte natürlich aus guten, mittelmäßigen und schlechten Reitern bestanden und war von Lastwagen und Packtieren mit

Ausrüstungsgegenständen und Vorräten begleitet gewesen. Sie hatten beinahe zwei Tage gebraucht, und ihr Ziel war längst nicht so weit entfernt wie Armida gewesen. Auch hatten sie Seitenwege benutzt, von denen manche nicht viel besser als Trampelpfade waren.

Alessandro Li war auch an der Brandstätte gewesen, obwohl er und seine Begleiter erst eintrafen, als die meiste Arbeit getan war. Vielleicht war ihm die damals zurückgelegte Route vertrauter als die Nordstraße. Jaelle, die von Berufs wegen Reisen organisiert hatte, kannte buchstäblich jeden Weg in den Bergen, aber welchen sie genommen hatte und von welchem sie glaubte, dass Li ihn genommen habe, war reine Vermutung. Zum ersten Mal, seit sie aus dem Amazonenhaus geflohen war, legte sich Magda die Frage vor, ob sie tollkühn und unbesonnen gewesen sei. Jaelle in den Bergen zu suchen, wenn Jaelle in verzweifelter Stimmung war und der Fährte eines Mannes folgte, der die Gegend nicht kannte, war eine doppelte Dummheit. Als Terranerin hätte sie einen Hubschrauber für die Suche nach Botschafter Li anfordern und zumindest feststellen lassen können, dass er sich nicht in Gefahr befand. Aber die Wolkendecke und der Regen würden verhindern, dass man vom Hubschrauber aus viel sah, und wenn sich der heftige Sturm, den sie in den Knochen fühlte, tatsächlich erhob, mochte er einen Hubschrauber aus dem Himmel blasen.

Und was die Suche nach Jaelle betraf – vielleicht hätte sie in die *Comyn*-Burg gehen und jemanden wie Lady Rohana bitten sollen, sie mit einem Sternenstein aufzuspüren ... Und dann fragte Magda sich, ob sie den Verstand verloren habe. Wie Jaelle, die alles verabscheute, was mit Matrix-Technologie zusammenhing, auf ein solches Verfahren reagieren würde, konnte sie sich nur zu gut vorstellen.

Trotzdem habe ich töricht gehandelt. Jaelle war in Gefahr, das wusste sie. Sie spürte es wie den nahenden Sturm in den Knochen. Aber ihr bei diesem Wetter allein nachzurasen, ohne auch nur eine Ahnung zu haben, welchen Weg sie genommen hatte, war nicht die klügste Entscheidung. Zumindest hätte sie die wetterkundige Camilla, eine geschickte Fährtensucherin und Bergführerin, bitten sollen, sie zu begleiten. *Camilla liebt uns beide ... und Jaelle ist für sie wie eine Tochter.* Doch auf den Gedanken war sie überhaupt nicht gekommen.

Warum bin ich allein losgestürzt? Wie sie sich auch den Kopf zerbrach, Magda fand als Erklärung nur die zwingende Antwort: *Weil ich muss, weil es keine andere ehrenhafte Möglichkeit gab.*

Sie hatte das Gildenhaus verlassen, ohne zu Abend zu essen. Jetzt nahm sie eine Hand voll Trockenobst aus der Manteltasche, steckte immer ein Stück in den Mund und kaute darauf, während sie ihr Pferd langsam dahintrotten ließ. Bald musste sie sich für einen der Wege in die Berge entscheiden. Sie konnte der guten Straße folgen, der Großen Nordstraße, die an Hali vorbei bis in die Hellers hineinführte und bei Aldaran endete. Aber wenn sie das tat, vergab sie vielleicht die Chance, Jaelle schnell einzuholen. Jaelle würde sich durch nichts davon abbringen lassen, Alessandro Li weiter zu folgen, aber wenigstens konnte sie dann mit ihr reiten und ihr helfen, den Mann zu finden, bevor ihn seine Unkenntnis der darkovanischen Straßen und des darkovanischen Wetters umbrachte.

Das dumme Mädchen, derartig kopflos davonzustürzen ... Hätte sie, Magda, ebenso viel für einen Vorgesetzten getan? Ja! Sie hatte kaum weniger voreilig gehandelt, als sie in der Tracht einer Freien Amazone in die Berge ritt, um Peter Haldane zu retten, obwohl sie so gut wie nichts über die Amazonen wusste. Und diese offenkundige Verrücktheit hatte sie hierher gebracht. Sie war jetzt eine echte Amazone und hatte den Eid der Entsagenden geleistet. Das war eine Wahnsinnstat gewesen und doch die richtige Entscheidung auf dem Weg zu ihrer Bestimmung. Wünschte sie, es ungeschehen zu machen? Nein, denn es hatte Peter das Leben gerettet, und so sehr Peter sie geärgert hatte, den Tod wünschte sie ihm nicht. Sie selbst war dadurch ins Gildenhaus gekommen, das ebenfalls ein so unausweichlicher Bestandteil ihres Schicksals war, dass sie sich ein Leben ohne den Hintergrund des Eides nicht mehr vorzustellen vermochte.

Auch wenn sie in diesem Augenblick den geleisteten Eid hinter sich ließ ...

Nein. Es bestand kein Anlass, sich mit Skrupeln zu quälen. Sie hatte Camillas Erlaubnis zu gehen, die Erlaubnis einer Gildenmutter des Hauses. Magda hielt ihr Pferd an, betrachtete im verblassenden grauen Licht die Kreuzung und versuchte, mit Hilfe der eidetischen Merktechniken des terranischen Nachrichtendienstes vor ihrem geistigen Auge das Bild der Landkarte mit den Wegen, die in die Kilghardberge führten, heraufzubeschwören. Vor ihr lag eine dreifache Gabelung: Die Große Nordstraße, die nordwärts an Hali vorbeiführte und später nach Armida abbog, die schmale Straße, auf der man über den Dämmerungspass im Westen die Venzaberge erreichte (die wenigstens konnte sie von vornherein ausschließen), und den direkt in die Kilghardberge führenden Weg. Er war eng und steil, er drehte und wand sich die Hänge verschiedener Berge entlang, die für jeden Nicht-Darkovaner Bergriesen gewesen wären. Kein vernünftiger Mensch, der das Terrain kannte, würde auf diesem Weg nach Armida reiten. Aber jemand, der nur die flache Karte gesehen hatte, mochte ihn für eine Abkürzung halten, denn er stellte die Hypothenuse des rechten Winkels dar, den die Große Nordstraße und die von Hali kommende Straße bildeten. Und Alessandro Li hatte, so viel Magda wusste, den größten Teil seines Lebens auf zivilisierten Planeten verbracht und glaubte wahrscheinlich, eine auf einer Landkarte eingezeichnete Straße sei das, was er eine Straße nannte, ein mit einem Belag versehenes Artefakt. Wenn Jaelle nur beabsichtigte, Armida vor ihm zu erreichen, hatte sie bestimmt die längere, bessere und schneller ans Ziel führende Route genommen. Doch Jaelle ging es darum, Li zu beschützen, der keine Ahnung von den Gefahren Darkovers hatte.

Im Geist zählte Magda die Gefahren auf. Hagel und Schnee, in diesen Breiten sogar mitten im Sommer. Banshees nicht, außer er verirrte sich und geriet auf einen der hohen Pässe oberhalb der Baumgrenze. Aber auch das war nicht unvorstellbar. Und da war die ständige Gefahr, dass die Harzbäume in Brand gerieten. Li konnte sie selbst anstecken, falls er nicht außerordentlich vorsichtig mit dem Lagerfeuer und dem Kochen des Essens war. Und wenn er unter einer Straße das Gleiche verstand wie die meisten Leute aus dem Imperium nach ihren Erfahrungen auf zahmeren Welten, war es auch möglich, dass er vom Weg abkam und sich in einem Land, das für das Auge eines Ungeübten eine weg- und steglose Wildnis war, hoffnungslos verlief.

Jetzt wäre es wirklich eine Hilfe, parapsychisch begabt zu sein und zu wissen, welchen Weg Li und welchen nach ihm Jaelle eingeschlagen hat! Hat sie überhaupt gewusst, auf welchem Weg er reitet, oder nur geraten? Jaelle betont ständig, dass sie sich auf ihr Laran *nicht verlassen kann, dass sie es hasst und ihm misstraut.*

Also muss ich mich in sie hineinversetzen und mir vorstellen, wie ihr Verstand arbeitete, als sie ihre Entscheidung fällte.

Magda fürchtete sich vor dem gefährlichen Weg durch die Berge. Doch noch während sie sich einreden wollte, Li sei sicher kein Risiko eingegangen und habe sich an die häufiger benutzte Straße gehalten, entstand ein Bild vor ihren Augen. Jaelle ritt auf ihrem zottigen kleinen Bergpony, den Kopf in der karierten Kapuze gesenkt, einen gefährlichen Sims entlang, von dem aus man in ein beschattetes Tal sah.

Eine Halluzination? Oder das Aufblitzen einer echten außersinnlichen Wahrnehmung? Magda wusste es nicht. Das Bild war verschwunden, und so sehr sie sich auch anstrengte, sie brachte es nicht zurück. Sie musste so oder so raten, auf welchem Weg sie Jaelle einholen würde, also konnte sie auch ihrer Eingebung folgen. Das hatte sie früher schon öfters getan und es nie bereut. Zögernd versuchte sie noch einmal, auf diese seltsame Art zu sehen. Sie schickte ihre Gedanken auf der besser ausgebauten Großen Nordstraße voraus und suchte ein Bild von Jaelle, die Alessandro Li nacheilte. Doch von neuem sah sie den Bergpfad an dem steilen Hang. Seufzend zog sie am Zügel und lenkte ihr Pferd von der Hauptstraße auf die Abzweigung.

Der Weg war anfangs nur ein bisschen schmaler und führte an einsamen Bauernhöfen mit undeutlich zu erkennenden Gebäuden vorbei. Leise Geräusche kamen von Tieren, die es sich für die Nacht im Stall bequem machten, schwacher Feuerschein drang aus den Fenstern. Ein- oder zweimal bellte ein Hund in müßiger Neugier, aber zu Magdas großer Erleichterung wagte sich kein Mensch in den Regen hinaus, um nachzusehen, was das Tier witterte. Zweifellos dachten die Bewohner, dass jeder Fremde, der in einer Nacht wie dieser allein reiste, genug eigene Sorgen hatte und auf keine Weise Interesse verdiente. Es erinnerte Magda an jenen anderen Ritt – war das wirklich kein ganzes Jahr her? –, als sie nordwärts Peter Haldane nachgeritten war.

Nach einer Weile wurde der vom Regen durchtränkte Boden weicher, und der Weg begann in die Berge hinaufzuklettern. Überhängende dicke Bäume rochen nach Harz und nassen Nadeln. Der Pfad verengte sich immer mehr, bis zwei Pferde kaum noch hätten nebeneinander laufen können. Die einsamen Bauernhöfe waren zurückgeblieben, und irgendwo hörte Magda den Jagdruf eines nächtlichen Räubers vom Katzengeschlecht. Ihr grauste. Die Tiere griffen einen Menschen selten ohne Not an, aber wenn man sie durch Zufall störte, wurden sie böse. Auch lebten in diesen Bergen immer noch Überreste der wilden Hominiden, denen die ersten Forscher den Namen *Katzenmenschen* gegeben hatten. Sie waren intelligent, wahrscheinlich protomenschlich und sehr gefährlich. Magda wusste von keinem Terraner, der jemals einem begegnet war, Kadarin ausgenommen, der sich allein an die unheimlichsten Orte wagte. Aber seine Berichte hatten vollauf genügt, ihr einen gesunden Respekt für diese Kreaturen einzuflößen. Von allen nichtmenschlichen Rassen auf Darkover stellten nur die Katzenwesen eine echte Bedrohung für den *homo sapiens* dar. Zwar hatte sie gehört, in den Kilghardbergen lebten keine mehr, aber erst vor vier oder fünf Jahren hatte ein Nest von ihnen mit den Einwohnern dort Krieg geführt. Bis in die Handelsstadt war die Nachricht vorgedrungen, es seien viele von ihnen getötet worden. Trotzdem mochte es umherirrende Überlebende geben, von größerem Hass als je zuvor gegen die Menschen erfüllt, die sie fast vollständig ausgelöscht hatten.

Streng genommen hätten die Terraner einschreiten müssen, um einen Völkermord zu verhindern, wenn sie protomenschlich sind. Der Mensch ist der schlimmste Feind protomenschlicher Kulturen. Wie kommt mir jetzt ausgerechnet das in den Sinn? Aus den fernen Bergen schallte von neuem der Katzenschrei herüber und beantwortete ihre Frage. Nun, sie besaß ein Messer und war in seinem Gebrauch ausgebildet, und sie hatte den Amazonen-Eid geschworen, dass sie sich selbst verteidigen und niemals einen Mann bitten werde, sie zu beschützen.

Mit den katzenähnlichen Raubtieren wurde sie notfalls fertig, und wenn sie ihnen nichts tat, taten sie ihr wahrscheinlich auch nichts. Und da erst wenigen Menschen und noch nie einem Terraner ein Katzenwesen begegnet war, warum sollte sie sich einbilden, sie werde die Erste sein?

Mittlerweile war es vollständig dunkel geworden. Magdas Pferd musste sich den Weg Schritt für Schritt suchen, und der Weg wurde jede Minute steiler und schlammiger. Der Regen drosch hernieder, als habe jemand da oben vergessen, einen himmlischen Wasserhahn zuzudrehen.

Wie lange würde sie so weiterreiten können? Ihr Pferd, Lady Rohanas Geschenk, war gut, aber Jaelles Pony war eigens für diese steilen Bergpfade gezüchtet und daran gewöhnt. Magda hatte keine Ahnung, was Li ritt – ein weiterer Beweis, dass es verrückt von ihr gewesen war, loszustürmen, ohne weitere Erkundigungen einzuziehen. Aber sie hatte wirklich keine andere Wahl gehabt.

Jaelle und ich sind durch einen Eid miteinander verbunden. Es steht ein Leben zwischen uns.

Und sie legte sich langsam zurecht, was das bedeutete, während ihr Pferd einen bedächtigen Schritt nach dem anderen tat.

Jaelle war ihre Eidesmutter und hatte sie zu den *Comhi'Letzii* gebracht. Das war ein Teil davon. Jaelle war ihre Freundin – sie hatten Seite an Seite gegen Räuber gekämpft, sie waren Schwertgenossen. Doch das Gleiche konnte sie von Camilla sagen, mit der sie das Gildenhaus verteidigt hatte. Außerdem war Camilla ihre Liebhaberin. Also warum war die Verbindung zu Jaelle stärker?

Magda scheute davor zurück. Sie konnte sich mit der Idee noch nicht anfreunden. Aber trotzdem drang die Erkenntnis immer stärker in ihr Bewusstsein ein, dass auch das ein Teil ihrer Verbindung mit Jaelle war, und obwohl sie es damals nicht gesehen hatte – *erst Camilla hat mir die Augen dafür geöffnet* –, war es die ganze Zeit da gewesen.

Und Jaelle, die meinen Mann geheiratet hat, die ihm das Kind schenken wird, das ich ihm verweigert habe ... Entschlossen wandte sie sich von diesem Gedanken ab. Was sie bewogen hatte, Jaelle zu folgen, war nicht derartig kompliziert. Sie hatte geschworen, Jaelle zu verteidigen, und Jaelle, die allein, krank und schwanger einem verrückten Impuls gefolgt war, brauchte sie.

Nein. So würde ein Außenseiter denken, aber sie kannte Jaelle besser. Als Jaelle Alessandro Li folgte, war sie geistig ebenso klar gewesen wie sie selbst.

Li wusste sicher nicht, auf was er sich einließ. Jaelle dagegen wusste es genau und hatte für ihn die Verantwortung übernommen. Sie hatte getan, was sie tun musste, und Magda, die wiederum ihr folgte, tat es ebenfalls.

Magda erreichte die höchste Stelle des steilen Pfades und hielt an. Im Westen war die Wolkendecke aufgerissen. Kränklich-fahles Licht fiel dort ein, und ab und zu tauchte die leuchtende Scheibe des größten Mondes hinter den schnell dahinziehenden Wolken auf. Im Osten war alles dunkel, und nur das tiefere Schwarz der Berge hob sich vom Himmel ab. Gelegentlich umspielten Blitze einen Gipfel. Hier oben blies der Wind so heftig, dass Magdas Pferd sich umdrehte und ihm den stämmigen Rumpf zukehrte. Der Regen fiel weniger dicht, aber immer noch reichlich. Magda verfolgte den Pfad unter ihr mit den Augen, so weit es möglich war, und hoffte gegen besseres Wissen, die kleine Gestalt zu entdecken, die sie in ihrer Vision – war es eine Vision gewesen? – gesehen hatte. Aber die undurchdringliche Finsternis der Nacht und der Sturm verhüllten zwischen den Hügeln den Weg. Irgendwo flackerte ein Licht. Ein Bauernhof, wo jemand immer noch an einem offenen Feuer saß, dessen Schein durchs Fenster fiel?

Die Flamme eines Lagerfeuers, wo Jaelle – oder Li – Schutz vor dem Unwetter gefunden hatte? Oder drängte sich eine Räuberbande unter einem Felsdach zusammen und wartete auf das Ende des Regens? Sie konnte es nicht sagen.

Verdammt, ich sehe ein, dass Laran *auf einem Planeten wie diesem eine simple Überlebenstechnik darstellt.* Das war eine ihr fremde Überlegung, und Magda fragte sich, wo sie den Gedanken aufgefangen haben mochte.

Es hatte keinen Sinn, hier auf der ungeschützten höchsten Stelle des Passes sitzen zu bleiben. Magda zog ihr Pferd herum und klopfte dem Tier, das sich nur widerwillig dem Wind zudrehte, mitfühlend den Hals. Nun ging es bergab. Der Weg war uneben und vom Regen ausgewaschen, der nur schwere Steine und Geröll zurückgelassen hatte. Sogar in dieser Höhe war der meiste Schnee geschmolzen. Merkwürdige blumige Düfte, der Geruch nach Harz und nach Pollen lagen in der Luft. In dem kurzen Sommer des Berglandes sprosste und blühte es jetzt überall. Bei Sonnenaufgang würde sie sicher überall Blumen erblicken. Von irgendwo floss ihr ein Bild zu, ein Hang, bedeckt mit blauen Blüten und fliegendem goldenem Blütenstaub. Vielleicht hatte sie so etwas einmal auf einer ihrer Reisen mit Peter gesehen, als sie zusammen im Einsatz waren? Es gab da etwas, woran sie sich in Zusammenhang mit diesen Blüten erinnern müsste. Nun, zweifellos würde es ihr wieder einfallen.

War es möglich, die Nacht durchzureiten? Magda hatte in der Nacht zuvor nur wenig Schlaf gehabt. Aber ihr Pferd war frisch, und da Jaelle mindestens zwei Stunden Vorsprung hatte, konnte sie eine Weile im Sattel dösen. Es war ausgeschlossen, dass sie im Dunkeln an ihr vorbeiritt. Jaelle würde an einer so steilen Lehne wie dieser kein Lager aufschlagen. Das Glucksen der Rinnsale auf dem Hang und das Rauschen der vom Regen angeschwollenen Bäche im Tal klangen Magda laut in die Ohren, und dazu kam das ungleichmäßige Klappern der Pferdehufe auf dem bergab führenden Weg. Nicht einmal Alessandro Li hätte ihn für eine Hauptstraße angesehen. Hatte er die Konsequenzen gezogen und war umgekehrt? Nein, denn dann wäre Jaelle oder sie ihm begegnet – hier oben gab es keine Stelle, wo man vom Weg abweichen konnte, er war kaum breit genug für zwei Pferde nebeneinander. Magdas Kapuze schützte ihr Gesicht vor dem Regen, und sie war warm angezogen, aber der Wind war so scharf, dass sie trotzdem erschauerte und sich ganz darauf konzentrieren musste, im Sattel zu bleiben, während sich ihr Tier vorsichtig einen Weg durch die Rinnen des Pfades suchte.

Durch eine Lücke in den jagenden Wolken zuckte Licht. Magda keuchte auf und drängte ihr Pferd dicht an die Klippenwand. Sie hatte schon unter normalen Umständen Angst vor großen Höhen, aber hier wurde der Weg zu einem schmalen Sims, von dem an zwei Stellen, wo der Rand durch Erosion oder einen Erdrutsch abgebröckelt war, Wasserfälle niederstürzten. Nun, sowohl der Mann als auch die Frau vor ihr waren an diesem Punkt vorübergekommen. Wäre einer von ihnen abgestürzt, müssten trotz der unzulänglichen Beleuchtung Spuren zu sehen sein. Plötzlich legten sich wieder Wolken vor den Mond, und Magda blieb im Dunkeln zurück. Doch ob dunkel oder hell, das hier war kein guter Ort, um zu verweilen. Da es immer noch regnete und das Wasser neben dem Weg in Rinnen abfloss, konnte es einen neuen Erdrutsch geben. Magda wäre lieber abgestiegen und hätte ihr Pferd geführt, aber dazu war nicht genug Raum. So war sie gezwungen, sich auf die Füße ihres Tiers zu verlassen, das sich mit leisem Schnauben vorantastete.

»Dein Urteilsvermögen ist hier ebenso gut wie meins, mein Freund«, sagte sie leise. »Machen wir, dass wir hier wegkommen. Aber nimm dir Zeit, alter Junge. Vorsichtig.« Innerhalb weniger Minuten befanden sie sich in Sicherheit. Auf beiden Seiten des Weges stieg das Gelände zwischen dichten Massen von Bäumen an. Wieder hörte Magda irgendwo im Wald ein Nachttier, aber sie fürchtete sich vor ihm weniger als vor dem entsetzlichen Klippenpfad, der sich von neuem auf einen Abgrund öffnen mochte.

Sie sind beide diesen Weg geritten. Ich kann es auch, *wenn ich muss,* dachte Magda, aber jetzt unter den Bäumen atmete sie doch leichter. Wirklich, sie sollte hier Halt machen und den Morgen abwarten. Li würde wahrscheinlich nicht auf einer ihm fremden Welt in völliger Dunkelheit weiterreiten. So viel sie wusste, stammte er von einem der Planeten mit hellerer Sonne, und ihm musste es auf Darkover noch dunkler vorkommen als ihr, die sie seit ihrer Kindheit hier lebte. Er hatte ein paar Stunden Vorsprung noch vor Jaelle, und sicher hatte er inzwischen die relative Sicherheit der Talsohle erreicht und dort für die Nacht sein Lager aufgeschlagen. Bestimmt holten sie ihn am Morgen ein.

Der Regen wollte nicht aufhören. Wasser strömte von den Gipfeln nieder und ergoss sich durch jede kleinste Rinne, die es finden konnte, ins Tal. Der ganze Winterschnee musste auf den Bergen schmelzen. Schon waren die Schäden zu erkennen, die die Überschwemmung an dem Weg und auf den Hängen angerichtet hatte, und zweimal musste Magda einen Baum umgehen, der während der Winterstürme entwurzelt worden war und nun den Pfad blockierte. Sollte ein Baum an einer Stelle gefallen sein, wo nur ein schmaler Sims an der Klippenwand entlangführte, würde überhaupt nicht durchzukommen sein ...

Doch diese Brücke – und hier war die Redensart wörtlich zu nehmen – wollte sie überqueren, wenn sie sie erreicht hatte. Im Augenblick kam sie ganz gut voran. Sie spürte sogar, dass sich die Muskeln ihrer Kopfhaut entspannten, und ihr Bewusstsein hatte genügend Kontakt mit dem Unterbewusstsein, um ihr zu sagen, dass sie das Schlimmste hinter sich hatte.

Es besteht kein Grund, *Laran* heraufzubeschwören, sagte sie zu sich selbst. Das Geräusch des Wassers, des Windes und der Erosion, die fast unmerklichen Hinweise, die das Verhalten meines Pferdes mir gibt, das genügt. Die Logik des Unterbewusstseins vor der Schwelle des Bewusstseins. Ob *Laran* im Grunde nichts weiter ist als das instinktive Zusammenfügen von lauter kleinen Anhaltspunkten?

Es kommt nicht darauf an, wie man es nennt. Wahrscheinlich hat es mir auf dieser verdammten Klippe das Leben gerettet!

Sie holte ein Stück Brot und etwas Trockenobst aus ihrer Manteltasche und kaute es. Der Wind trieb den Regen an manchen Stellen quer über den Weg und durchweichte den Bissen Brot, bevor sie ihn von der Hand in den Mund praktizieren konnte. Typisch Mann, dachte sie ärgerlich, bei einem solchen Sturm loszureiten. Eine Frau wäre so klug gewesen, erst einen Blick ins Wetter zu werfen und zu warten, bis es sich aufgeklärt hätte.

Von Li durfte man nicht erwarten, dass er wusste, welche Launen das Wetter auf Darkover hatte, und nach dem Schnee des Winters musste es ihm mild vorgekommen sein. *Aber er hätte so viel Verstand haben sollen, Jaelle zu fragen. Dazu war sie schließlich da!*

6

Als Jaelle erwachte, regnete es immer noch. Glücklicherweise hatte sie es geschafft, den Pass und die schlechteste Strecke des Weges bergab hinter sich zu bringen, bevor es finster geworden war. Sie begriff nicht, warum Li nicht wenigstens bis Hali die Große Nordstraße genommen hatte, um dann westwärts abzubiegen. Nun, sie war sicher ins Tal gelangt und mochte gar nicht darüber nachdenken, wie es gewesen wäre, wenn sie auf dem erodierten, ausgewaschenen Bergpfad im Dunkeln hätte absteigen müssen.

Jetzt stieg ihr trotz des Regens ein schwacher Duft in die Nase. Sie hatte ihn lange nicht mehr gerochen, aber den Duft der *Kireseth*-Blüte konnte niemand verkennen, der ihn einmal eingeatmet hatte. Auch wenn Jaelle keine Lust hatte, durch den Regen zu reiten, war das immer noch besser, als in die vom Wind verstreuten reifenden *Kireseth*-Pollen zu geraten.

Es war früh am Morgen, und wenn sie sich schleunigst auf den Weg machte, holte sie Li umso eher ein. Bisher hatte es keine Gefahr gegeben, mit der ein einigermaßen guter Reiter nicht hätte fertig werden können, und gegen alle Vernunft klammerte sie sich an die Vorstellung, dass sie es spüren würde, wenn ihm unterwegs bereits ein Unglück zugestoßen wäre.

Der Regen ließ merklich nach. Jaelle stöhnte, rollte sich aus ihrem Schlafsack und zog die Stiefel an. Sie breitete den Schlafsack auf ihrem Sattel aus – wenn sie ihn nass zusammenrollte, bekam er nur Stockflecken – und wünschte, es gäbe eine Möglichkeit, Feuer anzuzünden. Ein heißes Getränk würde ihr gerade jetzt sehr gut tun, aber da ließ sich nichts machen. Sie schnupperte an einem Stück Trockenobst, zuckte die Schultern und steckte es wieder in die Satteltasche.

Die Leute hier draußen, für gewöhnlich Kleinbauern, deren

Hauptverdienst die struppigen Ponys und Wolltiere darstellten, versuchten, ihr Land von *Kireseth* freizuhalten. Aber schon hier in der unmittelbaren Nähe Thendaras gab es viele wilde, einsame Gebiete, und bei einer so spärlichen Besiedlung konnte niemand wissen, was sich dort abspielte. Einmal in der vergangenen Nacht war Jaelle überzeugt gewesen, den Jagdruf eines der katzenähnlichen Raubtiere gehört zu haben, und hatte sich geschüttelt. Auf ihren langjährigen Reisen hatte sie noch nie eins zu Gesicht bekommen. Aber sie fürchtete sich vor ihnen.

Vereinzelte Böen trieben den von dem feuchten Boden aufsteigenden Nebel in Schwaden davon. Jaelle schwang sich in die unteren Äste eines Baums, kletterte ein paar Fuß höher und durchsuchte mit ihren Blicken das Tal, so weit es möglich war. Keine Spur von Li. Aber er musste irgendwo auf diesem Weg sein. Es gab keine Stelle, wo er den Klippenpfad hätte verlassen können. Also war er hier heruntergekommen und durch das Tal weitergeritten. Wenn sie ihr Pony antrieb, holte sie ihn sicher in wenigen Stunden ein. Zwischen ihr und dem Rand des weiten Alton-Besitzes lagen noch ein Berg und noch ein Tal, und es war ein schwieriges Gelände mit Klüften, wo, wie sie vermutete, Carrs Flugzeug vor Jahren abgestürzt war. Sie glaubte nicht, dass Carr den weiten Ritt gemacht hatte, um sich das Wrack anzusehen, aber sie war sich nicht mehr sicher, was ein Terraner tun könnte.

Sie stieg von dem Baum hinunter und in den Sattel. Ein stetiger Trab brachte sie gut voran, und bevor die Sonne sich über die Wolkenschicht erhoben hatte, war Jaelle schon auf dem steilen Pfad, der auf der anderen Seite des Tals nach oben führte. Auf halber Höhe drehte sie sich um und blickte zurück. Einen Augenblick lang meinte sie, zwischen den Bäumen eine Gestalt zu Pferde zu erkennen, aber dann verschwamm sie wieder mit all dem Grün. Rings um sie nutzten Blüten die

Wärme des kurzen Sommers und öffneten sich, füllten ihre Nase mit Duft und ihre Augen mit Farbe. Sie war wieder frei – kam es darauf an, was sie zurückgelassen hatte?

Piedro ... vielleicht war er doch nicht tot, sondern nur betäubt. Sie musste es glauben. Wenn er tot war ... wenn er tot war, ja, dann hatte sie ihn ermordet ... Aber sie würde sich nicht gestatten, darüber zu grübeln. Nicht jetzt. Es war ihre Pflicht, in dieser Wildnis Aleki zu finden, ihn einzuholen und nach Armida zu begleiten.

Sie ritt so schnell, wie ihr Pony sie tragen konnte, den Blick auf den Boden gerichtet, um jedes Zeichen zu entdecken, dass ein Reiter hier vorbeigekommen war oder gelagert hatte. Ihre Augen waren scharf und sie war im Fährtensuchen geübt. Auf einem Hang erspähte sie zerdrückte Farne, wo ein Pferd angebunden gewesen war, einen kleinen Haufen abkühlender Pferdeäpfel, ein Stück von der Verpackung einer terranischen Lebensmittelration. Also war Aleki hier gewesen. Sie hatte ihre Zeit nicht auf diesen fürchterlichen Weg verschwendet, während Aleki irgendeine andere Richtung eingeschlagen hatte. Sein Vorsprung betrug mindestens drei Stunden, aber sie holte auf. Sicher würde sie ihn vor dem Dunkelwerden erreichen.

Der Weg wurde nahe dem Gipfel wieder schmaler, und wieder war sein Rand von Überflutungen und Erosion beschädigt. Immer noch strömte Wasser den Hang hinunter, rauschte neben dem Weg ins Tal, nahm Abkürzungen durch die ausgewaschenen Stellen zwischen den Steinen. Der Sturm hatte Äste von den Bäumen gerissen, und gelegentlich musste Jaelle absteigen und ihr Pony vorsichtig herumführen. Die Sonne schien warm. Dafür war Jaelle dankbar, denn ihre Kleidung trocknete ihr dampfend am Leib. Aber immer noch hatte sie den Unheil verkündenden Geruch nach *Kireseth*-Pollen in der Nase. Sie hatte oft gehört, dass der Blütenstaub Mensch und

Tier aggressiv machte. Tiere rasten wild umher oder paarten sich außerhalb der richtigen Jahreszeit. Noch andere Geschichten wurden über seinen Einfluss erzählt. Doch die Wirkung auf sie war bestimmt nicht so stark, dass sie Alessandro Li die Kleider abriss. Über die Vorstellung musste sie lachen, und sie war froh, dass sie etwas zu lachen hatte.

Sie machte sich an den Abstieg ins Tal. Wieder meinte sie, hinter sich einen Reiter zu sehen. *Peter ist tot. Sie haben jemanden geschickt, seine Mörderin zu fangen und vor Gericht zu bringen.* Der *Kireseth*-Geruch war jetzt sehr aufdringlich, und sie merkte, dass ihr Kopf zu schwimmen begann. Vielleicht war da gar kein Reiter auf ihrer Fährte gewesen, vielleicht hatte eine Halluzination sie genarrt. Und jetzt bildete sie sich auch noch ein, Magdas Stimme zu hören, die ihren Namen rief!

Jaelle! Breda! Aber die Stimme erklang nur in ihren Gedanken. Magda war, der Göttin sei Dank, sicher im Gildenhaus. Für Jaelle war es ein Trost, dass es ihr, wenn sie auch alles andere zerstört hatte, diesmal gelungen war, Magda nicht in ihre Probleme und in den Mord an Peter hineinzuziehen.

Das alles wäre nicht passiert, wenn ich mich nicht dummerweise auf eine Schlägerei mit Peter eingelassen hätte. Ich hätte ihn ignorieren und meine Pflicht wie eine Amazone erfüllen sollen, die sich keine Sorgen um irgendeinen Mann, irgendeinen Liebhaber macht. Dann wäre ich gemeinsam mit Li aufgebrochen und müsste ihm nicht auf diesem gottverlassenen Weg hinterherlaufen!

Ihre Gedanken verwirrten sich. Sie musste unbedingt etwas gegen den *Kireseth*-Geruch tun. Also nahm sie ihr Halstuch ab, tauchte es in den Bach, der neben dem Weg herlief, und band es sich vor das Gesicht, damit es wenigstens einen Teil der Pollen ausfilterte. Das war unbequem, sie hatte Mühe beim Atmen, aber nach etwa einer halben Stunde bedeckte eine feine Schicht aus gelben Körnchen den Stoff. Und wie mochte es Li ergehen? Hatte irgendwer sich die Mühe gemacht, ihn vor dem *Kireseth* im Gebirge zu warnen? In welcher Verfassung war er jetzt?

Ein Rabbithorn kam quer über den Weg gerannt, sprang hoch in die Luft und landete zwischen den Beinen ihres Pferdes. Ein Rabbithorn? Normalerweise hätte es sich im Unterholz versteckt und sich gar nicht erst hinausgewagt – aber Jaelle konnte nicht darüber nachdenken, weil sie zu viel mit ihrem ausschlagenden und sich bäumenden Pferd zu tun hatte. Viel fehlte nicht, und sie wäre abgefallen. Während sie das in Panik geratene Tier beruhigte, sah sie aus dem Augenwinkel das Rabbithorn, das an allem schuld war, ruhig am Wegrand sitzen. Das war nicht zu begreifen. Sie hatte noch nie ein wildes Tier sich so benehmen sehen.

Es musste an dem Blütenstaub liegen. Vielleicht war es kein echter Geisterwind, aber es war genug von dem Zeug in der Luft, dass die Tiere darauf reagierten. Das Rabbithorn war verschwunden. Wie lange hatte sie unbeweglich im Sattel gesessen und in den Himmel gestarrt? Ihre Gesichtsmaske war voll von gelben Pollen. Jaelle nahm sie ab und feuchtete sie von neuem an. Was mochte der *Kireseth*-Staub ihrem Pferd angetan haben? Und übrigens, wie reagierte wohl Lis Pferd darauf? Sie wusste nicht einmal, ob er ein Tier gekauft hatte, das sich in den Bergen auskannte, oder eins, das beim ersten Hauch von dem Zeug durchging!

Der Weg gabelte sich. Ihr Pferd blieb stehen und senkte den Kopf, um das grüne Gras abzurupfen, das in dem Dreieck zwischen den Wegen wuchs. Jaelle stieg ab und hielt Ausschau nach Spuren im Schlamm. Welcher Richtung war Li gefolgt?

Sie hatte sich so oft gegen den Geist ihres Eides vergangen. Wenigstens diese Pflicht wollte sie erfüllen. Sie hatte die persönliche Verantwortung für Aleki übernommen, und seine Sicherheit hatte für sie Vorrang.

Ob der Kireseth-*Staub ihrem Kind schadete?* Angestrengt versuchte sie, sich die Vorträge der Hebammen im Gildenhaus ins Gedächtnis zurückzurufen. Sie hatten vor bestimmten Medizinen und Kräutern gewarnt, die das Kind im Mutterleib gefährdeten, aber sie war so überzeugt gewesen, dass sie nie ein Kind haben würde, dass sie nur mit halbem Ohr zugehört hatte. Sie betrachtete die beiden Wege. Der eine führte über die Gipfel im Süden nach Edelweiß, wenn auch nicht auf der direkten Route. Da draußen gab es Bauernhöfe und zwei oder drei kleine Dörfer und eine Walkmühle, zu der die Heimarbeiter die gewebten Stoffe brachten. Diese Leute lebten auf kleinen Berghöfen, spannen und webten grobes Tuch aus der Wolle ihrer eigenen Tiere und färbten sie mit Pflanzenpräparaten in den überlieferten Karomustern. Auf dem anderen Weg, der noch nicht frei von Schnee war, kam man über verschlungene Bergpfade nach Armida. Wenn Li die Karte studiert hatte und ein gutes Peilgerät besaß, musste er diese Richtung eingeschlagen haben. Zur einen Seite zweigte davon eine Viehtrift ab. Die hatte Li bestimmt nicht genommen. Jaelle schwang sich wieder in den Sattel und ritt auf die nach Armida führende Straße. Jetzt dauerte es keine Stunde mehr, und sie hatte Li eingeholt. Er musste auf dieser Straße sein. Sie setzte ihr Pferd in Trab, aber irgendetwas machte sie unsicher.

Die Viehtrift war breit und glatt, ausgetreten von Chervine-Hufen. Konnte Li sie für die Straße gehalten haben, einfach weil sie breit und glatt war?

Nein. Er musste doch die Hufabdrücke gesehen und als das erkannt haben, was sie waren. Ihm konnte nicht entgangen sein, dass mindestens zehn Tage lang nichts, was weniger als vier Beine hatte, hier entlanggekommen war.

Und wenn er es nicht gemerkt hatte? Jaelle zog die Zügel an und ließ das Pferd kehrtmachen. Blitzartig tauchte eine Halluzination vor ihr auf, umgeben von leuchtenden Farben. Aleki lag bewusstlos am Boden ...

Sie musste zurück und die Viehtrift nach Spuren eines einzelnen Reiters absuchen. Verdammt sollte er sein! Hatte er nicht Verstand genug, um sich an das zu halten, was offensichtlich eine Straße war? Aber in den letzten Monaten hatte Jaelle bei den Terranern viele Bilder gesehen und konnte sich – manchmal – vorstellen, wie ihre Welt mit den Augen eines Terraners gesehen wirkte. Während sie die platt gestampfte Viehtrift betrachtete, verwandelte sie sich für sie mehr und mehr in eine viel benutzte Straße – eher eine Straße zu nennen als die beiden schmalen Wege, die seitwärts abzweigten. Die Viehtrift führte an keinen Ort, sondern zurück in endlose, bodenlose Schluchten, wo nur die sicherfüßigen Chervines weiterkamen. Aber für Aleki mochte sie wie eine von Menschen angelegte, künstlich geglättete Straße ausgesehen haben.

In Thendara musste man ihn gewarnt haben. Nein. Er hatte sich wahrscheinlich die nach einer Luftaufnahme angefertigte Karte angesehen und einen quer durchs Land führenden direkten Weg nach Armida gesucht, und dann hatte er geglaubt, er habe ihn gefunden. Und wenn er genug von dem *Kireseth*-Staub eingeatmet hatte, mochte er die Viehtrift als Straße *gesehen* haben.

Vielleicht hatte ihm eine Halluzination sogar eine auf terranische Weise gepflasterte Straße vorgegaukelt.

Jetzt war sich Jaelle vollkommen sicher. Sie lenkte ihr Pony auf die Viehtrift. Es wieherte, der Chervine-Geruch machte es argwöhnisch, und sie musste es antreiben, hinunter in das zerklüftete Land, das nur im Sommer als Weide für Chervines und ähnliche Tiere benutzt wurde. Hier draußen streiften wilde Herden umher, nach denen der Besitzer nur ein- oder zweimal im Jahr sah und die gelegentlich der Häute oder des Fells wegen gelichtet wurden. Auf einem Terrain dieser Art gab es immer versteckte Täler mit saftigem Grün. Jaelle war noch nie an diesem Ort gewesen, aber bestimmt lag irgendwo eine unzugängliche Stelle, wo der *Kireseth* Jahr für Jahr ungestört blühte. Die Sonne schien Jaelle heiß auf den Rücken, das Licht flimmerte, und Hitzeschwaden waberten auf dem Boden wie verschüttetes Wasser. Es konnte sehr leicht geschehen, dass man sich in diesem Land verirrte und nie mehr hinausfand.

Vor kurzem musste hier ein einzelner Reiter durchgekommen sein. Eine Vision zeigte Jaelle wie auf einem der kleinen Sicherheitsmonitore im Hauptquartier die große, schlanke Gestalt Alekis in einem leuchtend blauen Parka, das Haar zerzaust vom Wind. Es regnete; er beugte den Kopf auf den Rücken seines Pferdes nieder. Sehr viel Vorsprung konnte er nicht mehr haben. Dann wechselte das Bild auf der Innenseite ihrer Augenlider und zeigte ihr einen leblosen Aleki *(wie Peter! Wie Peter, der tot im HQ liegt!)* mit gespreizten Armen und Beinen, den Kopf gegen einen Stein geschlagen. Neben ihm rupfte sein Pferd gemächlich Grasbüschel ab. Was sollte sie glauben? Und jetzt hörte sie von neuem Magdas Stimme.

Sie feuchtete besser ihre Gesichtsmaske neu an. Ihr Kopf schwamm, und die Luft flimmerte. Bild folgte auf Bild. Aleki kletterte zu Fuß einen steilen Pfad hinauf. Einen Augenblick später lag er unter einem seltsamen stachligen Baum, den es auf Darkover noch nie gegeben hatte und nie geben würde, am Ufer eines Jaelle unbekannten Sees, und der Baum beugte sich über ihn und schwankte in einem unsichtbaren Wind. Aleki lag nackt dort mit aufgerichtetem Glied, und er fasste nach ihr mit einer Gier, die sie erschreckte. Sie blinzelte, und das Bild verschwand. *Aleki?* Niemals! Sicher kam das von dem Blütenstaub. Oder hatte sie irgendein zufälliges erotisches Bild aus seinen Gedanken oder seinen Erinnerungen aufgefangen? Das bedeutete, er musste ganz in der Nähe sein. Jaelle merkte, dass ihre Handflächen feucht von Schweiß waren und ihr Herz vor etwas Ähnlichem wie Panik hämmerte. Alessandro Li war ihr in sexueller Beziehung immer ganz gleichgültig gewesen; ihrer Meinung nach war es ihr unmöglich, etwas für ihn zu empfinden, und die Tatsache, dass sie ein mentales Bild dieser Art gesehen hatte, und wenn es nichts als eine Halluzination gewesen war, entsetzte sie. Es gehörte ihr nicht. Sie wollte es nicht einmal als Vision ihr Eigen nennen.

Länger als eine Stunde folgte sie der Viehtrift, die langsam schmaler wurde und sich plötzlich in sechs oder acht enge Pfade teilte. Sie verloren sich in allen Richtungen in kleinen Schluchten.

An dieser Stelle angekommen, musste Aleki erkannt haben, dass er in eine Sackgasse geraten war und es sich hier nicht um eine Straße handelte. Die einzige vernünftige Entscheidung wäre gewesen, umzukehren. *Falls er noch vernünftige Entscheidungen fällen konnte, nachdem er stundenlang dem* Kireseth *ausgesetzt gewesen war.* Er musste irgendwo da unten liegen, tot oder bewusstlos oder – sie dachte an die erotische Gewalt der Halluzination – völlig berauscht. Dann wusste er gar nicht mehr, was ihm widerfahren war. Hatte ihn irgendwer vor Skorpionameisen oder Grüngesichtblättern gewarnt? Sicher nicht. Jaelle war davon ausgegangen, sie werde ihn bei seinem ersten Ausflug begleiten und ihm mit Rat und Tat zur Seite stehen. Sie hatte die persönliche Verantwortung für ihn übernommen. Und jetzt hatte sie schon wieder einen Eid gebrochen.

Ich habe versagt, versagt, versagt, bei allem und bei jedem.

Sie blickte zum Himmel empor, kniff die Augen zusammen, weil sie den Eindruck hatte, durch farbige Spinnennetze spähen zu müssen. Wolken eilten über die Sonne. Der Tag war schon weit fortgeschritten, irgendwie hatte sie Zeit verloren. In diesem zerklüfteten Land konnte sie ihr Leben lang vergeblich nach einem einzelnen Mann und seinem Pferd suchen. Vielleicht war Aleki schon tot. Sie hatte seine Spur verloren. Wieder versagt. Und der Himmel sah aus, als werde es bald von neuem regnen, heftiger als zuvor. Wenigstens wurde dann die Luft vom *Kireseth*-Staub gereinigt, und ihr Kopf würde wieder klar werden. Undeutlich erkannte sie die durch die seltsamen Farbschichten zu beiden Seiten ansteigenden Cañon-Wände. Da oben waren Höhlen. Sie konnte versuchen, ein Obdach vor dem Regen zu finden, vielleicht sogar ein Feuer anzünden – sie hatte Lebensmittel dabei und wollte sich einen Rindentee aufschütten, vielleicht half er gegen die Benommenheit. Falls es ihr gelang, hochzuklettern und ihr Pony hinaufzuschaffen. Ein Gefühl der Dringlichkeit trieb sie an. Aleki mochte in einer dieser Schluchten liegen, bewusstlos, aber noch am Leben.

Wenn sie doch Lady Rohana erlaubt hätte, ihr *Laran* auszubilden! Sie hätte es benutzen können, um Aleki aufzuspüren, um zu sehen, welche Richtung er eingeschlagen hatte. Sie war selbstsüchtig und arrogant gewesen und hatte keine der Pflichten und Verantwortungen der *Comyn* auf sich nehmen wollen.

Wenn ich hier lebendig herauskomme, werde ich zu Rohana gehen und sie bitten, mich zu unterrichten. Mit ausgebildetem Laran *wäre es mir möglich gewesen, meine Pflicht zu erfüllen. Ich habe immer angenommen, nur ganz wenig begabt zu sein, aber jetzt weiß ich, dass ich hätte lernen können, das zu benutzen, was ich habe. Ich habe Peter getötet. Ich habe Alekis Leben geopfert, weil ich nicht akzeptieren wollte, was ich bin.* Sie hielt Rückschau auf ihr ganzes Leben und fand überall Fehler, angefangen von dem Augenblick, als sie sich abwandte ... abwandte ...

Sie stand auf Wüstensand, und die Sonne ging auf ... *Eine große Blutlache war rot wie die aufgehende Sonne, und zum ersten Mal sah Jaelle mit erwachendem Bewusstsein das Gesicht ihrer Mutter. Sie wurde hineingerissen in den Schmerz und das Entsetzen ihrer Mutter, und mit einer wahnsinnigen Anstrengung ließ sie das alles tot und stumm werden.*

Von dem Augenblick an habe ich mein Laran *blockiert, weil ich den schrecklichen Schmerz ihres Todes nicht ertragen konnte. Sie starb, sie verließ Jalaks Haus mit dem Wissen, dass sie sterben würde, um mich nicht in Ketten aufwachsen zu lassen. Sie starb, damit ich frei sein konnte, und ich wollte nicht akzeptieren, dass ich die Ursache ihres Todes war.*

Sie befreite mich. Aber ich legte mir selbst mit diesem Schuldgefühl Ketten an ...

Und jetzt weiß ich nicht, wie ich öffnen soll, was ich weggeschlossen habe.

Ich habe Peter getötet, weil ich es nicht ertrug, mich zu erinnern. Ich schlug blindlings zu, und ich tötete ihn. Wie ich meine Mutter getötet habe ...

Sie zwang sich, wieder aufzusteigen, obwohl ihr ganzer Körper von der Anstrengung zitterte. Alles tat ihr weh, sie war lange Zeit nicht mehr geritten, und jetzt hatte sie fast drei Tage im Sattel gesessen. Für das Kind kann das auch nicht gerade das Beste sein, dachte sie. Aber es war zu spät, sich Gedanken um das Kind zu machen. Das hätte sie vor der Empfängnis tun sollen. Oder bevor sie seinen Vater umbrachte ...

Oh, hör auf zu grübeln. Du bist mit Camillas Geschichte aufgewachsen, wie bei Rafaella unterwegs die Wehen einsetzten und sie kaum Zeit hatte, die Hose auszuziehen, und als das Kind da war, ritt sie nach Hause. Die Kleine kann für sich selbst sorgen, sie hat es da drinnen schön gemütlich. Und doch war ihr, als weine das Kindchen irgendwo. Arme Kleine. Niemand will sie. Ihr Vater wollte sie, aber ihr Vater ist tot. Was soll aus ihr werden?

Aleki musste zumindest versucht haben, auf die Hauptstraße zurückzukehren. Wenn er es geschafft hätte, wäre sie ihm begegnet. Zweifellos lag er in einem der Cañons, tot oder vom *Kireseth* betäubt oder vom Pferd gefallen und bewusstlos ... Ihre beschworene Pflicht war es, da unten nach ihm zu suchen; das war das Mindeste, was sie für ihn tun konnte. Sie ignorierte die Stimme der Vernunft, die ihr sagte, im Vergleich dazu sei die Suche nach einem einzigen Blatt in einem Wald aus Nussbäumen einfach. Im Weiterreiten gab sie sich verzweifelte Mühe, Aleki mit den Augen des Geistes zu entdecken.

Nein. Sie musste zurück, auf die Hauptstraße. Wenn sie eins der kleinen Dörfer erreichte, konnte sie eine Suchmannschaft organisieren. Und wieder hörte sie Magda nach ihr rufen ...

Nein. Das war der Wind, der sich erhob. Lange Wolkenfahnen erstreckten sich über den Himmel, die Bäume ächzten und peitschten die Luft mit ihren Zweigen, und einer schlug ihr ins Gesicht. Sie befand sich wieder auf einem der schmalen Pfade, die an der Cañon-Wand nach oben führten. Warum? Aus welchem Grund hatte sie diesen Weg gewählt? Sie hatte nur noch den einen Gedanken im Kopf, Aleki sei irgendwo vor ihr, er habe sich statt für die hundert kleinen Schluchten auf der Talsohle für den Weg nach oben entschlossen, um einen Überblick zu gewinnen und festzustellen, wo er von der Straße abgekommen war. Intelligent. Doch wenn er intelligent genug gewesen wäre, hätte er diesen Ritt niemals allein angetreten, sondern auf sie als seine Führerin gewartet. Er wusste doch, dass sie bei ihrer Ehre geschworen hatte, für seine Sicherheit zu sorgen.

Aber er vertraute auch ihr nicht. Sie war Darkovanerin, und er blickte von der Höhe seiner Vorurteile auf sie als Eingeborene herab. Kein Wunder, dass er ohne sie aufgebrochen war. Jetzt, wo es zu spät war, verstand sie ihn. Sie gehörte zu den Leuten, die ihn an der Erfüllung dessen, was er als seine Pflicht ansah, gehindert hatten. Er wollte herausfinden, was diesem Andrew Carr widerfahren war und welchen Zusammenhang es mit dem Phänomen gab, dass Darkover sich ganz anders verhielt als sonst die unzivilisierten Planeten, wenn sie mit dem Imperium in Kontakt kamen.

Aber es war meine Schuld, Jaelle. Ich habe Carr in seiner Anwesenheit erwähnt, habe ihn auf Carrs Spur gebracht. Ich dachte, Carr gehöre zum Nachrichtendienst und habe eine perfekte Tarnung, und da habe ich von ihm gesprochen, als ich besser den Mund gehalten hätte. Wirklich, es war meine Schuld und nicht deine. Die Stimme erklang so deutlich in ihrem Kopf, dass Jaelle sich tatsächlich zur Seite wandte und sich wunderte, Magda nicht neben sich reiten zu sehen. Sie konnte nicht einmal die Hufschläge von Magdas Pferd hören. Der Weg führte bergauf, und der Wind wehte ihr heiß ins Gesicht, ganz wie der Wüstenwind bei jener Flucht aus Shainsa, an die sie sich nicht hatte erinnern wollen. Kindra und Rohana hatten ihren kleinen Bruder getragen, der in Fetzen vom Mantel ihrer Mutter eingewickelt war. Sie hatten versucht, Jaelle dazu zu bewegen, dass sie ihn auch einmal auf den Arm nahm, mit ihm spielte, doch Jaelle hatte ihn nicht angerührt. Sie hatte nie wieder an diesen Ritt gedacht, aber jetzt erinnerte sie sich, wie sie, ein erschrockenes wimmerndes Bündel, in Kindras Armen gelegen hatte. Sie hatte ihre erste Blutung gehabt, und das bedeutete für sie, dass man sie in Ketten legen würde, und sie brachte es nicht fertig, den Frauen von ihren Ängsten zu erzählen. Sie fürchtete nur, sie würden es herausfinden. Einen oder zwei Tage später, noch ehe sie Thendara erreichten, hörte es wieder auf, und als es zum zweiten Mal kam, war sie im Amazonenhaus und hatte ihre Angst verloren und vergessen, dass es schon einmal passiert war. Inzwischen hatte sie auch gelernt, es bedeute, dass sie jetzt eine Frau sei, und darauf war sie stolz gewesen. Warum war all das bis zu diesem Augenblick aus meinem Gedächtnis verschwunden?

Mein kleiner Bruder. Er muss jetzt sechzehn oder achtzehn sein, ich habe versäumt mitzuzählen ... Ich kann mich nicht erinnern, mir je sein Gesicht angesehen zu haben. Er hat weder Mutter noch Vater noch Schwester; er ist in der Tat verwaist. Was hat Rohana über ihn erzählt? Er sei der geschworene Friedensmann von Valdir Alton. Wenn ich am Leben bleibe, muss ich zu meinem Bruder gehen und auch seine Verzeihung erlangen ... Worte, die Rohana auf jener Reise gesprochen hatte, stiegen zum ersten Mal wieder in ihr Bewusstsein hoch. Ihre schreckliche Angst hatte sie bis heute verdrängt.

Willst du dein Brüderchen nicht trösten? Du hast deine Mutter elf ganze Jahre gehabt. Er hat niemanden. Ich hätte ihm helfen können. Ich hätte ihm, wenn schon keine Mutter, zumindest eine Schwester sein können. Ich habe in meinem Leben bei jeder menschlichen Beziehung versagt, und jetzt habe ich Peter getötet. Es hätte genügt, ihn zu verlassen. Jetzt ist es zu spät. Zu spät für alles.

Der Himmel hatte sich mit dickbauchigen Wolken gefüllt, die sich aus eigener Kraft zu bewegen schienen, unabhängig vom Wind.

Hier entlang, Jaelle. Wenn der Regen kommt, wird eine Wasserflut diesen Weg nehmen. Lass dein Pferd weiterklettern. Wieder drehte sie den Kopf, um Magda anzusehen, und stellte fest, dass ihre Freundin nicht da war. Es war eine neue Halluzination. Sie hatte auch bei Magda versagt, wenn sie der Anlass war, dass Magda ihr in dieses wilde, unwegsame Land gefolgt war, wo sie sterben würde.

Dann kamen sie.

Sie hörte ihre Hufe, bevor sie die Reiter sah, die auf sie zufegten. *Eine Legion von Berittenen, Reihe um Reihe in vollem Galopp, und über ihnen flatterten* Comyn-*Banner im Regenbogen-Wind. Ihre Roben flogen um die Flanken ihrer Pferde, so rasten sie durch den Himmel, eine Million Hufe donnerten über die Wolken, als seien sie die Talsohle, gruben sich in die Luft und wirbelten Wolkenfontänen hoch wie Staub. Dann entrollte sich das Aillard-Banner, und jetzt sah Jaelle die junge Frau, die unter ihm ritt.*

Sie war hoch gewachsen und rothaarig und wunderschön, gekleidet in Blau mit goldenem Haar wie eine Kireseth-*Blüte, wie das Gemälde von Cassilda in der alten Kapelle. Doch irgendwie schimmerte das rote Gewand einer Bewahrerin durch und über das Blau. Mein Kind, meine Tochter, habe ich dich dafür geboren? So schrecklich jung, so vollkommen in ihrer jungfräulichen Strenge. Und ihr nach hetzten die Scharen der* Comyn, *angeführt von einer zweiten Leronis in Rot, Männer und Frauen in grünen, blauen, roten und weißen Turm-Roben, verfolgten sie mit blitzenden Messern, trieben sie den Cañon hinauf. Der Mann, der an ihrer Seite ritt, geriet unter die Hufe ihrer Pferde, sein Kopf wurde zerschmettert, sein Blut bespritzte ihr Kleid ... Jaelle sah die Pferde, hörte sie galoppieren, roch ihren ranzigen Schweiß, und sie saß da wie erstarrt, unfähig, ihre Augen von dem Gesicht des jungen Mädchens zu lösen ...*

Schmerz durchzuckte sie, Staub – echter Staub – erstickte sie, und sie kehrte in die reale Welt zurück. Aus dem Nichts tauchte ein Reiter auf, ein Tuch vor das Gesicht gebunden, packte ihren Ellenbogen, riss an ihrem Zügel.

»Schnell! Hier entlang! Jaelle! Jaelle, wach auf, *beeile dich!* Siehst du denn nicht ...« Unfasslich, es war Magdas Stimme. Sicher war es eine neue Halluzination, aber Magda war ärgerlich, besser, sie widersprach ihr nicht. Jaelle drückte dem Pony die Fersen in die Weichen und lenkte es weiter nach oben. Das

Donnern der Hufe war immer noch zu hören, doch die Reiter am Himmel waren verschwunden. Der Lärm kam von unten, und ihr Pony mühte sich rutschend den steilen Pfad neben dem Abgrund hinauf. Jaelle versuchte, gegen diesen Wahnsinn zu protestieren – ihre Worte gingen in dem Getöse unter. Chervines, tausende, rasten über die Talsohle, ein Meer von Tieren, das die sich verengende Schlucht zu einer Flut von Hörnern, verkeilten Körpern, Hufen zusammenpresste – genau da, wo sie inmitten der Viehtrift auf ihrem Pony gesessen hatte!

Die Stampede wollte kein Ende nehmen. Jaelle zitterte. *Ich wäre zertrampelt worden. Ich hätte dort gesessen, betäubt von der* Kireseth-*Vision, und sie wären über mich weggerannt ... Und Magda. Magda. Sie ist wirklich hier, und wieder einmal hat sie mir das Leben gerettet.*

Die letzten Tiere der Herde drängten sich vorbei. Ein paar Nachzügler brüllten. Das eine oder andere Chervine wurde zu dicht an den Rand geschoben, stürzte vom Weg hinunter und außer Sicht. Dann waren sie nicht mehr zu sehen, obwohl der Lärm immer noch die Erde erzittern ließ. Und als er zu fernem Grollen erstarb, begann der Regen, als hätte sich der Himmel geöffnet und gieße das Wasser in Eimern auf sie nieder.

Magda wies mit der Hand die Richtung. »Da hinauf. Ich habe eine Höhle gesehen.«

Auf dem Weg nach oben schwand das Licht bereits, und als sie die Höhle erreichten, war sie nichts als ein dunkler Fleck auf der Klippenwand. Immer noch bebend, stieg Jaelle ab und führte ihr Pony hinein. Magda folgte ihr. Mit hoher, verängstigter Stimme sagte sie: »Ich sah dich – und du hast einfach dagesessen – und die Chervines kamen wie der Wind den Cañon hinunter ...«

»Aus welchem Grund sind sie wohl durchgegangen?«, hörte Jaelle sich fragen. »Der *Kireseth ...?*«

»Das war es also? Ich wusste es nicht. Aber von oben ergießt sich Flutwasser in die Schlucht.« Magda steckte den Kopf hinaus. »Sieh nur.«

Unten, wo sie geritten waren, stürzte sich eine Wasserwand in den Cañon und verwandelte ihn in einen Fluss. Ob die Chervines ertranken oder ob sie es auf höheren Boden schafften? Magda reckte den Hals und hing dabei so weit aus der Höhlenöffnung über die Klippenwand, dass Jaelle es mit der Angst bekam und sie zurückzog.

»Die Hochwassermarke liegt gut vier Fuß unter uns«, meldete Magda. »Hier sind wir sicher.« Sie nahm ihrem Pferd Sattel und Satteltaschen ab. »Nun, *breda*, es ist nicht so schlimm wie der Scaravel-Pass. Wenigstens bezweifele ich, dass wir hier Banshees begegnen werden.«

Jaelles Beine wollten sie nicht mehr tragen. Sie hielt sich an ihrem Pony fest, unfähig, sich zu bewegen. Magda sagte scharf: »Nimm den Sattel ab und zieh dir trockene Kleider an, wenn du welche hast. Und hast du etwas dabei, womit sich Feuer machen lässt? Dahinten ist eine Menge Holz aufgestapelt – und sieh dir den Feuerring an. Die Höhle muss ein viel benutzter Zufluchtsort für Hirten sein.«

Aber immer noch wollten Jaelles Beine ihr nicht gehorchen, und schließlich kam Magda und setzte sie auf ihren ausgebreiteten Mantel nieder. »Dann leg dich hin. Bleib mir aus dem Weg, solange ich Feuer anzünde.«

Ich drücke mich schon wieder. Ich habe meine Pflicht versäumt. Jetzt habe ich auch Magda in mein Versagen hineingezogen. Meine Mutter ist für mich gestorben. Ich habe Rohana zurückgewiesen, als sie mir mein Erbteil an Laran *geben wollte. Ich habe meinen Bruder im Stich gelassen. Und mein Kind. Und Peter ...*

Magda hängte als Windschutz eine Decke vor den Eingang, kniete sich vor einen Kreis aus Steinen und päppelte ein Feuer hoch. Ihr dunkles Haar war nass und klebte ihr in Strähnen am Gesicht. Sie hatte ihr durchweichtes Hemd und ihre Unterjacke ausgezogen. Dann schlug eine Flamme hoch, Rauch stieg auf, und Jaelle hustete. Durch ein Loch in der Höhlendecke war ein primitiver Kamin geführt worden. Bald kochte ein Wassertopf über dem Feuer, und Magda braute einen Rindentee. Sie brachte Jaelle einen Tonbecher und hielt ihn ihr an die Lippen. Jaelle kostete, fand den Tee widerlich süß und schob den Becher weg. Magda drückte ihn ihr an den Mund und befahl: »Trink. Du hast einen Schock, und Zucker hilft dagegen am besten.«

Gehorsam schluckte Jaelle, und ihr Kopf wurde ein bisschen klarer. Nach einer Minute sagte sie: »Du hast mir wieder das Leben gerettet. Wie kommt es, dass du gerade rechtzeitig aufgetaucht bist?«

»Ich habe dich zwei Tage lang verfolgt«, erklärte Magda grimmig. »Was ist denn nur in dich gefahren, dass du auf diese Weise losgerast bist – allein, schwanger, bei einem herannahenden Unwetter? Du musst verrückt gewesen sein.«

»Das hat Peter auch gesagt«, flüsterte Jaelle. »Er drohte mir, er werde mich mit Drogen betäuben lassen. In Ketten legen ...«

»So etwas würde Peter nie tun«, meinte Magda ungläubig. »Hältst du ihn für einen Trockenstädter?« Sie fing das Bild in Jaelles Geist auf, im Hospital eingesperrt, vielleicht am Bett festgebunden – schon kniete sie neben Jaelle und nahm sie in die Arme.

»O Liebes, sie hätten dir nichts angetan – bestimmt nicht«, flüsterte sie. »Ich verstehe, dass du große Angst hattest, aber sie hätten dir nichts angetan, und Cholayna oder ich hätten ihnen sagen können, dass du nicht verrückt bist ...«

»Ich habe ihn getötet«, flüsterte Jaelle, und ihre Stimme war nur ein entsetzter Hauch. »Ich habe Peter getötet. Ich habe ihn auf dem Fußboden von unserm Schlafzimmer im HQ tot liegen gelassen.«

»Das glaube ich nicht«, erklärte Magda geradeheraus. »Du phantasierst und weißt nicht, was du getan oder nicht getan hast. Zunächst einmal ziehst du diese nassen Sachen aus. Wir können hier drinnen nicht die ganze Nacht ein Feuer brennen, denn wir müssen das trockene Holz für den Fall sparen, dass es schneit. Draußen ist alles feucht.« Aber Jaelle blieb benommen sitzen, und am Ende musste Magda sie wie ein Kind entkleiden und in eine Decke aus ihrem Packen wickeln. Über den glühenden Kohlen röstete Magda Trockenfleisch und versuchte, Jaelle zu überreden, dass sie ein bisschen aß. Jaelle gab sich Mühe, aber sie konnte weder kauen noch schlucken. Magda zog trockene Unterwäsche und eine trockene Jacke an und hängte ihre Hose neben dem Feuer auf.

»Ich hatte Angst«, sagte sie endlich. »Du musst in Trance gewesen sein – da saßt du mitten auf dem Weg, und all die Chervines kamen den Cañon heruntergerast, und ihnen folgte das Flutwasser. Und mir war – ich weiß, es waren die Wolken, aber es sah so aus –, als paradierten sämtliche *Comyn*-Lords mit ihren Bannern die Straßen Thendaras entlang, nur war es diesmal keine Parade. Sie verfolgten ein Mädchen – ein Mädchen mit rotem Haar, und es sah aus wie du. Wie du, Jaelle, und im ersten Augenblick dachte ich, du seist es. Und sie alle galoppierten und galoppierten über meinen Kopf weg, und dann erkannte ich durch die Halluzination die echte Stampede, und du warst nicht in einer *Comyn*-Robe oben am Himmel, sondern unten im Cañon, mitten im Weg der Chervine-Herde ...« Erschauernd drückte sie Jaelle an sich.

»Das habe ich auch gesehen«, sagte Jaelle so leise, dass das Geräusch des Regens sie übertönte und sie ihre Worte wiederholen musste. Ihr war nicht aufgefallen, dass das Mädchen in der Vision ihr Gesicht gehabt hatte. Eine irrationale Überzeugung sagte ihr: *Das war meine Tochter, und die* Comyn *werden sie töten.*

Nach einer Weile bemerkte Magda: »Ich habe gehört, der *Kireseth* könne dem Verstand eines Menschen Merkwürdiges antun. Weißt du, dass es in Thendara einen Schwarzen Markt für *Kirian*-Harz gibt? Das Zeug stammt von den Ebenen von Valeron, und es gibt Leute, die es der Visionen wegen, die es erzeugt, trinken. In der Terranischen Zone ist es natürlich verboten, aber es gehen tatsächlich Männer deswegen über die Mauer, ebenso wie sie zu Frauen gehen. Wenn wir es eingeatmet haben, erklärt das ... nun, es ist vorbei.« Sie brockte Brotstücke in den Rindentee und fütterte Jaelle wie ein Kind. Jaelle schluckte gehorsam. Sie erinnerte sich nicht, wann sie das letzte Mal gegessen hatte. Die warme Nahrung vertrieb die letzten Reste ihrer Benommenheit. Sogar das alles überschattende Grausen vor dem Mord verblasste. Vielleicht hatte Magda Recht. Vielleicht spielte ihr das Gedächtnis einen Streich. Wenn sie sich auf einmal an Dinge erinnerte, die sie seit dem Tod ihrer Mutter vergessen gehabt hatte, wie durfte sie sich dann auf das verlassen, was für sie real gewesen war? Jedenfalls konnte sie im Augenblick nichts in dieser Sache tun.

Mit zitternder Stimme erwiderte sie: »Ich verstehe das nicht. Wie kommt es, dass du hier bist? Du darfst das Haus doch noch nicht verlassen. Wenn du deinen Eid gebrochen hast, um mir das Leben zu retten – das war es nicht wert, Margali. Ich bin es nicht wert.«

»Das kannst du in deiner jetzigen Verfassung gar nicht beurteilen«, stellte Magda ruhig fest. »Schlaf nur. Übrigens habe ich meinen Eid nicht gebrochen. Camilla hat mir die Erlaubnis gegeben zu gehen. Sie liebt dich; du scheinst das noch gar nicht gemerkt zu haben.« Ihr Gesicht war so ernst, dass Jaelle es nicht ertrug. Aus schierer Erschöpfung fiel sie in einen bodenlosen Abgrund von Schlaf.

Als Jaelle erwachte, war das Feuer zu einem toten Aschenhaufen heruntergebrannt, aus dem nur noch ganz winzige rote Augen in die Finsternis lugten. Magda hatte sich an ihrer Seite zusammengerollt, hörte sie aber und hob den Kopf.

»Bist du in Ordnung?«

»Du hast mir wieder das Leben gerettet«, flüsterte Jaelle. »Oh, *breda*, ich hielt mich für so tapfer, und ich bin ein solcher Feigling, und ich habe in allem versagt – du hättest dein Leben nicht für mich aufs Spiel setzen sollen ...«

»Still, still!« Magda nahm sie in die Arme. »Es ist alles gut.«

»Piedro – ich habe ihn getötet, weißt du ...«

»Das hast du mir erzählt«, sagte Magda sanft, und Jaelle nahm Magdas Gedanken wie farbige Spinnweben in der merkwürdigen Dunkelheit wahr: *Ich glaube nicht, dass du so etwas getan hast.* »Vergiss Piedro.«

»Warum soll ich ihn vergessen?«, flammte sie auf. »Ich werde ihn vergessen, wann ich will und wie ich will!« Sie wusste selbst nicht, warum eine so mörderische Wut sie packte. »Dich geht das nichts an!«

»Jaelle, ich habe nur gemeint – er tut mir Leid. Irgendwann wird es Montray gelingen, ihn mit einem Tritt in den Hintern von Darkover wegzuschicken ...«

Dafür ist es zu spät. Was hatte Peter über Carr gesagt? *Juristisch beendet der Tod die Verantwortung und die Rechte eines Bürgers.* Und Peter war tot.

»Du bist alles, was Peter hat. Du und das Kind.«

»Ich gehöre ihm nicht! Und mein Kind gehört ihm auch nicht!«

»Er glaubt ...«

»Und das ist der Grund, warum ich ihn gehasst habe, warum ich ihn getötet habe! Er wollte mich besitzen, mich und das Kind, wie Dinge, wie Spielzeug ...«

Magda legte beruhigend ihre Hand über die Jaelles. »So

darfst du nicht reden!« *Wenn sie sich so aufgeführt hat, hatte Peter Grund zu der Annahme, mit ihrem Verstand sei etwas nicht in Ordnung. Ob es doch wahr ist, dass sie ihn getötet hat? Aber sogar Keitha erreichte irgendwann einen Punkt, wo sie ihren Mann nicht mehr umbringen, sondern ihm nur noch den Rücken kehren und ihn verlassen wollte ... Und Jaelle ist ihr ganzes Leben lang eine Entsagende gewesen ...*

»Nein, das war ich nicht«, flüsterte Jaelle. »Weißt du noch, wie du geweint hast, als du den Eid ablegtest? Ich habe nicht geweint. Ich bestätigte nur einen Entschluss, den ich lange vorher gefasst hatte, und ich war glücklich darüber. Ich – ich habe gar nicht entsagt – bis ich Peter kennen lernte, wusste ich gar nicht, dass es etwas gab, dem ich hätte entsagen können. Ich hatte so viel vergessen, hatte die Augen vor so vielem verschlossen ...«

Plötzlich weinte sie. Unaufhörlich strömten die Tränen über ihr Gesicht.

»Meine Mutter. Ich hatte das Gesicht meiner Mutter vergessen, hatte vergessen, dass ihre Hände Ketten trugen, bis Peter versuchte, mir Ketten anzulegen ... Das war nicht das Schlimmste, er wusste nicht, was er tat. Aber ich bin eine Entsagende, ich hätte es merken müssen, ich hätte es nie so weit kommen lassen dürfen. Cholayna ...« Ihre Stimme brach im Schluchzen. »Ich hätte sie ebenfalls umbringen mögen! Hätte ich ein Messer getragen, dann hätte ich es gezogen, als sie behauptete, ich sei eine Trockenstädterin, aber es ist wahr, wahr, die Männer legen uns keine Ketten an, das tun wir selbst.« Sie standen noch in Kontakt, waren weit offen füreinander. *Ich glaubte, es genüge, zu dem allen nein zu sagen, das ist jedoch erst der Beginn. Die Frauen, die zu den Amazonen kommen und bei den Schulungssitzungen toben und weinen, sie sind eines Tages frei, weil sie in die Freiheit hineinwachsen. Ich dagegen habe mir vorgemacht, es gebe nichts, wovon ich befreit werden müsste.* Jaelle hatte nie eine Vorstellung von den qualvollen Kämpfen dieser Frauen gehabt. Jetzt begriff sie, warum Schläge, Ketten, die Angst vor einer tödlichen Schwangerschaft notwendig waren, um eine Frau von ihrem Mann wegzutreiben. Sie umklammerte Magdas Handgelenk und fühlte den Schmerz in ihrem eigenen Arm, aber sie konnte nicht loslassen, bis Magda ihre Finger sanft löste.

»Sie legen uns keine Ketten an. Das tun wir selbst. Freiwillig. Freudig. Wir sehnen uns nach Ketten ... Bedeutet es das, eine Frau zu sein?«

»Natürlich nicht!«, rief Magda empört. »Eine Frau sein heißt, über das eigene Leben, die eigenen Handlungen bestimmen zu können ...«

»Und über das Leben seiner Kinder. Ich wollte dieses Kind nicht, ich habe es getan, um Peter glücklich zu machen ...«

Wie krankhaft war der Wunsch, von ihm beherrscht zu werden ...

»Liebling«, sagte Magda weich, »ganz so war es sicher nicht.«

Jaelle sah sich durch Magdas Augen im ersten Rausch der Leidenschaft, in der Glut ihrer ersten wirklichen Liebe. *Ich war bereit für eine Liebesaffäre, mehr als das war es nicht. Gesünder und klüger wäre es gewesen, ich hätte dich zur Liebhaberin genommen, Margali ... Glaubst du, er hätte jemals sein Leben für mich aufs Spiel gesetzt? Und du ... ich wusste, dass ein Leben zwischen uns steht ...*

Du weißt, dass ich dich liebe, Jaelle, und jetzt weiß ich, wie sehr. Aber du bist krank und erschöpft ... Jetzt ist nicht die richtige Zeit für eine Entscheidung dieser Art, bredhya. Ihr fiel ein, dass Camilla etwas Ähnliches zu ihr gesagt hatte, als sie bei der Brandbekämpfung verletzt worden war. Sie nahm Jaelle in die Arme und wiegte sie wie ein kleines Kind.

Wie meine Mutter. Ich kann mich nicht deutlich an meine

Mutter erinnern, aber sie starb, um mir die Freiheit zu geben, und ich enttäuschte sie, indem ich mir selbst wieder Ketten anlegte …

Magda sprach ihr tröstend zu. *Also wird Jaelle ein Kind bekommen und ist selbst nicht mehr als ein Kind. Ich wünschte, ich könnte es für sie gebären.* Schließlich verstummte Jaelles Schluchzen, und Magda stopfte sie unter die Decken.

»Ich mache dir Tee. Du brauchst ihn. Meinst du, dass du etwas essen kannst?«

Jaelle lag ruhig da und war es zufrieden, dass Magda sie bemutterte. Nach einer Weile sagte sie: »Aleki. Er muss tot sein. Erst der Geisterwind, dann die Stampede und die Überschwemmung …«

Magda kroch an den Höhleneingang und schob die Decke zur Seite. Es regnete. Durch Magdas Augen sah Jaelle den bräunlichen, schlammigen Fluss, der den Cañon füllte. Entwurzelte Bäume trieben darin und ein totes, angeschwollenes Chervine, den Bauch nach oben und die Beine himmelwärts gestreckt.

»Er kann eine Höhle gefunden haben, bevor die Flut kam«, meinte Magda. »Wir wollen die Hoffnung noch nicht aufgeben. Hier oben sind eine ganze Menge Höhlen.«

Zu ihrer eigenen Überraschung hörte sich Jaelle sagen: »Ich glaube, ich würde es spüren, wenn er tot wäre.« Während des *Kireseth*-Wahnsinns hatte sie einmal seine Gedanken erreicht. Danach hätte sie das Verlöschen seines Geistes wahrnehmen müssen.

Magda brachte ihr den Tee, und sie setzte sich auf und trank ihn. Dann kroch auch sie zum Höhleneingang und blickte in das überschwemmte Tal hinunter. Prosaisch stellte sie fest: »Der Göttin sei Dank, dass ich für zehn Tage Proviant mitgenommen habe. Es wird einige Zeit dauern, bis wir hier hinauskommen.«

Magda fühlte ihre Stirn. »Du bist so und so nicht in der Verfassung zu reiten; geh, leg dich wieder hin. Da wir doch nichts unternehmen können, ruh du dich nur aus. Ein so harter Ritt ist für dich in diesem Stadium der Schwangerschaft bestimmt nicht gut gewesen. Mich interessiert es nicht, wie das angeblich bei Rafaella war; du bist wahrscheinlich nicht so widerstandsfähig wie sie.«

Ich habe dieses Kind nicht gewollt! Es wäre besser, wenn es nie geboren würde. Wenn sie erfährt, dass ich ihren Vater ermordet habe ...

Sie glaubt es tatsächlich. Diese Besessenheit kann noch zu einer Fehlgeburt führen.

Das wäre nur gut! Die Flut von Schuldbewusstsein und Elend war so heftig, dass Magda kam und Jaelle sanft auf die Decke niederdrückte. »Das Beste, was du tun kannst, ist schlafen und dir keine Sorgen machen.«

Als Jaelle wieder in einen unruhigen, von Alpträumen gequälten Schlaf gefallen war, setzte sich Magda an den Höhleneingang und beobachtete den endlosen Regen, der den Fluss im Cañon anschwellen ließ. Sie würden Tage, vielleicht zehn Tage lang in der Höhle bleiben müssen. Niemand wusste, wo sie steckten. Der fieberische Glanz in Jaelles Augen gefiel ihr gar nicht, und ebenso wenig ihre einem Delirium ähnlichen Gedankengänge. Es war Magda mittlerweile selbstverständlich geworden, dass sie Jaelles Gedanken teilte, wenn ein enger Kontakt zwischen ihnen bestand. Nun, Lady Rohana hatte ihr damals gesagt, sie besitze potenziell starkes *Laran*. Von Camilla hatte sie gelernt, ihre Barrieren für lange Zeit geschlossen zu halten. Camillas Absichten waren gut gewesen – tatsächlich hatte sie es aus reiner Liebe getan –, aber es bedeutete, dass Magda keine Chance bekommen hatte, sich in der Kontrolle und im Gebrauch ihres *Laran* zu üben. Und jetzt hatte irgendetwas dieses Talent verstärkt. Der Kontakt mit Jaelle? Der Einfluss des *Kireseth*-Harzes, das eine starke psychedelische Wirkung hatte?

Wie es auch geschehen sein mochte, es *war* geschehen, und sie musste mit einer ungeheuren Überladung an neuen Sinneseindrücken fertig werden, die zu verarbeiten ihr Verstand noch nicht gelernt hatte. Ihr war, als könne sie nach allen Richtungen zugleich sehen, als habe sie nicht nur im Hinterkopf Augen, sondern auch in der Kopfhaut und an verschiedenen Stellen ihres Körpers, so dass sie die Rückwand der Höhle ebenso gut sah wie den überfluteten Cañon unter ihr, die kleinen Nagetiere, die durch Gänge in den Wänden huschten, die nächtlichen Räuber, die in Nestern aus Zweigen an der Decke eine Art Winterschlaf hielten. Sie fühlte Jaelles Körper, als sei er in ihre eigenen erweiterten Sinne eingebettet – spürte man während der Schwangerschaft auf diese Weise eine zweite Person in sich? Schmerz schlummerte in Jaelle, bereit zu erwachen. Magda tastete sich weiter vor und nahm das schlafende Bewusstsein auf einer tieferen Ebene wahr, wo das Kind sich im Mutterleib zusammenrollte ...

Ich habe nie ein Kind gewollt. Oder war es so, dass ich nur Peters Kind nicht wollte? Was ich für ein Kind empfunden hätte, empfinde ich für Jaelle und mehr, und ich kann jetzt nie mehr glücklich sein, bis ich ein Kind habe. Sie lächelte traurig vor sich hin. *Aber inzwischen habe ich erkannt, dass ich eine Liebhaberin von Frauen bin, und es ist nicht sehr wahrscheinlich, dass es mir auf diesem Weg gelingen wird, schwanger zu werden! Das ist der einzige Nachteil, der mir einfallen will. Vielleicht hätte ich ein Kind haben sollen, bevor ich mich für diesen Weg entschied.* Magda musste lachen, denn ihr war klar, dass sie diese Art von Selbstdefinierung für immer hinter sich gelassen hatte, als sie das Gildenhaus verließ. *Nein, ich nenne mich nicht eine Liebhaberin von Frauen. Es gibt Frauen,* die ich liebe, das ist alles. Aber was auch in Zukunft geschehen mag – nun, den Falken will ich fliegen lassen, wenn seine Schwingen gewachsen sind. Sie wunderte sich, warum sie sich trotz ihrer verzweifelten Situation – allein, durch die Überschwemmung abgeschnitten, Jaelle krank, vielleicht sehr krank und vielleicht wahnsinnig – so glücklich fühlte, als seien sie und Jaelle und das Kind alle eins mit etwas, das größer war als sie, etwas, das in allem lebte, was um sie war. Der Himmel und das Wasser und der fallende Regen und der rauschende Fluss, die Bäume, die ihre Blätter im Regen badeten, die Erde, die sich der Flut öffnete wie eine Frau der Berührung ihres Liebhabers, auch die Tierchen in den Wänden der Höhle und die Insekten im Stroh waren Teil davon. War sie immer noch ein bisschen von dem *Kireseth*-Harz berauscht? Nein, dies war etwas anderes. Wenn sie religiös wäre, würde sie es eine Wahrnehmung Gottes nennen, das Wissen, dass alles um sie Leben besaß und dass sie Teil davon war. Ihre Liebe zu Camilla, ihre heftige Liebe zu Jaelle, die Leidenschaft, die sie mit Peter geteilt hatte, die kurze Zärtlichkeit für Monty, sogar die Sympathie, von der sie beim Tanz mit Darrell, Sohn Darnaks, erfüllt gewesen war, die Art, wie sie den alten Koordinator Montray zu bemuttern pflegte, ihre Teilnahme an dem Schmerz Byrnas bei der Geburt, ihre Angst unterwegs – alle diese Dinge vereinigten sich, als sie einen einzigen Augenblick lang ihr Leben rein und ganz erblickte. Schon verblasste die Vision, und Magda wusste, dass sie nicht darum kämpfen durfte, sie festzuhalten, denn dann würde sie sie ganz verlieren. Sie musste sie gehen lassen. Aber sie würde für immer ein Teil von ihr bleiben.

Sie bedeckte das Feuer und legte sich wieder neben Jaelle. Auch sie war immer noch müde von dem langen Ritt, und sie musste Kraft für die Zeit sammeln, wenn sie von hier aufbrechen würden. Hoffentlich war Jaelle dann fähig zu reiten.

7

Noch viermal senkte sich die Nacht auf die Höhle in der Klippenwand nieder, noch viermal färbte das Morgenrot den Himmel. Als sich die blutige Sonne zum dritten Mal über die Klippen erhob, hatte der Regen aufgehört, und am Abend dieses Tages begann das Wasser zu fallen. Erleichtert führte Magda die Pferde zum Weiden auf den Hang hinaus, denn wenn auch sie und Jaelle genug zu essen hatten, das Futter für die Tiere wurde knapp. Es würde jedoch noch beträchtliche Zeit dauern, bis der Cañon wieder begehbar war, und sie hatten auch nur noch ganz wenig trockenes Holz für das Feuer. Die Zweige von Harzbäumen brannten auch in nassem Zustand, aber nicht besonders gut.

Bei ihrer Rückkehr in die Höhle hatte sich Jaelle aufgesetzt. Magda machte sich schreckliche Sorgen um sie. Die meiste Zeit war sie jetzt bei Verstand, aber sie kam nicht von der Zwangsvorstellung los, sie habe Peter ermordet. Magda sprach nicht mit ihr darüber. Jaelle war davon überzeugt, und dagegen ließ sich nichts machen. Magda hingegen weigerte sich entschieden, es zu glauben.

Und die kurze Mittsommerzeit ging zu Ende. Bald brauchten sie ein Feuer, wenn sie überleben wollten. Deshalb würden sie aufbrechen, sobald das Wasser im Cañon so weit gesunken war, dass sie durchkommen konnten, auch wenn die Pferde schwimmen mussten, und es wäre gut, wenn Jaelle bis dahin kräftiger geworden wäre. Das Fieber blieb, und jede Nacht wachte sie schreiend aus Alpträumen auf. Magda hielt sie dann lange Zeit fest und beruhigte sie, bis sie wusste, wo sie sich befand. Ihre ganze vergessene Kindheit in den Trockenstädten schien wiederzukehren und mit ihr die Angst, angekettet zu sein. Magda bekam mit ihrer neuen Wahrnehmungsfähigkeit so viel von diesen Alpträumen mit, dass sie darauf bestand, sie sollten an entgegengesetzten Enden der Höhle schlafen.

»Wir fangen die Alpträume der jeweils anderen auf und verstärken sie«, sagte sie, »und ich sollte meinen, dass wir bereits genug eigene hätten.« Aber es war wirklich zu kalt, und sie hatten dafür nicht genug Decken. Also schlief Magda neben Jaelle, und erwachte sie schreiend, nahm sie sie in die Arme und tröstete sie, bis sie wieder eingeschlafen war. Magda war immer dankbar, wenn es in der Höhle hell zu werden begann. Während des Tages hatte Jaelle zwar Fieber und Schmerzen – Magda fragte sich, ob sie sich unterwegs irgendeine Krankheit eingefangen habe –, aber sie war ganz vernünftig. *Ausgenommen diese verdammte fixe Idee wegen Peter. Oder ist es gar keine fixe Idee?*

Ebenso überzeugt wie von Peters Tod war Jaelle, dass Aleki noch am Leben war. »Er sitzt genau wie wir in einer von diesen Höhlen fest«, behauptete sie, und bei ihren Worten blitzte ein Bild von Alessandro Li vor Magda auf, der allein und schmutzig dalag, unfähig, sich zu bewegen. *Er ist verletzt. Und wir müssen ihn nach Thendara zurückschaffen. Wenn er hier draußen stirbt, wird das einen ausgewachsenen diplomatischen Zwischenfall nach sich ziehen.*

»Und es ist meine Schuld«, erklärte Jaelle ruhig. »Ich habe die persönliche Verantwortung für ihn übernommen.«

»Und ich habe die persönliche Verantwortung für deine Verpflichtungen übernommen.« Magda berührte leicht ihre Hand. »Ich bin im Augenblick besser im Stande als du, dein Wort einzulösen. Dazu sind Eidesschwestern da.«

»Ich fühle mich ein wenig schuldig«, gestand Jaelle nach langem Schweigen. »Ich wollte, dass er bei seinem Vorhaben versagte. Und jetzt hat er versagt, und wir können ihn nach Thendara zurückbringen. Ich wollte nicht, dass er Armida erreichte und diesen Andrew Carr oder Dom Ann'dra oder wie er sich nennt befragte ...«

Magda lächelte schwach. »So viel ich von ihm gesehen habe, kann *dieser Andrew Carr* sehr gut für sich selbst sorgen. Wenn ich auf einen von beiden wetten wollte, dann auf ihn.«

»Da bin ich mir nicht so sicher. Wenn Li die Spur der *Comyn* verfolgt, lässt er sich durch nichts davon ablenken, Magda. Du kannst dir nicht vorstellen, wie hartnäckig er ist. Ich ... ich bin *Comyn*, obwohl mir das früher nie so recht klar gewesen ist. Aber durch den Eid der Entsagenden bin ich frei davon, so dass ich Darkover von beiden Seiten sehen kann. Als *Comyn* und als Frau aus dem Volk. Und ich habe die Welt des Imperiums auf diesen kleinen Schirmen gesehen. Ich möchte nicht, dass meine Welt so wird. Und das ist es, was Li ... Aleki will.«

»Wenn überhaupt einer, wird er es schaffen«, nickte Magda. »Er ist aus dem Stoff, aus dem Agenten gemacht werden.«

»Und du bist eine von ihnen ...« Jaelle zögerte. »Möchtest du ... möchtest du ihm bei seiner Aufgabe helfen? Oder wirst du zu Darkover halten?«

Magda nahm sanft ihre Hände. »So einfach ist das nicht, Liebling. Man kann nicht sagen: Darkover gegen Terra. Keine von beiden Welten ist ganz gut oder ganz schlecht. Überzeugen wir uns erst, ob er am Leben ist, bevor wir anfangen, uns über sein Vorhaben Sorgen zu machen.«

Jaelles Zustand müsste sich bessern, wenn es nur eine Form von Erkältung wäre. Aber er bessert sich nicht. Magda gab sich Mühe, Jaelle nicht merken zu lassen, wie besorgt sie um sie war.

Sie selbst hatte sich von ihrer Erschöpfung und der ausgestandenen Angst erholt. *Wenn das* Laran *ist, gehöre ich zu den wenigen Glücklichen, weil ich der Schwellenkrankheit entron-*

nen bin, dachte sie, ohne sich bewusst zu werden, wie viel sie sich aus Jaelles Gedanken angeeignet hatte. Sie brannte darauf, sich wieder auf den Weg zu machen. Vielleicht war es für Jaelle besser weiterzureiten, auch wenn sie krank war. In der Terranischen Zone hätte sie Jaelle ohne Zögern in ein Krankenhaus gebracht. *Sie ist wirklich krank, und es wird nicht besser mit ihr. Also muss ich die Entscheidung treffen. Und wir müssen morgen früh weg von hier, falls sie überhaupt reisen kann.*

Gegen Morgen, als die Kälte von dem Schnee draußen in die Höhle kroch, begannen sie zu träumen.

Die rote Sonne erhob sich über die zerklüfteten Felsen, Blut breitete sich auf dem Sand aus. Das war es wert, Jaelle. Du bist frei. Du bist frei. Und dann war ihre Mutter fort, war nirgendwo, wie Peter, verschwunden, tot …

Nein, mein Liebling. Ich bin hier. Und ich bin auch frei. Sie stand auf dem roten Sand, hoch gewachsen und schön, das rote Haar nicht zu den Affenschaukeln einer Trockenstädterin eingeflochten, sondern zu einem schweren Knoten geschlungen und mit einer kupfernen Schmetterlingsspange befestigt.

Mutter! Mutter! Komm zurück, Mutter … Aber sie war schon wieder verblasst, war in ihre eigene Freiheit eingegangen. *Und das steht auch mir frei.* Die rote Blutlache auf dem Wüstensand war nicht mehr zu sehen, aber sie spürte all den Schmerz ihrer Mutter immer noch. Rings um sie löste die Welt sich auf. Sie war ein kleines Mädchen und lag zitternd in dem Schlafsack der merkwürdigen alten *emmasca,* die sie im Arm hielt und berührte, wie sie niemals von einer Frau hatte berührt werden wollen … Nein, sie war Magda und lag in Camillas Armen … Das war gar nicht ich. Ich habe nie in dieser Art an Camilla gedacht. Natürlich nicht. Camilla war meine Mutter, eine der Frauen, die Mutterstelle an mir vertraten, nachdem ich meine eigene Mutter, an die ich mich damals nicht mehr erinnern konnte, verloren hatte. Für Camilla war es beinahe so, als sei ich ihr eigenes Kind gewesen. Aber Magda war nicht ihr Kind, sie konnte ihre Liebhaberin werden ...

Das kleine Mädchen war immer noch da, ein kleines Mädchen, das sich so sehr wünschte zu leben ... *Nein,* sagte Jaelle, *es ist nicht möglich,* chiya, *du wirst zurückkehren müssen, um dir eine andere Mutter zu wählen.*

Aber du hast mich erwählt, und ich habe dich erwählt, erwiderte das kleine Mädchen. Warum sah sie das Kind nicht deutlich, warum hörte sie nur seine Stimme? Sie hatte so große Schmerzen, ebenso wie ihre Mutter sie gehabt hatte, und sie konnte die Schmerzen nicht in sich verschließen. Es war zu viel. Zu viel, sie brach auseinander, sie wurde gefoltert, sie stieß Schreie aus, wie sie sie aus Jalaks Folterkammer gehört hatte ...

Nicht weinen, Mutter. Ich werde auf dich warten. Ich werde wiederkommen, wenn du mich haben willst. Eine so vertrauensvolle Stimme. Das kleine Mädchen trug ein blaues Kleid, und seine Locken waren wie der goldene Blütenstaub in der Glocke der *Kireseth*-Blüte. Jaelle sah sie weggehen, hinein in eine graue Welt, in ein graues Schweigen. Ihr war, als verschwinde das kleine Mädchen, das ihre Tochter hätte werden können, in Wolken wie die des Sees von Hali, entfernte sich weiter und weiter, und als sie nichts mehr von ihm sehen konnte als einen blauen Schimmer von seinem Kleid, erfasste sie, dass es eine echte Trennung war. *Noch ein Tod.*

»Nein! Nein! Komm zurück«, rief sie immer wieder und wieder, doch es war zu spät. Das kleine Mädchen war fort, und sie weinte, weil es so wehtat, so weh ... wie beim ersten Mal, als sie entdeckt hatte, dass sie blutete, und sich fürchtete, das jemandem zu verraten ...

»Jaelle!« Magda, sehr blass, beugte sich über sie. »Du hast im Schlaf geweint ... Was ist los?«

»O Magda, sie ist gegangen, sie ist tot, ich konnte sie nicht zurückrufen. Ich habe ihr gesagt, ich wolle sie nicht, und sie ging einfach weg ...«

»Wer, Jaelle? Du hast wieder einen Alptraum gehabt, Liebes. Erzähle ihn mir.«

»Meine Mutter. Nein, es war mein Kind. Und sie ging einfach weg ...«, schluchzte Jaelle. »Ich hätte sie so gern nach dir genannt, Margali ... Oh, mir tut alles weh, so schrecklich weh ...«

Magda hielt sie fest und tröstete sie und glaubte zuerst, Jaelle habe wirklich nur einen Alptraum gehabt. Doch dann sah sie, dass es mehr war als das. Sie spürte die Schmerzen, die den Körper der Jüngeren zerrissen, und mit Entsetzen erkannte sie, was geschah.

Das habe ich befürchtet. Sie ist so krank gewesen und hat unter solchem Druck gestanden. Sie hat eine Fehlgeburt. Und es ist viel zu früh, es sind erst vier Monate. Das Kind hätte nicht einmal bei den Terranern mit ihren lebenserhaltenden Maschinen eine Chance. Und sie, Magda, hatte nicht die leiseste Ahnung, was zu tun war, allein, ohne warmes Wasser oder auch nur die einfachste Hygiene, in einer schmutzigen Höhle, vom Wasser eingeschlossen ...

Jaelle wand sich und schrie vor Schmerz. Magda ergriff ihre Hände. »Liebling«, sagte sie, »Jaelle, Liebling, du musst tapfer sein, du musst aufhören zu schreien und dir alle Mühe geben, dich zusammenzunehmen.«

Ich will nicht, dass sie stirbt. Und das ist hier kein Ort, um eine Fehlgeburt zu haben. Und ich weiß nicht, was ich für sie tun soll. O Göttin, ich brauche Hilfe. Ich brauche Marisela oder jemanden wie sie. Und ich bin ganz allein mit ihr. Und ich darf sie nicht einmal merken lassen, welche Angst ich habe. Sie hat so schon genug Angst.

Nun, sie musste einfach tun, was sie konnte.

Jaelles Schluchzen war in ein leises Wimmern übergegangen. *Ich will versuchen, tapfer zu sein. Wie damals, als ich vom Pferd fiel und mir die Schulter verrenkte und Kindra wegen meiner Tapferkeit stolz auf mich war. Ich kann auch für Magda tapfer sein. Arme Magda, sie ist so gut zu mir gewesen.*

Mein armes Kind. Mein armes kleines Mädchen. Ob es ihr wehgetan hat zu sterben?

Magda schirmte sich gegen Jaelles Gedanken ab, so gut es ihr möglich war. Es würde Jaelle kein bisschen helfen, wenn auch sie litt. Sie holte alles trockene Holz herbei, das noch übrig war, und machte das Feuer so groß, wie sie es wagte. Dann hängte sie den Wassertopf auf – Jaelle würde ein heißes Getränk brauchen, und danach konnten sie sich an gekochtem Essen stärken. In ihren Satteltaschen fand sie zwischen der Reisekleidung zwei saubere Flanellnachthemden. Sie erinnerte sich nicht einmal mehr, dass sie sie eingepackt hatte. Eins davon würde sie Jaelle später anziehen. Das andere legte sie auf die weniger schmutzige Seite der Decke. Jahrhundertelang, redete sie sich zu, haben Frauen ohne terranische Hygiene unter primitiven Umständen Kinder bekommen und Fehlgeburten gehabt.

Ja, und sind daran gestorben. Sie befahl diesem Gedanken, wegzugehen und still zu sein, und bereitete sich innerlich darauf vor, Jaelle zu beruhigen, obwohl sie sich selbst gar nicht sicher war, was sie tun sollte. Sie wusste, dass es eine Menge Blut geben würde. Das hatte sie aus zu vielen Alpträumen Jaelles gelernt.

Sie kniete nieder und streifte Jaelle die schmutzige und blutgetränkte Reisekleidung ab. »Als Erstes musst du dich entspannen und tief durchatmen. Komm, Jaelle, du hast mehr Vorträge von den Hebammen gehört als ich. Wenigstens eine von uns sollte genug davon im Gedächtnis behalten haben, dass ich keine zu schlimme Pfuscharbeit leiste.«

8

Das meiste Brennholz war verbraucht. Magda schleppte sich todmüde an die Höhlenöffnung und blickte ins Tal hinunter. Das Wasser war im Laufe des Tages weiter zurückgegangen. Wir hätten heute weiterreiten können, dachte sie, wenn Jaelle dazu fähig gewesen wäre. *Wenn sie es sich noch einen weiteren Tag verkniffen hätte ...*

Es war nicht Jaelles Schuld. Magda sandte einen liebevollen Blick auf den dunklen Haufen von Bettzeug zurück, der Jaelle war. Sie schlief, und es war vorbei ... wenigstens glaubte sie, dass es vorbei war. Sie hatte ihr Bestes getan, aber sie war keine Ärztin und nicht einmal eine Hebamme, und ihr Bestes war wahrscheinlich nicht gut genug.

Und jetzt wusste sie nicht, wie lange es dauern würde, bis sie Jaelle transportieren konnte. Da drin lag eine Schwerkranke. *Ich habe mir alle Mühe gegeben, aber es gab keine Möglichkeit, alles richtig zu sterilisieren.* Jaelle brauchte gutes Essen und ein warmes Bett und sorgsame Pflege. Magda legte ihren Kopf in die Hände und weinte.

Doch gleichzeitig rationalisierte sie ihren Ausbruch. *Ich bin nichts weiter als übermüdet, diese ganze Anstrengung und das Wissen, dass Jaelle immer noch sterben kann. Ich liebe sie, ich würde alles für sie tun, und vielleicht habe ich sie umgebracht. Diese ganze Sache ist mein Fehler. Ich habe sie überhaupt erst mit Peter bekannt gemacht. Wenn ich damals nicht ein so schlechter Mensch gewesen wäre, wenn ich Peter ein Kind geschenkt hätte, wenn ich nicht aus Geltungsdrang unbedingt hätte mit ihm konkurrieren müssen ... jetzt ist er tot, und Jaelle stirbt vielleicht ...*

Sie weinte und weinte, unfähig, damit aufzuhören, und noch während das Schluchzen sie schüttelte, erinnerte sie sich, dass Marisela gesagt hatte, eines Tages werde auch sie weinen können ...

Das soll gut für mich sein? Verrückt!

Ein Glück, dass ich von Marisela mehr als das gelernt habe, nicht wahr? Darüber wäre sie beinahe in Gekicher ausgebrochen. Sie wischte sich die Nase am Ärmel ab – es war nicht einmal ein sauberer Lumpen vorhanden –, holte tief Atem und versuchte, ohne Hysterie eine Bestandsaufnahme zu machen.

Jaelle schlief, war jedoch sehr schwach. Magda fürchtete, sie habe zu viel Blut verloren. Sie musste ärztlich untersucht werden, um festzustellen, dass Magda keinen Fehler gemacht hatte und alles sauber war. Zumindest brauchte sie trockene, saubere Kleider, nahrhaftes Essen und Wärme. Für Letzteres konnte Magda sorgen, indem sie Zweige von Harzbäumen suchen ging, die auch in nassem Zustand brannten, vorausgesetzt, sie holte sie sofort, bevor das Feuer ganz aus war.

Andernfalls, überlegte sie nüchtern, mochten sie beide hier sterben.

Falls Jaelles Temperatur innerhalb der nächsten sechs Stunden sank, sollte sie das Mädchen vielleicht einfach aufs Pferd setzen, selbst wenn sie sie im Sattel festbinden musste, und sie in bewohnte Gegenden zurückbringen. Dort konnte sie eine Mannschaft für die Suche nach Aleki organisieren, und Jaelle bekam Pflege. Aber wenn sie auf einen einsam gelegenen Hof gerieten, wo die Bäuerin wie die Frau reagierte, die Magda bei der Brandbekämpfung verflucht hatte? Die wäre im Stande gewesen, sie zum Sterben hinauszuweisen.

Blieben sie hier, hatten sie nichts weiter zu erwarten als Hunger und Kälte. Noch war sie kräftig. Konnte sie Jaelle allein lassen und sich auf die Suche nach Hilfe machen? Hinter sich in der Höhle hörte sie Jaelle im Schlaf wimmern, als ängstige sie schon der Gedanke.

Jaelle, die so stark war. *Und doch habe ich sie immer beschützt. Mein Kind. Meine Liebe.*

Sie würde bei Jaelle bleiben, ganz gleich, was geschah. Entweder riskierte sie es, mit ihr die Höhle zu verlassen, sobald es ihr besser ging, oder sie warteten hier auf Rettung.

Jahrelange Erfahrung mit dem Wetter sagte ihr, dass ihnen ein weiterer Sturm bevorstand, wenn auch nicht gleich. Trotzdem sollte sie auf der Stelle Holz sammeln gehen.

Sie beugte sich über Jaelle und wollte ihr zuflüstern, sie gehe nicht weit weg und Jaelle solle keine Angst haben, aber im Augenblick schlief Jaelle friedlich, und Magda widerstrebte es, sie zu stören. Ob sie es schaffte, ihre Gedanken zu erreichen? Während der Nachwirkungen des *Kireseth*-Sturms hatten sie viel Zeit im Kontakt miteinander verbracht und sogar ihre Träume geteilt. Doch als es zu der Fehlgeburt kam, hatte sich Magda gesagt, dass sie Jaelle nicht helfen konnte, wenn sich aller Schmerz, alle Angst auf sie übertrug. Sie hatte etwas getan – sie wusste immer noch nicht, was – und ihren Geist vor dem Jaelles verbarrikadiert. War es möglich, das rückgängig zu machen?

Sie versuchte, sich in den Geist der schlafenden Frau zu versenken. Ohne zu wissen, ob es ihr gelang, formulierte sie Gedanken, die Jaelle nicht wecken sollten. Nach diesem Alptraum aus Schmerz und ungeschickter Geburtshilfe brauchte sie ihren Schlaf. Aber die Sicherheit, dass Magda sie nicht verließ, brauchte sie auch.

Liebling, ich muss dich für ein Weilchen allein lassen. Ich muss Holz holen oder sonst etwas, das wir verbrennen können. Wenn du aufwachst und ich fort bin, ängstige dich nicht. Das wiederholte sie mehrmals. Jaelle schlief ruhig weiter, und Magda fragte sich, ob sie sie überhaupt erreicht habe. Nun, mit etwas Glück war sie wieder da, bevor Jaelle aufwachte, und konnte Tee für sie kochen und vielleicht warmen Brei. Es war nicht das, was Magda für sie ausgesucht hätte, aber Jaelle hatte sich wahrscheinlich früher schon davon ernährt, und das Zeug enthielt angeblich alle nötigen Nährstoffe. Auf jeden Fall stellte es den üblichen Reiseproviant der Amazonen dar. Dass es wie schal gewordene Getreideflocken schmeckte, spielte keine Rolle.

Magda zog die Kapuze ihres Reitmantels über den Kopf und dachte dabei, dass sie sich in Jaelles terranischer Daunenjacke wohler fühlen würde. Aber Jaelle war kleiner als sie, und die Jacke würde ihr nicht passen. Also blieb nur der Reitmantel. Wenigstens hielt er warm. Sie sah nach den Pferden, vergewisserte sich, dass sie sich nicht zu weit entfernt hatten, streichelte sie und gab ihnen den letzten Rest an Korn. Dann machte sie sich daran, feuchte Zweige von Harzbäumen den Hang hinaufzuschleppen. Es war schwere Arbeit, die Arme taten ihr weh, und sie brach sich die Nägel an dem Holz ab. *Wenn ich nur irgendwo an ein Interkom herankäme! Primitive Planeten sind wundervoll, ich liebe diesen hier, aber, verdammt noch mal, was fängt man in einem Notfall wie diesem an? Setzt man sich hin und stirbt?*

Sie hätte Alarm geben und terranische Hubschrauber auf die Suche nach Jaelle schicken können, bevor sie den Pass überschritt! Sie hätte eine gut ausgerüstete Rettungsmannschaft für Aleki auf die Beine stellen können, bevor er Thendara zwei Reitstunden hinter sich hatte! Wenn Jaelle auch nur ein halbes Gehirn besäße, hätte sie es getan, statt ihm abends kurz vor Ausbruch eines Unwetters nachzurasen!

Aber Jaelle hatte Peter getötet – oder bildete es sich zumindest ein, dachte Magda ernüchtert. *Es war ein Unfall. Davon hätte sie die Terraner jedoch erst überzeugen müssen.* Und sie hätte Aleki gar nicht helfen können, wenn sie im Hospital eingesperrt oder zur Vernehmung festgehalten worden wäre.

Magda zerrte einen Arm voll Holz an die Höhlenöffnung und stieg für die nächste bergab. Auf halber Höhe des Hangs setzten sich Schneeflocken auf ihren Mantel, diese dicken nassen Flocken, die sich wie kleine Schneebälle zusammenklumpten und bedeuteten, dass bald schwerer Schneefall einsetzen werde. Ein Teil des Schnees würde schmelzen, wenn er auf das im Cañon zurückgebliebene Wasser traf, aber auf den Hängen würde sich genug aufhäufen, um den Weg gefährlich zu machen.

Das erzwang die Entscheidung. Sie konnten sich nicht einschneien lassen, sie durften nicht bleiben. Irgendwie musste sie Jaelle auf ihr Pferd bringen und sich mit ihr in eine bewohnte Gegend durchkämpfen.

Zur Hölle mit allen Überlegungen, wir könnten hier auf Rettung warten! Eine Entsagende hat sich selbst zu retten! Entschlossen ließ Magda das Holz fallen und begann, ihre Habseligkeiten und die Reste der Lebensmittel einzusammeln. Sie legte das letzte trockene Holz aufs Feuer und kochte Trockenfleisch. Das gab eine gute, nahrhafte Mahlzeit, die sie für die Reise stärken würde. Dann packte sie in ihre Satteltaschen, was sie konnte. Alles außer Essen und Decken ließ sie bedenkenlos liegen. Sie wollte Jaelle mit den Satteltaschen auf ihr Pferd setzen und selbst Jaelles Pony reiten. Es wurde bestimmt auch ohne zusätzliches Gewicht ein harter Ritt.

Wenn sie es schafften, würde sie Leute nach Aleki oder seiner Leiche in den höher gelegenen Höhlen suchen lassen.

Als die Suppe fertig war und durchaus essbar roch, sagte sich Magda, dass sie es nicht riskieren durfte, noch länger zu warten. Schon schneite es heftig, und sie zögerte von neuem. Wenn es noch schlimmer wurde, konnten sie sich in einem Blizzard verirren. Aber was war die Alternative? In der Höhle eingeschneit zu warten, bis sie starben? Sie trank etwas von der heißen Suppe und aß eine Hand voll Nüsse. Dann goss sie die abgekühlte Suppe in einen Becher, beugte sich über Jaelle und weckte sie.

»Jaelle. Shaya, Liebes, wach auf und trink etwas Suppe. Ich muss dich hier wegbringen; es schneit, und da versuchen wir am besten, diesen Cañon zu verlassen, solange wir es noch können.«

Jaelle starrte sie mit leerem Blick an, und Magda sank der Mut.

»Kindra?«, flüsterte Jaelle. »Es tut weh. Ich blute. Muss ich sterben, Kindra?«

»Jaelle!« Magda schüttelte sie grob. »Hör auf damit! Du bist hier bei mir! Ich bin Magda! Wach auf, verdammt noch mal! Hier, trink das!« Sie hielt Jaelle den Becher an den Mund und kippte ihn. Jaelle nahm gehorsam einen Schluck, dann schob sie den Becher weg. Als Magda mit ihr schimpfte und ihn ihr von neuem an die Lippen hielt, begriff sie offensichtlich nicht, was Magda von ihr wollte, und ließ die Suppe über ihr Kinn hinunterrinnen. Magda hätte sie am liebsten geohrfeigt.

Aber sie kann nichts dafür. Sie ist krank, sie weiß nicht einmal, wer ich bin. Sie überprüfte den improvisierten Verband. Jaelle blutete von neuem. *Wenn sie noch mehr Blut verliert ...* Und Magda erkannte, wenn sie Jaelle jetzt zwang aufzustehen und zu laufen oder zu reiten, würde es sie wahrscheinlich umbringen. Ihr Gesicht war feuerheiß, und Magda hatte keine Medizin, die sie ihr hätte geben können.

Sie würde sterben. Magda blickte auf das dichte Schneegestöber draußen vor der Höhle und dachte: *Wenn wir eine oder zwei Stunden warten, mag es zu spät sein, hier noch vor dem Sturm hinauszukommen, aber sie darf sich jetzt nicht bewegen.*

Sie stopfte die Decken wieder um Jaelle fest. Verzweifelt fragte sie sich, ob sie nichts anderes tun konnte, als zuzusehen, wie Jaelle starb. Wenn sie nur eine Möglichkeit hätte,

Lady Rohana zu erreichen, die dann ihren Sternenstein benutzen könnte ...

Wenn sie eine Möglichkeit hätte, Lady Rohana zu erreichen ...

Die hatte sie. Sie besaß *Laran.* Sie war sich nicht sicher, wie sie es einsetzen musste, aber sie mochte *irgendwen* erreichen. Vielleicht die *Leronis* mit dem blauen Kleid und dem roten Haar, die ihre Füße geheilt hatte – wie hieß sie gleich, Hilary? Oder Lady Callista. Oder Ferrika, die selbst Amazone war.

Irgendwen. Aber wie macht man das? Ich bin so dumm gewesen. Ich hätte bei Lady Rohana Unterricht nehmen sollen ...

Wie schreit man mit *Laran* um Hilfe? Und als sie die Frage in Gedanken formulierte, kam von irgendwoher die Antwort: *Man tut es einfach. Man ruft. Hilfe!*

Also: Hilfe! Hilfe! Magda saß auf dem Boden der Höhle, bedeckte die Augen mit den Händen und versuchte verzweifelt, die Sicherheit jenes Augenblicks zurückzugewinnen, als sie die ganze Welt als Teil von sich gesehen hatte. *Wir sind hier vom Flutwasser eingeschlossen. Jaelle ist sehr krank, sie stirbt vielleicht, sie blutet, wir haben beinahe kein Brennholz mehr ... Oh, Hilfe, Hilfe!*

Das wiederholte sie wieder und wieder, konzentrierte sich mit schmerzender Intensität, stellte sich vor, wie der Ruf in immer größer werdenden Kreisen hinausging, als habe sie in die Stille rings um die Höhle einen Stein geworfen.

Im Inneren der Höhle entstand eine leichte Luftbewegung. Magda hob den Kopf und erblickte die undeutlichen Umrisse von Gesichtern. Es waren Frauen, und sie kannte keine von ihnen.

Dann entdeckte sie Mariselas Gesicht. Eigentlich wunderte sie das gar nicht.

Du hattest mir versprochen, nichts Übereiltes zu tun, bevor ich Gelegenheit gefunden hatte, mit dir zu reden, Kind ...

Magda antwortete laut, und sie fragte sich, ob sie verrückt geworden sei: »Ich konnte doch Jaelle nicht allein gehen lassen ...«

Nein, das konntest du wohl wirklich nicht.

Magda sah Marisela jetzt in ganzer Größe vor sich stehen, aber ihr Körper war durchsichtig, und sie konnte die dahinter liegende Höhlenwand erkennen. *Ist sie wirklich hier, oder ist bei mir nach all der Aufregung etwas ausgerastet?* Schon war Marisela wieder verschwunden, spurlos verschwunden, und Magda war sich nicht einmal sicher, ob sie sie überhaupt gesehen hatte. *Und wenn sie hier war,* dachte Magda entrüstet, *dann muss ich schon sagen, dass sie mir keine große Hilfe war. Schimpft mich, dass ich weggegangen bin, ohne etwas zu sagen, und verzieht sich! Sie hätte mir zumindest einen telepathischen Rat geben können, was ich für Jaelle tun soll. Schließlich ist sie die Hebamme!*

Der Schnee draußen erzeugte ein leises, wischendes Geräusch. Nur gut, dass sie nicht mitten drin steckten. Sie müsste die Pferde hereinholen, wahrscheinlich hielten sie dieses Wetter nicht aus. Wurde nicht irgendeine gefährliche Krankheit, Tetanus oder so etwas, durch Pferdeäpfel verbreitet? Nun, es war zu spät, sich darüber Gedanken zu machen. Sie und Jaelle waren so viel mit Pferden umgegangen, dass sie die Krankheit, wenn sie sie bekommen sollte, bestimmt längst bekommen hätte. Sie selbst war geimpft, und sie hoffte, Jaelle war in letzter Zeit gründlich untersucht worden.

Sie hörte Laute, die wie das Krächzen von Krähen klangen, und spürte einen Luftzug. Plötzlich war der Schnee fort. Sie stand in einem blauen Leuchten – Lady Rohanas Sternenstein fiel ihr ein –, und um sie versammelten sich schattenhafte Gestalten, Frauen in dunklen Gewändern.

Alle Gesichter waren ihr fremd.

Sie ist einer der Angelpunkte der Geschichte, sagte eine Stimme in ihrem Kopf.

Vergiss nicht, wir dürfen kein Mitleid mit einzelnen Menschen haben. Unser Anliegen sind die Jahrhunderte, und manche müssen leiden und sterben ...

Magda dachte: Ich habe eine Vision des Gesprächs zwischen Mutter Lauria und Cholayna. Nur war ich gar nicht dabei. Das war Jaelle.

Es wird kein Mangel an Leiden sein, aber im Augenblick braucht keine von beiden zu sterben. Sie ist nicht wichtig, doch das Blut der Aillards ist wichtig, denn eines Tages muss die Herrschaft Arilinns gebrochen werden ...

Dann wird der Verbotene Turm versagen?

Alle, die für die Stunde arbeiten, müssen versagen. Wir denken in größeren Zeiträumen ...

Das Kind eines Terraners würde den Würgegriff Arilinns brechen ...

Willst du ihr das Recht auf einen eigenen Willen absprechen? Sie hat sich entschieden, das Kind des Terraners nicht zur Welt zu bringen, weil sie meint, dadurch Leiden zu entgehen. Sie hat noch nicht begriffen, und deshalb wird sie dreifach leiden ...

Diesmal werden wir sie beide für dich retten. Aber merke dir gut: Es geschieht nicht aus Mitleid mit ihnen als Individuen. Hier überschneiden sich das Schicksal der Menschheit und die Forderungen der Menschlichkeit. Wir alle würden lieber Leben retten, nur dürfen wir uns nicht einmischen.

Dann verklangen die Worte im Krächzen von Krähen, und Magda fand sich bewegungslos im Schnee wieder, der ihr ins Gesicht und in die Augen fiel und sie blendete.

In diesem Wetter wären sie nie auf die Hauptstraße zurückgelangt. Magda kämpfte sich zu der Stelle durch, wo sie die

Pferde gelassen hatte. Aber die Pferde waren nicht da. Von Panik erfasst, stieg Magda weiter ab, als sie vorgehabt hatte, rutschte auf dem nassen Boden aus und rollte, einen Protestschrei ausstoßend, den Hang hinunter.

Ihr Reitmantel und ihre Hose waren jetzt durchweicht, und von den Pferden war keine Spur zu entdecken. In dem dichten Schneetreiben konnte sie die Höhlenöffnung nicht mehr sehen. *Jaelle! Ich muss zurück zu Jaelle!*

Das Gesicht mit den Händen vor den immer reichlicher fallenden Flocken schützend, entdeckte sie schließlich einen dünnen Rauchfaden und kletterte ohne die Pferde in dieser Richtung nach oben.

Dann tauchte Ferrikas Gesicht vor ihr auf, stupsnasig, blauäugig und voller Mitleid.

Hab keine Angst, Schwester. Man hat dich im Verbotenen Turm gehört, und es wird jemand zu dir kommen. Hab keine Angst.

Die Vision zerrann. Magda blinzelte. Bruchstückhafte Bemerkungen, die sie gehört hatte, fielen ihr ein, etwas über Lord Damon, den Regenten von Armida, und einen illegalen Turm. Nun, sie hatten schon Schwierigkeiten mit den terranischen Behörden, falls Jaelle Peter wirklich getötet hatte, da kam es nicht mehr darauf an, wenn sie auch mit den darkovanischen Behörden Schwierigkeiten bekamen. Nach allem, was sie wusste, stand dieser spezielle Turm bei den regulären Türmen in keinem guten Ruf.

Er ist ein Hafen im Sturm, Mädchen. Hatte sie da jemand auf Terra-Standard angesprochen? *Verliere ich den Verstand?* fragte Magda sich. *Ich sollte machen, dass ich aus dem Schnee hinauskomme!*

Jaelle lag noch so da, wie Magda sie verlassen hatte, stumpf, mit brennendem Gesicht.

Wer sind Sie?

Sie kennen mich doch. Ich sagte, Sie hätten Mumm für drei. Machen Sie dreiunddreißig daraus, Mädchen.

Ann'dra – Andrew Carr?

Ich bin nicht besonders gut in dieser Art von Empfang, ich sollte es Callista überlassen, Sie zu erreichen. Keine Zeit. Ich habe den Rauch gesehen. Sie haben nichts mehr zu befürchten.

In ihrem Geist erschien ein Bild. Männer ritten unten durch die Cañons, schwärmten von einem Mittelpunkt aus, der wie ein blaues Feuer war ... Nein, das war nicht möglich ... Telepathische Botschaften kamen doch nicht an wie auf einem Fernsehschirm, um Himmels willen! Jaelle murmelte und stöhnte und warf sich von einer Seite auf die andere. Magda legte Holz aufs Feuer, setzte sich neben Jaelle, nahm das Mädchen in die Arme und wiegte es. Jaelle flüsterte: »Mama? Ich dachte, du seist tot, Mama. Wer sind diese Frauen? Ich habe Angst, ich will nicht gehen. O Mutter, es tut so weh ...« Magda streichelte ihr Haar und versuchte, sie zu beruhigen.

»Es ist alles gut, Shaya. Es kommt alles in Ordnung, das verspreche ich dir. Sie kommen, sie wissen, dass wir hier sind. Wir werden gerettet.«

Jaelle sah sie mit ganz klaren Augen an. Ihre Stimme klang beinahe wieder vernünftig. »Aber Amazonen warten nicht, bis sie gerettet werden. Von uns wird erwartet, dass wir uns selbst retten. So, wie wir es schon einmal gemacht haben, Margali.« Damit versank sie wieder in ihre Erstarrung.

Magda klopfte ihre Wange und sagte liebevoll: »Auch Amazonen sind nur Menschen, Jaelle. Ich habe ein Jahr gebraucht, um das herauszufinden.«

Aber sie wusste, die Kranke konnte sie nicht hören und nicht verstehen. Das Feuer erstarb. Sie kroch unter die Decken, nahm Jaelle in die Arme und versuchte, sie zu wärmen. Und dann schlief sie unglaublicherweise ein.

Stimmen weckten sie. Andrew Carr rief laut im Dialekt der Kilghardberge:

»Hier nicht – nicht in dieser! Nein, verdammt noch mal, ich sage euch, es muss noch eine andere Höhle geben, hier draußen sind zwei kranke Frauen! Versucht es weiter unten am Hang! Eduin, kommt mit zwei Männern und einer Bahre hier herauf, dieser Mann hat ein gebrochenes Bein!«

Sie haben Aleki gefunden. Gott sei Dank, er lebt. Wieder sah sie ein Bild vor sich: *Alessandro Li, der elegante terranische Diplomat, aufgelöst, schmutzig in einer Höhle liegend, das Bein provisorisch geschient, blickte mit offenem Mund nach oben, und Carr grinste auf ihn nieder.*

»Botschafter Li, vermute ich. Hörte, Sie wollten mit mir sprechen.« Er reichte ihm auf terranische Weise die Hand. Li stammelte. »Sie ... Sie ... Sie ...«, und das Bild erlosch.

Magda kroch unter den Decken hervor. Das Feuer war tot; die Männer konnten keinen Rauch mehr sehen. In der Höhle war es sehr kalt, aber Jaelle atmete ganz normal. Magda fuhr in ihren Reitmantel und eilte an den Eingang. Auf dem Hang wimmelte es von Männern und Pferden, und weiter unten – etwa einen halben terranischen Kilometer entfernt, schätzte sie – drängte sich eine Gruppe um eine dunkle Höhlenöffnung. Jetzt entdeckte sie Carr, einen großen Mann mit einer hellen Haarmähne, der alle anderen um einen Kopf überragte.

Sie rief, obwohl die Entfernung viel zu groß war, aber sie wusste, *irgendwie* würde er sie hören.

»Ann'dra! *Andrew!* Hier oben!«

Er fuhr zusammen wie galvanisiert, sah und zeigte zu ihr hin, hob als Signal winkend die Hand.

Okay, halten Sie aus, ich sehe Sie.

Und Magda brach im Schmutz und Schlamm des Höhleneingangs zusammen und begann zu weinen. Sie weinte und weinte, als werde sie niemals mehr aufhören, und plötzlich verstand sie, was Marisela gemeint hatte.

Eines Tages wirst du weinen können und geheilt werden.

Sie merkte es kaum, dass ein Mann in den Ridenow-Farben den Abhang heraufkam, aber sie hörte ihn rufen: »Hier sind sie, *Vai Dom!* Alle beide!« Er räusperte sich. »*Mestra* …« Schnell stellte sich Magda auf die Füße und raffte ein paar Reste von Würde und Haltung zusammen. Ein armseliger Versuch, das war ihr klar; ihr Gesicht war fleckig und geschwollen.

»*Mestra,* seid Ihr in Ordnung?«

»Meine Freundin«, erklärte Magda schnell. »Sie ist krank. Ihr werdet auch für sie eine Bahre holen müssen. Mir selbst fehlt nichts.«

»Wir haben eine Bahre«, sagte er. »Da unten. Sobald wir den Fremden in eine Pferdesänfte geschafft haben, werden wir kommen und Eure Freundin holen.« Magda sah, dass aus der Höhle weiter unten eine Gestalt auf einer Bahre zu den wartenden Pferden und Menschen getragen wurde. Und dann stieg Andrew Carr den Hang bis zu Magda herauf.

Mit einem gutmütigen Grinsen sagte er leise, so dass der Mann in den Ridenow-Farben es nicht hörte: »Es ist alles in Ordnung. Die Leute wissen, dass ich Terraner bin, und es ist ihnen ziemlich gleichgültig. Ich habe mir das Gehirn zermartert, wer *Sie* denn wohl sein könnten. Lorne vom Nachrichtendienst, nicht wahr? Ich kenne Sie dem Namen nach. Begegnet sind wir uns früher jedoch nie.«

Sehr unpassend reichten sie sich die Hand.

Dann beugte er sich über Jaelle.

»Eine Fehlgeburt? Wir bringen sie nach unten, wo sie richtig versorgt werden kann. Ferrika ist immer noch in Thendara, aber *mestra* Allier von Syrtis wird sich ihrer annehmen. Gott weiß, dass Lady Hilary genug Kummer dieser Art gehabt hat.

Wir bringen sie vorerst nach Syrtis, und wenn es ihr wieder gut geht, holen wir sie nach Armida!« Er lachte. »Irgendwie habe ich das Gefühl, Sie und ich hätten uns eine Menge zu erzählen. Aber das kann warten.«

Er bückte sich und hob Jaelle hoch. Bei seiner Größe sah es aus, als trage er ein Kind auf den Armen. Auf Magda sprang ein Bild über, das er in seinem Geist sah, das Bild einer geliebten Frau, die vor kurzem einen solchen Verlust erlitten hatte, dazu sein Mitgefühl, seine Geduld und seine Trauer. Als Jaelle vor Schmerz und Angst aufschrie, sprach er ihr freundlich zu, und Jaelle wurde unter der Berührung seiner Hände und vielleicht, dachte Magda, seines *Laran* ruhig.

Der andere Mann legte ihr die Hand auf den Arm.

»*Mestra,* lasst Euch von mir helfen ...«

Sie wollte schon sagen: »Ich kann allein gehen«, als sie merkte, dass sie es nicht konnte. So stützte sie sich auf ihn und stolperte zu den Pferden im Tal. Sie wollte dort sein, wenn Jaelle das Bewusstsein wiedererlangte.

Epilog

Es gelang Alessandro Li, der sich immer noch auf zwei Krücken stützte, den Eindruck zu erwecken, als beuge er sich tief über Magdas Hand, obwohl er kaum den Kopf bewegte.

»Ich bin Ihnen von Herzen dankbar. Jaelle, ich hoffe, Sie werden sich schnell und vollständig erholen.« Er sprach einen Satz in seiner Muttersprache, einer der Imperiumssprachen, von denen Magda nur wenige Brocken beherrschte. Immerhin verstand sie, dass es sich um eine höfliche Abschiedsphrase handelte. »Mein Lord ...«, wieder diese Geste, die irgendwie an eine formvollendete Verbeugung denken ließ, vor Damon. »Ich danke Euch für Eure Gastfreundschaft.«

In der Großen Halle von Armida mit ihren stabilen Balken und riesigen Kaminen war es warm und gemütlich, aber als sich die Türen öffneten, drang ein kalter Luftzug ein. Draußen schneite es sacht. Andrew murmelte: »Hier entlang, Sir«, und Aleki hinkte ihm an seinen Krücken nach, zwei oder drei Männer zu jeder Seite. Sie wollten ihn nach Neskaya begleiten, von wo ihn ein terranischer Hubschrauber abholen würde.

Die Türen schlossen sich hinter ihnen, und Lady Callista sagte leise zu Magda: »Ich hoffe, er wird uns im Imperium keine Schwierigkeiten machen.« Andrew, der gerade zurückkam, hörte es und lächelte. »Das wird er nicht tun.«

»Wie kannst du das wissen? Was er getan hat, solange er Gast in diesem Haus war, mag etwas ganz anderes sein ...«

Andrew lachte vor sich hin. »Mach dir keine Gedanken um Li. Ich kenne die Sorte. Er wird für den Rest seines Lebens wegen dieser Geschichte, wie er um Haaresbreite auf einem primitiven Planeten dem Tod entronnen ist, ein gern gesehener Gast bei Dinnergesellschaften sein und es genießen, dass man ihn für den größten Experten über Cottman IV hält – was bedeutet, er wird sich selbst einreden müssen, wie herrlich alles war.«

»Aber er hat uns versprochen, uns Koordinator Montray vom Hals zu schaffen und für ihn einen Legaten zu ernennen, der den Planeten kennt und liebt. Er hat mir sogar angeboten, ein gutes Wort für mich einzulegen, falls ich den Posten haben wollte.«

»Du solltest ihn nehmen, schon um ihnen allen eins auszuwischen«, sagte Jaelle. Sie lag auf einem Sofa, eingehüllt in einen rüschenbesetzten weichen blauen Hausmantel, der absolut nicht ihr Stil war. Ihr Gesicht hatte wieder etwas Farbe, aber es war ein langer, schwerer Kampf gegen Schwäche und Infektion gewesen. Heute noch hatte Aleki sie zu überreden versucht, mit ihm in die Terranische Zone zu fliegen, damit sie von den Ärzten dort gründlich untersucht werden könne. »Das sind wir Ihnen schuldig«, hatte er beteuert. Doch Jaelle hatte ihm lächelnd geantwortet, sie fühle sich inzwischen wieder ganz wohl. Magda hatte auch den unausgesprochenen Gedanken aufgefangen, dass sie nicht die leiseste Absicht habe, jemals wieder ins HQ zurückzukehren.

Magda glaubte nicht, dass Jaelle wieder ganz gesund war – nur wenn sie flach auf dem Rücken lag und delirierte, brachte Jaelle es über sich, eine Schwäche einzugestehen –, aber über das Schlimmste war sie hinweg. Sie war schrecklich krank gewesen, als man sie nach Syrtis hinunterbrachte, und obwohl alles für sie getan wurde, schien sie den Willen zum Leben verloren zu haben.

Eine Besserung trat erst dann ein, als Magda endlich erkannte, was sie beunruhigte, und sich mit der *Leronis* beriet. Dann riefen sie Lady Callista, Lord Damon, den Regenten, und Andrew zusammen und erkundeten mit ihrem *Laran*-Kreis das Schicksal Peter Haldanes in der Terranischen Zone. Er war am Leben; man hatte ihn im Koma liegend gefunden und ins Hospital-Stockwerk hinuntergetragen, und jetzt erholte er sich langsam wieder.

»Ihr habt ihn ebenso mit Eurem Geist wie mit Euren Händen niedergeschlagen«, sagte Lord Damon ernst zu Jaelle. »Ihr hättet ihn leicht töten können, und es ist reines Glück, dass Ihr es nicht getan habt. Vielleicht war es die Gnade eines Gottes, mit dem ihr auf besserem Fuß steht, als Ihr wisst.«

Von dem Tag an schlief Jaelle ohne Alpträume, aß wieder und gewann ein bisschen von dem verlorenen Gewicht zurück.

Nach dieser einen Stunde innerhalb des Matrix-Kreises – und Magda wusste, dass sie ihren vollen Anteil beigetragen hatte – war Magda irgendwie Bestandteil der Gruppe geworden. Andrew und Callista behandelten sie wie eine Schwester, und ihr war, als habe sie Damon schon ihr Leben lang gekannt. Etwas weniger eng verbunden fühlte sie sich der hübschen Lady Ellemir, die geradeheraus erklärte, solange die Kinder noch klein seien, wolle sie ihnen ihre ganze Zeit und Aufmerksamkeit widmen. Gerade saß sie am hinteren Ende der Halle, und die Kinder des Haushalts drängten sich um sie. Magda konnte sie immer noch nicht auseinander halten, aber sie wusste, der Siebenjährige mit den roten Locken, der Domenic gerufen wurde, war der älteste Sohn von Damon und Ellemir und ihr einziges am Leben gebliebenes Kind. Lady Callista hatte zwei Töchter zwischen vier und sieben. Die eine war dunkel und ernst, und Magda erinnerte sich, dass das Hilary war. Der Name hatte sich ihr eingeprägt, weil so auch die *Leronis* hieß, die ihre Füße geheilt hatte. Den Namen der zweiten, die hellhaarig war und ständig kicherte, hatte sie sich nicht gemerkt. Mehrere andere Kinder waren in Bausch und Bogen als Pflegekinder des Hauses vorgestellt worden. Den Kleinsten hatte Callista harmlos als Andrews *Nedestro*-Sohn bezeichnet, was merkwürdig wirkte, denn niemand konnte die tiefe Zuneigung zwischen Callista und Andrew verkennen – Magda hatte noch nie ein sich so zugetanes Paar gesehen. Die anderen kleinen Rotköpfe stammten, das erklärte Damon ebenso beiläufig, aus Familien von Bauern und Landarbeitern und hatten von irgendwoher etwas *Comyn*-Blut. Sie wuchsen hier auf, wo sie die richtige Ausbildung erhalten konnten, sobald ihr *Laran* sich bemerkbar machte. Magda und auch Jaelle wunderten sich über die selbstverständliche Art, in der alles geschah. Ellemir bemutterte sämtliche Kinder, ohne Unterschiede zu machen.

»Es ist von mir die reine Selbstsucht«, gestand sie. »Aber sie sind nur so kurze Zeit klein, und Callista ist meine Zwillingsschwester und hat *Laran* genug für zwei. Deshalb will ich in diesen kostbaren Jahren so viel Freude an den Kindern haben wie möglich. Wir kommen aus einer langlebigen Familie; ich habe noch vierzig oder fünfzig Jahre vor mir, in denen ich in den Kreis zurückkehren und mein *Laran* einsetzen kann, wenn sie einmal erwachsen sind.« Gerade erzählte sie ihnen eine Geschichte. Den Kleinsten hatte sie auf dem Schoß, die anderen drängten sich um ihre Knie.

Sie hörten Alessandro Li mit seiner Eskorte wegreiten. Jaelle seufzte. »Peter wird mir jetzt wohl keine Schwierigkeiten wegen einer Scheidung mehr machen. Aleki hat mir versprochen, sie in die Wege zu leiten, so dass ich nicht – zurückzukehren brauche.« Ihre Augen waren beschattet, und Magda wusste, ohne in ihren Geist einzudringen, was sie dachte. Jaelle war immer noch leicht niedergeschlagen und weinte oft, aber Ellemir hatte Magda unter vier Augen versichert, das werde mit der Zeit vorübergehen.

»Ich weiß es«, sagte Ellemir kummervoll, »ich habe drei verloren, und das letzte erst in diesem Jahr kurz vor Mittsommer.« Magda dachte daran, wie Ferrika in Mariselas Armen geweint hatte. Nachdem sie, wenn auch nur für kurze Zeit, Bestandteil des Kreises gewesen war, zu dem Ferrika gehörte, verstand sie die Verbundenheit. Es war der einzige Kreis auf Darkover, der nicht hinter Turmmauern versteckt, bewacht und abgeschirmt war. Und Ferrika, ein Kind des Volkes, stand darin gleichberechtigt neben Lord Damon, seinem Bruder Kieran und der aristokratischen Lady Hilary, die mit Colin von Syrtis verheiratet war. Hilarys einziger Sohn Felix war eins der Kinder bei Ellemir – Magda hatte vergessen, welches.

Man hört niemals ganz auf zu trauern, hatte Ellemir zu Jaelle gesagt. *Aber man lernt, mit dem Leid zu leben und einen Weg hindurchzufinden. Und man versucht es von neuem. Und man öffnet sein Herz anderen Kindern.*

Jaelle hatte ganz leise geantwortet: »Wie es Kindra tat. Und wie es Camilla tut.« Von dem Tag an hörten die Alpträume über das kleine Mädchen mit dem roten Haar auf, das unwiderruflich in den grauen Nebeln der Überwelt verschwand.

Jetzt kam Andrew und sagte: »Ich möchte noch vor dem Sturm hinausreiten und nachsehen, ob alles mit den Pferden in Ordnung ist. Wer hat Lust mitzukommen, Jungens?«

Die Jungen, nur den ganz kleinen auf Ellemirs Schoß ausgenommen, rasten zur Tür. Sie alle nannten Andrew mit dem Wort, das »Onkel« oder »Pflegevater« bedeutete, gerade wie alle – einschließlich ihrer eigenen beiden Töchter – Lady Callista mit dem intimen Kosenamen anredeten, der sich mit »Tantchen« oder »Pflegemutter« übersetzen ließ. Aber Lady Ellemir war einfach »Mama«, nicht nur für ihren eigenen Sohn und Callistas Töchter, sondern für jedes Kind auf dem Land von Armida.

Eins der Mädchen riss seinen Mantel vom Haken und verlangte, ebenfalls mitgenommen zu werden. Ellemir sagte tadelnd: »O Cassie ...«, aber Andrew lachte nur und hob seine jüngste Tochter hoch.

»Du sollst auch mitkommen, wenn du möchtest, Cassilde n'ha Callista.« Er setzte sie auf seine Schulter, und Callista erklärte lachend: »Sie ist Ferrikas Liebling, und Ferrika sagt immer, sie sei zur Entsagenden wie geschaffen. Andrew, du solltest sie nicht so nennen, sie könnte es ernst nehmen.«

»Warum nicht?«, fragte Damon. »Wir werden eines Tages Rebellen brauchen«, aber Ellemir erschauerte. Mit leiser Stimme bat sie: »Nicht, Damon. Dafür ist noch Zeit genug ...« Damon blieb einen Augenblick dicht neben Ellemir stehen und streichelte ihre Schulter. Magda war es, als höre sie das merkwürdige Rauschen der schwarzen Gewänder und ein fernes Echo wie das Krächzen von Krähen, als flögen die Schicksalsgöttinnen über sie hinweg. Dann ging Andrew mit seiner Brut hinaus; Ellemir rief eine Kinderfrau und ließ die anderen Kleinen nach oben in ihre Zimmer bringen. Lady Callista setzte sich zwischen Magda und Jaelle ans Feuer und zupfte an ihrer *rryl*. Sie meinte: »Hätte ich je von den Entsagenden gehört, ich glaube, ich wäre nicht nach Arilinn gegangen!«

Damon lachte. »Dich hätte man in einem Gildenhaus gar nicht aufgenommen, Callie. Ich war damals im Rat dabei, als Lady Rohana die Bürgschaft für Jaelle übernahm, damit sie ihre Freiheit erhielt ...«

Bei Jaelle flossen schon wieder Tränen, aber sie senkte den Kopf und versuchte, sie zu verbergen. Ihre Überzeugung, versagt zu haben, teilte sich jedem in dem Kreis um das Feuer schmerzhaft mit. Damon sagte jedoch nur ruhig: »Nun, du wirst deinen Platz im Rat einnehmen müssen, falls du dich nicht dafür entscheidest – wie heißt es bei euch?, *zu dem von dir gewählten Zeitpunkt* –, der Aillard-Domäne eine Tochter zu gebären. Und falls du es nicht tust, wird die Hastur-Sippe zweifellos trotzdem weiterleben, wie sie es seit Jahrhunderten geschafft hat.« Wieder flackerte vor Magda die Vision des kleinen Mädchens mit dem roten Haar auf. Es lief in einem

Wirbelsturm von Herbstblättern hinter dem Mädchen her, das Ellemir Cassie genannt hatte. Magda verstand es nicht, aber sie akzeptierte es.

Sie hatte ihr erst vor kurzem erwachtes *Laran* noch nicht völlig unter Kontrolle. Von neuem tauchten die Gesichter der merkwürdigen Frauen mit den schwarzen Kapuzen auf, und in weiter Ferne erklang das Krächzen von Krähen. Magdas Geist wanderte davon.

Uns kümmert weder das Wohl der Comyn *noch das der Terraner oder der Entsagenden. Wir müssen in Begriffen von Jahrhunderten denken. So viele unter den* Comyn *kennen Loyalität nur ihrer eigenen Kaste gegenüber, und die meisten Türme sind zu ihren Werkzeugen geworden, während sie früher der Allgemeinheit dienten. Deshalb benutzen wir im Augenblick die Altons und den Verbotenen Turm. Auch sie werden leiden, aber im Lauf der Jahrhunderte werden sie Vollkommenheit und Erleuchtung erringen.*

Magda hätte beinahe laut gefragt: *Wer seid ihr?*

Du kannst uns die Seele Darkovers nennen. Oder die Schwarze Schwesternschaft ...

»Magda, wo bist du mit deinen Gedanken?«, scherzte Jaelle, und sofort verblasste die Vision. Magda vernahm nur noch die Worte: *Wir sind Werkzeuge des Schicksals, genau wie du, Schwester ...*

Callista berührte Jaelles Hand, unter Telepathen eine selten benutzte Geste von großer Intimität, wie Magda seit kurzem wusste. »Ich war lange genug Bewahrerin, um zu wissen, was du empfindest, Jaelle. Anders als Ellemir halte ich es nicht für meine Pflicht, der Domäne Kinder zu gebären ...«

»Pflicht?« Ellemirs Stimme verriet eine Spur von Ärger. »Ich sehe es als Vorrecht an! Eine Frau, die kein Kind haben will – nun, von der kann ich nur glauben, dass sie verrückt ist, und deswegen tut sie mir sehr Leid.«

Callista lächelte ihrer Zwillingsschwester liebevoll zu. Offenbar war das ein alter Streit zwischen ihnen. »Ich habe dir doch versprochen, dass du alle meine Kinder aufziehen darfst, und das habe ich auch gehalten«, lachte sie. »Ich mag Kinder gern, deins auch, und eines Tages werde ich mich wohl bereit erklären, Andrew den Sohn zu schenken, den er sich wünscht. Sicher, es ist ungerecht, dass ich, die es völlig zufrieden gewesen wäre, kein Kind zu haben, sie so mühelos gebäre, während du, die du am liebsten alle zehn Monate einen Säugling in deinen Armen hieltest – nein, leugne es nicht, Elli –, sie nur mit so viel Mühe und Schmerzen bekommen kannst.«

Und Verlusten ... Sie alle hörten es, aber keiner gab es zu. Ellemir sagte ganz ruhig: »Das Alton-Blut ist ein kostbares Erbe. Ich bin stolz darauf, es weitergeben zu dürfen.«

Jaelle meinte kläglich: »Du singst das gleiche Lied wie Lady Rohana und auf die gleiche Melodie. Und doch bist du eine potenzielle *Leronis,* was etwas ganz Ähnliches sein muss wie eine Entsagende – eine, die etwas Besseres zu tun hat als andere Frauen ...«

»Ich sehe nicht ein, dass es etwas Besseres sein soll«, gab Ellemir zurück. »Eine Stute, die alle Rennen gewinnt, ist zweifellos stolz darauf. Aber wenn sie diese Blutlinie nicht weitergibt, hätte sie ebenso gut im Stall bleiben und Heu fressen können. Wir brauchen die Zuchtstute ebenso wie das Rennpferd.«

»Ich werde meine Pflicht tun«, erklärte Jaelle fest. »Jetzt weiß ich, warum ich es tun muss.« Die Frauen am Feuer fühlten sich eng verbunden. Magda empfand es wie den Frieden, der manchmal am Ende einer Schulungssitzung eintrat, wenn sie gestritten und geschrien und geweint hatten. Callista, das spürte sie, hatte längere und schwerere Kämpfe ausgefochten als jede Entsagende, und doch wirkte sie viel gelöster.

»Du hast dich an Jaelle mit einem Eid gebunden, Margali«,

sagte Callista. »Wird es dich nicht stören, wenn sie sich von dir einem Mann zuwendet – da es bisher noch keine andere Methode gibt, um ein Kind zu empfangen, und sie sich dazu verpflichtet hat?«

Im Geist sagte sich Callista den Eid der Amazonen auf und wünschte, ihr hätte in ihrer Jugend ein solcher Weg offen gestanden. Schließlich platzte sie heraus:

»Ich glaube, dass Andrew und Damon enger miteinander verbunden sind als mit einer von uns. Männer dürfen solche Schwüre ablegen. Aber bei Frauen gilt ein Gelübde anscheinend als eine Überschwänglichkeit junger Mädchen und bedeutet nur: *Ich werde dir so lange treu sein, wie es mich in meiner Pflichterfüllung gegenüber Mann und Kindern nicht stört ...*

Jaelle drehte sich zu Magda um und ergriff ihre Hand. Das Band zwischen ihnen hatte sich in Not und Gefahr gefestigt, und als Jaelle auf dem Weg der Besserung war, hatten sie ihre Amazonenmesser getauscht, das stärkste Gelübde, das Frauen bekannt war. Rafaella stand Jaelle nahe, und eine Zeit lang waren sie sogar Liebende gewesen, aber niemals hatten sie auf diese Weise ihre Messer getauscht. Magda war sich darüber im Klaren, dass es eine ebenso enge Verbindung wie eine Ehe war.

»Nur eine einzige Verbindung ist enger«, flüsterte Ellemir fast unhörbar.

Callistas Finger glitten von neuem über ihre *rryl.* »Kann es sein, dass die Verbindung einer Frau zu einer Frau nicht von ihren anderen Verpflichtungen geschwächt wird, ebenso wie es ihre Liebe zu ihrem ersten Kind nicht schmälert, wenn sie ein zweites gebiert? Als ich Hilary bekam, glaubte ich, obwohl ich sie nicht gewollt hatte, sie mehr zu lieben als selbst Andrew oder dich, Elli. Und doch, als Cassie geboren wurde, liebte ich sie nicht weniger ...«

So wie ich Andrew nicht weniger liebe, weil das Band zwischen Damon und mir stark und ewig ist ... hörte Magda die Gedanken Callistas, und Jaelle sagte leise: »Ist es möglich, dass Frauen – lieben können, ohne das, was sie lieben, besitzen zu müssen? Jede Mutter weiß, dass ihr Kind sie eines Tages verlassen wird.« Zum ersten Mal konnte sie an die letzten Worte ihrer Mutter ohne Schuldgefühle zurückdenken.

Das war es *wert, Jaelle. Du bist frei.* Mit großem Schmerz hatte Jaelle gesehen, wie ihre eigene Tochter sie verließ. Eines Tages würde sie den Mut haben, sie wieder zu befreien, damit sie ihr eigenes Leben führen und ihre eigenen Risiken eingehen konnte.

»Peter – wollte mich und das Kind besitzen«, sagte Jaelle. Magda nickte, und Callista, das Gesicht immer noch über die *rryl* gebeugt, gestand: »Es hat lange gedauert, bis Andrew begriff ... und noch jetzt ...« Sie war nicht im Stande weiterzusprechen.

»Damon ist nicht so«, stellte Ellemir leise fest. Und in diesem Augenblick erkannten alle Frauen hier, wer Jaelles Kind für den Aillard-Clan zeugen würde, weil er es nicht nötig hatte, Frau oder Kind zu besitzen, sondern sie ihrem eigenen Erbe und Geschick überlassen konnte.

Die Stille, das Knistern des Feuers und die weichen Töne, die Callista geistesabwesend ihrer Harfe entlockte, wurden von Andrews Lachen unterbrochen.

»Nein, nein! Schluss jetzt! Ich bin doch kein Chervine, dass ich euch alle auf dem Rücken tragen kann! Lauft in die Küche und holt euch Honigbrot, und mich lasst ihr mit den Erwachsenen reden! Ja, Domenic, ich verspreche es, du und Felix, ihr dürft morgen mit mir reiten, falls es nicht zu stark schneit. Und ja, Cassie, du darfst auch mitkommen! Und nun, um der Liebe des Himmels willen, verschwindet, ihr alle. Ich habe Äpfel in der Küche gesehen – geht und holt sie euch.«

Die Kinder rannten davon, und Andrew kehrte in die Halle zurück. Er sagte etwas zu Damon über die Schutzdächer auf den Viehweiden. Dann setzte er sich zu den Frauen ans Feuer.

»Sing für uns, Callie«, bat er, und sie begann mit einer alten Ballade aus den Bergen. Damon und Ellemir saßen dicht nebeneinander am Fuß von Jaelles Couch, und Magda fühlte sich einen Augenblick lang sehr allein. Es war, als habe sie zwischen sich und dem Leben bei den Amazonen, das sie geliebt hatte und dem sie durch ihren Eid verbunden war, eine Tür ins Schloss geworfen. Ebenso hatte sie mit ihrem Leben als Terranerin abgeschlossen. Ihr war kalt. Sie und Jaelle hatten sich einander angelobt, aber schon zeichnete sich ab, dass auch hier keine Sicherheit zu finden war. Und obwohl sie die Kraft des *Laran*-Kreises kannte, wusste sie nicht, ob sie genügen würde.

Andrew beugte sich zu ihr hinüber und legte freundschaftlich den Arm um ihre Schultern.

»Es ist alles in Ordnung.« Er sah sie mit brüderlichem Lächeln an. »Hör zu, Mädchen, meinst du, ich weiß nicht, wie du dich fühlst?« Die Amazone in Magda zuckte unter dem lässigen »Mädchen« zusammen. *Ich bin eine Frau,* dachte sie, *kein Mädchen,* doch dann begriff sie, dass es einfach Andrews Art war. Wie Ellemir hatte er die Gewohnheit, andere zu beschützen. Wie sie hätte er eine gute Mutter abgegeben.

Werden Andrew und ich die nächsten zehn Jahre mit der Klärung der Frage verbringen, wessen Aufgabe es ist, alle übrigen hier im Verbotenen Turm zu beschützen? überlegte Magda und erschrak, als sie erkannte, was diese Frage alles voraussetzte.

Andrew sagte freundlich: »Aber darum geht es ja bei dem Verbotenen Turm, Magdalen.« Er allein kürzte ihren Namen nicht ab. »Unter uns ist niemand, der sein altes Leben nicht wie Schmierpapier hat zerreißen und ein neues anfangen müssen. Damon war gezwungen, es zwei- oder dreimal zu tun. Man gewinnt keine Sicherheit. Aber ...« – er drückte sie kurz an sich – »... wir haben einander. Jeder alle.«

Und wieder hörte Magdalen Lorne wie aus weiter Ferne das Krächzen von Krähen und das Rauschen ihrer Schwingen – oder der Schicksalsgöttinnen?

Danksagung

Kurz nachdem ich den Roman *Die zerbrochene Kette* vollendet hatte, begann ich zu meinem eigenen Vergnügen mit der Geschichte Magdas im Gildenhaus der Amazonen. Zu der Zeit korrespondierten Jacqueline Lichtenberg und ich regelmäßig und häufig miteinander, und sie schlug vor, ich solle auch die Geschichte Jaelles unter den Terranern schreiben. Ich antwortete, im Augenblick fühlte ich mich dazu nicht qualifiziert, aber wenn sie wolle, könne sie es ja tun. So schrieben wir nur spaßeshalber jede etwa ein halbes Dutzend Kapitel, tauschten sie aus und diskutierten sie, ein Auge auf eine eventuelle berufliche Zusammenarbeit gerichtet. Wir waren jedoch beide stark mit anderen, Darkover fern liegenden Projekten eingespannt, und Jacquelines Karriere entwickelte sich in eine ganz andere Richtung. Auch stellte sich heraus, dass wir völlig unterschiedliche Ansichten darüber hatten, wie die Geschichte enden sollte. Nicht lange, und wir entdeckten, dass wir in entgegengesetzte Richtungen zogen, und gaben dieses spezielle Gemeinschaftswerk mit passenden Ausdrücken des Bedauerns und der gegenseitigen Wertschätzung auf. Jacqueline kehrte zu ihren eigenen »Sime«- und »Molt-Brother«-Serien zurück, und ich schrieb weitere Darkover- und Nicht-Darkover-Romane. Ich hatte das Gefühl, dies einmal schief gelaufene Projekt könne nicht wieder auf die rechte Bahn gebracht werden, warf es in die unterste Schublade und glaubte, dort werde es für immer liegen bleiben.

Jahre später stelle ich jetzt fest, dass mein Konzept von Jaelles Charakter, obwohl ich so gut wie alles, was von Jacqueline stammte, umgeschrieben habe – denn unsere Stile und Themen unterscheiden sich sehr voneinander –, trotz allem durch ihren Beitrag vertieft und erweitert worden ist. Obwohl es sich bei diesem Buch nicht um Teamwork handelt, bin ich Jacqueline doch sehr verpflichtet, dass sie es mir ermöglichte, eine von mir geschaffene Person durch ihre Augen zu sehen. So wie sie mir großzügig ihre Anerkennung für meinen Anteil an *Unto Zeor, Forever*, in meinen Augen ihr bestes Buch, ausgesprochen hat, muss ich ihr für ihren Anteil an diesem meinem Buch danken.

Marion Zimmer Bradley

Darkover – Die Romane

Eine Liste aller Darkover-Romane
in chronologischer Reihenfolge

Die Entdeckung des Planeten: Ein vom Kurs abgekommenes und in einen noch unbekannten Sektor des Weltraums verschlagenes terranisches Siedlerschiff muss auf dem Planeten Cottman IV notlanden; die Besatzung nennt ihre neue Heimat Darkover.

Die Landung

Das Zeitalter des Chaos: 1000 Jahre sind seit der Landung auf dem Planeten vergangen. Die Nachfahren der Siedler haben jedes Wissen über ihre Herkunft verloren und leben in einer mittelalterlichen Welt.

Herrin der Stürme
Herrin der Falken

Knaur

Ein Darkover-Roman

Die Zeit der Hundert Königreiche: Das Land ist in unzählige kleine Königreiche geteilt, deren Herrscher sich erbittert bekämpfen. Furchtbare Waffen verwüsten den Planeten – und nur ein Mann kann Darkover den Frieden bringen ...

Die Zeit der Hundert Königreiche
Die Erben von Hammerfell

Die Entsagenden: Frauen haben auf Darkover nur wenig Rechte – es sei denn, sie werden zu Entsagenden, zu Frauen, die bewusst auf den Schutz durch einen Mann verzichten und selbstbewusst ihr eigenes Leben führen.

Die zerbrochene Kette
Gildenhaus Thendara
Die schwarze Schwesternschaft

Die Wiederentdeckung: Das Terranische Imperium entdeckt den Planeten Darkover wieder und meldet Rechte auf ihn als ehemalige Kolonie an. Gleichzeitig wächst auf Darkover aber auch die Unzufriedenheit mit den althergebrachten Traditionen. Ein Bürgerkrieg scheint unausweichlich, als sich eine der Domänen mit den Terranern verbünden will ...

An den Feuern von Hastur
Das Zauberschwert
Der verbotene Turm
Die Kräfte der Comyn
Sturmwind

Nach den Comyn: Obwohl die Terraner mittlerweile einen festen Raumhafen auf dem Planeten eingerichtet haben, bleibt Darkover weitestgehend vom restlichen Universum abgeschnitten. Der Kampf zwischen Alt und Neu, zwischen Tradition und Aufbruch führt zu immer neuen Kämpfen und Auseinandersetzungen ...

Die blutige Sonne
Hasturs Erbe
Retter des Planeten
Sharras Exil
Die Weltenzerstörer

Der Marguerida-Alton-Zyklus: Eigentlich denkt Margaret Alton, sie würde den Planet ihrer Eltern zum ersten Mal betreten, als sie nach Darkover kommt. Bald schon aber häufen sich die Beweise dafür, dass ihre Erinnerungen manipuliert wurden – und schneller, als Margaret lieb ist, wird sie nicht nur in das Machtspiel der herrschenden Familien verwickelt, sondern muss sich auch einer unheimlichen Bedrohung aus Darkovers tiefster Vergangenheit stellen ...

Asharas Rückkehr
Die Schattenmatrix
Der Sohn des Verräters

Knaur

Ein Darkover-Roman

Anthologien: Die Darkover-Anthologien wurden von Marion Zimmer Bradley gemeinsam mit dem amerikanischen Fanclub, den »Friends of Darkover«, herausgegeben. Die Kurzgeschichten beschäftigen sich mit neuen oder auch bekannten (Neben-)Figuren des Zyklus, schlagen Brücken zwischen den einzelnen Romanen oder vertiefen die große Geschichte des Planeten und seiner Bewohner weiter.

Der Preis des Bewahrers
Schwert des Chaos
Rote Sonne
Die vier Monde
Die freien Amazonen
Die Schwesternschaft des Schwertes
Planet der blutigen Sonne
Die Domänen
Die andere Seite des Spiegels

Knaur

Ein Darkover-Roman